KB131297

나는 고양이로소이다

옮긴이 진영화

세종대학교 일본어교육학과 졸업.
한국외국어대학교대학원 일본어학과 졸업.
도호쿠東北대학교대학원 문학연구과 국어학(일본어학) 박사과정 수료.
한국외대, 숙명여대, 충남대, 인하대, 동덕여대, 숭실대, 단국대 강사 및 세종대 겸임 교수 역임.
미래영상연구소 일본문화연구위원 역임.
번역 작품으로 『플러그인 : 쓰시마 유코와의 대화(풍요로운 죽음을 찾아)』《파라 Para21 (2004, 봄호)》 등이 있음.

나는 고양이로소이다

—

1판 1쇄 2011년 1월 3일
2판 1쇄 2020년 6월 22일
2판 2쇄 2022년 5월 3일
지은이 나쓰메 소세키
옮긴이 진영화
펴낸이 김영재
펴낸곳 책만드는집

—

주소 서울 마포구 양화로3길 99, 4층 (04022)
전화 3142-1585·6
팩스 336-8908
전자우편 chaekjip@naver.com
출판등록 1994년 1월 13일 제10-927호

—

—

ISBN 978-89-7944-727-9 (04800)
ISBN 978-89-7944-591-6 (세트)

吾輩は猫である

나는 고양이로소이다

나쓰메 소세키 지음 · 진영화 옮김

책만드는집

등장 인물

나(고양이)와 나의 고양이 친구들

나 페르시아고양이처럼 생긴 구샤미 선생네의 이름 없는 수고양이.

검둥이 인력거꾼 집에 사는 커다란 체구의 까만 고양이. 이른바 대왕 고양이로 무식하고 난폭함.

미케코 이현금二絃琴 스승님 댁의 미소녀 같은 얼룩무늬 고양이. 나의 애인이었으나 요절함.

얼룩이 이웃 변호사 집에 사는 고양이.

흰둥이 군인 집에 사는 하얀 고양이로 옥 같은 고양이 네 마리를 낳음.

구샤미 선생과 그 일가

구샤미 선생 나의 주인으로 중학교 영어 교사이며 위장병을 앓고 있는 신경쇠약증의 남자. 우유부단하고 괴팍한 고집불통의 짠돌이 가장.

안주인 남편으로부터 종종 무시를 당하는 전업주부.

돈코, 슨코, 멘코 주인의 세 딸.

유키에 신식 여학생으로 구샤미 선생의 조카딸. 가끔 일요일에 주인 집에 놀러 와서 곧잘 구샤미 선생과 싸우고 돌아가는 말괄량이 소녀.

하녀(식모) 구샤미 선생 집에서 식모 일을 하는 성질 고약한 여자.

구샤미 선생의 지인들

메이테이 구샤미 선생의 동창. 허풍으로 사람들을 갖고 노는 게 취미인 자칭 미학자.

야기 도쿠센 구샤미 선생의 동창으로 선禪에 빠져 사는 염소수염을 기른 철학자.

미즈시마 간게쓰 구샤미 선생의 옛날 수제자. 호남형의 물리학자.

오치 도후 간게쓰의 친구이며 시인.

실업가와 그 아류들

가네다 대실업가로 하나코의 남편.

하나코 가네다 씨의 아내로 코가 커서 별명이 하나코鼻子. 가네다 부부 둘 다 구샤미 선생과는 앙숙.

도미코 간게쓰와 혼담이 있었던 가네다네 딸로 고압적임.

스즈키 도주로 구샤미 선생과 메이테이의 동창으로 사업가 지망생인 회사원.

다타라 산페이 옛날엔 구샤미 선생네 서생이었으나 법대 졸업 후엔 회사에 취직. 심한 사투리를 쓰며 나중엔 간게쓰 대신 도미코와 결혼을 약속함.

기타

메이테이의 백부 양복을 입고 있으나 백발에 상투를 틀고, 쇠부채를 항상 들고 다니는 구시대의 인물.

아마키 선생 구샤미 선생의 주치의.

후루이 부에몬 구샤미 선생의 문제아 제자로 거대한 까까머리가 특징.

1

나는 고양이라 한다. 아직 이름은 없다.

어디서 태어났는지 도무지 짐작이 안 간다. 어쨌든 어두컴컴하고 축축한 곳에서 야옹야옹 울고 있었던 것만은 기억하고 있다. 여기서 난 처음으로 인간이라는 걸 보았다. 그것도 나중에 듣자니 서생書生[1]이라고 하는, 인간들 중에서도 가장 영악스런 종족이었다. 이 서생이라는 자는 가끔씩 우리들을 잡아서 삶아 먹는다는 얘기가 있다. 그러나 그 당시엔 아무런 생각도 없었기 때문에 별로 무서운 줄도 몰랐다. 다만, 그의 손바닥 위에 얹혀서 쑥 들어 올려졌을 때, 왠지 붕 떠오르는 느낌이 들었을 뿐이다. 손바닥 위에서 잠시 안정을 취하고 서생의 얼굴을 본 것이 소위 인간이라는 존재를 본 최초의 경험이라 하겠다. 이때 '기묘하게도 생겼구나' 하고 느낀 인상이 지금까지도 남아 있다. 첫째, 털로 장식되어 있어야 할 얼굴이 맨들맨들하여 마치 주전자 같다. 그 후 여러 고양이를 많이 만났지만, 이런 병신을 만난 적은 한 번도 없다. 게다가 얼굴 한가운데가 너무나 툭 튀어나와 있다. 그리고 그 구멍 속에

1) 남의 집에서 일해주며 공부하는 사람.

서 가끔씩 푸푸 연기를 내뿜는다. 어찌나 숨이 막힐 것 같은지 아주 혼났다. 이것이 인간이 피우는 담배라는 것을 요즘에 와서야 알았다.

얼마 동안은 이 서생의 손바닥 안에서 안락한 기분으로 앉아 있었지만, 잠시 후에 굉장한 속력으로 움직이기 시작했다. 서생이 움직이는 건지 나만이 움직이는 건지 알 수 없으나, 눈이 마구 돌아간다. 가슴이 답답해진다. 도저히 살아남지 못할 거라고 생각하고 있는데, 갑자기 털썩하는 소리가 나면서 눈에서 불이 났다. 거기까지는 기억하는데, 그 후엔 무슨 일이 일어났는지 아무리 생각해내려고 해도 알 수가 없다.

문득 정신을 차려보니 서생이 없었다. 잔뜩 있던 형제가 한 마리도 보이지 않았다. 당연히 있어야 할 어머니마저도 모습을 감추고 말았다. 게다가 여태까지 있던 데와는 달리 엄청나게 밝다. 눈을 뜨고 있을 수 없을 정도다. '아무래도 이거 좀 이상한데' 하고 어슬렁어슬렁 기어 나가보았더니 굉장히 따끔따끔하다. 나는 지푸라기 위에서 갑자기 조릿대 밭 속으로 내버려진 것이다.

가까스로 조릿대 밭 속에서 기어 나오자, 저 건너편에 커다란 못이 보였다. 나는 못 앞에 앉아서 어찌하면 좋을지 생각해보았다. 달리 이렇다 할 좋은 묘책도 떠오르지 않는다. 얼마쯤 지나, 자꾸 울어대면 서생이 다시 데리러 와주지 않을까 하는 생각이 들었다. 시험 삼아 야옹 야옹 하고 울어봤지만, 아무도 오지 않는다. 그러는 동안에 못 위로 살랑살랑 바람이 불어오며 해가 저물어간다. 배가 몹시 고프다. 울고 싶어도 소리가 나지 않는다. 어쩔 수 없다. 뭐든 좋으니까 먹을 것이 있는 곳까지 걸어가자고 결심을 하고서 슬슬 못 왼쪽으로 돌기 시작했다.

정말이지 너무나 괴로웠다. 그래도 꾹 참고 억지로 기어, 간신히 어딘가 인간 냄새가 나는 곳으로 나아갔다. 이곳으로 들어가면 어떻게든 되겠지 하는 생각에 대나무 울타리의 무너진 구멍을 통해 어느 집 안으로 기어 들어갔다. 인연이란 불가사의한 것으로, 만약 이 대나무 울타리에 구멍이 뚫려 있지 않았더라면 나는 끝내 길거리에서 굶어 죽었을

지도 모른다. 옛말에 어쩌다 같은 나무 그늘 밑에 머무는 것도 전생에서의 인연 때문이라고들 하는데, 과연 맞는 말이다. 이 울타리 구멍은 오늘에 이르기까지 내가 이웃집 얼룩 고양이를 방문할 때의 통로로 쓰고 있다.

그런데 저택 안으로 몰래 들어가기는 했지만, 앞으로 어떡해야 좋을지 알 수 없었다. 그러는 동안에 주위는 어두워지고, 배는 고프고, 춥기도 하고, 비까지 내리는 상황이니 이젠 한시도 지체할 수가 없게 되었다. 별다른 도리가 없어서 무조건 밝고 따뜻해 보이는 쪽으로만 걸어갔다. 이제 와 생각해보면 그때는 이미 집 안으로 들어와 있었던 것이다. 여기서 나는 그 서생 이외의 인간을 다시 볼 기회를 얻게 되었다.

제일 먼저 만난 것이 식모 일을 하는 하녀다. 이 인간은 지난번 서생보다 한층 더 난폭한 자로, 나를 보기가 무섭게 느닷없이 목덜미를 붙잡아 바깥으로 내팽개치는 게 아닌가.

이거 다 틀렸구나 싶어 눈을 감고 하늘에 운명을 맡겼다. 그러나 춥고 배고픈 건 도저히 참을 수가 없다. 나는 하녀가 방심한 틈을 타서 다시 부엌으로 기어 올라갔다. 그러자 얼마 안 있어 또다시 내팽개쳐 졌다. 나는 계속해서 기어 올라갔다가는 내팽개쳐 지고, 내팽개쳐 졌다가는 또 기어 올라가고 하는 똑같은 짓을 네댓 번 반복한 것을 기억한다. 그때 부엌데기 하녀가 아주 진저리 나게 싫었다. 요전에 하녀가 먹을 꽁치를 훔쳐 먹어, 이것을 갚아주고 나서야 겨우 가슴의 체증이 풀렸다.

내가 마지막으로 붙잡혀 내동댕이쳐지려 했을 때, 이 집 주인이 "왜 이리 시끄럽게 구냐?" 하면서 나왔다. 하녀는 나를 치켜들고 주인 쪽을 바라보면서 "이 집 없는 고양이 새끼가 아무리 내쫓아도 부엌으로 올라오니 어찌해야 할지 모르겠어요"라고 한다. 주인은 코 밑의 검은 털을 꼬면서 잠시 내 얼굴을 쳐다보더니, "그렇다면 집 안에 놔둬라"라고 말하고선 안으로 들어가 버렸다. 주인은 별로 말이 없는 사람 같아 보였다. 하녀는 분하다는 듯이 나를 부엌 바닥으로 내던졌다. 이렇게 해서 나는 마침내 이 집을 나의 거처로 삼게 되었다.

내 주인은 좀체 나와 얼굴을 마주치는 일이 없다. 직업은 학교 선생이라고 한다. 학교에서 돌아오면 종일토록 서재에 틀어박힌 채 거의 나오지 않는다. 식구들은 대단한 학구파인 줄로 알고 있다. 본인 자신도 학구파인 척하고 있다. 그러나 실제로는 식구들이 말하는 것처럼 그렇게 근면한 사람은 아니다.

나는 가끔 살금살금 들어가서 그의 서재를 엿보곤 하는데, 그는 자주 낮잠을 잔다. 때때로 읽다 만 책 위에 침을 흘리기도 한다. 그는 위가 약해서 피부색이 누리끼리하고, 탄력이 없어 활발치 못한 징후를 보이고 있다. 그런 주제에 밥은 되게 많이 먹는다. 밥을 잔뜩 퍼먹은 뒤에는 다카디아스타제라는 소화제를 먹는다. 먹은 뒤에 책을 펼친다. 두세 페이지 읽으면 졸음이 온다. 침을 책 위에 흘린다. 이것이 그가 매일 밤 되풀이하는 일과다.

나는 비록 고양이이긴 하지만 가끔씩 생각할 때가 있다. '선생이란 정말 편한 직업이구나. 인간으로 태어난다면 선생이 되는 게 제일 좋겠다. 이렇게 늘 누워 지내면서 선생 노릇을 할 수 있는 것이라면 고양이라고 못 하란 법도 없지' 하고. 그런데도 주인은 선생만큼 괴로운 건 없다며, 친구가 올 때마다 이러쿵저러쿵 불평을 늘어놓는다.

이 집에 살기 시작했을 당시에 나는 주인 이외의 다른 인간들에게는 전혀 인기가 없었다. 어딜 가나 걷어차이고 상대해주는 이가 없었다. 얼마나 천대를 받았는가는 오늘에 이르기까지 이름조차 지어주지 않는 걸 봐도 알 수 있다. 나는 별수 없어서 되도록이면 나를 이 집에 받아들여 준 주인 옆에 열심히 붙어 있기로 했다.

아침에 주인이 신문을 읽을 때에는 반드시 그의 무릎 위에 올라앉는다. 또 그가 낮잠을 잘 때에는 등 위에 올라탄다. 이런 건 반드시 주인이 좋아서 그런 게 아니라, 달리 상대해주는 이가 없으니 어쩔 수 없는 것이다. 그 후 여러 가지 경험 끝에, 아침에는 밥통 위에서, 밤에는 고타쓰[2] 위에서, 날씨 좋은 낮에는 툇마루에서 자기로 했다. 그러나 제일 기분 좋은 것은 밤이 되어 이 집 아이들의 잠자리에 파고들어 같이 자는 것이다.

이 아이들은 다섯 살과 세 살배기인데 밤이 되면 둘이 한방, 한이불 속에서 함께 잔다. 나는 언제든지 이들 사이에 내가 들어갈 공간을 찾아내어 어떻게든지 비집고 들어가지만, 운 나쁘게 아이 하나가 깨면 그만 난리가 나고 만다. 아이는—특히 작은 쪽 애가 성질이 고약하다—"고양이다, 고양이야" 하면서 한밤중이라도 기어코 큰 소리로 울어대는 것이다. 그러면 그 신경성 위염 증세가 있는 주인이 반드시 잠에서 깨어나 옆방에서 뛰어나온다. 실제로 요전번에는 자로 엉덩이를 호되게 얻어맞았다.

나는 인간과 같이 살면서 그들을 관찰하면 할수록 그들이 제멋대로 구는 자들이라고 단언하지 않을 수 없게 되었다. 특히 내가 이따금 동침하는 아이들의 경우에는 더할 나위 없이 심하다. 자기네들 기분이 좋을 때에는 나를 거꾸로 쳐들기도 하고, 머리에 부대 자루를 씌우기도 하고, 내팽개치기도 하고, 부뚜막 속으로 처박기도 한다. 그러고도 내 쪽에서 조금이라도 반항을 할라치면 온 식구가 총동원해서 쫓아다니며 박해를 가한다. 요전에도 잠깐 다다미[3]에다 발톱을 갈았더니 이 집 안주인이 무척 화를 내어, 그 후로는 여간해서 방에 들여보내 주질 않는다. 내가 부엌 마룻바닥에서 달달 떨고 있어도 전혀 개의치 않는다.

내가 존경하는 길 건너편 집의 하얀 고양이 흰둥이 님은 만날 때마다 인간만큼 몰인정한 것은 없다고 말씀하신다. 흰둥이 님은 요전에 옥 같은 새끼 고양이를 네 마리 낳으셨다. 그런데 그 집 서생이 사흘째 되는 날에 새끼들 네 마리를 몽땅 들고 나가서 뒤꼍 연못에다 내다 버리

2) 이불을 덮은 앉은뱅이 화로 테이블.

3) 속에 짚을 넣은 두꺼운 돗자리로, 일본 전통 가옥의 방바닥에 깖.

고 왔다고 한다. 흰둥이 님은 눈물을 흘리며 자초지종을 다 이야기한 후에, 어떻게든 우리 고양이들이 부모 자식 간의 사랑을 온전히 지켜나가 아름다운 가족적 생활을 영위하려면, 인간들과 싸워서 이들을 전멸시켜야 한다고 말씀하셨다. 하나하나가 다 옳은 말이라고 생각한다.

또 이웃집 얼룩 군은 인간이 소유권이라는 걸 이해하지 못하고 있다며 크게 분개하고 있다. 원래 우리 고양이 동족들 간에는 말린 정어리 대가리나 숭어 배꼽이라도 제일 먼저 발견한 자가 그걸 먹을 권리가 있는 것으로 되어 있다. 만일 상대가 이 규약을 지키지 않으면 완력에 호소해도 무방하다. 그런데도 인간들은 털끝만큼도 이런 개념이 없는 것 같으니, 우리가 발견한 맛난 음식은 반드시 약탈을 해 가는 것이다. 그들은 자신들의 힘을 믿고, 우리가 마땅히 먹어야 할 것을 몽땅 뺏어 가버리고도 시치미를 떼고 있다.

흰둥이 님은 군인 집에 살고 있고, 얼룩 군은 주인이 변호사다. 나는 학교 선생 집에 살고 있는 만큼 이런 일에 관해서는 그 둘보다는 오히려 마음이 편하다. 그냥 그날그날을 그럭저럭 지내면 되니까. 아무리 인간이라 하더라도 그렇게 언제까지나 계속 번영하지는 못할 것이다. 뭐, 느긋하게 고양이의 시대를 기다리면 된다.

인간들이 제멋대로라는 것이 생각난 김에, 우리 집 주인이 이 '제멋대로' 때문에 실패한 이야기를 잠깐 해보겠다. 원래 주인은 이렇다 하게 남보다 뛰어나게 잘하는 것도 없는데, 뭐든지 곧잘 손을 대고 싶어 한다. 하이쿠俳句[4]를 지어 《호토토기스》[5]에 투고를 하거나, 신체시新體詩[6]를 《묘조明星》[7]에 발표하거나, 실수투성이의 영문을 쓰거나, 때로

4) 5·7·5의 3구 17음으로 된 일본의 단형시.
5) 1897년 마사오카 시키가 발행한 하이쿠 잡지.
6) 메이지 시대에 서양 시의 형식과 정신을 본떠 만들어진 시.
7) 1900년 요사노 뎃칸이 발행한 시가 중심의 문예 잡지.

는 활쏘기에 미치거나, 우타이謠[8]를 배우거나, 또 어떤 때는 바이올린을 깽깽 울려대거나 하지만, 안타깝게도 이것도 저것도 제대로 하는 게 없다.

그러면서도 일단 시작을 하면, 위도 약한 주제에 엄청 열심이다. 뒷간에 들어가서도 우타이를 불러대서 주변 사람들이 '뒷간선생'이라는 별명을 붙여줬는데도 전혀 개의치 않으며, 여전히 "나는 다이라의 무네모리올시다"[9]를 되풀이하고 있다. 모두들 "야아, 저기 무네모리가 온다"라며 웃음을 터뜨릴 정도다.

이런 주인이 어찌 된 영문인지 내가 들어가 살기 시작한 지 한 달 정도 지난 어느 월급날에, 커다란 보따리를 들고 황급히 들어왔다. 무엇을 사가지고 왔나 하고 보니까 수채화 물감과 붓과 와트만지라는 두꺼운 고급 도화지다. 그날부터 우타이랑 하이쿠를 그만두고 그림을 그릴 결심인 것 같았다. 과연 그다음 날부터 얼마 동안은 매일매일 서재에서 낮잠도 자지 않고 그림만 그리고 있다. 하지만 다 그린 것을 보면 뭘 그린 것인지 아무도 알아볼 수가 없다. 본인도 별로라고 생각했는지, 어느 날 미학인지 뭔지를 전공하는 친구가 왔을 때 다음과 같은 얘기를 하는 것을 들었다.

"아무래도 잘 그려지지가 않는단 말이야. 남이 그린 걸 보면 아무것도 아닌 것 같은데, 막상 붓을 들면 새삼스레 어렵게 느껴지니."

이건 주인의 술회다. 과연 솔직한 말이다. 그의 친구는 금테 안경 너머로 주인의 얼굴을 쳐다보면서 말했다.

"그렇게 처음부터 잘 그릴 수야 없겠지. 방 안에서 상상만으로 그림이 그려지는 건 아니니까. 옛날 이탈리아의 대가 안드레아 델 사르토가

8) 일본의 대표적인 가면극인 노가쿠能樂에 맞추어 부르는 가사.
9) 우타이 〈유야熊野〉의 서두에서 주인공의 상대역인 무네모리 무사가 자신을 밝히는 첫 소절.

이렇게 말했다지. '그림을 그리려면 뭐든지 자연 그 자체를 묘사하라. 하늘에는 별이 있고, 땅에는 빛나는 이슬이 있다. 날아다니는 새가 있고, 달리는 동물이 있다. 연못에는 금붕어가 있고, 고목나무에는 겨울 까마귀가 앉아 있다. 자연은 이와 같이 한 폭의 살아 있는 큰 그림이다'라고 말이야. 어떤가? 자네도 그림다운 그림을 그리고 싶다면 사생 공부를 좀 해보는 게."

"흐음, 안드레아 델 사르토가 그런 말을 했단 말이지? 전혀 몰랐는데. 하긴 맞는 말이야. 정말 그런 것 같아" 하고 주인은 연방 감탄을 한다. 금테 안경 뒤로는 조소하는 듯한 미소가 보였다.

그다음 날 나는 여느 때와 같이 툇마루에 나가 기분 좋게 낮잠을 자고 있는데, 주인이 평상시와는 달리 서재에서 나와 내 뒤에서 무엇인가 열심히 하고 있다. 문득 잠에서 깨어 뭘 하나 하고 눈을 가늘게 뜨고 보니, 그는 안드레아 델 사르토를 본받느라 여념이 없다. 나는 이 모양을 보고 실소를 금할 수가 없었다. 그는 친구에게 야유를 당하고 나서는 우선 첫 시작으로 나를 스케치하고 있는 것이었다.

나는 이미 실컷 잤다. 하품이 하고 싶어 죽겠다. 그러나 모처럼 주인이 붓을 들고 열심히 그리고 있는데 움직이면 미안하니까, 꾹 참고 가만히 있었다. 그는 나의 윤곽을 다 그리고 나서 얼굴 주변을 색칠하고 있었다. 고백하건대, 난 고양이로서 결코 잘생긴 용모는 아니다. 등이며, 털이며, 얼굴 생김새며 감히 다른 고양이보다 낫다고는 결코 생각지 않는다. 그러나 아무리 내가 못생겼다 하더라도, 지금 내 주인이 그리고 있는 그런 묘한 모습이라고는 도저히 생각되지 않는다. 첫째, 색깔이 틀렸다. 나는 페르시아고양이처럼 노란색을 띤 연한 회색 바탕에 옻칠을 한 것 같은 얼룩 반점이 있다. 이것만은 누가 봐도 의심할 여지가 없는 사실이라 생각한다. 그런데 지금 주인이 색칠해놓은 걸 보면 노란색도 아니고 검정색도 아니다. 또 회색도 아니고 다갈색도 아니다. 그렇다고 해서 이것들을 다 섞은 색깔도 아니다. 그냥 일종의 색이라고

밖에는 달리 평할 방법이 없는 색깔이다. 게다가 이상한 것은 눈이 없다. 하긴 이것은 자고 있는 모습을 스케치한 것이니까 무리도 아니지만, 눈 비슷한 것조차도 안 보이니 눈먼 고양이인지, 잠자는 고양이인지 구별이 안 간다. 나는 마음속으로 아무리 안드레아 델 사르토 폼을 잡는다 해도, 저래가지고는 별수 없겠다고 생각했다.

그러나 그 열성에는 탄복하지 않을 수 없다. 되도록이면 움직이지 않고 가만히 있어주려 했지만, 아까부터 소변이 마렵다. 온몸이 근질근질하다. 이젠 더 이상 1분도 지체할 수 없게 되어, 부득이하게 실례를 무릅쓰고 두 다리를 앞으로 쭉 뻗치고, 목을 길게 쳐들면서 "아아" 하고 커다랗게 하품을 했다. 이렇게 된 바에는 이젠 얌전하게 있는들 소용이 없다. 어차피 주인의 그림을 망쳐놓았으니, 그런 김에 뒷마당에 가서 볼일을 볼 요량으로 어슬렁어슬렁 기어 나갔다.

그러자 주인은 실망과 노여움이 섞인 듯한 소리로, 방 안에서 "이 바보 같은 놈아" 하고 호통을 쳤다. 이 주인은 남에게 욕을 할 때는 반드시 "바보 같은 놈아" 하는 버릇이 있다. 달리 욕을 할 줄 모르니 어쩔 수 없지만, 여태까지 참고 있던 남의 마음도 모르고 함부로 '바보 같은 놈'이라고 부르는 건 실례라고 생각한다. 평소에 내가 자기 등에 올라탈 때 조금이라도 반가워해 주었다면 이런 욕설도 감수하겠지만, 이쪽에게 편리한 일은 무엇 하나 흔쾌히 해준 적도 없으면서 소변 누러 일어선 걸 가지고 '바보 같은 놈'이라고 욕해대는 것은 너무 심하다.

원래 인간이란 자신의 역량을 자만하여 모두들 우쭐해하고 있다. 인간보다 더 강한 존재가 나와 혼내주지 않으면 앞으로 어디까지 거만을 떨는지 알 수 없다. 방자함도 이 정도라면 참아보겠지만, 나는 인간의 부덕不德에 관해 이보다도 몇 배나 슬픈 이야기를 들은 적이 있다.

우리 집 뒤에 열 평쯤 되는 차밭이 있다. 넓지는 않지만 깔끔하고 양지바른 아늑한 곳이다. 이 집 아이들이 너무나 떠들어대서 편히 낮잠을 잘 수 없을 때나, 너무나 심심하고 속이 좋지 않을 때에는 나는 언제나 여기에 나와서 호연지기를 키우곤 한다. 어느 늦가을 평온한 날 2시경 이었는데, 나는 점심 식사 후에 기분 좋게 한숨 자고 나서 운동 삼아 이 차밭으로 걸음을 옮겼다. 차나무 뿌리의 냄새를 하나하나 맡으면서 서쪽의 삼나무 울타리 옆까지 가자, 시든 국화를 쓰러뜨리고 그 위에 커다란 고양이가 정신없이 자고 있었다. 그는 내가 다가가는 것도 전혀 모르는 듯, 또 알아차렸더라도 무관심한 듯이 요란스럽게 코를 골면서 기다랗게 몸을 쭉 뻗고서 자고 있었다. 남의 집 마당에 몰래 들어온 놈이 이렇게 태연스럽게 잘 수 있다니, 나는 내심 그 대담한 배짱에 놀라지 않을 수 없었다.

그는 새까만 고양이였다. 이제 막 정오를 넘긴 태양이 투명한 광선을 그의 피부 위에 쏘아, 반짝반짝 빛나는 솜털 사이로 눈에 보이지 않는 불꽃이 타오르는 것 같았다. 그는 고양이 중에서도 대왕이라고 할 만큼 위대한 체격을 가지고 있었다. 확실히 나의 두 배는 돼 보였다. 감탄과 호기심에 넋을 잃고 그의 앞에 우두커니 멈춰 서서 정신없이 바라보고 있는데, 조용한 늦가을 바람이 삼나무 울타리 위로 뻗친 오동나무 가지를 가볍게 스쳐서, 이파리 두세 개가 시든 국화 더미 위에 팔랑팔랑 떨어졌다. 대왕 고양이는 둥그런 눈을 부릅떴다.

지금도 기억하고 있다. 그 눈은 인간이 애지중지하는 호박이라는 보석보다도 훨씬 아름답게 빛나고 있었다. 그는 꼼짝도 하지 않았다. 두 눈동자 속에서 쏘는 듯한 날카로운 눈빛으로 나의 왜소한 이마를 노려보면서 "넌 대체 뭐냐?"라고 물었다. 대왕치고는 다소 말투가 경박하다고 생각했지만, 어떻든 그 목소리에는 개라도 기가 죽을 만큼의 힘이 들어 있었기 때문에 나는 적잖이 두려움을 느꼈다. 그러나 인사를 하지 않으면 위험할 것 같아서 "나는 고양이다. 아직 이름은 없어" 하고 되도록 태연한 척 냉담하게 대답했다. 그러나 이때 내 심장은 확실히 평상시보다도 격렬하게 고동치고 있었다. 그는 아주 경멸하는 어투로 말했다.

"뭐, 고양이라고? 고양이들이 웃겠다. 도대체 어디 사는 놈이냐?"

정말 시건방지기 짝이 없는 놈이다.

"난 여기 선생네 집에 살아."

"그럴 줄 알았어. 삐쩍 말랐네"라며 대왕답게 기염을 토한다. 말투로 봐선 아무래도 양갓집 고양이로는 보이지 않는다.

그러나 기름지게 살쪄 있는 걸 보면 매일 좋은 음식을 먹는 모양이다. 잘사는 것 같다. 나는 "그렇게 말하는 너는 대체 누구냐?" 하고 묻지 않을 수 없었다.

"나로 말할 것 같으면 인력거꾼 집 검둥이다."

아주 의기양양하다. 인력거꾼 집 검둥이는 이 근방에서 모르는 이가 없는 난폭한 고양이였다. 그러나 인력거꾼 집에 있기 때문에 힘만 세지 전혀 교육을 안 받아서 아무도 사귀려 하지 않는다. 모두가 뭉쳐서 멀리하는 녀석이다. 나는 그의 이름을 듣고 약간 뜨끔해지는 동시에 한편으로는 다소 경멸하는 마음도 생겼다. 나는 우선 그가 얼마나 무식한지를 시험해보려고 다음과 같은 문답을 해보았다.

"인력거꾼과 선생 중 어느 쪽이 더 훌륭할까?"

"그야 당연히 인력거꾼 쪽이 더 세지. 너희 주인을 봐. 아주 뼈와 살가죽만 남았잖아."

"너도 인력거꾼 집 고양이답게 굉장히 세 보이는구나. 인력거꾼 집에 살면 좋은 음식을 먹는 모양이지?"

"뭐, 이 몸이야 어딜 가든 먹을 걱정은 안 하지. 너도 차밭만 빙빙 돌지 말고, 내 뒤꽁무니를 좀 쫓아다녀 보라고. 한 달도 채 못 가서 몰라볼 정도로 살이 찔걸."

"나중에 차차 부탁하기로 하지. 하지만 집은 선생네 쪽이 인력거꾼 집보다 더 큰 것 같은데."

"멍청한 놈, 집이 아무리 큰들 배가 부르냐?"

그는 몹시 비위가 상했는지, 대나무를 깎아 베어낸 듯한 뾰족한 귀를 자꾸만 씰룩거리더니 사납게 일어나서 가버렸다. 내가 인력거꾼 집의 검둥이와 아는 사이가 된 것은 이때부터다. 그 후 나는 자주 검둥이와 만났다. 만날 때마다 그는 인력거꾼 집 고양이다운 기염을 토한다. 앞서 내가 들었다고 한 부도덕한 사건도 실은 검둥이한테서 얻어들은 얘기다.

어느 날 나와 검둥이는 여느 때와 같이 따뜻한 차밭 속에서 나뒹굴면서 이런저런 잡담을 나누고 있었는데, 그는 늘 지껄이던 자랑을 사뭇 새 이야기처럼 되풀이한 뒤에, 나에게 다음과 같이 질문했다.

"너는 지금까지 쥐를 몇 마리나 잡았냐?"

지식은 내가 검둥이보다는 훨씬 발달한 걸로 생각하고 있지만, 완력과 용기에 있어서는 도저히 비교가 안 될 거라고 각오는 하고 있었던 터라, 이런 질문을 받았을 때는 정말이지 체면이 말이 아니었다. 하지만 사실은 사실이니까 속일 수도 없어서, 나는 "실은 늘 잡아야지 생각은 했는데, 아직 잡은 적은 없어"라고 대답했다. 검둥이는 그의 코끝으로 쑥 뻗쳐 나온 긴 수염을 부르르 떨면서 마구 웃어댔다. 원래 검둥이는 자랑하길 좋아하는 만큼 어딘가 모자란 데가 있어서, 그의 기염을 감탄한 듯이 목청을 까르륵까르륵 울려대며 들어주기만 하면 굉장히 다루기 쉬운 고양이다. 나는 그와 친해지고 나서 바로 이 요령을 터득했기 때문에, 이런 경우에도 섣불리 자기를 변호하다가 더욱더 사태를 악화시키는 것은 어리석은 짓이란 걸 알았다. 차라리 그에게 자신의 자랑거리를 지껄이게 해서 적당히 그 순간을 넘기는 게 나을 것이었다. 그래서 점잖게 "너는 나이가 나이인 만큼 꽤 많이 잡았겠다" 하고 부추겨보았다. 아니나 다를까, 그는 이 함정에 걸려들어 떠들어대기 시작했다.

"대단치는 않지만 3, 40마리 정도는 잡았을 거야."

검둥이는 의기양양하게 대답했다. 그리고 이어 말했다.

"쥐쯤이야 백 마리건 2백 마리건 언제라도 혼자서 해치울 수 있지만, 족제비 같은 놈은 못 당하겠더라고. 한번은 족제비를 만나 혼이 난 적이 있어."

"으음, 그런 일이 있었어?" 하고 맞장구를 친다. 검둥이는 커다란 눈을 깜박거리면서 말한다.

"작년 대청소 때였지. 우리 집 주인이 석회 자루를 가지고 마루 밑으로 들어갔는데, 아 글쎄 커다란 족제비 놈이 놀라가지고 뛰쳐나오는 게 아니겠어."

"흠" 하고 감탄하는 척한다.

"족제비라 하지만 뭐 쥐보다 조금 큰 정도야. '요까짓 새끼' 하는 생각으로 쫓아가서 마침내 하수구 속으로 내몰아버렸지, 뭐."

"잘했어!" 하고 갈채를 보내준다.

"그런데 글쎄, 막다른 골목에 몰리니까 이놈이 마지막 방귀를 뀌어 대는 거 있지. 야, 그 구린내가 얼마나 지독한지, 그 후론 족제비를 보기만 해도 속이 메슥거리더라고."

그는 여기에 이르자, 마치 작년 냄새가 지금도 난다는 듯이 앞발을 쳐들고 콧등을 두세 번 어루만졌다. 나도 약간 불쌍한 생각이 들어 기운을 북돋아주려고 이렇게 말했다.

"하지만 쥐는 너한테 걸리면 끝장이잖아. 너는 쥐 잡는 데 달인이라 쥐만 먹으니까 그렇게 반드르르하게 살도 찌고."

검둥이의 비위를 맞출 양으로 한 이 말은 이상하게도 반대 결과를 빚어냈다. 그는 탄식하듯이 크게 한숨을 쉬며 말한다.

"생각하면 재미없어. 아무리 열심히 쥐를 잡아봤자—도대체 인간만큼 뻔뻔스런 놈들은 이 세상에 없을 거야. 남이 잡은 쥐를 몽땅 뺏어다가 파출소에 갖다 주는 거 있지. 파출소에선 누가 잡은 건지 모르니까 그때마다 5전씩 돈을 주는 거야. 우리 집 주인은 말이야, 내 덕에 벌써 1엔 50전이나 벌었는데도 변변한 것 하나 먹여준 적도 없어. 인간이란 것들 정말 뻔뻔한 도둑놈들이야."

아무리 무식한 검둥이도 이 정도의 이치는 아는 모양인지, 굉장히 화난 모습으로 등의 털을 곤추세운다. 나는 기분이 좀 언짢아져서 적당히 그 자리를 얼버무리고 집으로 돌아왔다.

이때부터 나는 절대 쥐를 잡지 않기로 결심했다. 그렇다고 검둥이의 부하가 되어 쥐 이외의 다른 양식을 구하러 다니는 짓도 하지 않았다. 좋은 음식을 먹느니 가만히 누워 있는 게 마음이 편하다. 선생 집에 있으면 고양이도 선생 같은 성질이 되는 모양이다. 조심하지 않으면 이내 위가 약해질지도 모른다.

선생이란 말이 나왔으니 하는 말인데, 나의 주인도 요즘에 와서는 도저히 수채화에 가능성이 없음을 깨달았는지 12월 1일자 일기에 이렇게 적어놓았다.

○○라는 사람을 오늘 모임에서 처음 만났다. 그 사람은 무척 방탕한 사람이라고들 하는데, 과연 한량다운 풍채를 하고 있다. 이러한 기질의 사람은 여자들한테 인기가 좋으니까 ○○가 방탕하다기보다는 어쩔 수 없이 방탕하게 되었다고 하는 것이 타당하리라. 그 사람 아내는 게이샤[10)]라고 한다. 부럽다.

원래 방탕아를 나쁘게 말하는 사람들은 대부분 방탕할 자격이 없는 자들이다. 또 방탕아를 자처하는 무리 중에도 방탕할 자격이 없는 자가 많다. 이들은 부득이하게 방탕해진 게 아니라 자진해서 방탕해진 것이다. 마치 내가 그리는 수채화처럼 도저히 졸업할 기색이 없다. 그럼에도 불구하고 자기 자신은 한량이라고 착각하고 있는 것이다. 요릿집 술을 마시거나 요정을 드나든다고 해서 한량이 될 수 있다는 논리가 성립한다면, 나도 버젓한 수채화가가 될 수 있을 것이다. 내가 수채화 같은 건 안 그리는 편이 더 나은 것과 마찬가지로 우매한 한량보다는 차라리 시골 촌뜨기가 훨씬 낫다.

---

10) 일본 기생.

이 글에서 말하는 한량론은 어째 좀 수긍하기 어렵다. 또 게이샤 아내를 둔 게 부럽다느니 하는 대목은 학교 선생으로서 입에 담아서는 안 될 어리석은 생각이나, 자기 수채화에 대한 비평만은 제법 정확하다고 하겠다. 주인은 이렇게 자신을 보는 안목이 있으면서도 그 자만심은 좀처럼 가시질 않는다. 12월 4일 일기에서는 이렇게 쓰고 있다.

> 어젯밤엔 내가 수채화를 그리다가 도저히 잘될 것 같지 않아서 그냥 팽개쳐 둔 것을 누군가가 훌륭한 액자로 만들어 방문 위 창틀에 걸어놓은 꿈을 꿨다. 그런데 액자에 낀 것을 보니, 내 그림이지만서도 갑자기 잘 그린 것 같은 느낌이 들었다. 굉장히 기쁘다. 이만하면 훌륭하지 않나, 하고 혼자서 쳐다보고 있었는데, 날이 새어 눈을 떠보니 역시 전과 같이 서투르다는 것이 아침 해와 동시에 명료해지고 말았다.

주인은 꿈속에서까지 수채화의 미련을 안고 다닌 것 같다. 이래가지고서야 수채화가는 물론이고 주인 나리가 말하는 한량도 되지 못할 위인이다.

주인이 수채화 꿈을 꾼 다음 날, 저번에 얘기한 그 금테 안경의 미학자가 오래간만에 주인을 방문했다. 그는 자리에 앉자마자 제일 먼저 "그림은 어떻게 됐나?" 하고 입을 열었다.

"자네 충고에 따라 열심히 스케치하고 있는데, 정말 스케치를 하고 있으면 지금까지 깨닫지 못했던 사물의 형태나 색채의 미세한 변화를 잘 알 수 있겠더군. 서양에서는 옛날부터 스케치를 주장한 결과 오늘날처럼 발달한 것 같아. 과연 안드레아 델 사르토야."

주인은 태연한 얼굴로 일기에 쓴 말은 입 밖에도 내지 않고 또다시 안드레아 델 사르토에 감탄한다. 미학자는 웃으면서 "여보게, 실은 그 말 엉터리야"라며 머리를 긁는다.

"뭐가?" 하고 주인은 아직도 속은 걸 알아차리지 못한다.

"뭐가라니, 자네가 열심히 감탄하는 안드레아 델 사르토 말일세. 그건 내가 그냥 꾸며낸 얘기야. 자네가 그렇게 진지하게 믿을 줄은 몰랐네. 하하하하."

미학자는 매우 재미있어 한다. 나는 툇마루에서 이 대화를 듣고, 그의 오늘 일기에는 어떤 것이 기록될까 미리 상상하지 않을 수 없었다. 이 미학자는 이런 엉터리 얘기를 퍼뜨리며 남을 속이는 것을 유일한 낙으로 여기는 사람이다. 그는 안드레아 델 사르토 사건이 주인의 정서에 어떠한 영향을 끼쳤는가는 털끝만큼도 고려하지 않은 듯 자랑스럽게 다음과 같은 얘기를 늘어놓았다.

"아니, 가끔가다 농담을 하면 사람들이 진짜로 받아들이니까, 해학적 미감美感을 크게 불러일으키는 건 재미있는 일이지. 요전에는 어떤 학생에게 니콜라스 니클비[11]가 기번[12]에게 충고를 해서 그의 일세一世의 대저술인 『프랑스 혁명사』[13]를 불어가 아닌 영문으로 출판하게 했다고 했더니, 그 학생이 또 되게 기억력이 좋은 녀석이라 일본문학회의 강연회에서 성실하게도 내가 얘기한 걸 그대로 되풀이한 거야. 웃기지 않은가. 그런데 그때의 방청객들이 약 백 명쯤이었는데 모두가 열심히 그걸 경청하고 있었던 거지. 그리고 또 재미있는 얘기가 있어. 얼마 전에 어떤 문학가가 있는 자리에서 해리슨[14]의 역사소설 『테오파노』 얘기가 나와서 나는 그건 역사소설 중에서 백미다, 특히 여주인공이 죽는 장면은 소름이 끼칠 정도로 끔찍하다고 평했더니, 내 건너편에 앉아서 모른다고 말한 적이 없는 선생이 '그래그래, 그 부분은 정말 명문이야'라고 말하는 게 아니겠어. 그래서 난 이 작자도 역시 나와 똑같이 이 소설을 읽지 않았다는 걸 알았지."

---

11) 찰스 디킨스의 소설 『니콜라스 니클비』의 주인공.
12) 에드워드 기번, 영국의 역사가, 1737~1794.
13) 칼라일의 저서.
14) 프레더릭 해리슨, 영국의 법률가, 철학자, 문학가, 1831~1923.

위약 증세가 있는 주인은 눈을 휘둥그렇게 뜨면서 물었다.

"그렇게 엉터리로 말하다가 만일 상대가 읽었으면 어쩌려고?"

마치 사람을 속이는 것은 괜찮지만 거짓말이 탄로 났을 때에는 난처하지 않겠느냐는 투로 말한다. 미학자는 조금도 당황하지 않는다.

"뭐 그때 가선 다른 책하고 착각했다든가 뭐라고 말하면 되지" 하고 껄껄 웃어댄다. 이 미학자는 금테 안경을 쓰고 있지만, 그 성질은 인력거꾼 집 검둥이를 닮은 데가 있다.

주인은 잠자코 히노데 담배 연기를 동그라미 모양으로 내뿜으면서 자기에게는 그런 용기가 없다는 듯한 얼굴을 하고 있다. 미학자는 '그러니까 그림을 그려도 헛수고지'라는 듯한 눈빛으로 쳐다보며 계속해서 말을 한다.

"하지만 농담은 그렇다 치고, 그림이란 실제로 어려운 거야. 레오나르도 다빈치는 문하생들에게 사원 벽의 얼룩을 그리라고 가르친 적이 있다더군. 사실 변소 같은 데 들어가서 빗물이 새는 벽을 가만히 들여다보고 있으면 굉장히 멋있는 무늬의 그림이 저절로 그려져 있지 않던가. 자네도 잘 관찰해서 스케치해보게나. 반드시 재미있는 그림이 될 테니까."

"또 속이는 거지?"

"아니, 이것만은 확실해. 정말 기발한 말이 아닌가? 다빈치라도 했을 법한 말이지."

"하긴 기발하긴 기발하군" 하고 주인은 반쯤은 항복을 했다. 그러나 그는 아직 변소에서 스케치를 하지는 않는 것 같다.

인력거꾼 집 검둥이는 그 후 절름발이가 되었다. 그의 윤기 나는 털은 점점 빛이 바래면서 빠져간다. 내가 호박보다도 아름답다고 평한 그의 눈에는 눈곱이 잔뜩 끼어 있다. 특히 눈에 띄게 내 주의를 끈 것은 기운이 없어진 것과 체격이 나빠진 일이다. 내가 예의 차밭에서 그를 만난 마지막 날 요즘 어떠냐고 물었더니, "족제비의 마지막 방귀와 생선 가게의 저울 멜대에는 진저리가 난다"라고 말했다.

소나무 사이에 두세 겹으로 붉게 물들었던 단풍은 먼 옛날의 꿈처럼 떨어지고, 손 씻는 돌수반 주변에 번갈아 꽃잎을 흩날리던 홍백의 애기 동백꽃도 남김없이 다 떨어졌다. 6미터 남짓 되는 남향 툇마루에는 겨울철 해가 빨리 기울어지고, 찬 바람이 부는 날이 잦아지고 나서는 나의 낮잠 시간도 짧아진 것 같다.

주인은 매일 학교에 간다. 돌아오면 서재에 들어가 틀어박혀 있다. 손님이 오면 선생 노릇이 싫다고 입버릇처럼 말한다. 수채화도 전혀 그리지 않는다. 다카디아스타제도 효능이 없다면서 중단하고 말았다. 아이들은 기특하게도 거르지 않고 유치원에 다닌다. 돌아오면 노래를 부르고, 공을 치고, 가끔가다 내 꼬리를 잡고 거꾸로 치켜든다.

나는 좋은 음식을 안 먹으니까 그다지 살이 찌지도 않지만, 그런대로 건강하고 절름발이도 되지 않고 그날그날을 잘 지내고 있다. 쥐는 절대로 안 잡는다. 하녀는 여전히 싫다. 이름은 여태까지 지어주지 않았지만, 욕심을 부리자면 한이 없으니까 평생을 이 학교 선생 집에서 이름 없는 고양이로 마칠 작정이다.

2

나는 새해에 들면서 조금 유명해졌기 때문에, 비록 고양이이긴 하지만 콧대가 좀 높게 느껴지는 게 기쁘다.

설날 아침 일찍 주인 앞으로 그림엽서가 한 장 왔다. 이것은 그의 친구인 아무개 화가한테서 온 연하장인데, 윗부분을 빨강, 아랫부분을 진한 초록으로 색칠하고, 그 한가운데에 동물 한 마리가 웅크리고 있는 장면을 파스텔로 그려놓은 것이었다. 주인은 서재에서 이 그림을 가로로 봤다, 세로로 봤다 하면서 "색채가 멋지군" 하고 감탄한다. 일단 감탄을 했으니까 이제는 그만두겠거니 했더니 여전히 가로로 봤다, 세로로 봤다 끝이 없다. 몸을 비틀기도 하고, 손을 뻗쳐 노인들이 점 보는 책을 보는 것처럼 하기도 하고, 또는 창 쪽을 향해 코밑에까지 들이대 보기도 한다. 빨리 그만두지 않으면 무릎이 흔들려서 위태롭기 그지없다. 가까스로 동요가 가라앉는가 했더니, 자그마한 소리로 "도대체 뭘 그린 걸까?" 하고 중얼거린다.

주인은 그림엽서 색채에는 감탄을 했지만, 그려져 있는 동물의 정체를 몰라 아까부터 고심을 한 모양이다. 그렇게 알아보기 어려운 그림인가, 하고 자고 있던 눈을 점잖게 반쯤 뜨고서 아주 찬찬히 들여다보니

영락없는 내 초상화가 아닌가. 주인처럼 안드레아 델 사르토 흉내를 낸 것은 아니겠지만, 화가인 만큼 형체도 색채도 제대로 잘되어 있다. 누가 봐도 고양이임에 틀림없다. 조금이라도 안목이 있는 사람이라면 고양이 중에서도 다른 고양이가 아닌 바로 나라는 것을 뚜렷이 알 수 있도록 훌륭하게 그려져 있다. 이토록 명료한 것을 알아보지도 못하고 이다지도 고심을 하는가 하고 생각하니 인간이 좀 안쓰러워진다. 될 수 있으면 그 그림이 내 초상임을 알려주고 싶다. 나라는 것까진 모른다 하더라도, 하다못해 고양이라는 것만은 가르쳐주고 싶다. 그러나 인간이란 족속은 우리 고양잇과 종족의 언어를 알아들을 수 있을 만큼 하늘의 은총을 입은 동물이 아니므로, 유감스럽긴 하지만 그대로 내버려 두었다.

잠깐 독자들에게 미리 말해두고 싶은 게 있다. 인간들은 걸핏하면 "고양이가, 고양이가" 하고 태연하게 경멸하는 투로 나를 평가하는 버릇이 있는데, 이런 건 심히 좋지 못하다. 인간이 버린 찌꺼기에서 소와 말이 나오고, 소와 말의 똥으로 고양이가 만들어지기나 한 것처럼 생각하는 것은, 자신의 무지를 깨닫지 못하고 오만한 얼굴을 하는 선생 같은 자들에게는 흔히 있는 일이기도 하겠지만, 옆에서 봐도 별로 보기 좋은 꼴은 아니다.

아무리 고양이라 해도 그렇게 얼렁뚱땅 만들어지는 게 아니다. 언뜻 보기에는 하나같이 죄다 평등무차별하여 어느 고양이나 자기 고유의 특색 같은 게 없는 것 같지만, 고양이 사회에 들어가 보면 굉장히 복잡해서 십인십색十人十色이라는 인간세계의 말을 그대로 여기에도 응용할 수가 있다. 눈초리며, 코 모양이며, 털빛이며, 발걸음이며 모두가 다르다. 수염이 뻗어난 모양에서 귀가 솟은 형태, 꼬리가 늘어진 정도에 이르기까지 똑같은 건 하나도 없다. 잘생기고 못생긴 것, 좋고 싫은 것, 세련되고 촌스러운 것 등등 헤아릴 수 없을 정도로 천차만별이라 해도 무방할 정도다.

이와 같이 뚜렷한 구별이 존재함에도 불구하고 인간의 눈은 오로지 향상이니 뭐니 하며 하늘만 쳐다보고 있으니, 우리의 성질은 물론이고 얼굴 모양조차 식별하지 못하는 건 불쌍한 노릇이다. 끼리끼리 모여 산다는 옛말도 있듯이, 말 그대로 떡집 사정은 떡집이 아는 것처럼, 고양이 사정은 역시 고양이가 아니고선 알 수 없다. 아무리 인간이 발달했다고 해도 이것만은 안 된다. 더구나 사실을 말하면, 인간은 그들이 스스로 믿고 있는 것처럼 훌륭하고 자시고 할 것도 없으니 더욱 어려운 일이다. 하물며 동정심이 부족한 내 주인 같은 사람은 서로를 완전히 이해하는 것이 사랑의 첫 번째 의미라는 것조차 모르는 위인이니 어쩔 수 없다.

그는 성질 고약한 굴처럼 서재에 착 달라붙은 채, 전혀 바깥 세계를 향해 입을 열지 않는다. 그러면서 자기 자신만은 굉장히 달관한 듯한 상판을 하고 있는 꼴은 좀 우스꽝스럽다. 달관하지 못한 증거로는 실제로 내 초상이 눈앞에 있는데도 전혀 알아보지 못하고 올해는 러일전쟁 2년째이므로 아마 곰[1]을 그린 것이겠거니 하며, 태연하게 알아듣지 못할 소리를 하고 있는 걸 보면 알 수 있다.

내가 주인의 무릎 위에서 졸면서 이런 생각을 하고 있는데, 얼마 안 있어 하녀가 두 번째 그림엽서를 가져왔다. 보니까 그 활판 엽서에는 외국산 고양이 네댓 마리가 쭉 행렬을 지어 펜을 쥐거나 책을 펼치거나 공부를 하고 있다. 그중 한 마리는 자리를 떠나 책상 모서리에서 서양식 고양이춤을 추고 있다. 그 위에 일본 먹으로 "나는 고양이다"라고 시꺼멓게 쓰여 있고, 오른쪽 옆에 "책도 읽고 춤도 추고, 고양이의 정월 초하루"라는 하이쿠까지 적혀 있다.

이건 주인의 옛날 문하생한테서 온 것으로, 누가 봐도 단번에 의미를 알 수 있을 터인데, 어리석은 주인은 아직도 깨닫지 못했는지 이상하다

---

1) 러일전쟁 당시 적국인 러시아를 곰에 비유했음.

는 듯이 고개를 갸웃거리며 "아니, 올해가 고양이 해였나?" 하고 혼잣말을 한다. 내가 이만큼 유명해진 것을 아직도 알지 못하는 모양이다.

거기에 하녀가 또 세 번째 엽서를 가지고 온다. 이번에는 그림엽서가 아니다. "근하신년謹賀新年"이라고 쓰고, 옆에다가 "황송하오나 그 고양이에게도 안부 전해주시기 바랍니다"라고 적혀 있다. 아무리 우둔한 주인이라도 이렇게 명확하게 쓰여 있으면 알아보는 모양인지, 이제야 겨우 알았다는 듯이 "흥" 하면서 내 얼굴을 보았다. 그 눈빛이 이제까지와는 달리 다소 존경의 뜻을 품고 있는 듯이 여겨졌다. 여태까지 세상으로부터 존재를 인정받지 못했던 주인이 갑자기 한 가지 새 면목을 세우게 된 것도 오로지 내 덕분임을 생각하면 이 정도의 눈빛은 지당하리라 생각한다.

때마침 현관 격자문이 찌링 찌링 찌리링 하고 울린다. 아마 손님이 왔나 보다. 손님이면 하녀가 나가서 맞이한다. 나는 생선 장수 우메코梅公가 올 때 외에는 나가지 않기로 했으므로, 전과 같이 태연하게 주인의 무릎에 앉아 있었다. 주인은 고리대금업자라도 쳐들어온 것처럼 불안한 표정으로 현관 쪽을 내다본다. 아무래도 세배 손님을 맞아 술상대를 하는 게 싫은 모양이다.

인간도 이 정도로 괴팍스러워지면 더 이상 할말이 없다. 그럴 바에는 일찌감치 외출이나 하면 좋을 터인데, 그만한 용기도 없다. 더욱더 굴의 근성을 보이고 있다. 조금 있다가 하녀가 와서 "간게쓰寒月 님이 오셨습니다"라고 한다. 이 간게쓰라는 남자는 역시 주인의 예전 문하생이었다는데, 지금은 학교를 졸업하고 여하튼 주인보다 훌륭해졌다고 한다. 이 남자는 무슨 영문인지 자주 주인 집에 놀러 온다. 와서는 자신을 연모하는 여자가 있는 것 같기도 하고 없는 것 같기도 하다는 둥, 세상사가 재미있기도 하고 재미없기도 하다는 둥 대단한 것 같으면서 외설스런 얘기만 늘어놓고 돌아간다. 주인같이 차츰 시들어가는 인간에게 일부러 이런 얘기를 하러 오는 것부터가 이해가 안 가지만, 저 굴같이 사방이 꽉 막힌 주인이 그런 얘기를 들으면서 가끔씩 맞장구를 치는 것은 더욱 우습다.

"오랫동안 격조하였습니다. 실은 작년 말부터 몹시 바쁘다 보니, 들른다 들른다 하면서도 그만 이쪽으로 발길이 향하지를 않아서 말이에요."

간게쓰 군은 하오리[2] 끈을 비틀면서 수수께끼 같은 말을 한다.

"어느 쪽 방향으로 발길이 향하던가?" 하고 주인은 진지한 얼굴로 가문家紋이 새겨진 검정색 하오리의 소맷부리를 잡아당긴다. 이 하오리는 무명이고 소매 기장이 짧아서, 그 밑으로 흐르르한 인조견 속옷이 좌우 양쪽으로 반 치만큼씩 삐져나와 있다.

"헤헤헤, 좀 엉뚱한 방향이라서요" 하고 간게쓰 군이 웃는다. 보니까 오늘은 앞니가 하나 빠져 있다.

"자네 이가 왜 그런가?" 하고 주인은 화제를 돌렸다.

"아 예, 실은 어디에서 표고버섯을 먹었는데요."

"뭘 먹었다고?"

"그, 표고버섯 말이에요. 표고버섯의 갓을 앞니로 물어뜯으려는데 이가 쑥 빠지더라고요."

"표고버섯 때문에 앞니가 빠지다니, 어째 노인 같군. 하이쿠감은 될지 모르지만 연가는 안 되겠는데" 하면서 손바닥으로 내 머리를 가볍게 두드린다.

"아, 이게 바로 그 고양이입니까? 꽤 살쪘네요. 이 정도면 인력거꾼 집 까만 고양이한테도 안 지겠는걸요. 아주 잘 컸네!" 하고 간게쓰 군은 나를 엄청 칭찬한다.

"요즘 부쩍 컸다네."

주인은 자랑스러운 듯이 내 머리를 톡톡 친다. 칭찬받는 것은 흐뭇

2) 겉에 입는 짧은 두루마기 같은 예복.

하지만, 머리가 좀 아프다.

"그저께 밤에도 잠깐 합주회를 했습니다" 하고 간게쓰 군은 다시 화제를 되돌린다.

"어디서?"

"어디서 했는지는 중요하지 않지요. 바이올린 셋에다 피아노 반주까지 아주 재미있었습니다. 바이올린도 셋쯤 되니까 서툴러도 들을 만하더군요. 두 사람은 여자고 제가 그 사이에 끼였습니다만, 제가 생각해도 잘한 것 같아요."

"흠, 그래 그 여자들은 누군가?" 하고 주인은 부러운 듯이 묻는다. 원래 주인은 평상시에 고목나무나 차가운 돌덩어리 같은 표정을 짓고 있지만, 실제론 여성에 대해서 결코 냉담한 편은 아니다. 예전에 서양의 어떤 소설을 읽었는데, 그 글 속의 인물이 만나는 여성마다 대개는 반드시 조금씩 반해, 계산을 해보니 길을 지나가는 여성의 약 70퍼센트를 연모하더라는 것이 풍자적으로 쓰여 있는 걸 보고, '이건 진리구나' 하고 감탄했을 정도다.

그런 바람기가 있는 남자가 왜 굴 같은 생애를 보내고 있는 건지 나 같은 고양이로서는 도저히 이해가 안 간다. 어떤 사람은 실연 때문이라고도 하고, 어떤 사람은 위가 약한 탓이라고도 하고, 또 어떤 사람은 돈이 없는 데다 겁이 많은 성격 때문이라고도 한다. 어찌 됐든 근대 메이지明治의 역사에 영향을 끼칠 만큼 중요한 인물도 아니므로 상관없다. 그러나 간게쓰 군의 주변 여자들을 부러운 듯이 물어본 것만은 사실이다.

간게쓰 군은 재미있다는 듯 안주로 나온 어묵을 젓가락으로 집어 절반쯤 앞니로 물어뜯었다. 나는 또 이가 빠지는 게 아닌가 하고 걱정했지만 이번에는 괜찮았다.

"뭐, 둘 다 어느 양갓집 따님들입니다. 아시는 분들이 아니에요."

간게쓰 군은 쌀쌀맞게 대답한다.

"그렇—" 하고 주인은 말꼬리를 끌었으나, '—겠군'을 생략하고서 생각에 잠겨 있다.

간게쓰 군은 이제는 적당한 시기라고 생각했는지 "정말 좋은 날씨네요. 한가하시면 함께 산책이나 가실까요? 여순旅順[3]이 함락됐다고 해서 온 시내가 난리입니다" 하고 권유해본다. 주인은 여순 함락보다도 주변 여자들의 신원을 알고 싶다는 얼굴로 한참 생각에 잠기더니, 겨우 결심이 섰는지 "그럼 나가보세" 하고 과감하게 일어선다.

역시 검정 무명의 가문이 새겨진 하오리에, 형님의 유품인가 뭔가 하는 20년 내내 입어온 유키쓰무기[4] 솜옷을 입은 채로다. 아무리 유키쓰무기가 질기다고 해도, 이렇게 오래 입어대서는 견뎌낼 재간이 없다. 군데군데가 엷어져서 햇빛에 비춰보면 안에다 헝겊 조각을 덧댄 바늘자국이 보인다.

주인의 복장에는 섣달도 정월도 없다. 평상복도 외출복도 없다. 외출할 때에는 양 소맷자락에 손을 넣고 훌쩍 나간다. 달리 갈아입을 옷이 없어선지, 있어도 귀찮아서 갈아입지 않는 것인지 나로서는 알 수가 없다. 단지 이것만은 실연 때문인 것 같지는 않다.

두 사람이 나간 뒤에, 나는 잠깐 실례하여 간게쓰 군이 먹다 남긴 어묵을 날름 먹어치웠다. 나도 요즈음 들어선 평범한 고양이가 아니다. 적어도 모모카와 조엔[5] 이후의 고양이거나, 토머스 그레이[6]의 시에 나오는 금붕어를 훔친 고양이 정도의 자격은 충분히 있다고 생각한다. 인력거꾼 집 검둥이 따위는 물론 안중에도 없다. 어묵 한 점쯤 먹어치웠다고 해서 사람한테 이러쿵저러쿵 말 들을 것도 없으리라. 게다가 남몰

3) 중국 요동반도 남단에 있는 군항도시.

4) 이바라키 현 유키 지방에서 나는 질긴 명주.

5) 막부 말기에서 메이지에 걸쳐 활약한 야담가. 특히 고양이에 관한 이야기를 잘해 '고양이 조엔'이라 불렸음. 1832~1898.

6) 영국의 시인. 1716~1771.

래 군것질을 하는 버릇은 비단 우리 고양이족만의 일은 아니다. 이 집 하녀 같은 이는 안주인이 집을 비운 틈을 타서 자주 떡과자를 슬쩍해서는 꿀꺽하거나, 꿀꺽해서는 슬쩍하거나 한다.

하녀뿐만이 아니다. 실제로 고상한 가정교육을 받고 있다고 안주인이 자랑하고 다니는 아이들조차도 그런 경향이 있다.

4, 5일 전의 일이다. 두 아이가 되게 일찍 일어나더니, 아직 주인 내외가 자고 있는 동안 식탁에 마주 앉았다. 그들은 매일 아침 주인이 먹는 빵을 조금 나눠서 설탕을 묻혀 먹는 것이 습관인데, 그날은 마침 설탕 단지가 식탁 위에 놓여 있고 숟가락까지 곁들여 있었다. 여느 때처럼 설탕을 나누어주는 사람이 없기 때문에, 이윽고 큰 아이가 단지 속에서 설탕 한 숟가락을 퍼서 자기 접시에 덜었다. 그러자 작은 아이가 언니가 한 대로 같은 분량의 설탕을 같은 방법으로 자기 접시에다 덜었다. 한참 동안 두 아이는 서로 노려보고 있다가, 큰 애가 또 숟가락을 들어 한 숟가락을 자기 접시 위에 부었다. 작은 애도 곧 숟가락을 들어 제 분량을 언니와 똑같이 했다. 그러자 언니가 또 한 숟가락 펐다. 동생도 지지 않고 한 숟가락을 추가했다. 언니가 다시 단지에 손을 댄다. 동생이 다시 숟가락을 든다. 보고 있는 동안에 한 숟가락 한 숟가락이 거듭되어서, 마침내 두 아이의 접시에는 설탕이 수북이 쌓이고, 단지 속에는 한 숟가락의 설탕도 남지 않게 되었다. 바로 그때, 주인이 덜 깬 눈을 비비면서 침실에서 나오더니, 애써 떠낸 설탕을 도로 단지 안에 쏟아부었다.

이런 걸 보면 이기주의에서 생각해낸 공평이란 개념은 인간이 고양이보다 나을지 모르나, 지혜는 오히려 고양이만 못한 것 같다. '그렇게 산더미같이 쌓아 올리기 전에 얼른 핥아 먹었으면 좋았을 텐데' 하는 생각이 들었지만, 여느 때처럼 내가 하는 말은 통하지 않으니까 딱하긴 하지만 밥통 위에서 가만히 구경이나 하고 있었다.

간게쓰 군과 외출한 주인은 어디를 어떻게 돌아다녔는지 그날 밤늦

게 돌아왔으며, 이튿날 식탁에 앉은 것은 9시경이었다. 예의 밥통 위에서 보고 있자니 주인은 조용히 떡국을 먹고 있다. 그릇에 담아서는 먹고, 또 담아서는 먹는다. 떡 조각은 작지만 아마 여섯 조각이나 일곱 조각은 먹고 나서, 마지막 한 조각을 그릇 속에 남겨두고 이젠 그만 먹자고 젓가락을 놓았다. 남이 그렇게 먹다 남기면 좀체 용납을 하지 않으면서, 자기는 주인의 위세를 휘두르며 탁한 국물 속에 눌어서 불어터진 떡의 시체를 보고서도 태연스럽게 있다.

안주인이 벽장 속에서 다카디아스타제를 꺼내어 식탁 위에 내놓자 "그건 효력이 없으니까 안 먹겠어"라고 한다.

"하지만 여보, 전분질 음식에는 상당히 효능이 있다고 하니까 드시는 게 좋을 거예요" 하고 먹이려 한다.

"전분이고 뭐고 소용없어."

주인은 완고하게 나온다.

"당신은 정말 싫증을 잘 내요" 하고 안주인은 혼잣말처럼 한다.

"싫증을 잘 내는 게 아니고, 약이 듣질 않는 거야."

"그래도 요전까진 굉장히 잘 듣는다, 잘 듣는다 하시면서 매일매일 잡쉈잖아요?"

"전에는 들었지만, 요즘은 안 듣는다니까" 하고 대구對句 같은 대답을 한다.

"그렇게 먹다 말다 하면 아무리 효능이 좋은 약이라도 들을 리가 없지요. 좀 더 참을성이 없으면 위장병 같은 건 다른 병과 달라서 낫질 않는단 말이에요" 하고 안주인은 옆에 쟁반을 든 채 대령하고 있는 하녀를 돌아본다.

"그건 정말 그래요. 좀 더 드셔보지 않고서는 진짜 좋은 약인지 나쁜 약인지 알 수 없을 거예요" 하고 하녀는 무턱대고 안주인 편을 든다.

"여하튼 안 먹는다면 안 먹어. 여자가 뭘 안다고 그래. 잠자코 있어."

"그래요, 전 여자예요" 하고 안주인은 다카디아스타제를 주인 앞에 들이밀어 기필코 먹이려 한다. 주인은 아무 말도 안 하고 일어나서 서재로 들어간다. 안주인과 하녀는 얼굴을 마주 보고 싱글싱글 웃는다. 이럴 때 뒤따라가서 무릎 위에 올라갔다가는 봉변을 당하므로, 슬그머니 마당으로 돌아서 서재의 툇마루로 올라가 장지문 틈으로 들여다보니, 주인은 에픽테토스[7]인가 하는 사람의 책을 펼쳐 보고 있었다.

만일 그것을 이해할 수 있다면 조금은 대단하다고 하겠다. 5, 6분 정도 지나자 그 책을 팽개치듯이 내던진다. '역시 그렇지' 하고 계속 지켜보고 있으니까 이번에는 일기장을 꺼내어 다음과 같이 적었다.

> 간게쓰와 함께 네즈, 우에노, 이케노하타, 간다[8] 주변을 산책. 이케노하타의 어느 요정 앞에서 게이샤가 옷단에 무늬가 새겨진 화려한 설빔을 차려입고 하네[9]를 치고 있었다. 옷은 예쁘지만, 얼굴은 너무 못생겼다. 어쩐지 우리 집 고양이를 닮았다.

얼굴이 못생긴 예로 하필이면 나를 끌어다 대는 건 뭔가. 나도 기타 이발관[10]에 가서 수염만 깎으면 그렇게 인간과 다를 게 없다. 인간은 이처럼 잘난 체를 해대니 곤란하다.

> 호탄 제약회사 모퉁이를 돌자 또 게이샤 하나가 나타났다. 이 여자는 날씬하고 동그란 어깨에 멋있게 생긴 여자로, 입고 있는 연보라색 옷도 점잖아 고상해 보였다. 하얀 이를 드러내고 웃으면서 "겐창, 어제저녁은— 그만 바빠서"라고 말했다. 한데 그 목소리가 떠돌이 나그네처럼 쉰 소리여서 모처럼의 우아한 모습도 품격이 뚝 떨어진 것같이 느껴졌다. 겐창이

7) 로마 제정 시대의 스토아학파 철학자. ?55~?135.

8) 모두 도쿄 시내의 구역 이름.

9) 새털 꽂은 제기 같은 것을 나무 채로 치고 받는 배드민턴과 비슷한 놀이.

10) 일본에서 가장 오래된 이발소. 당시 동경대 정문 앞에 있었음.

란 자가 어떤 인물인지 뒤돌아보기도 귀찮아져서 팔짱을 낀 채로 오나리 미치로 나아갔다. 간게쓰는 어쩐지 초조해 보였다.

인간의 심리만큼 이해하기 어려운 것은 없다. 지금 주인의 마음은 화가 나 있는 건지, 들떠 있는 건지, 또는 철학자의 유서에서 한 가닥의 위안을 구하고 있는 건지 전혀 알 수가 없다. 세상을 비웃고 있는 건지, 세상에 섞이고 싶은 건지, 하찮은 일에 열통을 터뜨리고 있는 건지, 모든 세상사에 초연해 있는 건지 도무지 짐작이 안 간다.

고양이는 거기에 비하면 단순하기 이를 데 없다. 먹고 싶으면 먹고, 자고 싶으면 자고, 화날 때는 열심히 화내고, 울 때는 아주 처절하게 운다. 무엇보다 일기 같은 무용지물은 절대로 쓰지 않는다. 쓸 필요가 없기 때문이다. 주인처럼 표리부동한 인간은 일기라도 써서 세상에 드러내지 못하는 자신의 이면을 암실暗室 속에서 발휘할 필요가 있을지 모르지만, 우리 고양이 족속은 앉거나 걷거나 눕거나 뒷간에서 볼일 보거나 하는 등 일상생활의 자질구레한 동작이 모두 다 참다운 일기이므로 따로 그런 귀찮은 수고를 하면서까지 자신의 참모습을 보전할 필요는 없는 것이다. 일기 쓸 틈이 있으면 툇마루에 나가서 낮잠이나 자면 될 일이다.

간다의 모 요정에서 저녁을 먹었다. 오래간만에 정종을 두세 잔 마셨더니, 오늘 아침은 위 상태가 아주 좋다. 약한 위에는 저녁 반주가 제일인 것 같다. 다카디아스타제는 물론 소용없다. 누가 뭐라 하든 소용없다. 아무리 해도 효능이 없는 것은 없는 것이다.

마구 다카디아스타제를 공격한다. 혼자서 싸움을 하고 있는 것 같다. 오늘 아침에 터진 울화통이 여기서 슬쩍 꼬리를 내민다. 인간의 일기의 본색은 이런 데서 드러나는지도 모른다.

요전에 ○○가 아침을 안 먹으면 위가 좋아진다고 하기에 2, 3일 아침을 걸러봤지만, 배에서 꾸르륵꾸르륵 소리만 나고 아무 효능이 없다.

△△는 절대 절인 채소를 먹지 말라고 충고했다. 그의 설에 의하면 모든 위장병의 원인은 절인 채소에 있다는 것이다. 절인 채소만 끊으면 위장병의 원인이 뿌리 뽑히기 때문에 틀림없이 완치가 된다는 논법이었다. 그 뒤 일주일쯤 절인 채소에는 젓가락도 대지 않았지만, 별다른 효험을 보지 못해서 요즈음은 다시 먹기 시작했다.

××에게 들으니 거기엔 배를 문질러주는 안마 치료밖에 없다고 한다. 그것도 보통 방법으로는 안 되고, 미나카와류皆川流라고 하는 옛날 방식으로 한두 번 문지르면 대개의 위장병은 완치가 된다는 것이다. 야스이 솟켄[11]도 이 안마술을 매우 좋아했다고 한다. 사카모토 료마[12] 같은 호걸도 가끔씩 이 치료를 받았다고 하기에, 당장에 가미네기시까지 가서 안마 치료를 받아봤다. 그런데 뼈를 주무르지 않으면 안 낫는다느니, 오장육부의 위치를 한번 뒤집지 않으면 완치되기 어렵다느니 하면서, 정말이지 아주 잔혹하게 주물러대는 게 아닌가. 나중엔 온몸이 솜처럼 되어 혼수병昏睡病에 걸린 것 같은 기분이 들었기 때문에, 단번에 질려서 그만두기로 했다.

A 군은 절대 고형 음식물은 먹지 말라고 한다. 그래서 하루 종일 우유만 마시고 지내보았더니, 이때는 창자 속에서 쿨렁쿨렁 소리가 나고 홍수라도 난 것같이 느껴져서 밤새도록 잠을 설쳤다.

B 씨는 횡격막으로 호흡하여 내장을 운동시키면 저절로 위의 기능이 순조로워질 것이니 시험 삼아 해보라고 한다. 이것도 조금 해봤지만 왠지 배 속이 거북해서 못 하겠다. 그리고 가끔씩 생각이 나서 전념해서 시작을 해보지만, 5, 6분 지나면 잊어버린다. 잊어버리지 않으려 하면 횡격막이 신경 쓰여, 책을 읽지도 글을 쓰지도 못한다. 미학자인 메이테이迷亭가 이

11) 에도 말기의 유학자, 1799~1876.

12) 에도 말기의 근왕가이며 토사土佐 제후의 무사, 1836~1867.

꼴을 보고 산기 있는 남자도 아닐 테고 집어치우라고 놀려대기에 요즈음은 그만두었다.

C 선생은 소바[13]를 먹으면 좋다고 해서 가케소바[14]와 모리소바[15]를 번갈아가며 먹었지만, 계속 설사만 하고 아무런 효능도 없었다.

나는 오래된 위장병을 고치기 위해 온갖 방법을 다 강구해봤지만 모두 다 헛수고였다. 다만 어젯밤 간게쓰와 함께 기울인 정종 석 잔은 확실히 효과가 있다. 이제부턴 매일 밤 두세 잔씩 마시기로 했다.

이것도 결코 오래가지는 못할 것이다. 주인의 마음은 내 눈동자처럼 끊임없이 변화한다. 뭘 하든 오래가질 못하는 사람이다. 게다가 일기에다가는 위장병을 이렇게 걱정하고 있으면서 겉으로는 안 그런 척 오기를 부리고 있으니 우습다.

요전번에 그의 친구인 아무개라는 학자가 찾아와서, 어떤 견지에서 보면 모든 질병은 조상의 죄악과 자기 죄악의 결과일 수밖에 없다는 논리를 폈다. 꽤 연구한 모양인지, 조리가 명석하고 질서정연하니 훌륭한 이론이었다. 불쌍하게도 우리 집 주인은 도저히 이를 반박할 만한 두뇌도 학식도 없었다.

하지만 자기가 위장병으로 고생하고 있던 터라, 어떻게든지 변명을 해서 면목을 유지하고 싶었는지 "자네 주장은 재미는 있지만 칼라일[16]도 위가 안 좋았다네" 하고 마치 칼라일이 위가 약했으니까 자기 위장병도 명예라는 듯이 얼토당토않은 대답을 했다. 이에 그 친구가 "칼라일이 위가 나빴다고 해서 위장병을 앓는 사람이 반드시 칼라일이 될 수는 없지" 하고 쏘아붙이자 주인은 입을 다물고 말았다.

---

13) 메밀국수.

14) 장국에 만 메밀국수.

15) 대발 나무 그릇에 담아 양념 국물에 찍어 먹는 메밀국수.

16) 토머스 칼라일. 영국의 평론가이며 역사가, 1795~1881.

이처럼 허영심이 대단하긴 하지만 실제로는 역시 위장병이 아닌 게 좋은지, 오늘 밤부터 저녁 반주를 시작하겠다고 하는 것은 좀 우스꽝스럽다. 그러고 보니 오늘 아침 떡국을 그렇게 많이 먹은 것도 어젯밤 간게쓰 군하고 정종을 들이켠 영향인지도 모른다. 나도 좀 떡국이 먹고 싶어졌다.

나는 고양이기는 하지만 웬만한 건 대개 먹는다. 인력거꾼 집 검둥이처럼 골목길 생선 가게까지 원정을 갈 기력도 없고, 신작로에서 이현금二絃琴[17]을 가르치는 음악 선생 집의 미케코처럼 호사 부릴 처지도 물론 아니다. 따라서 음식은 별로 가리지 않는 편이다. 아이들이 먹다 흘린 빵 부스러기도 먹고, 떡과자 속의 팥소도 핥아 먹는다. 장아찌 종류는 너무 맛이 없지만 경험 삼아 단무지를 두어 조각 먹어본 적이 있다. 먹어보면 묘하게도, 웬만한 것은 거의 먹을 수 있게 된다. 이게 싫다, 저게 싫다 하는 것은 사치스런 투정으로, 도저히 학교 선생 집에 사는 고양이 따위가 입에 담을 말이 아니다.

주인의 이야기에 의하면, 프랑스에 발자크라는 소설가가 있었다고 한다. 이 사람은 대단한 사치꾼으로—이 사람은 입으로 하는 사치꾼이 아니라, 소설가이니만큼 문장에서 사치를 했다는 것이다—어느 날 자기가 쓰고 있는 소설 속의 인물의 이름을 지으려고 여러 가지 붙여봤지만, 아무래도 마음에 들지 않았다. 마침 그때 친구가 놀러 와 함께 산책을 나갔다. 친구는 물론 아무것도 모르고 따라나선 것이지만 발자크는 겸사겸사해서 자신이 고심하고 있는 이름을 찾아내려는 생각이었기 때문에, 길거리에 나가자 가게 앞 간판만 쳐다보면서 걷고 있었다.

그런데 역시 마음에 드는 이름이 눈에 띄지 않았다. 친구를 데리고 무턱대고 걸어갔고, 친구는 영문을 모르고 따라갔다. 그들은 마침내 아침부터 밤까지 온 파리 시내를 샅샅이 누비고 다녔다. 돌아오는 길에 언

17) 두 개의 줄이 있는 현악기.

뜻 어떤 재봉집 간판이 발자크의 눈에 띄었다. 보니까 그 간판에는 '마르크스'라는 이름이 쓰여 있었다.

"이거야, 이거. 바로 이거야! 마르크스, 참 좋은 이름이야. 마르크스 앞에다 Z라는 머리글자를 붙여보자. 그러면 더할 나위 없는 이름이 만들어지는 거지. 꼭 Z여야 해. Z. Marcus, 정말 멋있다. 아무래도 내가 만든 이름은 잘된 것 같아도 어딘지 인위적인 데가 있어 좋지가 않단 말이야. 이제야 겨우 마음에 드는 이름이 만들어졌군."

이렇게 발자크는 친구의 고생은 완전히 잊어버리고 손뼉을 치며 혼자서 기뻐했다고 하니, 소설 속 등장인물의 이름을 붙이는 데 온종일 파리를 돌아다녀야 한대서야, 너무 수고스런 일이라 하겠다.

사치도 이 정도 되면 좋긴 하지만, 나처럼 굴같이 꽉 막힌 주인을 모시는 신세로는 도저히 그럴 엄두는 못 낸다. '무엇이든 먹고 지낼 수만 있으면 다행이지' 하는 생각이 드는 것도 처지가 그렇게 만드는 것이리라. 그러므로 지금 떡국이 먹고 싶어진 것도 결코 사치 때문은 아니다. 뭐든지 먹을 수 있을 때에 먹어두자는 생각에서, 주인이 먹다 남긴 떡국이 혹시나 부엌에 남아 있지는 않을까, 했던 것이다. ……부엌으로 가본다.

오늘 아침에 본 떡이, 아침에 본 빛깔 그대로 그릇 바닥에 착 달라붙어 있다. 고백하건대, 떡이라는 것은 여태까지 한 번도 먹어본 적이 없다. 보기에는 맛있을 것 같기도 하고, 또 조금은 기분이 이상하기도 하다. 앞발로 떡 위에 얹혀 있는 채소를 긁어모은다. 발톱을 보니 떡 거죽이 묻어서 끈적끈적하다. 냄새를 맡아보니 밥솥 밑바닥에 있는 밥을 긁어 밥통에 옮겨 담을 때와 같은 냄새가 난다. 먹을까 말까 하고 주위를 둘러본다. 다행인지 불행인지 아무도 없다. 하녀는 세밑이나 설이나 똑같은 얼굴을 하고 하네를 치고 있다. 아이들은 안방에서 〈무슨 말씀이세요, 토끼님〉이라는 노래를 부르고 있다.

먹으려면 지금이 기회다. 만일 이 기회를 놓친다면, 내년까지는 떡

맛이란 걸 모르고 지내야 할 것이다. 나는 이 순간에 고양이이긴 하지만 하나의 진리를 깨달았다.

"얻기 어려운 기회는 모든 동물로 하여금 내키지 않는 일마저도 감행하게 한다."

사실 나는 그다지 떡국을 먹고 싶지는 않다. 아니, 그릇 속의 상태를 살펴보면 살펴볼수록 비위가 상해서 먹기가 싫어진다. 이럴 때 만일 하녀라도 부엌문을 열었거나, 안채에서 놀던 아이들이 다가오는 발소리를 들었거나 했다면, 나는 미련 없이 떡국을 단념했을 것이다. 그리고 떡국 생각은 내년까지 머리에 떠올리지도 않았을 것이다.

그런데 아무도 오지 않는다. 아무리 머뭇거리고 있어도 아무도 안 온다. "빨리 먹어. 먹으라니까" 하고 재촉을 당하는 것 같은 기분이 든다. 나는 그릇 속을 들여다보면서, 어서 누가 와줬으면 좋겠다고 빌었다. 역시 아무도 와주지 않는다. 결국 나는 떡국을 먹지 않으면 안 된다. 나는 드디어 온몸의 중량을 그릇 속으로 들이미는 듯한 자세를 취하고, 입을 딱 벌려 떡의 한 귀퉁이를 한 치쯤 물어뜯었다. 이 정도로 힘을 주어 물어뜯으면 대개 웬만한 것은 끊어질 법도 한데, 이걸 어쩌나! 이젠 됐겠지 해서 이빨을 빼내려 해도 잘 빠지질 않는다. 다시 한 번 물어뜯으려 해도 자유롭게 움직이질 못하겠다.

'떡은 요물이구나' 하고 알아차렸을 때는 이미 늦었다. 늪에 빠진 사람이 발을 빼려고 안간힘을 쓸 때마다 푹 푹 더 깊숙이 빠져드는 것처럼, 물면 물수록 입이 무거워진다. 이빨이 안 움직인다. 이빨에 물리긴 했지만, 물리기만 했을 뿐, 아무리 해도 끊어지질 않는다.

미학자인 메이테이 선생이 일찍이 나의 주인을 평하여 "자네는 어정쩡한 사람이야"라고 말한 적이 있는데, 과연 맞는 말이다. 이 떡도 주인과 마찬가지로 아무래도 어정쩡하다. 물어도 물어도 10을 3으로 나누는 것처럼 영원히 끝이 날 것 같지 않다. 이런 번민을 하는 중에 나는 문득 제2의 진리에 봉착했다.

"모든 동물은 직감적으로 사물의 적부적適不適을 예지한다."

진리는 이미 두 개나 발견했지만, 떡이 달라붙어 있기 때문에 조금도 유쾌함을 느끼지 못한다. 이가 떡에 찰싹 달라붙어 있어 빠질 듯이 아프다. 빨리 물어뜯고 달아나지 않으면 하녀가 온다. 아이들의 노랫소리도 그친 것 같다. 필경 부엌으로 달려올 것임에 틀림없다. 번민 끝에 꼬리를 빙빙 흔들어봤지만 아무 효과도 없다. 귀를 세우기도 하고 눕혀 보기도 했지만 모두 허사다. 생각해보면 귀와 꼬리는 떡과 아무런 상관도 없다. 요컨대 흔드느라 손해, 세우느라 손해, 눕히느라 손해라는 걸 깨달았기 때문에 다 그만두기로 했다.

그러다가 겨우 이런 건 앞발의 도움을 빌려 떼어낼 수밖에 없겠다는 생각이 들었다. 우선 오른발을 들어 입 주위를 문지른다. 문지르는 정도로 해결될 리가 없다. 이번에는 왼발을 뻗어 입을 중심으로 재빠르게 원을 그려본다. 그런 주술로도 요물은 떨어져 나가질 않는다. 참을성 있게 해야 한다 싶어 좌우 번갈아 움직여봤지만, 여전히 이빨은 떡 속에 매달려 있다. 에이 귀찮아! 하고 양쪽 발을 한꺼번에 사용한다.

그러자 이상하게도 이때만은 뒷다리 두 개만으로도 설 수 있는 게 아닌가? 어쩐지 고양이가 아닌 것 같은 느낌이 든다. 고양이건 아니건 이렇게 된 바에는 무슨 상관이냐. 어찌 됐든 떡이라는 이 요물이 떨어져 나갈 때까지 계속 해야 한다는 기세로 온 얼굴을 마구 긁어댄다. 앞발 운동이 맹렬해서 하마터면 중심을 잃고 넘어질 뻔했다. 넘어지려 할 때마다 뒷발로 균형을 유지해야 하니까 한곳에만 있을 수도 없어서 온 부엌을 이리저리 뛰어다닌다. 나 스스로도 용케도 잘 서 있구나 싶다. 제3의 진리가 쏜살같이 눈앞에 나타난다.

"위험에 처하면 평상시에 못 하던 것을 할 수 있게 된다. 이를 천우신조天佑神助라 한다."

다행히 천우신조로 내가 떡이라는 요물과 사생결단을 벌이고 있는데, 무슨 발소리가 나더니 안에서 사람이 나오는 것 같은 낌새다. 이런 판국에 사람한테 들켰다간 큰일이다 싶어 더욱더 기를 쓰며 온 부엌 바닥을 뛰어다닌다. 발소리가 점점 더 다가온다. 아아, 유감스럽게도 천우신조가 약간 부족하다. 마침내는 아이들에게 들키고 말았다.

"어머나, 고양이가 떡국을 먹고 춤을 추고 있네" 하고 큰 소리를 낸다.

이 소리를 가장 먼저 들은 것은 하녀다. 하네를 치다 말고 부엌문에서 "어머나, 어째!" 하고 뛰어 들어온다. 안주인은 가문이 새겨진 지리멘縮緬[18] 차림으로 나타나서 "별꼴이네, 고양이가"라고 말씀하신다. 주인까지 서재에서 나와 "이 바보 같은 놈!" 하고 호통친다. 재밌다, 재밌어 하고 좋아하는 건 아이들뿐이다. 그리고 모두가 다 약속이나 한 듯이 깔깔대며 웃고 있다. 화도 나고 괴롭기도 하지만 춤을 그만둘 수도 없고, 어찌할 줄을 모르겠다. 겨우 웃음이 그치는가 싶더니, 다섯 살 난 여자아이가 "엄마, 고양이도 대단하네" 하기에, 나는 모양새를 만회하려고 용빼다가 또다시 한바탕 웃음거리가 되었다.

인간의 매몰찬 행실을 엄청 많이 보기도 하고 듣기도 했지만, 이때처럼 원망스럽게 느낀 적은 없었다. 결국엔 천우신조도 어디론가 사라져버리고, 원래대로 네 발로 넙죽 엎드려서 눈알이 희번덕거리는 추태를 연출하는 지경에까지 이르렀다. 그래도 주인은 내가 죽을 고생을 하는 게 불쌍해 보였는지 "어쨌든 그 떡 좀 떼줘라" 하고 하녀에게 명령한다. 하녀는 '좀 더 춤추게 내버려 두지요' 하는 눈빛으로 안주인을 쳐다본다. 안주인은 춤 구경은 하고 싶지만 죽이면서까지 보고 싶지는 않았기 때문에 가만히 있는다.

"떼어주지 않으면 죽겠다. 어서 떼어줘라" 하고 주인은 다시금 하녀를 돌아다본다. 하녀는 맛있는 음식을 먹는 꿈을 꾸고 있다가 누가 흔들어 깨어났을 때처럼 김빠진 얼굴을 하고서 냅다 떡을 잡아당긴다. 간

---

18) 바탕이 오글쪼글한 비단.

게쓰 군은 아니지만 앞니가 모조리 부러지는 줄 알았다. 아프고 안 아프고가 문제가 아니라, 떡 속에 단단히 박힌 이빨을 인정사정없이 잡아당기니 아주 죽을 맛이다.

"모든 안락은 빼저린 고통을 겪고 나서야 오는 것이다"라는 제4의 진리를 경험하고 나서 두리번두리번 주위를 둘러보았을 때는, 식구들은 이미 모두 안방으로 들어간 뒤였다.

이런 실수를 저질렀을 때에는 집 안에 있으면서 하녀 같은 것한테 눈총받는 것도 어쩐지 거북하다. 차라리 기분 전환으로 신작로의 이현금 선생네 암고양이 미케코라도 방문해야겠다 싶어 부엌에서 뒤곁으로 나갔다. 미케코는 이 근방에서 미모로 꽤 유명하다. 나는 고양이임에는 틀림없으나 사물의 정서는 대충 알고 있다. 집에서 주인의 언짢은 얼굴을 보거나 하녀한테 구박받고 기분이 안 좋을 때는, 반드시 이 이성 친구를 찾아가서 여러 가지 이야기를 나눈다. 그러면 어느새 기분이 상쾌해져서 이제까지의 걱정도 고생도 몽땅 잊어버리고 새로 태어난 듯한 기분이 든다. 여성의 영향이란 참으로 대단하다.

삼나무울타리 틈새로 안에 있나 하고 살펴보니, 미케코는 설날이라 새 목걸이를 달고 얌전하게 툇마루에 앉아 있다. 그 등의 동그란 모양이 이루 말할 수 없이 아름답다. 곡선미의 극치다. 구부러지는 꼬리 모양, 굽힌 다리 모양, 나른한 듯 이따금씩 귀를 살짝살짝 흔드는 모양 등등 도저히 형용하기가 어렵다. 특히 볕이 잘 드는 곳에 포근히 우아하게 앉아 있으므로 그 몸은 정숙하고 단정한 태도를 취하고 있지만, 벨벳이 무색할 정도로 매끈하고 부드러운 온몸의 털이 봄볕을 반사하여 바람이 없는데도 살랑살랑 나부끼는 것 같다.

나는 한참 동안 황홀하게 바라보고 있었으나, 이윽고 정신을 차리고 동시에 낮은 목소리로 "미케코 씨, 미케코 씨" 부르면서 앞발로 손짓을 했다. 미케코는 "어머나, 선생님" 하고 툇마루에서 내려선다. 빨간 목걸이에 단 방울이 짤랑짤랑 울린다. '어라, 설날이라고 방울까지 달았네. 소리가 참 좋은데' 하고 감탄하는 사이에 내 곁에 와서 "어머, 선생님, 새해 복 많이 받으세요" 하고 꼬리를 왼쪽으로 흔든다. 우리 고양이들끼리 서로 인사를 나눌 때에는 꼬리를 막대기같이 세워서 그걸 왼쪽으로 비-잉 돌린다.

동네에서 나를 '선생님'이라고 불러주는 것은 이 미케코뿐이다. 나는 이미 말했듯이 아직 이름은 없지만 학교 선생 집에 있으니까 미케코만은 존경해서 "선생님, 선생님" 하고 불러준다. 나도 선생님이라고 불리는 게 그리 기분 나쁜 일도 아니라서 "예, 예" 하고 대답을 한다.

"아 예, 새해 복 많이 받으세요, 예쁘게 단장했군요."

"예, 작년 그믐께 저희 스승님께서 사주셨어요. 좋지요?" 하고 짤랑짤랑 울려 보인다.

"정말 좋은 소리군요. 나 같은 놈은 난생 그렇게 훌륭한 것은 본 적이 없습니다."

"어머, 별말씀을. 다들 달고 있는걸요" 하고 또 짤랑짤랑 울린다.

"소리가 좋죠. 전 기뻐요" 하고 짤랑짤랑 짤랑짤랑 계속해서 울려댄다.

"당신네 집 스승님은 당신을 무척 귀여워해 주시는 모양이군요."

나는 내 신세에 비교해서 은근히 부러운 마음을 내비친다. 미케코는 천진난만하다.

"정말 그래요. 마치 자식처럼요" 하고 순진하게 웃는다.

고양이라고 해서 웃지 말라는 법은 없다. 인간은 자기들밖에는 웃지 못하는 줄로 생각하는데, 그건 착각이다. 내가 웃을 땐 콧구멍을 세모꼴로 하여 목젖을 진동시켜 웃으니까 인간들로서는 당연히 이해하지 못할 것이다.

"당신네 주인님은 어떤 분입니까?"

"어머, 주인님이라니요. 이상도 하셔라. 스승님이에요. 이현금을 가르치는 스승님."

"그건 나도 알고 있습니다만, 신분이 뭡니까? 어쨌든 옛날에는 높으신 분이었겠지요?"

"예."

낭군님을 기다리는 고마쓰 공주…….

장지문 안에서 스승님이 이현금을 타기 시작한다.

"소리가 좋지요?" 하고 미케코가 자랑한다.

"좋긴 한데, 난 잘 모르겠네. 도대체 무슨 곡입니까?"

"저거요? 저건 무슨 뭐라고 하는 것 같던데. 스승님은 저걸 굉장히 좋아하세요. ……스승님은 저래 보여도 예순둘이세요. 아주 정정하셔요."

예순둘인데 살아 있으니 정정하다고 해야겠지. 나는 "그렇군요" 하고 대답했다. 좀 얼빠진 것 같으나 달리 명답도 나오지 않으니 별수가 없다.

"원래는 대단히 신분이 좋았대요. 늘 그렇게 말씀하시는걸요."

"그래요? 원래는 뭐였는데요?"

"뭐라더라, 덴쇼인[19] 님의 서사書士의 여동생이 출가한 집의 시어머니의 조카의 딸이었다나 봐요."

"뭐라고요?"

"그 덴쇼인 님의 서사의 여동생이 출가한……."

"아하, 잠깐 기다려봐요. 덴쇼인 님의 여동생의 서사의……."

"아유, 그게 아니고요. 덴쇼인 님의 서사의 여동생이……."

"아, 알겠어요. 덴쇼인 님의 말이죠?"

---

19) 가고시마 영주의 딸로 태어나 13대 장군 도쿠가와 이에사다에게 출가했다가 얼마 후 사별하고 불교에 귀의한 여성.

"네."

"서사의 말이죠?"

"맞아요."

"출가한."

"'여동생이 출가한'이죠."

"그렇지, 그렇지, 착각했다. 여동생이 출가한 집의."

"시어머니의 조카의 딸이래요."

"시어머니의 조카의 딸이라고요?"

"예, 이제 알겠지요?"

"아니, 뭐가 뭔지 복잡해서 어리둥절합니다. 요컨대 덴쇼인 님의 뭐가 된다는 겁니까?"

"당신도 어지간히 답답하시네요. 그러니까 덴쇼인 님의 서사의 여동생이 출가한 집의 시어머니의 조카의 딸이라고, 아까부터 말했잖아요?"

"그건 다 알고 있는 거고요."

"그걸 알기만 하면 되잖아요?"

"아, 예" 하고 어쩔 수 없이 항복했다. 우리는 때에 따라서 이론에 몰리다 거짓말을 해야 하는 경우가 있다.

장지문 안에서 이현금 소리가 뚝 그치더니, 스승님이 부른다.

"미케야, 미케야, 밥 먹으렴."

미케코는 기쁜 듯이 말한다.

"어머, 스승님이 부르시니까 저 갈게요. 괜찮죠?"

안 괜찮다고 말해봤자 소용없다.

"그럼 또 놀러 오세요" 하고 방울을 짤랑짤랑 울리며 마당 앞까지 달려가더니 갑자기 되돌아와서 "당신 안색이 너무 안 좋네요. 어디가 안 좋은 거 아니에요?" 하고 걱정스러운 듯이 물어본다. 그렇다고 떡국 먹고 춤을 추었다고도 할 수 없어서 대충 얼버무린다.

"뭐, 별일은 아닙니다만, 무슨 생각을 좀 했더니 두통이 나서요. 실은 당신이랑 얘기라도 나누면 좀 나아질까 해서 온 겁니다."

"그래요? 몸조심하세요. 안녕."

조금은 헤어지는 게 아쉬운 듯이 보였다. 이제 떡국 때문에 잃었던 기운도 완전히 회복되었다. 기분이 좋아졌다. 돌아오는 길에 예의 차밭을 지나가려고 녹기 시작한 서릿발을 밟으면서 대나무 울타리 구멍으로 얼굴을 들이밀었더니, 또 인력거꾼 집 검둥이가 시든 국화 덤불 위에 등을 잔뜩 구부리고 앉아서 하품을 하고 있다. 요즈음은 검둥이를 보고 무서워할 내가 아니지만, 말을 걸어오면 귀찮으니까 못 본 척하고 지나가려 했다. 검둥이 성질로 봐서 남이 자기를 무시했다는 걸 알면 결코 가만히 있지 않는다.

"야, 이름도 없는 쪼다 새끼야. 요즘 들어 엄청 도도해졌더라. 아무리 꼰대네 밥을 얻어먹는다고 그렇게 거만스런 상판을 짓는 게 아니지. 등신 같은 게, 재수 없어."

검둥이는 내가 유명해진 것을 아직 모르는 모양이다. 설명해주고 싶지만 도저히 이해할 놈이 아니므로, 일단 적당히 인사나 하고 되도록 빨리 헤어지는 게 상책이다.

"어, 검둥 군, 복 많이 받게. 여전히 건강하군" 하고 꼬리를 세우고 왼쪽으로 비–잉 돌린다. 검둥이는 꼬리를 세우기만 한 채 인사도 하지 않는다.

"뭐, 복 많이 받으라고? 설이라서 복 많이 받는다면, 너 같은 놈은 1년 내내 복 많이 받겠구나. 조심해라, 이 풀무장이 상판대기야."

'풀무장이 상판대기'란 말은 아무래도 욕 같긴 한데, 나로서는 이해가 되지 않았다.

"좀 물어보겠는데, 풀무장이 상판대기란 말이 무슨 뜻이냐?"

"흥, 자기가 욕을 먹으면서도 그 뜻을 물으니 한심스럽구나. 그러니까 멍텅구리란 거야."

'멍텅구리'는 시적이지만, 그 의미는 풀무장이의 뭐라는 것보다도 한층 애매모호한 말이다. 참고 삼아 잠깐 묻고 싶었지만, 물어본들 분명한 답변을 얻지 못할 게 뻔해서 똑바로 마주 본 채로 아무 말 없이 서 있었다. 좀 어색하다. 그때 갑자기 검둥이네 집 여편네가 큰 소리를 질러댄다.

"어머, 선반에 얹어둔 연어가 없어졌네. 큰일 났네. 또 그놈의 검둥이 새끼가 훔쳐 간 거야. 정말 못돼 처먹은 고양이 새끼야. 들어오기만 해봐라, 어디 가만두나."

화창한 정초의 공기를 마구 진동시키고, 나뭇가지도 소리 내지 않는 태평 치세를 마구 세속화시켜버린다.

검둥이는 소리 지르고 싶으면 실컷 소리 질러보라는 듯이 시건방진 낯짝으로 사각 턱을 앞으로 내밀면서, 저 소리 들었느냐고 눈짓을 한다. 지금까지는 검둥이와 응대를 하느라고 알아차리지 못했는데, 보니까 그의 발밑에는 한 토막에 2전 3리나 하는 연어가 뼈만 남은 채로 흙투성이가 되어 나뒹굴고 있다.

"너 여전히 활약하고 있구나" 하고 여태까지의 말싸움은 다 잊어버리고, 그만 감탄사를 바치고 말았다. 검둥이는 그런 정도로는 좀처럼 기분이 나아지지 않는다.

"뭐가 어쨌다고? 야 인마, 연어 한두 토막 가지고 여전히 뭐라고? 나를 어떻게 보고 하는 소리야. 이래 봬도 인력거꾼 집 검둥이란 말이야."

검둥이는 소매를 걷어붙이는 대신에 오른쪽 앞발을 어깻죽지까지 치켜들었다.

"자네가 검둥 군이라는 건 처음부터 알고 있어."

"알고 있으면서 여전히 활약한다니, 뭐야, 뭐냐 말이야" 하고 열기를 마구 뿜어낸다. 인간이라면 멱살을 잡혀 흔들릴 판이다. 약간 뒷걸음질 치며 내심 이거 큰일났구나 하고 있는데, 다시금 그 집 여편네의 큰 소리가 들린다.

"여보세요, 니시카와 씨. 이봐요, 니시카와 씨. 부탁할 일이 있다니까요, 이 양반이. 쇠고기 한 근 얼른 갖다 줘요. 알았어요? 쇠고기 질기지 않은 부위로 한 근요."

쇠고기를 주문하는 소리가 사방의 적막을 깨트린다.

"흥, 1년에 한 번 쇠고기를 먹으면서 요란스럽게 소리를 질러대기는. 쇠고기 한 근 사면서 동네방네에 자랑이라니, 주책바가지 여편네라니까" 하고 검둥이는 비웃으면서 네 다리를 버티고 일어선다. 나는 어찌 대꾸해야 할지 몰라서 가만히 보고만 있다.

"한 근 정도론 성에 차지 않지만 할 수 없지. 좋아, 받아두면 이따가 먹어주지" 하고 마치 자기를 위해 주문한 것같이 말한다.

"이번엔 진짜 잔치겠군. 좋겠네, 좋겠어."

나는 되도록 그를 보내려 한다.

"네까짓 게 상관할 바 아냐. 입이나 닥치고 있어, 시끄럽게 말이야."

검둥이는 갑자기 뒷발로 서릿발 내린 흙무더기를 내 머리에 덥석 끼얹는다. 내가 놀라서 몸에 묻은 진흙을 털고 있는 동안에 검둥이는 울타리 밑을 빠져나가, 어디론가 자취를 감춰버렸다. 아마 니시카와네 쇠고기를 노리러 갔을 게다.

집에 돌아와 보니 손님방 분위기가 유달리 훈훈하니 주인의 웃음소리마저 쾌활하게 들린다. 웬일인가 하고 활짝 열어젖힌 툇마루로 올라가 주인 곁으로 다가가 보니 낯선 손님이 와 있다. 머리를 단정하게 가르고, 가문이 새겨진 무명 하오리에 두꺼운 무명천으로 만든 하카마[20]를 입은, 지극히 착실해 보이는 서생 차림의 남자다.

주인이 손을 쬐는 조그만 화로의 모서리에 있는 슌케이식[21]으로 칠한 궐련상자와 나란히 "오치 도후越智東風 군을 소개드리겠습니다. 미

---

20) 가랑이가 넓은 일본 남자의 하의.

21) 중세 시대의 도공 슌케이가 시작한 칠공예법으로 노송나무, 전나무 바탕에 빨갛게 애벌칠을 한 다음 그 위에 투명한 칠을 해서 나뭇결이 보이도록 마무리함.

즈시마 간게쓰水島寒月"라고 쓰인 명함이 있어서, 이 손님이 간게쓰 군의 친구라는 걸 알 수 있었다.

주객主客의 대화는 도중에 들어서 전후 사정을 잘 모르겠으나, 아무래도 내가 지난번에 소개한 미학자 메이테이 군에 관한 얘기인 것 같다.

"그래서 재미있는 취향이 있으니까 꼭 함께 가자고 하시기에" 하고 손님은 침착하게 말한다.

"뭡니까? 서양 요릿집에 가서 점심을 먹는 데에 무슨 취향이 있다는 겁니까?" 하고 주인은 차를 더 따라 손님 앞으로 내민다.

"글쎄요, 그 취향이라는 게 그때는 저도 몰랐습니다만, 아무튼 그분이 하시는 일이니까 뭔가 재밌는 일이 있을 거라 생각해서요……."

"같이 갔습니까? 역시."

"그런데 놀랐습니다."

주인은 그것 보라는 듯이, 무릎 위에 앉은 내 머리를 툭 친다. 조금 아프다.

"또 무슨 엉뚱한 짓이겠죠. 그 친구는 그게 버릇이니까."

갑자기 안드레아 델 사르토 사건이 생각난다.

"그런가요. 뭔가 색다른 걸 먹지 않겠느냐고 하시기에."

"뭘 먹었습니까?"

"우선 메뉴를 보면서 여러 가지 요리에 대한 얘기가 있었습니다."

"주문을 하기 전에 말입니까?"

"예."

"그리고요?"

"그리고 고개를 돌려 웨이터 쪽을 보시며, '어째 색다른 요리가 없는 것 같군' 하시니까, 웨이터는 지지 않을 기세로 '오리 로스나 송아지 구이 요리는 어떠십니까?' 하고 묻더군요. 그러자 선생님은 그런 평범한 걸 먹으러 일부러 여기까지 온 건 아니라고 하셨죠. 웨이터는 평범하다는 의미를 이해하지 못했는지 묘한 얼굴을 하고 가만히 있더군요."

"그렇겠지요."

"그러고선 저를 향해 '여보게, 프랑스나 영국에 가면 언제든 덴메이초天明調[22]나 만요초萬葉調[23]를 먹을 수 있지만, 일본에선 어딜 가든 판에 박은 것 같아서, 별로 서양 요릿집에 들어가고 싶은 마음이 안 생긴다네' 하고 열변을 토하시던데…… 도대체 그분은 서양 여행을 하신 적이 있습니까?"

"뭐, 메이테이가 서양 여행 같은 걸 했을 리가 있겠어요? 돈도 있고, 시간도 있고, 가려고 마음만 먹으면 언제라도 갈 수야 있겠지만, 아마 이제부터 갈 예정인 것을 과거사로 가정해본 신소리겠지요."

주인은 스스로도 재치 있는 말을 했다 싶은지 자기가 먼저 웃는다. 손님은 그다지 감탄한 것 같지도 않은데.

"그렇습니까. 전 또 언제 서양에 다녀오셨나 하고, 고지식하게 열심히 듣고 있었지요. 게다가 보고 온 것같이 민달팽이 수프 얘기며, 개구리 스튜에 관해 설명을 하시기에."

"그야 누구한테서 들었겠지요. 거짓말하는 데는 대단한 명수니까요."

"아무래도 그런 것 같아요."

손님은 꽃병의 수선화를 바라본다. 약간 억울하다는 기색이다.

"그럼 취향이란 건 그거였군요" 하고 주인이 다짐을 한다.

"아니요, 그건 그냥 서두에 불과하고, 본론은 이제부터입니다."

"흠" 하고 주인은 호기심 어린 감탄사를 내뱉는다.

"그러고서 '민달팽이나 개구리는 먹고 싶어도 도저히 먹을 수가 없으니까, 그냥 도치멘보[24] 정도로 봐주는 게 어떻겠나? 여보게' 하고 제 의향을 물어보시기에 저는 그만 무심코 '그게 좋겠네요' 하고 말해버렸

22) 하이쿠의 한 유파로 객관적인 작풍.

23) 『만엽집』의 특징적인 시가의 작풍.

24) 칠엽수 열매 가루로 반죽한 메밀국수를 얇게 펴는 막대. 여기서는 뒤에 나오는 시인 도치멘보의 필명과 요리 이름을 곁말로 사용해 꾸며낸 말.

습니다."

"허, 도치멘보라니 묘하군요."

"예, 정말 묘합니다만, 선생님이 하도 진지하셔서 그만 알아차리질 못했습니다."

마치 주인한테 잘못을 사과하는 것 같다.

"그리고 어떻게 됐습니까?" 하고 주인은 태연스럽게 묻는다. 손님의 사죄에는 전혀 동정을 표하고 있지 않다.

"그러고서 웨이터에게 '이보게, 도치멘보를 2인분 가져오게' 하니까 웨이터가 '멘치보[25] 말씀입니까?' 하고 되물었습니다만, 선생님은 더욱더 진지한 얼굴로 멘치보가 아니라 도치멘보라고 정정해주셨습니다."

"어허, 도대체 그 도치멘보라는 요리는 진짜 있는 거요?"

"글쎄요. 저도 이상하다고는 생각했지만, 선생님께서 사뭇 침착하시고 게다가 그렇게 서양을 잘 아시는 데다 특히 그때는 서양에 갔다 오신 줄로만 믿고 있었기 때문에 저도 덩달아 거들어서 '도치멘보야, 도치멘보'라고 웨이터에게 가르쳐주었지요."

"웨이터는 어떻게 하던가요?"

"웨이터가 말이에요, 지금 생각하면 정말 우스운 일입니다마는, 잠시 골똘히 생각하더니 '대단히 죄송합니다만, 오늘은 도치멘보는 안 되고 멘치보라면 2인분을 곧 만들 수 있습니다'라고 하는 거예요. 선생님은 매우 유감스럽다는 표정으로 '그러면 모처럼 여기까지 찾아온 보람이 없잖나. 어떻게든 도치멘보를 만들어서 먹게 해줄 수는 없겠는가' 하고 웨이터에게 20전짜리 은화를 주셨지요. 그러자 웨이터는 '그렇다면 어쨌든 요리사와 의논하고 오겠습니다' 하고는 안으로 들어갔습니다."

"어지간히도 도치멘보가 먹고 싶었던 모양이군요."

---

25) 민스볼.

"한참 있다 웨이터가 나와서 '정말 죄송합니다. 주문을 하시면 만들긴 하겠습니다만, 조금 시간이 걸리겠습니다' 하니까 메이테이 선생은 여전히 침착하게 '어차피 우리는 정초라서 한가하니 좀 기다렸다가 먹고 가지 않겠나?' 하면서 포켓에서 잎담배를 꺼내 뻐끔뻐끔 피우기 시작하시더라고요. 저도 어쩔 수 없이 주머니에서 〈니혼日本신문〉을 꺼내어 읽기 시작했습니다. 그러자 웨이터는 또다시 안으로 의논하러 갔습니다."

"절차가 몹시 복잡하군."

주인은 전쟁 기사를 읽으려는 기세로 다가앉는다.

"그리고 웨이터가 다시 나와서 '요즈음은 도치멘보 재료가 동이 나서 가메야[26]에 가도, 요코하마 15번가에 가도 구할 수 없으니 당분간은 안 되겠습니다' 하고 미안한 듯이 말했지요. 그러자 선생님은 '그거 곤란하군. 모처럼 왔는데 말이야' 하고 저를 보시면서 자꾸 반복하시기에 저도 가만히 있을 수가 없어서 '정말 유감이군요. 매우 유감스럽습니다' 하고 장단을 맞췄습니다."

"당연하겠지요" 하고 주인이 맞장구친다. 뭐가 당연한 건지 나로선 이해가 안 간다.

"웨이터도 미안했던지 '그 사이에 재료가 들어오면 부디 들러주십시오' 하지 않겠어요. 선생님이 재료는 뭘 쓰느냐고 물으니까 웨이터는 헤헤헤 하고 웃기만 하고 대답을 하지 않는 겁니다. '재료는 니혼파日本派의 하이진俳人[27]이겠지' 하고 선생님이 거듭 물어보니까 웨이터는 '예, 그렇습니다. 그래서 요즈음엔 요코하마에 가도 구할 수가 없으니, 정말 죄송합니다'라고 하더라고요."

"하하하, 그게 결말입니까? 이거 재미있네."

---

26) 수입 식료품점.

27) 하이쿠를 짓는 시인.

주인은 여느 때와 다르게 큰 소리로 웃는다. 무릎이 흔들려서 나는 떨어질 뻔했다. 그러거나 말거나 주인은 개의치 않고 마구 웃는다. 안드레아 델 사르토에 걸려든 것이 자기 하나뿐이 아니란 걸 알게 돼 갑자기 유쾌해진 모양이다.

"그러고서 둘이 바깥으로 나왔는데 '어떤가, 여보게, 보기 좋게 걸려들지 않던가? 도치멘보[28]를 재료로 쓴 게 재미있지' 하며 의기양양하시더군요. '정말 감탄했습니다' 하고 헤어졌습니다만, 실은 점심시간이 늦어져서 너무 배가 고파 혼났습니다."

"그거 난처했겠습니다" 하고 주인은 비로소 동정심을 나타낸다. 여기엔 나도 이의는 없다. 한동안 대화가 끊어져 내 목구멍 울리는 소리가 주객主客의 귀에 들어간다.

도후 군은 식은 차를 벌컥 마셔버리고 "실은 오늘 찾아뵌 것은 선생님께 부탁이 좀 있어서입니다" 하고 정색하며 말한다.

"허어, 무슨 일인가요?" 하고 주인도 따라서 점잔을 뺀다.

"아시다시피 문학이나 미술을 좋아해서요……."

"좋은 일이지요" 하고 기운을 돋운다.

"우리 동호인들이 얼마 전부터 낭독회라는 걸 조직해서 매달 한 번씩 회합을 갖고 이 방면의 연구를 앞으로 계속할 작정인데, 이미 첫 회는 작년 말에 개최했습니다."

"잠깐 묻겠는데요, 낭독회라고 하면 시가나 문장에 무슨 가락을 붙여서 읽는 거 같은데, 대체 어떤 식으로 하는 겁니까?"

"뭐, 처음에는 옛사람의 작품부터 시작해서 차츰차츰 동호인의 창작도 다룰 작정입니다."

"옛사람의 작품이라고 하면 백낙천[29]의 「비파행琵琶行」[30] 같은 건가요?"

---

28) 니혼파 하이쿠 시인 안도 렌자부로의 호, 1869~1914.

"아니요."

"부손[31]의 「춘풍마제곡春風馬堤曲」 같은 시 종류인가요?"

"아니요."

"그럼 어떤 걸 했습니까?"

"지난번에는 지카마쓰[32]의 정사극情死劇을 했습니다."

"지카마쓰? 그 조루리[33]의 지카마쓰 말입니까?"

지카마쓰가 두 명이나 되는 건 아니다. 지카마쓰라고 하면 당연히 희곡 작가 지카마쓰를 말하는 것이다. 그걸 되묻다니 어지간히도 바보구나, 하고 생각하고 있는데 주인은 그런 줄도 모르고 내 머리를 다정하게 쓰다듬고 있다. 사팔뜨기가 본 걸 갖고 자기한테 반한 줄로 알고 좋아하는 인간도 있는 세상이니, 이 정도의 잘못은 결코 놀랄 일이 못된다 싶어 그냥 쓰다듬게 내버려 두었다.

"예" 하고 대답하고 도후 선생은 주인의 안색을 살핀다.

"그럼 혼자서 낭독하는 겁니까, 아니면 역할을 정해서 하는 겁니까?"

"역할을 정해서 주고받는 식으로 해봤습니다. 그 근본 취지는 될 수 있으면 작중인물에 동정심을 가지고 그 성격을 제대로 발휘하는 것을 첫째로 하고, 거기에다 손짓이나 몸짓을 덧붙였습니다. 대사는 되도록 그 시대의 인물을 묘사하여, 양갓집 규수든 견습 소년이든 그 인물이 실제로 등장한 것처럼 하는 겁니다."

"그럼 뭐, 연극 같은 거 아닙니까?"

"예, 의상과 무대장치가 없을 뿐이지요."

"실례지만 잘됐습니까?"

---

29) 중국 당나라 시인으로 본명은 백거이, 772~846.

30) 백낙천이 만든 칠언고시七言古詩로 88구로 이루어짐.

31) 요사 부손, 에도 중기의 하이쿠 시인이며 화가, 1716~1783.

32) 지카마쓰 몬자에몬, 에도 중기의 극작가, 1653~1725.

33) 일본 고유의 악기 샤미센에 맞춰서 낭창하는 옛이야기.

"뭐, 첫 회치고는 성공한 편이라 생각합니다."

"그래 정사극이라면……."

"뱃사공이 손님을 태우고 요시와라에 가는 대목입니다."

"대단한 장면을 했군요" 하고 교사이니만큼 살짝 고개를 갸웃한다. 코에서 뿜어낸 히노데 담배 연기가 내 귀를 스쳐 얼굴 옆으로 돌아간다.

"뭐, 그리 대단할 것도 없습니다. 등장인물은 손님과 뱃사공, 창녀와 여급, 포주와 권번券番[34]뿐이니까요."

도후 선생은 태연스럽다. 주인은 창녀라는 말을 듣고 약간 얼굴을 찌푸렸지만, 여급, 포주, 권번이라는 용어에 대해선 분명한 지식이 없었던지 우선 질문을 던졌다.

"여급이라는 건 창가娼家에 있는 하녀에 해당하는 건가요?"

"아직 충분히 연구해보진 않았습니다만, 여급은 요정의 하녀이고, 포주라는 게 창가의 감독 비슷한 거라고 생각합니다."

도후 선생은 금방 그 인물이 등장한 것처럼 목소리도 흉내를 낸다고 하더니 포주나 여급의 성격을 잘 알지는 못하는 것 같다.

"그러니까 여급은 요정에 예속된 자고, 포주는 창가에서 기거하는 자군요. 그다음 권번이라는 건 사람입니까, 아니면 일정한 장소를 가리키는 겁니까? 만일 사람이라면 남자입니까, 여자입니까?"

"권번은 아마도 남자를 가리키는 것 같습니다."

"무슨 일을 담당하고 있나요?"

"글쎄요, 거기까지는 아직 조사가 돼 있지 않습니다. 일간 조사해보겠습니다."

이런 식으로 대사를 주고받다가는 얼마나 엉망진창이 될까, 하고 나는 주인의 얼굴을 슬쩍 쳐다보았다. 주인은 의외로 진지하다.

---

34) 게이샤를 관장하는 사무원.

“그런데 낭독자는 당신 외에 어떤 사람들이 더 있었나요?”

“여러 사람 있었습니다. 창녀 역은 법학사인 K 군이 했는데, 콧수염을 달고서 여자의 달콤한 대사를 말하니까 좀 묘하더군요. 게다가 그 창녀가 짜증을 부리는 대목이 나오는데…….”

“낭독에서도 짜증을 내야 하나요?”

주인은 걱정스러운 듯이 묻는다.

“예, 어쨌든 표정이 중요하니까요.”

도후 선생은 어디까지나 문예가를 자처하고 있다.

“짜증을 잘 내던가요?” 하고 주인은 예리하게 묻는다.

“짜증만은 첫 회에선 좀 무리였습니다.”

도후 선생도 예리하게 응답한다.

“그런데 당신은 무슨 역할이었습니까?”

“저는 뱃사공이었어요.”

“야하, 당신이 사공을.”

당신 같은 사람이 뱃사공 역할을 할 수 있다면 나도 권번 역할쯤은 할 수 있겠다는 투로 말한다. 이윽고 “사공 역도 무리였나요?”라고 솔직하게 물어본다. 도후 선생은 별로 기분이 상한 것 같지도 않다. 여전히 침착한 어조로 대답한다.

“그 뱃사공 때문에 모처럼의 행사도 용두사미로 끝났습니다. 실은 그 회장會場 근처에 여학생이 네다섯 명 하숙하고 있었는데 말이죠, 어떻게 소문을 들었는지 그날 낭독회가 있다는 것을 알고, 회장 창문 밑에 와서 방청하고 있었던 모양입니다. 제가 뱃사공 목소리를 흉내 내며 이 정도면 되겠다 싶어 신나게 하고 있는데…… 그런데 몸짓을 너무 오버했는지, 여태까지 참고 있던 여학생들이 한꺼번에 와하고 웃음을 터트리니, 놀라기도 하고 멋쩍기도 하고, 그 때문에 중단돼서 도저히 더는 계속할 수가 없었지요. 그래서 결국은 거기서 그대로 끝나버렸습니다.”

제1회로서는 성공이었다고 하던 낭독회가 그런 정도라면, 실패하는 경우엔 어떻게 될지 상상만 해도 웃지 않을 수 없다. 저절로 목울대에서 끄르륵끄르륵하는 웃음소리가 난다. 주인은 더욱더 부드럽게 내 머리를 쓰다듬어 준다. 남을 비웃고 귀여움을 받는 건 고마운 일이긴 하지만, 약간은 뒤가 켕기는 일이기도 하다.

"그거 참 엉뚱하게 됐군요" 하고 주인은 정초부터 조사弔詞를 바치고 있다.

"제2회부터는 더욱 분발하여 성대하게 할 작정입니다. 오늘 찾아뵌 것도 실은 그 때문이고요. 선생님께서도 한번 입회를 하시어 힘써주십사 해서요."

"나는 도무지 짜증 내는 재주 같은 거 없어요."

소극적인 주인은 바로 거절하려 한다.

"아니에요, 짜증 같은 건 안 내셔도 괜찮습니다. 여기 찬조 회원 명부가……."

도후 선생은 보라색 보자기에서 소중한 듯이 소국판[35] 장부를 꺼내더니 "여기에 부디 서명, 날인을 해주십시오" 하고 장부를 펼쳐서 주인의 무릎 앞에 둔다. 보니까 요즘 유명한 문학박사, 문학사들의 이름이 가지런히 총동원되어 있다.

"글쎄, 찬조 회원이 못 될 것도 없지만, 무슨 의무가 있는 겁니까?"

고집쟁이 굴 선생은 걱정되는 눈치다.

"의무라 해서 특별히 부탁드릴 건 없고요, 그냥 성함만 기입해주셔서 찬성의 뜻만 표해주시면 됩니다."

"그렇다면 가입하죠."

주인은 아무 의무가 없다는 걸 알기가 무섭게 갑자기 마음이 가벼워진다. 책임만 안 지는 일이라면 모반謀反을 위한 연판장連判狀에라도

35) 휴대용 휴지 크기만 한 일본 고유의 인쇄물 판형.

서명을 하겠다는 표정이다. 뿐만 아니라, 이렇게 저명한 학자들의 이름이 즐비한 가운데에 이름만이라도 입적시키는 것은, 여태까지 이런 일이 있어본 적이 없는 주인으로서는 더없는 영광이므로 대답이 힘찬 것도 무리는 아니다.

"잠깐 실례하겠소" 하고 주인은 도장을 가지러 서재로 들어간다. 나는 다다미 위로 뚝 떨어진다. 도후 선생은 과자 접시에 담긴 카스텔라를 집어 한입에 잔뜩 처넣는다. 우물우물 한참 동안 괴로워 보인다. 나는 오늘 아침 떡국 사건을 잠깐 떠올린다. 주인이 서재에서 도장을 가지고 나왔을 때는, 이미 도후 선생의 위장에 카스텔라가 정착했을 때였다. 주인은 과자 접시의 카스텔라 한 조각이 없어진 것을 알아차리지 못한 것 같다. 만약 알아차린다고 하더라도 제일 먼저 의심받는 건 나일 것이다.

도후 선생이 돌아가고 나서 주인은 서재에 들어갔다. 책상 위를 보니 어느 틈에 메이테이 선생의 편지가 와 있다.

새해 경하드리옵나이다…….

'유달리도 서두가 진지하군' 하고 주인은 생각한다. 메이테이 선생의 편지는 진지한 적이 거의 없었기 때문이다. 저번 언젠가도

그 후 별로 미치도록 연모하는 여성도 없고, 아무한테서도 연애편지도 안 오고, 그냥 그런대로 무사히 소일消日하고 있으니, 외람되오나 부디 염려 놓으시기 바라옵나이다.

와 같은 편지가 왔을 정도다. 거기에 비하면 이 연하장은 의외로 세속적이다.

잠시라도 찾아뵙고 싶습니다만, 대형大兄의 소극주의와는 반대로 될 수 있는 한 적극적인 방침으로서 이 천고미증유千古未曾有의 신년을 맞이할 계획이므로, 매일매일 눈코 뜰 새 없을 만큼 바쁘오니 너그러이 헤아려주시기 바라옵나이다.

'하긴 그렇기도 하겠지. 그 사람답게 설날은 놀러 다니느라 당연히 바쁠 거야' 하고 주인은 내심 메이테이 군에게 동의한다.

어제는 잠깐 짬을 내어 도후 선생에게 도치멘보 요리를 대접하려고 했는데, 공교롭게도 재료가 다 떨어졌다고 하여 그 뜻을 이루지 못했으니 유감천만으로 사료되옵니다…….

'슬슬 본색이 드러나는군' 하고 주인은 말없이 미소를 짓는다.

내일은 모 남작男爵의 카드놀이 모임, 모레는 심미학협회의 신년 연회, 그 이튿날은 도리베 교수 환영회, 또 그 이튿날은…….

'성가시군' 하고 주인은 건너뛰어 읽는다.

이와 같이 우타이謠 모임, 하이쿠 모임, 단카短歌 모임, 신체시 모임 등 모임이 잇달아 있어 당분간은 쉴 새 없이 참석해야 하기 때문에 부득이하게 연하장으로써 방문 인사를 대신할까 하오니, 부디 노여워 마시고 너그러이 용서해주시기 바라나이다…….

'굳이 올 필요도 없지' 하고 주인은 편지에 대답을 한다.

언제 한번 오시면 오랜만에 만찬이라도 대접하고 싶습니다. 궁색한 부억이라 아무런 진미도 없습니다만, 하다못해 도치멘보라도 대접할까 하고 지금부터 생각하고 있습니다…….

'아직까지도 도치멘보를 떠벌리고 있잖아. 괘씸한 것 같으니' 하고 주인은 약간 화가 난다.

하지만 도치멘보는 요즈음 재료가 다 떨어져서 어쩌면 못 구할지도 모르오니, 그때는 공작새 혀라도 풍미하시도록 해드리겠습니다.

'양다리를 걸치는군' 하고 주인은 다음이 읽고 싶어진다.

아시다시피 공작 한 마리에 혓바닥의 분량은 새끼손가락의 반도 못 되므로, 식욕 왕성한 대형의 배를 채우기 위해서는…….

'거짓말도 잘하는군' 하고 주인은 내뱉듯이 말한다.

암만해도 공작 2, 30마리는 포획해야 할 것 같습니다. 그런데 공작은 동물원이나 아사쿠사 유원지에선 간혹 볼 수 있으나, 보통 새 파는 가게에선 전혀 눈에 띄지 않으므로 고심하고 있는 바이옵니다…….

'혼자서 제멋대로 고심하라지' 하고 주인은 조금도 감사의 뜻을 표하지 않는다.

이 공작의 혓바닥 요리는 옛날 로마 전성 시대에 굉장히 유행했던 것으로, 호사 풍류의 극치인즉 평소부터 내심 먹고 싶었던 터이오니 헤아려주시기 바라옵니다…….

'뭘 헤아리라는 거야? 제기랄' 하고 주인은 몹시 냉담하다.

그 후 16, 7세기경까지는 전 유럽을 통해 공작은 연회석에 없어서는 안 될 진미가 되었습니다. 레스터 백작[36]이 엘리자베스 여왕을 케닐워스[37]에 초대했을 때에도 확실히 공작을 사용했던 것으로 기억합니다. 유명한 렘브란트[38]가 그린 〈향연도饗宴圖〉에도 공작이 꼬리를 펼친 채 식탁 위에 놓여 있습니다…….

'공작의 요리사料理史를 쓸 정도라면 그다지 바쁜 것도 아니군' 하고 불평을 한다.

어쨌든 요즈음처럼 계속해서 진수성찬만 먹어대다간 한다하는 소생도 머지않아 대형처럼 위약증胃弱症에 걸릴 것은 정해진 이치라…….

'대형처럼이라니 웃기고 있네. 굳이 나를 위약증의 표준으로 삼지 않아도 되잖아' 하고 주인은 중얼거렸다.

역사가의 설에 따르면 로마 사람은 하루에도 두세 번이나 연회를 열었다고 합니다. 하루에 두세 번씩이나 커다란 잔칫상을 받으면 아무리 위가 튼튼한 사람이라도 소화 기능에 장애를 일으키게 될 터이니, 따라서 자연히 대형처럼…….

'또 대형처럼이야? 버르장머리 없이.'

---

36) 로버트 더들리. 영국의 정치가. 엘리자베스 1세 여왕의 총신. 1532~1588.
37) 영국 잉글랜드의 중부 도시 워릭셔 주에 있는 지명.
38) 네덜란드의 화가. 1606~1669.

그런데 호사와 위생을 양립시키려고 연구를 거듭한 그들은, 엄청나게 많은 양의 자양분을 탐식하는 동시에 위장을 정상 상태로 보존할 필요를 인정하여, 여기에 하나의 비법을 생각해내게 되었습니다…….

'어, 그래서' 하고 갑자기 마음이 쏠린다.

그들은 식후에 반드시 목욕을 합니다. 목욕한 후에 어떤 방법에 따라 목욕 전에 먹은 것을 죄다 토하여 위 속을 청소합니다. 위 속이 깨끗해지면 다시 식탁에 앉아서 잔뜩 배가 부를 때까지 진미를 맛보고, 다 먹고 나면 또 욕탕에 들어가서 이것을 토해냅니다. 이렇게 하면 좋아하는 음식을 먹고 싶은 만큼 먹고도 내장의 각 기관에는 전혀 장애를 일으키지 않으니, 일거양득이란 게 이런 걸 말하는 게 아닌가 싶습니다…….

과연 일거양득임에 틀림없다. 주인은 부러운 듯한 얼굴을 한다.

20세기의 오늘날같이 교통의 발달이나 연회의 증가는 말할 것도 없고, 군국軍國 일본이 러시아 정벌을 한 지 2년째가 되는 이때, 우리 전승국의 국민은 반드시 로마인을 본받아 이 목욕 구토의 방법을 연구해야 할 시기에 이르렀다고 자신하는 바이옵니다. 그렇게 하지 않으면 모처럼의 대국민도 가까운 장래에 모조리 대형처럼 위장병 환자가 되지 않을까, 은근히 걱정이 되옵니다…….

'또 대형처럼이라네? 괘씸한 사람 같으니' 하고 주인은 생각한다.

이 차제에 우리 서양 사정에 정통한 자들이 고사古史 전설을 연구, 이미 전폐된 비법을 발견하여 이를 메이지 사회에 응용한다면, 이른바 화근을 미연에 방지하는 공덕도 되며, 평소에 마음껏 쾌락을 즐긴 은혜에 대한 보답도 되리라고 생각하옵니다…….

'뭔가 좀 이상한데' 하며 고개를 갸웃거린다.

그리해서 얼마 전부터 기번, 몸젠[39], 스미스[40] 등 제가諸家의 저술을 섭렵하고 있습니다만, 아직까지 이렇다 할 만한 단서도 찾아내지 못하였으니 유감스럽기 그지없습니다. 그러나 아시다시피 소생은 한번 결심한 것은 성공할 때까지 결코 중도 포기하지 않는 성질이므로 구토 방법을 부흥시키는 것도 멀지 않을 것으로 믿고 있습니다. 이는 발견하는 대로 보고해 드릴 터이니 그렇게 알고 계시기 바랍니다. 그리고 앞서 말씀드린 도치멘보와 공작 혓바닥 요리도 될 수 있으면 그 방법을 발견한 뒤에 하고자 하오니, 그렇게 하면 소생의 사정은 물론 이미 위약증으로 고생하고 계시는 대형을 위해서도 편하리라고 생각되옵니다. 총총 이만 줄일까 합니다.

"뭐야, 결국 또 속은 거야? 하도 편지글이 진지해서 그만 끝까지 고지식하게 읽고 말았네. 정초부터 이런 장난을 치는 메이테이도 어지간히 한가한 사람이로군" 하고 주인은 웃으며 말했다.

그로부터 4, 5일은 별다른 일 없이 지나가 버렸다. 백자 화병의 수선화는 차츰 시들고, 푸른 매화가 병에 꽂힌 채 차츰 피기 시작한다. 하지만 이런 것들만 쳐다보고 지내기는 너무 따분하므로, 한두 번 미케코를 찾아갔지만 만나지 못했다. 처음에는 어디 나간 줄로 알았는데 두 번째에는 병이 나서 누워 있다는 것을 알았다.

장지문 안에서 예의 스승님과 하녀가 얘기하는 걸 손 씻는 돌수반 옆의 엽란葉蘭 그늘에 숨어서 엿들었더니 이러했다.

---

39) 테오도어 몸젠, 독일의 역사가, 1817~1903.

40) 골드윈 스미스, 영국의 평론가, 역사가, 1823~1910.

"미케는 밥을 먹니?"

"아니요, 아침부터 여태 아무것도 안 먹었어요. 따뜻하게 고타쓰 옆에 눕혔습니다."

왠지 고양이답지 않다. 인간 취급을 받고 있다. 내 처지에 비해 부럽기도 하지만, 한편으로는 내가 사랑하는 고양이가 이토록 후한 대접을 받고 있다고 생각하니 기쁘기도 하다.

"정말 큰일 났구나. 밥을 안 먹으면 몸만 축나는데."

"그럼요, 저도 하루라도 끼니를 거르면 이튿날은 도저히 일을 못 하겠는걸요."

하녀는 자기보다 고양이가 더 고등동물이라는 듯이 대답한다. 사실 이 집에서는 하녀보다 고양이가 더 귀중할지도 모른다.

"의사 선생한테 데리고 갔었니?"

"예, 그 의사는 아주 이상해요. 제가 미케를 안고 진찰실에 들어가니까 감기라도 걸렸느냐면서 제 맥을 짚으려고 하지 않겠어요? '아니요, 환자는 제가 아니라 이 아이예요' 하고 미케를 무릎 위에 똑바로 앉혔더니, 싱글벙글 웃으면서 '고양이 병은 나도 몰라. 내버려 두면 곧 나을 거야' 하는 거예요. 너무 심하지 않아요? 화가 나서 '그럼 안 봐주셔도 좋아요. 이래 봬도 귀한 고양이라고요' 하고 미케를 품 안에 안고 곧바로 돌아와 버렸지요."

"어찌 그럴 수가."

"어찌 그럴 수가"는 도저히 우리 집 같은 데선 들어볼 수 없는 말이다. 역시 덴쇼인 님의 누구의 뭐가 되지 않고서는 사용할 수 없는 매우 우아한 말이라고 생각하며 감탄했다.

"어째 콜록거리는 것 같은데……."

"예, 아마 감기가 들어서 목이 아픈가 봐요. 감기에 걸리면 누구나 기침이 나니까요……."

덴쇼인 님의 누구의 뭐가 되는 가정의 하녀인 만큼 무척 정중한 말씨를 사용한다.

"그리고 요즈음에는 폐병이라는 게 생겼다지."

"정말, 요새같이 폐병이니 페스트니 해서 새로운 병만 자꾸 늘어나니, 잠시도 안심할 수가 없어요."

"옛날 막부 시대에 없었던 것치고 제대로 된 건 없으니까, 너도 조심해야 된다."

"그래야겠지요."

하녀는 크게 감동하고 있다.

"감기는 왜 걸렸을까. 별로 나다닌 것 같지도 않은데……."

"아니에요, 주인님. 그게 요즘 못된 친구가 생겨서 말이에요."

하녀는 마치 국가 기밀이라도 말하는 것처럼 의기양양하다.

"못된 친구?"

"예, 저 큰길가의 교사네 집에 있는 추레한 수고양이요."

"교사라니, 매일 아침 그 이상한 소리를 내는 사람 말이냐?"

"예, 세수할 때마다 거위 목 따는 소리를 내는 그 사람이에요."

'거위 목 따는 소리'라니 멋진 표현이다. 나의 주인은 매일 아침 욕실에서 양치질을 할 때, 칫솔로 목구멍을 쿡쿡 찔러 이상한 소리를 마구 질러대는 버릇이 있다. 기분이 나쁠 때는 마구 칵칵거린다. 기분이 좋을 때는 신이 나서 더욱더 칵칵거린다. 즉, 기분이 좋을 때나 나쁠 때나 쉬지 않고 마구 칵칵거린다.

안주인의 말로는 여기로 이사 오기 전까지는 이런 버릇이 없었는데, 어느 날 우연히 시작하더니 오늘에 이르기까지 하루도 거른 적이 없다고 한다. 좀 성가신 버릇인데 왜 이런 짓을 끈질기게 계속하고 있는지 우리 같은 고양이로서는 도저히 상상도 할 수 없다. 그건 그렇다 치고, '추레한 고양이'라니 지나친 혹평을 하는구나, 하고 더욱 귀를 기울여 그다음을 엿듣는다.

"그런 소리를 내는 게 무슨 주술이 되는지 모르겠어. 유신 전에는 주겐[41]이나 조리토리[42]조차도 그에 맞는 예의범절은 지킬 줄 알아서 양반 주택가 같은 데서 그런 식으로 세수하는 이는 한 사람도 없었지."

"당연히 그랬겠지요."

하녀는 무턱대고 감탄을 하며, 마구 '-지요'를 사용한다.

"그런 주인을 가진 고양이니까 어차피 도둑고양이겠지. 이번에 또 나타나면 좀 때려줘라."

"때려주고말고요. 미케가 병난 것도 다 그놈 때문임에 틀림없어요. 꼭 복수를 해줘야겠어요."

엉뚱하게도 억울한 죄를 뒤집어썼군. 이래서야 어디 접근할 수 있겠나 싶어 마침내는 미케코를 만나지도 못하고 돌아왔다.

돌아와 보니 주인은 서재 안에서 뭔가 골똘히 생각하면서 붓을 들고 있다. 이현금 스승님 댁에서 들은 평판을 얘기해주면 분명 화를 내겠지만, 모르는 게 약이라고 끙끙거리면서 고상한 시인인 척하고 있다.

그러고 있는데 당분간은 바빠서 못 온다며 일부러 연하장을 보낸 메이테이 군이 홀연히 나타났다.

"뭐, 신체시라도 짓고 있나? 재밌는 게 만들어졌으면 어디 보여주게나."

"음, 좀 멋있는 문장 같아서 지금 번역해보려고" 하고 주인은 무겁게 입을 연다.

"문장? 누구 문장인데?"

"누구 것인지 모르겠어."

"무명씨인가? 무명씨 글에도 꽤 좋은 게 있으니 쉬이 무시할 수야 없지. 도대체 어디에 있던가?"

"제2독본" 하고 주인은 차분하게 대답한다.

---

41) 무가武家의 하인.

42) 무가에서 신발 심부름을 하는 하인.

"제2독본? 제2독본이 어쨌다는 건데."

"내가 번역하고 있는 명문名文이란 게 제2독본 속에 들어 있단 말일세."

"농담하지 말게. 공작 혓바닥에 대한 복수를 요런 식으로 하려는 작정이지?"

"나는 자네 같은 허풍선이하고는 달라."

주인은 콧수염을 꼰다. 태연자약하다.

"옛날 어떤 사람이 산요[43]에게 '선생님, 요즈음 명문은 없습니까?' 하고 물었더니, 산요는 마부가 쓴 빚 독촉장을 보여주며 '요즘 명문은 아마도 이것일 게요'라고 했다는 얘기가 있네. 자네의 심미안도 의외로 정확할지도 모르지. 어디 읽어보게나, 내가 비평해줄 테니까" 하고 메이테이 선생은 마치 심미안의 대가인 양 말한다. 주인은 선승禪僧이 다이토 국사國師[44]의 유계遺戒를 읽는 것 같은 소리로 읽기 시작한다.

"거인巨人, 인력引力."

"뭐야, 그 거인 인력이란?"

"거인 인력이 제목일세."

"묘한 제목이군. 난 무슨 뜻인지 모르겠는걸."

"인력이라는 이름을 가진 거인이라는 거지."

"좀 억지 같지만 제목이니까 일단 그대로 통과시키지. 자, 어서 본문을 읽어보게나. 자네는 목소리가 좋아서 아주 재미있어."

"훼방 놓으면 안 되네" 하고 미리 다짐을 해두고 다시 읽기 시작한다.

케이트는 창문으로 바깥을 내다본다. 어린이가 공을 던지며 놀고 있다. 그들은 공을 공중에 높이 던진다. 공은 위로, 위로 올라간다. 한참 있다가

---

43) 라이 산요, 에도 시대의 유학자, 문장가, 역사가, 1780~1832.

44) 교토 다이토쿠지大德寺를 창건한 가마쿠라 시대의 고승, 1282~1337.

떨어진다. 그들은 다시 공을 높이 던진다. 두 번, 세 번 던질 때마다 공은 떨어진다. 왜 떨어지는 건지, 왜 위로 위로 계속 올라가지 않는 건지 케이트가 묻는다.

"거인이 땅속에 살고 있기 때문이지" 하고 엄마가 대답한다.

"그는 거인 인력이라서 강하단다. 그는 만물을 자기 쪽으로 잡아끌고, 가옥을 땅 위로 끌어당기지. 그러지 않으면 날아가 버리니까. 아이들도 다 날아가 버린단다. 잎이 떨어지는 것을 봤겠지. 그건 거인 인력이 부르는 거야. 책을 떨어뜨리는 일이 있을 거야. 거인 인력이 오라고 손짓하기 때문이지. 공이 하늘로 올라갈 때 거인 인력이 부른단다. 부르면 떨어지지."

"그뿐인가?"

"음, 괜찮지 않아?"

"오, 이거 놀랐는걸. 엉뚱한 데서 도치멘보의 답례를 받았군."

"답례도 뭐도 아닐세. 실제로 괜찮으니까 번역해본 거야. 자네는 그렇게 생각하지 않나?" 하고 주인은 금테 안경 속을 들여다본다.

"정말 놀라운걸, 자네한테도 이런 재주가 있을 줄이야. 진짜 이번만은 내가 넘어갔어. 항복이네, 항복."

메이테이 군은 혼자서 인정하고 혼자서 지껄인다. 주인에게는 전혀 통하지 않는다.

"나는 뭐 자네를 항복시킬 생각은 없고, 그저 재밌는 문장이다 싶어서 번역해봤을 뿐일세."

"아니, 정말 재밌어. 그렇게 나와야 진짜지. 대단한데. 두 손 들었네."

"그렇게 두 손 들 것까진 없네. 나도 최근에 수채화를 그만둬서 그 대신 문장이라도 해볼까 해서 말이야."

"천만의 말씀을. 원근도 없고 흑백이 평등한 수채화에 비할 바가 아니지. 탄복하고말고."

"그렇게 칭찬해주니 나도 으쓱해지네" 하고 주인은 어디까지나 착각을 하고 있다.

그러고 있는데 간게쓰 군이 "지난번에는 실례했습니다" 하면서 쓰윽 들어온다.

"여어, 내가 먼저 와 있네. 지금 대단한 명문을 경청하면서 도치멘보의 망혼을 퇴치당한 판이라서" 하고 메이테이 선생은 영문을 알 수 없는 말을 내던진다.

"아, 그렇습니까?" 하고 저쪽도 영문 모를 인사를 한다. 주인만은 그다지 들뜬 기색이 아니다.

"요전에 자네 소개로 오치 도후라는 사람이 찾아왔더군."

"아, 왔었습니까? 그 오치 고치라는 친구는 지극히 정직한 사람입니다만, 조금 별난 데가 있어서 혹시나 폐가 되지 않을까 했는데, 꼭 소개해달라고 해서요……."

"별로 폐 될 것도 없는데, 뭐……."

"여기 와서 자기 이름에 대해서 뭐라고 떠들고 가지는 않던가요?"

"아니, 그런 얘기는 없었던 것 같은데."

"그렇습니까? 어딜 가든 처음 만나는 사람한테 자기 이름에 대해서 설명하는 버릇이 있거든요."

"어떤 설명을 하는데?" 하고 무슨 일이 있기만 고대하던 메이테이 선생이 참견을 한다.

"그 고치東風의 한자를 '도후'라는 음으로 읽는 게 무척 신경 쓰이나 봐요."

"으음, 그래" 하고 메이테이 선생은 금박 입힌 유피 담배쌈지에서 담배를 끄집어낸다.

"'제 이름은 오치 도후가 아니라 오치 고치입니다' 하고 반드시 미리 일러둡니다."

"묘하군" 하고 구모이 담배[45] 연기를 배 속까지 들이마신다.

"그게 전적으로 문학열에서 나온 것이라. 고치라고 읽으면 '원근遠近'[46]이라는 단어가 될 뿐만 아니라 그 성과 이름이 운韻을 맞추고 있다는 게 자랑이랍니다. 그래서 고치를 도후라는 음으로 읽으면 자기가 애써 고심한 것을 알아주지 않는다고 불평을 하는 겁니다."

"야, 거참 별나군."

메이테이 선생은 흥이 나서 담배 연기를 배 속에서 콧구멍으로 도로 뿜어낸다. 도중에 연기가 방황을 하다가 목구멍에 걸린다. 선생은 담뱃대를 쥐고 콜록콜록 기침을 한다.

"지난번에 왔을 땐 낭독회에서 뱃사공 노릇을 하다가 여학생들한테 웃음거리가 됐다고 하더군."

주인은 웃으면서 말한다.

"음, 그래, 맞아" 하고 메이테이 선생이 담뱃대로 무릎을 친다. 나는 위태로울 것 같아 약간 옆으로 비킨다.

"그 낭독회 말일세. 저번에 도치멘보를 대접했을 때 그 얘기가 나왔어. 여하튼 2회에는 저명한 문사를 초대하여 대회를 열 예정이라면서, 나더러 선생님께서도 꼭 참석해달라고 부탁하더군. 그래서 내가 다음에도 지카마쓰의 통속물을 할 작정이냐고 물으니, 이 다음엔 훨씬 새로운 걸 골라 『곤지키야샤金色夜叉』[47]를 하기로 했다 하데. 자네는 무슨 역을 맡았느냐고 물으니까, 자긴 여주인공 오미야 역을 한다는 거야. 도후가 오미야로 나오면 재미있겠지. 나는 꼭 참석해서 박수를 쳐줄 생각이네."

"재미있을 겁니다" 하고 간게쓰 군이 이상야릇한 웃음을 짓는다.

"하지만 그 사람은 한없이 성실하고 경박한 데가 없어서 좋아. 메이

---

45) 살담배의 일종.

46) '원근'은 훈독으로 '오치코치'라 읽으며 '여기저기'라는 뜻임.

47) 메이지 시대의 소설가 오자키 고요(1868~1903)의 소설.

테이 같은 인간하곤 전혀 다르지" 하고 주인은 안드레아 델 사르토와 공작 혓바닥과 도치멘보의 복수를 한꺼번에 해치운다. 메이테이 군은 아무렇지도 않은 모양으로 "어차피 나 같은 건 교토쿠의 도마[48] 같은 격인데, 뭐" 하고 웃는다.

"아마도 그쯤 될 거야" 하고 주인이 말한다. 실은 주인은 '교토쿠의 도마'라는 게 무슨 말인지 모르지만, 다년간 선생 노릇을 하며 적당히 잘 넘어가 버릇했으므로 이럴 땐 선생의 경험을 사교 석상에서도 응용하는 것이다.

"'교토쿠의 도마'란 무슨 뜻입니까?"

간게쓰가 솔직하게 묻는다. 주인은 마루 쪽을 바라보며, "저 수선화는 지난 섣달그믐께 내가 목욕 갔다 오는 길에 사다가 꽂은 건데, 오래도 가는군" 하고 '교토쿠의 도마'를 어물쩍 뭉갠다.

"그믐이라고 하니까 말인데, 작년 그믐에 난 정말 기이한 경험을 했다네" 하고 메이테이가 담뱃대를 곡예사처럼 손가락 끝으로 돌린다.

"어떤 경험인지 얘기해보게나."

주인은 '교토쿠의 도마'에서 간신히 벗어났다는 생각에 안도의 한숨을 내쉰다. 메이테이 선생의 기이한 경험이란, 듣건대 다음과 같은 것이었다.

"아마 섣달 27일로 기억하네. 바로 그 도후한테서 찾아뵙고 꼭 문예에 관한 고견을 듣고자 하오니 댁에 계셔주시길 바란다고 하는 예고가 있어서 아침부터 잔뜩 기다리고 있는데, 이 친구가 어디 와야 말이지. 점심을 먹고 나서 스토브 앞에서 베리 페인[49]의 해학담을 읽고 있는데, 시즈오카에 계신 어머니로부터 편지가 왔어. 뜯어보니까, 노인네라 언

---

48) 당시 지바 현의 교토쿠란 곳에서 바보조개라는 조개가 많이 잡혀, 이곳 도마에는 늘 이 조개가 올려져 닳을 정도였다고 함. 이에서 유래한 '어리석고 닳고 닳은 인간'에 대한 은어.

49) 영국의 소설가. 1864~1928.

제까지나 나를 어린애로 아는 모양이더라고. 추운 겨울에는 밤에 외출을 하지 말라든가, 냉수욕도 좋지만 난로를 피워 방 안을 따뜻하게 하지 않으면 감기에 걸린다든가, 여러 가지 주의를 주시는 거야. '정말 부모란 고마운 거구나, 남 같으면 도저히 이렇게는 못할 거야' 하고 무심한 나도 그때만은 크게 감동을 했다네. 그래서 이렇게 빈둥빈둥 허송세월해선 안 되겠다, 무슨 큰 저술이라도 해서 가문을 빛내야겠다, 어머니가 살아 계시는 동안에 천하에 메이지의 문단에 메이테이 선생이 있다는 걸 널리 알려야겠다는 생각이 들었다네. 그러고서 더 읽어나가니까, '너는 참 행운아다. 러시아와 전쟁이 벌어져 젊은이들이 나라를 위해 큰 고생을 하고 있는데, 너는 연말에도 설날처럼 태평하게 놀고만 지내는구나'라고 써 있는 거야. 이래 봬도 난 어머니가 생각하는 것처럼 놀고만 있는 건 아닌데 말이야. 그다음에는 이번 전쟁에 나가서 죽거나 부상을 입은 내 초등학교 때 친구들 이름이 열거돼 있는 거야. 그 이름을 하나하나 읽어나갈 때에는 왠지 세상이 허무하고 인간도 시시하다는 생각이 들더군. 맨 끝에 가선 '나도 이제 늙어서 새해 떡국을 먹는 것도 이번이 마지막이 아닌가 싶다……' 하고 왠지 심란한 말이 써 있어서, 더욱 기분이 울적해져 빨리 도후가 왔으면 좋겠는데 이 친구가 아무리 기다려도 오지 않는 거야. 그러다가 마침내 저녁때가 돼서 식사를 하고, 어머니에게 답장이라도 쓰려고 한 열두세 줄 썼지. 어머니 편지는 2미터나 되지만, 나는 도저히 그런 재주가 없으니 언제나 열 줄 내외에서 끝내기로 하고 있다네. 그렇게 하루 종일 꼼짝 않고 있었더니 속이 이상하고 답답하더라고. 도후가 오거든 좀 기다리게 하면 된다는 생각으로, 편지도 부칠 겸 산책을 하러 나갔지. 그런데 여느 때와는 달리 발이 후지미초로 향하지 않고 도테산반초 쪽으로 나도 모르게 나아가고 있는 거야. 마침 그날 밤은 좀 흐리고 강바람이 도랑 건너편에서 세차게 불어닥쳐 몹시 춥더라고. 가구라자카 쪽에서 기차가 부―기적 소리를 내며 둑 밑을 지나가더군. 매우 쓸쓸한 기분이 들었어. 세

밑, 전사, 노쇠, 인생무상 등 그런 생각들이 머릿속을 빙빙 도는 거야. 흔히 사람들이 목을 매고 죽는다고들 하는데, 이럴 때에 문득 뭔가에 이끌려 죽고 싶은 마음이 생기는 게 아닌가 싶더군. 살짝 고개를 쳐들고 둑 위를 보니까 어느새 그 소나무 바로 밑에 와 있는 게 아니겠어."

"그 소나무라니 무슨?"

주인은 한마디 짤막하게 던진다.

"목매는 소나무 말일세" 하고 메이테이는 목을 움츠린다.

"목매는 소나무는 고노다이에 있지 않습니까?"

간게쓰가 파문을 확대시킨다.

"고노다이에 있는 건 종을 매는 소나무고, 도테산반초에 있는 게 목매는 소나무야. 왜 이러한 이름이 붙었느냐 하면 옛날부터 전해 내려온 얘기가, 누구든 이 소나무 밑에 오면 목을 매고 싶어진다는 거야. 둑 위에 소나무는 몇십 그루나 늘어서 있지만, 저기 사람이 목매달아 죽었다 해서 와보면 반드시 이 소나무에 매달려 있다는 거야. 1년에 두세 번은 반드시 매달려 있다는군. 아무래도 다른 소나무에서는 죽고 싶은 생각이 안 드는 모양이야. 보니까 그 가지가 묘하게도 행길 쪽으로 뻗쳐 있더라고. 아아, 가지가 멋지게 잘 뻗었구나, 그대로 두고 보긴 아깝다, 어떻게든 저기에다 사람을 매달아보고 싶다, 누가 오지 않을까, 하고 주위를 둘러보니 공교롭게도 아무도 오지 않는 거야. 별수 없지, 내가 매달릴까? 아니, 안 되지. 내가 매달렸다간 목숨이 달아나지. 위험하니 그만두자. 그러나 옛날 그리스 사람들은 연회 석상에서 목매다는 시늉을 내어 흥을 돋우었다는 얘기가 있네. 한 사람이 발판 위에 올라가 새끼줄 구멍으로 목을 들이미는 순간, 다른 사람이 발판을 걷어차는 거야. 그와 동시에 목을 들이민 당사자는 줄 구멍에서 빠져나와 뛰어내린다는 취향일세. 과연 그게 사실이라면 별로 두려울 게 없겠다, 나도 한번 시험해보자, 하고 가지에 손을 걸어보니 적당히 휘어지는 거야. 휘어지는 폼이 정말 미적이더군. 목이 매달려서 대롱대롱 흔들리는 꼴을 상상하니까 너무 좋아 죽겠더라고. 꼭 해보려고 했는데, 만일 도후가 와서 기다리고 있으면 미안한 노릇이라는 생각이 들더군. 그럼 우선 도후를 만나 약속대로 얘기를 하고 나서 다시 와야지, 하고 결국은 집에 돌아와 버린 걸세."

"그래서 해피엔드였다는 말인가?" 하고 주인이 묻는다.

"재미있는데요" 하고 간게쓰가 싱글싱글 웃으며 말한다.

"집에 와보니까 도후는 안 와 있는 거야. 그 대신 '오늘은 부득이한 사정으로 못 나갑니다. 조만간 한번 찾아뵙고 천천히 말씀을 듣고자 합니다'라는 엽서가 와 있기에 겨우 안심하고, 그렇다면 홀가분한 마음으로 목을 맬 수 있겠다 싶으니 기쁘더군. 그래서 재빨리 나막신을 걸쳐 신고 빠른 걸음으로 아까 그 자리로 다시 가보니까……" 하고 메이테이는 주인과 간게쓰의 얼굴을 쳐다보며 시치미를 떼고 있다.

"보니까 어땠는데?" 하고 주인은 조금 채근한다.

"점점 이야기가 흥미진진해져 가는군요."

간게쓰는 하오리 끈을 만지작거린다.

"보니까 벌써 누군가 와서 먼저 매달려 있는 거야. 단 한 발의 차이로 말일세. 아깝게 됐지. 지금 생각해보면 아무래도 그때는 저승사자한테 홀렸던 모양이야. 제임스[50] 같은 사람의 말에 의하면, 잠재의식 속의 유명계幽冥界와 내가 존재하는 현실 세계가 일종의 인과법에 의해서 서로 감응했다는 셈이 되겠지. 실로 기이한 일이 아닌가?"

이야기를 마치고 메이테이는 딴청을 피우고 있다.

주인은 '또 당했구나' 생각하면서 아무 말 없이 구야모치[51]를 잔뜩 입에 넣어 우물거리고 있다.

간게쓰는 화로의 재를 평평하게 긁적거리면서 고개를 수그린 채 빙

---

50) 윌리엄 제임스, 미국의 철학자이자 심리학자, 1842~1910.

51) 으깬 팥소를 넣은 일본식 찹쌀떡 과자.

굿이 웃더니, 이윽고 입을 연다. 지극히 차분한 말투다.

"과연 듣고 보니 하도 이상한 일이라서 좀처럼 사실 같지도 않습니다만, 저도 역시 바로 얼마 전에 비슷한 경험을 했던 터라, 전혀 의심되지 않습니다."

"자네도 목을 매고 싶었다는 건가?"

"아니, 제 경우는 목이 아니고요. 이것도 새해가 됐으니 작년 섣달그믐께 일인데 그것도 선생님과 같은 날 같은 시간에 일어난 일이므로 더욱더 불가사의하다는 생각이 듭니다."

"이거 재밌겠군."

메이테이도 구야모치를 한입 가득 입에 집어넣는다.

"그날은 무코지마에 있는 친지 집에서 송년회 겸 합주회가 있어서 저도 거기에 바이올린을 가지고 갔지요. 영양과 영부인들이 열대여섯 명이나 모인 굉장히 성대한 모임으로, 근래 보기 드문 즐거운 일이라 생각될 만큼 모든 것이 잘 갖추어져 있었습니다. 만찬도 끝나고 합주도 끝나고 여러 가지 잡담을 하다가 꽤 시간도 늦었기에 그만 하직 인사나 하고 돌아가려고 하는데, 어느 박사의 부인이 제 옆으로 와서 '당신은 ○○ 양이 병이 난 걸 알고 계신가요?' 하고 작은 소리로 묻는 게 아니겠습니까. 실은 그 2, 3일 전에 만났을 때만 해도 평소와 마찬가지로 어디가 아파 보이거나 하지 않았으므로 저도 놀라서 자세히 상태를 물어보았더니, 저를 만난 그날 밤부터 열이 나기 시작하여 자꾸만 헛소리를 하는데, 그뿐이면 괜찮은데 그 헛소리 속에 제 이름이 종종 나온다는 겁니다."

주인은 물론 메이테이 선생도 "보통이 아니군" 따위의 평범한 말은 하지 않고, 조용히 듣고만 있다.

"의사를 불러 진찰을 받아보니 병명은 뭔지 모르겠는데, 어쨌든 열이 심해서 뇌를 침범하고 있으니 만일 수면제가 생각대로 효능을 발휘하지 않으면 위험하다는 진단이 나왔다는 겁니다. 저는 그 말을 듣자마자 뭔가 불안한 느낌이 들었습니다. 마치 악몽에 시달리는 듯한 압박감으로 주위 공기가 갑자기 굳어져 사방에서 제 몸을 조이는 것같이 느껴지는 겁니다. 돌아오는 길에도 그 일이 뇌리에 남아서 괴로워 혼났습니다. 그 예쁘고 쾌활하고 건강한 ○○ 양이……."

"잠깐, 미안한데 기다려주게. 아까부터 듣자니까 ○○ 양이라는 이름이 두 번쯤 나온 것 같은데, 혹시 괜찮다면 누군지 알고 싶군. 말해주겠나?" 하고 메이테이 선생이 주인을 쳐다보니, 주인도 "음" 하고 건성으로 대답한다.

"아니요, 그것만은 본인에게 폐가 될지도 모르니까 그만두겠습니다."

"끝까지 애매모호하게 끌고 나갈 생각인가?"

"비웃으시면 안 됩니다. 정말 진지한 얘기니까요……. 어쨌든 그 여성이 갑자기 그런 병에 걸린 걸 생각하니, 실로 비화낙엽飛花落葉 같은 기분으로 가슴이 미어지고, 온몸의 활기가 스트라이크를 일으킨 것처럼 기운이 쑥 빠져버려, 그냥 비틀거리며 아즈마 다리에 가까스로 이르렀던 것입니다. 난간에 기대어 아래를 내려다보니 밀물인지 썰물인지는 알 수 없으나, 검은 물이 한데 뭉쳐서 그저 움직이고 있는 듯이 보이더군요. 하나카와도 쪽에서 인력거가 한 대 달려와서 다리 위를 건너갔습니다. 그 초롱불을 바라보고 있노라니, 불빛이 점점 작아지다가 삿포로 맥주회사 근방에서 사라졌습니다. 저는 다시 물을 보았습니다. 그러자 아득히 먼 강 상류 저편에서 제 이름을 부르는 소리가 들리는 게 아니겠어요? 이상도 하다, 이 시간에 날 부를 사람이 있을 리가 없는데 누굴까, 하고 수면을 들여다보았지만 캄캄해서 아무것도 보이지 않더라고요. 기분 탓일 거야, 어서 돌아가자, 하고 한 걸음 두 걸음 걷기 시작하자 또 희미한 소리로 멀리서 제 이름을 부르는 거예요. 저는 또 멈춰 서서 귀를 기울여 들었습니다. 세 번째 들렸을 때에는 난간을 붙잡고 있는데도 무릎이 덜덜 떨리더군요. 그 소리는 멀리서 나거나 강 밑바닥에서 나는 것 같은데, 틀림없는 ○○ 양의 목소리인 거예요. 저는 저도 모르게 '예' 하고 대답을 하고 말았습니다. 그 대답 소리가 어찌나 컸는지 조용한 수면에 울려서 저 자신도 제 목소리에 깜짝 놀라 주위를 둘러보았습니다. 사람도 개도 달도 아무것도 안 보이더군요. 그 순간 전 이 '밤' 속에 휩쓸려서, 불현듯 그 소리가 나는 곳으로 가보고 싶은 생각이 들었습니다. ○○ 양의 목소리가 다시 또 괴로운 듯이, 호소하는 듯이, 구조를 청하는 듯이 제 귀를 찔렀으므로, 이번엔 '이제 곧 갑니다'라고 대답을 하고 난간에다 상체를 내밀고 검은 수면을 내다보았습니다. 아무래도 절 부르는 소리가 물결 밑에서 어렴풋이 새어 나오는 것같이 생각돼서요. 이 물속이구나, 하고 저는 드디어 난간 위에 올랐습니다. 이번에 또 부르면 뛰어내릴 결심으로 흐르는 물을 내려다보고 있으려니까 또다시 그 가련한 목소리가 실낱처럼 떠오르는 겁니다. 이때다 하고 온 힘을 다해 일단 뛰어올랐다가, 그러곤 돌멩이처럼 미련 없이 떨어져 버렸습니다."

"드디어 뛰어든 건가?"

주인이 눈을 깜박거리면서 묻는다.

"거기까지 갈 줄은 몰랐는데"라며 메이테이는 자기 코끝을 살짝 잡아 비튼다.

"뛰어든 뒤에는 정신을 잃어, 한참 동안은 멍했습니다. 그러다가 눈을 떠보니 춥기는 한데 아무 데도 젖은 곳도 없고, 물을 먹은 것 같은 느낌도 없는 거예요. 분명히 뛰어들었을 텐데 정말 이상하다, 어떻게 된 일인가 싶어 정신 차려 그 주위를 둘러보고 놀랐습니다. 물속으로 뛰어내린 줄로 알았는데, 실은 다리 한복판으로 뛰어내렸던 겁니다. 그때는 정말 유감스러웠습니다. 앞과 뒤를 착각해서 그 목소리가 나는 곳으로 가지 못했던 거죠."

간게쓰는 싱글싱글 웃으면서 여느 때와 같이 하오리의 옷고름을 만지작거린다.

"허허허, 이거 재미있군. 내 경험하고 너무 흡사한 것이 묘한데. 역시 제임스 교수의 재료가 되겠어. '인간의 감응'이라는 제목으로 사생문을 쓰면 필경 문단을 놀라게 할 거야……. 그래서 그 ○○ 양의 병은 어떻게 됐나?" 하고 메이테이 선생이 추궁한다.

"2, 3일 전 새해 인사를 하러 갔을 때, 대문 안에서 하녀하고 하네를 치고 있더군요. 병은 다 나은 것 같습니다."

주인은 아까부터 생각에 잠긴 듯하더니, 이윽고 입을 열어 "나도 있어" 하고 나선다.

"있다니, 뭐가 있다는 거야?"

메이테이의 안중에는 주인 따위는 물론 없다.

"나도 작년 섣달그믐께에 생긴 일일세."

"모두 작년 섣달그믐이라니 우연치곤 묘하군요" 하고 간게쓰가 웃는다. 빠진 앞니 사이에 구야모치 부스러기가 붙어 있다.

"역시 같은 날 같은 시간 아닌가?" 하고 메이테이가 말 중간에 훼방을 놓는다.

"아니 날짜는 다른 것 같아. 아마 20일경일 거야. 마누라가 연말 선물 대신에 셋쓰다이조攝津大掾[52]를 구경시켜달라기에, 못 데리고 갈 것도 없지만 오늘은 무슨 내용이냐고 물었더니, 마누라가 신문을 뒤적거리면서 '우나기다니鰻谷[53]'라고 하는 거야. 난 우나기다니는 싫으니까 오늘은 그만두자고 하고 그날은 그만두기로 했지. 이튿날이 되자 아내가 또 신문을 들고 와서 '오늘은 호리카와堀川[54]니까 괜찮지요' 하는 거야. 호리카와는 샤미센三味線[55] 반주로 하는 거라 시끄럽기만 하지 내용이 없으니까 그만두자고 하니까, 마누라는 불만스런 얼굴로 물러가더군. 그다음 날이 되자 마누라가 하는 말이 '오늘은 산주산겐도三十三

52) 음곡에 맞추어서 낭창하는 조루리의 2대째 대가.
53) 조루리의 한 장면.
54) 조루리의 한 장면.
55) 세 개의 줄이 있는 일본 고유의 현악기.

間堂[56]예요. 나는 꼭 셋쓰다이조가 하는 산주산겐도를 듣고 싶어요. 당신은 산주산겐도도 싫어할지 모르지만, 저한테 구경시켜주기로 한 거니까 함께 가도 되잖아요' 하고 조르는 게 아니겠어. '당신이 그렇게 가고 싶다면 가도 좋아. 하지만 일생일대의 단 한 번뿐인 명연기라 해서 대만원일 테니 무턱대고 가서는 도저히 들어갈 수 없을 거야. 원래 그런 곳에 가려면 구내 찻집 안내소라는 게 있어서 미리 거기와 교섭을 해서 적당한 자리를 예약하는 것이 정당한 수속인데, 수속을 밟지 않고 상례에서 벗어난 짓을 하는 것은 옳지 않아. 유감스럽지만 오늘은 그만두자'라고 하니까, 마누라는 매서운 눈초리로 '나는 여자라서 그런 복잡한 수속 따위는 모르지만, 오하라 씨네 어머니도 스즈키 씨네 기미요도 정당한 수속을 밟지 않고서도 잘 구경하고 왔다니까, 아무리 당신이 학교 선생이라 해도 굳이 그렇게 번거롭게 하지 않아도 괜찮을 거예요. 당신은 정말 너무해요' 하고 우는 소리를 내지 뭔가. '그럼 허탕 치더라도 뭐, 가기로 하지. 저녁을 먹은 뒤에 전차를 타고 가자'고 항복을 했더니, '갈 거면 4시까지 거기에 도착해야 하니까 그렇게 꾸물대면 안 돼요' 하면서 갑자기 신이 나는 거야. 왜 4시까지 가야 하느냐고 물으니, 그 정도로 일찍 가서 자리를 잡지 않으면 들어가지 못한다고, 스즈키 씨네 기미요가 일러주더라나. '그럼 4시가 지나면 그 이후엔 안 되는 거네' 하고 다짐을 하니까 '그럼요. 안 되고말고요' 하고 대답하겠지. 그러자 이상하게도 그때부터 갑자기 오한이 나기 시작하지 뭔가."

"사모님이 말입니까?" 하고 간게쓰가 묻는다.

"아니. 마누라는 쌩쌩하지. 내가 그랬다는 거지. 뭔가 구멍 뚫린 고무풍선처럼 삽시간에 위축되는 느낌이 드는가 싶더니, 이젠 눈이 빙빙 돌면서 꼼짝을 못하겠는 거야."

"급환急患이었군."

---

56) 조루리의 곡명.

메이테이가 주석을 단다.

“아, 이거 야단난 거야. 마누라의 1년에 단 한 번뿐인 소원이라 꼭 들어주고 싶은데. 늘 야단만 치거나 그게 아니면 말을 안 하고, 어려운 살림 꾸리랴 애들 시중들랴 고생만 시키고, 언제 한 번 그 노고에 보답한 적도 없는데. 오늘은 다행히 시간도 있고 지갑 속에는 돈도 좀 있고, 데리고 가려면 갈 수도 있겠다. 마누라도 가고 싶어 하고 나도 데리고 가고 싶었으니까. 꼭 데리고 가고 싶지만, 이렇게 오한이 나고 눈이 어지러워서야 전차를 타기는커녕 현관에도 내려서지 못할 지경인 거야. ‘아, 안됐구나 안됐어’ 하고 생각하니 더 오한이 나고 더 심하게 현기증이 나더란 말일세. 빨리 의사를 불러서 진찰을 받고 약이라도 먹으면 4시 전에는 나아지겠지, 하고 마누라하고 의논해서 아마키 선생을 부르러 보냈더니, 공교롭게도 지난밤이 당번이라 아직 대학에서 돌아오지 않았다는 거야. 2시경에는 돌아오니까 오는 대로 곧 보내드리겠다더군. 큰일 났지. 지금 행인수杏仁水[57]라도 먹으면 4시 전에는 필시 낫겠지만, 운이 나쁘면 모든 일이 죄다 틀어질 테니, 어쩌다가 한 번 마누라가 좋아하는 얼굴 좀 보고 흐뭇해하려 했더니, 그 궁리도 다 틀려버렸지 뭔가. 마누라는 원망스런 얼굴로 ‘도저히 못 가시겠어요?’ 하고 묻는 거야. ‘갈 거야, 꼭 가. 4시까지는 꼭 나을 테니까 걱정 말고 있으라고. 빨리 세수나 하고 옷도 갈아입고 기다리고 있어’라고 입으로는 말했지만 속은 타들어 갔다네. 오한은 더욱더 심해지고, 눈은 한층 더 어지러워지더군. 만약 4시까지 낫지 않아 약속을 이행치 못하면, 속 좁은 여자니까 무슨 짓을 할지 모른다. 난처하게 됐군. 어찌하면 좋을까. 만일의 경우에 대비하여 지금이라도 유위전변有爲轉變의 이치와 생자필멸生者必滅의 도리를 일러주어 혹시나 무슨 변이 일어날 때에 동요하지 않을 정도의 각오를 시켜두는 것도 아내에 대한 남편의 의무가 아닐

57) 살구씨에서 뽑아낸 물약으로, 진정제로 쓰임.

까, 하는 생각이 들더군. 그래서 나는 얼른 마누라를 서재로 불러들였지. 불러서 '당신은 여자지만 many a slip 'twixt the cup and the lip[58]이라는 서양 속담 정도는 알고 있겠지' 하고 묻자, '그런 꼬부랑말을 어떻게 알아요? 당신은 내가 영어를 모른다는 걸 잘 아시면서 일부러 영어를 사용해서 사람을 놀리는 거죠? 그래요, 난 영어 같은 거 못해요. 그렇게 영어가 좋으시다면 왜 예수학교 졸업생을 색시로 얻지 않았어요? 당신같이 냉혹한 사람은 없을 거예요' 하고 하도 서슬이 시퍼래져서 나의 모처럼의 계획도 좌절되고 말았네. 자네들한테도 변명하지만, 나는 결코 악의로 영어를 사용한 건 아닐세. 진짜 마누라를 사랑하는 마음에서 나온 것이었는데, 그걸 마누라는 그런 식으로 곡해를 하니 내 입장이 난처해질 수밖에. 게다가 아까부터 오한과 현기증으로 머리가 좀 혼란스러운 데다가, 유위전변과 생자필멸의 이치를 빨리 납득시키려고 서두른 까닭에 그만 마누라가 영어를 모른다는 것을 깜박 잊고 무심코 사용했던 걸세. 하긴 이건 내가 잘못했지. 정말 실수였어. 이 실수로 오한은 더욱 심해지고 눈은 점점 어지러워지는 거야. 마누라는 내가 시킨 대로 목욕탕에 들어가서 어깻죽지까지 벗어 씻고는 화장을 하고 옷장에서 옷을 꺼내어 갈아입더군. 이젠 언제든지 나갈 수 있다는 듯이 채비를 하고 기다리고 있는 거야. 내가 초조해서 빨리 아마키 군이 와주었으면 하고 시계를 보니까 벌써 3시가 된 거야. 4시까진 이제 한 시간밖에 안 남았지. 그런데 '슬슬 나갈까요?' 하고 마누라가 서재의 여닫이문을 열며 얼굴을 내밀더라고. 자기 마누라를 자랑하는 건 우습기는 하지만, 난 이때만큼 마누라를 예쁘다고 생각한 적은 없었네. 어깻죽지까지 벗고 비누로 닦은 피부가 윤이 나는 게, 까만 지리멘의 하오리와 잘 어울리더라고. 그 얼굴이 향긋한 비누 냄새와 셋쓰다이조를 구경하

58) '입술과 술잔 사이의 거리는 짧지만, 그 사이에도 여러 가지 실수가 있다'라는 뜻으로, 앞으로의 일은 절대로 확신할 수 없다는 의미의 그리스 속담.

려는 희망 그 두 가지로 유형무형의 양 방면에서 빛나 보이더군. 어떻게 해서든 그 희망을 만족시켜주어야겠다는 생각이 들었지. 그래 기운을 내서 가볼까, 하면서 담배를 한 대 피우고 있는데 드디어 아마키 선생이 온 거야. 마침 잘됐다 했지. 그런데 몸 상태를 말하니까 아마키 선생은 내 혀를 보고, 손을 잡고, 가슴을 두드리고, 등을 쓰다듬고, 눈꺼풀을 뒤집고, 머리통을 문질러보고 하더니, 한참을 생각하더군. '아무래도 좀 위험한 것 같아서요' 하고 내가 말하니까 선생은 침착하게 '아니, 뭐 별다른 일은 없을 겁니다' 하겠지. '잠깐 외출해도 괜찮을까요?' 하고 마누라가 묻자 '글쎄올시다' 하고 선생은 다시 생각에 잠기더군. '기분만 나쁘지 않으시다면……', '기분은 좋지 않지요' 하고 내가 말하자 '그럼 어떻든 복용할 약과 물약을 보내드리지요', '하지만 왠지 좀 위험해질 것 같은데요', '아니, 뭐 결코 걱정하실 정도는 아닙니다. 신경 쓰시면 안 됩니다' 하고 선생은 돌아갔다네. 그때가 3시하고 30분이 지난 시각이었지. 하녀를 시켜 약을 가지러 보냈네. 마누라의 엄명으로 뛰어갔다 뛰어왔는데, 이때가 4시 15분 전일세. 4시까지는 아직 15분 남았지. 그러자 여태까지 아무렇지도 않다가 그때부터 갑자기 구역질이 나는 게 아니겠어. 마누라가 물약을 찻잔에 따라서 내 앞에 놓아주기에 찻잔을 들어 마시려고 하니까 배 속에서 웩 하는 소리가 터져 나오는 거야. 어쩔 수 없이 찻잔을 바닥에 내려놓았지. 마누라는 '빨리 드시면 되잖아요?' 하고 재촉을 하더군. 빨리 먹고 빨리 나가지 않으면 야단나겠다 싶어, 단단히 마음먹고 먹어버리려고 다시 찻잔을 입술로 갖다 대자 또 웩 하는 소리가 끈질기게 방해를 해대는 거야. 먹으려다가는 내려놓고, 먹으려다가는 내려놓고 하는 동안에 거실의 벽시계가 땡 땡 땡 땡 하고 네 번을 치더군. 어이쿠, 4시다. 꾸물거리면 안 되겠다 싶어 다시 찻잔을 집어 들자, 이상하게도 말이네, 실로 불가사의란 이런 걸 말하는 거겠지. 4시를 알리는 종소리와 동시에 구역질이 뚝 그치고, 물약이 거침없이 넘어가더라고. 그러고서 4시 10분쯤 되니까 아마키 선생이 명의라는 것도 비로소 이해할 수가 있겠더군. 등골이 쿡쿡 쑤시던 것도, 눈이 어질어질하던 것도 꿈처럼 사라지고, 당분간은 일어서지도 못할 줄 알았는데 병이 순식간에 다 나아버리니 정말 기뻤어."

"그러고 나서 가부키자歌舞伎座[59]에 함께 갔는가?"

메이테이가 영문을 모르겠다는 얼굴로 묻는다.

"가고는 싶었지만 4시가 넘으면 들어가지 못한다고 마누라가 얘기하기에 별수 없이 그만두기로 했지, 뭐. 15분만 더 빨리 아마키 선생이 와주었으면 내 얼굴도 서고, 처도 만족했을 텐데, 불과 15분 차로 말이야. 실로 유감스럽게 됐지. 지금도 생각하면 정말 아슬아슬했어."

이야기를 다 마친 주인은 간신히 자신의 의무를 다했다는 듯한 태도를 취한다. 이것으로 두 사람에 대한 체면이 섰다는 생각인지 모른다. 간게쓰는 여느 때처럼 빠진 이를 드러내고 웃으면서 "그거 참 안타까우셨겠네요" 하고 말한다.

메이테이는 멍청한 얼굴을 하고 "자네같이 친절한 남편을 가진 제수씨는 정말 행복하겠네"라고 혼잣말처럼 말한다. 장지문 저편에서 "으흠" 하는 안주인의 기침 소리가 들린다.

나는 점잖게 세 사람의 이야기를 차례로 듣고 있었으나, 우습지도 슬프지도 않았다. 인간이란 시간을 때우기 위해 억지로 입을 놀려, 우습지도 않은 일에 웃거나 재미도 없는 일에 기뻐하는 것 외에는 달리 재능이 없는 자들이라고 생각한다. 나의 주인이 고집스럽고 편협하다는 건 전부터 잘 알고 있었지만, 평상시에는 말수가 적어서 어딘지 이해하기 어려운 점이 있는 것처럼 느껴지기도 했다. 그 이해하기 어려운 점에 조금은 두려운 느낌도 있었지만, 지금 하는 얘기를 듣고 나서는 갑자기 경멸하고 싶어졌다.

59) 일본 전통 연극인 가부키를 상연하는 극장.

그는 왜 두 사람의 이야기를 가만히 듣고만 있을 수가 없는 것일까? 지기 싫어서 얼토당토않은 쓸데없는 잡담을 지껄인다고 해서 그게 무슨 이익이 될까? 에픽테토스의 책에 그렇게 하라고 써 있는 건가. 요컨대 주인도 간게쓰도 메이테이도 태평 시대의 일민逸民으로, 그들은 수세미처럼 바람에 불려도 초연한 척하기는 하지만, 사실은 역시 속물근성도 있고 욕심도 있다. 경쟁심이나 지기 싫어하는 마음은 그들의 일상생활의 담소 중에도 얼핏얼핏 풍기며, 한 걸음 나아가면 그들이 평소에 매도하는 속물들과 한통속의 동물이 돼버리는 것은, 고양이가 봐도 한심하기 그지없는 일이다. 다만 그 언어 동작이 보통의 어설픈 식자識者들처럼 판에 박힌 꼴불견이 아닌 것만은 다소나마 쓸모 있는 점이라 하겠다.

이렇게 생각하니 갑자기 세 사람의 담화가 재미없어졌으므로, 미케코의 형편이나 살펴보고 올까 하고 이현금 스승님 댁의 마당으로 갔다. 대문 앞의 설날맞이 소나무 장식들은 이미 철거되고 정월도 어느새 초열흘이 되었지만, 화창한 봄날의 햇빛은 한 점의 구름도 보이지 않는 드넓은 하늘에서 온 세상을 한꺼번에 비추어, 열 평도 안 되는 마당도 설날 초하루의 서광을 받았을 때보다도 더 선명한 활기를 띠고 있다.

툇마루에 방석 하나가 나와 있으나 사람 그림자도 보이지 않고 장지문도 다 닫혀 있는 걸 보면 스승님이 목욕하러 갔는지도 모르겠다. 스승님은 없어도 상관없지만, 미케코가 조금은 나아졌는지 어떤지 그게 걱정스럽다. 조용하니 인기척이 없어서 흙 묻은 발로 툇마루에 올라가 방석 한복판에 드러누워 보니 얼마나 기분이 좋은지. 그만 꾸벅꾸벅하다 미케코의 일도 잊어버린 채 선잠이 들었는데, 갑자기 장지문 안쪽에서 말소리가 들린다.

"수고했구나. 다 됐니?"

스승님은 역시 집에 계셨던 것이다.

"예, 좀 늦었어요. 불구점佛具店에 갔더니 마침 다 됐다고 하면서."

"어디 보자. 야아, 예쁘게 만들었구나. 이거면 미케도 성불成佛하겠다. 금박은 벗겨지지 않겠지."

"예. 확인했더니 상등품을 썼으니까 이거라면 인간의 위패보다도 오래간다고 하던데요. 그리고 묘예신녀描譽信女의 예譽 자는 흘려 쓰는 편이 보기 좋아서 획을 좀 바꿨다고 하더라고요."

"어서어서, 당장 불단에 모시고 향이라도 올리자."

미케코는 어떻게 된 걸까. 왠지 상황이 이상하다 싶어 방석 위에서 몸을 일으켰다. 뎅— "나무南無묘예신녀, 나무아미타불, 나무아미타불" 하고 스승님의 소리가 난다.

"너도 불공을 드려주렴."

뎅— "나무묘예신녀, 나무아미타불, 나무아미타불" 하고 이번에는 하녀의 소리가 난다. 나는 갑자기 가슴이 두근거리기 시작했다. 방석 위에 우두커니 선 채로, 목각 고양이처럼 눈도 깜박거리지 않는다.

"정말 안타깝게 됐어요. 처음엔 그냥 가벼운 감기 정도인 줄 알았는데."

"아마키 선생이 약이라도 주셨다면 괜찮았을지도 모르지."

"애초부터 아마키 선생님이 나빴어요. 어찌나 미케를 업신여기던지."

"그렇게 남을 나쁘게 말하는 게 아니야. 이것도 타고난 수명이니까."

미케코도 아마키 선생에게 진찰을 받은 모양이다.

"결국은 이게 다 한길가의 선생네 도둑고양이가 자꾸 꾀어냈기 때문일 거야."

"예, 그놈의 도둑고양이가 바로 미케의 원수예요."

변명을 좀 하고도 싶었지만, 이럴 때는 참아야 한다 싶어 침을 꿀꺽 삼키고 듣고만 있는다. 이야기는 잠시 끊어졌다 이어진다.

"세상은 뜻대로 되지 않는가 보다. 미케 같은 예쁜 고양이는 요절하고, 못생긴 도둑고양이는 씩씩하게 활개 치며 돌아다니고……."

"그러게 말이에요. 미케 같이 귀여운 고양이는 아무리 종 치고 북 치며 찾으러 다녀도, 어디에도 똑같은 두 명은 없다니까요."

'두 마리'라고 하는 대신에 '두 명'이라고 했다. 하녀는 고양이와 인간을 같은 종족이라고 생각하는 모양이다. 그러고 보니 이 하녀의 얼굴은 우리 고양이족과 많이 닮았다.

"가능하다면 미케 대신에……."

"그 선생네 도둑고양이가 죽었더라면 안성맞춤이었을 텐데 말이에요."

안성맞춤이 되었다가는 좀 곤란하다. 죽는다는 게 어떤 것인지 아직 경험한 적이 없기 때문에 좋다, 싫다 말할 수는 없지만, 요전에 하도 추워서 불 끄는 재 단지 속에 들어가 있는데 하녀가 내가 있는 줄도 모르고 위에서 뚜껑을 덮은 적이 있었다. 그때 겪은 고통은 생각만 해도 무서울 정도다. 흰둥이 님의 설명에 의하면 그 고통이 좀 더 계속되면 죽는다고 한다. 미케코 대신 죽는 거라면 불만은 없으나, 그런 고통을 겪지 않고서는 죽을 수 없다면, 누구를 위해서도 죽고 싶지 않다.

"하지만 고양이라도 스님이 염불도 해주고 계명戒名도 지어주셨으니까 여한은 없을 거야."

"그럼요. 정말 행복한 고양이에요. 단지 욕심을 낸다면 그 스님의 염불이 너무 짧았던 것 같아요."

"내 생각에도 좀 짧은 것 같아서 '무척 빨리 마치셨네요' 했더니 겟케이지月桂寺 스님이 '예, 효험이 있는 대목을 조금 해두었습니다. 뭐, 고양이니까 그 정도면 충분히 극락정토에 갈 수 있습니다' 라고 하시더구나."

"그렇겠죠! 그래도 그 도둑고양이 같은 놈은……."

나는 이름이 없다고 여러 번 밝혀두었는데도, 이 하녀는 나를 자꾸 '도둑고양이'라고 불러댄다.

"죄가 많으니까 아무리 정성스레 염불을 해도 성불하지 못할 거예요."

나는 그 후에 '도둑고양이'라는 말이 몇백 번 되풀이되었는지 모른다. 나는 이 끝없는 얘기를 듣다 말고 방석에서 툇마루 밑으로 뛰어내려 와 88,880가닥의 털을 한꺼번에 곤두세우고 몸을 털었다. 그 후 이 현금 스승님 댁 근처에는 간 적이 없다. 지금쯤은 스승님 자신이 겟케이지 스님에게서 간략한 불공을 받고 있겠지.

요즈음은 외출할 용기도 없다. 왠지 세상이 울적하게 느껴진다. 주인 못지않은 게으름뱅이 고양이가 되었다. 주인이 서재에만 틀어박혀 있는 것을 남들이 자꾸만 실연당했기 때문이라고 하는 것도 무리는 아니라고 생각하게 되었다.

쥐는 아직도 잡은 적이 없기 때문에 한때는 하녀로부터 추방론까지 제기된 일도 있었으나, 주인은 내가 보통 고양이가 아니라는 걸 잘 알고 있는 터라 나는 여전히 빈둥거리며 이 집에 얹혀살고 있다. 이 점에 대해서는 주인의 은혜에 깊이 감사하는 동시에 그 뛰어난 안목에 경탄의 뜻을 표하는 데 주저하지 않겠다. 하녀가 나를 알아보지 못하고 학대하는 것은 별로 화도 안 난다. 이제 곧 제2의 히다리 진고로[60]가 나와서 나의 초상을 누각 문기둥에 새기고, 일본의 스타인렌[61]이 내 얼굴을 캔버스 위에 자주 그리게 되면, 그들 눈뜬장님들은 비로소 자신의 무지를 부끄러워할 것이다.

60) 에도 초기의 건축, 조각의 명인.

61) 테오필 스타인렌, 프랑스의 화가, 1859~1923.

3

미케는 죽고, 검둥이는 상대가 안 되고, 다소 적막감도 없지 않지만 다행히 인간들 중에 지인이 생겨서 그다지 따분하지는 않다. 얼마 전에는 주인한테 내 사진을 보내달라고 편지로 부탁한 남자가 있다. 또 요전에는 오카야마의 특산물인 수수경단을 일부러 내 앞으로 보내온 사람도 있다.

점점 인간의 동정을 받음에 따라 내가 고양이라는 것을 망각하게 된다. 고양이보다는 어느샌가 인간 쪽으로 접근한 기분이 들면서, 동족을 규합하여 두 발 달린 인간 선생들과 우열을 가리겠다는 생각은 요즈음에는 조금도 하지 않는다. 오히려 때로는 나 또한 인간계의 일원이라고 생각할 때도 있을 정도로 진화한 것이 믿음직스럽다. 감히 동족을 경멸하려는 게 아니다. 다만 성정性情이 가까운 데를 향해 일신의 안위를 구하는 것은 자연스런 일로, 이를 변심이라느니, 경박하다느니, 배신이라느니 평하는 것은 조금 곤란하다. 이런 말을 지껄이며 남을 매도하는 자일수록 융통성 없고 거지 근성을 가진 사람이 많은 것 같다.

이렇게 고양이의 습성에서 벗어나 보면, 언제까지 미케코나 검둥이의 일에만 매달려 있을 수는 없다. 역시 인간과 동등한 수준에서 그들의 사상과 언행을 논평하고 싶어진다. 이것도 무리는 아닐 게다. 다만, 그 정도의 견식을 가지고 있는 나를 여전히 털 난 일반 고양이 새끼쯤으로 생각하여, 주인이 나한테 한마디의 인사말도 없이 수수경단을 제 것인 양 먹어치운 것은 유감스럽기 그지없다. 사진도 아직 찍어 보내지 않은 모양이다. 이것도 불만이라면 불만이겠지만, 주인은 주인이고 나는 나이니, 자연히 서로 견해가 다른 것은 어쩔 수 없지 않겠는가. 나는 어디까지나 인간화되어버렸으므로 교류가 없는 고양이의 동작을 서술하기는 아무래도 좀 어렵다. 메이테이 선생이나 간게쓰 선생 같은 분들의 얘기만 하고자 하니 양해해주기 바란다.

오늘은 날씨도 좋은 데다가 일요일이라, 주인은 어슬렁어슬렁 서재에서 나와 내 옆에 붓, 벼루와 원고용지를 나란히 놓고 배를 깔고 엎드려 자꾸만 뭐라고 웅얼거리고 있다. 아마 초고를 쓰는 시작으로 묘한 소리를 내는 거겠지, 하고 주목하고 있자니까 얼마 후 굵직하게 '향일주香一炷'라고 쓴다. 글쎄, 시가 될까, 하이쿠가 될까, '향일주'라니 주인으로서는 지나치게 멋을 낸 게 아닌가, 하고 생각할 틈도 없이 그는 '향일주'를 써놓은 채 팽개치고, 새로 줄을 바꿔서 '아까부터 천연거사天然居士[1]에 대해 쓸까 한다' 하고 붓을 놀렸다. 붓은 거기서 딱 멈춘 채 꼼짝도 하지 않는다. 주인은 붓을 들고 고개를 갸우뚱했지만 달리 묘안이 떠오르지 않는지 붓끝을 핥기 시작했다. 입술이 새까매졌구나 싶더니 이번에는 글씨 밑에다 살짝 동그라미를 그렸다. 동그라미 속에 점을 두 개 찍어 눈을 붙인다. 한가운데에 콧방울이 벌어진 코를 그리고, 한일자로 입을 그었다. 이건 문장도 아니고, 하이쿠도 아니다. 주인 스스로도 정나미가 떨어졌는지 얼른 얼굴을 먹칠해 지워버렸다.

주인은 다시 또 줄을 바꾼다. 그가 생각하기로는 줄만 바꾸면 시詩든 찬贊이든 어語든 녹錄이든 뭔가 되겠지 싶은 모양이다.

---

1) 작가의 친구인 요네야마 야스사부로의 호.

이윽고 '천연거사는 공간을 연구하고, 논어를 읽고, 군고구마를 먹고, 콧물을 흘리는 사람이다' 하고 언문일치체로 단숨에 휘갈겨 썼다. 왠지 어수선한 문장이다. 그러고서 주인은 이를 거침없이 낭독하고, 전에 없이 "허허허, 재미있구나" 하고 웃더니, "콧물을 흘리는 건 좀 심하니까 지워야겠다" 하고 그 구절에만 작대기를 긋는다. 한 줄이면 될 것을 두 줄, 세 줄 반듯하게 평행선을 긋는다. 줄이 다른 선에까지 삐져나가는데도 아랑곳 않고 긋고 있다. 줄이 여덟 개나 나란히 그어져도 다음 구절이 떠오르지 않는지, 이번에는 붓을 내려놓고 수염을 비틀어 본다. 문장을 수염에서 짜내려는 듯한 기세로 맹렬하게 비틀어 올렸다 내렸다 하고 있는데, 안방에서 안주인이 나와 떡하니 주인 코앞에 털썩 주저앉는다.

"여보, 잠깐만요" 하고 부른다.

"뭐야?" 하고 주인은 물속에서 징을 치는 것 같은 소리를 낸다.

대답이 마음에 안 들었는지 안주인은 "여보, 잠깐만요" 하고 다시 부른다.

"뭐냐고?" 하고 이번에는 콧구멍 속에다 엄지손가락과 집게손가락을 넣어 코털을 힘껏 잡아당긴다.

"이달은 좀 부족한데요……."

"부족할 리가 없을 텐데. 의사에게도 약값을 치렀겠다, 책방에도 지난달에 지불했잖아? 이달에는 남아야지" 하고 태연자약하게 뽑아낸 코털을 천하에 둘도 없는 구경거린 양 바라보고 있다.

"하지만 당신이 밥을 안 드시고 빵이랑 잼을 드시니까."

"도대체 잼을 몇 통이나 먹었다고 그래?"

"이달엔 여덟 통 들여왔어요."

"여덟 통? 그렇게 먹은 것 같지 않은데."

"당신뿐만이 아니에요. 아이들도 먹었어요."

"아무리 먹는다 해도 5, 6엔 정도겠지, 뭐."

주인은 태연스런 얼굴로 코털을 하나하나 조심스럽게 원고지 위에 심어놓는다. 살점이 붙어 있어서 똑바로 바늘을 세운 것처럼 꼿꼿이 선다. 주인은 생각지 않은 발견에 몹시 감탄한 듯이, 훅 불어본다. 점착력이 강해서 좀처럼 날아가지 않는다.

"굉장히 끈질기군."

주인은 더욱 열심히 분다.

"잼만이 아니에요. 그 밖에도 사야 할 것이 있어요" 하고 안주인은 양쪽 볼에 아주 불만스런 기색을 잔뜩 드러낸다.

"그야 있을지도 모르지" 하고 주인은 또 손가락을 쑤셔 넣어 힘껏 코털을 잡아당긴다. 빨간 것, 검은 것, 여러 가지 색이 섞인 가운데 한 가닥 새하얀 게 있다. 크게 놀란 모습으로 뚫어지게 바라보고 있던 주인은 그 코털을 손가락 사이에 낀 채 안주인의 얼굴 앞에 들이민다.

"어머, 징그러워라" 하고 안주인은 얼굴을 찡그리고 주인의 손을 밀어낸다.

"좀 보라니까. 코털도 세나 봐."

주인은 크게 감동한 모양이다. 어이가 없는지 안주인도 웃으면서 안방으로 들어간다.

경제 문제는 단념을 한 것 같다. 주인은 다시 천연거사를 시작한다.

코털로 안주인을 쫓아낸 주인은 이것으로 일단 안심이라는 듯이 코털을 뽑으며 원고를 쓰려고 초조하게 애쓰는 모양이지만, 붓이 좀체 움직이질 않는다.

"'군고구마를 먹는다'도 사족이야. 생략하자" 하고 마침내 이 구절도 말살한다. "'향일주'도 너무 당돌하니까 그만두자" 하고 아낌없이 삭제한다. 결국은 '천연거사는 공간을 연구하고, 논어를 읽는 사람이다'라는 한 구절만이 남겨졌다. 주인은 이래서는 어쩐지 너무 간단하다고 생각했는지, 에이 귀찮아, 문장은 집어치우고 명銘이나 쓰자고 붓을 열십자로 냅다 휘두르더니, 원고지 위에다 서투른 문인화文人畵로 난蘭

을 기세 좋게 그려나간다. 모처럼 애써 만든 문장은 한 자도 남김없이 낙제가 되고 말았다.

그러고선 종이를 뒤집어서 '공간에 태어나, 공간을 탐구하고, 공간에 죽다. 공허하도다, 적막하도다, 천연거사, 아아' 하고 의미를 알 수 없는 말을 늘어놓고 있는데, 여느 때와 같이 메이테이가 들어온다. 메이테이는 남의 집도 자기 집인 양 안내도 청하지 않고 불쑥 올라온다. 뿐만 아니라 때로는 부엌문으로 표연히 나타날 때도 있다. 걱정, 사양, 스스러움, 고생 따위는 애초에 태어날 때부터 어디다가 내다 버린 남자다.

"또 거인 인력인가?" 하고 선 채로 주인에게 묻는다.

"그렇게 언제나 거인 인력만 쓰고 있지는 않네. 천연거사의 묘비명을 짓고 있는 중일세" 하고 주인은 거창하게 대답한다.

"천연거사라니, 역시 '우연동자偶然童子' 같은 계명戒名인가?"라며 메이테이는 여전히 터무니없는 소리를 지껄인다.

"우연동자라는 자도 있나?"

"뭐, 있는 건 아니지만 아마도 그런 유가 아닌가 해서."

"우연동자는 내가 모르겠지만, 천연거사는 자네가 아는 사람일세."

"도대체 누가 천연거사라는 이름을 붙인 거야?"

"알잖아, 소로사키 말이야. 졸업하고 대학원에 들어가서 '공간론'이라는 제목으로 연구하다가 너무나 공부를 많이 해서 복막염으로 죽어 버렸지. 그래도 소로사키는 내 친한 친구였거든."

"친한 친구라는 건 좋아. 결코 나쁘다는 게 아니야. 한데 그 소로사키를 천연거사로 바꾼 건 도대체 누구의 소행이었냐고?"

"나야, 내가 붙여준 거야. 원래 중이 붙여주는 계명만큼 속된 것은 없으니까" 하고 주인은 자기가 지은 천연거사는 굉장히 아취가 있는 이름인 것처럼 자랑한다. 메이테이는 웃으면서 "어디, 그 묘비명이라는 것 좀 보여주게나" 하고 원고를 집어 들고 "보자…… 공간에 태어나, 공간을 탐구하고, 공간에 죽다. 공허하도다, 적막하도다, 천연거사,

아아" 하고 커다란 소리로 읽는다.

"으흠, 이거 정말 좋군. 천연거사에게 딱 들어맞는걸."

주인은 기쁜 듯이 "좋지?" 한다.

"이 묘비명을 단무지 누름돌에다 새겨서 절 본당 뒤꼍에다 역석力石[2]처럼 팽개쳐 두는 거야. 아취가 있어서 좋고, 천연거사도 필시 성불할 걸세."

"나도 그러려고 하네" 하고 주인은 아주 진지하게 대답하더니, "나 잠깐 실례하겠네. 금방 돌아올 테니까 고양이나 데리고 놀고 있게" 하고는 메이테이의 대답도 기다리지 않고 훌쩍 나간다.

생각지 않게 메이테이 선생의 접대역을 맡게 되어 무뚝뚝하게 있을 수도 없어, 야옹야옹 애교를 부리며 무릎 위로 기어올라 보았다. 그러자 메이테이는 "야아, 이놈 되게 살쪘네. 어디 보자" 하고 무례하게도 내 목덜미를 움켜잡고 위로 번쩍 치켜든다.

"뒷다리가 이렇게 축 늘어져서야 쥐도 못 잡겠구나. ……어떻습니까? 제수씨, 이 고양이가 쥐를 잡나요?"라며 나만 가지고선 부족한지 옆방의 안주인에게 말을 건다.

"쥐를 잡기는커녕 떡국을 먹고 춤을 추는걸요" 하고 안주인은 엉뚱하게 나의 옛일을 가지고 흉을 본다. 나는 허공에 매달려 있으면서도 조금 창피했다. 메이테이는 아직도 나를 내려놓지 않는다.

"진짜 춤이라도 출 듯한 얼굴이구나. 제수씨, 이 고양이는 만만치 않은 관상입니다. 옛날 구사조시草雙紙[3]에 나오는 네코마타猫又[4]를 닮았네요" 하고 헛소리를 지껄여대면서 자꾸 안주인에게 말을 건다. 안주인은 귀찮은 듯이 바느질을 하다 말고 응접실로 나온다.

---

2) 힘을 시험하기 위해 들어 올리는 돌로, 주로 신사의 경내에 있음.

3) 에도 초기의 삽화가 그려진 통속소설의 총칭.

4) 오랜 세월을 살아 요괴가 된 고양이.

"심심하시지요. 이제 곧 돌아올 거예요"라면서 차를 다시 따라 메이테이 앞으로 내민다.

"어디 갔나요?"

"어딜 가도 말하고 간 적이 없는 사람이라서 모르겠지만, 아마 의사 선생한테 갔을 거예요."

"아마키 선생 말입니까? 아마키 선생도 그런 환자한테 걸려서 꽤 고생이겠네요."

"예."

안주인은 달리 대답할 말이 없어선지 간단히 답한다. 메이테이는 전혀 개의치 않는다.

"요즈음은 어떻습니까? 조금은 나아졌나요?"

"나아졌는지 어떤지 통 모르겠어요. 아무리 아마키 선생한테 치료받은들 그렇게 잼만 먹어대니 위장병이 나을 리가 없겠지요" 하고 안주인은 아까 당한 불평을 은근히 메이테이한테 털어놓는다.

"그렇게 잼을 많이 먹습니까? 꼭 어린애 같군요."

"잼뿐이 아니에요. 요즈음은 위장병에 좋다면서 무즙을 마구 먹어댄다니까요……."

"놀랍군요" 하고 메이테이는 감탄한다.

"아마 무즙 속에 디아스타제가 들어 있다느니 뭐니 하는 얘기를 신문에서 본 후로 그러는 것 같아요."

"옳아, 그것으로 잼의 손해를 보상하려는 요량이었군요. 제법 머리를 쓰는군. 하하하하."

메이테이는 안주인의 호소를 듣고는 매우 유쾌해 보인다.

"글쎄 요전에는 갓난아기한테까지 먹인 거 있죠……."

"잼을 말입니까?"

"아니요, 무즙을요……. 아니 글쎄, '아가야, 아빠가 맛있는 거 줄 테니 이리 오렴' 하면서 말이에요. 어쩐 일로 아이들을 귀여워하나 했더니, 그런 바보 같은 짓을 하는 거예요. 2, 3일 전에는 둘째 애를 안아서 옷장 위에다 올려놓질 않나……."

"무슨 취향에서 그랬습니까?"

메이테이는 뭐든지 다 취향 일색으로 해석한다.

"취향이고 뭐고가 어디 있어요. 그냥 거기서 뛰어내려 보라는 거지요. 서너 살밖에 안 되는 여자애인데, 그런 말괄량이 같은 짓을 어떻게 하겠어요?"

"으흠, 그건 취향이 너무 없었네요. 그래도 마음은 악하지 않은 착한 사람이지요."

"거기에다 마음까지 안 착하면 정말 큰일이게요"라며 안주인은 몹시 흥분한다.

"뭐, 그렇게 불평하지 마십시오. 이렇게 부족한 거 없이 그날그날 지낼 수 있는 것만 해도 굉장히 좋은 편이지요. 구샤미苦沙彌 군 같은 사람은 도박도 안 하고, 옷에도 신경 안 쓰고, 검소하고 가정적인 사람이니까요."

메이테이는 격에 맞지도 않는 설교를 신나게 지껄여대고 있다.

"그런데 그게 아닌 것 같아요……."

"남몰래 무슨 짓을 합니까? 하긴 방심할 수 없는 세상이니까요."

메이테이는 건성건성 대답한다.

"다른 취미는 없는데요, 읽지도 않는 책을 마구 사들이는 거예요. 그것도 적당히 봐가면서 사면 괜찮은데, 무턱대고 마루젠 같은 큰 서점에 가서 몇 권이고 집어 와서 월말이 되면 모르는 척하니 문제죠. 작년 섣달그믐엔 여러 달 치가 밀려서 아주 혼났어요."

"뭐, 책이야 가져오고 싶은 대로 집어 와도 괜찮지요. 돈 받으러 오면 다음에 줄게, 다음에 줄게, 하고 쫓아버리면 돌아가니까요."

"하지만 언제까지나 그렇게 미루기만 할 수는 없잖아요."

안주인은 시무룩해한다.

"그럼 사정을 얘기해서 책값을 줄이도록 하면 되지요."

"아유, 그런 말을 해봤자 도대체 들어먹어야지요. 요전에는 저더러 학자의 아내로 안 어울린다는 거예요. 책의 가치를 전혀 모른다고요. 그러면서 옛날 로마에 이런 얘기가 있는데 참고로 들어두라고 하데요."

"그거 재밌겠는데요. 어떤 얘깁니까?"

메이테이는 신이 난다. 안주인에게 동정심을 표한다기보다는 오히려 호기심에 사로잡혀 있다.

"글쎄 옛날 로마에 다루킨이란 임금님이 있었는데요……."

"다루킨? 다루킨이라니 좀 이상한데요."

"전 서양 사람 이름은 어려워서 잘 기억을 못 해요. 어쨌든 7대째라던데요."

"으흠, 7대째 다루킨이라, 묘하군요. 그래 그 7대째 다루킨이 어쨌다는 겁니까?"

"어머나, 선생님까지 절 놀리시면 어떻게 해요? 아시면 가르쳐주시지 않고. 짓궂으시기는……" 하고 안주인은 메이테이에게 대든다.

"아니, 놀리다니요. 제가 그런 짓궂은 짓을 하겠습니까. 단지 7대째 다루킨은 좀 이상한 것 같아서 말이에요……. 잠깐만요, 로마의 7대째 임금님이랬죠. 확실하게 기억나진 않지만 타르퀸 더 프라우드[5] 같긴 합니다. 뭐, 누구면 어떻습니까. 그 임금이 어쨌는데요?"

"그 임금님한테 어떤 여자가 책을 아홉 권 가지고 와서 사시지 않겠느냐고 하더랍니다."

"그래서요."

"임금님이 얼마면 팔겠느냐고 물으니까 굉장히 비싼 값을 부르더래요. 너무 비싸서 좀 깎아달라고 하니까 그 여자가 갑자기 아홉 권 중에서 세 권을 불 속에 넣어 태워버리더랍니다."

---

5) 로마 왕정 시대의 마지막 제7대 왕 타르퀴니우스 수페르부스를 가리킴.

"저런, 아까워라."

"그 책 속에는 예언인지 뭔지 다른 책에서는 볼 수 없는 것이 쓰여 있었대요."

"어허."

"임금님은 아홉 권이 여섯 권이 됐으니까 조금은 값이 내렸으려니 해서, 여섯 권에는 얼마냐고 물으니 역시 처음 가격에서 한 푼도 안 깎아주더래요. 그런 법이 어디 있냐고 하니까 그 여자는 또 세 권을 집어 들어 불에 태웠답니다. 임금님은 여전히 미련이 남았는지 남은 세 권을 얼마에 팔겠느냐고 물었고, 여자는 역시 아홉 권 값을 달라고 하더래요. 아홉 권이 여섯 권이 되고, 여섯 권이 세 권이 됐는데도 책값을 한 푼도 안 깎아주니, 그걸 깎으려다가 남은 세 권마저 불에 태워버릴지 몰라서 임금님은 마침내 비싼 돈을 지불하고 나머지 세 권을 샀다는 겁니다……. '어때? 이 이야기에서 조금은 책의 고마움을 알았겠지?' 하고 거만을 떠는데, 하지만 전 무엇이 고마운 건지 잘 모르겠더라고요."

안주인은 나름대로의 일가견을 내세워 메이테이의 대답을 재촉한다. 그 대단한 메이테이도 말문이 좀 막혔는지, 소매 속에서 손수건을 꺼내어 나를 희롱하더니 "하지만, 제수씨" 하고 갑자기 무슨 생각이 난 듯이 큰 소리를 낸다.

"그렇게 책을 사다가 마구 처박아두니까 남한테 조금은 학자니 뭐니 하는 말을 듣는 겁니다. 요전에 어떤 문학 잡지를 보니까 구샤미 군에 대한 평이 나와 있더군요."

"정말요?"라며 안주인은 돌아앉는다. 주인의 평판이 신경 쓰이는 걸 보면 역시 부부인가 보다.

"뭐라고 써 있던가요?"

"뭐, 두세 줄 정도밖에 안 됩니다만, 구샤미 군의 문장은 행운유수行雲流水 같다나요."

안주인은 약간 싱글벙글하면서 "그뿐이던가요?" 하고 묻는다.

"그다음에는요—나타나는가 하면 홀연히 사라지고, 가고 나면 영영 돌아오는 것을 잊어버린다고 썼더군요."

안주인은 묘한 표정을 짓더니 "칭찬인가요?" 하는 게 못 미더운 눈치다.

"글쎄요, 칭찬한 거라고 봐야겠죠" 하고 메이테이는 시치미를 떼고 손수건을 내 눈앞에 늘어뜨린다.

"책은 그렇다 쳐도, 그 성질이 어지간히 괴팍스러워야지요."

메이테이는 또 다른 놀림거리가 생겼구나, 하고 "괴팍하기야 괴팍한 편이죠. 학문을 하는 사람은 으레 그렇습니다"라며 장단을 맞추는 듯 변호를 하는 듯, 이도 저도 아닌 묘한 대답을 한다.

"얼마 전에는 학교에서 돌아와 바로 이웃집에 가야 되는데, 옷을 갈아입는 게 귀찮다고 글쎄 외투도 벗지 않고 책상에 걸터앉아서 밥을 먹는 거예요. 밥상을 고타쓰 위에 올려놓고서—전 밥통을 들고 앉아서 보고 있었습니다만, 얼마나 우스웠는지……."

"어째 전쟁터에서 대장이 걸상에 걸터앉아 적군의 목인지를 확인하는 검증 장면 같군요. 하지만 그런 점이 구샤미 군다운 거지요. ……어쨌든 평범하진 않아요" 하고 마지못해 칭찬을 한다.

"평범한지 그렇지 않은지 여자로서는 알 수 없지만, 아무리 그래도 너무 심해요."

"그러나 평범한 것보다야 낫지요"라며 메이테이가 무턱대고 주인 편을 드니까 안주인은 불만스런 표정으로 "도대체 자꾸만 평범, 평범 하시는데, 어떤 게 평범하다는 건가요?" 하며 정색을 하고 평범의 정의를 묻는다.

"평범 말입니까? 평범이란…… 그게 좀 설명하기 어렵습니다마는……."

"그렇게 애매한 것이라면 평범이란 것도 괜찮을 것 같은데요."

안주인은 여자들 특유의 논법으로 대든다.

"애매하진 않지요. 분명히 알고는 있습니다만, 단지 설명하기가 어려울 뿐입니다."

"뭐든 자기가 싫어하는 것은 평범하다고 하는 게 아니에요?" 하고 안주인은 자신도 모르게 제대로 맞는 말을 한다. 메이테이도 이렇게 된 바에는 어떻게든지 평범하다는 말을 처치해야 할 형편이 되었다.

"제수씨, 평범이라는 건 말입니다. 우선 나이는 이팔은 열여섯이나 이구 열여덟 살, 말도 없고 얘기도 안 하고, 이 생각 저 생각에 잠겨 누워서 뒹굴다가, 그날따라 날씨가 청명하면 반드시 호리병 술 하나를 차고 스미다 강[6] 강둑에 놀러 가는 자들을 말하는 겁니다."

"그런 사람들이 있나요?"

안주인은 무슨 말인지 알아듣질 못하니까 적당히 대꾸를 하더니 "뭐가 뭔지 헷갈려서 전 모르겠어요" 하고 마침내 고집을 꺾는다.

"아니면 바킨[7]의 몸뚱이에다 메이저 펜데니스[8]의 대가리를 붙여서 1, 2년간 유럽의 공기로 싸두는 거지요."

"그렇게 하면 평범이 만들어지나요?"

메이테이는 대답하지 않고 웃기만 한다.

"뭐, 그렇게 힘들게 수고하지 않아도 됩니다. 중학교 학생에다 시로키야 양복점의 점원을 보태어, 그걸 둘로 나누면 훌륭한 평범이 만들어집니다."

"그런가요?"

안주인은 고개를 갸웃거린 채 납득하기 어렵다는 모습이다.

"자네 아직도 있었나?" 하고 주인이 어느새 돌아와서 메이테이 옆에

---

6) 도쿄를 관류하는 강.

7) 다키자와 바킨, 에도 말기의 소설가, 1767~1848.

8) 영국 소설가 윌리엄 새커리의 소설에 나오는 인물로, 세속적인 지식은 있으나 높은 이상은 없는 속물.

털퍼덕 앉는다.

"아직도 있었나라니, 그거 좀 심하군. 곧 돌아올 테니까 기다리라고 했잖은가?"

"매사 저렇다니까요"라며 안주인은 메이테이를 돌아다본다.

"지금 자네가 나간 사이에 자네의 일화를 빠짐없이 다 들었네."

"좌우간 여자는 말이 많아서 안 된다니까. 인간도 이 고양이처럼 침묵을 지키면 좋을 텐데 말이야"라며 주인은 내 머리를 쓰다듬는다.

"자네, 어린애한테 무즙을 먹였다며?"

"흐음" 하고 주인은 웃더니 "어린애라도 요즘 애들은 굉장히 똑똑하거든. 그 후로 '아가, 어디가 맵지?' 하고 물으면 꼭 혀를 내보이니 묘하지" 한다.

"마치 개에게 재주를 가르치는 것 같아 가혹하군. 그나저나 이제 간게쓰가 올 때가 됐는데."

"간게쓰가 온다고?"

주인은 의문스런 표정을 짓는다.

"응, 올 거야. 오후 1시까지 구샤미네 집으로 오라고 엽서를 보냈으니까."

"남의 사정도 묻지 않고 제멋대로군. 간게쓰를 불러서 뭘 하려고?"

"아니, 오늘은 이쪽 취향이 아니고, 간게쓰 자신이 요구한 거야. 그 친구가 이학理學협회에서 연설인가를 하기로 되어 있는데 그 연습을 할 테니까 나더러 들어달라기에, 그거 마침 잘 됐다, 구샤미에게도 들려주자고 해서 자네 집으로 오라고 불러내게 된 것일세. 자네는 한가한 사람이니까 마침 잘됐지, 뭐. 별로 방해될 게 없는 사람이잖아. 들어보기나 하세" 하고 메이테이는 혼자서 지레짐작하고 있다.

"물리학의 연설 같은 건 난 들어도 모르네."

주인은 메이테이의 독단에 약간 화가 난 듯이 말한다.

"그런데 그 제목이 '자석 성분을 띤 노즐에 대해서' 하는 따위의 무

미건조한 게 아니고, '목매달기의 역학'이라는 탈속脫俗적이며 범상치 않은 연제演題이니까 경청할 만한 가치가 있다네."

"자네는 목을 매달다가 실패한 사람이니 경청하는 게 좋겠지만, 나는……."

"가부키자에 가는 게 싫어서 오한이 날 정도의 인간이니 못 듣겠다는 결론이 나오지는 않겠지" 하고 메이테이는 여느 때같이 새롱거린다. 안주인은 호호 웃으며 주인을 돌아다보고는 옆방으로 물러난다. 주인은 말없이 내 머리를 쓰다듬는다. 이때만은 손길이 아주 부드러웠다.

그러고서 약 7분쯤 지나니까 예정대로 간게쓰 군이 나타났다. 오늘은 밤에 연설을 한다고 해선지 다른 때와는 달리 멋있는 프록코트를 입고, 갓 세탁한 칼라를 빳빳하게 세우니 남성다운 풍채가 2프로 나아 보인다.

"좀 늦었습니다" 하고 침착하게 인사를 한다.

"아까부터 둘이서 잔뜩 기다리고 있던 참일세. 어서 시작하게나. 그렇지?" 하고 메이테이가 주인을 쳐다본다. 주인도 어쩔 수 없이 "으응" 하고 어정쩡하게 대답한다. 간게쓰 군은 서두르지 않는다.

"물 한 컵 주십시오."

"여, 본격적으로 할 모양이네. 다음엔 박수를 청하겠군."

메이테이는 혼자서 떠들어댄다. 간게쓰 군은 안주머니에서 초고를 꺼내더니 천천히 "연습이니까 얼마든지 비평해주시기 바랍니다" 하고 서두 인사를 해놓고 드디어 연설 연습을 시작한다.

"죄인을 교수형에 처하는 것은 주로 앵글로색슨 민족 사이에서 행해진 방법이며, 그보다 더 고대로 거슬러 올라가 살펴보면, 목을 매다는 것은 대개 자살 방법으로 행해지던 것입니다. 유대인 사회에서는 죄인에게 돌을 던져 죽이는 관습이 있었다고 합니다. 구약성경을 연구해보면 소위 '행잉hanging'이란 말은 죄인의 시체를 매달아놓아 야수나 육식조肉食鳥의 먹이로 삼는다는 의미로 해석됩니다. 헤로도토스[9]의 설에 따르면, 유대인은 이집트를 떠나기 이전부터 시체를 바깥에 내버려 두는 것을 몹시 싫어했던 것 같습니다. 이집트인은 죄인의 목을 베어 몸통만 십자가에 못 박아 한밤중에 밖에다 내걸었다고 합니다. 페르시아인은……."

"간게쓰 군, 목매다는 얘기하곤 점점 멀어지는 것 같은데, 괜찮겠나?" 하고 메이테이가 한마디 끼어든다.

"이제부터 본론에 들어갈 참이니 조금만 참아주시기 바랍니다. ……한데 페르시아인은 어떤가 하면, 이 역시 처형에는 책형磔刑[10]을 사용했던 것 같습니다. 산 채로 찔러 죽였는지, 죽은 뒤에 못을 박았는지, 그 부분은 잘 모르겠습니다만……."

"그런 건 몰라도 되지, 뭐" 하고 주인은 지루한 듯이 하품을 한다.

"아직도 여러 가지로 말씀드리고 싶은 게 있습니다만, 지루하옵실 것 같으니까……."

"'하옵실 것 같으니까'보다 '하실 것 같으니까'가 듣기 좋아. 그렇지, 구샤미 군?" 하고 메이테이가 또 트집을 잡자, 주인은 "어느 쪽이나 마찬가지야" 하고 매가리 없이 대답한다.

"그럼 이제 본론으로 들어가 변설하겠습니다."

"'변설하겠습니다'라니, 그런 건 야담가들이나 쓰는 말투야. 연설가는 좀 더 고상한 말씨를 사용해야지."

메이테이 선생이 또 참견한다.

"'변설하겠습니다'가 천한 말투라면 뭐라고 하면 좋은가요?"

간게쓰 군은 약간 골이 난 투로 묻는다.

"메이테이는 듣는 건지, 말장난을 하는 건지 분간이 안 가. 간게쓰 군, 그런 야유에 상관 말고 어서어서 하라고."

---

9) 고대 그리스의 역사가, ?B.C.484~?B.C.430.

10) 옛날, 죄인을 나무 기둥에 묶어놓고 창으로 찔러 죽이던 형벌.

주인은 되도록 빨리 난관을 넘어가려 한다.

"'뚱해가지고 변설하는 버드나무여' 이런 하이쿠는 어떨까?" 하고 메이테이는 여전히 싱거운 소리를 한다. 간게쓰는 그만 웃음을 터뜨린다.

"실제 처형 수단으로 교살형을 실행한 것은 제가 조사한 결과에 의하면, 『오디세이아』[11]의 22권째에 나와 있습니다. 즉, 텔레마코스가 페넬로페의 열두 시녀를 교살하는 대목입니다. 그리스어로 원문을 낭독할 수도 있습니다만, 좀 잘난 체하는 것 같아 그만두기로 하겠습니다. 465행부터 473행을 보시면 아십니다."

"그리스어 운운하는 건 그만두는 게 좋겠군. 흡사 그리스어를 할 줄 안다는 자랑 같잖아. 안 그런가, 구샤미 군?"

"그건 나도 동감이야. 그런 젠체하는 말은 안 하는 게 점잖으니 좋겠지."

주인은 여느 때와 달리 즉시 메이테이 편을 든다. 두 사람 다 그리스어를 전혀 알지 못하기 때문이다.

"그러면 이 두세 구절은 오늘 밤 빼기로 하고, 다음을 변설…… 아니, 말씀드리겠습니다. 이 교살을 지금에 와서 상상해보면, 이를 집행하는 데는 두 가지 방법이 있습니다. 첫째는 텔레마코스가 에우마이오스나 필로이티오스의 도움을 받아 밧줄의 한쪽 끝을 기둥에 묶어 맵니다. 그리고 그 밧줄 사이사이에 구멍을 내어 그 구멍에다 여자들 머리를 하나씩 넣어두었다가 다른 한쪽 끝을 힘껏 잡아당겨서 매달아 올리는 겁니다."

"즉, 세탁소의 셔츠처럼 여자들이 주렁주렁 매달려 있다고 보면 되겠군."

"그렇지요. 그리고 두 번째로는 밧줄 한쪽 끝을 아까처럼 기둥에다

---

11) 고대 그리스 시인 호메로스가 지은 대서사시.

붙들어 매고, 다른 쪽 끝도 처음부터 천장에 높이 매다는 겁니다. 그리고 그 높은 밧줄에서 몇 줄 정도 다른 줄을 늘어뜨려, 거기에다 매듭이 고리로 된 것을 달아서 여자의 목을 넣어두었다가 순간적으로 여자가 딛고 있는 발판을 빼내는 방식입니다."

"이를테면 새끼줄 발 끝자락에 초롱 구슬이 매달린 것 같은 광경이라 생각하면 틀림없겠군."

"초롱 구슬이란 구슬은 본 적이 없어서 뭐라 말씀드릴 수 없습니다만, 만일 있다고 한다면 그런 것과 비슷하지 않나 싶습니다. 그러면 이제부터 역학적으로 첫 번째 경우는 도저히 성립될 수 있는 게 아니라는 것을 증명해 보여드리겠습니다."

"재미있군" 하고 메이테이가 말하자, "음, 재밌어" 하고 주인도 맞장구친다.

"우선 여자들이 같은 간격으로 매달린다고 가정해보겠습니다. 또 땅바닥에 가장 가까운 두 여자의 목과 목을 연결하고 있는 줄은 수평이라고 가정하겠습니다. 여기서 $\alpha_1 \alpha_2 \cdots\cdots \alpha_6$을 밧줄이 지평선과 형성하는 각도로 하고, $T_1 T_2 \cdots\cdots T_6$을 밧줄의 각 부분이 받는 힘으로 간주하고, $T_7 = X$는 밧줄의 가장 낮은 부분이 받는 힘이라고 하겠습니다. W는 물론 여자의 체중으로 알아두시기 바랍니다. 어떻습니까? 이해하시겠습니까?"

메이테이와 주인은 서로 얼굴을 마주 보며 "대충은 알겠어" 한다. 단지 이 대충이라는 정도는 두 사람이 제멋대로 만든 것이므로, 다른 사람의 경우에는 해당이 안 될지도 모른다.

"그런데 다 아시겠지만, 다각형에 관한 평균성 이론에 의하면, 다음과 같이 열두 가지 방식이 성립됩니다. $T_1 \cos\alpha_1 = T_2 \cos\alpha_2 \cdots\cdots (1)$ $T_2 \cos\alpha_2 = T_3 \cos\alpha_3 \cdots\cdots (2)$ ……."

"방정식은 그만하면 됐네" 하고 주인은 퉁명스럽게 말한다.

"실은 이 식이 연설의 핵심 부분인데요."

간게쓰 군은 몹시 안타까운 눈치다.

"그럼 핵심 부분만 차후에 듣기로 하지."

메이테이도 조금 미안해하는 것 같다.

"이 식을 생략해버리면 애써 한 역학적 연구가 헛수고가 되는데요……."

"뭐, 그런 염려는 필요 없으니까 대폭 생략하게나."

주인은 태연스레 말한다.

"그러면 말씀대로, 무리이긴 하지만 생략하지요."

"그게 좋아" 하고 메이테이가 묘한 장면에서 짝짝 손뼉을 친다.

"그다음 영국으로 옮겨 논하자면, 『베어울프』[12]에 교수대, 즉 '갈가 Galga'라는 글자가 보이므로 교수형은 이 시대부터 행해진 게 틀림없는 것으로 짐작됩니다. 블랙스톤[13]의 설에 의하면 만일 교수형을 받은 죄인이 밧줄이 잘못되어 죽지 않았을 때는 다시 그 형벌을 받아야 하는 것으로 되어 있습니다만, 이상한 것은 『피어스 플로먼』이란 책 속[14]에는 가령 흉악범이라도 두 번 목을 조르는 법은 없다는 구절이 있다는 것입니다. 글쎄 어느 쪽이 진실인지는 모르겠습니다만, 잘못하다가 한 번에 죽지 못하는 실례가 왕왕 있었거든요. 1786년에 피츠제럴드라는 유명한 악한을 교수형에 처한 적이 있었습니다. 그런데 어찌 된 셈인지 첫 번째는 발판에서 뛰어내릴 때 밧줄이 끊어졌답니다. 그래서 다시 했는데, 이번엔 밧줄이 너무 길어서 발이 땅바닥에 닿아 역시 죽지 못한 겁니다. 결국은 세 번째에 구경꾼들이 거들어서 죽게 했다고 합니다."

"야, 그거 참" 하고 메이테이는 이런 장면에 오면 갑자기 기운이 난다.

---

12) 베어울프라는 영웅를 주인공으로 한 영국 최초의 서사시.

13) 윌리엄 블랙스톤, 영국의 법률가, 1723~1780.

14) 14세기의 영국 시인 랭런드의 우화적인 종교시 「농부 피어스의 환상」을 말함.

"정말로 제대로 죽기도 힘들군."

주인까지도 들떠서 맞장구를 친다.

"더 재밌는 게 있습니다. 목을 매달면 키가 한 치 정도 늘어난다고 합니다. 이것은 확실히 의사가 재본 거니까 틀림없습니다."

"그거 새로운 발견이군. 어떤가, 구샤미 자네도 좀 매달아보면? 한 치쯤 늘어나면 보통 사람 정도가 될지도 모르지"라며 메이테이가 주인 쪽을 향하자, 주인은 의외로 진지하게 묻는다.

"간게쓰 군, 한 치쯤 키가 늘어났다가 되살아나는 일도 있을까?"

"당연히 그건 안 되지요. 매달려서 척추가 늘어나는 것인데, 알기 쉽게 말하자면 키가 늘어난다기보다 파괴되는 것이니까요."

"그럼 뭐 그만두지" 하고 주인은 단념한다.

연설은 아직도 속편이 많이 남아서 간게쓰 군은 목매달아 죽는 것에 대한 생리작용까지 논급할 예정이었으나, 메이테이가 방랑객처럼 이상한 말들을 마구 지껄이며 끼어드는 데다 주인이 가끔씩 버젓이 하품을 해대니, 결국은 중도에서 그만두고 돌아갔다. 그날 밤 간게쓰 군이 어떠한 태도로 어떤 웅변을 했는지는, 멀리서 일어난 사건이라서 모르겠다.

2, 3일은 별일 없이 지나갔으나, 어느 날 오후 2시경 또 메이테이 선생이 여전히 우연동자처럼 홀연히 날아들어 와 자리에 앉자마자 느닷없이 물었다.

"자네, 오치 도후의 다카나와 사건 얘기 들었나?"

여순 함락의 호외를 알리러 온 것만큼이나 호들갑스럽다.

"몰라. 요즘은 안 만나니까."

주인은 여느 때처럼 침울하다.

"오늘은 그 도후 선생의 실수담을 보도할까 해서 바쁜 중에 일부러 왔다네."

"또 요란을 떠는군. 자넨 정말 제멋대로야."

"하하하하, 제멋대로라기보다는 종잡을 수가 없는 거겠지. 그것만은 좀 구별해줘야겠네, 명예에 관계되니까."

"마찬가지 아닌가?" 하고 주인은 소리를 친다. 진짜 천연거사가 다시 나타난 것 같다.

"요전 일요일에 도후 선생이 다카나와에 있는 센가쿠지泉岳寺에 갔다더군. 이 추운 계절엔 안 가는 게 좋은데—첫째 이런 때 센가쿠지에 간다는 건 정말이지 도쿄를 모르는 시골뜨기 같잖아?"

"그건 도후 마음이지. 자네가 그걸 막을 권리는 없어."

"그야 물론 권리는 없지. 권리가 어떻든 간에, 그 절 안에 의사유물보존회義士遺物保存會라는 구경거리가 있는데, 자네 아는가?"

"글쎄."

"모른다고? 하지만 센가쿠지에 간 적은 있을 게 아닌가?"

"아니."

"없다고? 이거 놀랐는걸. 어쩐지 도후를 엄청 변호한다 했어. 도쿄 사람이 센가쿠지를 모르다니 한심스럽군."

"그런 거 몰라도 선생 노릇은 할 수 있으니까."

주인은 더욱더 천연거사다워진다.

"그건 그렇다 치고, 그 전람실에 도후가 들어가 구경하고 있는데, 거기에 독일인 부부가 들어왔다는 거야. 그들이 처음에는 일본 말로 도후에게 뭔가 질문을 했다고 하네. 그런데 도후 선생은 늘 독일어를 한번 사용해보고 싶어서 못 견디는 사람이었잖아. 그래 이때다 싶어 두세 마디 주절거려봤더니 의외로 잘되더라나. 나중에 생각하니 그게 화근이었다더군."

"어째서?"

주인은 마침내 말려들고 만다.

"독일 사람이 오타카 겐고[15]가 허리에 차던 금은 가루로 칠기 표면에 무늬를 놓은 에도 시대의 공예품 약상자를 보고, 이걸 사고 싶은데

파느냐고 묻더래. 그때 도후의 대답이 걸작이었지. 일본인은 청렴한 군자들이라서 도저히 안 된다고 했다더군. 거기까진 꽤 잘 나갔는데, 그 다음부터 독일 사람은 제대로 된 통역이 생긴 줄 알고 자꾸 묻더라는 거야."

"뭘?"

"그게 말이야, 뭘 묻는지 알 수 있는 정도라면 걱정 없겠는데, 빠른 말투로 마구 물어대니 도무지 알아들을 수가 있어야지. 어쩌다 알아들었다 싶으면, 소방용 쇠갈고리나 나무망치를 가리키며 저게 뭐냐고 묻는 거야. 서양에서 그런 것들을 뭐라고 하는지 배운 적이 있어야 말이지. 난처할 수밖에."

"하긴 그랬겠군."

주인은 교사인 자기 처지에 비교하여 동정을 표한다.

"그런데 한가한 사람들이 신기한 듯이 하나둘 모여들더니, 마침내는 도후와 독일인을 사방에서 둘러싸고 구경을 하더라는 거야. 도후는 얼굴이 빨개지며 허둥지둥 당황했지. 처음의 당당했던 기세와는 반대로 아주 쩔쩔맸던 모양이야."

"결국 어떻게 됐는데?"

"끝내는 도후가 견디다 못해 '사이나라'라고 일본어로 말하고 휭허케 돌아와 버렸다는 거야. '사이나라'는 조금 이상하다 싶어 자네 고향에서는 '사요나라'[16]를 '사이나라'라고 말하느냐고 물어봤더니, 물론 '사요나라'이지만 상대가 서양인이라서 조화를 이루기 위해 '사이나라'라고 했다지 뭔가. 도후 선생은 힘들 때도 조화를 잊지 않는 사람이구나, 하고 감탄했다네."

"사이나라는 그렇다 치고, 그 서양 사람은 어찌 됐나?"

---

15) 피살당한 봉건 군주의 복수를 한 47명의 아코赤穗 의사義士 중 한 사람.

16) 헤어질 때의 인사말.

"서양 사람은 어안이 벙벙하여 멍하니 쳐다만 보고 있었다는군. 하하하, 재밌잖은가?"

"별로 재밌지도 않은 것 같군. 그걸 말하러 일부러 온 자네 쪽이 훨씬 더 재밌네" 하고 주인은 담뱃재를 화로 속에다 톡톡 떨어뜨린다. 바로 그때 격자문 벨이 요란하게 울리더니 "계세요?" 하고 날카로운 여자 목소리가 들려왔다. 메이테이와 주인은 무심결에 얼굴을 마주 보며 침묵한다.

주인 집에 여자 손님이 웬일일까, 하고 보고 있으려니 그 날카로운 목소리의 주인공은 지리멘 겹치마 자락을 다다미에 질질 끌며 들어온다. 나이는 마흔을 조금 넘긴 것 같다. 훌러덩 벗겨진 이마에서부터 앞머리가 제방 공사라도 하는 것처럼 높이 솟아올라, 적어도 얼굴 길이의 2분의 1만큼이 하늘을 향해 치솟아 있다. 눈이 깎아지른 언덕바지만큼이나 가파르게 경사져서 직선으로 곤두선 채 좌우에 맞붙어 있다. 직선이란 고래 눈보다도 가늘다는 표현이다.

코만은 엄청나게 크다. 남의 코를 훔쳐다가 얼굴 한복판에 붙여놓은 듯하다. 세 평 남짓한 자그마한 정원에 쇼콘샤招魂社[17]의 석등롱石燈籠을 옮겨다 놓은 것처럼 혼자서 활개치고 있으나, 어쩐지 안정감이 없다. 그 코는 소위 '매부리코'라는 것으로, 일단은 힘껏 높이 버티고 서 있으나, 이건 너무하다 싶은지 중도에서 겸손해지다가 끄트머리에 가서는 처음 기세와는 달리 늘어져 밑에 있는 입술을 들여다보고 있다. 이렇게 특이한 코이므로 이 여자가 말을 할 때는 입이 말을 한다기보다 코가 말을 하는 것처럼 보인다. 나는 이 위대한 코에 경의를 표하기 위해 이제부턴 이 여자를 가리켜 '하나코鼻子'라고 부를 작정이다.

하나코는 우선 첫인사를 마치고는 "참 훌륭한 집이네요" 하고 방 안

17) 나라를 위해 죽은 사람의 영혼을 모아 제사 지내는 곳으로, 야스쿠니 신사를 말함.

을 둘러본다. 주인은 속으로 '거짓말도 잘하는군' 하며 푹푹 담배를 피워댄다. 메이테이는 천장을 쳐다보면서 "여보게, 저건 비가 샌 건가, 판자 나뭇결인가. 묘한 무늬가 그려져 있네그려" 하고 은근히 주인의 말을 재촉한다.

"물론 비가 샌 거지."

주인이 대답하자, "멋있군그래" 하고 메이테이는 시치미를 뗀다.

하나코는 사교를 모르는 사람들이라고 속으로 화를 낸다. 한동안 세 사람은 둘러앉은 채 아무 말이 없다.

"좀 여쭤볼 말씀이 있어서 왔는데요."

하나코가 다시 말문을 연다.

"예."

주인은 극히 냉담하게 답한다. 이러면 안 되겠다 싶어 하나코는 "실은 전 바로 이 근처—저 건너편 골목 모퉁이 저택에 사는데요" 하고 다시 말을 이어본다.

"그 커다란 창고가 있는 양옥집 말입니까? 어쩐지 거기에 가네다金田라는 문패가 붙어 있더군요."

주인은 이제야 가네다의 양옥과 가네다의 창고를 인식한 것 같으나, 가네다 부인에 대한 존경의 정도는 전과 다름이 없다.

"실은 남편이 와서 말씀을 드려야 하는데, 회사 일이 하도 바빠서요."

하나코는 이번엔 좀 알아차리겠지, 하는 눈초리다. 주인은 전혀 요지부동이다. 아까부터 하나코의 말투가 초면인 여자치고는 너무나 시건방져서 이미 마음이 편치 않은 것이다.

"회사도 하나가 아니고 두세 곳을 겸하고 있어요. 게다가 어느 회사에서나 중역이거든요—아마 아시겠지만."

이래도 황송하지 않느냐는 표정을 짓는다. 원래 우리 집 주인은 '박사'나 '대학교수'라 하면 굉장히 어려워하는 사람이지만, 이상하게도 실업가에 대한 존경도는 지극히 낮다. 실업가보다는 중학교 선생이 훌륭한 줄로 알고 있다. 설사 그렇게 믿고 있진 않더라도, 융통성 없는 성질 때문에 실업가나 부호들의 은혜를 입는 일은 절대 없으리라고 단념을 하고 있다. 아무리 상대가 세력가든 재산가든, 자신이 신세 질 가능성이 전혀 없는 것으로 단정 지은 사람과의 이해에는 지극히 무관심하다. 그러므로 학자 사회를 제외한 다른 방면의 일에는 극히 어두우며, 특히 실업계에서는 어디서 누가 뭘 하는지 전혀 모른다. 알아도 존경하거나 두려워하는 마음은 조금도 갖지 않는 것이다.

하나코 쪽에서는 하늘 아래 한구석에 이런 괴짜가 똑같이 햇빛을 쬐고 살고 있는 줄은 꿈에도 알지 못했다. 지금까지 세상 인간들을 많이 접해봤지만, '가네다 부인'이라고 자기소개를 했을 때 갑자기 대우가 달라지지 않은 적은 없었다. 어떤 모임에 나가더라도, 아무리 신분이 높은 사람 앞이라도 당당하게 '가네다 부인'으로 통해왔다. 하물며 이런 시시껄렁한 노서생老書生 따위야 자기 집이 저쪽 골목 모퉁이의 저택이라고만 하면, 직업 같은 건 듣기도 전에 깜짝 놀랄 줄로 예상하고 있었던 것이다.

"자네, 가네다란 사람 아나?"

주인은 아무렇지 않게 메이테이에게 묻는다.

"알고말고. 가네다 씨는 우리 백부님 친구야. 요전에도 원유회園遊會에 오셨더군."

메이테이는 진지하게 대답한다.

"에, 자네 백부님이 누구시더라?"

"마키야마 남작이시지."

메이테이는 더욱더 진지하다. 주인이 뭐라고 말하기도 전에 하나코는 갑자기 메이테이 쪽을 향해 돌아앉는다. 메이테이는 오시마쓰무기[18]에다 고와타리사라사[19]인지 뭔지를 겹쳐 입고 점잖은 척하고 있다.

18) 가고시마 현 오시마에서 나는 명주의 일종.

"어머나, 댁이 마키야마 남작님의—뭐가 되시는 분입니까? 그런 줄도 모르고 대단히 실례했습니다. 마키야마 남작님께 늘 신세 지고 있다고 항상 남편이 얘기하곤 한답니다."

하나코는 갑자기 정중한 표현을 쓰더니, 거기다가 꾸벅 절까지 한다. 메이테이는 "아니, 뭐. 허허허" 하고 웃는다. 주인은 어이가 없다는 듯 잠자코 두 사람을 쳐다본다.

"저희 딸의 혼담 일로 해서도 여러모로 마키야마 남작님께 걱정을 끼쳐드렸다더군요……."

"아, 예, 그렇습니까?"

이것만은 메이테이에게도 너무 뜻밖이었던지 약간 놀란 듯한 소리를 낸다.

"실은 여기저기서 며느리 삼고 싶다고 청혼해 옵니다만, 이쪽 신분도 있고 하니까 아무 데나 보낼 수도 없어서요……."

"그러면요, 그렇겠죠."

메이테이는 그제야 마음을 놓는다.

"그 일에 관해서 이 댁 말씀을 좀 들어보려고 온 겁니다."

하나코는 주인 쪽을 보고 갑자기 무례한 말투로 바뀐다.

"이 댁에 미즈시마 간게쓰라는 남자가 자주 온다는데, 대체 그 사람은 어떤 사람인가요?"

"간게쓰 얘기를 들어서 뭘 하시려고요?"

주인은 떨떠름하게 말한다.

"역시 따님의 혼담 문제로 간게쓰 군의 품행을 알고 싶으시다, 그 말씀이죠?"

메이테이가 재치 있게 끼어든다.

"그 얘길 들을 수 있으면 정말 좋겠어요……."

19) 옛날 외국에서 들어온 인물·조수鳥獸 등의 무늬를 날염한 옷감.

"그러니까, 따님을 간게쓰한테 보내시고 싶다 그 말씀인가요?"

"보내고 싶다느니 뭐 그런 건 아니고요."

하나코는 갑자기 주인의 말을 깔아뭉갠다.

"다른 데서도 여기저기 말이 나오니까 억지로 데려가지 않아도 곤란할 건 없어요."

"그렇다면 간게쓰에 대해서 안 들어도 그만 아닙니까?"

주인도 기를 쓰고 말한다.

"그렇다고 숨기실 이유도 없잖아요."

하나코도 약간 싸움 투로 나온다. 메이테이는 그 사이에 앉아 은으로 된 담뱃대를 심판 봉처럼 쥐고 어디 누가 이기나 마음속으로 외치고 있다.

"그럼 간게쓰 쪽에서 꼭 데려가고 싶다는 말이라도 했단 말입니까?"

주인이 정면으로 반격을 가한다.

"데려가고 싶다고 한 건 아닙니다마는……."

"데려가고 싶을 거라고 생각하고 계신 거지요?"

주인은 이 부인에겐 무조건 쏘아붙여야 한다고 깨달은 모양이다.

"얘기가 그렇게 진행되고 있는 건 아니지만—간게쓰 씨도 설마 반갑지 않은 건 아니겠지요."

하나코는 막판에 기세를 되찾는다.

"아니, 간게쓰가 그쪽 따님을 몹시 연모라도 한다는 겁니까?"

그렇다면 말해보라는 투로 주인은 허리를 꼿꼿이 세운다.

"아마 그런가 봐요."

이번엔 주인의 반격이 조금도 먹혀들지 않는다. 여태까지 재미있다는 듯이 심판관처럼 구경하고 있던 메이테이도 하나코의 이 한마디에 호기심이 발동했는지 담뱃대를 놓고 앞으로 나온다.

"간게쓰가 따님한테 연애편지라도 보냈나요? 야, 이거 신나는데. 새해가 되어 일화가 또 하나 늘어서 좋은 얘깃거리가 되겠는걸" 하며 혼자서 좋아한다.

"연애편지가 아니에요. 더 진한 건데요. 두 분 다 아시는 게 아닌가요?"

하나코는 묘하게 떠본다.

"자네, 알고 있나?"

주인은 여우에게 홀린 듯한 얼굴을 하고 메이테이에게 묻는다. 메이테이도 어리둥절한 어투로 "난 몰라. 안다면 자네가 알겠지" 하고 하찮은 데서 겸손을 떤다.

"아니, 두 분 다 아시는 일이에요."

하나코만이 득의양양하다.

"예에?"

두 사람은 동시에 감탄한다.

"잊으셨으면 제가 얘기해드리지요. 작년 연말에 무코지마의 아베 씨 저택에서 연주회가 있었는데, 간게쓰 씨도 참석하지 않았겠어요? 그날 밤 돌아오는 길에 아즈마 다리에서 무슨 일이 있었나 봐요—자세한 건 말하지 않겠습니다. 본인에게 폐가 될지도 모르니까—그만한 증거가 있으면 충분하다고 생각하는데, 어떠세요?"

하나코는 다이아 반지를 낀 손가락을 무릎 위에 나란히 놓고 의젓한 자세로 앉는다. 위대한 코가 더욱더 이채를 띠어, 메이테이도 주인도 있으나 마나 한 상황이다.

주인은 물론이고 그 대단한 메이테이도 이 불의의 기습에 허를 찔린 듯 얼마 동안 멍하니 학질에 걸린 환자처럼 앉아 있더니, 경악의 늪에서 벗어나 차츰 제정신이 돌아오자 너무 웃겨 죽겠다는 느낌이 한꺼번에 봇물 터지듯 밀어닥친다. 두 사람은 약속이나 한 듯이 "하하하하" 하고 폭소를 터뜨린다. 하나코만이 짐작이 좀 빗나가서, 이럴 때 웃는 건 상당히 실례가 아닌가 하고 두 사람을 노려본다.

"그게 따님이셨군요? 야, 이거 재미있네. 맞는 말씀이십니다. 이봐,

구샤미 군. 진짜로 간게쓰는 아가씨를 연모하고 있었던 게 틀림없어……. 이젠 숨겨봤자 소용없으니까 털어놓지 않으려나?"

주인은 그저 "으흠" 하고만 있다.

"정말이지 숨기셔도 소용없어요. 사실이 다 드러났으니까요."

하나코는 다시 기세등등해진다.

"이렇게 된 이상 할 수 없지. 간게쓰 군에 관한 사실은 뭐든지 참고하시도록 진술해야겠네. 여보게, 구샤미 군, 자네가 주인인데 그렇게 싱글싱글 웃고만 있으면 어떻게 하나? 실제로 비밀이란 무서운 거야. 아무리 숨겨도 어디선가 탄로 나게 마련이니까. 하지만 이상하긴 이상한데요. 가네다 부인, 어떻게 이 비밀을 알아내셨나요? 실로 놀라운데요."

메이테이는 혼자서 중얼거린다.

"저 역시 빈틈이 없으니까요" 하고 하나코는 으스댄다.

"너무 빈틈이 없으신 것 같군요. 도대체 누구한테서 들으셨습니까?"

"바로 이 뒤에 사는 인력거꾼 아낙네한테 들었지요."

"그 검은 고양이가 있는 인력거꾼 집 말입니까?"라며 주인의 눈이 휘둥그레진다.

"예, 간게쓰 씨 일로 해서 비용도 꽤 들었어요. 간게쓰 씨가 여기에 올 때마다 무슨 얘기를 하는지 인력거꾼 아낙네한테 부탁해 일일이 보고하게 했답니다."

"그건 너무하네."

주인이 큰 소리를 낸다.

"뭐가요. 댁에서 뭘 하시든, 무슨 말씀을 하시든 그건 상관치 않아요. 간게쓰 씨에 관한 일뿐이니까요."

"간게쓰 일이 됐든, 누구 일이 됐든—도대체 그 인력거꾼 마누라는 돼먹지 못한 여편네야."

주인 혼자서 화를 낸다.

"하지만 댁네 울타리 바깥에 와 서 있는 건 그쪽 마음 아니겠어요? 남이 이야기를 듣는 게 기분 나쁘면 좀 더 낮은 소리로 하시든가, 아니면 좀 더 큰 집에 사시든가 하면 되잖아요?"

하나코는 조금도 부끄러운 기색이 없다.

"인력거꾼네뿐만 아니에요. 신작로 이현금 스승님한테서도 여러 가지 얘기를 많이 듣고 있어요."

"간게쓰에 대해서 말입니까?"

"간게쓰 씨뿐만이 아니에요" 하고 하나코는 조금 심한 소리를 한다. 주인은 겁낼 줄 아느냐는 듯이 "그 작자는 되게 고상한 척하며 자기만 인간인 줄 아는 멍청한 놈입니다"라고 말한다.

"미안하지만 여자분이라고요. 놈이라니, 번지수가 틀렸어요."

하나코의 말투는 갈수록 본색을 드러낸다. 이래서야 마치 싸움을 하러 온 것 같다. 그런가 하면 메이테이는 역시 메이테이답게 이 담판을 흥미로운 듯이 듣고 있다. 철괴선인鐵拐仙人[20]이 투계용 닭들의 싸움을 보는 것 같은 얼굴로 태연스럽기만 하다.

말싸움으론 도저히 하나코의 적수가 못 된다는 것을 깨달은 주인은 잠시 침묵을 지킬 수밖에 없게 되었는데, 겨우 생각이 났는지 "부인은 간게쓰 쪽에서 따님을 연모한 것처럼 말씀하시는데, 제가 들은 얘기는 좀 다릅니다. 그렇지, 메이테이 군?" 하고 메이테이의 구원을 청한다.

"응. 그때 들은 얘기로는 따님이 먼저 병이 나서—무슨 헛소리를 했다고 그랬던 것 같은데."

"아니, 그럴 리가 없어요."

가네다 부인은 톡 쏘아붙이듯이 직선적으로 말한다.

"하지만 간게쓰는 분명히 ○○ 박사 부인한테 들었다고 하던데요."

"그게 이쪽의 수법이라는 거지요. ○○ 박사 부인한테 부탁해서 간게

---

20) 중국 수나라 시대의 선인 이홍수. 절름발이의 거지 모습으로 묘사됨.

쓰 씨의 의향을 떠본 거예요."

"○○ 부인은 그런 줄 알고서 승낙한 겁니까?"

"그럼요. 승낙해줬다 해도 공짜로야 안 되지요. 이래저래 선물이 많이 들었어요."

"꼭 간게쓰 군에 관해서 시시콜콜 캐묻지 않고선 안 돌아가시겠다, 그런 결심이십니까?"

메이테이도 좀 기분이 상했는지, 전에 없이 거친 말투다.

"이보게, 구샤미 군, 얘기한다고 손해나는 것도 아니니까 얘기해버리세. 부인, 나도 구샤미도 간게쓰에 관한 사실로 지장이 없는 것은 모두 다 얘기해드릴 테니까요, 그래요, 순서를 매겨 차례대로 질문해주시면 좋겠군요."

하나코는 겨우 납득을 하고 슬슬 질문을 하기 시작한다. 한동안 거칠었던 말투도 메이테이에 대해서는 다시 본래대로 정중해진다.

"간게쓰 씨는 이학사라던데, 대체 어떤 걸 전공하죠?"

"대학원에서는 '지구의 자기磁氣'를 연구하고 있습니다."

주인이 진지하게 대답한다. 불행히도 하나코는 그 의미를 몰라, "네에"라고는 했지만 의아스런 표정을 짓는다.

"그걸 공부하면 박사가 될 수 있을까요?"

"박사가 못 되면 따님을 못 주겠다, 그 말씀이신가요?"

주인은 불쾌한 듯이 묻는다.

"그럼요. 보통 학사야 얼마든지 있으니까요."

하나코는 태연스럽게 대답한다. 주인은 메이테이를 보며 더욱더 불쾌한 표정을 짓는다.

"박사가 될지 안 될지는 우리도 보장할 수가 없으니까 다른 걸 물어보시죠."

메이테이도 별로 좋은 기분은 아니다.

"요즈음도 그 지구의—뭔가를 공부하고 있나요?"

"2, 3일 전에는 '목매달기의 역학'이라는 연구 결과를 이학협회에서 강연했습니다."

주인은 아무 생각 없이 말한다.

"어머, 끔찍해라. 목매달기라니, 정말 이상한 사람이군요. 그런 목매달기니 뭐니 해서는 도저히 박사는 될 수 없겠네요."

"본인이 목을 매면 어렵습니다만, '목매달기의 역학'이라면 못 될 것도 없습니다."

"그럴까요?"

이번에는 주인 쪽을 보고 안색을 살핀다. 딱하게도 '역학'이라는 의미를 모르니까 마음이 불안하다. 그러나 이까짓 것을 묻는 데서야 가네다 부인의 면목이 안 선다고 생각해선지, 그냥 상대방의 안색으로 점을 친다. 주인의 얼굴은 떨떠름하다.

"그 외에 뭐 알기 쉬운 것을 공부하고 있지는 않나요?"

"글쎄요, 저번엔 '도토리의 스터빌리티stability를 논하고 아울러 천체의 운행을 논함'이라는 논문을 쓴 적이 있습니다."

"도토리 같은 것도 대학교에서 공부하나요?"

"글쎄, 나도 아마추어라 잘은 모르겠지만, 어쨌든 간게쓰가 하는 거니까 연구할 가치가 있다고 봐야겠지요."

메이테이는 태연스럽게 놀린다. 하나코는 학문에 관한 질문은 맞지 않는다고 단념을 했는지, 이번에는 화제를 바꾼다.

"얘기가 달라집니다만, 이번 설에 표고버섯을 먹다가 앞니가 두 개나 부러졌다면서요?"

"예, 그 빠진 자리에 떡이 달라붙어 있던데요."

메이테이는 이 질문이야말로 내 영역이라는 듯이 갑자기 신이 난다.

"멋대가리 없는 사람 아네요? 왜 이쑤시개를 사용하지 않죠?"

"다음에 만나면 주의시키겠습니다" 하고 주인이 킥킥대며 웃는다.

"표고버섯을 먹다가 이가 부러질 정도라면 굉장히 이가 나쁜 모양인데, 어떤가요?"

"좋다고는 할 수 없겠지요. 그렇지, 메이테이?"

"좋다고 할 순 없겠지만, 그 대신 귀엽잖아. 그 후로 아직도 때우지 않고 있는 게 묘해. 아직까지도 떡이 걸리게 돼 있는 건 정말 볼 만하지."

"이를 해 넣을 돈이 없어서 그대로 내버려 두는 건가요, 아니면 사람이 별나서 그냥 두는 건가요?"

"뭐, 언제까지 앞니 빠진 샌님 노릇을 하진 않을 테니까 안심하십시오."

메이테이의 기분은 점점 나아진다. 하나코는 다시 문제를 바꾼다.

"댁에 뭐 편지라든가 그 사람이 쓴 게 있으면 잠깐 보여주셨으면 좋겠는데요."

"엽서라면 많이 있습니다. 보시지요."

주인이 서재에서 3, 40장 가져온다.

"그렇게 많이 안 봐도 돼요. 그중에서 두세 장만……."

"어디 내가 좋은 걸 골라드리지."

메이테이 선생은 "이런 게 재밌겠습니다"라며 한 장의 그림엽서를 내민다.

하나코는 "어머, 그림도 그려요? 재주가 아주 좋네요. 어디 봐요"라며 엽서를 보더니 "어머나, 징그러워라. 너구리잖아? 하필이면 왜 고르고 골라서 너구리 같은 걸 그렸을까요? 그래도 너구리로 보이니 신기하네" 하고 약간 감탄한다.

"그 문구를 읽어보시지요."

주인이 웃으면서 말한다. 하나코는 하녀가 신문을 보는 것처럼 읽기 시작한다.

"음력 선달 그믐날 밤, 산에서 너구리가 원유회를 열고 열심히 춤을 춥니다. 그 노래에 이르기를, 오늘 밤은 선달그믐이라 산지기도 안 온

단다. 딴따라 딴딴 딴딴."

"뭐죠, 이게? 사람 놀리는 건가요?"

하나코는 불평하는 투다.

"이 선녀는 맘에 안 드십니까?"

메이테이가 또 한 장 내민다. 보니까 선녀가 날개옷을 입고 비파를 타고 있다.

"이 선녀는 코가 너무 작은 것 같은데요."

"아니, 그 정도면 보통인데요. 코보다 문구를 읽어보십시오."

문구에는 이렇게 적혀 있다.

옛날 어느 곳에 한 천문학자가 있었습니다. 어느 날 밤 여느 때같이 높은 곳에 올라가 열심히 별을 보고 있으려니까, 하늘에 아름다운 선녀가 나타나 이 세상에서는 들을 수 없을 만큼 미묘한 음악을 연주하기 시작하여, 천문학자는 몸에 스며드는 추위도 잊어버리고 넋을 잃고 듣고만 있었습니다. 이튿날 아침에 보니 그 천문학자의 시체에 서리가 새하얗게 내려 있었습니다. 이건 진짜 있었던 이야기라고 그 거짓말쟁이 할아범이 말했습니다.

"무슨 말이에요, 이건. 의미고 뭐고 없잖아요? 이래가지고서도 이학사로 통하나요? 《분게이쿠라부文藝俱樂部》[21]라도 좀 읽으면 좋을 텐데요."

간게쓰 군을 여지없이 깔아뭉갠다. 메이테이는 재미 삼아 "이건 어떻습니까?" 하고 석 장째를 내놓는다. 이번 것은 활판으로 돛단배가 인쇄되어 있고, 역시 그 밑에 뭔가 휘갈겨 쓰여 있다.

지난밤에 묵고 간 열여섯 살 어린 소녀, 아비가 없다 하네. 거친 바다

21) 1895년에 창간된 당시의 유력한 문예 잡지.

물떼새, 한밤중에 잠이 깨어 물떼새 따라 우네. 뱃사공 아비는 파도 밑에 잠드네.

"좋은데요. 감동했어요. 얘기가 되지 않아요?"

"얘기가 되겠습니까?"

"네. 이거라면 샤미센과 가락이 맞겠네요."

"샤미센과 가락이 맞는다면 상당한 거지. 이건 어떻습니까?"라며 메이테이는 마구 내놓는다.

"아니, 이제 이만하면 됐어요. 그렇게 촌스런 사람이 아니라는 건 알았으니까요"라며 혼자서 끄덕인다. 하나코는 이것으로 간게쓰에 관한 질문은 대강 마친 모양인지, "대단히 실례했습니다. 아무쪼록 제가 왔었다는 것은 간게쓰 씨한테는 비밀로 해주시길 바랍니다" 하고 자기 편한 부탁만 한다. 간게쓰에 관해선 무엇이든 다 알아야 하지만, 자신에 관해선 일절 간게쓰에게 알려선 안 된다는 방침인 것 같다. 메이테이도 주인도 "아, 예" 하며 맥없이 대답을 하자 "일간 다시 인사드리겠습니다" 하고 다짐을 하면서 일어선다. 두 사람은 배웅을 하고 돌아와 자리에 앉자마자 "저건 뭐지?" 하고 서로가 똑같은 질문을 한다.

안방에서 안주인이 참다못했는지, 큭큭 웃는 소리가 들린다. 메이테이는 큰 소리로 말한다.

"제수씨, 제수씨, 저번에 말하던 평범의 표본이 나타났네요. 평범도 저 정도면 대단하지요. 자, 염려 마시고 실컷 웃으세요."

주인이 불만스런 어투로 "첫째, 얼굴이 마음에 안 들어" 하고 밉살스런 듯이 말하자, 메이테이는 곧바로 말을 받아서 "코가 얼굴 한복판에 진을 치고 묘하게 버티고 있더군" 하고 덧붙인다.

"게다가 꼬부라져 있으니."

"약간 고양이 등 같아. 그러니까 좀 괴상망측하지" 하고 재밌다는 듯이 웃는다.

"남편 잡아먹을 상판이야."

주인은 아직도 괘씸한 모양이다.

"19세기에 팔다 남아 20세기에 재고 처리되는 상이지."

메이테이는 묘한 말만 한다. 그때 안주인이 안방에서 나와 같은 여자라고 "너무 험담을 하시면 인력거꾼 집 여자가 또 고자질해요" 하고 조심시킨다.

"좀 고자질해서 말이 들어가는 편이 약이 될 겁니다, 제수씨."

"하지만 얼굴 같은 데를 흉보는 건 너무 비겁해요. 좋아서 그런 코를 달고 태어난 것도 아니잖아요. 게다가 상대방이 부인인데, 너무 심해요" 하고 하나코의 코를 변호하는 동시에 자신의 용모도 간접적으로 변호해둔다.

"심하긴 뭐가 심해. 그런 건 부인이 아니라 우인愚人이야. 그렇지, 메이테이 군?"

"우인이건 어쨌건 굉장히 사나운 사람이야. 엄청 할퀴어대잖아."

"도대체 교사를 뭘로 보는 거야."

"뒷집의 인력거꾼 정도로 보는 거겠지. 그런 인간들한테 존경을 받으려면 박사가 되는 수밖에 없어. 애당초 박사가 안 된 게 자네의 불찰이었네. 그렇죠, 제수씨?"

메이테이는 웃으면서 안주인을 쳐다본다.

"도저히 박사 같은 건 못 될 거예요."

주인은 자기 마누라한테서까지 버림받고 있다.

"무시하지 말라고. 이래 봬도 곧 될지도 모르니까. 당신 같은 사람은 모르겠지만 옛날 이소크라테스[22]란 사람은 94세에 대저술을 했고, 또 소포클레스[23]가 걸작을 발표하여 세상을 놀라게 한 것은 거의 백 살이

---

22) 고대 그리스의 대웅변가, B.C.436~B.C.338.

23) 고대 그리스의 비극시인, ?B.C.496~B.C.406.

다 되어서였지. 시모니데스[24]는 80세에 훌륭한 시를 지었어. 나라고……."

"바보 같은 소리 마세요. 당신 같은 위장병 환자가 그렇게 오래 살 수가 있겠어요?"

안주인은 남편의 수명을 훤히 내다보고 있다.

"무슨 소리야. 아마키 선생한테 가서 물어봐. 처음부터 당신이 이런 후줄근한 검정 무명 하오리나 누더기 같은 옷을 입히니까 그런 여자한테 무시당하는 거야. 내일부터 메이테이가 입고 있는 저런 걸 입을 테니까 꺼내놔."

"꺼내놓으라니요. 저렇게 좋은 옷은 없어요. 가네다 부인이 메이테이 선생에게 정중하게 대한 것은 백부님 이름을 듣고 나서예요. 옷 때문이 아니란 말이에요."

안주인은 용케도 책임을 피해 간다. 주인은 '백부님'이라는 말을 듣고 갑자기 생각난 듯이 메이테이에게 묻는다.

"자네에게 백부님이 계시다는 말은 오늘 처음 들었네. 여태까지 한 번도 얘기한 적이 없었잖아? 정말로 계신 건가?"

메이테이는 기다렸다는 듯이 "응. 그 백부님 말인데, 어찌나 완고하신지. 19세기부터 오늘날까지 연면히 살아남아 계신다네" 하고 주인 내외를 반반씩 쳐다본다.

"호호호, 재미난 말씀도 잘하시네요. 어디서 살고 계시는데요?"

"시즈오카에 살고 계십니다만, 그게 그냥 살고 계시는 게 아니에요. 머리에 상투를 틀고 있으니 기겁할 일이지요. 모자를 쓰시라고 하면, 난 이 나이가 되도록 아직 모자를 쓸 정도로 추위를 느낀 적이 없다고 뽐내신답니다. 추우니까 좀 더 주무시라고 하면 인간은 네 시간 자면 충분하기 때문에 그 이상 자는 건 사치스런 짓이라며 캄캄한 새벽에 일

---

24) 고대 그리스의 서정시인. ?B.C.556~?B.C.468.

어나시는 거예요. 그러면서요, 당신은 수면 시간을 네 시간으로 줄이기 위해서 다년간 수련을 했다고, 젊었을 때는 아무래도 졸려서 잘 안됐지만 요즈음에 이르러 비로소 자유자재의 경지에 들어서게 된 것이 매우 기쁘다고 자랑하시는 겁니다. 예순일곱이나 됐으니 잠이 오지 않는 게 당연한데 말이에요. 수련이고 뭐고 할 것도 없는데, 본인은 오로지 극기의 힘으로 성공한 줄로 생각하고 계시는 거지요. 그러고는 외출할 때에는 꼭 쇠부채를 갖고 나가신답니다."

"무엇에 쓰려고?"

"뭘 하시는지는 몰라. 그냥 갖고 나가는 거야. 뭐 단장短杖 대용으로 생각하시는지도 모르지. 그런데 요전에 이상한 일이 있었어요."

이번엔 안주인한테 말을 돌린다.

"예에."

안주인은 건성으로 대답한다.

"올봄에 갑자기 편지를 보내 중산모와 프록코트를 빨리 보내라는 겁니다. 좀 놀라서 우편으로 다시 물어봤더니, 당신께서 직접 입으실 거라는 답장이 왔어요. 23일에 시즈오카에서 승전 축하 행사가 있으니까 그때까지 빨리 조달하라는 명령이었습니다. 그런데 이상한 건 내용 중에 이런 말이 있는 거예요. 모자는 적당한 크기를 사고, 양복도 치수를 짐작해서 다이마루에 주문하거라……."

"요즘은 다이마루에서도 양복을 맞추나?"

"그게 아니라, 시로키야[25]하고 착각을 하셨던 거야."

"치수를 짐작하라니, 무리 아닌가?"

"그런 점이 우리 백부님다운 거지."

"그래서 어떻게 했나?"

"할 수 없이 적당히 만들어서 보내드렸지."

---

25) 당시 도쿄에 있던 의류점. 다이마루는 포목점이었음.

"자네도 무책임하군. 그래서 잘 입으셨나?"

"뭐, 어떻게 그냥 입으셨나 봐. 지방 신문을 보니까, 당일 마키야마 옹은 특별히 프록코트 차림에 예의 쇠부채를 들고……."

"쇠부채만은 안 빠뜨리신 모양이군."

"응, 돌아가시면 관 속에 쇠부채만은 넣어드리려고 해."

"그래도 모자도 양복도 그런대로 착용하실 수 있었으니 다행이네."

"그런데 그게 큰 착각이었어. 나도 무사히 넘어가서 잘됐구나 했더니, 얼마 안 있어 고향에서 소포가 왔더군. 무슨 답례품이라도 보내신 줄 알고 뜯어보니까 바로 그 중산모야. 편지도 함께 말이야. 모처럼 구해주었는데 조금 크니까 모자 가게에 보내서 줄여줬으면 좋겠다고, 줄이는 비용은 소액 우편환으로 그쪽에서 보내주시겠다고 하는 거야."

"정말 답답하시군."

주인은 자기보다 더 답답한 인간이 세상에 있는 걸 발견하여 크게 만족하는 눈치다. 이윽고 "그러고선 어떻게 됐나?" 하고 묻는다.

"어떻게 하긴, 할 수 없이 내가 받아서 쓰고 있지."

"그 모자를 말인가?"

주인이 빙긋이 웃는다.

"그분이 남작이신가요?"

안주인이 의아스런 듯이 묻는다.

"누가요?"

"그 쇠부채를 들고 다니시는 백부님 말이에요."

"그냥 한학자세요. 젊었을 때부터 세이도聖堂[26] 서원에서 주자학인가 뭔가로 굳어 있어서, 전등불 밑에서도 격식을 차리며 상투를 틀어 받들고 있답니다. 어쩔 수 없지요."

메이테이는 턱을 마구 쓰다듬는다.

---

26) 도쿠가와 막부의 유학儒學 학문소였던 유시마세이도湯島聖堂를 가리킴.

"하지만 아까 그 여자한테는 마키야마 남작이라고 하는 것 같던데."
"그렇게 말씀하셨어요. 저도 안방에서 들었어요."
안주인도 이것만은 주인의 의견에 찬성한다.
"그랬던가요? 허허허."
메이테이는 이유도 없이 웃는다.
"그거야 거짓말이죠. 나한테 남작 백부가 있었다면 지금은 국장쯤 됐겠지" 하고 태연스럽다.
"어쩐지 이상하더라니."
주인은 기뻐하는 것 같으면서도 걱정스러운 듯한 표정을 짓는다.
"어머나, 어쩌면 그렇게 거짓말을 진짜처럼 할 수 있어요. 선생님도 허풍을 참 잘 떠시는군요."
안주인은 매우 감탄한다.
"나보다 그 여자가 한 수 위던데요."
"선생님도 지실 염려는 없겠어요."
"하지만 제수씨, 내 허풍은 단순한 거짓말입니다. 그 여자 거짓말은 모두 무슨 속셈에서 나온 계략적인 거짓말이에요. 질이 나쁜 거지요. 천박한 지혜로 짜낸 술수와 자연스러운 해학 취미를 혼동하면, 코미디 신령님도 취미를 식별하는 사람이 없음을 개탄하지 않겠습니까?"
주인은 눈을 내리뜨고 "글쎄" 한다. 안주인은 웃으면서 "마찬가지예요" 한다.
나는 여태까지 건너편 골목에 발을 내디딘 적이 없다. 길모퉁이에 있다는 가네다라는 자의 저택이 어떤 구조인지 물론 본 적도 없다. 얘기를 들은 것도 이번이 처음이다. 주인 집에서 실업가가 화제로 오른 일은 한 번도 없었기 때문에, 주인 집 밥을 먹는 나도 이 방면에는 그냥 무관심할 뿐만 아니라 아주 냉담했었다. 그런데 아까 뜻하지 않게 하나코의 방문을 받고 멀리서나마 그 담화를 엿듣고서는 그 따님의 아리따운 모습을 상상하고 또 그 부귀와 권세를 상상하니, 비록 고양이일지라도 한가로이 툇마루에 뒹굴고 있을 수만은 없게 되었다.

더군다나 나는 간게쓰 군에 대해서 몹시 동정을 금하지 않을 수 없다. 저쪽에서는 박사의 부인이며, 인력거꾼 집 마누라며, 이현금 덴쇼인까지 매수해서 어느 틈에 앞니 빠진 것까지도 정탐하고 있는데, 간게쓰 군 쪽에서는 그저 싱글벙글거리며 하오리 끈에만 신경을 쓰고 있는 것은, 아무리 갓 졸업한 이학사라 하더라도 너무나 무능하다. 그렇다고 해서 그처럼 위대한 코를 얼굴에 안치하고 있는 여자이니, 보통 사람은 가까이 가기도 어려울 터다.

이러한 사건에 관해서는 주인은 오히려 무관심하고, 또한 너무나도 돈이 없다. 메이테이는 돈에 구애받지는 않으나, 사람이 그런 우연동자이므로 간게쓰에게 별 도움을 주지 못할 것이다. 그러고 보면 불쌍한 건 '목매달기의 역학'을 연설하는 선생 본인뿐이다. 나라도 분발하여 적진에 쳐들어가 그 동정을 정찰해주지 않으면 너무나 불공평하다.

나는 비록 고양이지만 에픽테토스를 읽다가 책상 위에 팽개칠 정도의 학자 집에 기거하는 고양이이므로, 일반 세상의 치묘痴描나 우묘愚描와는 격이 좀 다르다. 이런 모험을 감수할 정도의 의협심은 의당 꼬리 끝에 차곡히 간직하고 있다. 특별히 간게쓰 군에게 은혜를 입은 것은 없지만, 이건 그냥 개인을 위해 혈기가 뻗쳐 흥분해서 설쳐대는 짓은 아니다. 거창하게 말하자면, 공평을 좋아하고 중용을 사랑하는 하늘의 뜻을 현실에서 이루려는 장하고도 아름다운 행위라 하겠다.

남의 허락도 받지 않고 아즈마 다리 사건을 도처에 떠벌리고 다니는 이상에는, 남의 집 처마 밑에 개를 잠입시켜 그 보도를 자랑스러운 듯이 만나는 사람마다 퍼뜨리는 이상에는, 인력거꾼, 마부, 무뢰한, 건달 서생, 날품팔이 할멈, 산파, 요술쟁이 노파, 안마사, 얼간이에 이르기까지 총동원하여 국가에 이바지할 인재에게 폐를 끼치고도 돌아보지 않는 이상에는—고양이에게도 생각이 있다.

다행히 날씨도 좋겠다, 서리가 녹아서 좀 불편하지만 도리를 위해서는 하나뿐인 목숨인들 아까우랴. 발바닥에 진흙이 묻어서 툇마루에 매화꽃 도장을 찍는 것쯤은, 하녀에게는 귀찮을지 모르지만 나의 고통이라고는 할 수 없다. 내일로 미룰 것도 없이 지금 당장 가자고 용맹정진의 큰 결심을 하고 부엌까지 뛰어나갔으나, '아니, 잠깐만' 하는 생각이 들었다. 나는 고양이로서 진화의 극도에 달했을 뿐만 아니라 뇌 발달에 있어서도 중학교 3학년생에게 뒤지지 않을 정도이지만, 불행하게도 목구멍의 구조만은 어디까지나 고양이이기 때문에 인간의 언어를 지껄이지 못한다. 설사 용케 가네다 저택에 잠입해서 충분히 적의 정세를 확인한다 하더라도, 막상 그것을 당사자인 간게쓰 군에게 일러줄 방도가 없다. 주인에게도, 메이테이 선생에게도 전할 수가 없다. 전하지 못한다면 땅속에 묻힌 다이아몬드가 햇빛을 받아 빛나지 못하는 것과 마찬가지로, 모처럼의 지식도 무용지물이 된다. 이건 어리석은 짓이다. '그만둘까' 하고 문턱에서 멈춰 섰다.

그러나 일단 결심한 것을 중도에서 그만두는 것은, 소나기가 오는가 했더니 먹구름과 함께 딴 곳으로 가버리는 것같이 어쩐지 아쉽다. 그것도 비리가 이쪽에 있다면 몰라도 소위 정의를 위해, 인도人道를 위해서라면 설령 개죽음이 되더라도 끝까지 나아가는 것이 의무를 아는 남아의 본뜻이리라. 헛수고를 하고 헛걸음하는 정도는 고양이로서 마땅히 감내해야 할 일이라 하겠다.

고양이로 태어난 인과로 간게쓰, 메이테이, 구샤미 등 여러 선생과 함께 세 치의 혀로 서로의 사상을 교환하는 재주는 없지만, 고양이인 만큼 남몰래 잠입하는 기술은 여러 선생보다 능숙하다. 남이 못 하는 것을 성취하는 것은 그 자체만으로도 유쾌하다. 나 하나일지라도 가네다의 내막을 아는 것은 아무도 모르는 것보다는 유쾌하다. 남에게 전달하지는 못하더라도 누군가가 알고 있다는 자각을 그들에게 갖게 하는 것만으로도 유쾌하다. 이렇게 유쾌한 일이 많이 생겨나는데 안 갈 수가 없다. 역시 가기로 한다.

건너편 골목길에 가보니, 얘기로 들었던 양옥집이 모퉁이 땅을 제 것인 양 혼자서 다 차지하고 있다. '이 집 주인도 이 양옥집처럼 오만하게 생겼겠구나' 하면서 대문을 들어섰다. 그 건물을 바라보니, 그저 사람을 위압하기 위한 2층 건물이 무의미하게 우뚝 서 있는 것 외엔 아무 특징도 없는 구조다. 메이테이가 말하는 소위 '평범'이란 바로 이런 게 아닐까?

현관을 오른쪽으로 보면서 정원수 사이를 빠져나와 부엌 쪽으로 돌아갔다. 정말이지 부엌은 넓다. 족히 구샤미 선생네 부엌의 열 배는 된다. 언젠가 〈니혼신문〉에 상세하게 났던 오쿠마 백작[27]의 부엌에도 뒤지지 않을 만큼 정연하게 번쩍번쩍하다. '모범적인 부엌이군' 하면서 들어간다.

보니까 회반죽으로 발라 올린 두 평쯤 되는 토방에 바로 그 인력거꾼 집 아낙네가 서서 식모와 인력거꾼을 상대로 줄기차게 뭔가 지껄이고 있다. 이거 위험하겠다 싶어 물통 뒤로 숨는다.

"그 선생이란 자 말이야, 우리 주인님 이름을 모르나 보지?"

식모가 말한다.

"모를 리가 있나. 이 근방에서 가네다 님을 모르면 눈도 귀도 없는 병신이지."

이것은 고용된 인력거꾼의 목소리다.

"그걸 뭐라 할 수도 없지. 그 선생이란 자는 책밖에는 아무것도 모르는 괴짜니까. 주인님을 조금이라도 알면 두려워할지도 모르지만, 글렀어. 그 사람은 자기네 애들 나이도 모르는걸, 뭐" 하고 아낙네가 말한다.

"가네다 영감님을 두려워하지 않는다고? 거참 성가신 벽창호 같은 놈이군. 그렇다면 우리가 가서 놀려주면 어떨까?"

---

27) 오쿠마 시게노부. 메이지 시대에 활약한 정치가. 1838~1922.

"좋아. 마님 코가 너무 크다는 둥, 얼굴이 비위에 거슬린다는 둥 그런 아주 심한 말을 하는 놈이니까. 제 상판은 이마도야키今戸燒[28] 처럼 새카맣게 구워낸 너구리같이 생긴 주제에, 그런 꼴로 제법 잘난 줄로 알고 있으니 한심스럽지."

"얼굴만이 아냐. 수건 들고 목욕탕에 가는 꼴부터가 아주 거만스러워. 자기만 한 인간은 없다고 생각하나 봐."

이처럼 구샤미 선생은 식모에게도 아주 인망人望이 없다.

"하여튼 여럿이서 그자의 울타리 옆에 가서 욕이나 실컷 해주자고."

"그러면 필경 무서워할 거야."

"하지만 우리 모습을 보이면 재미없으니까 소리만 들리게 해서 공부를 방해하고 되도록이면 약 오르게 하라고, 아까 마님께서 분부하셨잖아."

"그야 나도 알고 있지" 하고 인력거꾼 집 마누라는 욕지거리의 3분의 1을 떠맡겠다는 뜻을 내비친다. '아이고야, 이 무리가 구샤미 선생을 놀리러 오겠구나' 하고 세 사람 옆을 살짝 빠져 안으로 들어간다.

고양이 발은 있어도 없는 것 같아서, 어딜 걸어도 쓸데없는 소리를 내지 않는다. 하늘을 밟듯이, 구름 속을 걷듯이, 물속에서 경磬쇠를 치듯이, 동굴 속에서 슬瑟[29]을 타듯이, 죽을 먹고 나서 그것을 말로 표현하지는 못해도 차고 뜨거움을 저절로 알듯이. 평범한 양옥집도 없고, 모범적인 부엌도 없고, 인력거꾼 집 마누라도, 인력거꾼도, 식모도, 딸도, 하녀도, 하나코 부인도, 부인의 남편도 없다. 가고 싶은 곳에 가서, 듣고 싶은 얘기를 듣고, 혀를 내밀고 꼬리를 흔들고, 수염을 쫑긋 세우고서 유유히 돌아오기만 할 뿐이다. 특히 나는 이 분야에 있어서는 일본에서 제일 능란하다. 구사조시에 나오는 네코마타의 혈통을 이어받

---

28) 유약을 바르지 않은 도쿄 이마도산의 질그릇으로, 추녀를 비유.

29) 고대 중국의 거문고 비슷한 현악기.

은 게 아닌가 스스로 의심할 정도다. 두꺼비 이마에는 투명하고 아름다운 야광 구슬이 있다고 하는데, 내 꼬리에는 신기석교연무상神祇釋敎戀無常[30]은 물론이거니와, 만천하의 인간을 무시할 수 있는 대대로 내려오는 묘약이 가득 들어 있다.

가네다 저택의 복도를 남모르게 다니는 정도는, 인왕仁王이 우무를 밟아 뭉개는 것보다도 쉬운 일이다. 이때 나는 내 역량에 스스로 감탄하여, 이것도 늘 평소에 소중히 여기던 꼬리 덕분이라고 생각하니 그냥 그대로 있을 수가 없어, 내가 존경하는 꼬리 대명신大明神을 예배하여 고양이의 운수대통을 빌어봐야지, 하고 잠깐 머리를 수그려봤지만, 아무래도 방향이 좀 틀린 것 같다. 되도록이면 꼬리를 향해서 세 번 절해야 하는데, 꼬리를 보려고 몸을 돌리면 꼬리도 따라서 돌아간다. 쫓아가려고 고개를 비틀면 꼬리도 같은 간격으로 앞으로 달려 나간다. 과연 천지현황天地玄黃을 세 치 몸 속에 간직하고 있는 영물이니만큼 도저히 감당이 안 된다. 꼬리를 쫓아서 일곱 바퀴 반쯤 돌다가 녹초가 돼서 그만두기로 했다. 눈이 핑 돈다. 어디에 있는지 좀처럼 방향을 알 수 없다. '에이, 모르겠다' 하고 여기저기 마구 걸어 다닌다. 장지문 안에서 하나코 부인의 소리가 난다. 여기구나 싶어 걸음을 멈추고 좌우의 귀를 비스듬히 세우고 숨을 죽인다.

"가난뱅이 학교 선생 주제에 건방지지 않아요?"

하나코가 째지는 쇳소리를 질러댄다.

"음, 건방진 놈이군. 골탕을 먹여 혼을 좀 내줘야겠어. 그 학교에는 내 고향 사람도 있으니까 말이야."

"누가 있는데요?"

"쓰키 핀스케랑 후쿠치 기샤고가 있으니까 그들에게 부탁해서 골려줘야지."

---

30) 신사神事·불교·사랑과 무상 등 시가에서 소재가 되는 모든 사상.

나는 가네다의 출생지는 모르지만 이름들이 다 이상스런 인간들만 모인 곳이구나, 하고 조금 놀랐다. 가네다는 다시 말을 이어 "그자는 영어 교사인가?" 하고 묻는다.

"네, 인력거꾼 아낙네 말로는 영어 리도르[31]인지 뭔지를 전문으로 가르친대요."

"어차피 제대로 된 교사는 아닐 끼라."

'아닐 끼라'라는 말투에도 적잖이 감탄했다.

"요전에 핀스케를 만났더니 이런 말을 하더군. '저희 학교에 묘한 선생이 있습니다. 학생이 반차番茶[32]를 영어로 뭐라고 하냐고 질문하니까 반차는 '새비지 티savage tea'라고 진지하게 대답하더랍니다. 교직원들 사이에 웃음거리가 되고 있어요. 그런 교사 때문에 다른 사람들의 권위도 떨어져서 곤란합니다'라고. 아마 그놈일 거야."

"틀림없이 그놈일 거예요. 그런 말을 하게도 생긴 상판이던데요. 수염은 징그럽게 길러가지고."

"괘씸한 놈 같으니."

수염을 길렀대서 괘씸하다면, 괘씸죄에 걸리지 않을 고양이는 한 마리도 없다.

"게다가 그 메이테이인지, 고주망태인지 하는 놈은 얼마나 엉뚱하고 까불어대는지 몰라요. 백부가 마키야마 남작이라나, 뭐라나. 그런 상판에 남작 백부가 있을 리가 없다고 생각은 했지만요."

"어디서 놀던 말 뼈다귀인지도 모르는 놈이 지껄이는 소리를 곧이곧대로 들은 당신도 잘못이야."

"잘못이라니요, 너무나 사람을 바보 취급하잖아요?"

하나코는 몹시 분한 모양이다. 이상한 것은 간게쓰 군에 관해선 일

---

31) reader(독본)의 잘못된 발음.

32) 질이 낮은 엽차.

언반구도 안 나온다는 것이다.

내가 살며시 오기 전에 인물 평판이 끝난 건지, 아니면 이미 낙방으로 결정되어 염두에도 두지 않는 건지 궁금하지만 별 도리가 없다. 한참 멈춰 서 있는데, 복도 저쪽 건넌방에서 벨 소리가 난다. '어라, 저기에도 무슨 일이 있나 보군. 빨리 가봐야지' 하고 얼른 그쪽으로 발걸음을 옮긴다.

가보니 여자가 혼자서 뭔가 큰 소리로 얘기하고 있다. 그 목소리가 하나코 부인과 비슷한 걸로 봐서, 바로 이 여자가 간게쓰로 하여금 자살 미수를 감행케 한 이 집 따님인 모양이다. 애석하게도 장지문에 가려서 옥 같은 자태를 엿볼 수가 없다. 따라서 얼굴 한가운데에 큼직한 코가 안치되어 있는지 어떤지도 단언할 수가 없다. 그러나 이야기하는 투나 콧김이 사나운 것 등을 종합해 생각해보면, 전혀 남의 주의를 끌지 못하는 납작코도 아닌 것 같다. 여자는 연방 지껄여대고 있는데 상대방의 목소리가 전혀 들리지 않으니, 이게 소문으로만 듣던 '전화'라는 물건일 것이다.

"거기 야마토大和[33]지? 내일 갈 테니까 특등석으로 잡아둬. 알았지? 뭐 모르겠다고? 아니, 못 알아듣나. 특등석을 잡아놓으란 말이야. 뭐라고? 자리가 없다고? 없을 리가 없어. 잡아두라니까. 헤헤헤 농담 마시라고? 뭐가 농담이야? 되게 사람 놀려대네. 도대체 넌 누구야? 조키치? 조키치 너까짓 게 뭘 알아. 마담한테 전화 받으라고 해. 뭐? 네가 다 알아서 얘기한다고? 너 건방지구나. 내가 누군지 알아? 가네다야. 헤헤헤 잘 알고 있다고? 진짜 바보네, 이거. 가네다라니까. 뭐? 항상 이용해주셔서 고맙다고? 뭐가 고맙다는 거야. 인사말 따위 듣고 싶지 않아. 어머, 또 웃고 있네. 너 어지간히 멍청이구나. 말씀하신대로라고? 계속 사람 갖고 장난치면 전화 끊어버린다. 그래도 괜찮아? 곤란

33) 일본 고전 연극을 하던 찻집 이름.

하지 않아? 가만 있으면 모르잖아? 뭐라고 말 좀 해보라니까."

전화는 조키치 쪽에서 끊었는지 아무런 대답이 없는 것 같다. 딸은 성질을 부리면서 마구 다이얼을 짤랑짤랑 돌려댄다. 발밑에서 발바리가 놀라서 갑자기 짖기 시작한다. 이거 큰일 나겠다 싶어, 급히 뛰어내려 툇마루 밑으로 숨는다.

마침 그때 복도를 걸어오는 발소리가 나더니 장지문 여는 소리가 난다. 누가 왔나 하고 열심히 듣고 있으려니, "아가씨, 주인어른과 마님이 부르십니다" 하는 소리가, 하녀인 것 같다.

"몰라" 하고 딸은 핀잔을 준다.

"잠깐 볼일이 있으시다고 아가씨를 불러오라고 하셨어요."

"시끄러워. 모른다니까."

따님은 두 번째 핀잔을 준다.

"……미즈시마 간게쓰 씨 일로 보자시는데요."

하녀는 애써 비위를 맞추려고 한다.

"간게쓰든, 스이게쓰든 난 몰라. 꼴 보기 싫어. 꼭 수세미가 멍청하니 늘어진 것 같은 얼굴을 해가지고."

세 번째 핀잔은 옆에 있지도 않은 가엾은 간게쓰 군이 받아먹는다.

"어머, 너 언제 트레머리를 했니?"

하녀는 후유 하고 한숨을 몰아쉬고 "오늘요" 하고 되도록 간단히 대답한다.

"건방지구나, 몸종인 주제에" 하고 다른 문제로 네 번째 핀잔을 준다.

"그리고 거기 단 깃 새거 아니니?"

"예에, 저번에 아가씨께서 주신 거예요. 너무 근사하기에 아까워서 고리짝 속에 넣어두고 있었는데, 원래 하고 있던 게 더러워져서 바꿔 달았어요."

"언제 내가 그런 걸 줬지?"

"이번 정초에 시로키야에 가셔서 구입하신 건데, 고동색이 섞인 연듯빛 바탕에 씨름판 대전표 무늬를 선명하게 염색한 거예요. '나한테는 너무 수수해서 싫으니까 너 줄게' 하고 말씀하신 그겁니다."

"어머, 안 돼. 잘 어울리잖아, 얄밉게."

"고맙습니다."

"칭찬한 게 아냐. 얄밉단 말이야."

"아, 예에."

"그렇게 잘 어울리는 걸 왜 아무 말 없이 받았지?"

"예에?"

"너 같은 애한테 그렇게 어울릴 정도면 내가 해도 우스울 턱이 없지 않겠느냐고?"

"분명 잘 어울리실 겁니다."

"잘 어울릴 걸 알면서 왜 가만있었니? 그렇게 새침 떼고 달고 있잖아, 못돼먹어 가지고."

핀잔이 끝없이 연발된다. 이제 사태가 어떻게 발전될까 하고 삼가 엿듣고 있는데, 저쪽 손님방에서 "도미코富子, 도미코" 하고 가네다가 큰 소리로 딸을 부른다. 딸은 마지못해 "예" 하고 전화실을 나간다.

나보다 좀 커다란 발바리가 얼굴 한가운데에다 눈과 입을 끌어모아 놓은 것 같은 상판을 하고 따라간다. 나는 여전히 소리 죽인 발걸음으로 다시 부엌에서 행길로 나와 서둘러 주인 집으로 돌아왔다. 탐험은 이만하면 충분한 성적을 올린 셈이다.

돌아와 보니 깨끗한 집에서 갑자기 구질구질한 집으로 옮겼으므로, 어쩐지 양지바른 산 위에서 어두컴컴한 동굴 속으로 들어온 듯한 기분이다. 탐험하는 동안에는 다른 일에 정신이 팔려 방의 장식이나 맹장지나 장지문의 상태 같은 것에는 전혀 눈길도 가지 않았으나, 새삼스레 내가 사는 집이 후지다는 것을 느끼는 동시에, 그가 말하는 이른바 '평범'이라는 것이 그리워진다. 교사보다는 역시 실업가가 잘난 것 같다. 나 자신도 좀 이상하다 싶어 꼬리에게 점쳐보았더니, '그럼 그럼' 하고 꼬리 끝으로부터 인정한다는 신탁神託이 내려졌다.

응접실에 들어가 보니 놀랍게도 아직까지도 메이테이 선생이 가지 않고, 궐련 담배꽁초를 벌집처럼 화로 속에 꽂아두고 털버덕하니 책상다리를 하고 앉아서 무슨 얘긴지 열심히 떠들어대고 있다. 게다가 어느새 간게쓰 군까지 와 있다. 주인은 팔베개를 하고 누워서 천장의 빗물 자국을 넋을 잃고 바라보고 있다. 여전히 태평성대를 사는 사람들의 모임이다.

"간게쓰 군, 자네 이름을 부르며 헛소리까지 했다는 여성의 이름이 당시엔 비밀이었던 것 같지만, 이젠 얘기해도 괜찮지 않나?" 하고 메이테이가 놀리기 시작한다.

"저만 관련된 일이라면 얘기해도 상관없지만, 저쪽에게 미안한 일이라서요."

"아직도 안 되나?"

"게다가 ○○ 박사 부인에게 약속을 했거든요."

"다른 사람에게 얘기하지 않겠다는 약속이었나?"

"예" 하고 간게쓰 군은 여느 때와 같이 하오리 끈을 만지작거린다. 그 끈은 판매되는 것으로는 볼 수 없는 보랏빛이다.

"그 끈 색깔은 좀 덴포天保[34]스럽군" 하고 주인이 누워서 말한다. 주인은 가네다 사건 같은 것엔 무관심하다.

"그렇군. 도저히 러일전쟁 시대 것은 아니야. 전립戰笠[35]에 접시꽃 문양이 그려진 붓사키하오리[36]라도 입지 않고선 수습이 안 되는 끈일세. 오다 노부나가 무장이 장가갈 때 머리카락을 자센茶筅[37]식으로 묶

34) 에도 시대의 연호의 하나. 시대에 뒤떨어진 고리타분한 모양을 뜻함.
35) 옛날 무사나 졸병들이 전장에서 투구 대신 쓰던 전투모.
36) 무사들이 승마·여행용으로 입는 등솔 아래쪽을 터놓은 하오리.
37) 중세 남자들이 머리를 뒤로 모아서 묶고 끈으로 감아 올려 짧은 막대처럼 되게 한 다음 그 끝을 흐트러뜨린 것.

어 올렸다던데, 그때 사용한 게 분명 그런 끈이었을 거야."

메이테이의 말은 여전히 길다.

"사실 이건 할아버지가 조슈 정벌 때 사용했던 겁니다"라며 간게쓰 군은 진지하다.

"이제 그만 박물관에라도 헌납하는 게 어떤가? '목매달기의 역학'을 연설하는 이학사 미즈시마 간게쓰 군이란 인물이 출세 못 한 하타모토 旗本[38] 같은 복장을 하는 건 체면에 관한 문제니까."

"충고하신 대로 해도 좋겠습니다만, 이 끈이 굉장히 잘 어울린다고 말해주는 사람도 있어서요……."

"누구야? 그런 촌스런 소리를 하는 사람이."

주인은 몸을 젖히면서 큰 소리를 낸다.

"아시는 분이 아닌데요……."

"몰라도 상관없어. 도대체 누구야?"

"어떤 여성입니다."

"하하하, 제법 풍류가처럼 말하는군. 맞춰볼까? 역시 스미다 강 밑바닥에서 자네 이름을 불렀다는 그 여자겠지? 그 하오리를 입고 다시 한번 투신자살을 해보는 게 어떤가?"

메이테이가 옆에서 끼어든다.

"헤헤헤, 이젠 물속에서 부르진 않습니다. 여기서 서북쪽에 해당되는 청정한 세계에서……."

"그다지 청정해 보이지도 않던데, 독살스런 코더군."

"네에?"

간게쓰는 의아스런 얼굴을 한다.

"건너편 골목에 사는 코가 아까 느닷없이 들이닥쳤어, 여기로. 진짜 우리 두 사람 혼났네. 그렇지, 구샤미 군?"

---

38) 에도 시대 장군가에 직속된 장교급 무사.

"음" 하고 주인은 누워서 차를 마신다.

"코라니, 누굴 말하는 겁니까?"

"자네의 친애하는 구원久遠의 여성의 자당님 말이네."

"예에?"

"가네다의 여편네라는 여자가 자네에 대해서 알아보려고 왔단 말일세" 하고 주인이 자상하게 설명해준다.

놀랄지, 기뻐할지, 부끄러워할지 간게쓰 군의 반응을 살펴보았으나 별다른 기색이 없다. 여느 때와 같이 조용한 어투로 "제발 저한테 그 딸을 데려가게 해달라는 부탁이었겠지요"라며 또 보랏빛 끈을 비튼다.

"그런데 그게 영 아닐세. 그 자당님이란 사람이 위대한 코의 소유자라서 말이야……."

메이테이가 말을 시작하는데, 주인이 "이보게, 난 아까부터 그 코에 대해서 하이타이시俳體詩[39] 하나를 생각하는 중인데" 하고 나무에다 대나무를 접목시키는 것처럼 엉뚱한 말을 한다. 옆방에서 안주인이 쿡쿡 웃는다.

"자네도 어지간히 한가하군. 그래 다 됐나?"

"조금은 됐어. 제1구는 '이 얼굴에 코를 모셔두고' 라는 걸세."

"그다음은?"

"다음은 '이 코에 제주祭酒를 곁들이고'야."

"다음 구절은?"

"아직 거기까지밖에 못 했어."

"재미있군요" 하고 간게쓰 군이 싱글싱글 웃는다.

"다음엔 '구멍 두 개가 희미하구나'라고 붙이면 어떤가?" 하고 메이테이는 금방 지어낸다. 그러자 간게쓰가 '속이 하도 깊어 털도 보이지 않네'는 안 될까요?" 한다. 이렇게 각자 아무렇게나 지껄이고 있는데,

39) 해학적 취향을 띤 신체시.

울타리 근처 한길에서 "이마도야키 너구리, 이마도야키 너구리" 하고 네댓 명이 왁자지껄 떠들어대는 소리가 난다. 주인도 메이테이도 약간 놀라 울타리 틈새로 바깥쪽을 보니까 "와하하하" 웃는 소리가 나더니 멀리 흩어지는 발소리가 들린다.

"이마도야키 너구리란 게 뭐야?"

메이테이가 이상하다는 듯이 주인에게 묻는다.

"뭔지 모르겠어."

주인이 대답한다.

"제법 기발하네요" 하고 간게쓰 군이 비평을 가한다. 메이테이는 무슨 생각이 났는지, 갑자기 일어나더니 "나로 말할 것 같으면 오래전부터 미학상의 견지에서 이 코에 대해 연구한 적이 있으므로, 그 일단을 피력하고자 하오니 수고스럽지만 두 분께서 들어주시기를 바랍니다" 하고 연설 흉내를 낸다. 주인은 너무나 갑작스러워 잠자코 메이테이를 쳐다보고만 있다. 간게쓰는 "부디 듣고 싶습니다" 하고 낮은 목소리로 말한다.

"여러모로 조사해봤습니다만, 코의 기원은 아무래도 정확하게는 모르겠습니다. 첫 번째 의문은 가령 이것을 실용상의 도구라고 가정한다면 구멍이 두 개 있으면 충분하지, 굳이 이렇게 시건방지게 한가운데에서 치솟아 오를 필요가 있냐는 겁니다. 어째서 이렇게 보시다시피 점점 솟아올랐을까요?" 하고 자기 코를 쥐어 보인다.

"그렇게 심하게 솟아오르지도 않았잖나?"

주인은 사실대로 말한다.

"어떻든 쑥 들어가진 않았으니까요. 그냥 구멍이 두 개 나란히 뚫려 있는 상태하고 혼동하시면 오해를 초래하게 될지도 모르므로, 미리 주의를 해둡니다. 그래서 우견愚見에 의하면 코의 발달은 우리들 인간이 코를 푼다고 하는 사소한 행위의 결과가 자연히 축적되어 이렇게 두드러진 현상을 나타내게 된 것이 아닐까 하옵니다."

"과연 틀림없는 우견이군" 하고 또 주인이 촌평을 삽입한다.

"아시다시피 코를 풀 때는 반드시 코를 쥐게 됩니다. 코를 쥐고 특히 이 국부에만 자극을 주면, 진화론의 대원칙에 따라 이 국부는 이 자극에 응하기 때문에 다른 부분에 비하여 기하학적인 발달을 합니다. 피부도 자연히 단단해집니다. 살도 차츰 굳어집니다. 마침내 엉겨서 뼈가 됩니다."

"그건 좀…… 그렇게 제멋대로 살이 뼈로 비약적으로 변화할 수는 없을 텐데요."

이학사인 만큼 간게쓰 군이 이의를 제기한다. 메이테이는 시치미를 떼고 계속 연설을 한다.

"아니, 의심이 드시는 건 당연합니다마는, 이론보다 증거라고, 이렇게 뼈가 있으니까 어쩔 수 없습니다. 이미 뼈가 생겼습니다. 뼈가 생긴 뒤에도 여전히 콧물은 나오지요. 나오면 풀지 않을 수 없습니다. 이 작용으로 뼈의 좌우가 깎여나가 가늘고 오뚝한 융기로 변화되어갑니다. 실로 가공할 만한 작용입니다. 떨어지는 물방울이 돌을 뚫듯이, 빈두로[40]의 머리가 저절로 빛을 발산하듯이, 불가사의한 향기, 불가사의한 악취의 비유와 같이 이렇게 콧날이 오뚝 서서 단단해집니다."

"하지만 자네 코는 두루뭉술하게 생겼는걸."

"연설자 본인의 국부는 강하게 변호할 우려가 있으니까 굳이 논하지 않겠습니다. 저 가네다네 자당님이 가지신 코가 가장 발달한 가장 위대한 천하의 진품이므로 두 분께 소개하고자 하옵니다."

간게쓰 군은 엉겁결에 "히어 히어hear, hear![41]" 하고 신이 나서 말한다.

"모든 것은 극도에 달하면 장관壯觀이 됨은 틀림없습니다만, 왠지 무

40) 석가의 제자로 16나한 중 첫째. 머리가 희고 눈썹이 긴데 이 불상을 만져 병의 회복을 기원함.

41) '근청謹聽'의 뜻을 나타내는 일본식 표현.

서워서 접근하기 어려워집니다. 그 콧날이 훌륭한 것은 틀림없습니다만, 너무 날카롭지 않나 싶습니다. 옛날 사람들 중에서도 소크라테스, 골드스미스[42], 또는 새커리[43] 같은 이들의 코는 구조상으로 말하자면 할 말이 굉장히 많겠지만, 바로 그 할 말이 많다는 점에 귀염성이 있습니다. 코가 높다고 해서 귀한 것이 아니고, 기이하기 때문에 귀하다는 말은 이런 까닭이 아닐까요? 속담에도 '코보다 경단'[44]이란 말이 있습니다만, 미적 가치에서 말씀드리자면 대체로 메이테이의 코 정도가 적당치 않나 생각됩니다."

간게쓰와 주인은 "허허허" 하고 웃음을 터트린다. 메이테이 자신도 유쾌한 듯이 웃는다.

"그런데 지금까지 변설한 것은……."

"선생님, '변설한다'는 말은 어쩐지 좀 야담가 같아서 품위가 없어 보이니 쓰지 마세요" 하고 간게쓰 군이 지난날의 복수를 한다.

"그래요, 그러시다면 얼굴을 씻고 다시 시작할까요? ……에에…… 이제부터 코와 얼굴의 균형에 대해서 한 말씀 드리고자 합니다. 다른 것과 관계없이 단독으로 코만을 언급하면, 그 자당님 같은 코는 어디에 내놔도 부끄럽지 않은 코로, 구라마 산[45]에서 전람회를 열더라도 일등상을 탈 만큼 위대한 코를 소유하고 계십니다만, 슬프게도 그것은 눈이나 입, 그 밖의 여러 부분의 선생들과 아무런 의논도 없이 만들어진 코입니다. 줄리어스 시저의 코는 위대한 것임에 틀림없습니다. 그러나 시저의 코를 가위로 싹둑 잘라, 이 집 고양이의 얼굴에 갖다 붙이면 어떻게 될까요? '고양이 이마빼기'란 비유에서처럼 비좁은 낯짝에 영웅의

---

42) 올리버 골드스미스, 영국 소설가, 시인, 1730~1774.

43) 윌리엄 새커리, 영국 소설가, 1811~1863.

44) '꽃보다 경단'이란 일본 속담을 '꽃'과 '코'가 둘 다 '하나'라고 발음되는 것을 이용해 변형시킨 농담.

45) 코가 큰 선인이 산다는 전설상의 산.

콧대가 우뚝 솟으면, 바둑판 위로 나라奈良의 대불大佛을 안치한 것같이 비례가 안 잡힌 나머지 그 미적 가치를 떨어뜨리게 되리라고 생각합니다. 자당님의 코는 시저의 그것처럼 확실히 당당하고 의젓한 융기임에 틀림없습니다. 하지만 그 주위를 둘러싼 얼굴 전체의 조건은 어떠할까요? 물론 이 댁 고양이처럼 열등하진 않습니다. 그러나 간질병을 앓는 못난이처럼 두 눈썹 사이에 여덟팔자를 새기고, 가느다란 눈이 쭉 째져 있는 것은 사실입니다. 여러분, 이런 얼굴에 이런 코가 있다니, 하고 탄식하지 않을 수 없지 않겠습니까?"

메이테이의 말이 잠깐 끊어진 순간, 뒤쪽에서 "아직까지도 코 얘기를 하고 있네. 정말 끈덕지군" 하는 소리가 들린다.

"인력거꾼 마누라야" 하고 주인이 메이테이에게 일러준다. 메이테이는 다시 시작한다.

"뜻하지 않게 뒤편에 새로이 이성異性의 방청자가 있는 걸 발견한 것은 연설자로서 진심으로 명예롭게 생각하는 바이옵니다. 특히 옥구슬이 굴러가는 듯한 간드러진 목소리로 건조한 이 강연에 한 점의 요염미가 첨가된 것은 실로 바라지도 않던 행복이옵니다. 되도록이면 얘기를 통속적으로 풀어서 어여쁜 숙녀의 관심에 벗어나지 않기를 기약하는 바이옵니다만, 이제부터는 다소 역학상의 문제로 돌입하기 때문에 자연히 부인들한테는 이해하기 어려울지도 모르겠습니다. 아무쪼록 참아 주시길 바랍니다."

간게쓰 군은 '역학'이란 말을 듣고 또 싱글싱글 웃는다.

"제가 증명하려고 하는 것은, 이 코와 이 얼굴은 도저히 조화되지 않는다는 사실입니다. 이는 곧 차이징[46]의 황금률에 어긋난다는 사실로서, 그것을 엄격하게 역학상의 공식으로 풀어서 보여드리고자 합니다. 우선 H를 코의 높이로 합니다. α는 코와 얼굴의 평면의 교차에서 생기

46) 아돌프 차이징, 독일의 미학자, 1810~1876.

는 각도입니다. W는 물론 코의 중량으로 알아주십시오. 어떻습니까? 대강 아시겠습니까?……."

"어떻게 알겠어?" 하고 주인이 말한다.

"간게쓰 군은 어때?"

"저도 좀 이해하기 어려운데요."

"그거 곤란한데. 구샤미는 그렇다 치고, 자네는 이학사니까 이해할 줄 알았는데. 이 식이 연설의 핵심이라서 이걸 생략하면 여태까지 해온 보람이 없지만…… 뭐, 할 수 없지. 공식은 생략하고 결론만 얘기하겠네."

"결론이 있나?"

주인이 의아스런 듯이 묻는다.

"당연하지. 결론이 없는 연설은 디저트 없는 서양 요리 같은 거야. ……자, 두 분 잘 들어보게나, 여기서부터가 결론이니까—한데 이상의 공식에 피르호[47], 바이스만[48] 같은 여러 사람의 설을 참작해서 생각해 보면, 선천적 형태의 유전은 당연히 허용되지 않으면 안 됩니다. 또한 이 형체에 수반되는 심의心意적 상황은, 비록 후천성은 유전하는 것이 아니라는 유력한 설이 있기는 하지만, 어느 정도까지는 필연적인 결과로 인정해야 합니다. 따라서 이와 같이 신분에 맞지 않는 코를 가진 사람이 낳은 아이의 코에도 무슨 이상이 있을 것으로 사료되옵니다. 간게쓰 군은 아직 젊어서 가네다 댁 따님의 코의 구조에 대해서 특별한 이상을 인정하지 못할지도 모릅니다만, 이러한 유전은 잠복기가 길기 때문에 언제 어느 때 기후의 갑작스런 변화와 함께 갑자기 발달하여 자당님의 코처럼 눈 깜짝할 사이에 팽창할지도 모릅니다. 그러므로 이 혼례는 메이테이의 학리적 논증에 의하면, 지금 빨리 단념하시는 게 안전하

47) 루돌프 피르호, 독일의 병리학자, 인류학자, 1821~1902.

48) 아우구스트 바이스만, 독일의 유전학자, 생물학자, 1834~1914.

지 않은가 생각됩니다. 이에 대해서는 이 댁 주인은 물론 거기 누워 계시는 고양이님께서도 이의가 없을 줄로 생각합니다."

주인은 그제야 일어나더니, "그야 물론이지. 그런 여편네의 딸을 누가 데려가겠나? 간게쓰 군, 데리고 오면 안 되네" 하고 매우 열심히 주장한다. 나도 약간 찬성의 뜻을 나타내기 위해 야옹야옹 하고 두 번쯤 울었다.

간게쓰 군은 별반 동요하는 기색도 없이 "선생님들의 의향이 정 그러시다면 전 단념을 해도 괜찮습니다만, 만일 당사자가 그것 때문에 신경 쓰다 병이라도 나면 죄가 되거든요……"라고 말한다.

"하하하하, 염문의 죄라 그 말이지."

주인만은 크게 정색해서 "그런 바보가 어디 있나? 그런 여편네의 딸이라면 변변치 못할 게 뻔해. 남의 집에 처음 와서 나에게 윽박지르고 대든 여자야. 오만한 여편네라고" 하고 혼자서 씩씩거린다.

그러자 또 울타리 옆에서 서너 명이 "와하하하" 하고 떠들며 웃는 소리가 난다. 하나가 "이 건방진 벽창호야!" 하자, 또 하나가 "더 큰 집에서 살고 싶지?" 한다. 또 다른 하나가 "불쌍하게도 아무리 뽐내봤자 이불 속에서 만세 부르기지!" 하고 크게 소리를 지른다. 주인은 툇마루에 나와서 질세라 큰 소리로 "뭐야, 시끄러워. 왜 남의 담장 밑에 와서 난리야!" 하고 호통을 친다.

"와하하하, 새비지 티, 새비지 티" 하고 저마다 욕을 해댄다.

엄청 화가 난 주인은 갑자기 일어나더니 막대기를 들고 행길로 뛰쳐나간다. 메이테이는 손뼉을 치면서 "야아, 재밌구나, 재밌어!" 한다. 간게쓰는 하오리의 끈을 비틀며 싱글벙글 웃는다. 내가 주인의 뒤를 따라 울타리 구멍으로 나가보았더니, 길 한복판에 주인이 어리벙벙하게 막대기를 짚고 서 있다. 길에는 아무도 다니는 사람이 없다. 꼭 여우에게 홀린 것만 같은 꼴이다.

4

여느 때처럼 가네다 저택에 잠입한다.

'여느 때처럼'이란 새삼스럽게 해석할 필요도 없이, '자주'를 제곱한 정도를 나타내는 말이다. 한 번 한 일은 두 번 하고 싶고, 두 번 시도한 일은 세 번 시도해보고 싶은 것은 인간에게만 한정된 호기심이 아니다. 고양이라 할지라도 이 심리적 특권을 갖고 이 세상에 태어났다는 것을 인정해주어야 한다. 세 번 이상 거듭할 때 비로소 '습관'이란 말을 적용하여, 이 행위가 생활상의 필요로 진화하는 것 역시 인간과 다름없다. 무엇 때문에 그렇게까지 발에 불나게 가네다 저택에 가느냐고 의문을 제기한다면, 그 전에 잠시 인간에게 반문하고 싶은 것이 있다.

왜 인간은 연기를 입으로 들이마셨다가 코로 내뿜는 것인가. 배가 부르지도 않고 혈액순환에 약도 안 되는 것을 부끄러운 줄도 모르고 거리낌 없이 삼켰다 뿜었다 하는 이상에는, 내가 가네다 저택에 출입하는 것도 너무 큰 소리로 야단치지 말기 바란다. 가네다 저택은 나의 담배다.

'잠입한다'라는 말에는 어폐가 있다. 어쩐지 도둑이나 정부情夫 같아서 듣기가 거북하다. 내가 가네다 저택에 가는 것은 초대야 받지 못했지만, 결코 가다랑어 토막을 슬쩍하거나 얼굴 한복판에 눈, 코가 달라붙어 있는 발바리 군과 밀담하기 위해서가 아니다.

뭐, 탐정? 당치도 않은 소리다. 무릇 세상에 천한 직업이라 하면, 탐정과 고리대금업자만큼 천한 직업은 없다고 생각한다. 하기는 간게쓰 군을 위해서 고양이로서는 과분할 정도의 의협심을 발휘하여 가네다 집의 동정을 몰래 살핀 적이 한 번은 있으나, 그것은 단 한 번이고, 그 후로는 결코 고양이의 양심에 부끄러운 비열한 짓을 한 적이 없다. 그렇다면 왜 '잠입한다'라는 수상쩍은 문자를 사용했나? 글쎄, 바로 거기에 굉장한 의미가 함축돼 있다 하겠다. 원래 내 생각에 의하면 하늘은 만물을 덮기 위해서, 대지는 만물을 싣기 위해서 생긴 것이다. 아무리 집요한 논쟁을 좋아하는 인간일지라도 이 사실을 부정할 수는 없을 것이다.

그런데 이 하늘과 땅을 만들기 위해서 그들 인류가 얼마만큼의 힘을 기울였느냐 하면, 전혀 거든 게 없다는 것이다. 자기가 만들지 않은 것을 자기 소유로 정하는 법은 없으리라. 자기 소유로 정하는 것까진 괜찮다 하더라도, 남의 출입을 금할 이유는 없을 것이다. 이 넓디넓은 땅에다 약삭빠르게 울타리를 두르고 말뚝을 박아 누구누구의 소유지라고 명확히 구획 짓는 것은, 마치 저 창공에 새끼줄을 치고서 이 부분은 내 하늘이고 저 부분은 네 하늘이라고 등록하는 것과 같다. 가령 토지를 쪼개어 한 평당 얼마라는 식으로 소유권을 매매한다고 한다면, 우리가 호흡하는 공기를 한 자 입방으로 나누어 잘라 팔아도 된다는 이치다. 공기를 잘라 파는 게 불가능하고, 하늘에 새끼줄을 치는 게 부당하다면, 땅을 사유하는 것도 불합리하지 않은가?

그렇기 때문에 이와 같은 견해에 따라서 이와 같은 법칙을 신봉하는 나는 어디든지 들어간다. 하긴 가고 싶지 않은 곳에는 가지 않지만, 지향하는 방향으로는 동서남북의 구별이 필요 없다. 태연한 얼굴로 느릿느릿 걸어간다. 가네다 같은 자를 배려할 까닭이 없다. 그러나 고양이의 슬픔은 용기를 내는 것만으로는 도저히 인간을 당해내지 못한다는 것이다. '강력한 힘은 곧 권리'라는 격언까지 있는 이 속세에 존재하는 이상은, 아무리 이쪽에 도리가 있어도 고양이의 주장이 통하지 않는다. 무리하게 통과시키려 하다가는 인력거꾼 집의 검둥 군처럼 불시에 생선 장수의 저울 멜대로 얻어맞을 우려가 있다. 이치理致는 이쪽에 있지만 권력은 저쪽에 있다고 할 경우에, 이치를 굽혀서 무조건 복종하느냐 또는 권력의 눈을 속여 자기 이치를 관철시키느냐 하면, 나는 물론 후자를 택할 것이다. 멜대는 피해야 하기 때문에 잠입하지 않으면 안 된다. 남의 저택 안에 들어가도 지장이 없으므로 잠입하지 않을 수 없다. 이런 까닭에 나는 가네다 저택에 잠입하는 것이다.

잠입하는 횟수가 거듭됨에 따라, 일부러 정탐을 할 생각은 없으나 자연히 가네다 가정의 사정이 보고 싶지도 않은 내 눈에 비치고, 기억하고 싶지도 않은 나의 뇌리에 인상을 남기게 되는 것은 부득이하다.

하나코 부인이 얼굴을 씻을 때마다 정성껏 코만 씻는 일이며, 도미코 아가씨가 아베카와떡[1]을 마구 잡수시는 일이며, 가네다가—가네다는 마누라와는 달리 코가 낮은 남정네다. 단순히 코가 낮을 뿐만 아니라, 얼굴 전체가 납작하다. 어렸을 때 싸움을 하다가 골목대장에게 목덜미를 붙잡혀 힘껏 토담에 짓눌렸을 때의 얼굴이 40년이 지난 오늘날까지 업보로 남아 있는 게 아닌가 하는 의심이 들 정도로 평탄한 얼굴이다. 지극히 온화하고 위험이 없는 얼굴임에는 틀림없지만, 어쩐지 변화가 부족하다. 아무리 화를 내도 평평한 얼굴이다—다랑어회를 먹고 자기 대머리를 찰싹찰싹 두드리는 일이며, 그리고 얼굴이 납작할 뿐 아니라 키도 작기 때문에 엄청 높은 모자를 쓰고 엄청 높은 나막신을 신는 일이며, 그것을 인력거꾼이 우습다고 서생한테 얘기하는 일이며, 서생이 과연 자네의 관찰력은 예리하다고 감탄하는 일 등등 일일이 열거할 수 없다.

1) 구운 찰떡을 뜨거운 물에 담갔다가 설탕·콩고물에 묻힌 떡.

요즈음은 부엌문 옆으로 돌아 마당으로 지나가, 석가산石假山 그늘에서 건너편을 살펴보아 장지문이 다 닫히고 조용하다는 확신이 서면, 슬금슬금 올라간다. 만약 웅성거리는 사람 소리가 난다든가, 방 안에서 내다볼 염려가 있다 싶으면, 연못을 돌아 동쪽으로 나아가서 변소 옆으로 해서 슬그머니 툇마루 밑으로 기어든다.

나쁜 짓을 한 적은 없으니까 별로 숨거나 두려워할 이유도 없지만, 그게 인간이란 무법자를 만났다 하면 재수 옴 붙었다고 체념할 수밖에 없기 때문이다. 만약 세상에 구마사카 조한[2] 같은 대도가 득실댄다면 어떤 성인군자도 역시 나 같은 태도를 취할 것이다. 가네다는 당당한 실업가니까 물론 구마사카 조한처럼 160센티미터나 되는 칼을 휘두를 염려는 없겠지만, 소문에 의하면 사람을 사람으로 여기지 않는 병이 있다고 하니, 사람을 사람으로 여기지 않을 정도라면 고양이를 고양이로도 여기지 않을 것이다. 그러고 보면 아무리 어진 고양이라도 그의 저택 안에서는 결코 방심할 수 없는 노릇이다. 하지만 방심할 수 없다는 그 점이 나로서는 좀 재미가 나는 부분이므로, 내가 이렇게까지 가네다 집을 출입하는 것도 오로지 이 모험을 무릅쓰고 싶기 때문인지도 모른다. 이 점은 추후에 곰곰이 생각한 뒤에, 고양이의 머릿속을 남김없이 해부할 수 있을 때 다음 기회에 다시 말씀드릴까 한다.

오늘은 형편이 어떤가 하고 예전처럼 석가산 잔디 위에 턱을 대고 앞을 내다보니, 다다미를 열다섯 장이나 깐 넓은 응접실을 음력 춘삼월 봄빛에 활짝 열어젖히고, 그 안에서 가네다 부부와 손님 한 사람이 한창 이야기하는 중이다. 공교롭게도 하나코 부인의 코가 이쪽을 향해서 연못 너머 내 이마를 정면으로 응시하고 있다. 코에게 응시당하는 것은 태어나서 오늘이 처음이다.

가네다는 다행히 얼굴을 옆으로 돌려 손님과 상대하고 있어 그 평탄

2) 헤이안 말기의 전설적 도둑.

한 부분도 반쯤 가려져 보이지 않지만, 그 대신 코가 어디 있는지 확실치 않다. 단지 희끗희끗한 콧수염이 적당한 곳에서 난잡하게 무성히 자라고 있으므로, 그 위에 구멍이 두 개 있을 거라는 결론만은 쉽게 내릴 수 있다. 봄바람도 저렇게 밋밋한 얼굴에만 분다면 필시 편할 거라고, 생각난 김에 마음껏 상상을 펼쳐보았다.

손님은 세 사람 중에서 가장 보통 용모를 하고 있다. 그저 보통이기 때문에, 이거다 하고 특별히 내세워서 소개할 만한 특징이 하나도 없다. 보통이라고 하면 괜찮을 것 같지만, 보통이 극에 달해 평범의 당堂에 오르고, 용속庸俗의 실室에 들게 되면[3] 오히려 불쌍하기 그지없다. 이러한 무의미한 상판을 들고 다닐 숙명을 갖고 메이지의 태평 시대에 태어난 이 사람은 누구일까? 여느 때처럼 툇마루 밑에 가서 그 담화를 들어보지 않고서는 알 수 없다.

"……그래서 안사람이 일부러 그 사람 집까지 찾아가서 형편을 알아봤는데 말일세……."

가네다는 언제나처럼 으스대는 말투다. 으스대긴 하지만 털끝만큼도 날카로운 데가 없다. 말도 그의 안면과 같이 평평하고 방대하다.

"과연 그러셨군요. 그 남자가 미즈시마 씨를 가르친 적이 있거든요. 과연 좋은 생각을 하셨습니다. 과연 그래요."

말마다 '과연'을 연발하는 손님이다.

"그런데 어쩐지 요령부득이란 말일세."

"예, 구샤미라면 요령부득일 수밖에요. 그 사람은 제가 함께 하숙을 하던 시절부터 실로 미적지근한 사람이라서요. 그거 참 난처하셨겠습니다"라며 손님은 하나코 부인 쪽을 향한다.

"난처하고 뭐고, 나는 이 나이가 되도록 남의 집에 가서 그런 푸대접

3) 공자가 자로에게 당堂에는 들었으나 실室에는 들지 못했다고 한 말의 역용으로, 너무 평범하여 용속함에 떨어진 것을 뜻함.

을 받아본 적이 없어요."

하나코는 여느 때같이 거칠게 콧바람을 내뿜는다.

"뭐라고 무례한 말을 하던가요? 옛날부터 완고한 성격인지라. 어떻든 10년을 하루같이 오로지 영어 독본만 가르치는 훈장 노릇을 하고 있는 것만 봐도 대강 아시겠지요?"

손님은 적당히 장단을 맞춘다.

"아니, 얘기도 안 될 정도로 마누라가 뭘 물어도 아주 쌀쌀맞게 군다는 거야……."

"그거 참 괘씸하기 그지없네요. 대체로 학문을 좀 한다 하면 자칫 거만한 마음이 생기기 쉽거든요. 게다가 가난하면 억지를 쓰게 되니까요. 세상에는 무척 무례한 자들이 많이 있습니다. 자기가 무능한 줄도 모르고 재산 있는 사람에게 마구 대드는 것이, 마치 자기네 재산이라도 등쳐먹은 것 같은 기분이 드는 모양이니 놀라울 뿐이지요. 아하하하."

손님은 신이 나는 모양이다.

"아니, 정말 언어도단일세. 그런 건 필경 세상 물정 모르는 옹고집에서 오는 거니까, 좀 혼내주는 게 좋겠다 싶어 손 좀 봐줬지."

"과연, 그럼 어지간히 혼이 났겠네요. 사실 본인을 위해서도 좋은 일이지요."

손님은 어떻게 혼을 냈는지 듣기도 전에 미리 가네다에게 동의하고 있다.

"그런데 말이에요, 스즈키 씨, 어쩌면 그렇게 완고한 사람인지. 학교에 가서도 후쿠치 씨나, 쓰키 씨와는 말도 하지 않는대요. 황송해서 가만있는가 했더니, 요전번엔 죄도 없는 우리 집 서생을 막대기를 들고 쫓아오더라나요. 서른 살이나 먹은 낯짝을 해가지고 어떻게 그런 바보 같은 짓을 합니까? 정말 자포자기해서 머리가 좀 이상해졌나 봐요."

"어허, 왜 또 그런 난폭한 짓을 했을까……?"

잘도 맞장구치던 손님도 이 말에 대해선 뭔가 이상하다는 생각이 든 모양이다.

"뭐, 그냥 그 사람 집 앞을 뭐라고 얘기하면서 지나갔대요. 그런데 갑자기 막대기를 들고 맨발로 뛰어나오더랍니다. 설사 뭐라고 좀 했다 하더라도 애들 아닙니까? 수염 난 큰 어른이, 게다가 선생이란 자가 말이에요."

"그렇네요, 선생이 그런다는 건" 하고 손님이 말하자, 가네다도 "암, 선생이니까" 하고 말한다. 선생인 이상 어떤 모욕을 당해도 목상木像처럼 점잖게 있어야 한다는 게 이 세 사람이 저절로 일치한 결론인 것 같다.

"게다가 그 메이테이란 남자는 여간 별난 사람이어야죠. 아무 쓸모도 없는 새빨간 거짓말을 지껄여대니. 난 그렇게 이상한 사람은 처음 봤어요."

"아, 메이테이 말입니까? 여전히 허풍을 잘 떠나 보군요. 역시 구샤미네 집에서 만나신 겁니까? 그 친구한테 걸리면 못 당합니다. 그 사람도 옛날에 같이 자취하던 친구였습니다만, 하도 사람을 잘 놀려대서 자주 싸웠더랬습니다."

"누구라도 화나지요, 그렇게 하는데. 물론 거짓말을 할 수도 있겠지요. 의리상 곤란하다든가, 분위기를 맞춰줘야 한다든가, 그럴 때엔 누구나 마음에 없는 말을 하기 마련이죠. 하지만 그 남자는 필요도 없는 거짓말을 마구 해대니까 어떻게 감당할 도리가 없지 뭐예요. 뭣 때문에 그렇게 엉터리 같은 소리를 뻔뻔하게 잘도 지껄여대는지 모르겠어요."

"지당하신 말씀입니다. 오로지 취미 삼아 하는 거짓말이라서 곤혹스럽습니다."

"애써 알아보러 간 미즈시마 씨 건도 엉망진창이 돼버렸어요. 난 어찌나 부아가 치밀고 화가 나던지. 그래도 의리는 의리라, 남의 집에 뭘 물으러 갔는데 모르는 척할 수도 없어서 나중에 인력거꾼을 시켜 맥주를 한 상자 보내줬지요. 그런데 어떻게 됐는지 아세요? 이런 걸 받을 이유가 없다며 도로 가져가라고 하더랍니다. '아니, 성의 표시니까 제발 받아주세요' 하고 인력거꾼이 말했더니, 밉살스럽게도 말이에요, 난 잼은 날마다 먹지만 맥주같이 쓴 것은 마신 적이 없다면서 휙 하니 안으로 들어가 버리더라나요. 얼마든지 곱게 말할 수도 있을 텐데, 아니 그래, 그런 실례가 어디 있습니까?"

"그건 좀 심했군요."

손님도 이번에는 진짜로 심하다고 느낀 모양이다.

"그래서 오늘 일부러 자네를 오라고 한 걸세" 하고 잠시 끊겼다가 가네다의 목소리가 들린다.

"그런 바보 같은 놈은 뒤에서 놀려주기나 하면 그만이긴 하지만, 그래선 조금 곤란한 사정이 있어서……."

가네다는 다랑어회를 먹을 때처럼 대머리를 찰싹찰싹 두드린다. 하긴 나는 툇마루 밑에 있으니 실제로 두드렸는지 안 두드렸는지 보일 리가 없으나, 이 대머리에서 나는 소리는 근래에 와서 자주 들었다. 비구니가 목탁 소리를 알아듣듯이, 툇마루 밑에서라도 소리만 확실히 들리면 대머리 두드리는 소리구나, 하고 금방 출처를 감정할 수가 있다.

"그래서 자네가 수고 좀 해줬으면 해서……."

"제가 할 수 있는 일이라면 뭐든 기탄 없이 시켜주십시오. 이번에 도쿄에서 근무하게 된 것도 정말 여러 가지로 염려해주신 덕택이니까요."

손님은 흔쾌히 가네다의 부탁을 승낙한다. 말투로 보건대 이 손님은 역시 가네다에게 신세 지는 사람인 것 같다. 사건이 점점 재미있게 발전해간다.

오늘은 하도 날씨가 좋아서 별생각도 없이 온 건데, 이렇게 좋은 자료가 생길 줄은 전혀 몰랐다. 춘분절에 절에 갔다가 우연히 주지 스님 방에서 모란병[4]을 얻어먹는 격이다. 가네다가 손님에게 무슨 부탁을

4) 찹쌀과 멥쌀을 섞어 고물을 묻혀 만든 떡.

하나, 툇마루 밑에서 귀 기울여 듣고 있다.

"그 구샤미라는 괴짜가 무슨 까닭인지 미즈시마를 꼬여서, 가네다의 딸을 얻지 말라고 부추긴다는 거야. 응, 그렇지, 하나코?"

"부추기는 정도가 아니에요. '그런 놈의 딸을 들이는 바보가 어디 있냐, 간게쓰 군' 이러면서 절대 얻지 말라고 했다는 거예요."

"그런 놈이라니, 아니 그런 막말을 했단 말이야?"

"그렇다니까요. 인력거꾼 마누라가 확실히 듣고 와서 알려준 얘기예요."

"스즈키 군, 어떤가? 들으신 대로라네. 꽤 성가시게 됐지?"

"곤란하네요. 다른 일과 달라서 이런 일은 남이 함부로 입방아를 찧을 일이 아닌데요. 그 정도의 일은 아무리 구샤미라도 잘 알고 있을 텐데, 도대체 어찌 된 일일까요?"

"그래서 말일세, 자네는 학생 시절부터 구샤미와 같이 하숙을 했고, 지금은 어찌 됐든 간에 옛날에는 친밀한 사이였다니까 부탁을 하는 걸세. 자네가 그 사람을 만나서 말이야, 이해득실을 잘 설명해주지 않겠나? 뭣 때문에 화가 났는지는 모르겠지만 화내는 건 그쪽 잘못이고, 그쪽이 얌전하게만 있으면 일신상의 편의도 충분히 봐줄 것이고, 비위에 거슬리는 짓도 그만두겠다고. 하지만 그쪽이 그런 식으로 나오면 이쪽에서도 생각을 달리할 수밖에 없다고. 말하자면 그렇게 고집을 부리면 본인만 손해다 이 말일세."

"예, 과연 말씀하신 대로 어리석은 저항을 하는 것은 본인에게 손해만 될 뿐 아무런 이익도 없으니 잘 타일러보겠습니다."

"그리고 우리 딸은 여러 군데서 청혼도 들어오고 하니까 반드시 미즈시마한테 시집보내겠다는 건 아니지만, 점점 얘길 들어보면 학문도 인물도 나쁘지는 않은 것 같으니, 만약 본인이 공부해서 가까운 시일 내에 박사가 되기라도 한다면 어쩌면 맺어질 수 있을지도 모른다는 정도는 넌지시 내비쳐도 괜찮아."

"그렇게 말해주면 본인도 격려가 되어 열심히 공부하겠지요. 잘 알겠습니다."

"그리고 이상한 건, 미즈시마한테 안 어울리는 일인데, 그 괴짜 구샤미를 선생님, 선생님 하면서 구샤미가 하는 말은 대개는 듣는 모양이니 곤란하단 말일세. 뭐, 그거야 물론 미즈시마한테 꼭 시집보내겠다는 게 아니니까 구샤미가 뭐라고 하며 방해를 하든 이쪽은 별 지장은 없지만 말이야……."

"미즈시마 씨가 불쌍하니까요" 하고 하나코 부인이 참견한다.

"미즈시마라는 사람은 만난 적은 없습니다만, 어찌 됐든 이쪽과 혼인이 성사되면 일생의 행복이니, 본인은 물론 이의가 없겠지요?"

"예, 미즈시마 씨는 그러고 싶어 하는데 구샤미나 메이테이 같은 괴짜들이 이러쿵저러쿵하니까요."

"그건 옳지 못하군요. 고등교육을 받은 사람으로서 안 어울리는 행동이네요. 제가 구샤미한테 가서 잘 얘기하겠습니다."

"그래, 좀 귀찮겠지만 부탁하네. 그리고 실은 미즈시마에 대해서도 구샤미가 제일 잘 알 터인데, 지난번 안사람이 갔을 때엔 지금 말한 그런 사정으로 제대로 듣지도 못하고 왔으니, 자네가 다시 한번 본인의 품행이나 재능 등에 관해서 잘 알아봐 주게."

"잘 알겠습니다. 오늘은 토요일이니까 지금 찾아가면 이미 집에 와 있겠지요. 요즈음은 어디에 살고 있는지요?"

"우리 집 앞에서 오른쪽으로 가다가 왼쪽으로 꼬부라져 한 백 미터 정도 가면 다 무너져 가는 까만 울타리가 있는 집이 나오는데, 그 집이에요" 하고 하나코가 가르쳐준다.

"그럼 바로 이 근처군요. 문제없습니다. 돌아가는 길에 잠깐 들러보지요. 뭐, 대충 알 수 있겠네요, 문패를 보면."

"문패는 있을 때도 있고 없을 때도 있어요. 명함을 밥풀로 대문에다 붙여놓는데, 비가 오면 떨어져 버리잖아요. 그러면 날씨 갠 날에 다시 붙여놓는 겁니다. 그러니까 문패는 믿을 게 못 돼요. 그런 귀찮은 짓을 하느니 하다못해 나무 팻말이라도 걸어놓으면 좋을 텐데, 정말이지 속을 알 수 없는 사람이에요."

"거참 놀랍군요. 하지만 무너진 까만 울타리 집이라고 물으면 대개 알겠지요."

"네, 그렇게 지저분한 집은 이 동네에 한 채밖에 없으니까 금방 알 수 있어요. 아, 그래요, 그렇게 해도 못 찾으면 좋은 수가 있어요. 어쨌든 지붕에 풀이 난 집을 찾아가면 틀림없어요."

"과연 특색이 있는 집이군요. 아하하하."

스즈키 군이 왕림하시기 전에 돌아가지 않으면 조금 곤란하다. 담화도 이 정도 들었으면 아주 충분하다. 툇마루 밑을 쭉 따라가다가 변소를 서쪽으로 돌아 석가산 뒤쪽에서 행길로 나아가 총총걸음으로 지붕에 풀이 난 집으로 돌아와서, 시치미를 뚝 떼고 안방 툇마루로 올라갔다.

주인은 툇마루에 흰 담요를 깔고 엎드려서 화사한 봄볕을 쬐고 있다. 햇볕은 의외로 공평한 것으로, 지붕에 냉이가 나서 목표가 되는 누추한 집에도 가네다의 응접실과 마찬가지로 화창하게 비춰주지만, 유감스럽게도 담요만은 봄철답지 않다. 맨 처음 만들었을 때에는 흰 것으로 짰고, 양품점에서도 흰 것으로 팔았으며, 주인도 흰 걸 주문해서 사온 것이긴 하지만—어쨌든 12, 3년이나 되는 옛날 것이므로 이미 흰색 시대를 지나서, 지금은 짙은 회색의 변색의 시기에 접어들고 있다. 이 시기를 지나서 다시 암흑색으로 변할 때까지 담요의 수명이 계속될지 어떨지는 의문이다. 지금도 벌써 사방이 거의 닳고 닳아서 가로세로의 바닥 실들이 다 드러나 보일 정도이므로, 담요라고 부르는 건 이미 이름뿐이며 '담' 자는 생략하고 단순하게 '요'라고 부르는 것이 적당하다. 그러나 주인의 생각으로는 1년 지나고, 2년 지나고, 5년이 지나고, 10년이 지난 이상에는 한평생 지니고 있어야 한다고 여기는 모양이다. 어지간히도 태평스럽다.

그런데 그렇게 인연 깊은 담요 위에서, 앞서 말씀드린 대로 엎드려서 뭘 하고 있는가 하면, 양손으로 쑥 내민 턱을 괴고 오른손 손가락 사이에 궐련을 끼고 있다. 그냥 그것뿐이다. 하긴 그의 비듬투성이의 머리 속에서는 우주의 대진리가 불타는 수레바퀴처럼 돌고 있을지도 모르지만, 외부에서 보기에는 꿈에도 그렇게 보이지 않는다.

담뱃불은 점점 입술 쪽으로 타들어 가, 3센티미터쯤 타버린 담뱃재가 톡 하고 담요 위에 떨어지는 것도 아랑곳없이, 주인은 피어오르는 담배 연기의 행방을 열심히 응시하고 있다. 그 연기는 봄바람에 떠올랐다 가라앉았다 하면서 동그라미를 몇 겹으로 그리며, 방금 머리를 감은 안주인의 까만 머리 다발을 향해서 흘러가고 있다. 아 참, 안주인 얘기를 하는 걸 깜박 잊었다.

안주인은 주인에게 엉덩이를 돌리고—뭐, 무례한 안주인이라고? 별로 실례될 것도 없지. 예니 예가 아니니 하는 것도 피차 해석하기 나름이다. 주인은 태연하게 마누라의 엉덩이를 향해 턱을 괴고, 안주인은 태연하게 주인의 얼굴 앞에 장엄한 엉덩이로 주저앉았을 뿐 무례고 뭐고 할 게 없다. 이 부부는 결혼 후 1년도 채 안 돼서 예의범절 같은 거북스런 경지에서 탈피한 초연적 부부다. 그런데 이렇게 남편에게 엉덩이를 들이댄 안주인은 무슨 바람인지, 오늘따라 화창한 날씨에 들떠서 30센티미터가 넘는 까만 머리를 청각채와 날달걀로 싹싹 비벼 감은 모양이다. 매끄러운 머리카락을 보란 듯이 어깨에서 등으로 넘기고, 말없이 어린애들의 민소매 옷을 열심히 깁고 있다.

실은 그 감은 머리를 말리기 위해서 모슬린 부들방석과 반짇고리를 들고 툇마루에 나와, 공손하게 남편에게 엉덩이를 돌린 것이다. 어쩌면 주인 쪽에서 엉덩이 있는 데로 얼굴을 들이댔는지도 모른다. 그래서 조금 아까 얘기한 담배 연기가, 풍성하게 나부끼는 검은 머리카락 사이로 흐르고 흘러서 때아닌 아지랑이처럼 피어오르는 것을 주인은 정신없이 바라보고 있다.

그렇지만 연기는 원래 한곳에 머무르지 않는 법이다. 그런 성질에 따라 자꾸 위로 솟아오르므로 주인도 이 연기들이 머리카락과 엉클어지는 기이한 광경을 잘 보려면, 아무래도 눈을 움직이지 않으면 안 된다. 주인은 우선 허리 주변부터 관찰을 시작해서 서서히 등줄기를 따라 어깨에서 목덜미에 다가가고, 그곳을 지나 드디어 정수리에 이르렀을 때, 그만 앗 하고 놀랐다. 주인이 백년해로의 약속을 한 부인의 정수리 한가운데에는 커다랗게 벗겨진 동그란 자리가 있다. 게다가 그 동그란 자리가 따사로운 햇빛을 반사하여, 이제야 때를 만난 듯이 반짝이고 있다. 뜻하지 않은 곳에서 이 신비로운 대발견을 한 순간 주인의 눈은 눈부신 가운데서도 너무나 놀라, 강렬한 광선 때문에 동공이 열리는 것도 상관 않고 넋을 잃고 뚫어지게 보고 있다.

주인이 이 벗겨진 머리를 봤을 때, 제일 먼저 뇌리에 떠오른 것은 자기 집 대대로 전해 내려오는 불단佛壇에 몇 대째 장식되어온 등잔이다. 그의 일가는 진종眞宗[5]이란 교파로, 진종에서는 불단에다 분에 넘치는 돈을 들이는 게 관례다. 주인이 어렸을 때 집 헛간에 어스름하게 장식된 두껍게 금박을 입힌 감실龕室이 있었는데, 그 감실 속에는 언제나 놋쇠로 만든 등잔이 매달려 있었고, 그 등잔에는 낮에도 희미한 등불이 켜져 있었던 걸 주인은 기억하고 있다. 주위가 어두컴컴한 가운데 이 등잔이 비교적 뚜렷하게 반짝이고 있었기에, 어린 마음에 이 불빛을 몇 번이고 봤을 때의 인상이 마누라의 벗겨진 머리에 의해서 환기되어 갑자기 튀어나온 것이리라. 등잔은 1분도 채 지나기 전에 사라졌다.

이번에는 관음보살의 비둘기가 떠오른다. 관음보살의 비둘기와 마누라의 벗겨진 머리는 아무 상관이 없을 것 같지만, 주인의 머리에서는 두 개 사이에 밀접한 연상이 있다. 역시 어릴 적에 아사쿠사에 가면 으레 비둘기한테 콩을 사서 뿌려주곤 했다. 콩 한 접시에 분큐전文久錢[6]

5) 정토淨土진종의 준말.

으로 두 푼 했으며, 콩은 빨간 토기에 들어 있었다. 그 토기가 색깔이며 크기며 이 동그랗게 벗겨진 머리와 흡사했던 것이다.

"정말 닮았군" 하며 주인이 사뭇 감탄한 듯이 말하자, "뭐가요?" 하고 안주인은 돌아보지도 않고 묻는다.

"뭐가요라니, 당신 머리에 커다랗게 벗겨진 동그란 자리가 있어. 알고 있어?"

"예" 하고 안주인은 여전히 바느질손을 쉬지 않고 대답한다. 별로 들킨 것을 두려워하는 기색도 없다. 초연한 데 모범적인 부인이다.

"시집올 때부터 있었던 건가, 결혼한 후에 새로 생긴 건가?"

주인이 묻는다. 만일 시집오기 전부터 벗겨져 있었던 거라면, 속았구나 하고 입 밖으로는 안 내도 마음속으로는 생각하는 것 같다.

"언제 생긴 건지 기억나지 않아요. 민머리야 아무려면 어때요?"

안주인은 엄청 태연스럽다.

"아무려면 어떠냐니, 자기 머리가 아닌가?"

주인은 약간 노기를 띠고 있다.

"자기 머리니까 괜찮지요"라고 말했지만, 그래도 좀 신경이 쓰이는지 오른손을 머리에 대고 벗겨진 곳을 쓰다듬어 본다.

"어머나 꽤 커졌네. 이렇게 된 줄은 몰랐는데" 하고 말하는 걸 보면, 나이에 비해 너무 크게 벗겨졌다는 것을 이제야 자각한 모양이다.

"여자는 머리를 틀어 올리면 여기가 당겨지니까 누구나 벗겨지는 거예요" 하고 약간 변명하려 한다.

"그런 속도로 벗겨지다간 사십쯤 되면 빈 주전자처럼 되겠군. 그건 분명 무슨 병일 거야. 전염될지도 몰라. 지금 당장 아마키 선생한테 진찰받아 보라고"라며 주인은 자꾸 자기 머리를 만져본다.

"그렇게 남의 말을 하시는데, 당신 역시 콧구멍에 흰 털이 나고 있잖

---

6) 에도 막부가 분큐 3년(1863)에 만든 구멍 뚫린 동전.

아요? 벗겨지는 게 전염된다면 흰 털도 전염되겠지요."

안주인은 좀 골이 나 있다.

"콧속의 흰 털이야 안 보이니까 괜찮지만, 정수리가—더구나 젊은 여편네의 정수리가 그렇게 벗겨지면 보기가 민망하지. 그건 불구야."

"불구라면 왜 결혼하셨어요? 자기가 좋아서 결혼해놓고 불구라니……."

"몰랐지. 오늘까지 전혀 몰랐어. 그렇게 당당하다면 왜 시집올 때 머리를 보여주지 않은 거야?"

"무슨 바보 같은 소리를! 어느 나라에서 머리 시험을 보고 합격되면 시집을 온대요?"

"머리가 벗겨진 건 그래도 참을 수 있지만, 당신은 키가 보통 사람보다도 훨씬 작아. 아주 보기가 안 좋아, 안 되겠어."

"키는 보기만 해도 금방 알 수 있잖아요? 키가 작은 건 처음부터 알고서 결혼한 거 아니에요?"

"그야 알았지. 알긴 했지만 좀 더 클 줄 알고 받아준 거지."

"스무 살이나 됐는데 어떻게 키가 더 커요? 당신도 엄청 사람 바보 취급하시는군요."

안주인은 바느질하던 애들 옷을 내팽개치고 주인 쪽으로 몸을 돌린다. 대답 여하에 따라서 그대로는 안 둘 것같이 서슬이 시퍼렇다.

"스무 살이 됐다고 키가 더 크지 말라는 법은 없겠지. 시집오고서 자양분이라도 먹이면 조금은 더 커질 가망이 있을 줄 알았거든" 하고 주인이 진지한 얼굴로 기묘한 이론을 펼치고 있는데, 때마침 대문 벨이 요란하게 울리면서 "계신가요" 하는 커다란 소리가 난다. 드디어 스즈키 군이 냉이 풀을 목표 삼아 구샤미 선생의 와룡굴을 찾아낸 모양이다.

안주인은 싸움을 나중으로 미루고, 허겁지겁 반짇고리와 애들 옷을 끌어안고 안방으로 달아난다. 주인은 회색 담요를 둘둘 말아 서재에 던져놓는다. 이윽고 하녀가 가져온 명함을 보고 주인은 약간 놀란 듯한 표정이었으나, 이쪽으로 모시라는 말만 해놓고 명함을 손에 쥔 채 변소에 들어갔다. 무엇 때문에 갑자기 변소에 갔는지 전혀 알 수 없다. 또 무엇 때문에 스즈키 도주로 군의 명함을 변소까지 가지고 갔는지 더욱 설명하기 힘들다. 어쨌든 고생하게 된 건 구린내 나는 곳으로 따라가야만 하는 명함이다.

하녀가 사라사 방석을 응접실 아랫목에 반듯하게 놓고서 "이리 앉으세요" 하고 물러갔다. 스즈키 군은 일단 방 안을 둘러본다. 도코노마[7]에 걸린 '화개만국춘花開萬國春'이라 써 있는 모쿠안[8]의 가짜 족자나 교토 제품인 싸구려 청자에 꽂아놓은 춘분 벚꽃 등을 하나하나 차례로 점검한 뒤, 문득 식모가 권한 방석 위를 보니 어느새 고양이 한 마리가 시치미를 떼고 앉아 있다. 두말할 것 없이 그것은 이렇게 말씀드리고 있는 바로 나다.

이때 스즈키 군의 가슴속에는 잠깐 동안 얼굴에 나타나지 않을 만큼의 풍파가 일었다. 이 방석은 의심할 여지도 없이 스즈키 군을 위해서 깔아놓은 것이다. 자기를 위해 깔아놓은 방석 위에 자기가 앉기도 전에 말도 없이 묘한 동물이 태연하게 웅크리고 앉아 있다. 이것이 스즈키 군의 마음의 균형을 깨뜨린 첫 번째 이유다. 만일 앉으라는 권유를 받긴 했어도 이 방석이 임자 없이 봄바람 부는 대로 그냥 비어 있었다면, 스즈키 군은 일부러 겸손한 태도를 취하여, 주인이 나타나서 "자, 앉으세요"라고 할 때까지는 딱딱한 다다미 위에서 참고 있었을지도 모른다. 그런데 조만간 자기가 차지해야 할 방석 위에 인사도 없이 올라앉은 것은 누구일까? 인간이라면 양보할 수도 있겠지만, 고양이라니 괘씸하

7) 일본식 방 윗목에 바닥을 한층 높여 만든 곳으로, 벽에는 족자를 걸고 바닥에는 꽃이나 장식물을 놓음.

8) 모쿠안 쇼토, 중국 명나라에서 일본으로 건너간 선승, 1611~1684.

기 짝이 없다. 올라앉은 게 고양이라는 사실이 한층 더 불쾌감을 갖게 한다. 이것이 스즈키 군의 마음의 균형을 깨뜨린 두 번째 이유다. 마지막으로 그 고양이의 태도가 비위에 가장 거슬린다. 조금은 미안하다는 듯이 하고 있으면 또 모르는데, 올라앉을 권리도 없는 방석 위에 거만하게 앉아서 동그랗고 애교 없는 눈을 깜박거리면서 넌 누구냐는 듯이 스즈키 군의 얼굴을 응시하고 있다. 이것이 균형을 깨뜨린 세 번째 이유다.

이 정도로 불평이 있으면 내 목덜미를 붙잡아 끌어 내리면 될 터인데, 스즈키 군은 가만히 내려다보고 있다. 당당한 인간이 고양이를 두려워하여 손을 못 댈 리는 없을 터이고, 왜 빨리 나를 처분하여 자기 불평을 터뜨리지 않는가 하면, 이는 오로지 스즈키 군이 일개 인간으로서 자기 체면을 유지하려는 자존심 때문이라고 짐작된다. 만일 완력에 호소하기로 한다면 삼척동자도 나를 자유롭게 들었다 놨다 할 수 있겠지만, 체면을 중시한다는 점에서 생각하면 가네다의 수족인 스즈키 도주로라는 인물도 이 두 자 사방의 한가운데에 진 치고 앉아 있는 고양이 대명신大明神을 어떻게 못 하는 것이다. 아무리 남이 보지 않는 장소라도 고양이와 자리싸움을 했대서야 적잖이 인간의 위엄에 관계되는 문제다. 진지하게 고양이를 상대로 시비를 따지는 것은 아무래도 점잖지 못하다. 우스운 짓이다. 이 불명예를 피하기 위해서는 다소의 불편은 참지 않으면 안 된다. 그러나 참지 않으면 안 되는 그만큼 고양이에 대한 증오심은 더해지기 마련이니, 스즈키 군은 가끔씩 내 얼굴을 보고는 씁쓸한 표정을 짓는다. 나는 스즈키 군의 불평스런 얼굴을 보는 게 재밌어서 웃음이 터져 나오려는 것을 참고 되도록 모르는 척한다.

나와 스즈키 군 사이에 이와 같은 무언극이 벌어지고 있는 동안에 주인은 옷매무새를 고치면서 변소에서 나와 "여어!" 하며 자리에 앉았다. 손에 들고 있던 명함은 그림자도 안 보이는 걸 보니 스즈키 도주로 군의 이름은 구린내 나는 곳에 무기징역을 당한 모양이다. '명함이야

말로 엉뚱한 액운을 만났구나' 하고 생각하고 있는데 별안간 주인이 "이놈!" 하고 내 목덜미를 꽉 붙잡고 "에잇!" 하며 툇마루에 냅다 내동댕이쳤다.

"자, 깔고 앉게나. 오랜만일세. 언제 도쿄에 나왔나?" 하고 주인은 옛 친구에게 방석을 권한다. 스즈키 군은 살짝 이걸 뒤집어서 앉는다.

"그만 바빠서 연락도 못 했는데, 실은 요전에 도쿄 본사로 돌아오게 돼서……."

"그거 잘됐군. 무척 오래 못 만났지. 자네가 시골로 간 후로 처음 아닌가?"

"응, 벌써 10년 가까이 됐군. 뭐, 가끔씩 도쿄에 나오는 일도 있었는데, 그만 일에 쫓겨서 번번이 미안하게 됐네. 나쁘게 생각하지 말게나. 회사는 자네 직업과는 달라서 굉장히 바쁘니까."

"10년 새에 많이 달라졌네" 하고 주인은 스즈키 군을 위아래로 훑어본다. 머리는 단정하게 가르마를 타고, 영국제 트위드를 입고, 화려한 넥타이에다 가슴에는 금빛 나는 시곗줄까지 번쩍거리는 모습이, 도저히 구샤미 군의 옛 친구라고는 생각되지 않는다.

"응, 이런 것까지 달고 다니게 됐다네."

스즈키 군은 자꾸만 금시곗줄을 은근히 과시한다.

"그거 진짜가?" 하고 주인은 무례한 질문을 한다.

"18금일세."

스즈키 군은 웃으면서 대답하고는 "자네도 꽤 나이를 먹었군. 참, 어린애가 있었지. 하난가?" 하고 묻는다.

"아니."

"둘?"

"아니."

"또 있는 거야? 그럼 셋인가?"

"응, 셋이야. 앞으로 몇이 더 생길지 모르지."

"여전히 태평하군. 큰애는 몇 살 정도 됐나? 이젠 꽤 컸겠네?"

"응, 몇 살인지 잘 모르겠는데, 아마 여섯이나 일곱 살일 거야."

"허허허, 교사는 편해서 좋군. 나도 교사나 했으면 좋았을걸."

"해보시게, 사흘도 못 가서 싫증 날 테니까."

"그럴까. 어쩐지 점잖고, 편하고, 한가롭고, 좋아하는 공부를 할 수 있으니 괜찮아 보이잖아? 실업가도 나쁘진 않지만 우리 같은 지위에선 한참 멀었어. 실업가가 되려면 훨씬 위로 올라가야 돼. 낮으면 역시 쓸데없는 아부나 떨어야 하고, 좋아하지도 않는 술도 먹으러 나가야 하고, 정말 한심스럽지."

"난 학교 시절부터 실업가는 아주 싫었어. 돈만 벌면 무슨 짓이든 하니, 옛날로 말하면 시정배지."

주인은 실업가를 앞에 두고 태평스레 지껄인다.

"설마…… 그렇다고만 말할 수도 없지만 조금은 천한 면도 있지. 어쨌든 돈하고 정사情死할 각오가 아니면 끝까지 해나가기가 어려우니까. 그런데 그 돈이라는 게 요물이라서, 지금도 어느 실업가 집에 가서 들은 건데, 돈을 벌려면 삼무술三無術을 써야 한다는 거야. 의리 무, 인정 무, 수치심 무, 이래서 삼무가 된다는 거야. 재미있지 않나? 아하하하."

"누구야, 그런 바보가?"

"바보가 아니야. 굉장히 똑똑한 사람일세. 실업계에서 좀 유명한데, 자네 모르나? 바로 요 앞 골목에 사는데."

"가네다 말인가? 그런 놈이 뭐가."

"되게 화를 내는군. 그거야 뭐 그냥 농담이겠지만, 그 정도로 하지 않으면 돈을 못 모은다는 비유겠지. 자네같이 그렇게 고지식하게 해석하면 곤란하네."

"삼무술은 농담이래도 좋지만, 그 집 마누라 코는 뭐 그렇게 생겼어? 자네, 갔으면 보고 왔겠지, 그 코 말이야."

"부인 말인가? 부인은 아주 탁 트인 사람이지."

"코 말이야, 그 큼직한 코를 말하는 거야. 저번에 난 그 코에 대해서 하이타이시를 한 수 지어봤다네."

"뭔데, 하이타이시란 게?"

"하이타이시를 모르나? 자네도 어지간히 세상 물정에 어둡구먼."

"나같이 바쁘면 도저히 문학 할 겨를이 없다네. 게다가 원래부터 별로 좋아하는 편도 아니니까."

"자네 샤를마뉴[9]의 코 모양을 아나?"

"허허허, 참 태평하구먼. 그야 모르지."

"웰링턴 장군[10]은 부하들한테서 '코쟁이'라는 별명으로 불렸다네. 자네 알고 있나?"

"코에만 신경 써서 어쩌려고? 뭐 그리 중요해, 코 같은 게 둥글든 뾰족하든."

"결코 그렇지 않아. 자네 파스칼[11]을 알고 있나?"

"또 알고 있나야? 마치 시험을 치르러 온 것 같군. 파스칼이 어쨌다는 거야?"

"파스칼이 이런 말을 했다네."

"어떤 말을?"

"만약 클레오파트라의 코가 조금만 낮았더라면 세계 역사가 달라졌을 거라고."

"아하, 맞아!"

"그러니까 자네같이 마구 코를 무시해서는 안 되지."

"그래 알았네, 이제부턴 소중히 여기도록 하지. 그건 그렇다 치고, 오늘 온 것은 자네에게 좀 볼일이 있어서이네. 저, 예전에 자네가 가르

9) 제2대 프랑크 왕국의 왕, ?742~814.

10) 아서 웰링턴, 영국의 장군, 1769~1852.

11) 프랑스의 수학자, 철학자, 1623~1662.

쳤다고 하는, 미즈시마—그래, 미즈시마 뭐였더라, 잘 생각이 안 나는군. 아무튼 자네 집에 자주 드나든다면서?"

"간게쓰 말인가?"

"그래그래, 간게쓰, 간게쓰. 그 사람에 대해서 좀 듣고 싶은 얘기가 있어서 온 거야."

"결혼 문제 말인가?"

"뭐, 거의 그런 문제일세. 오늘 가네다 집에 갔더니……."

"요전에 코가 직접 왔었어."

"그래, 부인도 그랬다고 하더군. 구샤미 씨한테 잘 여쭤보려고 찾아갔더니, 공교롭게도 메이테이가 와 있어서 훼방을 놓는 바람에 뭐가 뭔지 모르게 돼버렸다고."

"그런 코를 달고 오니까 그렇지."

"아니, 자네보고 어떻다는 게 아니고, 그 메이테이 군이 있어서 자세한 걸 묻지 못해서 유감이었으니, 나더러 다시 한번 가서 잘 물어보고 오지 않겠느냐고 부탁하는 거야. 나도 지금까지 이런 일에 주선을 해본 적은 없지만, 혹시 당사자들끼리 싫지 않다면 중간에 서서 성사가 되게 하는 것도 결코 나쁜 일은 아니니까 말이야, 그래서 온 거지."

"수고하는군"이라고 주인은 냉담하게 대답했지만, '당사자끼리'라는 말에 어찌 된 영문인지 알 수 없으나 속으로는 약간 마음이 동하였다. 무더운 여름밤에 한 가닥의 서늘한 바람이 소매 속으로 스며드는 듯한 기분이 든다. 원래 주인은 무뚝뚝하고 완고하여 인생의 여유를 모르는 인간이지만, 그렇다고 해서 냉혹하고 몰인정한 문명의 산물과는 당연히 다른 부류다. 그가 걸핏하면 버럭버럭 화를 내는 걸 보아도 그 이면을 알 수 있다.

지난날 코와 말다툼을 한 것은 코가 마음에 들지 않아서이지, 코의 딸에게는 아무 죄도 없다는 얘기다. 실업가는 싫으니까 실업가와 한패인 가네다 아무개도 싫은 건 틀림없지만, 이 역시 딸하고는 아무 관계도 없는 일이다. 딸한테는 아무 호감도 원한도 없으며, 간게쓰는 자기의 친동생보다도 더 사랑하는 문하생이다. 만일 스즈키 군이 말하는 것처럼 당사자끼리 좋아하는 사이라면, 간접적으로라도 이를 방해하는 것은 군자가 할 짓이 아니다—구샤미 선생은 이래 봬도 자기를 군자로 생각하고 있다—만약 당사자들끼리 서로 좋아하고 있다면, 그러나 그게 문제다. 이 사건에 대해서 자기 태도를 바꾸려면 우선 그 진상부터 확인해야 한다.

"여보게, 그래 그 처녀는 간게쓰한테 시집을 오고 싶어 하는가? 가네다나 코는 아무래도 상관없지만 처녀 자신의 의향은 어떤가?"

"그야, 그…… 뭐라 할까, 아무래도…… 글쎄, 오고 싶어 하지 않겠나?"

스즈키 군의 대답은 좀 애매하다. 실은 간게쓰 군에 관한 얘기만 물어보고 명령대로 보고만 하면 될 줄 알아서, 따님의 의향까지는 확인하지 않고 왔던 것이다. 따라서 모든 일 처리에 매끄러운 스즈키 군도 약간 당황하는 기색이다.

"하지 않겠나라니 확실치 않은 말이군."

주인은 으레 무슨 일이든 정면으로 공박하지 않으면 성에 차지 않는다.

"아니, 이건 내가 좀 잘못 말했네. 따님 쪽에서도 확실히 의향이 있네. 아니, 정말이야—응?—부인이 나한테 그렇게 말했어. 어쩌다 가끔씩 간게쓰 군의 욕을 할 때도 있다고는 하지만 말이야."

"그 처녀가?"

"응."

"못됐구먼, 욕을 하다니. 그렇다면 첫째 간게쓰한테 마음이 없는 게 아닌가?"

"그게 말일세, 세상은 묘한 거라서 자기가 좋아하는 사람에 대해서 일부러 욕을 하는 경우도 있으니까."

"그런 바보가 어디 있나?"

주인은 그런 미묘한 인정에 관련된 얘기를 들어도 전혀 느낌이 없다.

"그런 바보가 이 세상엔 상당히 많이 있으니 어쩔 수 없지. 실제로 가네다 부인도 그렇게 해석하고 있다네. 얼떨떨한 수세미 같다는 둥 이따금씩 간게쓰 씨 욕을 하니까 마음속으로는 꽤 생각하고 있는 게 틀림없다는 거지."

주인은 이 불가사의한 해석을 듣고는 너무나도 뜻밖이라서 눈을 휘둥그렇게 뜬 채 대답도 못 하고 스즈키 군의 얼굴을 길거리의 점쟁이처럼 물끄러미 쳐다본다. 스즈키 군은 이거 이런 식으로 가다간 안 되겠다 싶은지, 주인도 판단을 내릴 수 있는 방면으로 화제를 돌린다.

"여보게, 생각해보면 알 수 있지 않은가? 그만한 재산이 있는 데다 그만한 재원이라면, 어디든지 상당한 집으로 시집보낼 수 있지 않겠어? 간게쓰 군 역시 훌륭할지도 모르지만, 신분으로 말하면—아니, 신분이라고 하면 실례가 될지 모르겠군—재산이라는 점에서 말하면 뭐, 누가 봐도 균형이 안 맞아. 그런데도 내가 일부러 출장을 나올 만큼 부모가 애를 태우고 있는 건 본인이 간게쓰 군한테 마음이 있기 때문이 아니겠나?"

스즈키 군은 아주 그럴듯한 논리로 설명한다. 이번에는 주인도 납득이 된 것 같아서 간신히 안심했으나, 이런 데서 우물쭈물하고 있다간 또 공박을 당할 위험이 있으므로 얼른 이야기를 진행시켜서 한시라도 빨리 사명을 완수하는 편이 제일 안전한 방법이라는 것을 깨달았다.

"그래서 말일세, 지금 얘기한 대로니까, 저쪽에서 하는 말은 뭐, 돈이나 재산은 필요 없으니 그 대신 본인에게 딸려 있는 자격이 있으면 좋겠다 이거지. 직함 같은 거 말이야. 박사가 되면 딸을 주겠다, 그것도 빼기는 거라고는 볼 수 없네. 오해하지 말게나. 지난번에 부인이 왔을 때는 메이테이 군이 옆에서 이상한 말만 하니까—아니, 자네가 나쁜 게 아니야. 부인도 자네에 대해선 아부를 모르는 정직하고 좋은 분이라고 칭찬하더군. 아마 메이테이 군이 나빴을 거야—그래서 말인데 본인이 박사라도 돼준다면 저쪽에서도 세상에 대해서 떳떳하고 면목이 선다고 하는데, 어떨까, 가까운 시일 내에 미즈시마 군이 박사 논문이라도 제출해서 박사 학위를 받도록 진행시킬 수는 없을까? 뭐, 가네다 집만 생각한다면 박사고 학사고 다 필요 없지만, 그래도 세상 이목이라는 게 있으니까 그렇게 가볍게 넘어갈 수도 없다 그 말일세."

이렇게 듣고 보면, 저쪽에서 박사 학위를 요구하는 것도 반드시 무리는 아닌 것같이 생각된다. 무리가 아닌 것같이 생각되면, 스즈키 군의 부탁대로 해주고 싶은 마음도 생긴다. 주인을 살리는 것도 죽이는 것도 스즈키 군의 뜻에 달려 있다. 정말 주인은 단순하고 정직한 사람이다.

"그럼 다음에 간게쓰가 오면 박사 논문을 쓰도록 내가 권해보겠네. 하지만 본인이 가네다의 딸을 받아들일 생각이 있는지 어떤지, 먼저 그것부터 따져봐야지."

"따져보다니, 여보게, 그렇게 빳빳하게 해서 일이 해결되는 게 아닐세. 역시 평소대로 대화를 나누는 가운데 넌지시 속을 떠보는 것이 제일 빠른 길일세."

"속을 떠본다고?"

"응, 속을 떠본다고 하면 어폐가 있을지도 모르겠네. 뭐, 속을 떠보지 않더라도 얘기를 하다 보면 저절로 알게 되는 법이지."

"자네는 알 수 있을지 모르지만, 나는 확실하게 듣지 않고는 몰라."

"모른다면 할 수 없지. 그러나 메이테이처럼 쓸데없이 훼방을 놓아서 일을 망치는 건 좋지 않다고 생각하네. 권하지는 못할망정 이런 일은 본인의 의사에 따라야 하니까. 이번에 간게쓰 군이 오거든 제발 방해하지 않도록 해주게나—아니, 자네 말고 그 메이테이 군 말일세. 그 친구 입담에 걸리면 도저히 헤어날 수가 없으니까."

주인 대리로 메이테이의 험담을 듣고 있는데, 호랑이도 제 말 하면 나타난다고 메이테이 선생이 여느 때처럼 부엌문 쪽에서 표연히 봄바람을 타고 날아들었다.

"아이고, 귀한 손님이 와 계시네. 나 같은 단골손님은 구샤미에게 푸대접을 받게 마련인데 오늘은 다르군. 어쨌든 구샤미네 집은 10년에 한 번쯤 와야 해. 이 과자는 어느 때보다도 고급이잖아."

메이테이는 들어서자마자 후지무라 양갱을 마구 먹어댄다. 스즈키 군은 우물쭈물한다. 주인은 싱글벙글 웃고 있다. 메이테이는 입을 우물거리고 있다. 나는 이 순간의 광경을 툇마루에서 바라보면서, 무언극이라는 것이 충분히 성립할 수 있다고 생각했다. 선종에서 무언의 문답을 하는 것이 이심전심이라면, 이 무언의 연극도 분명히 이심전심의 한 장면이다. 굉장히 짧지만 굉장히 날카로운 장면이다.

"자넨 한평생 정처 없이 떠돌아다니나 했더니 어느새 돌아왔군. 오래 살고 볼 일일세. 어떤 요행을 만날지도 모르니까."

메이테이는 스즈키 군에 대해서도 주인을 대하는 것같이 전혀 말조심이라는 걸 모른다. 아무리 옛날에 자취를 같이한 친구라도 10년이나 안 만났으면 어쩐지 서먹서먹할 텐데, 메이테이 군만은 전혀 그런 기색이 안 보이니, 잘난 건지 바보인 건지 도통 분간이 안 된다.

"불쌍한 듯이 그렇게 바보 취급하는 게 아닐세"라고 스즈키 군은 조심스럽게 대답했지만, 어쩐지 안정이 안 되어 예의 금시곗줄을 신경질적으로 만지작거리고 있다.

"자네, 전차를 타봤나?"

주인은 돌연 스즈키 군에게 엉뚱한 질문을 던진다.

"오늘은 자네들한테 놀림을 받으러 온 것 같군. 아무리 내가 시골뜨기라고 해도 이래 봬도 가철街鐵[12]을 60주株나 갖고 있다네."

"그거 굉장하군. 난 888주 반을 갖고 있었는데, 아깝게도 거의 벌레

12) 도쿄시가철도주식회사의 약칭.

가 파먹어서 지금은 반 주밖에 없다네. 좀 더 일찍 자네가 도쿄에 나왔더라면 벌레가 안 먹은 걸 10주쯤 줄 수 있었을 텐데, 아깝게 됐어."

"여전히 거리낌이 없군. 하지만 농담은 농담이라 치고, 그런 주식은 갖고 있어도 손해가 날 건 없어. 해마다 계속 오를 테니까."

"그렇겠지. 비록 반 주라도 천 년이나 갖고 있으면 곳간을 세 채쯤 지을 수 있을 거야. 자네나 나나 그 분야엔 빈틈없는 당대의 재사才士지만, 거기에 비하면 구샤미 같은 사람은 불쌍한 거지. 주식이라 하면 그저 무[13]의 형제쯤으로 알고 있으니 말이네" 하고 메이테이가 또 양갱을 집어 주인 쪽을 쳐다보니, 주인도 메이테이의 구미가 전염되어 손이 저절로 과자 접시 쪽으로 나아간다. 세상은 무엇이든 적극적인 자가 남들로 하여금 그들 흉내를 내게 하도록 되어 있다.

"주식 같은 건 아무래도 상관없지만 난 소로사키에게 한 번이라도 좋으니까 전차를 태워주고 싶었다네" 하고 주인은 먹다 만 양갱의 잇자국을 시무룩하니 쳐다본다.

"소로사키가 전차를 타면 탈 때마다 시나가와까지 가고 말았겠지. 그것보단 역시 천연거사가 되어서 단무지 누름돌에 이름이 새겨지는 편이 무사해서 좋아."

"소로사키라면 죽었다고 들었는데, 안됐군. 머리가 좋은 친구였는데 정말 안타깝게 됐어."

스즈키 군이 말하자, 메이테이가 곧바로 받는다.

"머리는 좋았지만 밥 짓는 일은 아주 서툴렀었지. 소로사키가 당번일 때는 난 언제나 밖에 나가서 메밀국수로 때웠다네."

"정말 소로사키가 지은 밥은 탄내가 나고 딱딱해서 나도 혼났지. 게다가 늘 반찬으로 날두부를 먹이니 차가워서 먹을 수가 있어야지."

스즈키 군도 10년 전의 불평을 기억 속에서 불러낸다.

---

13) 주식, 무 둘 다 일본어로 '가부'로 발음되는 동음이의어.

"구샤미는 그때부터 소로사키하고 친해서 매일 밤 같이 팥죽을 먹으러 나갔는데, 그게 탈이 나서 지금은 만성 위장병으로 고생하고 있는 거야. 사실을 말하면 구샤미가 팥죽을 더 많이 먹었으니까 소로사키보다 먼저 죽었어야 순서가 맞는 건데."

"그런 논리가 어디 있나? 난 팥죽을 먹었지만 자네는 운동을 한답시고 매일 밤 죽도를 갖고 뒤꼍 묘지에 나가서 석탑을 두드리다가 중한테 들켜서 혼나지 않았나?"

주인도 지지 않고 메이테이의 구악舊惡을 까발린다.

"아하하하, 맞아 맞아. 중이 나와서 부처님의 머리를 두드리면 안면安眠 방해가 되니까 그러지 말라고 했었지. 하지만 나는 죽도였지만, 이 스즈키 장군은 더 난폭했어. 석탑과 씨름을 해서 큰 것, 작은 것을 세 개쯤 넘어뜨려버렸으니까."

"그때 그 중이 얼마나 노발대발했던지. 그걸 꼭 원래대로 일으켜 세워놓으라고 하기에 일꾼을 부를 때까지 기다려달라고 했더니, 일꾼은 안 된다며 참회의 뜻을 나타내기 위해서 반드시 내가 일으켜 세워놓아야 한다는 거야. 그러지 않으면 부처님의 뜻에 어긋난다고 말이야."

"그때 자네 꼴이란 정말 가관이었지. 옥양목 셔츠에 샅바만 차고 비가 오고 난 물웅덩이 속에서 낑낑거리며……."

"그런 걸 자네는 시치미를 떼고 스케치를 하고 있었으니 너무했지. 난 별로 화를 내는 일이 없는 사람이지만, 그때만은 정말 화가 치밀더라고. 그때 자네가 한 말을 아직도 기억하고 있는데, 자네도 생각나나?"

"10년 전에 한 말을 누가 기억하겠나? 하지만 그 석탑에 '귀천원전황학대거사 안에이 5년 진정월歸泉院殿黃鶴大居士安永五年辰正月'이라고 새겨져 있던 것만은 아직까지 기억하고 있다네. 그 석탑은 고아하게 생겼었지. 이사 갈 때 훔쳐 가고 싶었을 정도였으니까. 실로 미학의 원리에 맞는 고딕풍의 석탑이었어."

메이테이는 또 엉터리 미학을 떠벌리고 있다.

"그건 그렇다 치더라도, 자네 변명이 걸작이었지. '난 미학을 전공할 작정이니까 천지간에 일어나는 재미난 사건은 되도록 스케치를 해뒀다가 훗날에 참고로 해야겠다. 그러니 가엾다느니 불쌍하다느니 하는 사사로운 감정은 학문에 충실한 나 같은 사람이 입에 담아서는 안 된다' 이러고 태연하게 말하는 거야. 나도 이렇게 몰인정한 놈이 있나, 어찌나 분하게 생각했던지, 진흙투성이의 손으로 자네의 스케치북을 찢어버렸지."

"나의 유망한 그림 그리는 재주가 좌절되어 전혀 발휘하지 못하게 된 것도 순전히 그때부터야. 자네 때문에 붓을 접게 된 거지. 난 자네한테 원한이 있다고."

"웃기지 말게. 내가 원망스러울 판이야."

"메이테이는 그 시절부터 허풍쟁이였지" 하고 주인은 양갱을 다 먹고 나서 또다시 두 사람의 얘기에 끼어든다.

"약속이란 걸 지킨 적이 없어. 그래서 왜 안 지키느냐고 따지면, 절대로 사과하는 법은 없고 이러니저러니 변명을 해대는 거지. 그때 그 절 경내에 백일홍이 피던 무렵이었는데, 백일홍이 질 때까지 '미학원론'이라는 저술을 한다고 하기에, 내가 그건 도저히 불가능하다고 했지. 그러자 메이테이가 대답하길 자긴 이래 봬도 보기와는 달리 의지가 강한 사람이라고, 그렇게 의심이 가면 내기를 하자기에 난 곧이곧대로 받아들여 아마 간다의 서양 요린가 뭔가를 내기로 했던 것 같아. 설마 제가 무슨 저술을 할 리가 있겠나 싶어서 내기를 걸긴 했지만 내심으론 좀 겁이 났지. 나한테 서양 요리를 한턱 낼 만한 돈이 없었으니까 말일세. 그런데 이 친구 전혀 저술을 시작할 기미가 안 보이는 거야. 이레가 지나고 스무 날이 지나도 한 장도 안 쓰는 거야. 드디어 백일홍이 떨어지고 한 송이도 안 남았는데도 이 친구 태평하게 있기에, 마침내 서양 요리를 얻어먹게 됐다 싶어서 약속을 이행하라고 다그쳤더니, 메이테이는 시치미를 뚝 떼는 게 아니겠나."

"또 뭐라고 이유를 달던가?"라며 스즈키 군이 장단을 맞춘다.

"응, 정말 뻔뻔스런 친구더군. 자긴 달리 재능은 없지만 의지만은 결코 우리한테 지지 않는다고 고집을 부리는 거야."

"한 장도 안 쓰고서 말인가?"

이번에는 메이테이 자신이 질문을 한다.

"물론이지. 그때 자네는 이렇게 말했지. '나는 의지 하나에 있어선 그 누구한테도 한 발도 양보 못 해. 그러나 유감스럽게도 기억력이 남보다 갑절 모자라. 미학 원론을 저술하려는 의지는 충분히 있었지만, 그 의지를 발표한 다음 날부터 잊어버리고 말았어. 그러니 백일홍이 질 때까지 저서를 완성하지 못한 것은 기억의 죄지, 의지의 죄가 아니야. 의지의 죄가 아닌 이상 서양 요리를 낼 이유가 없지' 하고 버티는 거야."

"과연 메이테이 군다운 특색을 발휘해서 재미있군" 하며 스즈키 군은 왠지 재밌어한다. 메이테이가 없을 때의 어투와는 많이 다르다. 이런 게 영리한 사람의 특색인지도 모른다.

"재미있긴 무슨?"

주인은 지금도 화가 나는 모양이다.

"그거 정말 미안하게 됐네. 그래서 그 보상을 하기 위해 공작 혓바닥 요리 같은 걸 종 치고 북치고 난리 치면서 열심히 찾고 있지 않은가. 그렇게 화내지 말고 기다리게나. 그런데 저서란 말이 나와서 하는 말인데, 오늘은 아주 신기한 뉴스를 가져왔다네."

"자넨 올 때마다 신기한 뉴스를 갖고 오니 안심할 수가 있어야지."

"하지만 오늘 뉴스는 진짜 특종이야. 정찰제로 한 푼도 깎을 수 없는 놀라운 뉴스란 말일세. 자네, 간게쓰가 박사 논문을 쓰기 시작했다는 걸 알고 있나? 간게쓰는 그토록 견식을 내세우는 사람이라서 박사 논문 같은 재미없는 일에는 힘을 쓰지 않을 줄 알았더니, 그러면서 역시 관심이 있으니 우습지 않은가. 자네, 그 코한테 꼭 통지해주게. 요즈음은 도토리 박사 꿈을 꾸고 있을지도 모르지."

스즈키 군은 간게쓰의 이름을 듣자, 얘기하면 안 된다고 턱과 눈으로 주인에게 신호한다. 하지만 주인에게는 전혀 의미가 통하지 않는다. 아까 스즈키 군을 만나서 설교를 들었을 때에는 가네다네 딸만 가엾다는 생각이 들었는데, 지금 메이테이에게서 코, 코 하는 소리를 들으니까 다시 요전에 싸운 일이 생각난다. 생각이 나니까 우습기도 하고, 또 조금은 밉살스럽기도 하다.

그러나 간게쓰가 박사 논문을 쓰기 시작했다는 것은 최상의 희소식으로, 이것만은 메이테이 선생이 자찬하는 것처럼 그런대로 일단은 근래에 드문 신기한 뉴스다. 그저 신기할 뿐 아니라 기쁘고도 흐뭇한 뉴스다. 가네다네 딸을 받아들이든 말든, 그런 일은 아무래도 상관없다. 어쨌든 간게쓰가 박사가 되는 것은 좋은 일이다. 자기처럼 잘못 만든 목상은 불구점佛具店 구석에서 벌레 먹을 때까지 칠도 하지 않은 채로 팽개쳐져 있어도 유감은 없지만, 잘 다듬어졌다 싶은 조각에는 하루라도 빨리 박箔을 입혀주고 싶다.

"정말 논문을 쓰기 시작한 건가?" 하고 스즈키 군의 신호에는 아랑곳하지 않고 열심히 묻는다.

"그렇게 못 믿겠나. 하긴 문제는 도토리인지 목매달기의 역학인지 확실히 모르겠지만 말이야. 어쨌든 간게쓰가 하는 일이니까 코가 분명히 황송해할 거야."

아까부터 메이테이가 마구 코, 코 하는 말을 들을 때마다 스즈키 군은 불안스런 모습을 한다. 메이테이는 전혀 눈치채지 못하니까 태연하다.

"그 후에 코에 대해서 좀 더 연구를 했는데, 요즈음 『트리스트럼 샌디』[14]라는 소설 속에 코에 관한 이론이 있는 것을 발견했네. 가네다 부

14) 영국의 소설가 로렌스 스턴(1713~1768)의 대표작 『신사 트리스트럼 샌디의 생애와 의견』.

인의 코도 스턴에게 보여줬더라면 좋은 재료가 됐을 텐데 유감스런 일이야. 비명鼻名을 후세에 남길 자격이 충분히 있는데도 그대로 썩혀버린다는 것은 얼마나 딱한 노릇인가. 언제 또 여기에 오면 미학적 참고를 위해서 스케치를 해야겠네."

메이테이는 여전히 입에서 나오는 대로 마구 지껄여댄다.

"그런데 그 딸은 간게쓰한테 시집오고 싶어 한다는데" 하고 주인이 방금 스즈키 군한테 들은 대로 말하자, 스즈키 군은 몹시 당황해하며 자꾸 주인에게 눈짓을 하는데, 주인은 부도체처럼 도무지 전기가 통하지 않는다.

"좀 특이하군, 그런 자의 자식도 사랑을 하다니. 그렇지만 대단한 사랑은 아닐 거야. 아마 코사랑 정도겠지."

"코사랑이라도 간게쓰가 받아들이면 좋을 텐데."

"받아들이면 좋을 텐데라니. 자네 요전에 적극 반대하지 않았나? 오늘은 이상하게 누그러졌네."

"누그러지진 않았어. 난 결코 누그러지지는 않아. 그렇지만……."

"그렇지만 어떻게 됐다는 건가. 여보게, 스즈키, 자네도 실업가의 말석에 낀 한 사람이니까 참고로 일러두겠는데, 그 가네다 아무개란 작자 말일세, 그 아무개란 작자의 딸을 천하의 수재 미즈시마 간게쓰의 영부인으로 떠받드는 것은 도저히 격에도 안 맞고 어울리지도 않으니, 우리들 친구 되는 자로서 무심하게 가만히 보고만 있을 수는 없다고 생각하는데, 설사 실업가인 자네라도 이에는 이의가 없겠지."

"여전히 활달하군. 좋아. 자넨 10년 전하고 모습이 조금도 변하지 않았으니 훌륭해."

스즈키 군은 어물쩍 받아넘기려 한다.

"훌륭하다고 칭찬한다면, 좀 더 박식한 것을 보여드리겠네. 옛날 그리스 사람들은 굉장히 체육을 중시해서 온갖 경기에 큰 상을 걸어서 백방으로 장려책을 강구했지. 그런데 이상하게도 학자의 지식에 대해서

만은 무슨 포상을 했다는 기록이 없어. 그래서 실은 오늘날까지 매우 의아하게 여기고 있었네."

"정말 좀 이상하긴 하군."

스즈키 군은 어디까지나 장단을 맞춘다.

"그런데 바로 2, 3일 전에 이르러, 미학을 연구하다가 우연히 그 이유를 발견해서 다년간의 의문 덩어리가 단번에 풀렸다네. 어두운 무명無明에서 벗어나 통쾌한 깨달음을 얻어 황홀한 경지에 이르렀다 그 말일세."

메이테이의 말이 너무나 거창해서 그 대단한 간살꾼인 스즈키 군도 감당 못 하겠다는 표정을 짓는다. 주인은 또 시작했구나 하는 듯이 상아 젓가락으로 과자 접시 가장자리를 탁탁 두드리면서 고개를 숙이고 있다. 메이테이만은 득의양양하여 계속 지껄여댄다.

"거기서 이 모순된 현상의 설명을 명기明記하여, 암흑의 심연으로부터 나의 의구심을 오랜 세월에 걸쳐 구해준 자가 누구라고 생각하나? 학문이 시작된 이래로 가장 위대한 학자로 일컬어지는 저 그리스의 철인, 소요파逍遙派의 원조 아리스토텔레스 그 사람이네―이봐, 과자 접시 좀 두드리지 말고 잘 들어두라고―그들 그리스 사람이 경기에서 얻는 상은 그들이 연출하는 기예 그것보다도 귀중한 것이지. 그렇기 때문에 포상도 되고 장려의 도구도 되는 거지. 그러나 지식은 어떤가? 만일 지식에 대한 보수로서 뭔가를 주려고 한다면 지식 이상의 가치 있는 것을 주지 않으면 안 되는데, 지식 이상의 진귀한 보배가 이 세상에 있을까? 물론 있을 리가 없지. 어정쩡한 것을 주면 지식의 위엄을 손상시킬 뿐이야. 그들은 지식에 대해서 천 냥 금화 상자를 올림포스 산만큼 쌓아놓고, 크로이소스 왕[15]의 재물을 다 부어서라도 상당한 보수를 주려고 했으나, 아무리 생각해도 도저히 균형이 맞지 않는다는 것을 간파했

15) 고대 리디아의 최후의 왕.

지. 그리고 그 이후로는 아주 깨끗이 아무것도 안 주기로 해버렸어. 금은보화가 지식에 필적하지 못한다는 것은 이것으로 충분히 이해가 가겠지. 그러니까 이 원리를 잘 명심한 연후에 시사 문제에 임해보게나. 가네다 아무개가 뭔데? 지폐 쪽지에 눈코가 붙어버린 인간이 아닌가? 기발한 말로 표현하자면 그는 일개 활동 지폐에 지나지 않아. 활동 지폐의 딸이라면 활동 수표 정도겠지. 한편 간게쓰 군 쪽을 보면 어떤가? 황송하게도 학문의 최고 학부를 1등으로 졸업하고, 조금도 게으름 피우지 않고 꾸준히 조슈 정벌 시대의 하오리 옷고름을 늘어뜨린 채 밤낮으로 도토리의 스터빌리티를 연구하며, 그것으로도 여전히 만족하는 기색 없이 가까운 장래에 켈빈 경[16]을 압도할 만한 대논문을 발표하려 하고 있지 않은가? 우연히 아즈마 다리를 지나갈 때 투신의 묘기를 부리려다 실수한 적은 있지만, 이것도 열성적인 청년에게 있기 쉬운 발작적 행위로서 그가 지식의 도매상 노릇을 하는 데에 전혀 해를 끼칠 정도의 사건은 아닐세. 메이테이 특유의 비유로써 간게쓰 군을 평하자면, 그는 활동 도서관이요, 지식으로 빚어낸 28센티 포탄이야. 이 포탄이 한번 시기를 만나서 학계에 폭발을 일으킨다면—만약 폭발을 하는 경우엔—폭발하겠지."

메이테이는 여기에 이르러 '메이테이 특유'라고 자칭하는 형용사가 생각대로 나오지 않자, 흔히 말하는 용두사미가 된 것 같아서 다소 기가 꺾인 듯하더니, 별안간 다시 "활동 수표 같은 건 몇천만 장 있어도 먼지 가루가 되어 흩어져 사라져버리지. 그러니까 간게쓰한테는 그런 안 어울리는 여성은 안 돼. 내가 찬성 못 해. 백수百獸 중에서 가장 총명한 큰 코끼리와 가장 탐욕스런 작은 돼지가 결혼하는 거나 마찬가지거든. 그렇지, 구샤미 군?"이라고 말을 끝맺는다. 주인은 또 아무 말 없이 과자 접시를 두드리기 시작한다. 스즈키 군은 약간 풀이 죽은 듯

16) 배런 켈빈. 영국의 물리학자. 1824~1907.

이 "그렇지도 않을 거야" 하고 마지못해 대답한다.

조금 아까까지 메이테이의 욕을 잔뜩 해놓았으니 여기서 말을 잘못 했다가는 주인 같은 무법자가 무슨 말을 폭로할지 모른다. 되도록이면 여기에선 적당히 메이테이의 날카로운 공격을 잘 피해 무사히 벗어나는 게 상책인 것이다. 스즈키 군은 영리한 사람이다. 불필요한 저항은 피할 수 있다면 피하는 것이 요즘 세상 방식으로, 쓸데없는 말싸움은 봉건 시대의 유물이라는 사고방식을 가지고 있다. 인생의 목적은 말이 아니라 실행에 있다. 일이 자기 생각대로 착착 진척된다면, 그것으로 인생의 목적은 달성되는 것이다. 고생과 걱정과 언쟁 없이 일이 진척된다면, 인생의 목적은 극락의 방법으로 달성되는 것이다.

스즈키 군은 졸업한 후 이 극락주의에 의해서 성공했고, 이 극락주의에 의해서 금시계를 찼으며, 이 극락주의로 가네다 부부의 의뢰를 받았다. 마찬가지로 이 극락주의로써 교묘하게 구샤미 군을 설득해서 그 사건이 십중팔구까지 해결되려고 하는 판에 메이테이라는 보통 규범으로는 다스릴 수 없는, 보통 사람과는 다른 심리를 지니고 있는 게 아닌가 하고 의심될 만한 괴짜 방랑객이 뛰어들었기 때문에, 그 갑작스런 출현에 약간 당황해하고 있는 참이다. 극락주의를 발명한 것은 메이지 시대의 신사이고, 극락주의를 실행하는 것은 스즈키 도주로 군이며, 또 지금 이 극락주의 때문에 난처하게 된 것도 역시 스즈키 도주로 군이다.

"자넨 아무것도 모르니까 '그렇지도 않을 거야' 하고 시치미를 떼며 평소와 달리 과묵하니 점잖은 척하고 있지만, 요전에 그 코의 임자가 왔을 때의 광경을 봤더라면 아무리 실업가 편을 드는 자네라도 질려버렸을 거야. 그렇지, 구샤미 군? 자네 엄청 분투했잖아."

"그래도 자네보단 내 쪽이 평판이 좋다던데."

"아하하하, 굉장히 자신감이 넘치는군. 그렇지 않고서야 새비지 티니 뭐니 해서 학생이나 교사들한테 놀림을 당하면서도 태연스럽게 학교에 나가지는 못하겠지. 나도 의지만은 결코 남에게 뒤떨어지지 않는다고 생각하는데 자네처럼 그렇게 뻔뻔스럽지는 못하니, 탄복할 따름이네."

"학생이나 선생들이 좀 뭐라 뭐라 하는 게 뭐가 그리 두렵다고. 생트뵈브[17]는 고금古今을 통틀어 독보적인 평론가이지만, 파리 대학에서 강의를 했을 때는 아주 평판이 안 좋아서, 그는 학생들 공격에 대응하기 위해서 외출할 때는 반드시 단도를 소매 속에 품고서 방어 도구로 삼은 적이 있었다네. 브륀티에르[18] 역시 파리 대학에서 졸라[19]의 소설을 공격했을 때는……."

"하지만 자넨 대학교수도 뭣도 아니잖아? 기껏해야 영어 독본이나 가르치는 선생인 주제에 그런 대가를 예로 드는 건 송사리가 고래로 자처하는 거나 마찬가지일세. 그런 소리를 하면 더욱더 놀림당한다고."

"잠자코 있게나. 생트뵈브나 나나 다 비슷한 학자야."

"대단한 식견이로군. 하지만 단도를 갖고 다니는 짓만은 위험하니까 흉내 내지 않는 게 좋을걸. 대학교수가 단도라면 영어 독본 교사는 고작해야 주머니칼 정도겠지. 그러나 칼은 위험하니까 신사나 절간 상가에 가서 장난감 공기총을 사가지고 메고 다니는 게 좋을 거야. 애교가 있어서 좋겠지. 안 그래, 스즈키 군?"

스즈키 군은 그제야 이야기가 가네다 사건을 떠났으므로 슬며시 한숨을 돌리면서 말한다.

"여전히 천진난만해서 유쾌하군. 10년 만에 자네들을 만나니 어쩐지 답답한 골목에서 넓은 들판으로 나온 듯한 기분이 드네그려. 아무래도 우리 직장 동료들끼리의 대화는 잠시도 마음을 놓을 수가 없거든. 무슨 말을 하건 조심해야 하니까 아주 답답하고 힘들어. 얘기는 부담이 없는

---

17) 샤를 생트뵈브, 프랑스의 비평가, 소설가, 1804~1869.

18) 페르디낭 브륀티에르, 프랑스의 평론가, 1849~1906.

19) 에밀 졸라, 프랑스의 소설가, 비평가, 1840~1902.

게 좋아. 그리고 옛날 학창 시절의 친구와 얘기하는 게 제일 껄끄럽지 않아서 좋아. 아아, 오늘은 뜻밖에 메이테이 군을 만나서 유쾌했어. 난 볼일이 좀 있어서 이만 실례하겠네."

스즈키 군이 일어서려 하자, 메이테이도 나선다.

"나도 가야겠어. 난 이제 니혼교日本橋의 연예교풍회演藝矯風會[20]에 가야 하니까 거기까지 같이 가세."

"그거 마침 잘됐네. 오랜만에 같이 산책하세."

두 사람은 손을 잡고 돌아갔다.

20) 1888년에 발족된 연극 개량 단체.

5

스물네 시간 동안 일어나는 일을 빠짐없이 쓰고 빠짐없이 읽으려면 적어도 스물네 시간은 걸릴 것이다. 아무리 사생문寫生文을 쓰고자 하는 나라도 이건 도저히 고양이가 기획할 수 있는 재주가 아니라고 자백하지 않을 수 없다. 따라서 내 주인이 하루 종일 세밀히 묘사할 만한 기이한 언동을 보여줌에도 불구하고 그것을 일일이 독자에게 보고할 능력과 끈기가 없는 것이 심히 유감스럽다. 유감스럽긴 하지만 어쩔 수 없다. 비록 고양이라 해도 휴식은 필요하다.

스즈키 군과 메이테이 군이 돌아간 뒤에는 초겨울 찬바람이 딱 그치더니 소리 없이 눈이 내리는 밤처럼 조용해졌다. 주인은 평소대로 서재에 틀어박혀 있다. 어린애들은 6조 다다미방에 베개를 나란히 하고 잠이 들었다. 2미터 반짜리 맹장지문을 사이에 둔 남향 방에는 안주인이 세 살짜리 멘코 옆에 누워서 젖을 물리고 있다.

벚꽃 철의 흐린 날씨에 황혼을 재촉하던 해는 이미 져버리고, 큰길을 지나는 고마게타[1] 소리마저 손에 잡힐 듯이 안방까지 들려온다. 이

1) 다른 굽을 대지 않고 통나무를 깎아 만든 왜나막신.

웃 마을 하숙집에서 명적明笛[2] 부는 소리가 끊어졌다 이어졌다 하면서 졸음 오는 귓전에 가끔씩 둔한 자극을 준다. 바깥은 아마 어스름한 밤이겠지. 만찬에 어묵 국물에 전복을 먹어치운 배라서 아무래도 휴식이 필요하다.

얼핏 듣자니 세상에는 고양이의 사랑인가 하는 해학적인 시조풍의 취미 현상이 있어서, 봄 초에는 온 동네의 동족들이 꿈자리가 편치 못할 정도로 들떠서 돌아다니는 밤도 있다고 하는데, 나는 아직 그런 심적 변화에 직면한 적은 없다.

원래 사랑은 우주적인 활력이다. 위로는 하늘에 있는 주피터 신에서부터 아래로는 땅속에서 울어대는 지렁이나 땅강아지에 이르기까지 이 사랑 때문에 애태우는 것이 만물의 습성이므로, 우리 고양이들이 어스름한 달밤이 좋다고 불온한 풍류 기분을 내는 것도 무리는 아닌 이야기다.

회고해보면 이렇게 말하는 나도 미케코를 사모해 애달아한 적도 있다. 삼무三無주의의 장본인 가네다의 따님인 아베카와떡의 도미코 양까지도 간게쓰 군에게 연모의 정을 품었다는 소문이다. 그렇기 때문에 천금 같은 봄밤에 마음이 들떠서 만천하의 암수 고양이가 미쳐 돌아다니는 것을 번뇌의 방황이라고 경멸할 생각은 털끝만큼도 없지만, 어찌하랴, 유혹을 당해도 그런 마음이 생기질 않으니 어쩔 수가 없다. 나의 현재 상태는 단지 휴식을 취하고 싶을 뿐이다. 이렇게 졸음이 와서는 사랑도 할 수 없다. 살금살금 아이들의 이불 곁으로 돌아가서 기분 좋게 잠을 잔다…….

언뜻 눈을 떠보니 주인은 어느새 서재에서 침실로 와 안주인 옆에 깐 이불 속에 들어가 있다. 주인은 잠자리에 들 때마다 반드시 꼬부랑 글씨가 적힌 작은 책자를 서재에서 들고 오는 버릇이 있다. 그러나 드

2) 중국 명나라 때의 피리로 구멍이 모두 여덟 개인 횡적橫笛.

러눕고서 이 책을 두 페이지 이상 읽은 적이 없다. 어떤 때는 가지고 와서 머리맡에 둔 채 전혀 손을 대지 않은 적도 있다. 한 줄도 안 읽을 거라면 일부러 들고 올 필요도 없을 텐데 그게 바로 주인의 주인다운 점이라, 아무리 안주인이 비웃고 그러지 말라고 해도 좀체 말을 듣지 않는다.

매일 밤 읽지도 않을 책을 수고스럽게도 침실까지 들고 들어온다. 어떤 때는 욕심내어 한꺼번에 서너 권이나 안고 온다. 얼마 전에는 매일 밤 『웹스터 대사전』까지 안고 왔을 정도다. 생각건대 이건 주인의 고질병으로, 호사스런 생활을 하는 사람이 류분도龍文堂[3]에서 나는 솔바람 소리를 듣지 않으면 잠이 오지 않는 것과 같이 주인도 책을 머리맡에 두지 않으면 잠이 오지 않는 모양이다. 그러고 보니 주인에게 있어서 책은 읽는 게 아니라 잠 오게 하는 기계다. 활판 수면제다.

오늘 밤에도 무슨 책을 들여놨겠지 하고 엿보자니, 빨갛고 얇은 책이 주인의 콧수염에 닿을락 말락 한 곳에 반쯤 펼쳐진 채 뒹굴고 있다. 주인의 왼손 엄지손가락이 책갈피에 낀 채로 있는 걸 봐서 기특하게도 오늘 밤은 대여섯 줄이라도 읽은 모양이다. 빨간 책과 나란히 여느 때와 같이 니켈로 된 회중시계가 봄철에 어울리지 않는 차가운 빛을 내고 있다.

안주인은 젖먹이를 한 자쯤 앞으로 밀쳐놓고, 입을 벌린 채 코를 골며 베개에서 떨어져 자고 있다. 대체로 인간에게 있어서 보기 역겨운 것이 무엇인가 하면, 입 벌리고 잘 때만큼 꼴불견인 것은 없을 거라 생각한다. 고양이들은 평생 가도 이런 창피스런 짓을 저지르는 일이 없다. 원래 입은 소리를 내기 위해서, 코는 공기를 호흡하기 위해서 있는

3) 에도 시대부터 메이지 초기에 걸쳐 활약한 주조 기술자. 여기서는 류분도가 만든 쇠주전자를 가리키는 것으로, 류분도 주전자의 물 끓는 소리를 솔바람 소리에 비유함.

도구다. 하긴 북쪽으로 가면 인간들이 게을러서 될 수 있으면 입을 벌리지 않으려고 절약한 끝에 코로 말을 하듯이 '즈으즈으' 하는 방언도 있지만, 코를 막아버려서 입으로만 호흡을 하려는 것은 즈으즈으 방언보다도 더 꼴불견이라고 생각한다. 첫째 천장에서 쥐똥이라도 떨어지면 위험한 일이다.

아이들 쪽은 어떤가 하고 보니 이쪽도 부모에 못지않은 꼬락서니로 자빠져 있다. 언니인 돈코는 언니의 권리는 이런 거라고 과시하듯이 오른손을 쭉 뻗쳐서 여동생의 귀 위에다 올려놓고 있다. 여동생인 슨코는 그 복수로 언니의 배 위에다 한쪽 다리를 턱 올려놓고 벌러덩 나자빠져 있다. 양쪽 다 막 잠들었을 때의 자세보다 확실히 90도는 몸이 회전해 있다. 더구나 이 부자연스런 자세를 유지하면서 두 아이 다 아무 불평 없이 얌전하게 푹 잠에 빠져 있다.

과연 봄날의 등불은 특별나다. 천진난만하면서도 멋대가리라고는 지극히도 없는 이 광경 속에서 좋은 밤을 아쉬워하라는 듯이 그윽하게 빛나고 있다. 이제 몇 시일까 하고 방 안을 둘러보니, 사방은 쥐 죽은 듯이 조용하며 단지 들리는 것은 벽시계 소리와 안주인의 코 고는 소리, 그리고 멀리서 하녀가 이 가는 소리뿐이다. 이 하녀는 사람들이 이를 간다고 말하면 언제나 그것을 부정하는 여자다. 자기는 세상에 태어나서 오늘날에 이르기까지 이를 간 기억이 없다고 뻗대며, 결코 "고치겠습니다"라거나 "죄송합니다"라고는 하지 않고, 단지 "그런 기억은 없습니다"라고 주장한다. 하기야 잠자다 부리는 재주이니 기억에 없을 게 틀림없다. 그러나 사실은 기억에 없다고 해도 존재하는 일이기 때문에 곤란하다.

세상에는 나쁜 짓을 하면서도 자신은 어디까지나 착한 사람이라고 생각하는 인간이 있다. 이것은 자기는 죄가 없다고 자신하는 거니까 천진해서 좋긴 하지만, 아무리 천진하더라도 남들이 곤란해하는 사실을 없애버릴 수는 없다. 이러한 신사 숙녀는 이 하녀의 계통에 속하는 것이라고 생각된다.

밤이 꽤 깊어진 모양이다.

부엌 덧문에서 톡톡 두 번쯤 가볍게 두드리는 소리가 난다. 이상한데. 지금 이 시간에 누가 올 리가 없는데. 아마 쥐겠지. 쥐라면 잡지 않기로 마음먹었으니 제멋대로 설쳐대라지. 다시 또 톡톡 두드리는 소리가 난다. 아무래도 쥐 같지가 않다. 쥐라면 매우 조심스러운 쥐다. 주인집 쥐는 주인이 나가는 학교의 학생들처럼 밤낮으로 정신없이 마구 뛰어다니며 가련한 주인의 꿈을 깨뜨리는 것을 천직으로 여기는 무리이므로 이처럼 조심스러울 리가 없다. 지금 소리는 확실히 쥐가 아니다. 언젠가 주인의 침실에까지 침입하여 높지도 않은 주인의 코끝을 물고서 개가凱歌를 부르며 달아났을 정도의 쥐치고는 너무나 겁이 많다. 절대로 쥐가 아니다. 이번엔 삐걱하고 덧문을 밑에서 위로 쳐드는 소리가 난다. 동시에 들창문이 스르르 홈을 따라 미끄러지는 소리가 난다. 쥐가 아닌 게 더욱더 확실하다. 인간이다.

이 한밤중에 인간이 안내도 받지 않고 잠겨 있는 문을 따고 왕림하신다면, 메이테이 선생이나 스즈키 군은 아닌 게 분명하다. 존함만은 일찍이 듣고 있던 밤손님이 아닐까? 진짜 밤손님이라면 존안尊眼을 빨리 뵙고 싶다. 손님은 바야흐로 부엌 바닥 위에 흙 묻은 커다란 발을 쳐들어 두 발짝쯤 내디딘 모양이다. 세 발짝을 내디딘 순간 부엌 마루 널판 뚜껑에 발이 걸렸는지 꽈당 하는 소리가 어둠을 흔들었다. 내 등 뒤의 털을 구둣솔로 거꾸로 빗는 듯한 기분이 든다. 잠시 동안은 발소리도 안 난다.

안주인을 보니까 아직도 입을 벌리고 태평스럽게 공기를 열심히 호흡하고 있다. 주인은 빨간 책에 엄지손가락이 끼인 꿈이라도 꾸고 있나 보다. 이윽고 부엌에서 성냥을 켜는 소리가 들린다. 밤손님도 나만큼이나 밤눈이 어두운 모양이다. 부엌이 후져서 필시 불편할 것이다.

이때 나는 몸을 웅크린 채 생각해봤다. 밤손님이 부엌에서 응접실

쪽으로 나타날 것인지, 아니면 왼쪽으로 꺾어서 현관을 통과해서 서재로 빠져나갈 것인지를. 발소리는 맹장지문 소리와 함께 툇마루로 나아갔다. 손님은 드디어 서재로 들어갔다. 그러더니 아무 기척도 안 난다.

난 이 사이에 빨리 주인 부부를 깨워야겠다는 생각이 간신히 들었지만, 막상 어떻게 해야 일어날지, 요령부득의 생각만이 머릿속에서 물레방아처럼 회전할 뿐 아무런 분별도 서지 않았다. 이불자락을 물고 흔들어보면 어떨까 해서 두세 번 해봤지만 조금도 효과가 없다. 차가운 코를 볼에 문지르면 어떨까 싶어 주인의 얼굴 앞으로 가져갔더니, 주인은 잠이 든 채로 손을 쭉 뻗쳐 내 콧등을 후려쳤다.

코는 고양이한테도 급소다. 어찌나 아픈지 눈물이 날 지경이다. 이번엔 별수 없이 야옹야옹 하고 두 번쯤 울음소리를 내어 깨우려고 했지만 어찌 된 영문인지 이때만은 목구멍에 뭔가가 막혀서 제대로 소리가 안 나온다. 간신히 겨우 낮은 소리를 쥐어짰으나, 이크 놀라고 말았다. 정작 주인은 깨어날 기색도 없는데, 돌연 밤손님의 발소리가 나기 시작한다. 삐걱삐걱 툇마루를 따라서 다가온다. 드디어 왔구나. 이젠 글렀다고 체념을 하고 맹장지문과 버들고리짝 사이에 잠시 몸을 숨기고 동정을 살핀다.

밤손님의 발소리는 침실 장지문 앞에 와서 딱 멈춘다. 난 숨을 죽이고 이다음엔 어떻게 하나, 하고 열심히 지켜본다. 나중에 생각한 일이지만, 쥐를 잡을 때도 이렇게 긴장된 기분으로 임하면 문제가 없을 것 같다. 혼이 양쪽 눈에서 튀어나올 것만 같은 기세다. 밤손님 덕분에 두 번 다시 얻기 어려운 자각을 하게 된 것은 실로 고마운 노릇이다.

별안간 장지문의 세 번째 문살이 비에 젖는 것처럼 한가운데만 색이 변한다. 거기를 통해서 불그스레한 것이 점점 짙게 비치더니, 어느새 종이는 찢어지고 빨간 혓바닥이 날름거리는 게 보인다. 혀는 잠시 동안 어둠 속으로 사라진다. 그에 대신하여 왠지 무섭게 빛나는 것이 하나, 찢어진 구멍 저편에 나타난다. 의심할 것도 없이 밤손님의 눈이다.

이상하게도 그 눈은 방 안에 있는 다른 물건들은 안 보고, 오직 고리짝 뒤에 숨어 있는 나만을 응시하고 있는 것처럼 느껴졌다. 1분도 안 되는 아주 짧은 시간이었지만, 이렇게 누군가가 노려보고 있으면 수명이 줄어들 것만 같았다. 더 이상 참을 수가 없어서 고리짝 뒤에서 뛰쳐나가려고 결심했을 때, 침실 장지문이 스르륵 열리더니 학수고대하던 밤손님이 마침내 눈앞에 나타났다.

나는 서술의 순서로서, 불시의 진객인 그 밤손님을 이 기회에 여러분에게 소개해드릴 영예를 갖게 되는 셈이나, 그 전에 잠깐 소견을 개진開陳하여 여러분의 깊은 배려를 부탁드리고 싶은 일이 있다.

고대의 신은 전지전능한 것으로 숭앙받고 있다. 특히 예수교의 신은 20세기의 오늘날까지도 전지전능한 가면을 쓰고 있다. 그러나 세속인이 생각하는 전지전능은 때에 따라선 무지무능으로도 해석할 수 있다. 이렇게 말하는 것은 분명히 패러독스다. 그런데 이 패러독스를 설파한 자가 천지개벽 이래로 나뿐일 거라고 생각하니, 본인 스스로도 대단한 고양이라 여기는 허영심도 생기므로, 꼭 여기서 그 이유를 아뢰어 고양이도 얕볼 수가 없다는 사실을 오만한 인간 제군의 뇌리에 심어주려고 한다.

천지만물은 신이 만들었다고 하는데, 그러고 보면 인간도 신께서 손수 제작한 것이리라. 실제로 성서인가 하는 물건에는 그렇게 명시되어 있다고 한다. 그런데 이 인간에 대해서 인간 자신이 수천 년의 관찰을 통해 대단히 현묘하고 불가사의하게 여김과 동시에 더욱더 신의 전지전능을 승인하도록 만들어진 사실이 있다. 그건 다름 아니라, 이렇게 인간이 우글거리지만 똑같은 얼굴을 하고 있는 사람은 온 세상에 단 한 사람도 없다는 것이다. 얼굴의 도구는 물론 딱 정해져 있다. 크기도 대개는 비슷비슷하다. 바꿔 말하자면 그들은 모두 같은 재료로 만들어져 있다. 같은 재료로 만들어져 있음에도 불구하고 어느 한 사람도 똑같은 결과로 나타나 있지는 않다. 정말 용케도 그 정도의 간단한 재료로 이렇게까지 각양각색의 얼굴을 구상해냈다고 생각하면, 제조가의 기량에 감복하지 않을 수가 없다. 웬만큼 독창적인 상상력이 없이는 이런 변화를 낼 수 없는 것이다. 일대一代의 화공畵工이 정력을 소모해서 변화를 구사한 얼굴이라도 열두세 종류 이상 나올 수가 없는 걸 미루어 추측해 보면, 인간의 제조를 한 손에 떠맡은 신의 솜씨는 특출한 것이라고 경탄하지 않을 수 없다. 도저히 인간 사회에 있어서는 목격하기 어려운 기량이므로, 이를 전능한 기량이라고 해도 무방하리라. 인간은 이 점에 있어서 신에게 크게 황송해하고 있는 것 같다. 과연 인간의 관점에서 말하면 황송해하는 게 당연하다.

그러나 고양이 입장에서 말하면 동일한 사실이 오히려 신의 무능력을 증명하고 있다고도 해석할 수가 있다. 설사 전혀 무능하지는 않을지라도 인간 이상의 능력은 결코 없는 것이라고 단정할 수 있다고 생각한다. 신이 인간의 수만큼 그처럼 많은 얼굴을 제조했다고 하지만 당초부터 마음속에 승산이 있어서 그만큼의 변화를 나타낸 것인지, 또는 고양이건 국자건 똑같은 얼굴로 만들려고 시도해봤지만 도저히 잘 되지 않아서 만드는 것마다 실패하는 바람에 이 난잡한 상태에 빠진 것인지 알 수 없지 않은가?

그들의 안면 구조는 신의 성공적인 기념으로 볼 수 있음과 동시에 실패의 흔적이라고도 판단할 수 있지 않을까? 전능하다고도 할 수 있겠지만, 무능하다는 평을 해도 잘못은 없다.

그들 인간의 눈은 평면상으로 두 개가 나란히 있어서 좌우를 일시에 볼 수가 없으므로 사물의 반쪽밖에 시선 안에 들어오지 않는 것은 가엾은 노릇이다. 입장을 바꿔보면 이 정도로 단순한 사실은 그들 사회에서 주야로 끊임없이 일어나는 것이지만, 당사자들은 우쭐하여 신에게 홀려 있으니 깨달을 턱이 없다.

제작상의 변화를 나타내는 것이 곤란할 것 같으면 그 위에 철두철미한 모방을 보이는 것도 마찬가지로 곤란하다. 라파엘로[4]에게 아주 똑같은 성모상을 두 장 그리라고 주문하는 것은 전혀 비슷하지도 않은 마돈나를 두 폭 보여달라고 대드는 것과 같이, 라파엘로에게 있어서는 곤혹스런 일일 것이다. 아니, 똑같은 것을 두 장 그리는 쪽이 오히려 곤란할지도 모른다. 고호 대사大師[5]한테 어제 쓴 그대로의 서체로 구카이를 써달라고 부탁하는 편이 완전히 서체를 바꾸어서 써달라고 주문하는 것보다도 괴로울지 모른다.

인간이 사용하는 국어는 온전히 모방주의로 전해져 쓰이게 되는 것이다. 그들 인간이 어머니로부터, 유모로부터, 타인으로부터 실용상의 언어를 배울 때에는 단지 들은 대로 반복하는 것 외에는 털끝만큼도 야심이 없는 것이다. 할 수 있는 한도 내의 능력으로 남의 흉내를 내는 것이다. 이처럼 남의 흉내로부터 성립되는 국어가 10년, 20년 지나는 동안에 발음에 자연히 변화가 생기게 되는 것은 그들에게 완전한 모방의 능력이 없다는 것을 증명하는 것이다.

순수한 모방은 이와 같이 지극히 어려운 것이다. 따라서 신이 그들 인간을 구별할 수 없도록 모두 소인 찍힌 오카메[6]처럼 만들 수 있었더라면 더욱더 신의 능력을 표명할 수 있는 것으로, 동시에 오늘날과 같이 제멋대로 된 얼굴을 백일하에 드러내어 눈이 핑 돌 정도로 변화를 일으킨 것은 오히려 그 무능력을 짐작할 수 있는 수단이 될 수도 있는 것이다.

나는 무슨 필요가 있어 이런 논의를 했는지 잊어버렸다. 근본을 망각하는 것은 인간에게도 있기 쉬운 일이니까 고양이에게는 당연한 일이려니 하고 관대하게 봐주기 바란다. 어쨌든 난 침실의 장지문을 열고 문지방 위에 불쑥 나타난 도둑 선생을 언뜻 봤을 때, 이상과 같은 감상

---

4) 르네상스 시대의 이탈리아의 화가, 1483~1520.

5) 헤이안 초기의 승려, 구카이는 대사의 이름, 774~835.

6) 둥근 얼굴에 광대뼈가 나오고 코가 납작한 여자, 또는 그런 얼굴의 탈.

이 자연스럽게 가슴속에서 일어났던 것이다. 왜 일어났을까?—왜라는 질문이 나오면 지금 일단 다시 생각해보지 않으면 안 된다—에, 그러니까 그 까닭은 이렇다.

내 눈앞에 유유히 나타난 밤손님의 얼굴을 보니 그 얼굴이—평상시 신의 제작에 대해서 그 재주가 혹시나 무능함의 결과는 아닐까 하고 의심하고 있었는데, 그것을 일시에 부인할 만큼의 특징을 갖고 있었기 때문이다. 특징이란 게 딴 게 아니다. 그의 이목구비가 내가 친애하는 호남아 미즈시마 간게쓰 군과 빼다 박은 듯이 닮았다는 사실이다. 나는 물론 도둑을 많이 알지는 못하지만, 그 행위가 난폭하다는 점에서 평소에 상상으로써 몰래 머릿속에서 그려봤던 얼굴이 없는 것도 아니다. 콧방울이 좌우로 전개되고, 1전짜리 동전 크기만 한 눈을 달고, 분명히 밤송이 머리일 거라고 나 혼자 제멋대로 정해놓고 있었는데, 보니까 생각과는 천지 차이다. 상상이란 결코 제멋대로 해선 안 되는 법인가 보다.

이 밤손님은 키가 늘씬하고 피부가 가무잡잡하고 일자 눈썹을 한 늠름하고 멋있는 도둑이다. 나이는 스물여서일곱쯤 보이는데, 그것까지 간게쓰 군과 똑 닮았다. 신한테도 이런 비슷한 얼굴을 두 개 제조할 수 있는 솜씨가 있다고 한다면, 결코 무능하다고 볼 수만은 없다. 아니, 사실을 말하면 간게쓰 군이 정신이 이상해져 한밤중에 뛰쳐나온 건 아닐까, 하고 흠칫 놀랄 정도로 너무 닮았다. 단지 코 밑에 거무스레하게 수염이 돋아 있지 않아 그제야 딴 사람이라는 걸 알았다.

간게쓰 군은 늠름한 호남으로 메이테이가 활동 수표라고 별명을 붙인 가네다 도미코 양을 충분히 흡수할 만큼 정성을 들인 제작물이다. 그러나 이 밤손님도 인상으로 관찰해보면 여성에 대한 인력 작용에 있어서 결코 간게쓰 군에게 한 발짝도 밀리지 않는다. 만일 가네다의 딸이 간게쓰 군의 눈매나 입 모양에 이끌렸다면, 동등한 열정으로써 이 도둑군에게도 반하지 않는다면 의리에 어긋난다. 의리는 차치하고라도 논리에 안 맞는다.

그런 재기가 있고 무엇에나 이해가 빠른 성질이므로 이 정도의 일은 남한테서 듣지 않아도 필경 알 것이다. 그러고 보니 간게쓰 군 대신에 이 도둑을 내놔도 반드시 온몸의 사랑을 바쳐서 금슬 조화의 결실을 거둘 것임에 틀림없어 보인다. 만일 간게쓰 군이 메이테이 같은 인간들의 설법에 넘어가서 천고의 좋은 연분이 깨진다 하더라도, 이 밤손님이 건재하는 동안은 문제없다. 나는 미래의 사건의 진전을 여기까지 예상하고, 도미코 양을 위해서 겨우 안심했다. 이 도둑군이 천지간에 존재하는 것은 도미코 양의 생활을 행복하게 하는 일대 요건이다.

밤손님은 겨드랑이에 뭔가 껴안고 있다. 보니까 아까 주인이 서재에 내던진 헌 담요다. 줄무늬가 있는 무명 감색 한텐[7]에 회색 하카타 오비[8]를 엉덩이 위에다 잡아매고, 허연 정강이가 무릎 밑으로 드러난 채로 한쪽 다리를 들어 다다미 위에 들여놓는다.

아까부터 빨간 책에 손가락을 끼인 꿈을 꾸던 주인은 이때 몸을 탁 하고 뒤치면서 "간게쓰다!" 하고 큰 소리를 지른다. 밤손님은 담요를 떨어뜨리고, 내밀었던 다리를 급히 오므린다. 장지문 뒤에 가느다란 정강이 두 개가 선 채로 희미하게 움직이는 게 보인다.

주인은 음냐음냐 중얼거리면서 그 빨간 책을 팽개치고, 검은 팔을 옴이 오른 환자처럼 벅벅 긁는다. 그 후에는 아주 조용해지더니 베개에서 떨어진 채 곯아떨어진다. "간게쓰다"라고 소리 지른 것은 순전히 꿈결에 외친 잠꼬대인 것 같다.

밤손님은 잠시 툇마루에 서서 방 안의 동정을 살피더니, 주인 내외가 깊은 잠에 떨어진 것을 확인하고 다시 한쪽 발을 다다미 위에 들여놓는다. 이번에는 "간게쓰다"라는 소리도 나지 않는다. 이윽고 남은 한쪽 발도 들어왔다. 봄날 밤의 한 줄기 등불에 환히 비친 다다미 6조 방

7) 하오리 비슷한 겉옷.

8) 하카타에서 나는 두꺼운 견직물로 만든 허리띠.

은 밤손님의 그림자에 의해 둘로 갈라져서 고리짝 주변에서부터 내 머리 위를 넘어 벽의 절반 정도가 캄캄해진다.

뒤돌아보니 밤손님의 얼굴 그림자가 벽의 딱 3분의 2 되는 높이에서 희미하게 움직이고 있다. 호남도 그림자만 보면 머리 여덟 개 달린 괴물같이 정말 괴상한 꼴을 하고 있다. 밤손님은 안주인의 자는 얼굴을 내려다보고 있다가 무엇 때문인지 히죽 웃는다. 웃는 모습까지 어찌 그리 간게쓰 군을 빼닮았는지 정말 나도 놀랐다.

안주인의 머리맡에는 폭이 12센티미터에 길이가 45센티미터가 넘는, 못을 박은 상자가 소중한 듯이 놓여 있다. 이것은 히젠 지방의 가라쓰 출신인 다타라 산페이多多良三平 군이 요전에 고향에 다녀오면서 선물로 가져온 참마다. 참마를 머리맡에 모셔다 놓고 자는 것은 별로 예가 없는 일이지만, 이 안주인은 끓이는 요리에 사용하는 고급 백설탕을 장롱에 넣어둘 정도로 장소 개념이 부족한 여자이므로, 안주인으로서는 참마는 고사하고 단무지가 침실에 있어도 태연할지 모른다.

그러나 신이 아닌 밤손님은 그런 여자인지 알 리가 없다. 이렇게까지 정중하게 몸 가까이 두고 있으니 필시 귀중한 물건일 거라고 감정하는 것도 무리는 아니다. 밤손님은 잠깐 참마 상자를 들어보고 그 무게가 예상에 맞게 꽤 나가는 것 같자 자못 만족스런 눈치다. 드디어 참마를 훔칠 작정이구나, 더구나 이 호남이 참마를 훔치는구나, 하고 생각을 하니 갑자기 우스워졌다. 그러나 자칫 소리를 냈다간 위험하므로 꾹 참고 있다.

이윽고 밤손님은 참마 상자를 조심스럽게 헌 담요에 싸기 시작했다. 그러고는 뭐 동여맬 것이 없나, 하고 주변을 둘러본다. 다행히 주인이 잘 때 풀어놓은 지리멘 허리띠가 있다. 밤손님은 참마 상자를 이 허리띠로 단단히 묶어서 간단하게 등에 짊어진다. 별로 여자가 좋아할 꼴은 아니다. 그러고서 어린애들의 민소매 웃옷 두 벌을 주인의 메리야스 속바지 속에 쑤셔 넣는다. 그러자 바짓가랑이 주위가 둥그렇게 부풀어서 구렁이가 개구리를 삼킨 듯이—또는 구렁이의 산달이라고 하는 편이 더 적합한 표현일지도 모른다. 어쨌든 이상한 꼴이 되었다. 거짓말 같으면 한번 시험 삼아 해보시라.

밤손님은 메리야스를 칭칭 목에 감았다. 그다음은 어떻게 하나 보니 주인의 명주 저고리를 커다란 보자기처럼 펼쳐서 여기에다 안주인의 허리띠와 주인의 하오리와 속옷, 그 밖에 온갖 잡동사니를 차곡차곡 접어서 싼다. 그 잽싸고 숙련된 솜씨에는 약간 감탄했다. 그러고선 안주인의 오비아게[9]와 허리띠를 이어서 이 보따리를 묶어가지고 한쪽 손에 든다.

더 가져갈 건 없나 하고 주변을 두리번거리더니, 주인의 머리맡에 아사히 담뱃갑이 있는 걸 발견하고 슬쩍 소매 속에 집어넣는다. 또 그 갑 속에서 한 대를 꺼내어 램프에 갖다 대고 불을 붙인다. 맛있게 깊이 빨다가 뱉어낸 연기가 우윳빛 램프의 등피를 둘러싸고 아직 사라지기 전에, 밤손님의 발소리는 툇마루를 따라 차츰 멀어지더니 들리지 않게 되었다. 주인 내외는 여전히 깊이 곯아떨어져 자고 있다. 인간이란 의외로 멍청하다.

나는 또 잠시 동안 휴식이 필요하다. 쉴 새 없이 지껄이다가는 몸이 당해내질 못한다. 한숨 푹 자고 눈을 떴을 때는, 춘삼월의 하늘이 화창하게 트이고 부엌문 앞에서 주인 내외가 순사와 얘기를 하고 있는 중이었다.

"그럼 여기로 들어와서 침실 쪽으로 돌아간 거군요. 당신들은 잠자느라 전혀 몰랐다 그 말이지요?"

"예."

주인은 조금 멋쩍어한다.

"그러면 도둑맞은 건 몇 시쯤입니까?"

순사는 무리한 걸 묻는다. 시간을 알 정도면 아무것도 도둑맞을 리

9) 기모노의 허리띠가 흘러내리지 않게 매는 헝겊 끈.

가 없는 것이다. 그런 것도 모르는 주인 내외는 열심히 이 질문에 대해서 의논을 하고 있다.

"몇 시쯤이었지?"

"글쎄요" 하고 안주인은 생각한다. 생각하면 알 수 있다고 여기는 모양이다.

"당신 어젯밤 몇 시에 주무셨어요?"

"난 당신보다 나중에 잤지."

"네, 내가 잠든 건 당신보다 먼저예요."

"눈을 뜬 건 몇 시였지?"

"7시 반이었을걸요."

"그러면 도둑이 들어온 건 몇 시쯤 될까?"

"아마 밤중이었겠지요."

"밤중인 건 아는데, 몇 시쯤이냔 말이야?"

"확실한 시간은 잘 생각해봐야 알지요."

안주인은 아직도 더 생각해보려나 보다. 순사는 그저 형식적으로 물어본 것이므로, 언제 들어왔는지 정확히 몰라도 그만이다. 거짓말이든 뭐든 적당히 대답해줬으면 좋겠는데 주인 내외가 애매한 문답만을 계속하고 있으니 좀 답답한지, "그럼 도난당한 시간은 분명치 않은 거군요"라고 한다. 주인은 여전히 애매한 말투로 "뭐, 그런 셈이지요"라고 대답한다. 순사는 웃지도 않고 이어서 말한다.

"그럼 말이죠, '메이지 38년(1905년) 몇 월 며칠 문단속을 하고 잤는데, 도둑이 어디어디 덧문을 열고 어디어디로 잠입하여 물건을 몇 가지 훔쳐 갔으므로 고소하기에 이르렀습니다'라는 서면을 작성해서 내주십시오. 신고가 아니라 고소입니다. 수신인은 적을 필요 없어요."

"물건은 일일이 적어야 합니까?"

"예, 하오리가 몇 점, 가격이 얼마, 하는 식으로 표를 작성해서 내는 겁니다 —아니, 들어가 봤자 소용없지요, 이미 도둑맞은 뒤니까."

순사는 예사로운 듯이 말하고는 돌아갔다.

주인은 붓과 벼루를 응접실 한가운데에 갖다 놓더니, 안주인을 앞에 불러 앉혀놓고 "이제부터 도난 고소장을 쓸 테니까 도둑맞은 걸 하나하나 말해봐. 자, 어서 말해" 하고 마치 싸움이라도 하는 듯한 말투로 말한다.

"어머, 싫어요. 어서 말하라니, 그렇게 고압적으로 나오면 누가 말해요?"

안주인은 가느다란 띠를 허리에 감고 털썩 주저앉는다.

"그 꼴이 뭐야? 꼭 주막집 창녀같이. 왜 허리띠를 안 매고 나와?"

"이게 보기 흉하면 하나 사주세요. 주막집 창녀건 뭐건 도둑맞은 걸 어떡하라고요?"

"허리띠까지 훔쳐 간 거야? 지독한 놈이군. 그럼 허리띠부터 적도록 하지. 허리띠는 어떤 띠야?"

"어떤 띠라니요? 어디 그렇게 여러 개나 있었나요? 검은 공단과 지리멘이 안팎으로 겹친 띠예요."

"검은 공단과 지리멘이 안팎으로 겹친 허리띠 하나—가격은 얼마 정도야?"

"6엔 정도 하겠죠."

"주제넘게 비싼 띠를 매고 있었군. 다음부턴 1엔 50전짜리 정도로 해."

"그런 띠가 어디 있어요? 그러니까 당신은 인정이 없다는 말을 듣는 거예요. 마누라 같은 건 거지꼴을 하고 다니든 말든, 자기만 좋으면 그만이란 생각이지요?"

"뭐, 그렇다 치고, 그리고 또 뭐야?"

"꼰 명주실로 짠 하오리예요. 그건 고노 숙모님의 유품으로 받은 건데, 같은 명주실이라도 요즘 실하고는 질이 달라요."

"그런 설명은 안 해도 돼. 값은 얼마야?"

"15엔."

"15엔짜리 하오리를 입다니 분수에 안 맞아."

"무슨 상관이에요? 당신이 사준 것도 아닌데."

"그다음은 뭐야?"

"검정 버선 한 켤레."

"당신 거야?"

"당신 거예요. 가격은 27전."

"그리고?"

"참마 한 상자."

"참마까지 가지고 갔어? 쪄서 먹을 건가, 장국을 해서 먹을 건가?"

"어떻게 먹을는지는 모르지요. 도둑놈한테 가서 물어보세요."

"얼마 하나?"

"참마 값까지야 모르죠."

"그럼 12엔 50전쯤으로 해두지."

"뭐가 그렇게 비싸요? 아무리 가라쓰에서 캐 왔다고 해도 참마가 12엔 50전이나 한답디까?"

"하지만 당신은 모른다면서?"

"네, 몰라요. 모르긴 하지만 12엔 50전이라니 터무니없잖아요."

"모른다면서 12엔 50전은 터무니없다니, 그게 뭐야? 도무지 논리에 안 맞잖아. 그러니까 당신은 오탄친 팔레오로구스[10]라는 거야."

"뭐라고요?"

"오탄친 팔레오로구스 말이야."

"뭐예요? 그 오탄친 팔레오로구스란 게?"

"뭐면 어때. 그리고 다음은—내 옷은 왜 하나도 안 나오지?"

---

10) 오탄친은 '얼간이'란 뜻의 에도 시대의 속어로, 동로마 제국의 마지막 황제 콘스탄틴 팔레오로구스의 이름에다 붙인 익살.

"다음이고 뭐고 간에, 오탄친 팔레오로구스의 뜻을 말해줘요."

"뜻이고 뭐고 할 게 뭐 있어?"

"가르쳐줘도 되잖아요? 당신은 날 아주 바보 취급하는군요. 필경 내가 영어를 모른다고 생각해서 욕을 한 거지요?"

"쓸데없는 소리 하지 말고 빨리 그다음이나 계속해. 얼른 고소하지 않으면 물건을 못 돌려받아."

"지금 고소해봤자 어차피 이미 늦었어요. 그보단 오탄친 팔레오로구스를 가르쳐줘요."

"참 성가시군, 아무 의미도 없다는데."

"그렇다면 물건도 그 이상은 없어요."

"똥고집이군. 그럼 마음대로 해. 난 그만 쓸 테니까."

"나도 물건 개수를 가르쳐드리지 않겠어요. 고소는 당신이 하시는 거니까 난 안 써줘도 곤란할 게 없어요."

"그럼 그만둬" 하고 주인은 언제나처럼 벌떡 일어나 서재로 들어간다. 안주인은 안방으로 들어가 반짇고리 앞에 앉는다. 두 사람 다 약 10분 동안은 아무 일도 하지 않고 말없이 장지문만 노려보고 있다.

그러고 있는데 기세 좋게 현관문을 열고, 참마의 기증자인 다타라 산페이 군이 들어온다. 다타라 산페이 군은 원래 이 집에 서생으로 있었는데, 지금은 법과대학을 졸업하고 어느 회사의 광산부에 취직해 있다. 이자 역시 실업가의 새싹으로서, 스즈키 도주로 군의 후진이다. 산페이 군은 그런 인연으로 가끔씩 옛날 선생님의 누추한 집을 방문하여 일요일 같은 날에는 하루 종일 놀다 갈 만큼 이 집 가족과는 허물없는 사이다.

"사모님. 날씨가 좋십니더."

산페이 군은 가라쓰 사투리인지 뭔지를 쓰면서 안주인 앞에 양복바지 차림으로 한쪽 무릎을 세우고 앉는다.

"어머, 다타라 씨."

"선생님은 어디 나가셨습니꺼?"

"아뇨, 서재에 있어요."

"사모님, 선생님처럼 공부만 하시면 몸에 해롭습니더. 모처럼 맞는 일요일 아입니꺼?"

"나한테 말해봤자 소용없으니까 다타라 씨가 선생님한테 그렇게 말해봐요."

"그렇긴 한데예……" 하다가 산페이 군이 방 안을 둘러보더니 "오늘은 따님들도 안 보이네예" 하고 안주인에게 묻자마자, 옆방에서 돈코와 슨코가 뛰어나온다.

"다타라 아저씨, 오늘 초밥 가져왔어?"

언니인 돈코는 요전의 약속을 기억하고 있다가 산페이 군의 얼굴을 보자마자 다짜고짜 재촉을 한다. 다타라 군은 머리를 긁적이면서 "기억도 잘하네. 요다음엔 꼭 가져올게. 오늘은 깜빡했데이" 하고 자백을 한다.

"싫어—" 언니가 말하자 동생도 금방 흉내를 내어 "싫어—" 하고 따라한다. 안주인도 겨우 기분이 풀어져서 약간 미소를 띤다.

"초밥은 안 갖고 왔어도 참마는 보냈다아이가. 공주님들 안 묵어보셨나?"

"참마가 뭐야아?"

언니가 묻자 동생이 이번에도 또 흉내를 내며 "참마가 뭐야아?" 하고 산페이 군에게 묻는다.

"아직 안 묵어봤나? 빨리 엄마한테 쪄달라고 하래이. 가라쓰 참마는 도쿄 것하곤 달라서 억수로 맛있데이" 하고 산페이 군이 고향 자랑을 하자, 안주인은 그제야 생각이 나서 인사한다.

"다타라 씨, 요전에 친절하게 그렇게 많이 보내주셔서 참 고마웠어요."

"어떻습니꺼, 잡숴보셨습니꺼? 부러지지 않도록 상자를 만들어서 단단히 꽉꽉 채워 넣었으이까네, 기다란 게 그대로 있었겠지예?"

"그런데 애써 주신 참마를 간밤에 도둑을 맞고 말았지 뭐예요."

"도둑예? 바보 같은 놈이네예. 그렇게 참마를 좋아하는 놈도 있답니꺼?" 하고 산페이 군은 크게 감탄한다.

"엄마, 어젯밤에 도둑이 들어왔어?" 하고 언니가 묻는다.

"으응."

안주인은 가볍게 대답한다.

"도둑이 들어와서—그리고—도둑이 들어와서—어떤 얼굴을 하고 들어왔는데?"

이번에는 동생이 묻는다. 이 기발한 질문에는 안주인도 뭐라 대답해야 좋을지 몰라서 "무서운 얼굴을 하고 들어왔지요"라고 대답을 하고는 다타라 군을 쳐다본다.

"무서운 얼굴이라면 다타라 아저씨 같은 얼굴이야?" 하고 언니가 아무 미안한 기색도 없이 묻는다.

"무슨 그런 예의 없는 말을 하니."

"하하하하, 내 얼굴이 그렇게 무섭게 생겼드나? 큰일 났데이" 하고 다타라 군은 머리를 긁는다. 다타라 군의 뒤통수에는 직경 3센티미터쯤 벗겨진 자국이 있다. 한 달 전부터 생기기 시작해서 병원에도 가봤지만, 여전히 쉽게 나을 것 같지가 않다. 이 벗겨진 자국을 제일 먼저 발견한 것은 언니인 돈코다.

"어머나, 다타라 아저씨 머리는 엄마처럼 반짝이네."

"가만있으라니까."

"엄마, 어젯밤 도둑 머리도 반짝였어?"

이건 동생의 질문이다. 안주인과 다타라 군은 그만 웃음을 터뜨렸으나, 너무나 번거로워서 얘기고 뭐고 할 수가 없게 되자, "자, 너희는 마당에 나가서 놀아라. 조금 있다가 엄마가 맛있는 과자를 줄 테니까" 하고 안주인은 간신히 아이들을 내쫓았다. 그러고 나서 "다타라 씨 머리는 왜 그런 거예요?" 하고 진지하게 물어본다.

"벌레가 묵었는데예, 여간해서 잘 낫질 않십니더. 사모님도 있습니꺼?"

"어머, 징그러워라, 벌레가 먹다니. 그야 여자들은 머리를 틀어 올리니까 조금은 벗겨지죠."

"대머리는 모두 박테리아입니더."

"내 건 박테리아가 아니에요."

"그건 사모님의 억지십니더."

"어떻든 박테리아는 아니에요. 그런데 영어로 대머리를 뭐라고 하지요?"

"대머리는 보울드라고 합니더."

"아니, 그거 말고요. 좀 더 기다란 이름 있잖아요?"

"선생님께 물어보면 금방 알 수 있을 겁니더."

"선생님은 아무래도 안 가르쳐주니까 다타라 씨한테 묻는 거예요."

"전 보울드밖에 모릅니더만, 길다니, 어떻게 깁니꺼?"

"오탄친 팔레오로구스라는데요. 오탄친이라는 게 대머리의 대라는 글자이고, 팔레오로구스가 머리를 말하는 거죠?"

"그럴지도 모르겠십니더. 금방 선생님 서재에 가서 웹스터 사전을 찾아 가르쳐드릴게예. 그런데 선생님도 어지간하십니더. 이렇게 날씨가 좋은데, 집 안에만 틀어박히셔서. 사모님, 저러면 위장병이 낫지 않십니더. 우에노에라도 꽃구경을 가시도록 권해드리지예."

"다타라 씨가 데리고 나가주세요. 선생님은 여자가 하는 말은 절대 듣지 않는 사람이니까."

"요즈음도 잼을 잡수십니꺼?"

"네, 여전해요."

"요전에 선생님께서 투덜대시던데예. '안사람이 내가 잼을 너무 많이 먹는다고 잔소리를 해대는데, 난 그렇게 많이 먹지 않은 것 같은데 뭔가 계산을 잘못한 게 아니겠어' 라고 하시기에 그건 따님들이랑 사모님이 같이 드시기 때문일 끼라고 했으예."

"아니, 다타라 씨, 왜 그런 말을 해요?"

"사모님도 드실 듯한 얼굴을 하고 계시니까예."

"얼굴 보고 그런 걸 어떻게 알아요?"

"모르긴 와 모릅니꺼. 그럼 사모님은 조금도 안 드십니꺼?"

"그야 조금은 먹지요. 먹는 게 뭐 나빠요? 우리 집 건데."

"하하하하, 그럴 줄 알았능기라예. 그래도 도둑맞은 건 정말이제 황당했겠심더. 참마만 가져갔는교?"

"참마만이라면 괜찮겠는데, 늘 입는 옷을 몽땅 털어 갔어요."

"당장 곤란합니꺼? 또 빚을 져야 합니꺼? 이 고양이가 개라면 좋았을 낀데. 애석하네예. 사모님, 커다란 놈으로 개 한 마리를 꼭 기르시소. 고양이는 쓸모없습니더, 밥만 처먹구. 쥐는 좀 잡습니꺼?"

"한 마리도 잡은 적이 없어요. 정말 못돼먹은 뻔뻔한 고양이에요."

"아니, 그럼 아무짝에도 쓸모없네예. 어서 빨랑 내버리소. 제가 가져가서 삶아 묵을까예?"

"어머, 다타라 씨는 고양일 다 먹어요?"

"먹어봤십니더. 고양이 고기가 얼마나 맛있는데예."

"대단한 호걸이시네요."

천박한 서생들 중에 고양이를 잡아먹는 야만인이 있다는 얘기는 전부터 전해 듣고 있었지만, 내가 평소 각별한 보살핌에 고맙게 여기고 있던 다타라 군 역시 같은 부류일 줄은 여태까지 꿈에도 생각 못 했다. 더군다나 이 다타라 군은 이미 서생이 아니다. 졸업한 지는 얼마 안 됐으나 당당한 일개의 법학사이자 무쓰이 물산회사의 직원이므로, 나의 경악 또한 여간 큰 게 아니었다.

"사람을 보면 도둑으로 알아라"라는 격언은 제2의 간게쓰 행위에 의해서 이미 입증되었으나, "사람을 보면 식묘종食描種[11]인 줄 알아라"라는 것은 내가 다타라 군 덕분에 비로소 깨닫게 된 진리다. 세상을 살다 보면 이치를 알게 된다. 이치를 아는 건 기쁘지만, 나날이 위험이 많아져서 나날이 방심할 수가 없게 된다. 교활해지는 것도 비열해지는 것도 겉과 속이 두 겹으로 된 호신복을 입는 것도 모두 세상사를 알게 된 결과이며, 이치를 안다는 것은 나이를 먹은 죄다.

노인들 중에 변변한 사람이 없는 건 이런 까닭이겠지. 나 같은 것도 어쩌면 지금쯤 다타라 군의 냄비 안에서 양파와 함께 성불하는 편이 상책일지도 모른다고 생각하면서 구석에 웅크리고 있는데, 아까 안주인과 말다툼하다 일단 서재로 들어갔던 주인이 다타라 군의 목소리를 알아듣고 어슬렁어슬렁 거실로 나온다.

"선생님, 도둑이 들었다면서예? 이 무슨 어리석은 일입니꺼."

다타라 군은 다짜고짜 들이댄다.

"들어오는 놈이 어리석은 거지" 하고 주인은 끝까지 현인을 자처하고 있다.

"들어온 쪽도 어리석지만, 당한 쪽도 별로 현명하다곤 할 수 없십니더."

"아무것도 도둑맞을 게 없는 다타라 씨 같은 사람이 제일 현명한 거겠지요"라며 안주인이 이번엔 남편의 편을 든다.

"그러나 제일 어리석은 건 이 고양이입니더. 참말이지, 이놈, 어쩔 셈이었노. 쥐는 잡지 않고, 도둑이 들어와도 모른 척하고—선생님, 이 고양이 저한테 주지 않으실랍니꺼? 이리 놔둬봤자 아무짝에도 쓸모없을 텐데예."

"가져가도 괜찮아. 뭐하려고?"

"삶아 묵을라고예."

주인은 맹렬한 이 한마디를 듣고는 흐흥 하고 기분 나쁜 위약성胃弱

11) 고양이를 잡아먹는 인종, 역자 조어.

性 웃음을 흘렸지만, 별다른 확답도 하지 않아서 다타라 군도 꼭 잡아먹겠다고 말하지 않은 것은 내게는 정말 다행스런 일이었다. 주인은 이윽고 화제를 바꾸어, "고양이야 아무래도 좋지만, 옷을 털어 갔으니 추워서 견딜 수가 있나"라고 말하는데, 아주 소침해 보인다. 그야 추울 것이다. 어제까지는 솜옷을 두 벌이나 껴입고 있었는데 오늘은 겹옷에 반소매 셔츠뿐으로, 아침부터 운동도 하지 않고 가부좌로 앉아만 있었으니, 그렇잖아도 충분치 않은 혈액이 죄다 위로 몰려서 손발 쪽으로는 조금도 돌아오지 않는다.

"선생님, 교사 노릇만 하다간 도저히 안 되겠십니더. 조금만 도둑이 들어도 당장 곤란하니. 차라리 지금부터라도 생각을 바꿔서 실업가라도 되면 어떻겠는교?"

"선생님은 실업가는 싫어하니까 그런 말 해봤자 소용없어요" 하고 안주인이 옆에서 다타라 군에게 대답한다. 안주인은 물론 실업가가 돼줬으면 한다.

"선생님, 학교 졸업하신 지 몇 년 되었십니꺼?"

"올해로 9년째지요"

안주인이 말하고 주인을 돌아본다. 주인은 가타부타 말이 없다.

"9년이 지나도 월급은 안 오르고 아무리 공부해도 남들은 칭찬을 안 해주니, 낭군님 홀로 적막하시네."

다타라 군이 중학교 시절에 외운 시 한 구절을 안주인을 위해서 낭송하나 안주인은 얼른 알아듣지 못해 대꾸하지 않는다.

"교사도 물론 싫지만, 실업가는 더욱 싫어" 하고 주인은 무엇을 좋아하는지 마음속으로 생각해보는 것 같다.

"선생님은 뭐든 다 싫어하시니까……."

"싫지 않은 건 사모님뿐이십니꺼?" 하고 다타라 군이 격에도 안 맞는 농담을 한다.

"제일 싫어."

주인의 대답은 지극히 간단명료하다. 안주인은 옆으로 얼굴을 돌리고 잠깐 새침해 있다가 다시 주인 쪽을 쳐다보고, "살아 있는 것도 싫으시겠지요?" 하고 아주 주인이 꼼짝 못하도록 못 박듯이 말한다.

"별로 좋지는 않아."

주인은 의외로 태평스런 대답을 한다. 이래서는 어찌 해볼 도리가 없다.

"선생님, 좀 활발하게 산책이라도 하지 않으시면 몸이 상하십니더. 그러고 실업가가 되시소. 돈 버는 일 같은 건 참말로 간단한 일입니더."

"조금도 못 버는 주제에."

"그야 선생님, 이제 겨우 작년에 회사에 들어갔는걸요. 그래도 선생님보다는 저축했습니더."

"얼마나 저축했는데요?" 하고 안주인은 열심히 묻는다.

"벌써 50엔쯤 됩니더."

"도대체 거기 월급은 얼마예요?"

이것도 안주인의 질문이다.

"30엔입니더. 그중에서 매달 5엔씩 회사에서 맡아 적립해뒀다가 여차할 때 줍니더. 사모님, 용돈으로 소토보리센外堀線[12] 주식을 조금 사지 않으실랍니꺼? 지금부터 3, 4개월 지나면 배가 됩니더. 참말이지 조금만 돈이 있으면 금방 두 배, 세 배 된다 아입니꺼."

"그런 돈이 있으면 도둑이 들어도 곤란할 리가 없지요."

"그러니까 실업가가 제일이라는 말씀이지예. 선생님도 법과라도 가셔서 회사나 은행으로 진출하셨더라면 지금쯤은 매달 3, 4백 엔 정도의 수입은 있으실 낀데, 안타깝네예. 선생님, 그 스즈키 도주로라는 공학사를 아십니꺼?"

"응, 어제 왔었어."

12) 도쿄 황궁의 바깥 둘레를 도는 시내 전차.

"그랬는교? 언젠가 어느 연회에서 만났을 때 선생님 말씀을 드렸더니, '그래, 자네가 구샤미 군 집에서 서생으로 있었다고? 나도 구샤미 군과는 옛날에 고이시카와의 어떤 절에서 함께 자취 생활을 한 적이 있었지. 다음에 가거든 안부나 전해주게. 나도 일간 한번 찾아갈 테니까' 하시던데예."

"얼마 전에 도쿄로 나왔다데."

"예, 여태까지는 규슈 탄광에 있었는데, 요전에 도쿄로 근무하게 됐다네예. 아주 요령이 좋은 분 같십니더. 저 같은 사람한테도 친구처럼 얘기하던데예. 선생님, 그분이 얼마 받는다고 생각하십니꺼?"

"몰라."

"월급이 250엔에, 우란분재[13]와 연말에 배당이 붙으니까 아마 평균 4, 5백 엔은 될 낍니더. 그런 사람이 그리 억수루 많이 받는데, 선생님은 아이들 독본만 가르치시며 10년을 일호구一狐裘[14]로 버티시니 어처구니없지 않습니꺼?"

"실제로 어처구니없지."

주인처럼 초연주의자라도 금전에 대한 관념은 보통 인간과 다를 바 없다. 아니, 궁색한 만큼 남보다 배로 돈이 갖고 싶은지도 모른다. 다타라 군은 실컷 실업가의 이점을 떠벌리고 나서 이젠 할 말이 없는지 화제를 돌린다.

"사모님, 선생님 댁에 미즈시마 간게쓰라는 사람이 자주 옵니꺼?"

"예, 자주 오세요."

"어떤 인물입니꺼?"

"굉장히 학구적인 분이라던데요."

13) 일본의 명절로, 음력 7월 보름.

14) 여우 털가죽으로 만든 옷 한 벌로, 여기선 옛날 중국의 재나라 재상 안자가 일호구를 30년이나 입었다는 일화에 비유함.

"호남입니꺼?"

"호호호호, 다타라 씨 정도이겠지요."

"그렇습니꺼? 저 정도입니꺼?"

다타라 군은 진지하다.

"어떻게 간게쓰라는 이름을 알지?" 하고 주인이 묻는다.

"요전에 어떤 사람한테 부탁을 받았습니더. 그런 말을 들을 만한 가치가 있는 인물인가예?"

다타라 군은 듣기도 전에 이미 자기가 간게쓰보다 월등한 것처럼 고자세다.

"자네보단 훨씬 훌륭한 사람일세."

"그렇십니꺼? 저보다 훌륭합니꺼?"

웃지도 않고 화내지도 않는다. 이게 다타라 군의 특색이다.

"머지않아 박사가 된다문서예?"

"지금 논문을 쓰고 있다더군."

"역시 바보네예, 박사 논문을 쓰다니. 말이 좀 통하는 사람인가 했는데."

"여전히 견식이 대단하시네요" 하고 안주인이 웃으며 말한다.

"박사가 되면 누구네 집 딸을 준다느니 안 준다느니 한다고 그러는 바보가 어디 있습니꺼? 남의 집 딸을 얻기 위해서 박사가 되다니, 그런 인물한테 주느니 차라리 나한테 주는 게 훨씬 낫겠다고 했습니더."

"누구한테?"

"저더러 미즈시마에 관해 알아봐 달라고 부탁한 사람한테 말입니더."

"스즈키 아닌가?"

"아입니더. 그 사람한테는 아직 그렇게까지 막말하지 못합니더. 그쪽은 윗사람이니까예."

"다타라 씨는 이불 쓰고 만세 부르시네요. 우리 집에 오면 아주 으스대면서 스즈키 씨 같은 사람 앞에 나가면 꼼짝도 못하시나 봐요?"

"예, 그리 안 하면 위험합니더."

"다타라 군, 산책이나 하러 나갈까?" 하고 갑자기 주인이 말한다. 아까부터 겹옷 하나만 걸쳐서 하도 춥기에 운동이라도 좀 하면 따뜻해질까 하는 생각에서 주인은 이 선례가 없는 동의를 한 것이다. 되는대로 사는 다타라 군은 물론 망설일 이유가 없다.

"가입시더. 우에노로 가시겠습니꺼, 이모자카에 가서 경단을 드시겠습니꺼? 선생님, 그곳 경단을 잡수신 적 있습니꺼? 사모님, 한번 가서 드셔보시소. 부드럽고 값도 쌉니더. 술도 팝니더."

다타라 군이 여느 때처럼 두서없이 잡담을 지껄이고 있는 동안에 주인은 벌써 모자를 쓰고 신발을 신으러 내려간다.

나는 다시 좀 더 휴식이 필요하다. 주인과 다타라 군이 우에노 공원에서 어떤 짓을 하고, 이모자카에서 경단을 몇 접시 먹었는지 그런 일화는 탐정할 필요도 없고, 또 미행할 용기도 없으므로 쭉 생략하고 그 동안 휴식이나 취해야겠다.

휴식은 만물이 하늘에게 마땅히 요구할 만한 권리다. 이 세상에 생존해야 할 의무를 갖고 꿈적거리는 자는 생존의 의무를 다하기 위해서 휴식을 갖지 않으면 안 된다. 만일 신이 있어 그대는 일하기 위해서 태어난 것이지, 잠자기 위해서 태어난 게 아니라고 한다면 나는 거기에 응답할 것이다. 말씀하신 대로 일하기 위해서 태어났기 때문에, 일하기 위해서 휴식을 요구하노라고.

주인처럼 기계에다 불평을 터뜨리기까지 하는 무지렁이조차도 때때로는 일요일 외에도 자진해서 휴식을 취하지 않는가. 다정다감하여 주야로 신경을 써서 심신이 피곤한 나 같은 자는 비록 고양이라 할지라도 주인 이상으로 휴식을 요함은 당연한 일이다. 단지 아까 다타라 군이 나를 가리켜서 휴식 이외엔 아무런 능력도 없는 쓸모없는 물건처럼 매도한 것은 다소 마음에 걸린다.

대체로 사물의 현상에만 따라서 움직이는 속물은 오감의 자극 이외에는 이렇다 할 만한 아무런 활동이 없기 때문에, 남을 평가하는 데에도 형체 이외에는 이르지 못하는 문제가 있다. 무턱대고 엉덩이나 까고 땀을 흘리지 않으면 일하지 않은 것으로 치부한다.

달마라는 스님은 발이 썩을 때까지 좌선을 했어도 까딱없었다고 하는데, 가령 벽 틈으로 담쟁이덩굴이 기어 들어와 대사의 눈과 입을 덮을 때까지 움직이지 않는다고 해도, 잠자고 있거나 죽은 것은 아니다. 머릿속은 늘 활동하고, 진리를 깨닫는 경지에는 성인과 범부의 구별이 없다느니 하는 묘한 이치를 생각하고 있다. 유교에도 정좌靜坐 수련이라는 게 있다고 한다. 이것 역시 방 안에만 틀어박혀 한가로이 앉은뱅이 수련을 하는 것이 아니다. 뇌 속의 활력은 갑절이나 타오르고 있다. 단지 외관상으로는 지극히 차분하고 단정한 모습이라, 천하의 범안凡眼으로는 이 같은 지식의 거장을 혼수가사昏睡假死 상태의 범인凡人으로 간주하여, 무용지물이니 식충이니 하는 비방의 소리를 하는 것이다.

이런 범인들은 모두 형체를 보고 마음을 보지 못하는 불구의 시각을 갖고 태어난 자들로서—더욱이 저 다타라 산페이 군 같은 자는 형태를 봐도 마음을 보지 못하는 대표적인 인물이기 때문에 산페이 군이 나를 말라빠진 개똥처럼 여기는 것도 당연한 일일 것이다. 다만 원망스러운 것은 적으나마 고금의 서적을 읽어 다소 사물의 진상을 안다는 주인마저 천박한 산페이 군의 말에 두말없이 동의하여, 고양이 찜 요리를 방해할 기색이 조금도 안 보인다는 사실이다.

그러나 한 발짝 물러나 생각해보면, 그들이 이렇게까지 나를 업신여기는 것도 전혀 무리는 아니다. "고상한 논의는 범인들이 이해하지 못하고, 양춘백설陽春白雪에 관한 시에는 화답하는 자 적도다"[15]라는 비유도 옛날부터 있지 않은가.

15) 〈양춘백설〉은 초나라에서 가장 고상하게 여겨진 가곡으로, 부르는 사람이 적었음. 이에서 나온 말로, 높은 경지는 보통 사람이 이해하기 어렵다는 뜻.

형체 이외의 활동을 볼 수 없는 자한테 자기 영혼의 빛을 보라고 강요하는 건 마치 중에게 머리를 땋으라고 재촉하는 것과 같고, 다랑어에게 연설을 해보라고 하는 것과 같고, 전철에게 탈선을 요구하는 것과 같으며, 주인에게 사직을 권고하는 것과 같고, 산페이에게 돈을 생각하지 말라는 것과 다름없는 것이다. 필경 무리한 주문에 지나지 않는다.

하지만 고양이라 할지라도 사회적 동물임엔 틀림없다. 사회적 동물인 이상은 제아무리 스스로 높이 평가할지라도 어느 정도까지는 사회와 조화를 이뤄나가야 한다. 주인이나 안주인, 또는 식모, 산페이 따위들이 나를 정당하게 평가해주지 않는 것은 섭섭하지만 어쩔 수 없다 치고, 그들이 어리석은 나머지 나의 가죽을 벗겨 샤미센 가게에 팔아치우고, 고기를 떠서 다타라 군의 밥상에 올리는 따위의 무분별한 짓을 행한다면 정말 큰일이 아닐 수 없다.

나는 머리를 써서 활동해야 할 운명을 갖고 이 사바세계에 나온 고금古今에도 없는 고양이거니와, 대단히 귀하신 몸이다. "부잣집 자식은 위험한 일을 가까이 하지 않는다"라는 속담도 있는 것처럼, 스스로 나서서 잘났다고 자랑해대다가 쓸데없이 자기 신상에 위험을 초래하는 것은 비단 자기만의 재앙이 아니고 더불어 하늘의 뜻에 크게 어긋나는 것이다. 맹호도 동물원에 들어가면 똥돼지 옆에 자리를 잡고, 기러기도 새 장수에게 잡히면 병아리와 같은 도마 위에 오른다. 범인들과 상종하는 이상은 몸을 낮춰 평범한 고양이로 변하지 않으면 안 된다. 평범한 고양이가 되려면 쥐를 잡지 않으면 안 된다. 마침내 나는 쥐를 잡기로 결심했다.

얼마 전부터 내내 일본은 러시아와 큰 전쟁을 치르고 있다고 한다. 나는 일본 고양이니까 물론 일본 편이다. 될 수 있으면 혼성 고양이 여단을 조직하여 러시아 병정을 할퀴어주고 싶을 지경이다. 이토록 원기왕성한 나인지라 쥐 한두 마리쯤은 마음만 먹으면 눈 감고도 문제없이 잡을 수 있다.

옛날 어떤 사람이 당시에 유명한 선사禪師한테 어떻게 하면 깨달음을 얻을 수 있을지를 물었더니, 고양이가 쥐를 잡듯이 하라고 했다 한다. '고양이가 쥐를 잡듯이'란 것은, 그렇게만 하면 놓칠 리가 없다는 의미다. 여자가 약아빠지면 어떻다는 속담은 있어도 고양이가 약아빠져서 쥐를 놓친다는 격언은 아직 들어보지 못했다. 그러고 보면 나같이 똑똑한 고양이가 쥐를 못 잡을 턱이 없다. 못 잡을 턱이 없기는커녕 놓칠 리도 없을 것이다. 지금까지 안 잡은 것은 잡고 싶지 않았기 때문이다.

봄날의 해는 어제처럼 저물고, 이따금 부는 바람에 흩날리는 꽃보라가 부엌의 찢어진 들창문 구멍으로 날아들어, 물통 속에 뜬 그림자가 희미한 부엌의 램프 불빛에 희게 보인다. 오늘 밤에야말로 크게 공을 세워 온 집안 식구를 깜짝 놀라게 해주리라고 작정했으니, 미리 전쟁터를 둘러보고 지형을 알아둘 필요가 있다.

전선戰線은 물론 그리 넓을 리가 없다. 다다미 수로 치면 넉 장 크기나 될까, 그 한 장을 막은 절반은 물 버리는 곳이고, 절반은 술장수와 식료품 장수를 상대하는 봉당이다. 부뚜막은 가난뱅이 부엌에 안 어울리게 근사한 것으로, 붉은 구리 가마솥이 번쩍이고, 뒤쪽은 널빤지 칸막이를 60센티미터 사이에 두고 내가 즐겨 먹는 전복이 있는 곳이다. 거실에 가까운 2미터 공간에는 밥상·공기·접시·작은 사발을 넣는 찬장이 있는데, 좁은 부엌을 더욱 좁게 갈라놔서 옆으로 튀어나온 선반과 비슷한 높이로 되어 있다. 그 밑에 절구가 나자빠져 있으며, 절구 안에는 작은 통의 엉덩이가 내 쪽을 향해 있다. 무를 써는 채칼과 절굿공이가 나란히 걸려 있는 옆에 불 끄는 항아리가 맥없이 뒹굴고 있다. 새까맣게 그을린 서까래가 교차된 한가운데에 갈고리를 한 개 늘어뜨려놓고, 그 끝에다 넓적하고 큼지막한 바구니를 걸어놓았다. 그 바구니가 이따금 바람에 불려서 의젓하게 흔들거리고 있다. 이 바구니는 무엇 때문에 걸어두었는지 이 집에 처음 왔을 때는 도통 몰랐으나, 고양이 손이 닿지 않게 하기 위해서 일부러 음식을 여기에 넣어둔다는 사실을 알고는, 인간의 심보가 못돼 처먹은 것을 뼈저리게 느꼈다.

이제부터 작전 계획이다. 어디서 쥐와 전쟁을 하느냐 하면 물론 쥐가 나오는 곳이어야 한다. 아무리 이편에게 유리한 지형이라고 해도, 혼자서 대기하고 있어봤자 아예 전쟁이 되지 않는다. 그러므로 쥐가 나올 구멍을 조사해둘 필요가 있다. 어느 방향에서 나올까 하고 부엌 한가운데에 서서 사방을 휘둘러본다. 왠지 도고[16] 대장 같은 기분이다.

하녀는 아까 목욕하러 갔다 아직 돌아오지 않았다. 아이들은 이미 잠들었다. 주인은 이모자카에서 경단을 먹고 돌아와서는 여전히 서재에 틀어박혀 있다. 안주인은—안주인은 무얼 하고 있는지 모르겠다. 아마 앉아서 졸다가 참마 꿈이라도 꾸고 있을 게다.

가끔 대문 앞을 인력거가 지나가는데, 그러고 난 뒤에는 한층 더 적막하다. 나의 결심이나, 나의 기개나, 부엌의 광경이나, 사방의 적막이나, 전체의 분위기가 온통 비장하다. 아무래도 고양이 중의 도고 대장으로밖엔 생각되지 않는다. 이러한 경지에 들면 처절함 속에 일종의 유쾌함을 느끼는 것은 누구나 마찬가지겠지만, 나는 이 유쾌함의 저변에 커다란 걱정거리가 가로놓여 있음을 발견했다. 쥐와의 전쟁은 이미 각오한 바라서 몇 마리가 온다 해도 무서울 건 없지만, 나오는 방향이 확실치 않은 것은 답답하기 이를 데 없다.

주도면밀한 관찰에서 얻은 재료를 종합해보니, 도둑 쥐들이 나오는 데는 세 가지 경로가 있다. 그들이 만일 시궁창 쥐라면 토관을 따라 개수대로부터 부뚜막 뒤쪽으로 돌아 나올 것임에 틀림없다. 그때는 불 끄는 항아리 뒤에 숨어 있다가, 돌아갈 길을 차단해버린다. 아니면 수채로 목욕물을 빼는 시멘트 구멍을 통해 욕실을 우회하여 별안간 부엌으로 튀어나올지도 모른다. 그럴 경우엔 가마솥 뚜껑 위에서 진을 치고 있다가 눈앞에 왔을 때 위에서 덮쳐 단번에 잡아버린다. 그러고 나서

16) 도고 헤이하치로, 러일전쟁 때의 일본 해군 총사령관, 1848~1934.

또 없나 하고 주변을 둘러보니 찬장 문의 오른쪽 아래 귀퉁이가 반달형으로 갉힌 채 뜯겨져 있어, 그들이 출입하기에 안성맞춤이겠다는 의심이 생긴다. 코를 대고 냄새를 맡아보니 약간 쥐 냄새가 난다. 만일 여기서 함성을 지르며 나온다면, 기둥을 방패 삼아 지나가게 내버려 두었다가 옆에서 얏! 하고 발톱을 세워 와락 덤벼들어 물어버리면 된다. '만일 천장으로부터 온다면' 하고 위를 쳐다보니 새까만 그을음이 램프 불빛에 반짝여, 마치 지옥을 뒤집어 매달아놓은 것 같아 도저히 내 솜씨로는 오도 가도 못할 판이다. '설마 저런 높은 데서 떨어질 염려는 없겠지' 하고 이 방면만은 경계를 풀기로 했다.

그렇다 하더라도 세 방면으로부터 공격당할 염려가 있다. 한 구멍이라면야 외짝 눈으로도 퇴치할 수가 있다. 두 구멍이라 해도 그럭저럭 해치울 자신이 있다. 그러나 세 구멍이라면 제아무리 본능적으로 쥐를 잡도록 예기돼 있는 나라도 손을 쓸 재간이 없다. 그렇다고 해서 인력거꾼 집의 검둥이 같은 놈한테 원조를 청하는 것도 내 위신에 관계된다.

어쩌면 좋을까? 어쩌면 좋단 말인가? 아무리 생각해도 좋은 지혜가 떠오르지 않을 때는, 그런 일은 일어날 염려가 없다고 단정해버리는 것이 가장 안심할 수 있는 지름길이다. 또 어쩔 방도가 없는 일은 일어나지 않는다고 단정 지어버리고 싶어지는 법이다. 먼저 세상을 둘러보라. 어제 시집온 새댁이 오늘 죽지 말라는 법도 없지 않은가? 그러나 신랑님은 동백꽃 같은 색시 천세 만세 하고 경사스런 말만 늘어놓고, 걱정스런 얼굴도 하지 않지 않는가? 걱정하지 않는 것은 걱정할 가치가 없어서가 아니다. 아무리 걱정한들 뾰족한 수가 없기 때문이다.

내 경우만 해도 삼면 공격은 절대 일어나지 않는다고 단언할 만한 상당한 논거는 없으나, 일어나지 않는다고 하는 편이 안심을 얻는 데 편리하다. 안심은 만물에게 필요하다. 나도 안심을 원한다. 따라서 삼면 공격은 일어나지 않을 거라고 단정을 내린다.

그런데도 아직 걱정이 사라지지 않아서, 왜 그럴까 하고 찬찬히 생각해보니 어렴풋이 알 만하다. 세 가지 계략 중에서 어느 것을 선택하는 것이 제일 상책일까 하는 문제에 대해서 스스로 명료한 답변을 얻지 못해 생긴 번민이다. 찬장에서 나올 때는 나도 거기에 대응할 계책이 있다. 욕실로부터 나타날 때도 이에 대처할 계책이 있고, 또한 개수대로부터 기어오를 때도 이를 무찌를 만한 승산이 있다. 하지만 그중에서 어느 것 하나만을 결정해야 한다면 대단히 골치 아프다.

도고 대장은 발틱 함대가 쓰시마 해협을 통과할 것인지, 쓰가루 해협으로 나올 것인지, 혹은 멀리 소야 해협을 돌 것인지에 대해서 몹시 고심했다는데, 지금의 내가 나 자신의 경우에 비추어 추측해보건대, 그의 고심을 알 것도 같다. 나는 전체적 상황에 있어서 도고 각하와 비슷할 뿐만 아니라, 이 현격한 지위에 있어서도 또한 도고 각하와 아주 고심을 같이하는 자다.

내가 이렇게 골똘히 지모智謀를 짜고 있는데, 느닷없이 찢어진 들창문이 열리더니 하녀의 얼굴이 쑤욱 나타난다. 얼굴만 나타난다는 것은 손발이 없다는 뜻이 아니다. 다른 부분은 밤눈에 잘 보이지 않는데, 얼굴만이 유독 강한 빛깔을 지녀서 판이하게 눈에 띄기 때문이다. 하녀는 평소보다 빨간 뺨을 더욱더 빨갛게 해가지고 공중목욕탕에서 돌아온 참에, 어젯밤 사건에 혼이 나서 그런지 일찌감치 부엌문 단속을 한다. 서재에서 주인이 자기 막대기를 머리맡에다 갖다 놓으라는 소리가 들린다. 무엇 때문에 머리맡에 막대기를 두는지 나로선 이해가 안 된다. 설마 역수易水의 장사壯士[17]라도 된 양 횡적橫笛 소리를 들으려는 엉뚱한 수작도 아닐 게다. 어제는 참마, 오늘은 막대기, 내일은 무엇일까? 밤은 아직 이르고, 쥐는 좀처럼 나올 것 같지 않다. 나는 일대 전투를 앞두고 한 차례 휴식이 필요하다.

---

17) 진시황제를 죽이기 위해 연燕의 태자 단丹에게 고용되어 역수강에서 이별곡을 부르던 검객 형가를 말함.

주인 집 부엌에는 공기창이 없다. 응접실에는 란마欄間[18]라는 데가 폭 30센티미터 정도로 뚫려 있어 여름이나 겨울에 통풍을 위한 공기창의 역할을 대신하고 있다. 아낌없이 흩날리는 벚꽃 잎을 유혹하며 쏴하고 불어오는 바람에 놀라 눈을 뜨니, 어느새 으스름 달빛마저 비쳐 들어왔는지 부뚜막 그림자는 비스듬하게 부엌 마루 널판 뚜껑 위에 걸쳐 있다.

너무 잤나 싶어 두세 번 귀를 흔들고 집 안의 동태를 살펴보니, 고요하니 어젯밤같이 벽시계 소리만 들린다. 이젠 쥐가 나올 때다. 어디로 나올까?

찬장 속에서 달그락달그락하는 소리가 나기 시작한다. 자그만 접시 가장자리를 발로 붙들고 안을 뒤져보고 있는 것 같다. '여기서 나오겠군' 하고 구멍 옆에 웅크리고 앉아 기다렸다. 그러나 쉽게 나올 기색이 없다. 이윽고 접시 소리는 멈췄지만, 이번엔 사발인지 뭔지에 덤빈 것 같다. 무거운 소리가 가끔씩 덜그럭거린다. 더욱이 문을 사이에 두고 바로 저편에서 소리가 난다. 내 콧등과 거리로 따지면 10센티미터도 떨어져 있지 않다. 이따금씩 쪼르르 구멍 언저리까지 발소리가 다가오다가, 또다시 멀어지면서 한 마리도 머리를 내미는 놈이 없다.

문 하나를 사이에 두고 저쪽에선 현재 적이 폭행을 부리고 있는데, 나는 가만히 구멍 출구에서 기다리고 있어야만 하니, 이야말로 그지없이 지루한 얘기라 하겠다. 쥐는 주발 속이 여순만旅順灣이나 되는 듯 한창 무도회를 열고 있다. 하다못해 내가 들어갈 수 있을 만큼만이라도 하녀가 이 찬장 문을 열어두었다면 좋았을 텐데. 눈치코치 없는 시골뜨기다.

이번에는 부뚜막 뒤에서 내 전복이 달그락하고 소리가 난다. '적이

18) 문, 미닫이 위의 상인방과 천장 사이에 통풍과 채광을 위해 교창交窓 따위를 붙여놓은 부분.

이 부근에도 왔구나' 하고 살짝 발소리를 죽이고 다가가 보니, 물 양동이 사이로 꼬리가 얼핏 보였을 뿐 개수대 구멍 밑으로 숨어버렸다. 잠시 후에는 욕실에서 양치질 그릇이 놋대야에 땅 하고 부딪힌다. '이번에는 후방이구나' 하고 뒤돌아본 순간에, 15센티미터 가까이 되는 커다란 놈이 날쌔게 치약 봉지를 떨어뜨리고 툇마루 밑으로 달아나 버린다. '도망치긴 어딜' 하고 뒤따라 덮쳤으나 이미 그림자도 보이지 않는다. 쥐를 잡는 것은 생각보다 어려운 일이다. 나는 선천적으로 쥐를 잡는 능력이 없는지도 모른다.

내가 욕실로 가면 적은 찬장에서 뛰어나오고, 찬장을 지켜보고 있으면 개수대에서 뛰어오르고, 부엌 한가운데에 버티고 있으면 세 방면이 다 조금씩 소란스럽다. 건방지다고 할까, 비겁하다고 할까. 도저히 그들은 군자의 적이 아니다. 난 열대여섯 번을 이리 뛰고 저리 뛰고 가슴 졸이고 뺄뺄거리며 동분서주해봤지만 결국은 한 번도 성공하지 못했다.

유감스럽긴 하지만 이러한 소인배들을 적으로 삼아선 그 어떤 도고대장도 마땅한 방도가 없으리라. 처음에는 용기도 있고 적개심도 있고 비장하다고 할 만큼 숭고한 미감美感까지 있었으나, 나중엔 귀찮고 바보짓 같고 졸리고 피곤해서 부엌 한가운데에 털썩 주저앉은 채 움직이지 않았다.

그러나 움직이지 않고 있더라도 사방팔방을 눈을 치켜뜨고 노려보고 있으면 적은 소인배라 큰일은 일으키지 못한다. 노리던 적이 의외로 치사스런 놈이고 보니 전쟁이 명예라는 느낌도 사라지고 밉다는 생각만 남는다. 밉다는 생각이 사라지고 나면 긴장이 풀려서 멍청해진다. 멍청해진 뒤에는 네 맘대로 해라, 어차피 근사한 짓은 못 할 테니까, 하고 경멸한 나머지 졸음이 온다. 나는 이상의 경로를 거쳐 마침내 잠이 왔다. 나는 자버린다. 휴식은 적진 속에 있어도 필요하다.

옆으로 비스듬히 차양을 향해 열린 공기창으로부터 꽃보라가 무리지어 들이치며 격렬한 바람이 나를 휩싸고 부는가 싶더니, 찬장 구멍에서 총알같이 튀어나온 놈이 피할 틈도 없이 바람을 가로질러 와 나의 왼쪽 귀를 냅다 물고 늘어진다. 이에 잇달아서 검은 그림자가 뒤로 돌아서는가 할 겨를도 없이 내 꼬리에 매달린다. 눈 깜짝할 사이에 생긴 일이다.

나는 무턱대고 기계적으로 뛰어올랐다. 전신의 힘을 털구멍에 모아서 이 괴물을 떨쳐버리려고 했다. 귀를 물고 늘어진 놈은 중심을 잃고 축하니 내 옆얼굴에 걸쳐졌다. 고무호스 같은 부드러운 꼬리 끝이 뜻하지 않게 내 입속으로 들어온다. 때려잡을 절호의 기회다 싶어 으스러지라고 꼬리를 입에 문 채로 좌우로 흔들어대니, 꼬리만 앞니 사이에 남고 몸뚱이는 헌 신문지로 도배한 벽에 부딪혔다가 부엌 마루 널판 뚜껑 위로 나동그라지며 떨어졌다. 일어나려는 걸 지체 없이 덮쳐누르니, 공을 차듯이 내 콧등을 스치고 달아맨 선반 가장자리에 발을 쪼그리고 선다.

그놈은 선반 위에서 나를 내려다보고, 나는 마룻바닥에서 그놈을 올려다본다. 거리는 1.5미터. 그 사이로 달빛이 큰 폭의 허리띠를 허공에 펼치듯이 옆으로 비쳐든다. 나는 앞발에 힘을 실어 잽싸게 선반 위로 뛰어오르려 했다. 앞발만은 제대로 선반 가장자리에 걸렸지만, 뒷발은 공중에 떠서 발버둥 쳤다. 꼬리에는 조금 전의 검은 놈이, 죽어도 안 떨어질 기세로 물고 늘어져 있다. 위태롭기 그지없다. 앞발을 다시 걸어서 단단하게 발을 걸치려고 했다. 다시 걸 때마다 꼬리의 무게로 처져버린다. 약간만 미끄러져도 떨어질 판국이다.

나는 더욱더 위태롭다. 선반 널빤지를 발톱으로 긁어대는 소리가 으드득으드득 난다. 이거 안 되겠다 싶어 왼쪽 앞발을 다시 걸려는 찰나에 보기 좋게 발톱을 헛걸어 나는 오른쪽 발톱 하나만으로 선반에 매달리게 됐다. 나 자신과 꼬리에 물고 늘어진 놈의 무게로 내 몸뚱어리는 핑핑 돌아간다.

이때까지 꼼짝달싹 않고 노려보고만 있던 선반 위의 괴물은, 이때가 기회다 싶었는지 내 이마를 향해 선반 위로부터 돌을 내던지듯이 뛰어

내린다. 그 순간 내 발톱은 단 한 가닥의 끈을 잃어버렸다. 세 덩어리가 하나로 뭉쳐져서 달빛을 가로지르며 밑으로 떨어진다. 그리고 단에 얹혀 있던 절구와 절구 속의 작은 통과 빈 잼 통이 동시에 한 덩어리가 되어, 아래에 있는 불 끄는 항아리와 함께 반은 물독 속으로, 반은 마룻바닥 위로 나뒹군다. 이 모든 것이 심야에 심상치 않은 소리를 내서 필사적인 내 영혼마저 서늘케 했다.

"도둑이야!" 하고 주인은 돼지 멱따는 소리를 지르면서 침실에서 뛰쳐나온다. 보니까, 한 손에는 램프를, 또 한 손에는 막대기를 들고 잠이 덜 깬 눈은 어울리지도 않게 번쩍번쩍 빛을 발하고 있다. 나는 전복 옆에 점잖게 쪼그리고 앉았다. 괴물 두 마리는 찬장 속으로 모습을 감췄다. 주인은 싱겁게 "뭐야, 누구야? 큰 소릴 낸 건!" 하고 노기를 띤 채 상대도 없는데 혼자서 묻고 있다. 달이 서쪽으로 기울어졌기 때문에 흰 빛의 일대는 절반으로 좁아졌다.

6

이렇게 더워서는 고양이라 해도 견딜 재간이 없다. 가죽을 벗고, 살을 벗고 뼈만으로 바람을 쐬었으면 좋겠다며 영국의 시드니 스미스[1]인가 하는 사람이 하도 더워 괴로워했다는 얘기가 있지만, 비록 앙상하게 뼈만 남은 상태까지는 아니라도 좋으니까, 하다못해 이 담회색 얼룩무늬의 털옷만이라도 좀 빨아 말리든지, 아니면 당분간 전당포에라도 잡히고 싶은 생각이 든다.

인간 입장에서 보면 고양이들은 1년 내내 똑같은 얼굴을 하고 춘하추동 간판 하나로 때우는, 지극히 단순하고 한가롭고 돈도 안 드는 생애를 보내고 있는 것처럼 생각될지도 모르나, 아무리 고양이라 해도 그런대로 덥고 추운 감각은 있다. 가끔은 한 번쯤 목욕재계를 하고 놀고 싶을 때가 없지 않지만, 어쨌든 이 털옷 위로 목욕물을 뒤집어썼다가는 말리는 게 쉬운 일이 아니므로 땀 냄새가 나는 걸 참고 이 나이가 될 때까지 공중목욕탕 문을 들어서 본 적이 없다. 이따금씩 부채라도 부쳐볼까 하는 생각도 안 드는 건 아니지만, 손에 쥘 수가 없으니 별수 없다.

1) 목사, 문필가, 1771~1845.

그런 걸 보면 인간은 사치스럽다. 그냥 날것으로 먹어도 될 것을 일부러 끓여보기도 하고, 구워보기도 하고, 식초에 담가보기도 하고, 된장에 발라보기도 하고, 툭하면 쓸데없는 수고를 해놓고 서로들 좋아한다.

옷도 역시 그렇다. 고양이처럼 1년 내내 똑같은 것을 입으라고 하는 것은 불완전하게 태어난 그들에게는 좀 무리일지 모르지만, 굳이 그렇게 잡다한 것을 피부 위에 얹고 살지 않아도 좋을 듯싶다. 양의 신세를 지기도 하고, 누에의 신세를 지기도 하고, 목화밭의 동정까지 받기에 이르러서는 사치는 무능의 결과라고 단언해도 좋을 것이다.

의식衣食은 우선 관대하게 봐줘서 용서한다 하더라도, 생존상 직접적인 이해도 없는 데까지 이런 식으로 밀고 나가는 것은 좀체 납득이 안 간다. 첫째 머리털만 해도 자연히 자라나는 것이니까 내버려 두는 편이 제일 간편하고 본인을 위해서도 좋을 것 같은데, 그들은 쓸데없는 궁리를 하여 각양각색의 잡다한 모양을 내고선 좋아들 한다.

스님입네 뭐네 하는 자들은 언제 봐도 머리를 파랗게 밀고 있다. 더우면 그 위에다 해 가리개 갓을 쓰고, 추우면 두건으로 감싼다. 이래서야 무엇 때문에 파란 대가리를 내놓고 다니는지 그 의도를 알 수 없다. 그런가 하면, 빗이라고 하는 무의미한 톱 모양 같은 도구를 사용하여 머리털을 좌우로 갈라놓고선 히히거리는 자들도 있다. 가르지 않으면 7 대 3의 비율로 두개골 위에다 인위적인 구획을 세운다. 개중에는 이 구분이 가마를 지나 뒤통수에까지 삐져나오는 자도 있다. 마치 위조한 파초 잎 같다.

그다음에는 정수리를 평평하게 깎고 좌우는 똑바로 잘라 내린다. 둥그런 머리에 네모난 테두리를 두르고 있으니 꼭 정원사가 손질한 삼나무 울타리의 스케치 같다고밖에 할 수 없다. 이 외에도 5푼 깎기, 3푼 깎기, 1푼 깎기까지 있다고들 하니, 나중에는 머리 뒤까지 깎아 들어가서 마이너스 1푼 깎기, 마이너스 3푼 깎기 등등의 신기한 것이 유행할지도 모른다.

어쨌든 그렇게 요란을 떨어서 어쩌자는 셈인지 모르겠다. 무엇보다도 다리가 네 개나 있는데 두 개밖에 사용하지 않는다는 것부터가 사치스럽다. 네 발로 다니면 그만큼 빨리 갈 수 있을 텐데 언제나 두 발로만 다니고 나머지 두 발은 선물 받은 대구포같이 빈둥빈둥 내려뜨리고 있는 건 웃기는 짓이다. 이런 걸 보면 인간은 정말 고양이보다 한가한 족속으로, 심심한 나머지 이따위 장난을 고안해서 즐기는 것같이 보인다.

단지 웃기는 것은 이 한가한 족속들이 툭하면 바쁘다, 바쁘다 떠들어댈 뿐만 아니라, 그 낯빛도 자못 바빠 보인다는 것이다. 잘못하다간 바쁘다에 치여 잡아먹히지나 않을까 싶을 정도로 얽매여 있다. 그들 중에 어떤 자는 때때로 나를 보고 편안해서 좋겠다고 하지만, 편안해서 좋겠으면 이렇게 돼보라는 거다. 그렇게 끙끙거리며 얽매여 살라고 누가 부탁한 것도 아닐 테니 말이다. 자기가 제 욕심에 볼일을 주체에 넘칠 정도로 만들어놓고는 힘들어, 힘들어 하는 것은 제 손으로 불을 활활 지펴놓고 더워, 더워 하는 것과 같은 것이다.

고양이라 해도 머리 깎는 방법을 스무 가지나 고안해내는 날에는 이렇게 한가하게 있지 못한다. 한가해지고 싶으면 나처럼 여름에도 털옷을 입고 지낼 수 있을 만큼 수행을 해보라 — 이렇게 말은 하지만 좀 덥다. 털옷으로는 정말이지 너무 덥다.

이래서는 나의 전매특허라 할 낮잠도 잘 수 없다. 뭐 없을까, 한동안 인간 사회의 관찰을 게을리했으니까 오늘은 오래간만에 그들이 미친 듯이 허덕거리는 꼴을 구경할까 하고 생각해봤지만, 공교롭게도 주인은 이 낮잠에 관해서는 굉장히 고양이에 가까운 성품이다. 나 못지않게 낮잠을 즐기고 특히 여름방학이 되고 나선 무엇 하나 인간다운 일을 하지 않기 때문에 아무리 관찰을 해도 관찰하는 보람이 없다.

이럴 때에 메이테이 선생이라도 온다면 위약성 체질도 다소 반응을 보여 잠시라도 고양이와 멀어질 수 있을 텐데, '그 선생 양반 이제 올 때도 됐는데' 하고 생각하고 있으려니까 누군지 모르겠지만 욕실에서 좌―악 좌―악 물을 끼얹는 자가 있다. 물을 끼얹는 소리뿐만 아니라, 간간이 큰 소리로 장단을 맞추고 있다. "아니, 됐어", "아, 기분 좋다", "한 번 더" 하는 소리가 온 집 안에 울려 퍼진다. 주인 집에 와서 이렇게 큰 소리를 내고 이런 무례한 짓을 할 사람은 달리 없다. 메이테이일게 뻔하다.

'드디어 왔구나. 이걸로 오늘 반나절은 때울 수 있겠어' 하고 생각하고 있는데, 메이테이 선생이 땀을 닦고 옷을 걸치고 언제나처럼 응접실까지 서슴없이 들어와서 "제수씨, 구샤미 군은 어떻게 됐어요?" 하고 큰 소리로 말을 걸면서 모자를 다다미 위에 내팽개친다. 때마침 안주인은 옆방에서 반짇고리 옆에 푹 엎드려서 한창 기분 좋게 자고 있는 중이었는데, 시끄럽게 뭔가 귀청이 터질 듯이 울렸기 때문에 화들짝 놀라서 눈을 떴다. 덜 깬 눈을 억지로 크게 뜨고 응접실에 나와봤더니, 사쓰마 삼베옷을 입은 메이테이가 아무 데나 자릴 잡고 연방 부채질을 하고 있다.

"어머나! 오셨어요"라고 말했지만, 좀 당황한 기색으로 "전혀 몰랐어요" 하고 콧등에 땀방울이 맺힌 채 인사를 한다.

"아니요. 방금 왔습니다. 지금 욕실에서 하녀에게 물을 끼얹어달라고 했죠. 겨우 살 것 같네요. 왜 이렇게 덥지요?"

"요 2, 3일은 그냥 가만히 있어도 땀이 날 정도로 무척 덥네요. 그런데 선생님은 여전하시네요."

안주인은 아직까지도 콧등의 땀을 닦지 않는다.

"예, 고맙습니다. 뭐, 덥다고 해서 그렇게 별일이야 있겠습니까. 하지만 이번 더위는 유별나군요. 어째 몸이 나른해지는 게."

"저도 낮잠 같은 걸 여태까지 자본 적이 없는데요, 하도 더우니까 그만……."

"주무셨습니까? 좋지요. 낮에도 자고 밤에도 잘 수 있다면, 그렇게 좋은 일이 없겠지요."

메이테이는 여전히 태평스런 말을 늘어놓는다. 그것만으로는 부족하다 싶은지 "저 같은 사람은 잠이 잘 안 오는 체질이거든요. 구샤미 군처럼 올 때마다 자고 있는 사람을 보면 부럽더라고요. 하긴 위가 약한 사람에게 이런 더위는 부대낄 테니까요. 튼튼한 사람이라도 오늘 같은 날은 목을 어깨 위에 얹고 다니기가 힘들거든요. 그렇다고 해서 얹혀 있는 이상 떼어버릴 수도 없고 말이에요" 하고 메이테이 군은 여느 때 같지 않게 목 처리에 난감해한다.

"제수씨같이 머리 위에 또 얹혀 있는 것이 있으면 당연히 앉아 있기가 힘들겠지요. 얹혀 있는 머리 무게만으로도 눕고 싶을 겁니다."

메이테이가 이렇게 말하자, 안주인은 지금까지 자고 있었다는 것이 얹혀 있는 머리 모양 때문에 들통 났다 싶은지, "호호호, 짓궂으시기도 해라" 하면서 머리를 매만진다.

메이테이는 그런 것엔 아랑곳없이 묘한 얘기를 한다.

"제수씨, 어젠 말이에요, 지붕 위에서 달걀프라이를 해봤지요."

"프라이를 어떻게 하셨는데요?"

"지붕 기와가 어찌나 잘 달궈져 있는지 그냥 두기가 아깝다 싶어서요. 버터를 녹이고 달걀을 깨뜨렸지요, 뭐."

"어머나!"

"그런데 역시 햇볕으로는 생각대로 안 되더군요. 얼른 반숙이 되지 않기에 아래로 내려가서 신문을 읽고 있는데, 손님이 와서 그만 깜박 잊어버리고 있다가 오늘 아침에야 갑자기 생각이 나서, 이젠 됐겠지 하고 올라가 봤더니 말이죠."

"어떻게 됐어요?"

"반숙은커녕 몽땅 흘러내렸더라고요."

"어머나, 어머나!"

안주인은 여덟팔자로 미간을 찡그리며 감탄했다.

"한데 입추 전까지 그렇게 선선하다가 요새 와서 더워지는 것은 이상하군요."

"정말 그래요. 요전까지만 해도 홑옷으로는 추울 정도였는데, 그저께부터 갑자기 더워졌어요."

"게라면 옆으로 기어갈 테지만, 올해 날씨는 뒷걸음질 치는군요. 도행倒行하고 역시逆施하니[2] 이 또한 옳지 않으냐고 할는지도 모르지요."

"무슨 말씀이에요, 그건?"

"아뇨, 아무것도 아닙니다. 아무래도 날씨가 역행하는 것이 꼭 헤라클레스의 소 같군요."

메이테이가 신이 나서 더욱더 이상야릇한 말을 뇌까리니, 아니나 다를까 안주인은 알아듣지를 못한다. 그러나 조금 전에 '도행하고 역시하니'에서 다소 질렸기 때문에 이번에는 그냥 "흠—"이라고 할 뿐 되묻지는 않았다. 되묻지 않으니 메이테이는 모처럼 말을 꺼낸 보람이 없다.

"제수씨, 헤라클레스의 소를 아십니까?"

"그런 소는 모르겠는데요."

"모르십니까? 좀 설명해드릴까요?"라고 메이테이가 말하자 안주인도 그럴 필요까진 없다고 할 수도 없어서 "예"라고 해버렸다.

"옛날에 헤라클레스가 소를 끌고 왔습니다."

"그 헤라클레스라는 건 목동이라도 되는 건가요?"

"목동이 아닙니다. 목동이나 푸줏간 주인이 아니에요. 그리스에 아직 푸줏간이 한 군데도 없던 시대의 일이니까요."

"어머, 그리스 얘기예요? 그렇다면 그렇다고 진작 말씀하시지."

안주인은 그리스라는 나라 이름만은 알고 있다.

"아니, 헤라클레스라고 하지 않았습니까?"

"헤라클레스라면 그리스 말인가요?"

"예, 헤라클레스는 그리스의 영웅이지요."

---

2) 순서대로 하지 않고 거꾸로 행하니.

"그랬군요, 그러니까 당연히 모르지요. 그래서 그 남자가 어떻게 했어요?"

"그 남자가 말이에요, 제수씨처럼 졸려서 쿨쿨 자고 있었는데……."

"어머, 싫어요."

"자고 있는 사이에 발칸[3]의 아들이 와서요."

"발칸이란 게 뭐예요?"

"발칸은 대장장이입니다. 이 대장장이의 아들 녀석이 그 소를 훔친 겁니다. 그런데 말입니다. 소꼬리를 붙잡고 마구 끌고 갔기 때문에 헤라클레스가 잠에서 깨어 '소야, 소야' 하고 찾아 헤매도 알 수 없었던 겁니다. 모르는 게 당연하죠. 소 발자국을 따라가 봐도 앞쪽으로 걷게 해서 데리고 간 게 아니고 뒤로 뒤로만 질질 끌고 갔으니까요. 대장장이 아들치고는 아주 잘한 짓이지요."

메이테이 선생은 이미 날씨 얘기는 까맣게 잊고 있다.

"아니, 그런데 주인 양반은 어떻게 됐지요? 여전히 낮잠이신가요? 낮잠도 중국인의 시에 나오면 풍류이지만, 구샤미 군처럼 일과로 하는 건 좀 세속적으로 보여요. 뭐라 할까, 매일매일 조금씩 죽어보는 거나 다름없지요. 제수씨, 수고스러우시겠지만 좀 깨워주십시오."

메이테이 선생이 재촉하자, 안주인도 동감한 듯이 "예, 정말 저래가지곤 큰일이에요. 우선 몸이 나빠지기만 하니까. 지금 막 진지를 드셨는데"라며 일어선다. 메이테이 선생은 "참, 제수씨, 밥 얘기가 나와서 말인데요, 저 아직 밥을 안 먹었습니다" 하고 태연한 얼굴로 묻지도 않은 말을 떠벌린다.

"어머나, 식사 때인데도 전혀 몰랐네요. 그럼 아무것도 없습니다만 뜨거운 차에 찬밥이라도 말아 드시면."

"아니요, 뜨거운 차에 찬밥이고 뭐고 안 먹어도 괜찮습니다."

---

3) 로마 신화에서 불과 대장장이의 신.

"그래도요. 뭐, 어차피 선생님 구미에 맞을 만한 건 없지만요."

안주인은 좀 빈정거리는 투로 말한다. 메이테이는 눈치챈 듯이 "아니, 차에 말았든 더운물에 말았든 간에 안 먹겠습니다. 지금 오다가 음식을 시켜놓고 왔으니까 그걸 여기서 좀 먹으려고요" 하고 보통 사람은 도저히 할 수 없는 말을 늘어놓는다. 안주인은 단 한 마디 "어머나!" 했는데 그 '어머나!' 속에는 깜짝 놀란 '어머나'와 기분이 상한 '어머나'와 수고를 덜어줘서 고맙다는 '어머나'가 혼합되어 있다.

그러고 있는데 주인이 여느 때와 달리 너무 시끄러워서 잠들려던 눈이 거꾸로 뒤집힌 것 같은 기분으로 비실거리며 서재에서 나온다.

"여전히 시끄러운 사람이군. 모처럼 기분 좋게 잠이 드는 참이었는데"라며 하품을 하면서 무뚝뚝한 표정을 짓는다.

"아이고, 깨셨나? 주무시는 걸 깨워서 정말 미안하네. 하지만 가끔은 괜찮겠지. 자, 앉게나."

메이테이는 누가 손님인지 모르는 인사를 한다. 주인은 말없이 자리에 앉아 나무로 짜 맞춰 만든 담뱃갑에서 아사히 담배를 한 대 꺼내어 뻐끔뻐끔 피다가, 문득 저쪽 구석에 나동그라져 있는 메이테이의 모자가 눈에 띄자 "자네, 모자 샀군" 하고 말했다. 메이테이는 즉시 "어때?" 하고 자랑스러운 듯이 주인과 안주인 앞에 내민다.

"어머, 예뻐라. 굉장히 결이 곱고 부드럽네요"라며 안주인은 계속 쓰다듬는다.

"제수씨, 이 모자 아주 편리합니다. 뭐라 하든 말을 잘 들으니까요."

메이테이가 주먹을 쥐고 파나마모자의 옆구리를 푹 찌르자 정말 하는 대로 주먹만 하게 쑥 들어갔다. 안주인이 "어머" 하고 놀랄 틈도 없이 이번에는 주먹을 안쪽으로 넣고 힘껏 쳐올리자 모자 꼭대기 부분이 뾰족하게 쑥 솟아오른다. 다음에는 모자를 쥐고 챙을 양쪽에서 짓눌러 보인다. 찌부러진 모자는 밀대 방망이로 밀어놓은 밀가루 반죽처럼 둥글납작해진다. 그것을 한쪽 끝에서부터 멍석이라도 마는 것처럼 둘둘

감는다.

"어떻습니까? 보시니까."

메이테이가 둘둘 만 모자를 품속에 넣어 보인다.

"신기하네요!" 하고 안주인이 마술사 기텐사이 쇼이치의 요술이라도 구경하는 것처럼 감탄하자, 메이테이도 마술사가 된 기분이 들었는지 오른쪽 품에 넣은 모자를 일부러 왼쪽 소매에서 끄집어내어 "아무데도 이상 없습니다" 하고는 원래대로 복구해서 집게손가락 끝으로 머리 부분을 꽂아 빙빙 돌린다. 이제 그만하는가 했더니 마지막에는 휙 하니 뒤로 던지고는 그 위로 철퍼덕 주저앉는다.

"여보게, 괜찮은가?" 하고 주인도 걱정스런 얼굴을 한다. 안주인도 물론 근심스런 듯이 "모처럼 산 멋있는 모자를 망가뜨리기라도 하면 큰일이니까 이제 그만하세요" 하고 조심시킨다. 모자 주인만 신났다.

"그런데 망가지지 않으니 이상하죠" 하고 쭈글쭈글해진 것을 엉덩이 밑에서 꺼내어 그대로 머리 위에 얹으니 신기하게도 곧바로 머리 모양으로 회복이 된다.

"정말 튼튼한 모자네요. 왜 그런 거죠?" 하고 안주인이 더욱더 감탄하자, "뭐, 왜 그런 게 아니라 원래부터 이런 모자입니다" 하고 메이테이는 모자를 쓴 채 안주인에게 대답한다.

"당신도 저런 모자를 사시면 좋겠어요" 하고 안주인은 잠시 있다가 남편에게 권한다.

"하지만 구샤미 군은 훌륭한 밀짚으로 만든 모자를 갖고 있잖습니까?"

"그런데요, 요전에 아이들이 밟아서 망가뜨렸어요."

"아이고, 그거 아깝게 됐군요."

"그러니까 이번에는 선생님 거처럼 튼튼하고 예쁜 걸로 사면 좋을 것 같아요"라며 안주인은 파나마모자의 가격이 얼마나 하는지도 모르고 "이걸로 하세요, 네? 여보" 하고 자꾸만 주인에게 권한다.

메이테이 군은 이번에는 오른쪽 소맷자락 속에서 빨간 케이스에 들어 있는 가위를 꺼내어 안주인에게 보여준다.

"제수씨, 모자는 그 정도로 해두고 이 가위를 보세요. 이게 또 굉장히 편리한 놈인데, 요게 열네 가지나 되는 용도로 사용할 수 있습니다."

이 가위가 안 나왔으면 주인은 안주인 때문에 파나마모자의 공세를 받을 판이었으나, 다행히 안주인의 여자로서 타고난 호기심 때문에 그 액운을 면하게 된 것은 메이테이의 재치라기보다는 오히려 요행이라는 것을 나는 간파했다.

"그 가위가 어떻게 열네 가지로나 사용되지요?" 하고 묻기가 무섭게 메이테이 군은 아주 득의양양해서 말하기 시작한다.

"지금부터 하나하나 설명할 테니까 잘 들어보세요. 됐습니까? 여기에 초승달 모양으로 들어간 데가 있지요? 여기에다 엽궐련을 집어넣어 싹둑 주둥이를 자르는 겁니다. 그리고 이 밑부분에 조금 세공한 데가 있죠? 이걸로는 철사를 똑똑 끊는 겁니다. 다음에는 납작하게 펴서 종이 위에 가로로 두면 자의 대용으로도 쓸 수 있습니다. 또 날 뒷면에는 눈금이 새겨져 있어서 길이를 잴 때도 쓸 수 있습니다. 이쪽 겉에는 줄이 붙어 있어서 이것으로 손톱을 갈 수 있습니다. 좋지요? 이 끄트머리를 나사못 정수리에 찔러 넣고 끝까지 뱅뱅 돌리면 쇠망치로도 사용할 수 있어요. 힘껏 디밀어 넣고 비틀어 열면 대개의 못 박은 상자 따윈 손쉽게 열립니다. 잠깐만, 이쪽 날 끝은 송곳으로 돼 있습니다. 여긴 잘못 쓴 글씨를 긁어내는 거고, 분해하면 나이프가 됩니다. 맨 끝으로—자, 제수씨, 이 맨 끝이 제일 재미있답니다. 여기에 파리 눈알만 한 구슬이 있지요. 잠깐 들여다보세요."

"싫어요. 또 놀리시려고 하는 거지요."

"그렇게 신용이 없으면 곤란한데. 하지만 속는 셈 치고 잠깐 들여다보세요. 네, 싫으세요? 잠깐이면 된다니까요"라며 메이테이가 가위를 안주인에게 건넨다. 안주인은 의심스러운 듯이 가위를 들고 그 파리 눈알이 있는 데다 자기 눈을 갖다 대고 열심히 겨냥한다.

"어떻습니까?"

"뭔가 새까매요."

"새까마면 안 되는데. 좀 더 장지문 쪽으로 향해서. 그렇게 가위를 눕히지 말고—그렇죠, 그렇죠, 그러면 보일 겁니다."

"어머나, 사진이네요. 어떻게 이렇게 작은 사진을 붙였지요?"

"그게 재미있는 점이지요."

안주인과 메이테이는 쉴 새 없이 문답을 주고받고 있다. 아까부터 가만히 있던 주인은 이때 갑자기 사진이 보고 싶었는지 "이봐, 나한테도 좀 보여줘" 한다. 안주인은 가위를 얼굴에 갖다 붙인 채 "정말 예쁘네요. 나체 미인이군요"라며 좀처럼 떼놓지를 않는다.

"이봐, 좀 보여달라니깐."

"조금만 기다려봐요. 아름다운 머리네요. 허리까지 길렀어요. 조금 위를 향해 몸을 젖히고 있고. 꽤 키가 큰 여자네요. 미인이에요."

"이봐, 보여달랬잖아. 그쯤 하고 보여줘."

주인은 몹시 몸이 달아서 안주인에게 덤벼든다.

"아휴, 오래도 기다리셨네요. 실컷 보시구려" 하고 안주인이 가위를 주인에게 건네줄 때, 부엌에서 하녀가 "손님이 주문하신 게 왔습니다" 하고 메밀국수 두 그릇을 방으로 들고 온다.

"제수씨, 이게 제가 시킨 요리입니다. 잠깐 실례를 무릅쓰고 여기서 먹겠습니다."

메이테이가 정중히 절을 한다. 진지한 것 같기도 하고 장난치는 것 같기도 한 동작이라서, 안주인도 어떻게 대꾸해야 할지 몰라 "어서 드세요" 하고 가볍게 대답한 채 지켜보고 있다. 주인은 그제야 사진에서 눈을 떼고 "여보게, 이렇게 더운데 국수는 해로워"라고 한다.

"뭐, 괜찮아. 좋아하는 음식은 여간해서 체하지 않는 법이니까"라며 메이테이는 나무 국수 통의 뚜껑을 연다.

"금방 뽑은 국수는 역시 먹을 만해. 국수가 퍼진 것과 인간이 얼빠진 것은 원래 믿음직스럽지 못한 법이거든"라면서 양념을 장국 속에 넣고 마구 휘젓는다.

"이보게, 그렇게 겨자를 많이 넣으면 맵다고."

주인은 걱정스러운 듯 주의를 준다.

"메밀국수는 장국과 겨자로 먹는 거잖아. 자네는 메밀국수를 싫어하지?"

"난 우동이 좋아."

"우동은 마부가 먹는 거야. 메밀국수 맛을 모르는 사람처럼 불쌍한 건 없지"라면서 메이테이는 삼나무 젓가락을 쿡 찔러 가능한 한 많은 분량을 6센티미터 정도의 높이로 집어 올렸다.

"제수씨, 메밀국수를 먹는 데도 여러 가지 부류가 있어요. 초심자일수록 무턱대고 장국을 묻혀가지고 입안에서 꾹꾹 씹어 먹습니다. 그렇게 해선 메밀국수의 맛이 안 나지요. 아무튼 이렇게 한 번에 펴 감아올려서 말이죠" 하며 젓가락을 치켜드니 긴 것이 한꺼번에 가지런히 30센티미터쯤 위로 따라 올라온다. 메이테이 선생은 이젠 됐다 싶어 아래를 보니 아직도 열두세 가닥의 끄트머리가 국수 통 밑바닥에서 떨어지지 않고 발 위에 착 달라붙어 있다.

"이거 꽤 길군. 어때요, 제수씨? 이 기다란 것은" 하고 또 안주인에게 장단 맞춰주길 요구한다. 안주인은 "굉장히 길기도 하네요" 하고 자못 감탄한 듯한 대답을 한다.

"이 긴 놈에 장국을 3분의 1쯤 묻혀 한입에 먹어버리는 거지요. 씹으면 안 돼. 씹으면 국수 맛이 안 나거든요. 주르륵 목을 타 넘어가는 데 가치가 있어요" 하고 메이테이가 힘껏 젓가락을 높이 치켜드니 국수는 간신히 바닥에서 떨어졌다. 왼손에 받쳐 든 장국 그릇 속에 젓가락 위치를 조금씩 낮추어 국숫발 끝부터 점차 담가 적시자, 아르키메데스[4]의 이론에 따라 국수가 잠긴 분량만큼 장국의 부피도 불어난다.

그런데 그릇에는 원래부터 장국이 3분의 2쯤 들어 있었으므로 메이테이의 젓가락에 걸친 국수가 4분의 1도 채 잠기기 전에 그릇은 장국으로 가득 차버렸다. 메이테이의 젓가락은 그릇에서 15센티미터쯤 위에 이르러 딱 멈춘 채 잠시 동안 움직이지 않는다. 움직이지 않는 것도 무리는 아니다. 조금이라도 내리면 장국이 넘칠 판이다. 메이테이도 여기에 이르러서는 약간 주저하는 눈치였으나, 별안간 달아나는 토끼와 같은 기세로 젓가락에 입을 갖다 대기가 무섭게 쪼르륵 소리가 나면서 목 밑의 울대뼈가 한두 번 위아래로 무리하게 움직이더니 젓가락 끝의 국수는 사라지고 말았다. 보니까 메이테이 군의 두 눈에서 눈물 같은 것이 한두 방울 눈초리로부터 뺨을 타고 흘러내린다. 겨자가 매웠는지 아니면 국수를 삼키는 게 힘들었는지 그건 아직 확실치 않다.

"놀라운데. 어떻게 그렇게 단숨에 삼켜버릴 수 있나?" 하고 주인이 탄복하자, "정말 근사하네요"라며 안주인도 메이테이의 재주를 격찬했다. 메이테이는 아무 말도 하지 않고 젓가락을 내려놓고 가슴을 두세 번 두들기더니, "제수씨, 메밀국수는 대개 세 입 반이나 네 입으로 먹는 겁니다. 그 이상 걸리면 제맛이 안 나지요" 하고 손수건으로 입을 닦고 잠깐 한숨을 돌린다.

그러고 있는데 간게쓰 군이 어찌 된 영문인지 이 더운 날 고생스럽게도 겨울 모자를 뒤집어쓰고 두 발이 온통 먼지투성이가 돼가지고 들어온다.

"여어! 호남이 왕림하셨네. 한데 먹으려던 참이니까 그냥 실례하겠습니다" 하고 메이테이 군은 여럿이 둘러앉아 보고 있는 속에서도 넉살 좋게 남은 국수를 다 먹어치운다. 이번엔 아까처럼 별나게 먹지 않는 대신에, 손수건을 사용하여, 도중에 꼴사납게 한숨 돌리는 일도 없이 메밀국수 두 판을 거뜬히 먹어치운 것은 다행이었다.

---

4) 고대 그리스의 과학자, ?B.C.287~B.C.212.

"간게쓰 군, 박사 논문은 이제 탈고하게 되나?"

주인이 묻자, 메이테이도 뒤따라서 "가네다네 따님께서 학수고대하고 계시니 빨리빨리 제출하게나" 한다. 간게쓰 군은 여느 때와 같이 비시시 웃음을 흘리며, "죄스러우니까 되도록 빨리 제출해서 안심을 시켜주고 싶습니다만, 아무튼 문제가 문제이니만큼 무척이나 노력을 요하는 연구라서요"라고 진담으로 여겨지지 않는 말을 진담처럼 한다.

"그렇겠지. 문제가 문제이니만큼 그렇게 코가 말하는 대로 되지는 않겠지. 하긴 그 코라면 충분히 콧김을 살필 만한 가치는 있지만" 하고 메이테이도 간게쓰 투로 대꾸한다. 비교적 진지한 것은 주인이다.

"자네 논문 제목이 뭐라 했더라?"

"'개구리 안구의 전동 작용에 대한 자외선의 영향'이라는 겁니다."

"그거 기발하군. 역시 간게쓰 선생다워. 개구리 안구라니 색다르군. 어떤가, 구샤미 군? 논문 탈고 전에 그 제목만이라도 우선 가네다 댁에 보고해두는 게."

주인은 메이테이가 하는 말에는 상대도 않고 간게쓰 군에게 묻는다.

"여보게, 그게 힘든 연구인가?"

"예, 아주 복잡한 문제입니다. 첫째 개구리 안구의 렌즈 구조가 그렇게 간단한 것이 아니라서요. 그래서 여러 가지로 실험도 해야 합니다만, 우선 동그란 유리알을 만들어놓고 그러고 나서 할까 합니다."

"유리알이야 유리 가게에 가면 간단하잖은가?"

"천만에요. 그렇지 않습니다" 하고 간게쓰 선생은 약간 몸을 뒤로 젖히며 허리를 꼿꼿이 세운다.

"원래 원이나 직선이라 하는 것은 기하학적인 것이라, 그 정의에 맞는 이상적인 원이나 직선은 현실 세계에는 없는 것입니다."

"없는 거라면 집어치우면 되겠네" 하고 메이테이가 참견을 한다.

"그래서 우선 실험에 쓸 만한 알을 만들어보려고 얼마 전부터 시작했습니다."

"다 됐나?"

주인은 간단한 듯이 묻는다.

"될 리가 있나요?" 하고 간게쓰 군은 말했으나, 그래선 좀 모순이다 싶었던지, "정말 어렵습니다. 차츰차츰 갈아나가다 이쪽 반경이 좀 길다 싶어 저쪽을 약간 갈다 보면, 아 글쎄, 이번에는 반대쪽이 길어지는 거 있죠. 그래서 그쪽을 가까스로 갈고 나면 전체의 형태가 일그러지는 겁니다. 겨우겨우 이 일그러진 것을 바로잡아 놓으면 다시 또 직경에 오차가 생기고요. 이렇게 해서 처음엔 사과만 했던 크기가 점점 작아져서 딸기만 해지더라고요. 그래도 끈질기게 해나가니 콩알만 해지고요. 콩알만 해져도 아직 완전한 원은 안 됩니다. 무척이나 열심히 갈았습니다만—요번 정월부터 유리알을 큰 것 작은 것 합쳐서 여섯 개나 갈아 없앴어요" 하고 참인지 거짓인지 분간 못 할 말을 주절주절 늘어놓는다.

"어디서 어떻게 갈고 있나?"

"그야 학교 실험실이죠. 아침부터 갈기 시작해서 점심때는 잠깐 쉬었다가 어두워질 때까지 가는데, 여간 힘든 게 아닙니다."

"그럼 자네가 요즈음 바쁘다 바쁘다 하면서 매일, 일요일에도 학교에 가는 게 그 유리알을 갈러 가는 거였군."

"사실 요즈음은 아침부터 밤까지 유리알만 갈고 있습니다."

"유리알 만드는 박사가 되어 사위로 들어갔다—고 하는 시구에 나온 대목과 비슷하군. 그러나 그렇게 열심히 하고 있다는 것을 들려주면, 제아무리 코라도 조금은 고마워하겠지. 실은 내가 무슨 볼일이 있어서 도서관에 갔다가 문에서 우연히 로바이 군을 만났다네. 그 친구가 졸업 후에 도서관으로 발걸음을 한 게 매우 이상하다 싶어, '신통하게도 자네도 공부를 하는군' 하니까 아 그 친구 묘한 표정을 지으면서 '뭐, 책 보러 온 게 아닐세. 지금 교문 앞을 지나다가 마침 오줌이 마려워서 변소를 이용하려고 들른 거야'라고 해서 한바탕 크게 웃었다네. 로바이 군과 자네는 반대되는 좋은 예로서 『신찬몽구新撰蒙求』[5)]에 꼭 넣고 싶군" 하고 메이테이 군은 여전히 장황한 주석을 단다. 주인은 좀 진지해져서 "자네 그렇게 매일매일 유리알만 갈고 있는 것도 좋지만, 도대체 언제쯤 완성시킬 작정인가?" 하고 묻는다.

"글쎄요, 이런 상태로 나가다간 10년 정도 걸릴 것 같습니다."

간게쓰 군은 주인보다 더 태평스럽다.

"10년이라. 좀 더 빨리 완성하는 게 좋지 않을까."

"10년이면 빠른 편이에요. 어쩌면 20년쯤 걸릴지도 모릅니다."

"그거 큰일 났군. 그래가지고서야 어디 박사가 되기나 하겠나?"

"예, 하루라도 빨리 박사가 돼서 안심시켜주고 싶습니다만, 어쨌든 유리알을 다 갈지 않고선 정작 중요한 실험을 할 수가 없으니까요……."

간게쓰 군은 잠깐 말을 끊었다가, "뭐, 그렇게 걱정하실 건 없습니다. 가네다네서도 제가 유리알만 갈고 있는 걸 잘 알고 있습니다. 실은 2, 3일 전에 갔을 때도 사정을 잘 얘기하고 왔습니다"라며 자랑스런 듯한 얼굴로 털어놓는다. 그러자 지금까지 세 사람의 대화를 잘 알아듣지 못하면서도 경청하고 있던 안주인이 의심스런 듯이 묻는다.

"그런데 가네다 씨네는 온 가족이 모두 지난달부터 오이소에 가 있지 않나요?"

간게쓰도 이 말에는 좀 난처했던지 "그거 묘하네요. 어떻게 된 걸까?"라면서 얼버무린다. 이럴 때 요긴한 것은 메이테이 군으로, 대화가 끊겼을 때나 어색할 때, 졸릴 때나 곤란할 때는 언제나 반드시 옆에서 불쑥 튀어나온다.

---

5) 『몽구』는 중국 당나라의 이한이 저술한 세 권의 책으로, 고전 중에서 유명한 인물의 업적을 뽑아서 초학자들이 배우기 쉽도록 편집한 것. 『신찬몽구』는 그것을 새로이 써 만들 것을 가정해 붙인 책명.

"지난달에 오이소에 간 사람과 2, 3일 전에 도쿄에서 만나다니 신비해서 좋네. 이른바 영혼의 교환이군. 상사相思의 정이 간절하면 자주 그러한 현상이 일어나는 법이지. 얼핏 들으면 꿈 같지만, 꿈치고는 현실보다 확실한 꿈이야. 제수씨같이 별로 사모해보지도, 사모당해보지도 못한 구샤미 군한테 시집와서 평생 사랑이 뭔지도 모르는 분에게는 의심쩍게 생각되는 게 당연하겠지만……."

"어머, 무슨 증거로 그런 말씀을 하세요? 너무 무시하시네요" 하고 안주인은 불시에 메이테이에게 대든다.

"자네 역시 상사병 같은 건 앓은 적이 없는 것 같은데."

주인도 정면으로 안주인 편을 든다.

"그야 내 염문 같은 건 아무리 있어봤자 모두 75일 이 지나면 자네 기억에서 사라질지도 모르지만—실은 이래 봬도 실연한 덕에 이 나이가 되도록 독신으로 지내고 있는 거라고"라며 메이테이는 둘러앉은 사람들의 얼굴을 쓰윽 휘둘러본다.

"호호호, 재밌네요" 하고 안주인이 말하자 "웃기지 말게" 하며 주인은 뜰 쪽을 향한다. 단지 간게쓰 군만은 "부디 그 회고담을 후학을 위해서 듣고 싶군요" 하고 여전히 싱글벙글거린다.

"내 것도 아주 신비적이라 고故 고이즈미 야쿠모[6] 선생에게 얘기하면 굉장히 환영받을 텐데, 애석하게도 선생님은 영면하셨으니 실제로 말할 기분도 안 나지만, 모처럼 부탁하니까 털어놓겠네. 그 대신 끝까지 잘 들으셔야 한다고"라며 다짐을 해두고 드디어 본론에 들어갔다.

"회고하자면 지금으로부터—에 또 몇 년 전이었더라?—귀찮으니까 대충 15, 6년 전으로 해두지."

"신소리하지 말게나" 하고 주인은 콧방귀를 뀐다.

"굉장히 기억력이 나쁘시네요" 하고 안주인은 놀려댄다. 간게쓰 군

6) 일본으로 귀화한 영국인으로, 영문학자이면서 소설가. 1850~1904.

만은 약속대로 한마디도 하지 않고, 빨리 다음 얘기를 듣고 싶다는 태도다.

"아무튼 어느 해 겨울 일인데, 내가 에치고 지방의 간바라 군 다케노코 골짜기를 지나서 다코쓰보 고개에 다다라 드디어 아이즈령으로 나오려던 참이었어."

"묘한 곳이로군" 하고 주인이 또 방해를 놓는다.

"가만히 좀 들으세요, 재밌으니까."

안주인이 제지한다.

"그런데 날은 저물고, 길은 알 수 없고, 배는 고프고, 할 수 없이 산마루 중턱에 있는 외딴집 문을 두드려, 이래저래 이만저만하니 제발 좀 묵게 해달라고 했더니, '걱정하시지 말고 어서 들어오세요' 하며 처녀가 촛불을 내 얼굴에 비추는데, 그 얼굴을 보고 나는 부르르 온몸을 떨었다네. 난 그때부터 사랑이라는 괴물의 마력을 절감했지."

"어머나, 이상해라. 그런 산속에도 미녀가 있어요?"

"산이든 바다든 제수씨, 그 처녀를 한번 제수씨한테 보여주고 싶을 정도입니다. 분킨노타카시마다文金の高島田[7]형으로 머리를 높이 틀어 올려가지고요."

"세상에!"

안주인은 어안이 벙벙한 모양이다.

"들어가 보니 8조 방 한가운데에 커다란 이로리[8]가 있는데, 그 둘레에 처녀와 그 처녀의 할아버지와 할머니, 그리고 나, 네 사람이 앉았습니다. '무척 시장하시겠어요' 하기에 뭐든 좋으니 빨리 먹게 해달라고 청했지요. 그러자 할아버지가 '모처럼 손님이 오셨으니 뱀밥이라도 지

---

7) 일본 전통 혼례식에서 신부의 머리 스타일.

8) 농가 같은 곳에서 마룻바닥을 사각형으로 도려내고 방한용 및 취사용으로 불을 피우는 장치.

어 올려야지' 하는 겁니다. 자, 이제부터 드디어 실연에 접어들게 되니 정신 차리고 잘들 들어둬요."

"선생님, 정신 차리고 듣기는 듣겠습니다만, 아무리 에치고가 시골이라 해도 겨울에 뱀이 있을 리가 만무한데요."

"응, 그거 일단 그럴듯한 질문이군. 그러나 이런 시적인 이야기가 되면 그렇게 논리적으로만 생각할 수는 없거든. 교카[9]의 소설[10]엔 눈 속에서도 게가 나오지 않던가?"라고 하니 간게쓰 군은 "그렇긴 하네요"라고 할 뿐 다시 경청하는 태도로 돌아갔다.

"그 시절 난 엄청 괴상한 것만 먹어대는 대장으로 메뚜기, 민달팽이, 송장개구리 따윈 하도 먹어 물려 있었던 터라 뱀밥이라면 특이하겠다 싶어 서슴없이 먹겠노라고 할아버지에게 대답했지. 그래서 할아버지는 이로리 위에 냄비를 걸고, 그 속에 쌀을 넣어 팔팔 끓이기 시작했단 말일세. 이상하게도 그 냄비 뚜껑을 보니 크고 작은 구멍이 열 개쯤 뚫려 있더라고. 그 구멍으로 김이 푹푹 나오기에, 머리도 잘 썼군, 시골치곤 제법이다 싶어 보고 있으니까, 할아버지가 벌떡 일어나 어딘가로 가더니 잠시 있다가 커다란 소쿠리를 옆에 끼고 돌아오는 거야. 아무렇지 않게 그걸 이로리 옆에 두기에 그 속을 들여다보았더니, 있는 게 아닌가. 제수씨, 기다란 놈들이 추우니까 서로 몸을 사리고 똬리를 틀며 엉켜 있더라고요."

"이젠 그런 얘기는 그만하세요. 징그러워요."

안주인은 여덟팔자로 눈썹을 찡그린다.

"아니, 무슨 말씀을. 이게 실연의 큰 원인이 되는데 그냥 그만둘 수야 없지요. 할아버지는 이윽고 왼손에 냄비 뚜껑을 들고, 오른손에 바로 그 엉켜 있던 긴 놈을 덥석 움켜쥐더니 갑자기 냄비 속에 집어넣고

---

9) 이즈미 교카, 1873~1939.

10) 1905년에 발표된 『긴탄자쿠銀短冊』.

곧바로 위에서 뚜껑을 덮었는데, 정말이지 나 같은 사람도 그때만은 헉 하고 숨통이 막힐 것만 같더라고요."

"이제 그만두세요. 기분이 이상해 죽겠어요."

안주인은 자꾸만 무서워한다.

"이제 조금 있으면 실연이 될 테니까 잠시만 참아주십시오. 그러자 1분이 지났을까 말까 하는 새에 뚜껑 구멍에서 뱀 대가리 하나가 불쑥 튀어나오는데 깜짝 놀랐습니다. 야아 나왔구나 싶으면 옆 구멍에서도 불쑥 대가리를 내밀고, 또 나왔구나 싶으면 저쪽에서도 튀어나오고, 이쪽에서도 튀어나오고, 마침내는 냄비 전체가 뱀 대가리투성이가 되어 버렸지요."

"왜 그렇게 대가리를 내미는 거지?"

"그야 냄비 속이 뜨거우니까 참다못해 기어 나오려고 하는 거지. 이윽고 할아버지가 이젠 됐겠지 하고 잡아당겨 보라고 하니까, 할머니는 '예—' 하고 대답하고 손녀는 '네—'라고 응답하더니, 제각기 뱀 대가리를 쥐고 쑥 잡아당기는 거야. 대가리를 잡아당김과 동시에 살은 냄비 속에 남고 뼈만 깨끗이 발라져 기다란 게 신기하게도 빠져나오는 거 있지."

"뱀 뼈 발라내기군요" 하고 간게쓰 군이 웃으며 말한다.

"바로 그 뼈 발라내기야. 재주 한번 대단하지? 그러고 나서 뚜껑을 열어 국자로 밥과 살을 마구 뒤섞고 어서 드시라는 거야."

"그래 먹었나?" 주인이 냉담하게 묻자, 안주인은 떨떠름한 얼굴로 "이제 정말 그만하시라니까요. 속이 메스꺼워서 밥이고 뭐고 못 먹겠잖아요" 하고 불평을 늘어놓는다.

"제수씨는 뱀밥을 안 드셔봤으니까 그런 말씀을 하시지만 한번 드셔 보세요. 그 맛만은 평생 잊지 못할 겁니다."

"아이 참, 징그럽다니까요. 누가 먹는대요?"

"그래서 밥도 배불리 먹고, 추위도 잊고, 처녀 얼굴도 실컷 보고, 이젠 부족할 게 없다고 생각하고 있는데 '편히 주무슈' 하기에 여행으로 피곤도 해서 권하는 대로 벌러덩 드러누웠네. 그러고는 미안하지만 앞뒤 다 잊고 잠들어버린 거야."

"그러고 나서 어떻게 되셨어요?"

이번에는 안주인 쪽에서 재촉한다.

"그 뒤엔 다음 날 아침이 되어 눈을 뜨고 나서부터가 실연인데 말이야."

"어떻게 되셨는데요?"

"아니, 뭐 별로 이렇다 할 만한 일은 없었지만요. 아침에 일어나 궐련을 피우면서 뒤 창문으로 보고 있는데, 저쪽 홈통 곁에서 대머리가 세수를 하고 있더라고요."

"할아버지야, 할머니야?"

주인이 묻는다.

"그게 말이야, 나도 알아보기 어려워서 잠시 보고 있다가 그 대머리가 이쪽을 향했을 때에야 깜짝 놀라고 말았지. 그게 내가 첫사랑을 느낀 어젯밤의 그 처녀가 아니겠어."

"그런데 그 처녀는 시마다식으로 머리를 틀어 올렸다고 아까 말하지 않았나?"

"전날 밤엔 시마다였지. 그것도 아주 멋있는 시마다였어. 그런데 다음 날 아침엔 완전 대머리인 거야."

"사람 놀리는군."

주인은 늘 그러듯 천장 쪽으로 시선을 돌린다.

"나도 너무 이상하고 내심 겁도 나고 해서 몰래 거동을 살펴보니, 대머리는 마침내 얼굴을 다 씻고 옆의 돌 위에 놔두었던 다카시마다의 가발을 대충 뒤집어쓰고 태연하게 집 안으로 들어오는 거야. 과연 그런 거였구나 생각했지. 그런 거였구나 생각은 해도 그때부터 드디어 실연의 덧없는 운명을 한탄하는 신세가 되고 말았다네."

“시시한 실연도 다 있군그래. 응, 간게쓰 군. 그러니까 실연을 해도 이렇게 들떠서 팔팔한 거겠지.”

주인이 간게쓰 군을 향해서 메이테이 군의 실연을 평하자, 간게쓰 군이 말한다.

“그러나 그 처녀가 대머리가 아니어서 순조롭게 도쿄에라도 데리고 오셨더라면 선생님은 더욱 팔팔하셨을지도 모르지요. 아무튼 모처럼의 처녀가 대머리였다는 것은 천추의 한이었겠네요. 그런데 그런 젊은 여자가 왜 머리털이 다 빠져버렸을까요?”

“나도 그 점에 대해서 곰곰이 생각해봤는데, 뱀밥을 너무 많이 먹은 탓인 것 같네. 뱀밥이란 놈은 욱하니 치밀어 오르게 하는 게 있거든.”

“그러나 선생님께선 아무 데도 이상이 없으시니 다행이시군요.”

“난 다행히 대머리는 안 됐지만, 그 대신 이렇게 그때부터 근시가 됐습니다” 하고 메이테이는 금테 안경을 벗어 손수건으로 조심스럽게 닦는다. 잠시 있다가 주인은 생각난 듯이, “도대체 어디가 신비적이라는 거야?” 하고 따지듯이 물어본다.

“그 가발을 어디서 산 건지, 주운 건지 아무리 생각해봐도 아직까지 알 수 없으니 그게 신비하다는 거지” 하고 메이테이 군은 다시 안경을 아까처럼 코 위에 걸친다.

“마치 만담가의 얘기를 듣는 것 같네요.”

이는 안주인의 비평이었다.

메이테이의 쓸데없는 잡담도 이것으로 일단락됐으니까 이젠 그만두겠지 싶었는데, 웬걸, 선생은 재갈을 물리기 전에는 도저히 가만있지 못하는 성격이라, 또 다음과 같은 말을 늘어놓기 시작했다.

“내 실연도 쓰라린 경험이지만, 그때 대머리인 걸 모르고 데려와 살았다면 평생 눈엣가시가 됐을 테니까 잘 생각지 않았다면 위험했을 거야. 결혼이란 게 막바지에 엉뚱한 데서 상처가 숨어 있는 걸 발견하는 수가 있거든. 간게쓰 군도 그렇게 동경하거나 실망하거나 혼자서 힘들어하지 말고 마음을 잘 가라앉히고 유리구슬을 가는 게 좋겠어" 하고 매우 색다른 이견을 늘어놓는다. 그러자 간게쓰 군은 "예, 될 수 있으면 유리알만 갈고 싶은데요, 저쪽에서 그렇게 가만 내버려 두질 않으니 난처해 죽겠습니다"라며 일부러 난처한 표정을 지어 보인다.

"그렇지. 자네야 저쪽에서 설쳐대지만 개중엔 웃기는 것도 있지. 그 도서관에 소변보러 왔던 로바이 군 같은 경우는 정말 이상하다니까."

"어떻게 했는데?"

주인은 신이 나서 묻는다.

"뭐, 대충 이런 거지. 그 친구 그 옛날에 시즈오카의 도자이칸에 머문 적이 있었다네. 딱 하룻밤이었지. 그런데 그날 밤 곧바로 그 집 하녀에게 청혼을 한 거야. 나도 엄청 태평스럽지만, 아직 그 친구만큼 진화하지는 못했지. 하긴 그 시절 그 여관에는 오나쓰라는 유명한 미인이 있었는데, 로바이 군의 방에 나타난 게 바로 그 오나쓰였으니 무리도 아니지."

"무리가 아니라니, 자네의 그 뭐라 하는 고개와 아주 똑같잖아?"

"조금 비슷하긴 하지. 실은 나와 로바이는 그렇게 차이는 없으니까. 아무튼 그 오나쓰에게 청혼을 하고 아직 답변을 듣기도 전에 수박이 먹고 싶어졌다 그 말이야."

"뭐라고?"

주인이 알 수 없다는 표정을 짓는다. 주인뿐만 아니다. 안주인도 간게쓰도 약속이나 한 듯이 머리를 갸웃거리며 잠시 생각에 잠긴다. 메이테이는 상관치 않고 쉴 새 없이 얘기를 계속해나간다.

"오나쓰를 불러 시즈오카에 수박은 없냐고 물으니까, 오나쓰가 '아무리 시즈오카라도 수박 정도는 있어요' 하고 쟁반에 수박을 잔뜩 담아 가져왔더래. 그래서 로바이 군은 그걸 먹었다는 거야. 그 잔뜩 담아온 수박을 다 먹어치우고 나서 오나쓰의 답변을 기다리고 있는데, 답변이 나오기도 전에 배가 아프기 시작해서 끙끙 신음을 했지. 한데 조금도 낫지 않아 다시 오나쓰를 불러서 이번엔 시즈오카에 의사는 없냐고 물었더니 오나쓰가 또 '아무리 시즈오카라 해도 의사 정도는 있어요' 하며 덴치 겐코天地玄黃인가 뭔가 하는 천자문을 딴 것 같은 이름의 의사를 모셔 왔것다. 그다음 날 아침 배 아픈 것도 덕분에 나아져서 고맙다고, 떠나기 15분 전에 오나쓰를 불러 어제 청혼한 건에 대한 가부를 물었지. 그러자 오나쓰는 웃으면서 '시즈오카에는 수박도 있고 의사도 있습니다만 하룻밤 신부는 없답니다' 하고 나가서는 얼굴을 내보이지 않더라는 거야. 그러고 나서는 로바이 군도 나랑 똑같이 실연해서 도서관에는 소변을 보러 오는 외에는 오지 않게 되었다고 하니, 생각해보면 여자는 죄 많은 인간이 아니고 뭐냐고."

그러자 주인은 전에 없이 맞받아치며, "맞아, 그렇더라고. 요전에 뮈세[11]의 희곡을 읽었는데 그 속의 등장인물이 로마 시인의 시를 인용하여 이런 말을 했더군. '깃털보다 가벼운 건 먼지다. 먼지보다 가벼운 건 바람이다. 바람보다 가벼운 건 여자다. 여자보다 가벼운 건 무無다.' 진짜 맞는 말 같지 않아? 여자란 별수 없는 거야" 하고 묘한 데서 신바람이 났다. 이것을 들은 안주인은 가만있질 않는다.

"여자가 가벼워서 안 된다고 하시는데, 남자가 무거워도 좋을 건 없지요."

"무겁다니, 어떤 게?"

"무겁다는 게 무겁다는 거지요. 당신같이 말이에요."

"내가 뭐가 무거워?"

"무겁지 않다고요?"

묘한 말다툼이 시작됐다. 메이테이는 재밌다는 듯이 듣고 있다가 이윽고 입을 열어 "그렇게 얼굴을 붉혀가며 서로 비난하고 공격하는 게 부부의 진상이라고 하는 건가. 그러고 보면 옛날 부부들은 진짜 전혀

11) 알프레드 드 뮈세, 프랑스의 소설가, 시인, 극작가, 1810~1857.

무의미한 것이었겠지" 하고 놀리는 건지 칭찬하는 건지 애매한 말을 한다. 그러고는 그 정도로만 해도 될 것을 또 예전처럼 덧붙여서 다음과 같이 늘어놓았다.

"옛날엔 남편에게 말대답하는 여자는 한 사람도 없었다는데, 그야말로 벙어리를 마누라로 두는 것과 같으니 나 같은 사람에겐 전혀 달갑지 않은 일이지. 역시 제수씨처럼 '당신은 무겁잖아요?'라든가 어쩌고 하는 말을 듣는 게 좋지. 이왕 마누라를 둘 거라면 가끔 한두 번씩 싸우지 않으면 지루해서 못 살 것 같아. 우리 어머니 같은 사람은 아버지 앞에서는 언제나 '네'와 '예'로 일관했었지. 그렇게 20년이나 함께 있으면서 절에 가거나 하는 일 외엔 어딜 나간 적이 없었다니 한심스럽지 않나? 하긴 그 덕분에 선조 대대로 내려오는 계명은 몽땅 외우고 있지. 남녀 간의 교제 역시 마찬가지야. 내 어린 시절에는 간게쓰 군같이 마음에 둔 사람과 합주를 한다든가 영혼의 교환을 해 몽롱체朦朧體[12]로 만나본다든가 하는 일은 절대로 할 수 없었지."

"안되셨군요"라며 간게쓰 군이 머리를 숙인다.

"진짜 안됐지. 더욱이 그 당시의 여자가 오늘날의 여자보다 반드시 품행이 좋았다고도 할 수 없어. 제수씨, 요즘은 여학생이 타락했다느니 어떻다니 하고 난리들 피우는데요, 뭐 옛날에는 이보다 더 심했어요."

"그럴까요?"

안주인은 정색하며 묻는다.

"그렇고말고요. 엉터리가 아니에요. 딱 증거가 있으니까 어쩔 수 없어요. 구샤미 군, 자네도 기억할지 모르겠는데 우리가 대여섯 살 때까진 계집아이를 호박처럼 광주리에 넣어 멜대로 메고 다니면서 팔러 다녔잖아. 그렇지?"

"난 그런 기억 없는데."

---

12) 주제나 내용이 불확실한 시가나 윤곽이 불분명한 회화繪畫.

"자네 고향에선 어땠는지 모르지만, 시즈오카에선 분명히 그랬어."

"설마요" 하고 안주인이 낮은 소리를 내자, "정말입니까?" 하고 간게쓰 군이 믿기지 않는다는 듯이 묻는다.

"정말이야. 실제로 우리 아버지가 흥정을 한 적이 있어. 그때 아마 내가 대여섯 살쯤이었을 거야. 아버지랑 함께 아부라마치에서 도리초로 산책하러 나갔더니, 저편에서 큰 소리로 '계집애 사세유. 계집애 사세유' 하고 외쳐대면서 오는 거야. 우리가 마침 2가 모퉁이로 가자, 이세겐이라는 포목점 앞에서 그 남자랑 딱 마주쳤것다. 이세겐이란 가게는 정면 길이가 18미터이고 창고 다섯 채가 지하에 있는, 시즈오카에서 제일가는 포목점이야. 언제 가거든 보고 오게나. 지금도 그대로 남아 있을 거야. 굉장한 집이야. 그 가게의 점장이 진베에라는 자인데, 언제나 '어머니가 사흘 전에 죽었어요' 하는 얼굴을 하고 카운터에 앉아 있지. 진베에 군 옆에는 하쓰라는 스물네댓 되는 젊은 애가 앉아 있는데, 이 하쓰가 또 운쇼 율사律師[13]에 귀의하여 3·7은 21일 동안 국수 국물만 먹고 지낸 듯한 창백한 얼굴을 하고 있어. 하쓰 옆이 조라는 녀석인데 이 녀석은 어제 불이 나서 쫓겨난 것같이 수심에 잠겨 주판에 몸을 기대고 있지. 조와 나란히……."

"자넨 포목점 얘길 하는 건가, 사람 장수 얘길 하는 건가?"

"아 참, 그래, 사람 장수 얘기를 하고 있었지? 실은 이 이세겐에 대해서도 굉장한 기담이 있지만, 그건 나중에 하고 오늘은 사람 장수 얘기만 하기로 하지."

"사람 장수도 이참에 그만두지그래."

"천만의 말씀. 이거야말로 20세기의 오늘날과 메이지 초기의 여자의 품성에 대한 비교에 큰 참고가 되는 재료니까 그렇게 쉽게 그만둘 수야 없지—그래서 내가 아버지와 이세겐 앞까지 가자, 바로 그 사람 장수가

13) 진언종의 중, 1827~1909.

아버지를 보고 '영감님, 계집애를 떨이하는데 어떻습니까? 싸게 드릴 테니까 사가지고 가시죠' 하면서 멜대를 내려놓고 땀을 닦는 거야. 보니까 광주리 속에는 앞에 하나 뒤에 하나 양쪽 다 두 살쯤 된 계집아이가 들어 있더군. 아버지는 이 사내에게, 싸면 사겠지만 오늘은 이것뿐이냐고 물었지. '아이고, 때마침 오늘은 다 팔리고 딱 둘만 남았습니다. 어느 쪽이나 좋으니까 골라 가세요' 하면서 계집애를 양손에 들고 호박 파는 것처럼 아버지 코끝에 내미는 거야. 아버지는 톡톡 하고 머리를 두드려보더니, 허허 웃으며 '제법 소리가 괜찮군' 하시더라고. 그러고 나서 드디어 흥정이 시작되어 사정없이 값을 깎은 뒤에 아버지가 '사는 건 괜찮은데 물건은 확실하겠지' 하고 물었지. 그러자 '예, 앞의 놈은 노상 보고 있었으니 틀림없습니다만, 뒤에 멘 건 아무래도 눈이 없어 못 봤으니 어쩌면 금이 갔을지도 모르겠습니다. 이쪽 놈은 보증을 못 하는 대신에 값을 깎아드리겠습니다' 하는 거야. 나는 이 대화를 아직까지 기억하고 있는데, 그때 어린 마음에도 '여자란 건 정말 방심할 수 없는 거구나' 하고 생각했지. 그러나 메이지 38년인 오늘날엔 이런 엉터리 같은 짓으로 계집아이를 팔러 다니는 자도 없을 테고, 뒤에 눈이 없어 뒤에 멘 쪽이 위험하다 어떻다 하는 소리도 안 들리는 것 같아. 그러니까 내 생각에는 역시 서양 문명 덕택에 여자의 품행도 굉장히 진보한 것이리라고 단정하는데, 어떤가? 간게쓰 군."

간게쓰 군은 대답하기 전에 우선 에헴 하고 양반 기침을 한번 해 보인 뒤에, 일부러 침착하고 낮은 소리로 이런 의견을 피력했다.

"요즘 여자들은 학교에 오갈 때나 합주회나 자선회나 원유회에서 '나 좀 사가세요. 어머 싫으세요?' 하면서 스스로 자신을 팔러 다니니까, 그런 채소 장수 나부랭이를 부려서 계집애 사세유 어쩌고 하는 천박한 위탁판매를 할 필요는 없습니다. 인간에게 독립심이 발달하면 자연히 이렇게 되는 겁니다. 노인들은 쓸데없는 걱정을 해서 이러니저러니 합니다만, 실제로 말하자면 이런 게 문명의 추세이므로 저 같은 사람은 매우 기뻐할 현상이라고 맘속으로 경하의 뜻을 표하는 바입니다. 사는 쪽 역시 머리를 두들겨보고 물건이 확실한지 어떤지 묻는 촌뜨기는 한 사람도 없으니까 그 점은 안심해도 되겠지요. 또 이렇게 복잡한 세상에 그런 수고를 하려 하면 한이 없는 일이니까요. 오십이 되고 육십이 되더라도 남편을 가질 수도, 시집을 갈 수도 없는 거지요."

간게쓰 군은 20세기 청년인 만큼 거창하게 시류에 맞는 생각을 펼쳐 놓고선 시키시마 담배 연기를 후우 하고 메이테이 선생 얼굴 쪽으로 뿜어댔다. 메이테이는 시키시마 연기 정도로 물러설 남자가 아니다.

"말씀대로 요즈음의 여학생, 양갓집 규수들은 자존심과 자신감이 뼛속까지 똘똘 뭉쳐 있어서, 뭐든지 남자에게 지지 않으려고 하는 점은 탄복할 만해. 우리 집 근처의 여학교 학생들만 봐도 정말 대단해. 통소매를 입고도 철봉에 매달리니 감탄스러워. 나는 2층 창에서 그녀들이 체조하는 걸 볼 때마다 고대 그리스의 부인들을 연상하지."

"또 그놈의 그리스인가?"

주인이 냉소하듯이 쏘아붙이자, 메이테이는 "아무튼 미적 감각이 있는 건 대체로 그리스에 그 근원을 두고 있으니 어쩔 수 없지. 미학자와 그리스는 도저히 떼려야 뗄 수 없는 관계거든. 더욱이 그 피부색이 검은 여학생이 정신없이 체조를 하고 있는 걸 보면, 난 언제나 아그노디체의 일화가 생각난단 말이야" 하고 박식하다는 듯이 떠들어댄다.

"또 까다로운 이름이 나왔군요"라며 간게쓰 군은 여전히 싱글싱글 웃는다.

"아그노디체는 훌륭한 여자야. 난 정말 감탄했어. 당시 아테네 법률에선 여자가 산파 영업을 하는 것을 금했었지. 불편한 일이야. 아그노디체 역시 그 불편을 느끼지 않았겠나?"

"뭐야? 그—뭐라고 하는 것은?"

"여자야, 여자 이름이야. 이 여자가 곰곰이 생각해보니, 아무래도 여자가 산파가 될 수 없다는 건 한심스럽고 불편하기 짝이 없는 일이었지. 그래 어떻게든 산파가 되고 싶다, 산파가 될 방도가 없을까, 하고 사흘 밤낮을 팔짱을 끼고 고심했던 거야. 딱 사흘째 되는 날 새벽녘에 이웃집에서 갓난아이가 으앙 하고 우는 소리를 듣고, 응 그렇지 하고 돌연 크게 깨달아 곧장 긴 머리를 자르고 남자 옷을 입고 히에로필루스 선생의 강의를 들으러 갔겠지. 무사히 강의를 잘 듣고 나서, 이젠 문제 없겠거니 하고 드디어 산파를 개업한 거야. 아 그런데 제수씨, 그게 엄청 번창하더라는 겁니다. 이쪽에서도 으앙, 저쪽에서도 으앙 하고 태어난 거죠. 그걸 모두 아그노디체가 받았으니 엄청 돈을 벌었지. 그런데 인간만사 새옹지마塞翁之馬요, 칠전팔기七顚八起요, 설상가상雪上加霜이라고, 그만 이 비밀이 탄로 나서 마침내 국법을 어겼다는 죄로 무거운 형벌을 받게 되었다 이거예요."

"마치 만담 같군요."

"아주 잘하죠? 그런데 아테네의 여자들이 일제히 서명하여 탄원하기에 이르렀기 때문에, 당시의 관리 나리도 아주 무시할 수도 없고 해서 마침내 아그노디체는 무죄 방면되고, 앞으론 비록 여자라 해도 산파업을 자유롭게 할 수 있다는 포고령까지 나와서 해피엔딩으로 잘 끝났답니다."

"정말 별의별 얘길 잘도 알고 계시네요. 감탄스러워요."

"예, 대개는 알고 있죠. 모르는 건 자신이 바보라는 사실뿐이죠. 그러나 그것도 조금은 알고 있답니다."

"호호호, 어쩌면 재밌는 말씀만……" 하고 안주인이 활짝 함박웃음을 짓고 있자니까 현관문 벨이 처음 달았을 때와 똑같은 소리를 내며 울린다.

"어머, 또 손님이네."

안주인은 거실로 건너간다. 안주인과 교대로 응접실에 들어온 것은 누군가 했더니, 다 알고 있는 오치 도후 군이었다.

여기에 도후 군까지 오면, 주인 집에 출입하는 괴짜를 죄다 망라했다고까진 못 하더라도, 적어도 나의 무료함을 달래는 데에 족할 만큼의 머릿수는 갖춰졌다고 할 수 있겠다. 이런 걸 불평해선 죄송한 노릇이다. 운 나쁘게 다른 집에서 자라났더라면 그걸로 끝장으로, 평생을 인간들 중에는 이런 선생님들이 있으리라곤 전혀 알지도 못한 채 죽어버렸을지도 모른다.

다행히 구샤미 선생 문하의 고양이가 되어 조석으로 귀인을 가까이에서 모시고 있으니, 주인 선생은 물론이거니와 메이테이, 간게쓰와 도후 등등 이 넓은 도쿄에서조차 별로 유례없는 일기당천一騎當千 호걸들의 일거수일투족을 누워서 구경할 수 있다는 것은 나에게 있어서 천재일우의 영광이다. 덕분에 이 더운 날씨에도 털옷으로 감싸여 있는 고통스러움도 잊어버리고 재미나게 반나절을 소일할 수 있으니 감사할 따름이다. 어차피 이만큼 모였으면 예사롭게 끝나진 않을 게다. 무슨 일이 벌어지겠지, 하고 장지문 뒤에서 조심스럽게 구경한다.

"안녕하셨습니까? 오랫동안 격조하였습니다" 하고 절을 하는 도후 군의 머리를 보니, 먼젓번처럼 역시 단정하게 반짝이고 있다. 머리만 갖고 평하자면 어딘가 엉터리 배우처럼 보이기도 하지만, 빳빳하고 흰 무명으로 된 하카마를 수고스럽게도 점잖게 입고 있는 꼴은 꼭 사카키바라 겐키치[14]가 데리고 있는 제자처럼 보인다. 따라서 도후 군의 몸차림에서 보통 사람처럼 보이는 데는 어깨에서 허리 사이뿐이다.

"이 더운 날에 잘도 나오셨네. 자, 이리로 앉으시게나."

메이테이 선생은 자기 집처럼 인사를 건넨다.

"선생님도 뵌 지 꽤 오래된 것 같습니다."

"그렇지. 아마 봄에 낭독회에서 본 이후론 처음이지. 낭독회는 요즘도 여전히 잘되고 있나? 그 후 오미야 역할은 하지 않는가? 그건 아주 잘했어. 내가 박수를 크게 쳤는데, 자네 알고 있었나?"

---

14) 에도 막부의 강무소講武所 사범이었던 검객, 1830~1894.

"예, 덕분에 부쩍 용기가 나서 끝까지 잘 해냈습니다."

"이번엔 언제 행사가 있나요?" 하고 주인이 입을 뗀다.

"7, 8월 두 달은 쉬고 9월에는 뭔가 성대하게 할 생각입니다. 뭐 재미난 게 없을까요?"

"글쎄요" 하고 주인은 신통찮게 대답한다.

"도후 군, 내 창작물을 한번 안 해보겠나?"

이번에는 간게쓰 군이 나선다.

"자네의 창작물이라면 재미난 거겠지만, 대체 뭔가?"

"각본일세" 하고 간게쓰 군이 강한 어조로 나오자, 아니나 다를까 세 사람은 좀 기가 막힌지 약속이나 한 듯이 다 같이 그의 얼굴을 본다.

"각본 좋지. 희극인가, 비극인가?"

도후 군이 관심을 비추자, 간게쓰 선생은 더욱 점잔을 빼며 말한다.

"아니 뭐, 희극도 비극도 아닐세. 요즘은 구극舊劇이니 신극新劇이니 하며 엄청 시끄러우니까 나도 새로운 스타일을 하나 발명해 하이게키俳劇라는 걸 만들어봤다네."

"하이게키란 어떤 건가?"

"'하이쿠 취미의 극'을 두 자로 줄여서 '하이게키'로 한 걸세."

이 말에 주인도 메이테이도 다소 어리둥절해서 가만히 있는다.

"그래서 그 취지란?" 하고 질문한 건 역시 도후 군이다.

"뿌리가 하이쿠 취미에서 나오는 것이니까 너무 장황하고 요란스런 것은 좋지 않겠다 싶어서 단막극짜리로 했네."

"아하, 그렇군."

"우선 무대장치부터 얘기하자면, 이것도 지극히 간단한 게 좋아. 무대 한가운데에 커다란 버드나무를 한 그루 심어놓고 말이야, 그 버드나무 줄기에서 가지 하나를 오른쪽으로 쭉 뻗어 나오게 해서 그 가지에 까마귀 한 마리가 앉아 있는 거네."

"까마귀가 가만히 있으면 괜찮겠지만" 하고 주인이 혼잣말처럼 걱정한다.

"뭐, 간단합니다. 까마귀 발을 실로 나뭇가지에 묶어두는 겁니다. 그리고 그 밑에 목욕통을 내놓고요, 미인이 옆을 향해서 수건으로 목욕을 하고 있는 겁니다."

"그건 좀 데카당이네. 첫째 누가 그 여자 역할을 하겠어?"

메이테이가 묻는다.

"뭐, 그것도 아주 쉽습니다. 미술학교 모델을 데려오면 되지요."

"경시청에서 뭐라고 잔소리할 것 같은데."

주인이 또 걱정을 한다.

"한데 흥행하지만 않으면 괜찮지 않습니까? 그런 걸 일일이 간섭하는 날에는 학교에서 나체화 사생 같은 건 하지도 못하게요."

"하지만 그건 공부로 하는 거니까 그냥 보고 있는 것과는 좀 다르지."

"선생님들께서 그런 말씀을 하시다니 일본도 아직 멀었습니다. 회화나 연극이나 다 똑같은 예술입니다" 하고 간게쓰 군은 크게 기염을 토한다.

"토론도 좋지만, 그러고서 어떻게 하는 건가?"

도후 군은 어쩌면 실제로 해볼 생각이 있는지 줄거리를 빨리 듣고 싶어 한다.

"거기에 무대 통로에서 하이쿠 시인 다카하마 교시[15]가 지팡이를 짚고, 하얀 심이 든 모자를 쓰고, 아주 얇은 비단 하오리에 아래는 사쓰마가스리[16] 바지를 입고, 옷자락을 걷어 올려 허리춤에 끼고, 단화를 신은 차림으로 등장하는 거야. 옷차림은 육군의 군납업자 같지만 하이쿠 시인이니까 되도록이면 유유하게 속으로는 시구절 짓기에 여념이 없는 것처럼 걸어야 한다네. 그래서 교시가 통로를 다 걸어가서 마침내 무대

---

15) 하이쿠 시인, 소설가, 1874~1959.

16) 오키나와 지방에서 나는 무명 직물.

에 다다랐을 때, 문득 시구절을 생각하느라 잠겨 있던 눈을 들어 앞을 보면, 커다란 버드나무가 있고 버드나무 그늘에서 하얀 여자가 목욕을 하고 있는 게지. 헉하고 깜짝 놀라 위를 보면, 기다란 버드나무 가지 위에 까마귀 한 마리가 앉아서 여자가 목욕하는 걸 내려다보고 있는 거야. 거기서 교시 선생이 하이쿠의 시적 경지에 크게 감동했다는 표시로 50초 정도 끌다가, '목욕하는 여인에 반한 까마귀여' 하고 커다란 소리로 한 구절 낭송하는 걸 신호로 딱따기를 치면서 막을 내리는 거야. 어떤가, 이러한 취지는? 마음에 안 드시나? 자네가 오미야 노릇을 하는 것보다 교시가 되는 편이 훨씬 나을걸."

도후 군은 뭔가 부족하다는 표정으로 "너무 허전한 것 같아. 좀 더 정서를 가미한 사건이 있으면 좋겠네" 하고 진지하게 대답한다. 여태까지 비교적 점잖게 듣고만 있던 메이테이는 그렇게 언제까지나 잠자코 있을 사람이 아니다.

"겨우 그것뿐이라니 하이게키라는 건 어이가 없군. 우에다 빈[17] 군의 설에 의하면 하이쿠 취향이니 해학이니 하는 것은 소극적이라 망국의 소리라고 하는데, 빈 군답게 멋있는 말을 했어. 그런 시시한 걸 해보게나. 그야말로 우에다 군한테 비웃음만 살 뿐일세. 첫째, 극인지 익살인지 너무 소극적이라서 알 수가 없잖은가? 실례되는 말이지만 간게쓰 군은 역시 실험실에서 유리알을 갈고 있는 게 좋겠네. 하이게키를 백 편 만들든 2백 편 만들든 그런 망국의 소리여선 안 되거든."

간게쓰 군은 약간 부루퉁해서 "그렇게 소극적일까요? 전 굉장히 적극적이라고 생각하는데요" 하고 어느 쪽이든 상관없는 일을 변명하려고 한다.

"교시가 말이에요, 교시 선생이 '여인에 반한 까마귀여' 하고 까마귀를 포착해서 여인에게 반하게 한 데가 매우 적극적이라고 생각합니다."

---

17) 영문학자, 시인, 1874~1916.

"그거 새로운 설이군. 그 설명 좀 들어보세."

"이학사로서 생각해보면 까마귀가 여인에게 반한다는 건 불합리합니다."

"그렇지."

"그런 불합리한 것을 하이쿠로 자연스럽게 표현해보면 조금도 무리하게 들리지 않습니다."

"그럴까?" 하고 주인이 의심스러운 투로 끼어들었지만 간게쓰는 전혀 개의치 않는다.

"왜 무리하게 들리지 않느냐 하면, 이건 심리적으로 설명하면 잘 알 수 있습니다. 실제로 말하면 반한다거나 반하지 않는다거나 하는 것은 시인 그 사람 마음속에 존재하는 감정이지 까마귀와는 관계없는 일입니다. 그런데도 저 까마귀가 반했구나 하고 느끼는 것은 결국 까마귀가 이러니저러니 하는 게 아니라, 필경 자신이 반했기 때문이죠. 교시 자신이 아름다운 여인이 목욕하는 장면을 보고 깜짝 놀라는 순간에 홀딱 반해버렸음에 틀림없습니다. 그래서 자신의 반한 눈으로 까마귀가 나뭇가지 위에서 꼼짝하지 않고 아래를 내려다보고 있는 걸 보니까 아하, 저놈도 나와 마찬가지로 반했구나 하고 착각을 한 겁니다. 착각임에는 틀림없습니다만, 그 점이 문학적이고 동시에 적극적인 점입니다. 자기만이 느낀 것을 아무 양해도 받지 않고 까마귀에게 확장시키고도 모르는 체하며 시치미를 떼고 있는 것은 상당히 적극주의가 아닙니까? 어떻습니까, 선생님?"

"과연 명론이군. 교시에게 들려줬으면 틀림없이 감탄했을 거야. 그런데 설명은 적극적이지만 실제로 그 극이 상연되는 날에는 관객들은 확실히 소극적이 될 걸세. 그렇지, 도후 군?"

"예, 아무래도 너무 소극적인 것 같습니다."

도후 군은 진지한 얼굴로 대답했다.

주인은 대화를 좀 더 다른 국면으로 전개해보고 싶었는지 "어떻습니까? 도후 씨, 요즘은 뭐 걸작이 없습니까?"라고 묻는다. 그러자 도후 군은 "아니요, 별로 이렇다 하게 보여드릴 만한 것은 없습니다만, 가까운 시일 내에 시집을 내볼까 해서요. 초고를 마침 가지고 왔으니 비평 말씀을 듣고 싶습니다" 하고 품속에서 보라색 비단 책보를 꺼내더니, 그 속에서 5, 60장 정도의 원고지 묶음을 주인 앞에 내놓는다. 주인은 엄숙한 얼굴로 "어디 봅시다" 하고 펼친다. 첫 페이지에

세상 사람들에 비해 유달리 가녀리게 보이는
도미코 양에게 바치노라

라고 두 줄로 쓰여 있다. 주인이 약간 신비스런 표정으로 잠시 첫 페이지를 아무 말 없이 바라보고 있으므로, 메이테이는 옆에서 "뭐야? 신체시인가?" 하면서 들여다보더니, "여어, 바쳤군그래. 도후 군, 과감하게 도미코 양에게 바친 건 잘한 일일세" 하고 엄청 칭찬을 해댄다. 주인은 아직도 이상하다는 듯이 "도후 씨, 이 도미코라는 사람은 실제로 존재하는 여인입니까?"라고 묻는다.

"예, 요전에 메이테이 선생님과 함께 낭독회에 초대한 여성 중 한 사람입니다. 바로 요 근처에 살고 있습니다. 실은 오는 길에 시집을 보여주려고 잠깐 들렀습니다만, 공교롭게도 지난달부터 오이소에 피서를 가고 없더군요."

도후 군은 고지식하게 말한다.

"구샤미 군, 이게 20세기라는 거네. 그런 얼굴 하지 말고 어서 걸작이나 낭독하게. 그러나 도후 군, 이런 헌사獻詞법은 좀 어색하군그래. 이 '가녀리게'라는 시적 표현은 도대체 무슨 의미라고 생각하나?"

"가냘프다거나 여리여리하다는 뜻이라고 생각합니다."

"물론 그런 의미로도 볼 수 있겠지만, 본래의 뜻을 말하자면 '위태롭게'라는 거지. 그러니까 나 같으면 이렇게는 쓰지 않겠네."

"어떻게 쓰면 좀 더 시적이 될까요?"

"나라면 이렇게 쓰지. '세상 사람들에 비해 유달리 가녀리게 보이는 도미코 양의 코 밑에 바치노라' 하고. 겨우 세 글자 차이지만 '코 밑에'라는 말이 있는 것과 없는 것은 느낌에 굉장히 차이가 난다네."

"그렇군요" 하고 도후 군은 이해가 안 되는 걸 억지로 납득한 것처럼 대답한다.

주인은 말없이 겨우 한 페이지를 넘기더니 마침내 첫머리 제1장을 읽기 시작한다.

> 권태롭게 피어오르는 향 속에 그대의 영혼인가
> 상사相思의 연기가 기다랗게 깔리고
> 오오 이내 몸, 아아 이내 몸, 쓰라린 이승에
> 얻었노라 달콤하고 뜨거운 입맞춤

"이건 나한테는 좀 이해하기 어렵군" 하고 주인은 탄식하면서 메이테이에게 넘겨준다. "이건 좀 지나치게 멋을 부렸군" 하며 메이테이는 간게쓰에게 넘겨준다. 간게쓰는 "과연 그렇군요" 하고 도후 군에게 돌려준다.

"선생님께서 잘 이해하지 못하시는 건 당연한 일입니다. 10년 전의 시단詩壇과 비교하면 요즈음의 시단은 몰라볼 정도로 발달해 있으니까요. 요즈음의 시는 누워서 읽거나 정거장에서 읽어서는 도저히 알 수가 없기 때문에, 시를 쓴 본인조차 질문을 받으면 대답을 못 하는 경우가 자주 있습니다. 전적으로 인스퍼레이션inspiration에 의해서 쓰기 때문에 시인은 그 외에는 아무런 책임도 없는 겁니다. 주석이나 훈독은 학자가 하는 일로, 저희들 쪽에서는 전혀 상관하지 않습니다. 얼마 전에도 제 친구인 소세키라는 사람이 「하룻밤一夜」이라는 단편을 썼습니다만, 누가 읽어도 애매해서 종잡을 수가 없었지요. 그래서 본인을 만나서 전하고자 하는 게 뭐냐고 찬찬히 따져 물어봤지만, 본인도 그런 건 모른다며 상대해주질 않는 겁니다. 그런 게 바로 시인의 특색이 아닌가 싶습니다."

"시인일지는 모르나 상당히 묘한 사람이군요"라고 주인이 말하자, 메이테이가 "바보지" 하고 간단히 소세키 군을 단정 지어버린다. 도후 군은 이것만으로는 부족한지 아직 더 할 말이 있는 것 같다.

"소세키는 우리 동료들 사이에서도 제쳐놓고 있습니다만, 제 시도 아무쪼록 그러한 기분으로 읽어주셨으면 좋겠습니다. 특히 주의를 부탁드리고 싶은 것은 '쓰라린 이승'과 '달콤한 입맞춤'을 대비시킨 대목인데, 제가 고심한 부분입니다."

"무척 고심한 흔적이 보입니다."

"'쓰라리다'와 '달콤하다'를 대비시킨 대목은 열일곱 가지 향신료 맛을 내는 양념 조調[18]라서 재미있어. 정말이지 도후 군의 독특한 기량은 탄복하지 않을 수 없군."

메이테이는 자꾸만 정직한 사람을 헷갈리게 하며 좋아하고 있다.

주인은 뭘 생각했는지 벌떡 일어나 서재로 가더니, 얼마 있다가 붓글씨 연습 종이 한 장을 들고 나온다.

"도후 군의 작품도 봤으니, 이번엔 내가 단문을 읽어 제군들의 비평을 듣겠네."

적잖이 진지한 태도다.

"천연거사의 묘비명이라면 벌써 두세 번 들었는데."

"글쎄, 가만있으라고. 도후 씨, 이건 결코 잘 지은 건 아닌데 그냥 재미로 하는 거니까 들어봐 주십시오."

"꼭 듣겠습니다."

"간게쓰 군도 따라서 들어보게나."

---

18) 열일곱 자로 된 하이쿠의 다른 이름.

"따리시가 아니라도 듣겠습니다. 길지는 않겠지요?"

"겨우 60자 정도야" 하고 구샤미 선생은 드디어 직접 쓴 명문을 읽기 시작한다.

"야마토다마시大和魂![19] 하고 외치고는 일본인이 폐병쟁이 같은 기침을 했다."

"서두부터 기발하군요" 하고 간게쓰 군이 칭찬한다.

"야마토다마시! 하고 신문 배달이 말한다. 야마토다마시! 하고 소매치기가 말한다. 야마토다마시가 껑충 뛰어 바다를 건너갔다. 영국에서 야마토다마시의 연설을 한다. 독일에서 야마토다마시의 연극을 한다."

"과연 이건 천연거사 이상의 작품이야" 하고 이번엔 메이테이 선생이 가슴을 뒤로 쭉 젖히며 탄복한 시늉을 한다.

"도고 대장이 야마토다마시를 갖고 있다. 생선 장수 긴 씨도 야마토다마시를 갖고 있다. 사기꾼, 투기꾼, 살인자도 야마토다마시를 갖고 있다."

"선생님, 거기에 간게쓰도 갖고 있다고 끼워주십시오."

"야마토다마시는 어떤 거냐고 물었더니, 야마토다마시가 야마토다마시지, 하고 지나갔다. 10미터쯤 가고 나서 에헴 하는 소리가 났다."

"그 한 구절은 아주 잘됐네. 자네는 꽤 문재文才가 있군. 그리고 다음 구절은?"

"세모난 게 야마토다마시인가? 네모난 게 야마토다마시인가? 야마토다마시는 그 이름이 나타내는 바와 같이 다마시魂다. 다마시이니까 늘 흔들흔들한다."

"선생님, 아주 재미있습니다만, 야마토다마시가 너무 많지 않습니까?"

도후 군이 지적한다.

---

19) 일본 민족 고유의 정신.

"찬성!" 하고 말한 것은 물론 메이테이다.

"누구나 말은 하지만, 아무도 본 자는 없다. 누구나 들은 적은 있으나, 아무도 만난 자가 없다. 야마토다마시는 덴구天狗[20]의 부류인가?"

주인은 여운이 길게 남아 있는 것처럼 낭독을 마쳤지만, 그 대단한 명문도 너무나 짧고 취지가 어디에 있는 건지 이해가 안 가서, 세 사람은 아직 더 남아 있는 줄 알고 기다리고 있다. 아무리 기다려도 그 이상 아무 말이 없자, 마지막엔 간게쓰가 "그뿐입니까?" 하고 묻는다. 주인은 가볍게 "응" 하고 대답한다. '응'은 너무 좀 태평스럽다.

이상하게도 메이테이는 이 명문에 대하여 여느 때처럼 별로 사설을 늘어놓지 않는다. 하지만 이윽고 주인을 향해 정색을 하고 말했다.

"자네도 단편을 모아 책을 한 권 만들어서 누군가에게 바치는 게 어떤가?"

주인이 어렵지 않다는 듯 "자네에게 바칠까?"하고 물으니 메이테이는 "아니, 싫어" 하고 거절하고는 아까 안주인에게 자랑하던 가위로 싹둑거리면서 손톱을 깎고 있다.

간게쓰 군은 도후 군을 향하여 "자네, 가네다 씨네 딸을 아나?" 하고 묻는다.

"올봄에 낭독회에 초대하고 나서부터 친해져서, 그때부터 자주 교제를 하고 있지. 나는 그 아가씨 앞에 나가면 왠지 특별한 느낌에 사로잡혀 잠시 동안 시를 짓거나 단가短歌를 읊거나 저절로 흥이 넘쳐난다네. 이 시집에 사랑의 시가 많은 것도 모두 다 그런 이성 친구에게서 인스퍼레이션을 받았기 때문이지. 그래서 난 그 아가씨에 대해서는 절실하게 감사의 뜻을 표해야 하니까 이 기회를 이용해서 내 시집을 바치기로 한 걸세. 옛날부터 이성의 벗을 갖지 못한 자 중에 훌륭한 시를 쓴 사람

20) 얼굴이 붉고 코가 높으며 신통력이 있어 하늘을 자유로이 날아다닌다는 상상의 괴물.

은 없다고 하잖아."

"그런가?" 하고 간게쓰 군은 씩 웃는다.

아무리 잡담가들의 모임이라도 그렇게 오래 지속되지는 못하는지, 대화의 열기가 상당히 식었다. 나도 그들의 변화 없는 잡담을 진종일 들어야 할 의무도 없으므로, 이만 실례하고 사마귀나 잡을까 하고 마당으로 나갔다. 푸른 벽오동 사이로 서쪽으로 기운 햇빛이 흐드러지게 새어 비치고, 줄기에서는 애매미가 열심히 울고 있다. 밤에는 어쩌면 한바탕 비가 쏟아질 것도 같다.

7

나는 요즈음 운동을 시작했다. 고양이 주제에 무슨 운동이냐고 건방지다고 무턱대고 비웃어대는 분들에게 잠깐 말씀드리지만, 그렇게 말하는 인간도 바로 얼마 전까지는 운동이 뭔지를 알지도 못하고, 그저 먹고 자는 것을 천직으로 여기지 않았던가? 무사無事가 곧 귀인貴人이라[1]고 외치며, 팔짱 낀 채 썩은 내가 나도록 방석에서 엉덩이를 떼지 않는 것이 주인 양반들의 명예인 줄로 알고 우쭐대며 지내던 일을 기억하고 있을 것이다.

운동을 해라, 우유를 마셔라, 냉수욕을 해라, 바닷속에 뛰어들어라, 여름철에는 산속에 틀어박혀 당분간 안개를 먹어라 등등 쓸데없는 주문을 연발하게 된 것은, 서양이 우리 신국神國 일본에 전염시킨 최근의 질병으로서, 역시 페스트, 폐병, 신경쇠약의 일종으로 보아도 무방할 정도다. 하긴 나는 작년에 태어나서 올해 만 한 살이므로, 인간들이 그런 병에 걸리기 시작한 당시의 상황은 기억에 없다. 뿐만 아니라 그 시절에는 이 풍진 세상에 떠돌아다니고 있지 않았음에 틀림없지만, 고양

1) 무념무상無念無想의 경지에 든 자야말로 존경할 만한 사람이라는 뜻의 선어禪語.

이의 1년은 인간의 10년에 해당한다고 할 수 있겠다.

우리 고양이들 수명은 인간보다 두세 배나 짧음에도 불구하고 그 단시일 내에 고양이 한 마리의 발달이 충분히 달성된다는 사실로써 추론해보면, 인간의 세월과 고양이의 성상星霜을 똑같은 비율로 계산하는 것은 큰 오류다. 첫째, 1년 몇 개월밖에 안 되는 내가 이 정도의 견식을 갖고 있는 것만 봐도 알 수 있다. 주인의 셋째 딸은 햇수로 세 살이라고 하지만, 지식의 발달이라는 관점에서 보면 말도 못하게 느리다. 우는 일과 잠자리에 오줌 싸는 일과 젖 빠는 일 외엔 아무것도 모른다.

세상을 걱정하고 시대를 개탄하는 나 같은 고양이에 비하면 한심스럽기 그지없다. 그러니까 내가 운동, 해수욕, 전지요양의 역사를 이 작은 가슴속에 차곡차곡 다 담고 있다 해도 전혀 놀랄 게 못 된다. 이 정도의 일로 만일 놀라는 자가 있다면 그건 인간이라는, 다리가 두 개 부족한 멍청이임에 틀림없다.

인간은 옛날부터 멍청이다. 그러므로 겨우 최근에 이르러서야 운동의 효능을 선전하거나 해수욕의 이점을 떠들어대며 무슨 큰 발명이나 한 것처럼 생각하는 것이다. 나 같은 고양이는 태어나기 전부터 그 정도는 잘 알고 있다. 다른 건 두고라도 바닷물이 왜 약이 되는가 하는 건 잠깐 바다에 가보면 금방 알 수 있는 일이 아닌가? 그 넓은 바다에 물고기가 몇 마리나 있는지는 모르겠지만, 그 많은 물고기 중에 병들어서 의사의 치료를 받은 예는 단 한 마리도 없다. 모두 다 건강하게 헤엄치고 있다. 병에 걸리면 몸이 말을 안 듣게 된다. 죽으면 반드시 물 위에 뜬다. 그러므로 물고기의 왕생往生을 '뜨다'라고 하고, 새의 훙거薨去를 '떨어지다'라고 외치며, 인간의 적멸寂滅을 '죽다'라고 일컫는다.

서양 여행을 하다 인도양을 횡단한 사람에게 물고기가 죽는 걸 본 적이 있냐고 물어봐라. 그러면 누구나 다 아니라고 대답할 것이다. 그건 그렇게 대답할 수밖에 없다. 아무리 바다를 왕복한들 단 한 마리도 파도 위에 막 숨을 거두고—숨이라고 하면 안 되지. 물고기니까 물을 거뒀다고 해야겠지—물을 거두고 떠 있는 걸 본 자는 없기 때문이다.

저 망망대해를 밤낮으로 계속해서 석탄을 때며 찾아다녀도 예부터 지금까지 물고기가 단 한 마리도 떠오르지 않은 사실로 추론해보면, 물고기는 엄청 튼튼한 동물임에 틀림없다는 것을 쉽게 단정할 수가 있다. 그렇다면 물고기가 어떻게 그렇게 튼튼한가 하면 이 또한 인간에게 물어봤자 모르는 일로, 아주 명백하다. 오로지 바닷물만 삼키고 언제나 해수욕을 하기 때문이다. 해수욕의 효능은 그렇게 물고기에게 있어서 현저하다. 물고기에게 있어서 현저한 이상 인간에게 있어서도 현저하지 않을 리 없다.

1750년에 영국의 의사 리처드 러셀이 브라이튼 바닷물에 뛰어들면 404가지 병이 즉시 완쾌된다고 요란하게 광고를 낸 것은 너무 때늦은 감이 있다고 비웃을 만하다. 고양이긴 하지만 적당한 시기가 오면 모두 함께 가마쿠라 해안 근처 어딘가로 나갈 작정이다. 단, 지금은 안 된다. 모든 일에는 때가 있다. 유신 전의 일본인이 해수욕의 효능을 맛보지 못하고 죽은 것과 같이, 오늘날의 고양이는 아직 알몸으로 바닷속에 뛰어들 기회를 갖지 못하고 있다.

서두르면 일을 그르친다. 오늘날같이 매립지에 버려지러 간 고양이가 무사히 돌아오기 전에는 무턱대고 뛰어들 순 없는 노릇이다. 진화의 법칙으로 우리 고양이들에게 광란노도狂瀾怒濤에 대한 적당한 저항력이 생기기 전까지는—바꿔 말하자면 고양이가 '죽었다'고 하지 않고 고양이가 '떴다'는 말이 일반적으로 사용될 때까지는—쉽게 해수욕은 할 수 없다.

해수욕은 추후에 실행하기로 하고, 운동만은 우선 당장 하기로 했다. 아무래도 20세기인 오늘날 운동을 안 하는 건 가난뱅이 같아서 남 보기에 안 좋다. 운동을 안 하고 있으면 운동을 하지 않는 게 아니라 운동을 못 하는 것이고, 운동을 할 시간이 없는 것이고, 여유가 없는 것이라는 감정鑑定을 받게 된다. 옛날에는 운동하는 사람이 무가의 하인이라며 비웃음을 당했으나, 지금은 운동하지 않는 사람이 열등한 사람으로 간주되고 있다.

우리의 평가는 때와 경우에 따라 나의 눈알처럼 변화한다. 내 눈알은 단지 작아지거나 커지거나 할 뿐이지만, 인간의 품평은 완전히 거꾸로 뒤집어진다. 뒤집어져도 괜찮다. 사물에는 양면이 있고 양극단이 있다. 양극단을 두들겨서 같은 사물에 흑백의 변화를 일으키는 게 인간의 융통성 있는 점이다. '심중'을 거꾸로 하면 '중심'이 되는데 거기에 귀염성이 있다. 아마노하시다테[2]를 사타구니 사이로 들여다보면 또 다른 각별한 흥취가 난다.

셰익스피어도 천년만년 셰익스피어로는 시시하다. 가끔은 사타구니 사이로 햄릿을 보고, 자네 이거 틀렸네 하고 말해주는 사람이 없다면 문학계도 진보하지 않을 것이다. 그러니까 운동을 나쁘게 말한 자들이 갑자기 운동이 하고 싶어져서 여성까지 라켓을 들고 길거리를 돌아다녀도 전혀 이상할 게 없다. 단지 고양이가 운동하는 것을 건방지다고 비웃지만 않으면 된다.

그런데 나의 운동이 어떠한 종류의 운동인지 의문을 품는 자가 있을지도 모르니까 일단 설명을 하고자 한다. 아시는 바와 같이 불행히도 나는 도구를 손에 들지 못한다. 그러므로 공도 배트도 다룰 줄 모른다. 또 돈이 없으니까 살 수도 없다. 이 두 가지 원인으로 인해 내가 택한 운동은 돈 한 푼 들이지 않고 도구도 사용하지 않는 종류에 속하는 것이라고 하겠다.

그렇다면 어슬렁어슬렁 걸어 다니거나, 또는 다랑어 토막을 입에 물고 뛰어가는 것으로 생각할지도 모르나, 그저 네 개의 발을 역학적으로 움직여 지구 인력에 순응하여 대지 위를 돌아다니는 것은 너무나 간단하여 흥미가 없다. 아무리 운동이라고 이름을 붙였어도 주인이 때때로

---

2) 교토에 있는 길이가 약 3킬로미터 되는 사취砂嘴.

실행하는 것과 같은 문자 그대로의 운동—움직이기—은 아무래도 운동의 신성함을 더럽히는 거라고 생각된다. 물론 단순한 운동이라도 어떤 자극 아래에서라면 할 수도 있다. 가다랑어 뺏기, 연어 찾기 등은 좋은 운동이 되나 이런 건 문제의 대상물이 있은 뒤의 일로, 이 자극을 제거하면 시시해서 흥미가 없어진다. 상품 붙은 흥분제가 없다면 뭔가 재주 부리는 운동을 해보고 싶어진다.

나는 여러 가지 방법을 생각해봤다. 부엌 처마에서 지붕으로 뛰어오르는 방법, 지붕 꼭대기에 있는 매화 문양의 기와 위에 네 발로 서는 기술, 바지랑대를 타고 건너가는 일—이건 도저히 성공할 수 없다. 대나무가 미끄러워서 발톱이 서지 않기 때문이다. 등 뒤에서 불시에 어린애에게 뛰어오르는 일—이건 굉장히 흥미로운 운동 중의 하나이지만 잘못하다간 큰코다치므로, 기껏해야 한 달에 세 번 정도밖에 시도하지 않는다. 종이봉투를 내 머리에 뒤집어씌우는 일—이것은 고통스럽기만 하지 아주 재미없는 방법이다. 게다가 인간이란 상대가 없으면 성공하지 못하므로 소용없다. 다음은 책표지를 발톱으로 긁어대는 일—이것은 주인에게 들키면 반드시 호통 맞을 위험성이 있을 뿐만 아니라, 비교적 발끝만 움직일 뿐 전신의 근육은 별로 활동하지 않는다. 이것들이 내가 말하는 이른바 구식 운동이라는 것이다.

신식 운동 중에는 굉장히 흥미로운 것이 있다. 첫째로 사마귀 사냥—사마귀 사냥은 쥐 사냥만큼 대규모의 운동은 아닌 대신에 그렇게 위험성은 없다. 한여름부터 초가을에 걸쳐서 하는 유희로서는 가장 좋은 운동이다. 그 방법을 말하자면 우선 마당에 나가서 사마귀 한 마리를 찾아낸다. 날씨가 좋으면 정말로 한두 마리 찾아내기는 문제도 아니다. 그렇게 해서 사마귀를 찾아내면, 그 곁으로 휙 바람을 가로질러 냅다 달려간다. 그러면 사마귀는 이크! 하고 낫 모양의 모가지를 치켜들어 방어 자세를 취한다. 사마귀일지라도 대단히 용감해서 상대의 역량을 알기 전에는 저항할 생각을 하니 우습기도 하다. 치켜든 낫 모양의 모가지를 오른쪽 앞발로 톡 쳐본다. 치켜든 목은 힘이 약하니까 흐느적거리며 휙 돌아간다. 이때 사마귀의 표정이 굉장히 흥미를 자아낸다. 어럽쇼 하는 표정이 역력하다.

그러고 있을 때 껑충 한 걸음에 건너뛰어 사마귀 뒤로 돌아 이번에는 뒤에서 그의 날개를 가볍게 할퀸다. 그 날개는 평상시엔 소중하게 접혀 있지만, 심하게 할퀴면 팍 흐트러져서 그 속에서 닥나무의 얇은 종이 같은 연한 색채를 띤 속옷이 드러난다. 사마귀는 여름철에도 수고스럽게 겹옷을 입고서 점잔을 빼고 있다. 이때 그의 길쭉한 목은 반드시 뒤로 다시 향한다. 어떤 때는 전신을 돌려 대항해 오지만, 대개는 목만 쑥 치켜세우고 있다. 이쪽에서 먼저 덤벼드는 것을 기다리고 있는 것 같다. 상대가 언제까지나 그런 태도로 있으면 운동이 안 되니까, 너무 오래 끌면 다시 한 번 톡 친다.

이만큼 얻어맞으면 지각 있는 사마귀라면 반드시 도망친다. 그런데도 덮어놓고 덤벼드는 것은 어지간히 교육을 못 받은 야만스런 사마귀다. 만일 상대가 이렇게 야만스런 태도로 나올 것 같으면 다가오는 순간을 노리고 있다가 호되게 후려갈긴다. 대개는 저만큼 1미터 정도는 나가떨어지게 마련이다. 그러나 적이 순순히 뒤로 물러나면 이쪽은 불쌍한 생각이 들어서 마당 구석에 있는 나무 주위를 날아다니는 새처럼 두세 바퀴 날쌔게 돌다가 제자리로 돌아온다. 사마귀 군은 아직도 겨우 15센티미터 남짓 정도밖에 도망치지 못하고 있다. 이젠 나의 역량을 알았으니 대항할 용기는 없다. 그저 빠져나가려고 우왕좌왕할 뿐이다. 그러나 나도 우왕좌왕하며 추격해 가니까, 끝내는 그도 시달리다 못해 날개를 펼치며 일대 도약을 시도할 때가 있다.

원래 사마귀의 날개는 그의 목과 조화를 이루어 굉장히 기다랗게 생겼지만, 들은 바에 의하면 그냥 장식용이라고 하니, 인간의 영어, 불어, 독일어와 같이 전혀 실용적인 것이 못 된다. 그러니 쓸모없는 기다란 날개를 이용하여 일대 도약을 시도해봤자 나에 대하여 그다지 효능이 있을 리가 없다. 이름은 도약이지만 사실은 땅바닥 위로 질질 끌고 다니는 것에 지나지 않는다.

이렇게 되면 다소 불쌍하다는 느낌은 들지만, 운동을 위한 일이니 별 수 없다. 실례를 무릅쓰고 당장에 전면으로 달려 나간다. 사마귀는 타성으로 급회전을 못 하므로 역시 어쩔 수 없이 전진해 온다. 그 코를 냅다 후려갈긴다. 이때 사마귀 군은 반드시 날개를 펼친 채 쓰러진다. 그 위를 힘껏 앞발로 누르고 잠깐 휴식을 취한다. 그러고서 다시 놓아준다. 놓아주었다가 다시 누른다. 칠금칠종七擒七縱[3]이라는 공명의 전술로 공격을 계속 가한다. 약 30분간 이 순서를 되풀이하다 꼼짝도 못하게 된 것을 확인하고서 살짝 입에 물고 흔들어본다. 그러고서 다시 뱉어낸다.

이번에는 땅바닥 위에 쓰러진 채 움직이지 않으므로, 내 손으로 쿡쿡 찔러서 그 기세로 꿈틀거리는 것을 다시 짓누른다. 이것도 싫증이 나면, 마지막 수단으로 우적우적 먹어버린다. 얘기가 나온 김에 사마귀를 먹어본 적이 없는 사람에게 말해두지만, 사마귀는 별로 맛이 없다. 그리고 자양분도 의외로 적은 것 같다.

사마귀 사냥에 이어서 매미 사냥이라는 운동을 한다. 단순히 매미라고 해도 모두 똑같은 것이 아니다. 인간에도 뺀돌이, 얌숭이, 허풍이가 있듯이, 매미에도 유지매미, 참매미, 애매미가 있다. 유지매미는 끈덕져서 글렀다. 참매미는 거만해서 못쓴다. 그냥 잡는 게 재밌는 것은 애매미다. 이놈은 여름이 다 끝날 무렵이 아니면 나오지 않는다. 터진 겨드랑이 밑으로 가을바람이 소리 소문 없이 살갗을 어루만져서 에취 하고 재채기하며 감기에 걸렸다고 할 즈음에 맹렬하게 꼬리를 흔들면서 울어댄다. 너무나도 잘 우는 놈으로, 내가 보기엔 우는 것과 고양이에게 잡히는 것 외에는 천직이 없지 않나 싶다. 초가을에 이놈을 잡는다.

---

3) 제갈공명이 남만 왕 맹획을 일곱 번 놓아주었다가 일곱 번 포획했다는 전략.

이를 일컬어 매미 사냥 운동이라고 한다.

잠깐 여러분에게 말해두지만 적어도 매미라는 이름이 붙은 이상에는 땅바닥 위에 뒹굴고 있지는 않다. 땅바닥 위에 떨어져 있는 놈에게는 반드시 개미가 달라붙어 있다. 내가 잡는 것은 이 개미 영역에 뒹굴고 있는 놈이 아니다. 높다란 나뭇가지에 붙어 앉아 매앰매앰 하고 우는 녀석들이다.

이것도 말이 나온 김에 박식한 인간에게 묻고 싶은데, 그게 정말 매앰매앰 하고 우는 건지, 미잉미잉 하고 우는 건지, 그 해석하기에 따라서는 매미 연구상 적지 않은 관계가 있을 것으로 생각한다. 인간이 고양이보다 나은 점은 이런 데에 있는 것이고, 인간이 스스로 자랑하는 점 또한 이런 점에 있으니, 지금 당장 대답하지 못하겠다면 잘 생각해두는 게 좋겠다.

하긴 매미 사냥 운동에 있어서는 어느 쪽이든 상관없다. 그냥 울음소리를 따라서 나무를 타고 기어 올라가, 상대가 정신없이 울고 있을 때 다짜고짜로 잡기만 하면 된다. 이건 가장 간단한 운동같이 보이지만 굉장히 힘든 운동이다. 나는 네 다리를 가지고 있으니까 대지를 걷는 데 있어서는 그다지 다른 동물보다 못하다고는 생각하지 않는다. 적어도 두 다리와 네 다리의 수학적 지식에서 판단해보아 인간에게는 지지 않으리라 본다.

그러나 나무 타기에 있어서는 나보다 상당히 잘하는 녀석이 있다. 전문가인 원숭이는 차치하더라도 원숭이의 후예인 인간 중에도 여간해서 업신여기지 못할 무리가 있다. 나무에 오르는 일은 원래가 인력에 거스르는 무리한 사업인지라 못해도 별반 치욕이라고는 생각하지 않지만, 매미 사냥 운동에는 적지 않은 불편을 준다. 다행히 발톱이라는 이기利器가 있어 그럭저럭 간신히 오르기는 하지만, 옆에서 보는 것처럼 쉽지는 않다. 뿐만 아니라 매미는 날아다니는 생물이다. 사마귀와 달리 한번 날아버리면 그만인지라, 애써 나무에 올라갔다가도 애당초 안 오른 것과 조금도 다를 바가 없는 비운에 처할 염려도 없지 않다.

맨 끝으로 자칫하면 매미한테 오줌 세례를 받을 위험이 있다. 그 오줌이 하필이면 내 눈을 겨냥해서 깔겨 오는 것 같다. 도망치는 건 할 수 없지만, 부디 오줌만은 안 깔겨줬으면 좋겠다. 날아오르는 순간에 오줌을 누는 것은 도대체 어떠한 심리 상태가 생리기관에 미친 영향일까? 역시 하도 급해서 그런 건가, 아니면 적의 허를 찔러 잠깐 도망칠 시간적 여유를 만들기 위한 방편인가. 그렇다면 오징어가 먹물을 토해내고, 멍청이들이 문신을 새기고, 주인이 라틴어를 지껄이는 것과 동일한 강목에 들어갈 사항이 된다. 이것도 매미학상 소홀히 할 수 없는 문제다. 잘 연구하면 이것만으로도 확실히 박사 논문의 가치는 있다. 이건 여담이니 이 정도로 해두고 다시 본주제로 돌아간다.

매미가 가장 많이 몰리는 곳은—몰리는 게 이상하면 집합이라고 하겠지만, 집합은 진부하니까 역시 몰리는 것으로 하겠다—매미가 가장 몰리는 곳은 벽오동이다. 한자 이름으로는 오동梧桐이라고 칭한다고 한다. 그런데 이 벽오동은 잎이 굉장히 무성하다. 더욱이 그 잎이 모두 부채만 한 크기라서 잎들이 자라나 겹쳐지면 가지가 전혀 보이지 않을 정도로 무성하다. 이것이 매미 사냥 운동에 아주 방해가 된다. "소리는 나는데 모습은 안 보이는구나" 하는 속요俗謠는 특히 나를 위해 만든 게 아닌가 하고 의심될 정도다.

나는 하는 수 없이 그냥 소리를 따라서 나아간다. 땅 밑에서 2미터쯤 되는 곳에 오동나무가 내가 바라던 대로 두 갈래로 벌어져 있으므로, 여기서 잠깐 쉬면서 잎사귀 뒤로 매미의 소재지를 탐색한다. 하긴 여기까지 오는 동안에 바스락바스락 소리를 내고서 휙 날아가 버리는 성질 급한 무리도 있다. 한 마리가 날아가 버리면 다 글렀다. 흉내를 낸다는 점에서 매미는 인간 못지않게 바보스럽다. 뒤따라서 연달아 날아오른다. 간신히 두 갈래에 다다랐을 즈음에 나무 전체가 아무 소리도 안 나고 적막한 경우가 있다.

예전에 여기까지 올라왔는데 아무리 사방을 둘러보아도, 아무리 귀를 흔들어보아도 매미의 기척이 없어서, 다시 올라오는 것도 귀찮아서 잠시 휴식하려고 두 갈래 위에 진을 치고 제2의 기회를 기다리다가, 어느새 잠이 들어 그만 꿈나라에서 놀았던 적이 있다. 아차 하고 눈을 떠보니 두 갈래의 나뭇가지 꿈나라에서 뜰의 포석 위로 털썩 떨어져 있었다.

그러나 대개는 오를 때마다 한 마리는 잡아가지고 내려온다. 다만 흥미가 좀 떨어지는 것은 나무 위에서 입에 물어야 한다는 점이다. 그러니까 밑으로 가지고 내려와서 뱉어냈을 때는 대개 죽어 있다. 아무리 까불어대고 할퀴어도 이렇다 할 반응이 없다. 매미 사냥의 묘미는 살금살금 다가가서 애매미 군이 열심히 꼬리를 폈다 오므렸다 하고 있는 것을 앞발로 확 짓누르는 그 순간에 있다. 이럴 때 애매미 군은 비명을 지르며 엷고 투명한 날개를 종횡무진으로 팔락인다. 그 재빠르고 근사한 폼은 이루 말로 표현할 수 없으며, 그야말로 매미 세계의 장관이라 할 수 있다. 나는 애매미 군을 누를 때마다 언제나 애매미 군에게 청하여 이 미술적 연예를 구경하기로 한다. 그게 싫어지면 실례를 무릅쓰고 입속에 처넣는다. 매미에 따라서는 입속으로 들어가서까지 연예를 계속하는 녀석도 있다.

매미 사냥 다음에 하는 운동은 소나무 미끄럼 타기다. 이건 길게 쓸 필요도 없으니까 조금만 얘기해두겠다. 소나무 미끄럼 타기라고 하면 소나무를 미끄럼 타는 것으로 생각할지 모르나, 그런 게 아니고 이 역시 나무 타기의 일종이다. 단지 매미 사냥은 매미를 잡기 위해 오르는 것이고, 소나무 미끄럼 타기는 오르는 것을 목적으로 오르는 것이라는 점에 이 둘에 차이가 있다.

원래 소나무는 늘푸른나무로 사이묘지最明寺[4]를 대접하고 난 이후로 오늘날에 이르기까지 굉장히 울퉁불퉁해졌다. 따라서 소나무의 줄기만큼 매끄럽지 않은 것은 없다. 이만큼 손잡이로 좋은 것은 없다. 이만큼

발붙이기 좋은 것은 없다. 바꿔 말하면 이 이상 발톱 걸기에 좋은 것은 없다.

그 발톱 걸기 좋은 줄기로 단숨에 뛰어오른다. 뛰어 올라갔다가 뛰어 내려온다. 뛰어 내려오는 데에는 두 가지 방법이 있다. 하나는 머리를 땅바닥으로 향하여 내려오는 것이다. 또 하나는 올라간 그대로의 자세를 흐트러뜨리지 않고 꼬리를 아래로 향하고 내려오는 것이다.

인간에게 묻겠는데, 어느 쪽이 어려운지 알겠는가? 인간의 얄팍한 생각으로는 어차피 내려오는 거니까 아래를 향해 뛰어내리는 편이 쉬우리라고 판단할 것이다. 그게 틀렸다. 당신들은 요시쓰네[5] 무장이 히요도리고에[6]를 함락시킨 것만 알고, 요시쓰네조차 아래를 향해 내려오니까 고양이 같은 건 아래를 향하는 게 당연하다고 생각할 것이다. 그렇게 업신여기는 게 아니다.

고양이 발톱이 어느 쪽을 향해 붙어 있다고 생각하는가? 죄다 뒤로 꼬부라져 있다. 그러니까 막대기 끝에 쇠갈고리가 달린 소방 용구처럼 물건을 걸어서 끌어당길 수는 있지만 거꾸로 밀어내는 힘은 없다. 지금 내가 소나무를 힘차게 올라탔다고 하자. 그러면 나는 원래 땅 위에 사는 놈이니, 자연의 순리대로 말하자면 틀림없이 오래도록 소나무 꼭대기에 머무는 것이 허락되지 않을 것이다. 그냥 내버려 두면 반드시 떨어진다. 그러나 맥없이 떨어져서는 너무 빠르다. 그러니까 어떤 수단을 써서라도 이 자연적인 경향을 얼마만큼은 완화시켜줘야 한다. 이것이 곧 내려오는 것이다.

떨어지는 것과 내려오는 것은 굉장한 차이가 나는 것 같지만, 실은

4) 그 절에 은거했던 호쿠조 도키요리를 가리킴. 호쿠조가 전국 지방 순회 도중 겨울에 어느 가난한 무사 집에 들렀을 때 무사가 아끼던 매화나무, 소나무, 벚나무를 태워 대접했다는 전설이 있음.

5) 미나모토노 요시쓰네, 가마쿠라 시대 초기의 무장, 1159~1189.

6) 요시쓰네가 적을 치러 갈 때 통과한 고베 시의 험한 고개.

생각하는 것만큼 차이가 나지는 않는다. 떨어지는 것을 더디게 하면 내려오는 것이요, 내려오는 것을 빨리하면 떨어지는 것이 된다. 이렇게 '떨어지다'와 '내려오다'는 별 차이가 없다. 나는 소나무 위에서 떨어지는 것은 싫으니까 떨어지는 것을 완화시켜서 내려와야 한다. 즉, 어떤 것을 가지고 떨어지는 속도에 저항해야 한다. 내 발톱은 앞서 말씀드린 대로 모두 뒤를 향해 있으니까 만일 머리를 위로 하고 발톱을 세우면 이 발톱의 힘은 죄다 떨어지는 기세와는 반대로 이용할 수 있다. 따라서 떨어지는 게 변해서 내려가는 게 된다. 실로 식은 죽 먹기보다 쉬운 이치다.

그런데 또 몸을 거꾸로 하여 요시쓰네식으로 소나무 타기를 해보라. 발톱은 있어도 아무 쓸모가 없다. 쭈르르 미끄러져 어디서건 자신의 체중을 지탱할 수가 없게 된다. 여기에서 모처럼 내려가려고 계획했던 것이 변하여 떨어지게 된다. 이처럼 히요도리고에는 어렵다. 고양이 중에서 이런 재주를 부릴 수 있는 건 아마 나밖에 없을 것이다. 그래서 나는 이 운동을 가리켜 소나무 미끄럼 타기라고 한다.

끝으로 울타리 타기에 대해서 한마디 하겠다. 주인의 뜰은 대나무 울타리로 사방이 사각형으로 쳐져 있다. 툇마루와 나란히 평행한 한쪽 담은 15, 6미터는 되나, 좌우 양쪽은 각각 7미터 정도밖에 안 된다. 지금 내가 말한 울타리 타기라는 운동은 이 울타리 위를 떨어지지 않고 한 바퀴 도는 것이다. 이것을 할 때는 실수하는 일도 간혹 있지만, 순조롭게 잘하면 기분이 좋아진다. 특히 군데군데 밑동을 태운 통나무가 세워져 있으므로 잠시 휴식하는 데 편리한 점이 있다.

오늘은 성적이 좋아서 아침부터 낮까지 세 번 돌아봤는데, 할 때마다 능숙해지고 능숙해질 때마다 재미가 난다. 마침내 네 번이나 반복했는데, 그 네 번째에 반쯤 돌았을 때 이웃집 지붕에서 까마귀 세 마리가 날아오더니, 2미터쯤 떨어진 저편에 나란히 한 줄로 앉는 게 아닌가. 이런 무례한 놈들 같으니라고, 남의 운동을 방해하다니! 더구나 어디

사는 까마귀인지 족보도 없는 주제에 남의 울타리에 앉는 법이 어디 있는가. 그래서 나는 "내가 지나간다. 어서 비켜라" 하고 소리를 질렀다.

맨 앞의 까마귀는 이쪽을 보고 히죽히죽 웃고 있다. 그다음 놈은 주인의 마당을 빤히 바라보고 있다. 세 번째는 주둥아리를 울타리의 대나무에다 닦고 있다. 뭔가 처먹고 왔음에 틀림없다. 나는 대답을 기다리기 위해서 그들에게 3분간의 유예를 주고 울타리 위에 멈춰 서 있었다. 까마귀는 통칭 간자에몬[7]이라고 한다는데 정말 간자에몬이라 할 만하다. 내가 아무리 기다려도 인사도 하지 않거니와 날지도 않는다. 나는 어쩔 수 없이 슬슬 걷기 시작했다.

그러자 맨 앞의 간자에몬이 살짝 날개를 펼친다. 이제야 겨우 나의 위세에 눌려 도망치는구나 했더니 우향에서 좌향으로 자세를 바꾸었을 뿐이다. 이놈 보게! 땅 위에서라면 그대로 두지 않겠지만, 어쩌겠는가. 그러잖아도 몸도 가누기 힘든 비좁은 길에서 벽창호 따위를 상대할 여유가 없다. 그렇다고 다시 걸음을 멈춰 서서 세 마리가 물러나기를 기다리는 것도 싫다.

그렇게 기다리고 있자니 무엇보다도 다리가 지탱하지 못한다. 상대는 날개가 있는 신분이니 이런 곳에는 늘 습관이 되어 있다. 따라서 기분이 내키면 언제까지나 머무를 것이다. 나는 이번이 네 번째라서 그러잖아도 상당히 지쳐 있다. 더군다나 줄타기나 다름없는 곡예 겸 운동을 하고 있는 거다. 아무런 장애물이 없어도 떨어지지 않는다는 보장을 못하는데 이런 까만 새끼들이 세 놈이나 앞길을 가로막고 있다니 여간 큰 난관이 아닐 수 없다.

다급해지면 스스로 운동을 중지하고 울타리에서 내려오는 수밖에 없다. 귀찮으니까 차라리 그렇게 할까. 적은 많고 특히 이 근처에서는 자주 못 보던 모습들이다. 주둥이가 묘하게 뾰족한 게 어째 덴구가 점

7) 까마귀를 의인화한 말로 굳이 해석하자면 '까마귀 아저씨' 정도의 뜻.

지해줘서 태어난 놈들 같다. 어떻든 성질 고약한 놈들일 게 뻔하다. 퇴각하는 게 안전할 것 같다. 더 나아가다가 만일에 떨어지기라도 하면 더욱 창피스럽다.

그렇게 생각하고 있는데 좌로 향하고 있던 까마귀가 "바보!" 하고 소리친다. 다음 놈도 덩달아서 "바보!" 하고 소리 지른다. 마지막 놈은 친절하게도 "바보! 바보!" 하고 연거푸 외친다. 아무리 온후한 나로서도 이렇게 된 이상 간과할 수가 없다. 첫째, 자기 집 안에서 까마귀 같은 놈들한테 모욕을 당했대서야 나의 이름에 관계된다. 이름이 아직 없으니까 관계될 수가 없다고 한다면 체면에 관계된다. 결코 퇴각은 할 수 없다. 속담에도 오합지졸烏合之卒이라는 말이 있으니 세 마리라 한들 의외로 약할지도 모른다. 나아갈 수 있는 데까지 나아가 보자는 배짱으로 어슬렁어슬렁 걷기 시작했다.

까마귀는 모른 척하고 자기들끼리 서로 무슨 얘기를 하고 있는 것 같다. 더욱더 부아가 난다. 울타리 폭이 16, 7센티미터만 더 넓었다면 혼을 내주겠지만, 유감스럽게도 아무리 화가 나도 어슬렁어슬렁 걸을 수밖에 없다. 간신히 선봉에서 16, 7센티미터쯤 되는 거리까지 와서 이제 조금만 더 가면 된다고 생각한 순간, 이 간자에몬들이 미리 짠 듯이 갑자기 푸드덕 날갯짓을 하며 50센티미터쯤 날아올랐다. 그 바람이 돌연 내 얼굴에 불어닥친 순간, 아뿔싸, 그만 발을 헛디뎌 쿵 하고 떨어졌다. 아니 이런 실수를 하다니! 하고 울타리 밑에서 올려다보니, 세 마리 다 도로 제자리에 앉아서 주둥이를 나란히 하고 내 얼굴을 내려다보고 있다.

뻔뻔스런 놈들 같으니라고. 눈을 부릅뜨고 노려보았지만 도통 효과가 없다. 등을 둥그렇게 구부리고 소리도 으르렁거려봤지만 이 또한 헛수고였다. 세속인에게 영묘한 상징시가 이해되지 않듯이 내가 그들한테 표시하는 분노의 기호도 아무런 반응을 일으키지 못한다. 생각해보면 무리도 아니다. 나는 지금까지 그들을 고양이로 취급해주었다. 그게 잘못됐다. 고양이라면 이 정도 하면 확실히 반응할 텐데 애석하게도 상대방은 까마귀다. 간자에몬들이라 별수가 없다.

실업가가 주인 구샤미 선생을 억누르려고 애달아하듯이, 사이교[8]에게 은으로 된 나를 바치는 것처럼[9], 사이고 다카모리[10] 동상에다 간자에몬들이 똥을 깔겨대는 것과 같은 것이다. 기회를 포착하는 데 재빠른 나는 도저히 안 되겠다 싶어서 깨끗이 툇마루로 물러나왔다.

이제 저녁 먹을 시간이다. 운동도 좋지만 도가 지나치면 안 좋다. 어째 몸 전체가 기운이 없고 뻑적지근한 느낌이 든다. 뿐만 아니라 아직 초가을인데 운동 중에 햇볕을 쬔 털옷은 석양 햇살을 실컷 흡수해선지 화끈화끈 달아올라 못 견디겠다. 모공에서 스며 나오는 땀이 흘러버렸으면 좋겠는데 모근에 기름처럼 착 달라붙는다. 등이 근질근질하다.

땀으로 근질근질한 것과 벼룩이 버스럭거려서 근질근질한 것은 확실하게 구별이 간다. 입이 닿는 곳이라면 깨물 수도 있고, 발이 닿는 영역이라면 긁을 수도 있겠지만, 척추가 세로로 통하는 한가운데는 자력이 미치는 데가 아니다. 이럴 때는 인간을 찾아내어 마구 문대든가 소나무 껍질로 실컷 비벼대는 기술을 써보든가, 양자택일을 하지 않으면 불쾌해서 편안히 잠을 잘 수도 없다.

인간은 어리석은 존재라 고양이 달래는 소리에 따라 — 고양이 달래는 소리는 인간이 나에게 내는 소리다. 나를 기준으로 생각하면 고양이 달래는 소리가 아니라 달램을 받는 소리다. 그야 어쨌든 인간은 어리석은지라, 달램을 받는 소리에 따라 무릎 곁으로 다가가면 대개의 경우 그 또는 그녀 자신들을 사랑하는 줄로 오해하고 내가 하는 대로 내버려둘 뿐만 아니라 때때로는 머리까지 쓰다듬어 준다.

---

8) 헤이안 말기, 가마쿠라 초기의 가인승歌人僧, 1118~1190.

9) 가마쿠라 막부 초대 장군 미나모토노 요리토모가 스님을 알현할 때 은제 고양이를 주었으나, 사이교 중은 나오면서 문 앞의 애들한테 그것을 줘버렸다 함.

10) 메이지의 정치가, 군인, 1828~1877.

그런데 근래 내 털 속에만 난다는 일종의 기생충이 번식했기 때문에 마구 다가가면 반드시 목덜미를 잡혀 저만치 내동댕이쳐 진다. 겨우 눈에 보일까 말까 한 하찮은 벌레 때문에 정나미가 다 떨어진 모양이다. 손바닥을 뒤집으면 비, 엎으면 구름이라는 게 이런 걸 말하는가 보다. 기껏해야 벼룩 1, 2천 마리로 이처럼 약삭빠른 짓거리를 할 수 있는가 싶다.

인간세계를 통해서 행해지는 사랑의 법칙 제1조에는 이런 게 있다고 한다-자기의 이익이 되는 동안에는 마땅히 사람을 사랑해야 한다. 인간의 태도가 갑자기 변해서 아무리 가려워도 인력人力을 이용할 수는 없다. 그러므로 제2의 방법으로 소나무 껍질에다 비비는 수 외엔 달리 어쩔 도리가 없다. 그러면 잠시 비비고 올까 하고 다시 툇마루를 내려서다가, 아니지, 이것도 이해가 상충하는 어리석은 짓이라고 느꼈다.

이는 다른 게 아니라 소나무에는 송진이 있다. 이 송진이란 놈은 아주 집착심이 강한 것이라서 한번 털끝에 붙었다 하면 천둥이 쳐도, 발틱 함대[11]가 전멸당해도 절대 떨어지지 않는다. 뿐만 아니라 다섯 가닥의 털에 달라붙기가 무섭게 열 가닥의 털로 퍼져간다. 열 가닥이 걸렸구나 싶으면 벌써 서른 가닥이 걸려 있다.

나는 담백함을 사랑하는 고상한 고양이다. 이런 악착같고 독하고 끈적끈적하고 질긴 놈은 딱 질색이다. 설령 아무리 천하의 아름다운 고양이라 할지라도 사절하겠다. 하물며 송진에 있어서야. 인력거꾼네 검둥이의 두 눈에서 북풍을 타고 흐르는 눈곱과 다를 바 없는 주제에 이 담회색 털옷을 망쳐버린다는 건 고약한 짓이다. 조금은 생각해봐야 하지 않겠는가? 그리 말해봤자 그놈은 좀체 염려하는 기색이 안 보인다.

그 껍질 가까이에 가서 등을 대기가 무섭게 필시 쩍 하고 들러붙을 게 뻔하다. 이런 무분별한 얼간이를 상대했다가는 내 체면에 관계될 뿐

11) 제정 러시아의 주력 함대.

만 아니라, 나아가서는 내 털에 관계된다. 아무리 근질근질해도 참는 도리밖에 없을 것이다. 그러나 이 두 가지 방법 다 실행할 수 없게 되었다 싶으니 마음이 몹시 불안해진다. 지금 당장 무슨 수를 쓰지 않으면 나중엔 근질근질하고 끈적끈적하다가 끝내는 병에 걸릴지도 모른다.

무슨 좋은 방법이 없을까 하고 뒷다리를 꺾고 생각해보니 문득 떠오르는 게 있다. 우리 집 주인은 가끔씩 수건과 비누를 가지고 훌쩍 어디론가 나가는 일이 있다. 3, 40분쯤 있다가 돌아온 것을 보면 그의 몽롱한 안색이 조금은 활기를 띠고 밝게 보인다. 주인처럼 너저분한 남자에게 이 정도로 영향을 미친다면 나에게는 좀 더 효력이 있을 것임에 틀림없다.

난 그냥 있어도 이 정도로 잘생겼으니 이보다 더 미남이 될 필요는 없지만, 만약 병이라도 걸려서 한 살 몇 개월에 요절하게 된다면 천하 백성들에게 죄송하지 않을 수 없다. 들어보니 이것도 인간이 심심풀이로 만들어낸 공중목욕탕이라고 하는 물건이다. 어차피 인간이 만든 것이니만큼 신통치 않을 게 뻔하지만, 상황이 상황인지라 시험 삼아 들어가 보는 것도 괜찮을 것이다. 해보고 효험이 없으면 그때 그만두면 될 일이다.

그러나 인간이 자기들을 위해서 설비한 목욕탕에 다른 부류의 고양이를 넣어줄 만한 아량이 있을까? 이것이 의문이다. 주인이 별 제한 없이 들어가는 곳이니 설마 나를 거절할 리는 없겠지만, 만일 거절이라도 당한다면 남 보기 부끄럽다. 일단은 동정을 살피러 가는 게 제일이다. 보고 난 뒤에 괜찮겠다는 생각이 들면 수건을 물고 뛰어들어 보자, 하고 여기까지 생각을 정리한 뒤에 어슬렁어슬렁 공중탕을 향해 나갔다.

골목길을 왼쪽으로 꺾으니 맞은편에 높고 굵다란 대나무 홈통 같은 것이 우뚝 서서 끝에서 허연 연기를 뿜어내고 있다. 이게 바로 그 공중목욕탕이란 것이다. 나는 살짝 뒷문으로 몰래 들어갔다. 뒷문으로 잠입하는 것을 비겁하다든가 미련하다든가 하지만 그건 앞문으로밖에 방문할 수 없는 자가 질투심으로 떠들어대는 푸념이다. 예부터 영리한 사람은 뒷문으로 불시에 기습하는 게 보통이다. '신사양성법'의 제2권 제1장 5페이지에 그렇게 씌어 있다고 한다. 그다음 페이지에는 뒷문은 신사의 유서로서 자신의 덕을 얻는 문이라고 적혀 있을 정도다.

나는 20세기의 고양이인지라 이 정도의 교양은 있다. 너무 깔봐선 안 된다. 한데 막상 잠입해보니 왼편에 소나무를 25센티미터 정도로 쪼갠 것이 산더미처럼 쌓여 있고, 그 옆에는 석탄이 언덕처럼 쌓여 있다. 왜 소나무 장작은 산더미 같고, 석탄은 언덕 같으냐고 묻는 자가 있을지도 모르지만 별로 의미라 할 것도 없다. 그냥 잠깐 산과 언덕을 구분해서 사용했을 뿐이다. 인간이 쌀을 먹거나 새를 먹거나 물고기를 먹거나 짐승을 먹는 등 별의별 온갖 나쁜 것을 먹은 나머지 마침내 석탄까지 먹을 만큼 타락한 것은 불쌍한 일이다. 막다른 곳을 보니까 2미터 정도의 입구가 활짝 열려 있어 안을 들여다보니, 휑하니 조용하기만 하다. 그 반대편에서 뭔가 계속해서 인간의 소리가 난다.

이른바 공중탕은 이런 소리가 나는 근처일 것이라고 단정 지었으므로, 소나무 장작과 석탄 사이의 골짜기를 지나서 왼쪽으로 돌아 나아가니, 오른편에 유리창이 있고 그 바깥에 둥글고 작은 나무통이 삼각형, 즉 피라미드 모양으로 쌓여 있다. 둥근 물건이 삼각형으로 쌓이는 것은 분명 본의가 아닐 거라고, 은근히 작은 나무통들의 의사를 살펴보았다.

작은 나무통들의 1.5미터 떨어진 남쪽에는 나무 널빤지가 있어서 마치 나를 환영하는 듯했다. 널빤지의 높이는 땅에서 약 1미터 정도로, 뛰어오르기에는 안성맞춤이었다. '좋았어' 하고 훌쩍 몸을 날리니 이른바 공중탕은 코앞에서, 눈 아래에서, 얼굴 앞에서 아른거리고 있다.

천하에 재미있는 일치고 무엇이든, 여태 먹어보지 못한 걸 먹어보고 여태 보지 못한 걸 보는 것만큼 유쾌한 일은 없다. 제군도 우리 집 주인처럼 일주일에 세 번 정도 이 공중탕 세계에서 3, 40분을 지낸다면 모르지만, 만일 나같이 목욕탕이라는 걸 본 적이 없다면 빨리 보도록 하

라. 부모의 임종을 보지 못해도 좋으니까 이것만은 꼭 구경해두라. 세계가 넓다지만 이런 진기한 광경은 또다시 없을 것이다.

무엇이 진기한 광경이냐고? 무엇이 진기한 광경이냐고 묻는데, 내가 입에 담기를 꺼릴 정도로 진기한 광경이다. 이 유리창 속에서 와글와글 시끌벅적하게 떠들어대는 인간은 죄다 벌거숭이다. 대만의 생번生蕃[12] 이다. 20세기의 아담이다.

대저 의상의 역사를 살펴보면—얘기가 길어지므로 이건 토이펠스드뢰크[13] 군에게 양보하고 살펴보는 것만은 그만두겠지만—인간은 오로지 복장으로 지탱되고 있는 것이다. 18세기경 대영제국의 유명 온천 도시 배스 온천장에 보우 내시[14]가 엄중한 규칙을 제정했을 때는 욕탕 내에서 남녀 모두 어깨에서 발까지 옷으로 가렸을 정도다.

지금으로부터 60년 전에 역시 영국의 한 도시에서 도안圖案학교를 설립한 적이 있다. 도안학교이므로 나체화, 나체상의 모사, 모형을 사들여 여기저기에 진열한 것까진 좋았으나, 정작 개교식을 거행할 단계가 되자 당국자를 비롯하여 학교 직원들이 크게 곤란을 겪게 되었다.

개교식을 하려면 시내의 숙녀들을 초대해야만 한다. 그런데 당시의 귀부인들의 사고방식으로는 인간은 복장의 동물이었다. 가죽을 뒤집어쓴 원숭이 후손은 아니라고 생각하고 있었다. 인간으로서 옷을 입지 않는 것은 코끼리에게 코가 없는 것과 같고, 학교에 학생이 없는 것과 같고, 군인에게 용기가 없는 것과 같이 완전히 그 본질을 잃어버린 거나 다름없었다.

적어도 본질을 잃어버린 이상은 인간으로서는 통용되지 않는 짐승이나 마찬가지다. 설령 모사, 모형이라 할지라도 짐승 같은 인간의 대

12) 대만의 고사족 중 원시생활을 하던 원주민.
13) 영국의 사상가, 역사가인 칼라일의 평론『의상철학』의 주인공.
14) 도박사였으나 온천지 배스의 의전장으로 영국 유행의 리더가 된 리처드 내시를 말함, 1674~1762.

열에 끼는 것은 귀부인들의 품위를 손상시키는 것이다. 그렇기에 그녀들은 "저희는 초대에 응하지 않겠습니다"라고 답하는 것이었다.

그래서 직원들은 말이 안 통하는 무리라고는 생각했지만, 아무튼 여자는 동서를 막론하고 일종의 장식품이므로, 방앗간 주인도 못 되거니와 지원병도 못 되지만 개교식에는 빠져서는 안 될 화장 도구이므로, 하는 수 없이 포목전에 가서 검은 천을 35필 8분의 7을 사가지고 문제의 짐승 같은 인간들에게 죄다 옷을 해 입혔다. 실례가 되선 안 된다고 생각해 아주 조심스럽게 얼굴에까지 옷을 입혔다. 이렇게 해서 가까스로 별 탈 없이 식을 마쳤다는 이야기다.

그 정도로 의복은 인간에게 있어서 소중한 것이다. 최근에는 나체화, 나체화 하고 빈번히 나체를 주장하는 선생도 있지만 그건 잘못된 것이다. 태어나서 오늘날에 이르기까지 단 한 번도 나체가 되어본 적이 없는 내가 보기에는, 아무래도 잘못된 것이다.

나체는 그리스, 로마의 유풍이 문예부흥 시대의 음탕한 풍조에 이끌려서 유행하기 시작한 것으로, 그리스인이나 로마인은 평소부터 나체를 보는 것에 익숙해져 있었기 때문에 그것이 풍기상 어떤 문제가 있으리라고는 추호도 생각지 못했겠지만, 북유럽은 추운 곳이다. 일본에서조차 알몸으로 여행은 안 된다고 하는 판에, 독일이나 영국에서 알몸이 되었다가는 죽어버리게 된다. 죽어버리면 시시해지니까 옷을 입는다.

모두가 옷을 입으면 인간은 복장의 동물이 된다. 한번 복장의 동물이 된 뒤에 돌연 나체 동물을 만나면 인간으로 인정하지 않고 짐승이라고 생각한다. 그러니까 유럽인들 특히 북유럽 사람들이 나체화나 나체상을 짐승으로 취급해도 당연한 것이다. 고양이보다 못한 짐승으로 여겨도 마땅한 것이다. 아름답다고? 아름다워도 마찬가지다. 아름다운 짐승으로 여기면 되는 것이다.

이렇게 말하면 서양 부인의 예복을 본 적이 있느냐고 묻는 자도 있을지 모르나, 고양이이므로 서양 부인의 예복을 본 적은 없다. 들은 바에 의하면 그들은 가슴을 드러내고, 어깨를 드러내고, 팔을 드러낸 그것을 예복이라 칭한다고 한다. 무엄한 얘기다. 14세기경까지는 그들의 차림새가 그렇게 우스꽝스럽지 않았다. 역시 보통 인간들이 입는 옷을 입었다. 그러던 것이 어쩌다 그런 저급한 곡예사로 바뀌었는지는 번거로우니까 얘기하지 않겠다. 아는 사람은 아는 거니까, 모르는 자는 모르는 체하고 있으면 되는 것이다.

역사는 어찌 되었건 그들은 야간에만은 그런 이상한 차림을 하고 득의양양해하면서도 내심으로는 다소 인간다운 데도 있는 모양인지, 해가 뜨면 어깨를 움츠리고 가슴을 감추고 팔을 감싸고 하여 여기저기 죄다 보이지 않게 할 뿐만 아니라 발톱 하나라도 남에게 보이는 것을 굉장한 치욕으로 생각하고 있다.

이런 걸로 생각해봐도 그들의 예복이란 물건은 일종의 얼렁뚱땅 작용에 의해서 바보와 바보의 의논으로 성립된 것임을 알 수 있다. 이 말이 억울하면 대낮에도 어깨랑 가슴이랑 팔을 드러내 보라.

나체 신봉자 역시 마찬가지다. 그렇게도 나체가 좋다면 딸을 벌거벗기고, 그 참에 자신도 벌거숭이가 되어 우에노 공원을 산책이라도 해보면 어떻겠는가. 못 하겠다고? 못 하는 게 아니라 서양인이 안 하니까 자신도 하지 않는 것이리라. 실제로도 이 불합리하기 짝이 없는 예복을 입고 뽐내면서 데이코쿠 호텔 같은 곳에 외출하지 않는가? 그 이유를 물어보면 별거 없다. 그냥 서양인이 입으니까 따라서 입었을 뿐이다.

서양인은 강하니까 무리하든 우스꽝스럽든 흉내 내지 않고는 못 배기는 모양이다. 기다란 놈에게는 감겨라, 강한 놈에게는 꺾여라, 무거운 놈에게는 눌려라, 하고 그렇게 '여라' 일변도로 빌빌대기만 해서는 못난 짓이 아닌가? 못나도 별수 없다면 용서해줄 테니까, 너무 일본인을 대단하다고 생각해서는 안 된다. 학문 또한 마찬가지지만, 이것은 복장과 관계가 없는 일이니까 이하는 생략하겠다.

의복은 이와 같이 인간에게도 중요한 것이다. 인간이 의복이냐, 의

복이 인간이냐 할 정도로 중요한 조건이다. 인간의 역사는 고기의 역사도 아니고, 뼈의 역사도 아니고, 피의 역사도 아니고, 단지 의복의 역사라고 하고 싶을 정도다. 그러므로 의복을 입지 않은 인간을 보면 인간 같은 느낌이 안 든다. 마치 괴물을 만난 것 같다. 괴물이라도 전체가 단합해서 괴물이 되면 이른바 괴물은 사라져버릴 테니 상관없지만, 그러면 인간 자신이 크게 곤란해질 뿐이다.

그 옛날 자연은 인간을 평등한 것으로 제조해서 세상에 내팽개쳤다. 그러니까 어떤 인간도 태어날 때는 반드시 알몸이다. 만일 인간의 본성이 평등에 만족할 것 같으면 마땅히 벌거숭이인 채로 생장해야 할 것이다. 그런데 한 벌거숭이가 '이렇게 누구나 다 똑같아서는 공부한 보람이 없다. 고생한 결과가 보이지 않는다. 어떻든 나는 나다. 누가 봐도 나라는 것을 눈에 띄도록 하고 싶다. 그것에 대해서는 뭔가 남이 봐서 깜짝 놀라 자빠질 것을 몸에 걸치고 싶다. 무슨 좋은 수가 없을까' 하고 10년간 생각하다 간신히 팬티를 발명하여 이내 이것을 입고, "어때, 깜짝 놀랐지?" 하고 뽐내면서 그 근방 일대를 돌아다녔다. 이것이 오늘날 인력거꾼의 선조다. 간단한 팬티를 발명하는 데에 10년의 긴 세월을 허비한 것은 다소 이상한 느낌도 들지만, 그것은 지금으로부터 고대로 거슬러 올라가 몸을 몽매한 세계에 두고 내린 결론으로, 그 당시에 이 정도의 대발명은 없었다.

데카르트는 "나는 생각한다, 고로 존재한다"라는, 세 살짜리 아이도 알 수 있는 진리를 생각해내는 데에 10여 년이나 걸렸다고 한다. 뭐든지 생각해낼 때는 힘이 드는 법이니, 팬티의 발명에 10년을 허비했다고 하더라도 인력거꾼의 지혜치고는 훌륭하다고 해야 할 것이다.

한데 팬티가 생겨나니 세상에서 활개 치는 것은 인력거꾼뿐이다. 인력거꾼이 팬티를 입고 천하의 대로를 너무나도 뻐기면서 활보하는 것을 아니꼽게 생각해서, 고집스런 괴물이 6년간의 궁리 끝에 하오리라는 무용지물을 발명했다. 그러자 팬티의 세력은 갑자기 쇠퇴하고 하오리 전성시대가 되었다. 야채 가게, 약방, 포목점은 모두 이 대발명가의 아류다.

팬츠기期, 하오리기 뒤에 오는 것이 하카마기다. 이것은 "뭐야, 하오리 주제에" 하고 신경질 부린 괴물의 고안으로 만들어진 것인데, 옛날의 무사나 지금의 관리들은 모두 다 이 족속이다. 이처럼 괴물들이 앞다퉈 별남을 자랑하며 새로움을 경쟁하다가 마침내는 제비 꼬리 흉내를 낸 기형까지 출현했지만, 다시 한 번 그 유래를 따져보면 어느 것도 무리하게, 아무렇게나 엉터리로, 우연히 덮어놓고 생겨난 것은 결코 아니다.

모두 이겨야지, 이겨야지 하는 용맹심이 뭉쳐서 갖가지 신형이 된 것으로, "난 네가 아니야" 하고 떠들고 다니는 대신에 몸에 걸치고 있는 것이다. 그러고 보니 이런 심리로 인해서 일대 발견이 가능하다. 그건 다름이 아니다. 자연이 진공眞空을 꺼리듯이 인간은 평등을 싫어한다는 것이다. 이미 평등을 싫어해서 어쩔 수 없이 의복을 살과 뼈처럼 이렇게 몸에 치감는 오늘날에 있어서, 자신의 본질의 일부인 이것들을 내팽개치고 도로아미타불의 공평한 시대로 되돌아가는 것은 미치광이 같은 짓이다. 설령 미치광이란 명칭을 감수한다 하더라도 도저히 돌아갈 수는 없다.

돌아간 무리를 개명인開明人의 눈으로 보면 괴물이다. 가령 세계의 몇억만 인구를 몽땅 괴물 영역으로 끌어내려 이렇게 하면 평등하지 않느냐, 모두가 다 괴물이니까 부끄러울 게 뭐 있냐고 안심해도 역시 안 될 일이다. 세계가 괴물이 된 다음 날부터 또다시 괴물의 경쟁이 시작된다. 옷을 입고 경쟁할 수가 없게 되면 괴물대로 경쟁을 한다. 벌거숭이는 벌거숭이대로 한사코 차별을 내세운다. 이런 점에서 보더라도 의복은 도저히 벗을 수 없는 것이다.

그런데도 지금 내가 눈 아래로 내려다보는 한 무리의 인간들은 이 벗어서는 안 될 팬티도 하오리도 하카마도 죄다 선반 위에 올려놓고,

버젓이 본래의 광태狂態를 뭇사람이 지켜보는 가운데 드러내 놓고 아주 태연하게 수다를 떨고 있다. 내가 아까 일대 가관이라고 한 것은 바로 이것이다. 나는 개화한 여러 군자를 위해서 여기에 삼가 그 일반을 소개하는 영광을 갖게 돼서 기쁘다.

왠지 뒤죽박죽이 되어 무엇부터 기술해야 좋을지 모르겠다. 괴물이 하는 일에는 규율이 없으므로 질서 있는 증명을 하려면 힘이 든다. 우선 목욕통 얘기부터 하겠다. 목욕통인지 뭔지는 잘 모르겠지만 대충 목욕통이라는 물건이겠거니 하고 생각할 뿐이다. 너비가 1미터 정도, 길이는 3미터나 될까, 그것이 둘로 나뉘어 하나에는 하얀 물이 들어 있다. 아무튼 약탕인가 뭔가로 부른다는데, 석회를 녹여 넣은 것 같은 탁한 색깔이다. 하지만 그냥 탁하기만 한 것은 아니다. 기름기가 돌고 무겁게 탁하다. 얼핏 들어보니, 썩은 것처럼 보이는 것도 이상할 게 없다. 일주일에 한 번밖에 물을 갈지 않는다는 것이다. 그 옆은 보통 일반 탕인 것 같은데, 이것 또한 투명하다거나 옥같이 맑다고는 맹세코 말씀드릴 수 없다. 빗물 받는 통을 휘저어놓은 정도의 가치는 그 빛깔에 충분히 나타나 있다. 이제부터 괴물에 대해 기술하겠다. 무척 힘이 든다.

빗물 받는 통 쪽에 우뚝 버티고 서 있는 젊은이가 둘 있다. 선 채로 마주 보고 더운물을 콱콱 배 위에다 끼얹고 있다. 훌륭한 볼거리다. 양쪽 다 피부색이 검은 점에 있어서는 흠잡을 데 없을 정도로 발달해 있다. '이 괴물은 꽤 건장하구나' 하고 보고 있으려니까 이윽고 한 녀석이 수건으로 가슴 언저리를 문질러대면서 "긴 씨, 이상하게 여기가 몹시 아픈데, 왜 그럴까?" 하고 묻는다. 그러자 긴 씨는 "그야 위 때문이지. 위장병이란 놈은 목숨을 뺏어 가니까 조심하지 않으면 위험해" 하고 열심히 충고를 해준다.

"아니, 이 왼쪽인데?"라면서 왼쪽 폐를 가리킨다.

"거기는 위지. 왼쪽이 위고, 오른쪽이 폐야."

"그런가. 난 또 위가 이 주변인가 했지" 하고 이번엔 허리 주변을 두드려 보이자, 긴 씨는 "그거야 산증疝症이지"라고 했다. 그러고 있는데 스물대여섯 살 되는 수염이 거뭇거뭇한 사내가 풍덩! 뛰어들었다. 그러자 몸에 묻어 있던 비누 거품이 때와 함께 떠오른다. 철분이 있는 물을 들여다볼 때처럼 반짝반짝 빛난다. 그 옆에 머리가 벗겨진 영감이 깍두기 머리를 한 사내를 붙들고 무슨 말인가 지껄이고 있다. 쌍방이 다 머리만 내놓고 있을 뿐이다.

"이거 이렇게 나이를 먹으면 다 틀렸어. 인간도 나이를 먹으면 젊은이를 당해낼 수 없지. 하지만 목욕물만은 지금도 뜨겁지 않으면 기분이 나쁘단 말이야."

"영감님 같은 분은 정정하신데요. 그만큼 원기 왕성하시면 그만이죠."

"원기 왕성하기는, 뭘. 그냥 병만 안 걸렸다 뿐이지. 인간은 나쁜 짓만 안하면 백이십까진 산다니까."

"아니, 그렇게까지 살 수 있나요?"

"살고말고. 백이십까진 장담하지. 유신 전에 우시고메에 마가리부치라는 하타모토가 있었는데, 거기 살던 머슴은 백삼십 살이었어."

"거참 오래도 살았네요."

"으응, 너무나 오래 살아서 그만 자기 나이도 잊어버렸다지. 백 살까진 기억하고 있었는데 그다음부터는 잊어버렸다고 하더군. 그런데 내가 알고 있었던 게 백삼십 살 때였는데 그때까지도 죽지 않았어. 그러고 나선 어찌 됐는지 알 수 없어. 어쩌면 아직까지 살아 있을지도 모르지."

영감은 탕에서 나온다. 수염을 기른 남자는 운모雲母 같은 것을 자기 주변에 흩뿌리면서 혼자서 싱글벙글 웃고 있다. 번갈아 뛰어 들어온 것은 보통 괴물과는 달리 등짝에 문신으로 그림을 새겨 넣었다. 이와미 주타로[15]가 큰 칼을 휘두르며 이무기를 물리치는 장면 같은데, 애석하게도 아직 준공기에 이르지 않아서 이무기는 어디에도 보이지 않는다.

따라서 주타로 선생은 다소 어정쩡해 보인다. 주타로 선생이 뛰어들면서 "드럽게 미지근하군" 했다. 그러자 또 한 명이 뒤따라서 뛰어들며 "이거 뭐 이래 …… 더 뜨거워야지" 하고 얼굴을 찡그린다. 뜨거운 걸 참는 기색 같기도 했으나, 주타로 선생과 얼굴이 마주치자 "어, 십장!" 하고 인사를 한다. 주타로는 "여어" 하더니 이내 "다미는 어찌 됐나?" 하고 묻고는 덧붙인다.

"어쩌면 그리 노름을 좋아하는지."

"어디 노름뿐이겠냐……."

"글쎄 말이야. 그 친구도 뱃속이 검은 녀석이라니까. 왜 그런지 사람들이 안 좋아하더라고. 웬일인지 남들이 믿지를 않아. 기술자란 건 그런 게 아닌데 말이야."

"그렇지. 다미 그자는 공손치가 않고 거만해. 그러니까 아무래도 신용을 못 얻을밖에."

"맞아. 그런 데다 자기가 꽤 기술이 있는 줄로 아니—결국 자기 손해지, 뭐."

"시로가네초에서도 옛날 사람들은 죽고, 지금은 통桶 가게 모토 씨랑 벽돌 가게 대장과 십장 정도지. 나 같은 사람이야 여기서 태어났지만, 다미 같은 놈은 어디서 굴러왔는지 알 수가 있나."

"그래. 하지만 그만큼 큰 것도 신통해."

"응, 어찌 된 영문인지 사람들이 안 좋아한단 말이야. 사람들이 상대를 해주지 않으니 말이야."

둘은 철두철미하게 다미 씨를 공격한다.

빗물 받는 통은 이 정도로 하고, 흰 탕 쪽을 보니 여기 또한 엄청 대만원으로, 욕탕 속에 사람이 들어 있다기보다는 사람 속에 욕탕 물이 들어 있다고 하는 편이 알맞겠다. 더욱이 그들은 굉장히 유유자적한지

15) 중세 시대의 전설적 호걸.

라, 아까부터 들어가는 자는 있어도 나오는 자는 한 사람도 없다. 이렇게 들어가는 데다 일주일이나 묵혀두니 욕탕 물도 당연히 더러워질 수밖에 없겠다고 개탄하며 더 찬찬히 욕탕 속을 둘러보니, 왼쪽 구석으로 밀려 구샤미 선생이 새빨갛게 된 채로 움츠리고 있다. 불쌍하게도 누군가 길을 내주면 좋을 텐데 아무도 움직이려 하지 않거니와, 주인도 나오려는 기색조차 안 보인다. 그냥 꼼짝 않고 빨개가지고 있을 따름이다.

이건 고역스런 일이다. 되도록 2전 5리의 목욕 값을 빼려는 생각에서 이렇게 빨갛게 되는 것이겠지만, 빨리 나오지 않으면 현기증이 나서 쓰러지겠다고 생각한 나는 창문 선반에서 적잖이 걱정했다. 그때 주인의 한 사람 건너 옆에 얼굴만 내놓은 사내가 여덟팔자로 두 눈썹을 찡그리면서 "이거 약효가 좀 과한 것 같아. 어째 등 쪽에서 뜨거운 놈이 부글부글 솟아오르는군" 하고 은근히 옆에 있는 괴물들에게 동정을 구한다.

"뭐, 이 정도면 딱 좋은데요. 약탕은 이 정도여야지 듣거든요. 우리 고향 같은 데선 이보다 배나 뜨거운 탕에 들어갑니다" 하고 자랑하듯 떠들어대는 자가 있다.

"도대체 이 탕은 어디에 좋은가요?"

수건을 접어 울퉁불퉁한 머리를 가린 자가 일동에게 물어본다.

"여러 가지에 효능이 있답니다. 어디에나 좋다고들 하니까요. 굉장한 거죠"라고 말한 것은 바짝 마른 오이 같은 색깔과 모양을 겸한 얼굴의 소유자다. 그렇게 효과가 있는 탕이라면 좀 더 튼튼해질 법한데.

"약을 막 넣었을 때보다는 사나흘째가 딱 좋은 것 같더군요. 오늘쯤이 들어가기 좋을 때지요" 하고 박식한 체하며 떠들어대는 자를 보니, 퉁퉁한 사내다. 이건 아마 때가 불어 오른 것이리라.

"마셔도 효과가 있을까요?"

어디에선지는 알 수 없지만, 새된 소리를 내는 자가 있다.

"몸이 냉할 때는 한 잔 마시고 자면 이상하게도 소변 보러 일어나지 않아도 되니, 한번 해보시구려" 하고 대답한 것은 어느 얼굴에서 나온 소리인지 분간이 안 된다.

욕탕 쪽은 이 정도로 해두고 마룻바닥을 둘러보니, 야 바글바글 그림에도 못 그릴 아담들이 죽 나란히 줄을 지어 각자 제멋대로의 자세로 제멋대로의 곳을 씻고들 있다. 그중에 가장 놀랄 만한 것은 벌러덩 드러누워 높은 들창을 바라보고 있는 자와, 엎드린 채로 수챗구멍을 들여다보고 있는 두 아담이다. 이건 굉장히 한가한 아담인가 보다. 중이 돌벽을 향해 웅크리고 앉아 있는데 뒤에서 동자승이 열심히 어깨를 두드리고 있다. 이건 사제의 관계상 때밀이 대리를 하는가 보다.

진짜 때밀이도 있다. 감기에 걸렸는지, 이렇게 더운데도 솜으로 누빈 소매 없는 웃옷을 입고 둥글고 작은 물통으로 손님 어깨에 좍좍 더운물을 끼얹고 있다. 오른쪽 발을 보니 엄지발가락 사이에 모직물 때밀이 천 조각이 끼어 있다. 이쪽에서는 작은 물통을 욕심부려 세 개씩이나 차지한 사내가 옆 사람에게 비누를 쓰시오, 쓰시오 하면서 쉴 새 없이 장황하게 떠들어대고 있다. 무슨 얘기인가 하고 들어보니 이런 말이었다.

"총은 외국에서 건너온 거야. 옛날에는 칼싸움만 했지. 외국놈들은 비겁하거든. 그래서 그런 게 생겨난 거지. 아무래도 중국은 아닌 것 같아. 역시 외국 같아. 와토나이[16] 때에는 없었어. 와토나이는 역시 세이와겐지[17]지. 아무튼 요시쓰네가 에조[18]에서 만주로 건너갔을 때, 에조 출신이면서 대단히 학식이 많은 사내가 따라갔었대. 그래서 그 요시쓰네의 아들이 대국 명나라를 쳐들어갔는데 명나라에선 곤란하니까 3대 장군한테 사신을 보내 3천 군사를 빌려달라고 했지. 한데 3대 장군님

16) 조루리 〈고쿠센야 전투國性爺合戰〉의 등장인물.

17) 세이와 천황의 가문.

18) 지금의 홋카이도.

은 그자를 붙잡아두고 돌려보내지 않았다는 거야. 뭐라고 했다더라—아무튼 뭐라 하는 사신인데—그래서 그 사신을 2년간 붙잡아뒀다가 나중에 나가사키에서 창녀를 알선해줬대. 그 창녀의 몸에서 생긴 아이가 와토나이지. 그런 뒤에 고국에 돌아가 보니 명나라는 국적國賊에게 망해버렸더라는군……."

무슨 얘길 하는지 도통 알 수가 없다. 그 뒤에서 스물대여섯 살 되는 음침한 얼굴을 한 사내가 멍하니 허벅다리 부근을 흰 탕 물로 열심히 지져대고 있다. 종기나 뭐로 고생을 하고 있나 보다. 그 옆에 나이는 대략 열일고여덟 살쯤 된 녀석이 너니 나니 하고 시건방진 소릴 마구 지껄이는 걸 봐선 이 근처의 서생일 것이다. 또 그 다음에 묘한 등판이 보인다. 항문으로 한죽寒竹을 처넣은 듯이 등골 뼈마디가 역력히 드러나 있고, 그 좌우에 주로쿠무사시十六六指[19] 같은 바둑판 모양이 네 개씩 나란히 늘어서 있다. 그 주로쿠무사시 판이 빨갛게 짓물러 주위에 고름이 들어찬 것도 있다.

이렇게 하나하나 차례로 써나가다 보니 쓸 게 너무 많아 도저히 내 솜씨로는 그 일부분조차 형용할 수가 없다. 성가신 일에 손을 댄 것 같아 조금 난처해하고 있는데 입구 쪽에서 옥색 무명옷을 걸친 일흔 살 남짓 되는 중이 불쑥 나타났다. 중은 정중하게 이들 나체 괴물들에게 인사를 하고 "에— 여러분, 늘 변함없이 감사드립니다. 오늘은 좀 추우니까 아무쪼록 천천히들 쉬십시오. 탕 속에 들락거리면서 뜨끈하게 몸을 녹이십시오. 때밀이야! 물 온도가 알맞은지 봐드려라" 하고 거침없이 떠들어댄다. 때밀이는 "예—이" 하고 대답한다. 와토나이 사내는 "붙임성이 좋군. 그래야 장사가 되지" 하고 영감을 크게 치켜세운다.

나는 갑자기 이 이상야릇한 영감을 만나 다소 놀랐으므로 이쪽 방면

---

19) 고누의 한 가지로 한 개의 대장 돌과 열여섯 개의 작은 돌을 판 위에 늘어놓고 한 금씩 움직이면서 하는 놀이.

기술은 그대로 두고, 잠시 영감을 전적으로 관찰하기로 했다. 영감은 얼마 후 방금 막 탕에서 나온 네 살 정도 된 사내아이를 보고 "아가야, 이리 오렴" 하며 손을 내민다. 아이는 찹쌀떡을 짓밟은 듯한 영감의 얼굴을 보고 무섭다고 생각했는지, 와악 하고 비명을 지르며 울기 시작한다. 영감은 다소 본의가 아니라는 듯이 "아니, 왜 우니? 왜, 할아버지가 무섭니? 허, 이거 참" 하고 당황한다. 어쩔 수 없었던지 얼른 얼굴을 돌려 어린아이의 아버지를 향했다.

"어이, 겐 씨, 오늘은 좀 춥군. 어젯밤 오미 가게에 든 도둑은 정말 멍청한 놈이야. 그 조그만 문을 네모나게 잘라냈대. 그러고도 말이야, 아무것도 못 훔치고 도망쳤다는군. 순경이나 야경꾼이라도 보였던 모양이지?" 하고 도둑의 무모함을 몹시 가엾이 여기는 듯 웃다가, 또 한 사람을 붙들고 "아이고야, 추워라. 당신네들은 젊으시니까 별로 안 느끼시나 보이?" 하고 노인이니만큼 그냥 혼자서 추워하고 있다.

얼마 동안 영감 쪽에 정신이 팔려 다른 괴물들 일은 완전히 잊어버렸을 뿐만 아니라 괴로운 듯이 웅크리고 앉아 있던 주인조차 까맣게 잊어버리고 있었을 때, 갑자기 몸 씻는 바닥과 마루방 중간쯤에서 큰 소리를 지르는 자가 있다. 보니까 틀림없는 구샤미 선생이다.

주인의 목소리가 유달리 큰 데다 탁해서 듣기 괴로운 게 오늘 처음 있는 일은 아니지만, 장소가 장소인 만큼 나는 적잖이 놀랐다. 이건 분명히 열탕 속에 장시간 꾹 참고 잠겨 있었기 때문에 격분한 것임에 틀림없다고 나는 즉각 알아차렸다. 그것도 단지 병 때문이라면 탓할 것도 없지만, 그는 격분하면서도 충분히 제정신을 차리고 있었음이 분명한데, 무엇 때문에 이런 엉뚱한 돼지 멱따는 소리를 냈는지를 얘기하면 금방 알 수 있다. 그는 하잘것없고 건방진 서생을 상대로 어른스럽지 못한 싸움을 시작한 것이다.

"좀 비키라고. 내 작은 물통에 욕탕 물이 들어가잖아" 하고 호통치는 것은 물론 주인이다. 사물은 시각에 따라 해석이 달라지는 것으로 이 호통을 단지 격분한 결과로만 판단할 필요는 없다. 만인 중에 한 사람 정도는 다카야마 히코쿠로[20]가 산적을 꾸짖는 것 같다는 식으로 해석해줄지도 모른다. 주인 자신도 그런 의도로 한 연극인지는 모르지만, 상대방이 산적으로 자처하지 않는 이상은 예상한 대로의 결과가 나오지 않을 게 뻔하다. 서생은 뒤를 돌아다보고 점잖게 대답했다.

"전 처음부터 여기에 있었는데요."

이건 평범한 대답으로, 주인의 뜻대로 되지 않은 것은 단지 그 영역을 떠나지 않을 뜻을 내비친 것뿐이다. 그 태도로 보나 언어로 보나 산적으로 매도할 만한 일이 아닌 것쯤은 아무리 격분한 주인이라도 알고 있을 것이다. 그러나 주인의 호통은 서생의 자리 그 자체가 불평인 것은 아니었다. 아까부터 이 두 사람은 소년답지 않게 몹시 거만하고 잘난 척하는 소리만 늘어놓고 있던 터라 죽 그걸 듣고 있던 주인은 완전히 이 점에 화가 난 모양이다. 그러니까 저쪽에서 공손하게 말을 해도 잠자코 마루방으로 올라오지 않는다. 이번에는 "뭐야, 어느 멍청한 녀석이 남의 물통에 더러운 물을 철벅철벅 튕기는 거야?" 하고 호통을 쳤다. 나도 이 애송이 녀석들을 좀 얄밉게 생각했던 참이라 이때 내심으로는 좀 쾌재를 불렀지만, 학교 교사인 주인의 언동으로서는 온당치 않은 일이라고 생각되었다. 원래 주인은 너무 딱딱해서 문제다. 석탄의 타다 남은 재처럼 꺼칠꺼칠한 데다 더욱이 몹시 딴딴하다.

옛날에 한니발[21]이 알프스 산을 넘을 때에 길 한복판에 떡하니 커다란 바위가 있어 아무래도 군대가 지나가는 데 방해가 됐다. 그래서 한니발은 이 커다란 바위에 식초를 뿌리고 불을 지펴서 부드럽게 해두었다가 톱으로 어묵처럼 잘라내서 거침없이 통과했다고 한다. 주인같이 이렇게 효능 있는 약탕에 살이 무를 정도로 들어가 잠겨 있어도 하나도

---

20) 에도 시대의 근왕가, 1747~1793.

21) 카르타고의 장군, 정치가, B.C.247~?B.C.183.

효과가 없는 남자는 역시 식초를 뿌려서 불에 지지는 수박에 도리가 없다고 생각한다. 그러지 않으면 이런 서생이 몇십 년 동안 몇백 명씩 나온다고 해도 주인의 완고함은 고쳐질 리가 없다. 이 욕탕에 떠 있는 것들, 이 몸 씻는 바닥에 우글거리고 있는 것들은 문명인에게 필요한 복장을 벗어버리는 괴물 집단이니만큼, 물론 통상적인 규범으로는 다룰 수가 없다. 무엇을 하든 상관이 없는 것이다. 폐가 있을 곳에 위가 진을 치고, 와토나이가 세이와겐지가 되고, 다미 씨가 못 미더워도 괜찮을 것이다.

그러나 일단 한번 몸 씻는 곳을 나와서 마루방에 올라오면, 이제 더 이상은 괴물이 아니다. 보통 인류가 숨 쉬고 사는 사바세계에 나온 것이니, 문명에 필요한 옷을 입는다. 따라서 인간다운 행동을 취하지 않으면 안 된다.

지금 주인이 밟고 있는 곳은 문턱이다. 몸 씻는 바닥과 마루방의 경계선에 있는 문턱 위이며, 이제부터 환언유색歡言愉色하고, 원전활탈圓轉滑脫[22]하는 속세로 되돌아가려는 찰나다. 그런 찰나에서조차 이처럼 완고하다고 한다면, 이 완고함은 주인에게 있어서 뿌리 깊이 박혀 제거하지 못하는 병임에 틀림없다. 고질병이라면 쉽게 고칠 수는 없을 것이다.

이 병을 고치는 방법은 내 소견으로는 딱 하나뿐이다. 교장에게 부탁해서 면직시키는 것. 이것밖에 없다. 면직이 되면 융통성 없는 주인이니까 필시 길거리를 헤맬 게 뻔하다. 길거리를 헤매다가 끝내는 객사할 게 분명하다. 바꿔 말하자면 면직은 주인에게 있어서 죽음의 원인이 되는 것이다. 주인은 즐겨 병을 앓으면서 기뻐하고 있는 것 같으나, 죽는 것은 아주 싫어한다. 죽지 않을 정도에서 병이라는 일종의 호사를 누리고 싶은 것이다. 그러므로 그렇게 병을 앓고 있으면 죽여버리겠다

---

22) 반가운 말과 반색하는 얼굴로 모가 안 나게 자유자재로 기분을 바꿈.

고 협박하면 겁 많은 주인이니까 벌벌 떨 것이 틀림없다. 그렇게 벌벌 떨 때에 병은 깨끗이 나으리라 생각된다. 그래도 낫지 않으면 그걸로 그만인 거고.

아무리 어리석든 병이 들었든 주인임에는 변함이 없다. 한 번이라도 밥을 먹여준 주인의 은혜는 잊지 않는다는 시인도 있는데, 고양이라 해서 주인의 신상을 생각지 말란 법은 없을 것이다. 가엽다는 생각으로 가슴이 미어졌기에 그만 그쪽에 정신이 팔려 몸 씻는 바닥의 관찰을 게을리했더니, 갑자기 흰 탕 쪽을 향해 여기저기서 욕설을 퍼붓는 소리가 들린다. 여기에도 싸움이 벌어졌나 하고 돌아보니, 비좁은 자쿠로구치[23]에 한 치의 여지도 없을 만큼 괴물들이 달라붙어, 털이 있는 정강이와 털이 없는 넓적다리가 마구 뒤섞여 움직이고 있다.

때마침 초가을 해는 뉘엿뉘엿 저물어가는데 몸 씻는 바닥 위는 천장까지 온통 김으로 자욱하다. 괴물들이 북적거리는 모습이 그 사이로 몽롱하게 보인다. 뜨거워, 뜨거워 하는 소리가 나의 귀를 꿰뚫고 좌우로 빠져나가는 듯이 머릿속을 어지럽게 한다. 그 소리에는 노란 것도, 파란 것도, 빨간 것도, 검은 것도 있는데 서로가 얽혀서 일종의 말로 형용할 수 없는 음향을 목욕탕 안에 가득 차게 한다. 단지 혼잡과 혼란을 표현하기에 적합한 소리라는 것뿐, 그 외에는 아무짝에도 쓸모없는 소리다. 나는 망연히 이 광경에 홀린 듯이 멈춰 서 있었다.

이윽고 와아, 와아 하는 소리가 혼란의 극도에 다다라 이제는 한 발짝도 나아갈 수 없는 지경에까지 이르렀을 때, 갑자기 엉망진창으로 밀치락달치락하는 무리 속에서 굉장히 커다란 거인 같은 사나이가 불쑥 일어섰다. 그의 키를 보니 다른 선생들보다 확실히 10센티미터 정도는 더 크다. 뿐만 아니라 얼굴에 수염이 난 건지, 수염 속에 얼굴이 동거하

23) 옛날 공중목욕탕 안 욕조 출입구로, 물이 식지 않도록 낮은 위치에 상인방을 매달아 몸을 굽히고 들어갔음.

고 있는 건지 분간할 수 없는 시뻘건 상판을 뒤로 젖히고, 한낮에 깨진 종을 치는 듯한 소리를 지른다.

"찬물 좀 타라, 타. 뜨거, 뜨거워!"

이 소리와 이 얼굴만은 그 어수선하게 뒤얽혀 있는 군중 위에 높이 드러나서 그 순간에는 목욕탕 전체가 이 사나이 한 사람뿐인 것 같았다. 초인超人이다. 이른바 니체의 초인이다. 악마 중의 대왕이다. 괴물의 두목이다.

그렇게 생각하며 보고 있자니 욕탕 뒤에서 "예—이" 하고 대답하는 자가 있다. '어, 아니?' 하고 또다시 그쪽으로 눈을 돌리니 어두컴컴해서 식별할 수 없는 가운데 바로 그 소매 없는 웃옷 차림의 때밀이가 부서져라 하고 한 덩어리의 석탄을 화덕 속에 던져 넣는 것이 보였다. 화덕 뚜껑 밑에서 이 덩어리가 탁탁 튕겨질 때, 때밀이의 얼굴 반쪽이 확 밝아진다. 동시에 때밀이 뒤에 있는 벽돌 벽이 어둠 속에서 타오르듯이 번쩍였다. 나는 약간 무서워져서 재빨리 창문에서 뛰어 내려와 집으로 향했다. 돌아가면서도 생각했다. 하오리를 벗고, 잠방이를 벗고, 하카마를 벗고 평등해지려고 애쓰는 적나라한 무리 중에는 또 다른 적나라한 호걸이 나와서 다른 군소들을 압도해버린다. 평등은 아무리 벌거숭이가 되더라도 얻어지는 게 아니다.

돌아와 보니 천하는 태평스러워, 주인은 목욕탕에서 막 나온 얼굴을 번들번들 빛내며 저녁을 먹고 있다. 내가 툇마루로 올라오는 것을 보더니 "팔자 편한 고양이구나. 이 시간에 어딜 돌아다니다 오는 거냐?"라고 한다. 밥상 위를 보니 형편도 안 좋은 주제에 반찬이 두세 가지나 올라와 있다. 그중에 생선 구이도 한 마리 있다. 이건 뭐라 하는 생선인지 모르겠지만, 아마 어제쯤 오다이바 근처에서 잡혔을 게 분명하다.

물고기는 튼튼한 생물이라고 설명한 적이 있는데, 아무리 튼튼해도 이렇게 굽거나 찌거나 하면 당해낼 재간이 없다. 차라리 골골하더라도 길지 않은 목숨을 오래도록 부지하는 편이 훨씬 낫다. 이렇게 생각하고 밥상 옆에 앉아서 틈만 나면 뭐 좀 얻어먹을까 하고 보는 듯 안 보는 듯한 태도를 취하고 있었다. 이런 위장술을 부릴 줄 모르는 자라면 맛있는 생선은 먹지 못하는 것으로 단념해야 된다.

주인은 생선을 몇 번 집적거리더니 맛이 없다는 표정을 지으며 젓가락을 놓았다. 정면에 앉아 있던 안주인 또한 아무 말 없이 젓가락이 상하로 움직이는 모습과, 주인의 양턱이 다물어졌다 벌어졌다 하는 모양을 열심히 지켜보고 있다.

"어이, 그 고양이 대가리 좀 때려보지" 하고 주인은 갑자기 안주인에게 명령한다.

"때려서 뭐하게요?"

"뭘 하긴, 좀 때려보라니까."

"이렇게 말이에요?"

안주인은 손바닥으로 내 머리를 톡 친다. 아프지도 아무렇지도 않다.

"안 울잖아?"

"네에?"

"다시 한 번 때려봐!"

"몇 번 때려도 마찬가지 아니에요?"

안주인은 또다시 손바닥으로 톡 친다. 역시 아무렇지 않아서 가만히 있었다.

그러나 무엇 때문에 그러는지는 사려 깊은 나로서도 도무지 알 수가 없다. 그 이유를 알면 어떻게든 방법도 있으련만 그저 때려보라고만 하니 때리는 안주인도 답답하고, 얻어맞는 나도 답답하다. 주인은 세 번이나 뜻대로 안 되니까 약간 초조해졌는지 "이봐, 좀 울도록 때려보라고" 하고 말했다.

안주인은 귀찮다는 표정으로 "울려서 뭐하시게요?" 하고 물으면서 또 철썩 하고 한 대 때린다. 이렇게 상대방 목적을 알게 되면 문제는 간단하다. 울어만 주면 주인을 만족시킬 수가 있는 거다. 주인은 이처럼 바보 같은 사람이니 싫어진다. 울리기 위해서라면 그렇다고 처음부터 말하면 두 번 세 번 쓸데없는 수고는 하지 않아도 되고, 나도 한 번으로 방면될 것을 두 번 세 번 되풀이할 필요가 없다.

그냥 때려보라는 명령은 때리는 일 그 자체만을 목적으로 하는 경우 외에는 사용해선 안 되는 것이다. 때리는 것은 상대방의 일이고, 우는 것은 내 일이다. 처음부터 울 것을 예기하고 그저 때리기만 하라고 명령하면 내가 알아서 울 것이라고 생각하는 것은 천만의 실례다. 남의 인격을 존중하지 않는 처사다.

고양이를 바보 취급하고 있다. 주인이 뱀이나 전갈처럼 싫어하는 가네다라면 그런 짓을 할 법도 하겠지만, 적나라한 것을 주장하는 주인으로서는 너무나 비열하다. 그러나 실제로 주인은 그렇게 옹졸한 사람은 아니다. 그러니까 주인의 이런 명령은 교활한 마음에서 나온 것이 아니다. 요컨대 지혜가 부족한 데서 뿜어진 장구벌레 같은 것이라고 생각된다.

밥을 먹으면 당연히 배가 부르고, 베이면 당연히 피가 나게 마련이다. 또 죽이면 죽는 게 당연하다. 그러니까 때리면 당연히 우는 줄로 속단했을 것이다. 그러나 그것은 안타깝지만 논리에 좀 안 맞는다. 그런 논리로 말하면 강에 떨어지면 반드시 죽게 된다. 어묵을 먹으면 반드시 설사하게 된다. 월급을 받으면 반드시 출근하게 된다. 책을 읽으면 반드시 훌륭한 사람이 된다. 반드시 그렇게 되기 마련이라면 좀 곤란해지는 사람이 나올 것이다. 때리면 반드시 울어야 한다면 나로선 난감하다. 메지로의 시계 종과 동일하게 취급되어서야 고양이로 태어난 보람이 없다. 우선 마음속으로 이만큼 주인에게 반박을 하고 난 다음에, 야옹 하고 그가 원하는 대로 울음소리를 내주었다.

그러자 주인은 안주인한테 "지금 야옹 하고 울었던 소리는 감탄사인지, 부사인지 알겠어?" 하고 묻는다. 안주인은 너무나 갑작스런 질문이라서 아무 대답도 하지 않았다. 실은 나도 주인이 공중목욕탕에서 욱했던 흥분 상태가 아직 식지 않았나 하는 생각이 들었다. 원래 주인은 벽 하나 사이의 바로 이웃집에서도 유명한 괴짜로, 사실 어떤 사람은 확실히 신경병이라고까지 단언했을 정도다. 그런데 주인은 대단한 자신감의 소유자로서, 자기가 신경병이 아니라 세상놈들이 신경병이라고 우기고 있다.

근처 사람들이 주인을 개, 개라고 부르면, 주인은 공평을 유지하기 위해 필요하다면서 그들을 돼지, 돼지라고 부른다. 실제로 주인은 어디까지나 공평을 유지할 생각인 모양이다. 답답한 노릇이다. 이러한 남자이니 이런 기발한 질문을 아내한테 던지는 것도 주인으로서는 누워서 떡 먹기 같은 쉬운 일일지 모르지만, 듣는 쪽에서 보면 조금 신경병에 가까운 사람이나 할 말이다. 그러니까 안주인은 어리둥절해서 아무 대답도 안 나온다. 나도 물론 뭐라 대답할 말이 없다. 그러자 주인은 별안간 커다란 소리로 "어이" 하고 부른다. 안주인은 깜짝 놀라 "예" 하고 대답했다.

"그 '예'는 감탄사야, 부사야. 어느 쪽이야?"

"어느 쪽이라뇨? 그런 하찮은 거야 아무래도 상관없잖아요?"

"상관없다니? 이게 지금 국어학자의 두뇌를 지배하고 있는 큰 문제야."

"어머나, 고양이 울음소리가요? 이상도 하셔라. 한데 고양이 울음소리는 일본어가 아니잖아요?"

"그러니까 말이야. 그게 어려운 문제야. 비교연구라는 거지."

"그래요?"

안주인은 영리하니까 이런 바보스런 문제에는 관여치 않는다.

"그래서, 어느 쪽인지 아셨나요?"

"중요한 문제니까 그렇게 쉽게는 알 수 없지."

주인은 예의 생선을 우적우적 먹는다. 그 참에 그 옆에 있는 돼지고기, 감자조림도 먹는다.

"이건 돼지고기군."

"예, 돼지고기예요."

"흥" 하고 아주 무시하는 어투로 삼켜버린다.

"한 잔 더 줘" 하며 술잔을 내민다.

"오늘 저녁은 많이 드시네. 벌써 꽤 벌게졌어요."

"마시고말고. 당신, 세계에서 제일 긴 글자가 뭔지 알아?"

"예, '예전의 간파쿠 다조다이진'[24]이지요."

"그건 이름이고, 긴 글자를 아느냐 말이야."

"글자라니, 서양 글자 말인가요?"

"응."

"몰라요. 술은 이제 됐죠? 이젠 밥을 드세요, 좀."

"아니, 더 마실 거야. 가장 긴 글자를 가르쳐줄까?"

"예, 그러고 나선 밥을 드셔야 해요."

" 'Archaiomelesidonophrunicherata' [25]라는 글자야."

"엉터리죠?"

"엉터리라니? 희랍어야."

"무슨 뜻인데요, 일본 말로 하면?"

"뜻은 모르지. 그냥 철자만 알아. 길게 쓰면 19센티미터 정도 될 거야."

보통 사람이라면 술이나 먹고 할 소리를 제정신으로 말하는 것이 대단히 기관奇觀이다. 하긴 오늘 밤따라 술을 마구 마셔댄다. 평상시라면

---

24) 헤이안 말기의 정치가, 와카의 작가인 후지와라노 다다미치의 출가 후의 별칭. 1097~1164.

25) 고대 그리스의 극작가 아리스토파네스의 희극 『말벌』에 나오는 단어로 '시드니 마을의 후류니커스의 옛날 노래같이 사랑스럽다' 라는 뜻.

작은 잔으로 두 잔씩 정해져 있는데 벌써 넉 잔이나 마셨다. 두 잔 마셔도 엄청 빨개지는데 배로 마셨으니 얼굴이 뜨겁게 달군 부젓가락처럼 달아올라 사뭇 괴로워 보인다. 그런데도 여지껏 그치지 않는다.

"한 잔 더" 하고 내민다. 안주인은 어이가 없다 싶은지 씁쓰레한 표정을 지으며 말한다.

"이젠 그만하시는 게 좋겠어요. 괴롭기만 할 텐데."

"뭐, 괴롭더라도 이제부터 좀 연습을 해야지. 오마치 게이게쓰[26]가 마시라고 했어."

"게이게쓰란 게 뭔데요?"

그 유명한 게이게쓰도 안주인한테는 한 푼어치의 가치도 없다.

"게이게쓰는 현재 일류 비평가야. 그 사람이 마시라는 거니까 당연히 좋겠지."

"바보 같은 소리 마세요. 게이게쓰고 바이게쓰고 괴로워하면서까지 마시라는 건 쓸데없는 소리예요."

"술뿐만 아니야. 교제도 하고, 도락도 하고, 여행도 하라고 했어."

"더더욱 나쁘잖아요? 그런 사람이 일류 비평가란 말이에요? 정말 기가 막혀. 처자가 있는 사람한테 도락을 권하다니……."

"도락 좋지. 게이게쓰가 권하지 않더라도 돈만 있으면 할지도 몰라."

"돈이 없어서 다행이네요. 지금부터 도락 같은 걸 시작했다간 큰일 나게요."

"큰일이라면 안 할 테니까 그 대신 좀 더 남편을 위해주고, 그리고 저녁상엔 좀 더 맛있는 음식을 내놓으라고."

"이 정도면 최고인 거예요."

"그런가? 그러면 도락은 장차 돈이 생기는 대로 하기로 하고, 오늘 밤은 이것으로 그만두지."

---

26) 시인, 평론가, 1869~1925.

주인은 밥공기를 내민다. 아마 찻물에 말아서 세 공기는 먹은 것 같다. 나는 그날 밤 돼지고기 석 점과 소금구이한 생선 대가리를 얻어먹었다.

8

울타리 돌기라는 운동을 설명할 때 주인네 마당을 둘러싼 대나무 울타리에 대해서 잠깐 얘기를 했을 텐데, 이 대나무 울타리 바깥이 바로 이웃집, 곧 남쪽 이웃인 지로창네인 줄로 안다면 그건 오해다. 집세는 싸지만 거기는 구샤미 선생 집이다. 욧창이나 지로창으로 불리는 이른바 무슨 '창'이라는 흔한 칭호가 붙는 세속적인 무리와 얄팍한 울타리 한 겹을 사이에 두고 이웃 간의 친밀한 교제를 맺고 있지는 않다.

이 울타리 바깥은 10미터쯤 되는 공터이며, 그 공터 건너 노송나무가 울창하게 대여섯 그루 늘어서 있다. 툇마루에서 바라보면 저 건너편은 울창한 숲이고, 여기 사는 선생님은 넓은 들판 속의 외딴집에서 이름 없는 고양이를 벗 삼아 유유히 세월을 보내는 강호의 처사處士처럼 보인다. 다만 노송나무의 가지는 창창하고 빽빽하게 우거져 있지 않아서 그 사이로 군가쿠칸群鶴館이라는, 이름만 멋있는 싸구려 하숙집 지붕이 훤히 보이므로, 그처럼 선생님을 의젓한 강호 처사로 상상하기는 물론 힘들다.

그러나 그 하숙집이 군가쿠칸이라면, 선생님의 거처도 확실히 와룡굴臥龍屈이라 불릴 정도의 가치는 있다. 이름에 세금은 안 붙으니까 서로가 훌륭해 보이는 것을 제멋대로 붙인다고 해도 그만이다. 이 10미터쯤 되는 공터가 대나무 울타리를 따라서 동서로 약 18미터쯤 뻗쳐 나가다가 갑자기 기역 자로 꼬부라져서 와룡굴 북쪽을 둘러싸고 있다.

이 북쪽이 소동의 불씨다. 본래 공터를 지나면 또 공터이고 어쩌고 하며 으쓱대도 좋을 만큼 공터가 집 양쪽을 둘러싸고 있지만, 와룡굴의 주인은 물론이고 굴 안의 영묘靈猫인 나조차도 이 공터에는 애를 먹고 있다. 남쪽에 노송나무가 떡하니 버티고 있고 북쪽에는 오동나무가 일고여덟 그루 늘어서 있다. 이젠 둘레가 30센티미터쯤 자랐기 때문에 나막신 장수만 데려오면 좋은 값을 받을 텐데, 세 사는 사람의 슬픔이랄까, 아무리 알고 있다 해도 실행할 수는 없다.

주인 또한 딱하다. 얼마 전에 학교 소사가 와서 가지 하나를 꺾어 갔는데, 그다음에 왔을 때는 새 오동나무 게다를 신고 "요전에 가져간 가지로 만들었습니다" 하고 묻지도 않은 말을 떠벌리고 있었다. 교활한 녀석이다.

오동나무는 있지만 나나 주인 가족에게는 돈 한 푼도 안 되는 오동나무다. 옥을 품고 있다 죄가 되었다는 옛말이 있다는데, 이건 오동나무를 키워도 무일푼이라고 할까, 이를테면 보물을 가지고도 썩히는 격이다. 어리석은 건 주인도 아니고 나도 아니고, 집주인 덴베에다. 없나, 없나, 나막신 장수는 없나, 하고 오동나무 쪽에서 몸이 달아 있는데도 모른 체하고 집세만 받으러 온다.

나는 덴베에한테 별로 원한도 없으니까 그의 험담은 그만하고 본론으로 돌아가 이 공터가 소동의 불씨가 된 진담珍談을 소개해 올리겠는데, 절대 주인에게 말해서는 안 된다. 여기서만 하는 얘기다. 애당초 이 공터에 관해서 제일 잘못된 것은 울타리가 없다는 점이다. 잇따라 불든 날리며 불든 바람 부는 대로 통과해버리는, 사통팔달 만천하에 다 뚫려 있는 공터이다. '이다'라고 하면 거짓말 같다. 사실을 말하자면 '이었다'라고 해야 옳다.

그러나 자세한 얘기는 과거로 거슬러 올라가지 않으면 원인을 알 수 없다. 원인을 모르면 의사도 처방하기 어렵다. 그러므로 여기로 이사 온 당시부터 천천히 얘기를 시작해보겠다.

이 집은 통풍이 잘돼 여름엔 시원해서 기분이 좋다. 문단속이 허술하더라도 돈 없는 집에 도둑이 들 리는 없으니까 주인 집에는 온갖 종류의 담장이나 울, 아무렇게나 박아놓은 말뚝, 가시울타리 같은 건 전혀 필요 없다. 그렇지만 이건 공터 건너편에 거주하는 인간 또는 동물의 종류 여하에 따라 결정될 문제라고 생각한다. 따라서 이 문제를 해결하기 위해서는 당연히 건너편에 진치고 있는 군자의 성질을 밝히지 않으면 안 된다. 인간인지 동물인지 알기도 전에 군자라고 부르는 것은 너무 성급한 것 같지만 일단 군자라 불러도 지장은 없을 거다. 양상 군자梁上君子라 하여 도둑까지도 군자라고 부르는 세상이다. 다만 여기서 말하는 군자는 결코 경찰의 신세를 지는 그런 군자는 아니다. 경찰 신세를 지지 않는 대신에 수효로 때우려는 건지 많이 있다. 우글우글하다.

라쿠운칸落雲館이라 불리는 사립 중학교—8백 명의 군자를 데려다가 더욱 훌륭한 군자로 양성하기 위해서 다달이 2엔의 월사금을 징수하는 학교다. 이름이 라쿠운칸이라고 풍류적인 군자들이 모인 학교인 줄로 생각하면, 애당초 그건 착각이다. 그게 믿기 어려움은 군가쿠칸群鶴館에 학이 내려오지 않는 것과 같고, 와룡굴臥龍窟에 용이 아닌 고양이가 있는 것과 같다. 학사니 교사니 하는 자들 중에 주인 구샤미 군 같은 괴팍스런 인간이 있다는 것을 안 이상은, 라쿠운칸에 풍류를 아는 선비들만 있는 것은 아니라는 것도 알 수 있는 이치다. 이 이치가 잘 납득이 안 가는 사람은 우선 사흘 정도 주인 집에 와서 묵어보시라.

앞서 말씀드린 바와 같이 여기로 이사했을 당시는 그 공터에 울타리가 없었기 때문에 라쿠운칸의 군자들은 인력거꾼네 검둥이처럼 어슬렁 어슬렁 오동나무 밭에 기어 들어와 잡담도 나누고, 도시락도 까먹고, 조릿대 위에서 뒹굴기도 하는 등 온갖 짓을 다 했다. 그러고 나선 도시락의 잔해, 즉 대나무 껍데기, 헌 신문지, 또는 헌 짚신, 헌 나막신 등 '헌' 자가 붙은 것은 대개 이곳에다 내버렸다. 무관심한 주인은 의외로 태평스러워서 별로 항의도 하지 않고 그대로 지냈다. 실태를 몰라서 그런 건지, 알고서도 야단칠 생각이 없어서 그랬는지 그건 잘 모르겠다. 그런데 그 군자들은 학교에서 교육을 받음에 따라서 점점 군자다워졌는지, 차츰 북쪽 방향에서 남쪽 방향으로 잠식을 기도하기 시작했다. 잠식이라는 말이 군자에게 안 어울린다면 철회해도 좋으나 달리 적합한 말이 없다.

그들은 물과 풀을 쫓아 거처를 옮기는 사막의 주민들처럼 오동나무를 떠나서 노송나무 쪽으로 진출해왔다. 노송나무가 있는 곳은 이 집 응접실의 정면이다. 여간 대담한 군자가 아니고선 이런 행동은 취하지 못할 것이다. 하루 이틀 뒤에 그들의 대담함은 한층 커져 '대大' 자를 보태어 대대담이 되었다.

교육의 결과만큼 무서운 건 없다. 그들은 단순히 응접실 정면에 육박할 뿐만 아니라, 그 정면에서 노래를 부르기 시작했다. 무슨 노래인지 잊어버렸지만, 결코 단카短歌[1] 같은 건 아니고 더 활기차고 더 세속적인 노래였다. 놀란 것은 주인뿐만 아니다. 나까지도 그들 군자의 재주에 탄복하여 자신도 모르게 귀를 기울였을 정도다.

그러나 독자들도 잘 아시겠지만, 탄복이라는 것과 방해라는 것은 가끔씩 양립하는 경우가 있다. 이때 이 양자가 뜻밖에도 합쳐서 하나가 된 것은, 지금 생각해봐도 두고두고 유감이다. 주인도 유감이었겠지만, 어쩔 수 없이 서재에서 뛰어나와 "여긴 너희가 들어올 곳이 아니야. 어서 나가거라" 하고 두세 번 쫓아냈다. 그러나 교육을 받은 군자들인지라 그런 정도로 순순히 말을 들을 리가 없다. 쫓아내면 또다시 이내 기어들어 온다. 들어와서는 활발한 노래를 부른다. 큰 소리로 떠들어댄

---

1) 5·7·5·7·7의 5구 31음의 일본 고유의 단시.

다. 더욱이 군자들의 수다들인지라 유달리 '네까짓 놈'이니 '알게 뭐야'이니 하는 속어로 말한다. 이런 말은 유신 전에는 종놈이나 가마꾼이나 때밀이가 사용하던 전문용어였다는데, 20세기에 접어들자 교육받은 군자들이 배우는 유일한 언어가 됐다고 한다. 이를 두고 일반인에게서 경멸받던 운동이 오늘날 환영받게 된 것과 동일한 현상이라고 설명하는 사람이 있다.

주인이 또 서재에서 뛰쳐나와 이 군자류의 말재주가 가장 능숙한 한 사람을 붙들고 왜 이곳에 기어들어 왔느냐고 힐문하자 군자는 별안간 "네까짓 놈이 알게 뭐야"라는 고상한 말을 잊어버리고 "여기가 학교 식물원인 줄 알았습니다" 하고 아주 천박한 말투로 대답했다. 주인은 앞으로 그러지 말라고 훈계하고 놓아주었다. '놓아주었다'고 하면 거북이 새끼를 말하는 것 같아서 우습지만, 실제 그는 군자의 소매를 붙들고 담판을 지었던 것이다. 이만큼 호되게 야단을 쳤으면 이젠 괜찮겠지, 하고 주인은 생각했다고 한다.

그런데 실제로는 여왜[2] 시대부터 예상은 빗나가는 법이어서 주인은 또 실패했다. 이번에는 북쪽에서부터 집 마당 안을 가로질러 대문으로 빠져나갔다. 대문을 덜커덩 열어젖혀서 손님인가 했더니 오동나무 밭 쪽에서 웃음소리가 난다. 형세는 더욱더 불온해진다. 교육의 효과는 더욱 뚜렷해진다.

가엾은 주인은 견디다 못해 서재에 틀어박혀 공손한 편지 한 통을 써서 라쿠운칸 교장 앞으로, 아무쪼록 좀 단속해주시길 바란다고 애원을 했다. 교장도 정중한 답장을 주인에게 보내와, 울타리를 칠 테니까 기다려달라고 했다. 얼마 있다가 두세 명의 직공이 와서 반나절 동안에

---

2) 중국의 천지 창조 신화에 나오는 여신으로, 머리는 사람이고 몸은 뱀. 오색 돌로 창공을 덮고 갈대 재로 홍수를 막고 황토로 사람을 만들려고 했으나, 예상한 것과는 달리 거의 다 됐을 때 실패했다는 설이 있음.

주인의 저택과 라쿠운칸의 경계에 높이가 1미터쯤 되는 살이 네모난 울타리가 만들어졌다. 이제 겨우 안심이라고 주인은 기뻐했다. 주인은 어리석은 사람이다. 이 정도의 일로 군자들의 행동이 달라질 리가 없잖은가.

대체로 사람을 놀리는 것은 재밌는 법이다. 나 같은 고양이도 때때로 이 집 따님을 놀리며 놀 정도인데, 라쿠운칸의 군자가 고집불통의 구샤미 선생을 놀리는 것은 지극히 당연한 일로, 여기에 불평인 것은 아마 놀림을 받는 본인뿐일 것이다. 놀린다는 심리를 해부해보면 두 가지 요소가 있다. 첫째, 놀림당하는 당사자가 태연하게 잠자코 있어서는 안 된다. 둘째, 놀리는 사람이 세력으로나 인원수로나 상대방보다 강해야 한다.

요전에 주인이 동물원에서 돌아와 줄창 감탄하며 얘기한 일이 있다. 들어보니 낙타와 강아지의 싸움을 보았다는 것이다. 강아지가 낙타 주변을 질풍같이 휘돌면서 짖어대도 낙타는 아무런 낌새도 못 채고 여전히 등에 혹을 단 채로 우뚝 서 있기만 하더라고 했다. 아무리 짖어대고 날뛰어도 상대해주지 않으니까 나중에는 개도 정나미가 떨어졌는지 그만두더라며 정말 낙타는 둔하다고 웃어댔는데, 그것이 이 경우에 적합한 예다. 제아무리 놀리는 사람이 잘 놀려대더라도 상대가 낙타 정도 되면 얘기가 안 된다. 그렇다고 해서 사자나 호랑이같이 상대방이 너무 강해도 상대가 안 된다. 놀리려다가 갈가리 찢기고 만다.

놀리면 상대는 이빨을 드러내고 화를 낸다. 화를 내더라도 이쪽을 어떻게 할 수도 없다는 안심이 있을 때 엄청 유쾌한 기분이 드는 법이다.

왜 이런 일이 재미있느냐 하면 그 이유는 여러 가지가 있다. 우선 심심풀이에 딱 알맞다. 지루할 때에는 수염의 숫자까지 세어보고 싶어지는 것이다. 옛날에 감방에 갇힌 한 죄수는 무료한 나머지 감방 벽에 삼각형을 포개어 그리며 하루하루를 보냈다는 얘기가 있다. 이 세상에 따분한 것처럼 견디기 힘든 일도 없다. 뭔가 활기를 자극하는 사건이 없으면 사는 게 괴로운 법이다. 놀린다는 것도 결국 이 자극을 만들어가지고 노는 일종의 오락이다. 단지 약간 상대방을 화나게 한다든지, 약을 올린다든지, 난처하게 한다든지 하지 않고선 자극이 안 되므로, 옛날부터 놀린다는 오락에 빠지는 자는 남의 속도 모르는 바보 다이묘大名[3]같이 아주 따분한 자, 또는 자신의 위안 이외에는 생각할 짬이 없을 만큼 두뇌 발달이 유치하고 게다가 활기 있게 지내지도 못하는 소년들뿐이다.

다음으로는 자신의 우세함을 실제로 증명하는 데에는 제일 간편한 방법이기 때문이다. 사람을 죽이거나 사람에게 상처를 입히거나 또는 사람을 모함해도 자신의 우세함은 증명할 수 있지만, 이런 것은 오히려 죽이든지 상처를 입히든지 모함하든지 하는 것이 목적일 때 취하는 수단이지, 자신의 우세함은 이 수단을 수행한 뒤에 필연적인 결과로서 오는 현상에 지나지 않는다. 그러니까 한편으로는 자신의 세력을 보여주고 싶고 아울러 그다지 남에게 해를 끼치고 싶지 않는 경우에는 놀리는 게 제일 알맞다. 다소 남을 상처 입히지 않으면 자기의 훌륭함이 사실상 증명될 수 없다. 사실로 드러나지 않으면 머릿속으로는 안심하고 있어도 쾌락은 별로 없기 마련이다.

인간은 누구나 자신을 믿는다. 아니, 믿기 어려운 경우에도 믿고 싶은 법이다. 그러므로 자신은 이처럼 믿을 수 있는 자다, 이 정도면 안심이라는 것을 남한테 실지로 응용해보지 않고선 성이 안 찬다. 더구나 이치를 모르는 속물이나 자신이 못 미더워 안심이 안 되는 자는 모든 기회를 이용하여 이 증권을 손에 쥐려고 한다. 유술[4]을 익힌 사람이 때때로 사람을 내동댕이쳐 보고 싶어지는 것과 똑같다. 유술을 어설프게 익힌 자가 꼭 자기보다 약한 놈을 단 한 번만이라도 좋으니 만나봤으면

3) 넓은 영지를 가진 무사.

4) 유도의 전신.

좋겠다, 초심자라도 상관없으니까 내던져 보고 싶다는 아주 위험한 생각을 품고 동네를 돌아다니는 것도 이 때문이다.

이 외에도 이유는 여러 가지 있지만 너무 길어지니까 생략하기로 한다. 듣고 싶으면 가다랑어포 한 상자 정도 들고 배우러 오라. 언제든지 가르쳐줄 테니까.

이상으로 설명한 걸 참고로 추론해보면 내 생각으로는 오쿠야마 유원지의 원숭이와 학교 교사가 놀려주기에는 제일 알맞다. 학교 교사를 깊은 산속 원숭이와 비교해서 죄송하다. 원숭이에 대해서 죄송한 게 아니라 교사에 대해서 죄송하다는 말이다. 그러나 매우 흡사하니 하는 수 없다. 아시다시피 깊은 산속 원숭이는 쇠사슬로 묶여 있다. 아무리 이빨을 드러내도, 꽥꽥 난리 쳐도 긁힐 염려는 없다. 교사는 쇠사슬로 묶여 있지 않은 대신에 월급으로 묶여 있다. 아무리 놀려줘도 걱정 없다. 사직하면서까지 학생을 구타하는 일은 없을 테니까. 사직할 정도의 용기가 있는 자라면 애초부터 교사 노릇을 하며 학생들 시중드는 일은 하지 않았을 것이다.

주인은 교사다. 라쿠운칸의 교사는 아니지만, 역시 교사임에는 틀림없다. 놀려주기에 아주 적당하고, 아주 간단하고, 아주 무난한 사내다. 라쿠운칸 학생들은 소년들이다. 놀리는 것은 자기들의 콧대를 높이는 수단으로서 교육의 효과로 당연히 요구할 만한 권리라고까지 생각하고 있다. 뿐만 아니라 놀리기라도 하지 않으면 활기찬 오체와 두뇌를 어떻게 사용해야 할지 10분간의 노는 시간 중에도 어찌할 줄 몰라 쩔쩔매는 무리다. 이들 조건이 갖춰지면 주인은 저절로 놀림당하고, 학생은 저절로 놀려대니, 누가 봐도 털끝만큼도 무리가 없는 것이다. 그것을 화내는 주인은 촌티의 극치이며, 얼간이의 최상급일 거다. 이제부터 라쿠운칸의 학생들이 어떻게 주인을 놀려댔는지, 이에 대해서 주인이 어떻게 촌스런 짓을 해댔는지 하나하나 나열해보기로 한다.

여러분은 네모난 칸살 울타리란 게 어떤 것인지 잘 아실 거다. 바람이 잘 통하는 간편한 울타리다. 나 같은 고양이들은 칸살 사이로 자유자재로 드나들 수가 있다. 만드나 마나 마찬가지다. 그러나 라쿠운칸의 교장은 고양이를 위해 네모난 칸살 울타리를 만들어놓은 게 아니다. 자기가 양성하는 군자들이 뚫고 다니지 못하도록 일부러 직공을 시켜서 울타리를 쳐놓은 것이다. 하긴 아무리 통풍이 잘된다 해도 인간은 뚫고 다닐 수 없을 것 같다. 이 대나무를 가로세로로 엮어 맞춘 12센티미터 사방의 구멍을 빠져나가는 일은, 청국의 요술쟁이 장세존일지라도 어려울 것이다. 그러므로 인간에 대해서는 충분히 울타리의 효능을 다하고 있다.

그 완성된 울타리를 본 주인이 이만하면 됐겠지 하고 기뻐한 것도 무리는 아니다. 그러나 주인의 논리에는 큰 구멍이 있다. 이 울타리보다 더 큰 구멍이 있다. 배를 통째로 삼킬 정도로 물고기도 빠져나갈 만큼 큰 구멍이 있다.

그는 울타리는 넘어 다녀서는 안 되는 것이라는 가정에서 출발하고 있다. 적어도 학생인 이상은 아무리 허름한 울타리라도 울타리라는 이름이 붙어 있고 경계선의 구역만 명백하면 절대 난입당할 염려는 없다고 가정했던 것이다. 다음에 그는 그 가정을 잠시 저버리고, 설령 난입하는 녀석이 있다고 해도 문제없다고 단정 지은 것이다. 네모난 칸살 울타리를 뚫고 다니는 것은 어떠한 애송이라 할지라도 도저히 할 수 없는 일이므로 난입할 염려는 결코 없다고 속단해버린 것이다. 사실이지 그들이 고양이가 아닌 한 이 네모난 칸살 구멍을 빠져나오는 짓은 못할 것이다. 하고 싶어도 할 수 없다. 하지만 타고 넘는 일, 뛰어넘는 일은 아무것도 아니다. 오히려 운동이 되어 재밌을 정도다.

울타리가 만들어진 다음 날부터, 울타리가 생기기 전과 마찬가지로 그들은 북측 공터로 훌쩍훌쩍 뛰어넘는다. 다만 응접실 정면까지 깊숙이는 들어오지 않는다. 만약 쫓기게 되면 도망치는 데 시간이 좀 필요하므로, 미리 도망칠 시간을 계산에 넣어 붙잡힐 위험이 없는 곳에서 떠들어대고 있다. 그들이 뭘 하고 있는지 동쪽 끝 떨어진 곳에 있는 주인 눈에는 물론 보이지 않는다. 북쪽 공터에서 그들이 이리저리 놀고 있는 상황은 울타리 사잇문을 열고 반대쪽 방향에서 기역 자로 고개를 돌려서 보든가, 또는 변소 창문에서 울타리 너머로 내다보거나 할 수밖에 없다. 창문에서 내다볼 때는 어디에 무엇이 있는지 일목요연하게 내다볼 수가 있지만, 설령 적을 몇 명 발견했다손 치더라도 사로잡을 수는 없다. 그냥 창문 격자 안에서 호통이나 칠 뿐이다.

만약 울타리 사잇문으로 우회하여 적을 무찌르려 하면, 발소리를 알아듣고선 잡히기 전에 후다닥 멀찍이 저쪽으로 넘어가 버린다. 물개가 햇볕을 쪼이고 있는 데에 밀렵선이 접근하는 것과 같다. 주인은 물론 변소에서 망을 보고 있는 건 아니다. 그렇다고 해서 소리가 나면 울타리 사잇문을 열고 곧바로 뛰쳐나갈 준비가 되어 있지도 않다. 만일 그렇게 하는 날에는 교사직을 그만두고 그쪽 방면의 전문가가 되어야지, 그렇지 않고선 못 당해낸다.

주인 쪽의 불리한 점을 말하자면, 서재에서는 적의 소리만 들리고 모습이 안 보인다는 점과 창문에서는 모습만 보일 뿐 손이 닿지 못한다는 점이다. 이 불리함을 간파한 적은 이런 전략을 짜냈다. 주인이 서재에 틀어박혀 있는 것을 탐지했을 때에는 되도록 와와거리며 큰 소리로 떠들어댄다. 개중에는 주인을 조롱하는 말도 들으라는 듯이 지껄여댄다. 게다가 그 소리가 어디서 나는지 아주 분간하기 어렵게 한다. 얼핏 들으면 울타리 안에서 떠들어대고 있는 건지, 아니면 저쪽 건너편에서 설쳐대는 건지 판단하기 어렵다. 만일 주인이 나오면 도망치거나 또는 처음부터 저쪽에 있었으면서 모르는 척한다. 또 주인이 변소로—나는 아까부터 자꾸만 변소, 변소 하고 지저분한 글자를 사용하는 것을 별반 영광으로 생각하지 않으며, 실은 유감스럽기 그지없지만 이 전쟁을 기술하는 데 있어서 불가피하다—그러니까 주인이 변소에 간 것을 알아차렸을 때는 반드시 오동나무 부근을 배회하여 일부러 주인의 눈에 띄도록 한다. 그러다가 주인이 만일 변소에서 사방에 울리는 큰 소리로 호통을 치면 적은 당황하는 기색도 없이 유유히 근거지로 물러난다.

적이 이 전략으로 나오면 주인은 아주 난감해한다. 확실히 들어왔구나 싶어 막대기를 들고 나가보면 고요하니 아무도 없다. 없는가 싶어 창문으로 내다보면 반드시 한두 녀석은 들어와 있다. 주인은 뒤꼍으로 돌아가 봤다가 변소에서 내다봤다가, 변소에서 내다봤다가 뒤꼍으로 돌아가 봤다가 몇 번이나 말해도 똑같은 일이지만 몇 번 말해도 똑같은 일을 되풀이하고 있다. 바쁘게 뛰어다녀서 지쳐버린다는 것은 바로 이를 두고 하는 말이다. 교사가 본업인지, 전쟁이 본업인지 좀처럼 알 수 없을 정도로 점차 화가 치민다. 이 분노가 절정에 다다랐을 때에 아래와 같은 사건이 터졌다.

사건은 대개 흥분하는 것에서 일어나는 법이다. 흥분[5]은 글자 그대로 거꾸로 치밀어 오르는 것이다. 이 점에 관해선 갈레노스[6]도, 파라셀수스[7]도, 고루한 편작[8]도 이의를 제기하는 사람은 한 사람도 없다. 단지 어디로 거꾸로 오르는지가 문제다. 또 무엇이 거꾸로 오르는지가 논의의 대상이다.

옛날부터 유럽인의 전설에 의하면 우리의 체내에는 네 가지 액체가 순환하고 있었다 한다. 첫째로 노액努液이라는 놈이 있다. 이게 거꾸로 올라가면 화를 내게 된다. 둘째로 둔액鈍液이라 일컫는 게 있다. 이것이 거꾸로 올라가면 신경이 둔해진다. 다음으로는 우액憂液, 이것은 인간을 우울하게 만든다. 맨 마지막이 혈액, 이것은 사지를 왕성하게 만든다. 그 후 인문이 발달함에 따라 둔액, 노액, 우액은 어느새 없어지고, 오늘에 이르러서는 혈액만이 옛날과 같이 순환하고 있다는 얘기다.

---

5) 일본어로 역상逆上.

6) 고대 그리스의 의학자, ?129~?199.

7) 필리푸스 파라셀수스, 스위스의 의사, 연금술사, 1493~1541.

8) 중국 고대의 전설적 명의.

그러므로 만일 욱하고 치밀어 오르는 것이 있다면 혈액 외에는 달리 없으리라고 생각된다. 그런데 이 혈액의 분량은 개인에 따라서 딱 정해져 있다. 성품에 따라 다소의 정도 차이는 있겠으나, 대개 한 사람당 다섯 되 다섯 홉[9]의 비율이다. 그러므로 이 다섯 되 다섯 홉이 거꾸로 올라오면, 올라온 곳만은 왕성하게 활동하지만 그 외의 부분은 결핍 상태에 빠져 차가워진다. 마치 파출소 방화 소동[10] 당시, 순사가 죄다 경찰서로 몰려 시내에는 한 사람도 없게 된 것과 같다. 그것도 의학상으로 진단을 하면 경찰의 흥분 상태라 할 것이다. 그러므로 이 흥분 상태를 고치려면 혈액을 종전과 같이 체내의 각 부분으로 골고루 분배해야 한다. 그러려면 거꾸로 올라간 놈을 아래로 내려보내지 않으면 안 된다. 그 방법에는 여러 가지가 있다.

지금은 고인이 되셨지만 주인의 선친께서는 물수건을 머리에 대고 고다쓰 화로를 쬐고 있었다고 한다. 머리를 차게 하고 발을 따뜻하게 하면 무사장생한다고 『상한론傷寒論』[11]에도 기록되어 있듯이, 물수건은 장수법에 있어서 하루도 없어서는 안 될 물건이다. 그렇지 않으면 중이 늘 쓰는 수단을 시도해보는 것도 좋다. 한곳에 머물지 않는 수행승이나 구름이나 물처럼 떠다니는 선승은 반드시 나무 아래에 있는 돌 위에서 머문다고 한다. 나무 아래에 있는 돌 위에서 묵는다는 것은 난행고행難行苦行을 위해서가 아니다. 오로지 흥분을 가라앉히기 위해서 육조六祖[12]가 쌀을 찧으면서 생각해낸 비법이다.

시험 삼아 돌 위에 앉아보라. 엉덩이가 차가워지는 건 당연하리라. 엉덩이가 시려진다. 흥분이 가라앉는다. 이 또한 자연의 순리로 추호도

9) 약 10리터.

10) 1905년 9월 5일 러일전쟁의 강화조약에 반대한 국민들이 히비야 공원의 궐기대회 해산 명령을 계기로 시내 곳곳의 파출소를 방화한 사건.

11) 동양 의학의 원전 가운데 하나로 중국 후한의 장중경이 쓴 의서.

12) 중국 선종 제6조인 혜능 선사를 말함.

의심할 여지가 없다. 이렇게 여러 가지 방법을 사용해서 흥분을 가라앉히는 방법은 꽤 발명되었지만, 아직 흥분을 유발하는 좋은 방법이 나오지 않은 건 유감스런 일이다. 대체로 보면 흥분은 손해는 돼도 이득은 안 되는 현상이지만, 꼭 그렇게만 속단해버릴 수 없는 경우가 있다.

직업에 따라선 흥분은 굉장히 소중한 것으로, 흥분하지 않으면 아무것도 할 수 없는 경우가 있다. 그중에서 가장 흥분을 중시하는 건 시인이다. 시인에게 흥분이 필요한 것은 기선汽船에 석탄이 없어선 안 되는 것과 같은 이치로, 이 공급이 하루라도 끊어지면 그들은 팔짱을 끼고 밥을 먹는 것 외엔 달리 아무런 능력도 없는 범부가 되고 만다.

그렇긴 하지만 흥분은 광증狂症의 다른 이름으로, 미치광이가 되지 않으면 가업이 유지되지 못한대서야 세상에 체면이 안 서니, 그들 사이에서는 흥분을 흥분이라 부르지 않는다. 입을 모아 인스퍼레이션, 인스퍼레이션 하고 사뭇 으스대듯이 부르고 있다. 이것은 그들이 세상을 기만하기 위해서 제조한 이름으로, 실은 그게 바로 흥분이다. 플라톤은 그들 편을 들어 이런 종류의 흥분을 '신성한 광기'라고 불렀지만, 제아무리 신성하더라도 광기라고 하면 남이 상대를 하지 않는다. 역시 인스퍼레이션이라는 신발명의 매약 같은 이름을 붙여두는 편이 그들을 위해서 좋을 것이라 생각한다.

그러나 어묵의 재료가 참마인 것같이, 관음보살상이 5센티미터의 썩은 나무인 것같이, 가모난반[13]의 재료가 까마귀인 것같이, 하숙집의 소고기전골이 말고기인 것같이 인스퍼레이션도 실은 흥분인 것이다.

흥분하다 보면 일시적으로 미치광이가 된다. 스가모 정신병원에 입원하지 않아도 되는 것은 단순히 일시적 미치광이이기 때문이다. 그런데 이 일시적 미치광이를 제조하는 일이 곤란한 것이다. 평생 미치광이는 오히려 만들어지기 쉽지만, 펜을 쥐고 종이를 향해 있는 동안만 미

13) 닭고기와 파를 넣은 국수.

치광이로 만드는 것은 아무리 전능하신 신이라도 굉장히 힘이 드는 모양인지 좀처럼 만들어 보이지 않는다. 신이 만들어주지 않는 이상엔 자력으로 만들 수밖에 없다. 그래서 옛날부터 오늘날까지 흥분술도 흥분제거술과 마찬가지로 몹시도 학자의 머리를 괴롭혀왔다.

어떤 사람은 인스퍼레이션을 얻기 위해서 매일 떫은 감을 열두 개씩 먹었다. 이는 떫은 감을 먹으면 변비에 걸리고, 변비에 걸리면 반드시 흥분이 일어난다고 하는 이론에서 나온 것이다. 또 어떤 사람은 술병을 가지고 쇠통이 달린 목욕탕으로 뛰어 들어갔다. 욕탕 속에서 술을 마시면 당연히 흥분하리라고 생각한 것이다. 그 사람은 이것으로도 성공하지 못하면 포도주를 끓인 욕탕에 들어가면 단번에 효과가 있을 거라고 굳게 믿고 있었다. 그러나 돈이 없어 마침내 실행해보지도 못하고 죽어버린 건 안타까운 일이다.

끝으로 고인의 흉내를 내면 인스퍼레이션이 일어날 거라고 생각해낸 자가 있다. 이것은 어떤 사람의 태도나 동작을 흉내 내면 심리적 상태도 그 사람을 닮아간다는 학설을 응용한 것이다. 주정뱅이같이 술주정을 하고 있으면 어느새 술꾼이 된 것 같은 기분이 든다. 좌선을 하고 선향線香 한 대 타는 동안 참고 있으면 왠지 모르게 중이 된 것 같은 기분이 든다. 그러니까 옛날부터 인스퍼레이션을 받은 유명한 대가의 거동을 흉내 내면 흥분할 게 틀림없다는 것이다. 들은 바에 의하면 위고[14]는 요트 위에 드러누워 문장의 취향을 생각했다는데, 배를 타고 파란 하늘을 바라보고 있으면 반드시 흥분하기에 딱 알맞다. 스티븐슨[15]은 엎드려서 소설을 썼다고 하는데, 엎드린 채 펜을 들면 필히 피가 거꾸로 치밀어 올라온다. 이처럼 여러 사람이 온갖 것들을 생각해냈지만, 아직까지 어떤 사람도 성공하지는 못했다.

14) 빅토르 위고, 프랑스의 시인, 소설가, 1802~1885.

15) 로버트 루이스 스티븐슨, 영국의 소설가, 1850~1894.

먼저 오늘날에 있어선 인위적 흥분은 불가능한 것으로 되어 있다. 유감스럽지만 하는 수 없는 일이다. 머잖아 마음대로 인스퍼레이션을 일으킬 수 있는 시기가 도래할 것은 의심할 여지가 없는 것으로, 나는 인문을 위해서 이런 시기가 하루라도 빨리 오기를 간절히 열망한다.

흥분에 대한 설명은 이 정도면 충분할 테니, 이제부터 차차 사건으로 접어들어 가보자. 그러나 모든 큰 사건 전에는 반드시 작은 사건이 일어나는 법이다. 큰 사건만을 서술하고 작은 사건을 생략하는 건 옛날부터 역사가들이 항상 저지르는 과오다. 주인의 흥분도 작은 사건에 직면할 때마다 점점 더 심해져서 마침내는 큰 사건을 일으키게 된 것이므로 어느 정도 그 발달을 순서대로 서술하지 않으면 주인이 얼마나 흥분했는지 알기 어렵다. 알기 어려우면 주인의 흥분은 허명으로 돌아가고, 세상 사람들한테 설마 그 정도까지야, 하고 무시당할지도 모른다. 모처럼 흥분해도 남들한테서 아주 통쾌한 흥분이라는 칭송을 듣지 못한다면 흥분한 보람이 없을 것이다.

이제부터 서술하는 사건은 크고 작고를 막론하고 주인에게 있어 명예스러운 건 못 된다. 사건 그 자체가 불명예스러운 거라면 적어도 흥분이라도 진짜 흥분이어서 결코 남에게 뒤지지 않는 것임을 밝혀두고 싶다. 주인은 타인에 대해서 별로 이렇다 하게 자랑할 만한 성품을 갖고 있지 않다. 흥분하는 것이라도 자랑하지 않으면 달리 애써서 선전해 줄 만한 거리가 없다.

라쿠운칸에 몰려드는 적군은 최근에 이르러 일종의 덤덤탄[16]을 발명하여, 10분간의 노는 시간이나 방과 후에 북쪽 공터를 향하여 포화를 퍼부어댔다. 이 덤덤탄은 속칭 '공'이라고 부르는데, 커다란 나뭇공이를 가지고 적진을 향해 발사하는 물건이다. 아무리 덤덤탄이라 해도

16) 영국이 인도를 정벌할 때 덤덤 조병청에서 제조한 소총탄으로, 후에 국제적으로 사용 금지됨.

라쿠운칸 운동장에서 발사하는 것이므로 서재에 틀어박혀 있는 주인이 맞을 염려는 없다. 적이라 해도 탄도가 너무 멀다는 것을 모르는 바는 아니지만, 바로 그게 전략이다.

여순전쟁에서도 해군이 간접사격을 실시하여 위대한 공을 세웠다고 하는데, 공터에 굴러떨어지는 공이라지만 상당한 효과를 거두지 말라는 법은 없다. 하물며 한 발을 쏠 때마다 총병력을 동원하여 와아 하고 위협적인 소리를 지르니 어찌 효과가 없겠는가. 주인은 공포를 느낀 나머지 수족으로 통하는 혈관이 수축하지 않을 수 없다. 번민 끝에 그 언저리를 방황하는 피가 모두 거꾸로 솟구쳐 오를 테니, 적의 계략은 굉장히 교묘하다고 하겠다.

옛날 그리스에 아이스킬로스라는 작가가 있었다고 한다. 이 남자는 학자와 작가에 공통된 머리를 갖고 있었다고 한다. 내가 말하는 소위 학자와 작가에 공통된 머리란 대머리라는 의미다. 왜 머리가 벗겨지는가 하면 머리의 영양부족으로 털이 자랄 만한 활기가 없기 때문임에 틀림없다. 학자와 작가는 머리를 가장 많이 사용하므로 대개는 가난하게 마련이다. 그러니까 학자와 작가의 머리는 모두 영양부족이며, 모두 벗겨져 있다.

그런데 아이스킬로스도 작가이기 때문에 자연적인 추세로 벗겨지지 않으면 안 된다. 그는 반들반들한 금귤 같은 머리를 갖고 있었다. 한데 어느 날, 선생이 예의 머리—머리에는 외출복도 평상복도 없으니까 예의 머리일 게 뻔하지만—를 연방 흔들어대며 햇빛을 쪼이면서 길을 걸어가고 있었다. 이것이 실수였다. 대머리가 햇빛에 쪼이면 멀리서 보아도 굉장히 잘 번쩍거린다. 키 큰 나무는 바람을 받는다. 빛나는 머리도 뭔가 받아야 한다. 이때 아이스킬로스 머리 위에 독수리 한 마리가 날고 있었는데, 보니까 어디에서 사로잡은 거북 한 마리를 발톱으로 꽉 움켜잡고 있었다. 거북, 자라는 분명 맛있긴 하나, 희랍 시대부터 딱딱한 등딱지를 달고 있었다. 아무리 맛있는 거라도 등딱지가 있는 채로는 어쩔 도리가 없다. 새우 통구이는 있지만 거북을 통째 삶아 먹는 건 지금까지 들어본 적이 없으니, 더더구나 그 당시엔 물론 없었을 게 뻔하다.

그 대단한 독수리도 주체를 못 하고 있던 참에, 아득히 먼 하계下界에 번쩍 빛나는 것이 있다. 그때 독수리는 '됐구나' 하고 생각했다. '저 번쩍이는 것 위로 거북을 떨어뜨린다면 등딱지는 반드시 부서질 것이다. 부서진 뒤에 내려가서 알맹이를 먹어주기만 하면 된다. 그래, 그렇지' 하고 목표를 겨냥하여 그 거북을 높은 데서 아무 인사말도 없이 머리 위로 떨어뜨렸다. 공교롭게도 작가의 머리가 거북의 등딱지보다 연했기 때문에 대머리는 엉망진창으로 짓이겨져 유명한 아이스킬로스는 여기서 무참한 최후를 당했다.

그건 그렇다 하고, 이해하기 어려운 것은 독수리의 생각이다. 예의 머리를 작가의 머리로 알고 떨어뜨린 건지, 아니면 민둥바위로 착각하고 떨어뜨린 건지 해석하기에 따라서 라쿠운칸의 적과 이 독수리를 비교할 수 있기도 하고 없기도 하다.

주인의 머리는 아이스킬로스의 그것처럼, 또 저명한 학자들처럼 번쩍번쩍 빛나지는 않는다. 그러나 6조 방일지라도 적어도 서재라 칭하는 방 하나를 꿰차고 앉아, 졸면서도 어려운 책 위에다 얼굴을 처박고 있는 이상에는, 학자나 작가의 동류로 간주해야 한다. 그렇다면 주인의 머리가 벗겨지지 않은 것은 아직 벗겨질 만한 자격이 없기 때문이며, 머지않아 벗겨지리라는 게 곧 이 머리 위에 닥칠 운명인 것이다.

그러고 보면 라쿠운칸의 학생들이 이 머리를 겨냥하여 예의 덤덤탄을 집중해 쏘는 것은 가장 시의적절한 계책이라 하지 않을 수 없다. 만일 적이 이 행동을 2주일간 계속한다면, 주인의 머리는 공포와 번뇌 때문에 반드시 영양부족을 일으켜서 금귤로도, 주전자로도, 구리 단지로도 변할 것이다. 2주일 더 포격을 받으면 금귤은 터져버릴 게 틀림없다. 주전자는 분명 샐 것이다. 구리 단지라면 금이 갈 게 뻔하다. 이 뻔한 결과를 예상치 못하고 언제까지 적과 전투를 계속하려고 고심하는 자는 오로지 본인인 구샤미 선생뿐이다.

어느 날 오후 나는 여느 때와 같이 툇마루에 앉아 낮잠을 자다가 호랑이가 된 꿈을 꾸었다. 주인한테 닭고기를 가져오라고 하면 주인이 "예" 하고 벌벌 떨면서 닭고기를 가져온다. 그때 메이테이가 왔기에 메이테이에게 기러기고기를 먹고 싶다고 간나베 기러기 요릿집에 가서 시켜 오라고 했더니, "절인 순무와 소금 전병을 함께 드시면 기러기고기 맛이 납니다" 하고 평소처럼 엉터리 같은 소리를 한다. 그래서 큰 입을 떡 벌려 으르렁 하고 위협을 했더니, 메이테이는 새파랗게 질려서 "야마시타의 간나베 기러기 요릿집은 폐업을 했으니 어떻게 할까요?" 라고 한다.

"그렇다면 쇠고기로 용서해줄 테니까 어서 니시카와에 가서 로스 한 근을 사 오너라. 빨리 사 오지 않으면 네놈부터 잡아먹겠다"라고 했더니 메이테이는 꽁무니를 빼듯 달아났다.

나는 갑자기 몸이 커졌으므로 툇마루를 다 차지하고 엎드려서 메이테이가 돌아오기를 기다리고 있는데 별안간 온 집 안이 울리는 큰 소리가 나서 모처럼의 쇠고기도 먹기 전에 꿈이 깨버려 다시 본래의 나로 돌아왔다. 그러자 지금까지 내 앞에서 납작 엎드려 벌벌 떨고 있던 주인이 느닷없이 변소에서 뛰쳐나와 내 옆구리를 냅다 걷어차고, '어라!' 할 사이도 없이 순식간에 뜰에서 신는 게다를 대충 신고 울타리 사잇문을 돌아서 라쿠운칸 쪽으로 달려간다.

나는 호랑이에서 갑자기 고양이로 수축됐으므로 왠지 멋쩍기도 하고 우습기도 했지만, 주인의 이 서슬 퍼런 얼굴과 옆구리를 차인 아픔 때문에 호랑이 꿈은 금방 잊어버렸다. 동시에 '주인이 드디어 출마하여 적과 교전하는구나. 신난다' 하고 아픈 걸 참고 뒤따라 뒤꼍으로 나갔다. 그때 주인이 "도둑놈아" 하고 외치는 소리가 들린다. 보니까 교모를 쓴 열여덟아홉 살 되는 건장한 놈 하나가 네모난 칸살 울타리를 넘어 건너편으로 가고 있다. '이거 늦었구나' 하고 있는데, 그 교모는 달리는 자세를 취하더니 그들 근거지 쪽으로 위타천韋陀天[17]처럼 쏜살같이 달아난다.

주인은 "도둑놈아" 하고 외친 게 크게 성공했기 때문에 또다시 "도둑놈아" 하고 크게 외쳐대면서 쫓아간다. 그러나 적을 따라잡기 위해서는 주인도 울타리를 타고 넘어가야 한다. 계속 쫓아가다가는 오히려 주인 자신이 도둑이 될 판이다. 앞서 말씀드린 대로 주인은 훌륭한 흥분가다. 이런 기세로 도둑놈을 쫓아가는 이상엔 본인 자신이 도둑놈이 되더라도 끝까지 뒤쫓을 모양인지, 돌아설 기색도 없이 울타리 밑까지 전진해갔다. 한 걸음만 더 나아가면 그가 도둑의 영역에 들어가게 되는 찰나에, 적군 속에서 엷은 수염을 맥없이 기른 장군이 터벅터벅 나타났다. 두 사람은 울타리를 경계로 마주 보며 뭔가 담판을 짓고 있다. 들어보니 이런 싱거운 논쟁이다.

"저 아이는 저희 학교 학생입니다."

"학생인데 왜 남의 집에 침입을 한답니까?"

"아니, 공이 그만 날아가서."

"왜 말을 하고 나서 찾아가지 않습니까?"

"앞으로 주의를 잘 시키겠습니다."

"그럼 좋습니다."

용호상박龍虎相搏 같은 장관이 있으려니 하고 예기했던 교섭은 이와 같이 산문적인 담판으로 신속 간단하게 종결되었다. 주인의 맹렬한 기세는 단지 패기일 뿐이다. 막상 당하면 언제나 이렇게 끝나고 만다. 마치 내가 꿈에서 호랑이였다가 갑자기 고양이로 돌아온 것처럼 말이다. 내가 말하는 작은 사건이란 바로 이것이다. 작은 사건을 기술한 다음에는 순서에 따라 반드시 큰 사건을 얘기해야 한다.

---

17) 잘 뛴다는 불법 수호신의 하나.

주인은 응접실 장지문을 열고 배를 깔고 엎드려서 골똘히 무슨 생각을 하고 있다. 아마도 적에 대해서 방어책을 강구하고 있겠지. 라쿠운칸은 수업 중인지 운동장은 의외로 조용하다. 다만 한 교실에서 윤리 강의를 하는 소리가 손에 잡힐 듯이 들려온다. 낭랑한 음성으로 조리 있게 강의하는 걸 보니, 바로 어제 적군 속에서 나타나 담판의 중책을 맡았던 장군임에 틀림없다.

"……그래서 공덕公德이라는 것은 중요한 것으로, 프랑스나 독일이나 영국이나 어딜 가더라도 이 공덕이 행해지지 않는 나라는 없다. 또 아무리 지위가 낮은 자라도 이 공덕을 중요시하지 않는 자가 없다. 슬프게도 우리 일본에서는 아직 이 점에 있어서 외국과 비교가 안 된다. 그래서 공덕이라 하면 뭔가 새로이 외국에서 수입해 온 것처럼 생각하는 제군도 있을지 모르나, 그렇게 생각하는 것은 큰 잘못이다. 옛사람도 공자의 도는 오직 하나로 일관되니, 곧 충서忠恕일 뿐이라고 말한 적이 있다. 이 서恕라는 것이 바로 공덕의 근원이다. 나도 인간이므로 가끔은 큰 소리로 노래 부르고 싶어질 때가 있다. 그러나 내가 공부하고 있을 때 옆방 사람이 큰 소리로 노래 부르는 걸 들으면 아무래도 책을 읽을 수 없는 게 내 성격이다. 그렇기 때문에 『당시선唐詩選』[18]이라도 소리 높여 읊으면 기분이 상쾌해져 좋을 듯싶을 때조차도, 만일 나같이 언짢아하는 사람이 옆집에 살고 있어 알게 모르게 그 사람을 방해하는 일이 되어선 안 되겠다 싶어서, 그럴 때는 언제라도 억제하게 되는 것이다. 이러한 이치이니 제군도 되도록 공덕을 지켜 혹시라도 남에게 방해가 되는 짓은 결코 해서는 안 된다……."

주인은 귀를 기울이며 이 강의를 귀담아듣고 있다가, 여기에 이르러 빙그레 웃었다. 잠깐 이 '빙그레'의 의미를 설명할 필요가 있다. 빈정대기 좋아하는 사람이 이것을 읽으면 이 빙그레 속에는 냉소적 요소가

18) 한시의 입문서로 중국 당 대의 명시를 모은 시집.

섞여 있다고 생각할지 모른다. 그러나 주인은 결코 그런 나쁜 사람은 아니다. 나쁘다기보다 그렇게 지혜가 발달한 사람이 아니다.

주인이 왜 웃었는가 하면, 정말 좋아서 웃은 것이다. 윤리 교사가 이렇게 통절한 훈계를 주었으니, 앞으로는 영구히 덤덤탄의 난사를 모면할 것임에 틀림없다. 당분간은 머리도 안 벗겨질 것이고, 홍분하는 건 단번에 고쳐지지 않더라도 때가 되면 점차 회복될 것이고, 물수건을 이마에 대고 고타쓰를 쬐지 않아도, 나무 아래의 돌 위에 머물지 않아도 되겠다고 판단했으므로 빙그레 웃었던 것이다. 빚은 반드시 갚아야 하는 것으로 20세기인 오늘날에도 고지식하게 생각할 정도의 주인이 이 윤리 강의를 진지하게 듣는 것은 당연한 일이다.

이윽고 시간이 됐는지 강의는 뚝 그쳤다. 다른 교실 수업도 다 같이 마쳤다. 그러자 여태까지 실내에 갇혀 있던 8백 명의 학생들이 함성을 지르며 건물 밖으로 뛰어나왔다. 그 대단한 광경을 말할 것 같으면 마치 30센티미터쯤 되는 커다란 벌집을 쑤셔댄 것 같다. 와와, 우우 하면서 창문으로, 문으로, 미닫이로, 하다못해 구멍이 뚫려 있는 곳이라면 어디로나 가차 없이 서로 앞을 다퉈 뛰어나왔다. 이것이 대사건의 발단이다.

우선 그 벌의 군세 배치부터 설명하겠다. 이런 전쟁에 군세 배치고 뭐고 할 게 있냐고 하는 것은 잘못된 생각이다. 보통 사람들은 전쟁이라고 하면 사하라든가, 봉천이라든가, 또 여순[19] 같은 곳 외에는 전쟁은 없는 줄 안다. 조금 시적인 야만인이 되면, 아킬레스가 헥토르[20]의 시체를 질질 끌고 트로이 성벽을 삼중으로 둘러쌌다든가, 연나라 사람 장비가 장판교에서 장팔사모丈八蛇矛[21]를 비껴 차고 조조의 백만 군대를

19) 세 곳 모두 러일전쟁 시 중국의 전투지.

20) 그리스의 명장과 트로이의 왕자로, 두 명 다 트로이전쟁의 영웅들.

21) 기다란 뱀 모양의 창.

노려보니 꼼짝도 못했다던가 하는 과장된 것만을 연상한다. 연상은 각자 마음이지만 그 이외의 전쟁은 없다고 생각하는 것은 잘못이다. 태고의 몽매한 시대에야 그런 어리석은 전쟁도 벌어졌을지 모른다. 그러나 태평한 오늘날 대일본제국의 수도의 중심에서 이 같은 야만적 행동은 있을 수 없는 기적에 속한다. 아무리 소동이 일어난다 해도 파출소에 습격해 불 지르는 이상으로 큰 사건이 일어날 염려는 없다. 그러고 보면 와룡굴 주인인 구샤미 선생과 라쿠운칸 속 8백 명의 건아들과의 전쟁은 우선 도쿄 시가 생긴 이래 큰 전쟁의 하나로 꼽을 만하겠다.

좌씨[22]가 언릉의 싸움을 기록하는 데 있어서도 우선 적의 진세부터 서술한다. 예로부터 서술에 탁월한 자는 모두 이 필법을 사용하는 것이 통칙으로 되어 있다. 이렇게 보면 내가 벌의 군세 배치를 얘기하는 것도 지장 없으리라.

그래서 우선 벌의 군사 배치가 어떠한가 하고 보니까, 네모난 칸살 울타리 바깥쪽에 종렬로 늘어선 일대一隊가 있다. 이는 주인을 전투선 내로 끌어들이는 임무를 띤 것 같다.

"항복 안 할래?"

"안 할 모양인데."

"틀렸어, 틀렸어."

"안 나올 거냐?"

"물러서지 않을 건가?"

"그럴 리가 없지."

"짖어봐."

"멍멍."

"멍멍."

"멍멍, 멍멍."

---

22) 중국 노나라의 사관史官.

여기저기서 소리 지르다 나중엔 종대縱隊가 총동원해서 함성을 지른다. 종대에서 오른쪽으로 조금 떨어진 운동장 쪽에는 포대砲隊가 요충지를 차지하여 진을 치고 있다. 와룡굴을 향하여 장군 한 사람이 커다란 나무 방망이를 들고 대기하고 있다. 이와 마주해서 10미터의 간격을 두고 또 하나가 서 있고, 나무 방망이 뒤에 또 하나, 이 역시 와룡굴을 향해 우뚝 서 있다.

이와 같이 일직선으로 서로 마주 보고 있는 자들이 포수砲手다. 어떤 사람의 설에 의하면 이것은 베이스볼의 연습이지 결코 전투 준비가 아니라고 한다. 나는 베이스볼이 무엇인지 모르는 문맹한이다. 그러나 듣자 하니 이것은 미국에서 수입된 유희로 오늘날 중학교 수준 이상의 학교에서 하는 운동 중에서 가장 유행하는 것이라 한다.

미국은 엉뚱한 것만 생각해내는 나라이니까 포대砲隊로 착각하기 쉬울 정도로 주위를 아랑곳 않는 유희를 일본인에게 가르쳐줄 만큼 친절했는지도 모른다. 또 미국인은 이걸 가지고 정말 일종의 운동이나 유희로 여기고 있는 것이리라. 그러나 순수한 유희라도 이와 같이 사방을 놀라게 할 만한 능력을 갖고 있는 이상은 사용하기에 따라서 포격용으로도 충분히 쓸모가 있다 하겠다.

내 눈으로 관찰한 바로는, 그들은 이 운동술을 이용하여 포화의 효과를 거두려고 기획한다고밖에 생각되지 않는다. 세상일이란 말하기에 따라서 이렇게도 저렇게도 되는 것이다. 자선이란 이름을 빌려 사기를 치며, 인스퍼레이션이라 칭하면서 흥분을 좋아하는 자가 있는 이상은, 베이스볼이란 유희 아래 전쟁을 하지 않는다고는 못 한다. 어떤 사람의 설명은 세상의 일반적인 베이스볼을 말하는 것이리라. 지금 내가 기술하는 베이스볼은 이 특별한 경우에 한정되는 베이스볼, 즉 공성적攻城的 포술이다.

이제부터 덤덤탄을 발사하는 방법을 소개하겠다. 직선으로 깔린 포열 중의 한 사람이 덤덤탄을 오른손에 쥐고 나뭇공이를 들고 있는 자에게 내던진다. 덤덤탄이 무엇으로 제조됐는지 외부인으로서는 알 수 없다. 딱딱하고 둥그런 경단 같은 돌덩이를 정성껏 가죽으로 싸서 꿰맨 것이다. 앞서 말씀드린 대로 이 탄환이 한 포수의 손을 떠나 바람을 가로질러 날아가면, 저쪽에 서 있는 한 사람이 예의 나무 방망이를 얏! 하고 휘둘러 이것을 후려친다. 가끔은 잘못 쳐서 탄환이 빗나가 버리는 수도 있지만, 대개는 딱 하고 큰 소리를 내며 튕겨 날아간다. 그 기세는 굉장히 맹렬하다. 신경성 위약증을 앓는 주인의 머리를 박살 내는 것쯤은 쉬운 일이다.

포수는 이 일만 하면 되지만, 그 주변에는 구경꾼 겸 지원병이 구름처럼 따라다닌다. 딱 하고 나무 방망이가 경단 공을 후려치자마자 와아, 짝짝짝 하고 함성을 지르고 박수를 치며 요란하게 응원을 한다. "맞혔지?"라는 둥 "이래도 모르겠냐?"라는 둥 "겁이 안 나?"라는 둥 "항복 안 하냐?"라는 둥 한다. 이뿐이라면 그래도 괜찮겠지만, 되받아 후려친 탄환은 세 번에 한 번은 와룡굴 저택 안으로 굴러 들어온다. 이것이 굴러들지 않으면 공격의 목적은 달성되지 못하는 것이다.

덤덤탄은 요 근래 여러 곳에서 제조되긴 하지만 아주 비싼 물건이므로, 아무리 전쟁이라도 그렇게 충분한 공급을 바랄 수는 없다. 대개 포수 한 부대에 한 개나 두 개 정도의 비율이다. 딱 하고 울릴 때마다 이 귀중한 탄환을 소비할 수는 없다. 그래서 그들은 탄알 공 줍기라는 한 부대를 설치하여 떨어진 탄환 공을 주워 오게 한다. 떨어진 장소가 괜찮으면 줍는 것도 힘들지 않지만, 풀밭이라든가 남의 저택 안으로 날아들어가면 쉽게 돌아오진 못한다.

그러므로 평상시 같으면 되도록 고생을 피하기 위해서 줍기 쉬운 곳으로 공을 떨어뜨리는데, 이때는 반대로 나온다. 목적이 유희에 있는 게 아니라 전쟁에 있는 것이므로 일부러 덤덤탄을 주인의 저택 안에 떨어지게 하는 것이다. 저택 안에 떨어진 이상에는 저택 안에 들어가서 주워 오지 않으면 안 된다.

저택 안에 들어가는 가장 간편한 방법은 네모난 칸살 울타리를 넘어가는 것이다. 네모난 칸살 울타리 안에서 소동을 부리면 주인은 화를 내게 된다. 아니면 투구를 벗어 던지고 항복해야 한다. 고심한 나머지 점점 머리가 벗겨지지 않을 수 없다.

지금 막 적군이 쏜 탄환은 조준에서 어긋나지 않고 네모난 칸살 울타리를 훌쩍 넘어 오동나무 아래 가지 잎사귀를 떨어뜨리고 제2의 성벽, 즉 대나무 울타리에 명중했다. 굉장히 큰 소리가 난다.

뉴턴의 운동 제1법칙에서 말하기를, 만일 다른 힘을 가하지 않는다면 한번 움직이기 시작한 물체는 균일한 속도로 직선으로 나아간다. 만일 이 법칙으로만 물체의 운동이 지배된다면 주인의 머리는 이때에 아이스킬로스와 같은 운명이 되었을 것이다. 다행히도 뉴턴이 제1법칙을 정함과 동시에 제2법칙도 만들어주었으므로, 주인의 머리는 위험천만한 가운데 목숨을 건졌다.

운동의 제2법칙에서 말하기를 운동의 변화는 가해진 힘에 비례한다. 그리고 그 힘이 작용하는 직선 방향으로 일어난다고 한다. 이것이 무슨 말인지 좀 이해하기 어렵지만, 그 덤덤탄이 대나무 울타리를 관통하여 장지문을 찢고 주인의 머리를 파괴하지 않은 걸 보아도, 뉴턴의 덕분임에 틀림없다.

얼마쯤 지나자, 아니나 다를까 적들이 저택 안으로 진입해 왔는지 "여기인가?", "좀 더 왼쪽인가?" 하며 막대기로 조릿대 잎을 두드리며 다니는 소리가 난다. 적들은 주인의 저택 안에 뛰어 들어와 덤덤탄을 찾을 때는 반드시 특별히 큰 소리를 낸다. 살짝 들어와 살짝 주워 가선 정작 중요한 목적을 달성할 수 없다. 덤덤탄도 귀중할지 모르지만, 주인을 놀리는 일은 덤덤탄 이상으로 중요하다.

이때 탄환의 떨어진 장소는 멀리서도 명확히 알 수 있다. 대나무 울타리에 맞은 소리도 들었다. 맞은 장소도 알고 있다. 그리고 그 떨어진 땅바닥도 대강 알고 있다. 그러므로 조용히 주우려고만 하면 얼마든지 조용히 주울 수가 있다.

라이프니츠[23]의 정의에 의하면 공간은 가능한 공존 현상의 질서다. '가나다라마바사'는 언제든지 똑같은 순서로 나타난다. 버드나무 밑에는 반드시 미꾸라지가 있다. 박쥐와 초저녁달은 늘 붙어 다닌다. 울타리와 공은 안 어울릴지도 모른다. 그러나 매일매일 공을 남의 집 안에 집어 던지는 자의 눈에 비치는 공간은 확실히 이 배열에 익숙해 있다. 한눈에 금방 알 수 있는 것이다. 그런 걸 이처럼 소란을 피우는 것은 필경 주인에게 전쟁을 거는 책략이다.

이렇게 되면 아무리 소극적인 주인이라도 응전하지 않으면 안 된다. 아까까지도 응접실 안에서 윤리 강의를 듣고 싱글벙글하던 주인은 벌떡 일어섰다. 맹렬하게 뛰어나갔다. 무조건 적군 하나를 생포했다. 주인으로서는 큰 성과다. 큰 성과임에는 틀림없지만 보아하니 열네댓 살 되는 어린 소년이다. 수염 난 주인의 적으로는 좀 안 어울린다. 하지만 주인은 이것으로 충분하다고 생각한 모양이다. 계속 잘못했다고 비는 것을 억지로 끌고 툇마루 앞까지 데려왔다.

여기서 잠깐 적의 책략에 대해서 한마디 할 필요가 있다. 적은 어제 주인의 얼굴이 서슬이 퍼런 걸 보고 그렇다면 오늘도 반드시 본인이 직접 출마할 것임이 틀림없다고 짐작했다. 그때 만일 도망치다가 잘못해서 큰 놈이 붙잡히면 일이 번거롭게 된다. 이럴 때는 1학년이나 2학년 정도의 어린 꼬맹이를 볼보이로 보내어 위험을 피하는 게 상책이다. 여차해서 주인이 꼬맹이를 붙잡고 이러쿵저러쿵 따져봤자 라쿠운칸의 명예와는 관계없고, 오히려 어른답지 않게 이런 애를 상대하는 주인의 치욕이 될 뿐이다. 적은 이렇게 생각했던 것이다. 이것이 보통 사람의 생각이며, 지극히 당연한 생각이기도 하다. 단지 적은 상대가 보통 인간이 아니라는 사실을 계산에 넣는 걸 잊었을 뿐이다. 주인에게 이 정도

---

23) 독일의 수학자, 철학자, 1646~1716.

의 상식이 있었다면 어제도 뛰어나가지 않았을 것이다.

흥분은 보통 사람을 보통 사람 이상으로 끌어올리고, 상식적인 사람을 비상식적인 사람으로 만든다. 여자니까, 어린애니까, 인력거꾼이니까, 마부니까 하는 분별력이 있는 동안은 아직 남에게 자랑할 만한 흥분은 못 된다. 주인처럼 상대가 안 되는 중학교 1학년생을 생포하여 전쟁의 인질로 삼을 만큼의 심장이 아니고선 흥분가 축에도 끼지 못한다.

불쌍한 것은 포로다. 단순히 상급생의 명령에 따라 볼보이라는 졸병 역을 하다가, 운 나쁘게 비상식적인 적장이자 흥분의 천재에게 쫓기어 울타리를 넘을 틈도 없이 사로잡혀서 뜰 앞으로 끌려와 꿇어앉혀 졌다. 이렇게 되면 적군은 멀거니 아군의 치욕을 쳐다보고만 있을 수는 없다. 나도, 나도 하고 네모난 칸살 울타리를 타고 넘어와 울타리 사잇문으로 해서 뜰 안으로 쳐들어온다.

그 숫자는 약 한 다스쯤 되며 주인 앞에 죽 늘어섰다. 대개는 윗도리도 조끼도 입지 않은 채였다. 흰 셔츠의 소매를 걷어붙이고, 팔짱을 낀 녀석도 있다. 하도 빨아서 빛바랜 면플란넬의 낡은 옷을 폼으로만 등에 걸친 녀석도 있다. 그런가 하면 희고 두꺼운 무명에 검은 테를 두르고 가슴 한복판에 알파벳 장식 문자를 똑같은 색으로 꿰맨 멋쟁이 녀석도 있다.

녀석들 모두 일기당천一騎當千의 맹장으로 보이며, 단바 지방의 사사야마 산골에서 바로 어젯밤에 막 도착했다는 듯이, 검고 늠름하게 근육이 발달해 있다. 중학교에 보내 학문을 시키는 것이 아깝다. 어부나 사공을 시키면 필경 국가에 이바지하리라 생각될 정도다. 그들은 약속이나 한 듯이 모두 맨발에 잠방이를 높이 걷어 올려 이웃집 불이라도 끄러 갈 것 같은 모습을 하고 있다. 그들은 주인 앞에 죽 늘어선 채 묵묵히 한마디도 하지 않는다. 주인도 입을 열지 않는다. 한동안 쌍방이 서로 노려보고 있는 가운데 약간의 살기가 느껴진다.

"너희들 도둑이냐?"

주인이 심문했다. 대단한 기염이다. 어금니를 악물며 참고 있던 울화통이 불꽃이 되어 콧구멍으로 빠져나오니 콧방울이 굉장히 화나 보인다. 에치고[24] 사자탈의 코는 인간이 화냈을 때의 모습을 본떠서 만든 것이리라. 그렇지 않고서야 그렇게 무섭게 만들어질 수가 없다.

"아니요, 도둑이 아닙니다. 라쿠운칸 학생입니다."

"거짓말 마. 라쿠운칸 학생이면서 무단으로 남의 집에 침입하는 놈이 어디 있어?"

"하지만 이렇게 딱 학교 모표가 붙은 모자를 쓰고 있잖습니까?"

"가짜겠지. 라쿠운칸 학생이라면 왜 함부로 침입했느냐?"

"공이 날아들어 왔으니까요."

"왜 공이 날아들어 오게 했어?"

"저절로 날아들어 온 겁니다."

"괘씸한 놈 같으니라고!"

"앞으로 조심할 테니까 이번만 용서해주세요."

"어디 사는 누군지도 모르는 놈이 울타리를 넘어 집 안에 침입했는데, 그렇게 쉽게 용서할 줄 아냐?"

"그래도 라쿠운칸의 학생임에는 틀림없으니까요."

"라쿠운칸의 학생이라면 몇 학년이냐?"

"3학년입니다."

"틀림없지?"

"예."

주인은 안쪽을 돌아다보면서 "어이, 이리 와봐" 하고 부른다.

사이타마 태생의 하녀가 맹장지문을 열고 "예에?" 하고 얼굴을 내민다.

"라쿠운칸에 가서 누구 좀 불러오너라."

---

24) 지금의 니가타 현.

"누구를 불러올까요?"

"아무나 좋으니까 어서 불러와."

하녀는 "예" 하고 대답은 했지만, 뜰 앞의 광경이 너무나 묘한 데다 심부름의 취지가 확실치 않은 것과 아까부터의 사건의 진행이 어이가 없어서, 서지도 앉지도 못하고 싱글벙글 웃고만 있다. 주인은 이래 봬도 대전쟁을 하고 있다는 생각이다. 흥분의 수완을 크게 발휘하고 있다고 생각하나 보다. 그런데 자신의 하인으로서 당연히 이쪽 편을 들어야 할 자가 진지한 태도로 사태에 임하지 않을뿐더러, 심부름을 시키는데도 그저 싱글벙글 웃고만 있으니 더욱더 흥분하지 않을 수 없다.

"누구든 좋으니까 불러오라는데 못 알아듣겠냐? 교장이나 간사나 교감이나……."

"저어 교장 선생님을……."

하녀는 교장이라는 말밖엔 모른다.

"교장이나 간사나 교감이나 상관없다는데 모르겠어?"

"아무도 안 계시면 소사라도 괜찮을까요?"

"바보 같은 소리 하네. 소사 따위가 뭘 알아?"

여기에 이르자 하녀도 어쩔 수 없다 싶던지 "예" 하고 나가긴 했으나, 심부름의 취지는 역시 납득이 안 가는 모양이다. 소사를 끌고 오는 게 아닌가 걱정했더니, 생각지도 못했던 예의 윤리 선생이 앞문으로 들어왔다. 그 선생이 태연하게 자리에 앉는 것을 기다리던 주인은 곧바로 담판에 들어갔다.

"방금 집 안에 이자들이 난입을 해서……."

주인은 주신구라忠臣藏[25] 같은 고풍스런 말투를 사용하다가, "정말 당신네 학교 학생인가요?" 하고 약간 냉소적으로 말끝을 맺었다.

윤리 선생은 별반 놀라는 기색도 없이 태연하게 마당에 나란히 서

25) 47명의 충신이 망군의 복수를 한다는 시대극.

있는 용사들을 쭉 한번 둘러본 뒤에 다시 눈동자를 주인 쪽으로 돌려, 다음과 같이 대답했다.

"그렇습니다. 모두 우리 학교 학생입니다. 이런 일이 없도록 늘 훈계를 하고 있습니다만…… 아무래도 말썽이 일어나니……. 왜 너희는 담을 넘어 다니느냐?"

학생은 역시 학생이다. 윤리 선생 앞에서는 한마디도 대꾸하는 놈이 없다.

"공이 들어오는 건 어쩔 수 없겠지요. 이렇게 학교 옆에 살고 있는 이상은 가끔씩 공이 날아들기도 하겠지요. 하지만…… 너무 난폭하단 말입니다. 설사 울타리를 넘었다 하더라도 들키지 않게 살짝 주워 간다면 그래도 참아줄 수는 있겠습니다만……."

"지당한 말씀이십니다. 조심하도록 주의를 주겠습니다. 다만 워낙 아이들이 많은지라……. 앞으로 다들 조심해야 한다. 만일 공이 날아들면 앞문으로 돌아가서 말씀을 드리고서 찾아가야 한다. 알겠느냐? 학교가 크니까 어찌나 골치 아픈 일이 많이 생기는지 모르겠습니다. 한데 운동은 교육상 필요한 것이기 때문에 아무래도 금지할 수는 없거든요. 그러니 운동을 하다 보면 그만 폐를 끼치는 일이 생기기도 합니다. 부디 넓은 마음으로 용서해주시길 바랍니다. 그 대신 앞으로는 꼭 앞문으로 돌아가서 말씀을 드린 뒤에 찾아가게 할 테니까요."

"아니, 그렇게 사리를 이해해주시면 됩니다. 공은 얼마든지 던져도 괜찮습니다. 앞문으로 와서 한마디 말만 하고 찾아가면 상관없습니다. 그럼 이 학생들은 선생님께 인도하겠으니 데려가십시오. 정말 이렇게 일부러 오시게 해서 죄송합니다."

주인은 여느 때처럼 늘 같은 용두사미식의 인사를 한다. 윤리 선생은 단바의 사사야마 산골 용사들을 데리고 앞문으로 나가 라쿠운칸으로 철수했다.

내가 말하는 이른바 대사건은 이것으로 일단락됐다. 이게 뭐가 대사건이냐고 웃는다면, 웃어도 좋다. 그런 사람한테는 대사건이 아닐 것이다. 나는 주인의 대사건을 묘사한 것이지 그런 사람의 대사건을 기록한 것이 아니다. 꽁지가 잘려 강노지말強弩之末[26] 같다고 욕하는 사람이 있다면, 이것이 주인의 특색임을 기억해주기 바란다. 주인이 해학문의 재료가 되는 것 또한 이 특색에 있음을 기억해주기 바란다. 열네댓 살 되는 아이들을 상대로 하는 것은 바보 같은 짓이라고 한다면 나도 바보 같은 짓임에 틀림없다고 동의한다. 그러므로 오마치 게이게쓰는 주인을 가리켜 아직도 치기를 못 벗어났다고 평하고 있다.

나는 이미 작은 사건을 다 서술했고, 지금 또 대사건을 다 진술했으므로, 이제부터 대사건 뒤에 일어나는 여파를 묘사하여 전편의 결말을 지을 작정이다. 내가 쓰는 모든 얘기가 입에서 나오는 대로 지껄이는 엉터리라고 생각하는 독자도 있을지 모르지만, 나는 결코 그런 경솔한 고양이는 아니다.

한 글자 한 구 속에 우주의 일대 진리를 포함했음은 물론이려니와, 그 한 글자 한 구가 층층이 연속되면서 수미상응首尾相應하고 전후상조前後相照하여, 쓸데없는 잡담으로 알고 무심코 읽어가다가는 갑자기 표변하여 쉽지 않은 법어法語가 돼버리므로, 결코 드러눕거나 다리를 뻗은 채 다섯 행씩 한꺼번에 읽는다거나 하는 무례를 범해선 안 된다.

유종원[27]은 한퇴지[28]의 글을 읽을 때마다 장미꽃 물로 손을 씻었다고 할 정도이니, 나의 글에 대해서도 최소한 자기 돈으로 잡지를 사 봐야지, 친구가 읽던 것을 빌려서 때우려는 너저분한 짓만은 안 했으면 좋겠다. 이제부터 서술하는 것은 나 스스로 여파라고 부르는 것이지만, 여파라면 어차피 시시할 게 뻔하니 읽지 않아도 괜찮을 거라고 생각하

26) 강한 화살도 나중에는 힘이 떨어진다는 뜻.
27) 당나라 시대의 문인, 773~819.
28) 당나라 시대의 문인, 사상가, 768~824.

면 뜻밖의 후회를 하게 된다. 꼭 끝까지 정독해야만 한다.

대사건이 있던 다음 날, 나는 잠깐 산책이 하고 싶어 바깥으로 나갔다. 보니까 저쪽 골목길로 꼬부라지려는 모퉁이에서 가네다 사장 나리와 스즈키 씨가 얘기를 나누고 있다. 가네다는 인력거로 막 귀가하던 길이고, 스즈키 군은 가네다의 부재 중에 방문했다가 돌아가는 도중에 두 사람이 딱 맞닥뜨린 것이다.

근래에는 가네다 저택에도 신기한 게 없어서 좀체 그쪽 방면으로는 발길을 하지 않았지만, 이렇게 만나고 보니 왠지 반갑다. 스즈키도 오래간만이니 삼가 뵙기로 하자. 이렇게 결심하고 살금살금 두 분이 서 있는 옆으로 가까이 다가가 보니, 자연히 두 분의 얘기가 귀에 들어온다. 이것은 내 잘못이 아니다. 그들이 얘기하는 게 잘못이다. 가네다는 탐정까지 붙여서 주인의 동정을 살필 정도의 양심을 가진 인물이니, 내가 우연히 자기의 얘기를 들었다고 해서 화내지는 않을 것이다. 만일 화를 낸다면 그는 공평이라는 의미를 알지 못하는 거다. 어쨌든 나는 두 분의 얘기를 들었다. 듣고 싶어 들은 게 아니다. 듣고 싶지도 않은데 얘기가 내 귓속으로 뛰어든 것이다.

"지금 막 댁에 찾아뵀다가 나오는 길입니다만, 다행히 여기서 뵙게 됐군요" 하고 스즈키 씨는 정중하게 머리를 수그려 인사한다.

"음, 그래? 실은 요전부터 자넬 좀 만나고 싶었는데. 마침 잘됐네."

"그렇습니까? 오길 잘했네요. 무슨 일이라도 있으십니까?"

"아니, 뭐 대단한 일은 아닐세. 아무래도 상관은 없지만, 자네가 아니면 할 수 없는 일이라서."

"제가 할 수 있는 일이라면 뭐든지 하겠습니다. 무슨 일이신데요?"

"음, 그러니까……" 하고 생각한다.

"뭣하시면 편하실 때 다시 찾아뵐까요? 언제가 좋으시겠습니까?"

"뭐, 그렇게 중요한 일은 아닐세. 그럼 마침 만났으니까 부탁할까?"

"아무 염려 마시고 말씀하셔도……."

"그 괴짜 말인데, 거 왜 자네 옛 친구 말일세. 구샤민가 뭔가 하는."

"아, 예. 구샤미가 어떻게 했습니까?"

"아니, 뭐 어떻다는 게 아니고, 그 사건 이후로 기분이 언짢아서 말이야."

"왜 아니시겠습니까? 정말 구샤미는 오만하지요. 조금은 자신의 사회적 위치를 생각해야 하는데, 온 천하에 자기밖에 없다니까요."

"바로 그걸세. 돈 앞에 머리를 숙이질 않아. 실업가 따위가 어쩌니 저쩌니 하면서 오만가지 시건방진 소리를 하는 모양이야. 그래서 실업가의 솜씨를 보여줘야겠다는 생각에 요전부터 꽤 혼을 내주고 있는데, 여전히 버티고 있는 거야. 정말 고집이 센 놈이야. 놀랐어."

"아무래도 이해타산의 관념이 부족한 놈이니까 무턱대고 억지를 부리는 거겠지요. 옛날부터 그런 버릇이 있는 놈이라서 결국 자기가 손해 보는 줄도 모르니까 다루기가 어렵습니다."

"아하하하, 정말 다루기가 어렵더군. 이것저것 여러 가지 수단 방법을 다 써보긴 했는데 말이야. 급기야는 학생들을 시켰지."

"그거 묘안이군요. 효과가 있으셨습니까?"

"거기엔 놈도 꽤 난처했던 모양이야. 이제 머지않아 함락될 거야."

"잘됐군요. 제아무리 뻐긴들 중과부적일 테니까요."

"그렇지. 혼자서야 당할 수 있나. 그래서 엄청 애를 먹은 모양인데, 어떻게 하고 있는지 자네가 가서 한번 살펴보고 오게나."

"아, 그렇습니까? 뭐, 어려운 일도 아니네요. 당장 가보겠습니다. 상황은 돌아오는 길에 알려드리도록 하지요. 재밌겠네요. 그 고집불통이 의기소침해 있는 꼴은 필경 볼 만할 겁니다."

"아, 그럼 돌아오는 길에 들러주게나. 기다리고 있을 테니까."

"그럼 이만 실례하겠습니다."

어라, 이번에도 모략이네. 과연 실업가의 세력은 대단해. 타고 남은 석탄재 같은 주인을 부아 나게 하는 것도, 고민 때문에 주인의 머리가 벗겨져 파리들의 가파른 미끄럼틀이 되게 하는 것도, 그 머리가 아이스킬로스와 같은 운명에 빠지게 하는 것도 모두 다 실업가의 세력이다. 지구가 지축을 회전하는 것은 무슨 작용인지 모르지만, 세상을 움직이는 것은 확실히 돈이다. 이 돈의 위력을 믿고, 이 돈의 위세를 자유롭게 발휘하는 자는 실업가들 외에는 아무도 없다. 태양이 무사히 동쪽에서 떠서 무사히 서쪽으로 지는 것도 온전히 실업가의 덕분이다. 여태까지 벽창호 같은 가난한 선비 집에 기숙하여 실업가의 위력을 몰랐던 것은 나로서도 불찰이다.

고집불통에 아무리 세상 이치에 어두운 주인이라도 이번에는 좀 깨닫지 않으면 안 되리라. 그래도 세상 이치에 어두운 채 고집불통으로 밀고 나갈 요량이라면 사태가 위태롭다. 주인이 가장 소중히 여기는 목숨이 위태롭다. 그가 스즈키 군을 만나 어떤 응대를 할지 모르겠다. 그 반응에 따라서 그가 어떻게 깨달았는지도 저절로 분명해질 것이다. 꾸물거리고 있을 때가 아니다. 고양이라도 주인의 일이니 매우 걱정이 된다. 부랴부랴 스즈키 군을 앞질러 먼저 귀가했다.

스즈키 군은 여전히 비위가 좋은 사람이다. 오늘은 가네다에 관한 얘기는 한마디도 입 밖에 내지 않는다. 계속해서 무난한 세상 얘기만 즐거운 듯이 하고 있다.

"자네 안색이 좀 안 좋은 것 같군. 어디 아픈가?"

"아니, 별로. 아무렇지 않은데."

"한데 안색이 창백해. 조심해야지, 날씨가 안 좋으니까. 밤엔 잘 자나?"

"응."

"무슨 걱정거리라도 있는 건 아니야? 내가 도울 수 있는 일이면 뭐든 도울게. 염려 말고 말해보게."

"걱정거리라니, 뭐가?"

"아니, 없으면 그만이지만 혹시 있으면 말이야. 걱정이 제일 해로우니까. 세상은 웃으면서 재밌게 사는 게 상책일세. 아무래도 자넨 너무 우울한 거 같아."

"웃음도 해로운 경우가 있지. 함부로 막 웃으면 죽는 수도 있거든."

"농담하지 말게. 웃으면 복이 온다잖아."

"옛날 그리스에 크리시포스라는 철학자가 있었는데, 자넨 아마 모를 거야."

"모르지. 그게 어쨌다는 건가?"

"그 사람이 너무 웃다가 죽었단 말일세."

"저런, 그거 좀 이상하군. 하지만 그건 옛날 일이니까……."

"옛날이나 지금이나 다를 게 뭐 있어? 당나귀가 은사발에다 무화과를 먹는 걸 보고 하도 우스워서 웃음을 터뜨렸다는 거야. 그런데 아무리 해도 웃음이 멈추질 않으니, 끝내는 웃다가 죽고 말았다네."

"하하하, 아니, 그렇게 무한정 웃으라는 게 아니고 조금만 웃으라는 거지. 적당히. 그러면 기분이 좋아지지."

스즈키 군이 열심히 주인의 동정을 살피고 있는데, 바깥문이 드르륵 열린다. 손님인가 했더니 그렇지 않다.

"공이 들어와서 그러는데 잠깐 찾아갈게요."

하녀는 부엌에서 "그래요" 하고 대답한다. 학생은 뒤곁으로 돌아간다. 스즈키는 묘한 얼굴을 하면서 저게 뭐냐고 묻는다.

"뒤편 학생들이 공을 뜰 안으로 던진 걸세."

"뒤편 학생? 뒤편에 학생이 있나?"

"라쿠운칸이라는 학교가 있어."

"아, 그래? 학교가 있었어? 굉장히 시끄럽겠군."

"시끄러운 건 말도 못하네. 도무지 제대로 공부를 할 수가 있어야 말이지. 내가 문부대신이라면 당장 폐쇄령을 내리겠네."

"하하하, 단단히 화가 나 있군. 무슨 비위에 거슬리는 일이라도 있나?"

"있나가 뭐야, 아침부터 밤까지 신경 거스르는 일뿐인걸."

"그렇게 신경에 거슬리면 이사를 가면 되잖나?"

"내가 이사를 왜 가. 못돼먹은 것들."

"나한테 화내봤자 소용없지, 뭐. 아이들인데. 내버려 두면 되잖아."

"자네는 괜찮겠지만 난 괜찮지 않아. 어제는 교사를 불러내서 담판을 지었지."

"그거 재밌었겠네. 죄송하다고 빌었겠지."

"응."

이때 또 현관문을 열고 "잠깐 공이 들어왔는데 찾아갈게요" 하는 소리가 난다.

"야, 꽤들 오네. 여보게, 또 공 찾으러 왔어."

"응, 앞문으로 오기로 약속했거든."

"옳아, 그래서 저렇게 자주 오는구나. 아하, 알았다."

"뭘 알았어?"

"아니, 그냥 공을 찾으러 오는 원인 말이야."

"오늘 벌써 열여섯 번째야."

"자네 귀찮지 않은가? 오지 못하게 하면 되잖아?"

"오지 못하게 해도 자꾸 오는 걸 어떡해."

"어쩔 수 없다면 그만이지만, 그렇게 완고하게 나갈 것도 아닐세. 인간은 모가 나면 세상을 살아나가는 데 힘이 들어 손해야. 둥근 것은 데굴데굴 어디나 힘 안 들이고 갈 수 있지만, 네모진 것은 굴러가는 데 힘이 들 뿐 아니라, 구를 때마다 모서리가 닳아서 아프기 마련이지. 어차피 나 혼자만의 세상도 아니고, 남들이 어디 그렇게 내 생각대로 따라주나. 음, 뭐라고 할까. 아무래도 돈이 있는 자에게 반항해봤자 손해만 보지. 그냥 신경만 피곤해지지, 건강은 나빠지지, 남들에게 칭찬도 못 듣지. 저쪽은 태연자약하게 있는데 말이야. 가만히 앉아서 사람을 부리기만 하면 되니까. 중과부적이라 어차피 못 당할 게 뻔한 일일세. 고집도 좋지만 버티다가 자기 공부에 지장만 생기고, 매일매일의 업무를 힘들게 하니 결국에 가선 고생만 하고 지치기만 할 걸세."

"실례합니다. 방금 공이 날아들어 왔는데, 뒤꼍에 가서 찾아가도 되겠습니까?"

"저 봐, 또 왔네" 하고 스즈키 군은 웃고 있다.

"무례한 것들 같으니."

주인의 얼굴이 붉어진다. 스즈키 군은 이젠 대충 방문의 목적을 이루었으므로, "그럼 가겠네. 자네도 놀러 오게나" 하고 돌아간다.

교대해서 찾아온 사람은 아마키 선생이다. 자고로 흥분가가 자기 스스로 흥분가라고 자칭하는 예는 드물다. 이거 내가 좀 이상하다고 깨달았을 때는 이미 흥분의 고비를 넘고 있다. 주인의 흥분은 어제 대사건 때에 최고도에 달했던 것인데, 담판도 용두사미로 끝났을지언정 그럭저럭 결말이 났기 때문에, 그날 밤 서재에서 곰곰이 생각해보니 좀 이상하다는 생각이 들었다.

하긴 라쿠운칸이 이상한 건지, 자신이 이상한 건지 의문을 품을 여지는 충분히 있긴 하지만, 아무튼 이상한 건 틀림없다. 아무리 중학교 옆에 살고 있다 하더라도 이처럼 1년 내내 울화통이 터져서야 좀 이상한 거 아닌가 하는 생각이 들었다. 이상하다 싶으면 어떻게든 해야 한다. 어떻게든 해야 한다지만 별 도리가 없다. 역시 의사가 지어준 약이라도 먹고 울화통의 근원에 뇌물이라도 써서 위무慰撫할 수밖에 달리 방법이 없다.

이렇게 깨닫자 단골로 다니는 아마키 선생을 불러 진찰을 받아봐야겠다는 생각이 들었다. 현명한 건지 우매한 건지 그런 건 별문제로 하고, 어떻든 자신의 흥분을 자각한 것만은 가상하고도 기특하다고 하지 않을 수 없다.

아마키 선생은 여느 때와 같이 싱글벙글거리며 침착하게 "어떻습니까?" 하고 묻는다. 의사는 대개 "어떻습니까?" 하고 묻는다. 나는 "어떻습니까?" 하고 묻지 않는 의사는 어째 신뢰가 안 간다.

"선생님, 아무래도 좋지 않습니다."

"아니, 그럴 리가요."

"도대체 의사가 주는 약은 효능이 있는 겁니까?"

이런 질문에 아마키 선생도 놀랐지만, 온후한 스승님네라서 별반 화내는 기색도 없이 "안 듣는다고 할 수도 없지요" 하고 부드럽게 대답한다.

"내 위장병은 아무리 약을 먹어도 늘 마찬가지니 말입니다."

"절대로 그럴 리가 없을 겁니다."

"그럴까요? 조금은 나아질까요?"

주인은 자기 위 상태를 남에게 묻는다.

"그렇게 빨리는 낫지 않습니다. 차차 효능이 나타납니다. 지금도 전보다는 많이 나아졌습니다."

"그런가요?"

"여전히 짜증이 나십니까?"

"나고말고요. 꿈속에서까지 짜증이 납니다."

"운동이라도 좀 하시면 좋지 않을까요?"

"운동을 하면 더 짜증이 나는걸요."

아마키 선생도 너무 어이가 없는지 "어디 한번 볼까요?" 하고 진찰을 시작한다. 진찰이 다 끝나기도 전에 기다리다 못한 주인이 갑자기 큰 소리로 묻는다.

"선생님, 요전에 최면술에 관해 쓴 책을 읽었더니, 최면술을 응용해서 손버릇이 나쁜 병이나 여러 가지 병을 고칠 수 있다고 하던데, 그게 정말인가요?"

"예, 그런 치료법도 있습니다."

"지금도 합니까?"

"예."

"최면술을 거는 건 어려운 일인가요?"

"뭐 어렵지 않아요. 저도 가끔 겁니다."

"선생님도 하신다고요?"

"예, 한번 해볼까요? 누구나 다 걸리게 되어 있습니다. 괜찮으시다면 걸어보지요."

"그거 재밌겠네. 한번 걸어주세요. 나도 오래전부터 걸려보고 싶었습니다. 그런데 걸린 채로 안 깨어나면 곤란한데."

"그럴 염려는 없습니다. 그럼 해봅시다."

의논은 금세 결정되어 주인은 드디어 최면술에 걸리게 되었다. 나는 여태까지 이런 것을 본 적이 없어서 내심 은근히 기뻐하며 그 결과를 응접실 구석에서 보고 있었다.

의사 선생은 우선 주인의 눈부터 걸기 시작했다. 그 방법을 보고 있자니 두 눈꺼풀을 위에서 아래로 쓰다듬는데, 주인이 이미 눈을 감고 있는데도 자꾸만 같은 방향으로 쓰다듬는다. 얼마 있다 선생은 주인을 향해 물었다.

"이렇게 눈꺼풀을 쓰다듬으면 점점 눈이 무거워지지요?"

"정말 무거워지는 것 같군요."

주인이 대답한다. 선생은 계속해서 쓰다듬어 내리며 말한다.

"점점 무거워질 겁니다. 괜찮으십니까?"

주인도 그런 기분이 들었는지, 아무 말도 하지 않고 가만히 있다. 똑같은 마찰법은 다시 3, 4분간 되풀이된다. 마지막에 아마키 선생은 "자, 이젠 떠지지 않을 겁니다"라고 말했다. 가엾게도 주인의 눈은 마침내 감기고 말았다.

"이젠 안 떠지는 겁니까?"

"예, 이젠 안 떠집니다."

주인은 묵묵히 눈을 감고 있다. 나는 이제 주인이 아주 장님이 된 줄 알았다. 잠시 있다가 선생은 "뜨고 싶으면 떠보십시오. 도저히 뜨지 못

할 테니까" 한다.

"그럴까요?"라고 말하기가 무섭게 주인은 여느 때와 같이 두 눈을 떴다. 주인이 싱글벙글거리면서 "안 걸리네요?" 하니까 아마키 선생도 마찬가지로 웃으면서 "예, 안 걸리는군요" 한다. 결국 최면술은 실패로 끝나고 말았다. 아마키 선생도 돌아갔다.

이어서 또 손님이 왔다. 주인 집에 이렇게 손님이 많이 온 적은 없었다. 교제가 적은 주인 집으로서는 마치 거짓말 같다. 그러나 틀림없이 온 것이다. 더구나 진객珍客이 왔다. 내가 이 진객에 대해 한마디라도 기술하는 것은, 단순히 진객이기 때문만은 아니다. 나는 아까 말씀드린 대로 대사건의 여파를 묘사하고 있다. 이 진객은 이 여파를 묘사하는 데 있어서 빠져서는 안 될 재료다.

이름은 뭐라 하는지 모른다. 그저 얼굴이 길쭉하고 염소 같은 수염을 기른 40세 전후의 남자라고 하겠다. 메이테이가 미학자라면, 나는 이 남자를 철학자라고 부를 생각이다. 왜 철학자라고 하냐면 결코 메이테이처럼 자기 입으로 떠들어대지는 않으나, 그냥 주인과 대화할 때의 모습을 보고 있자면 사뭇 철학자다워 보이기 때문이다. 이 사람도 옛날 동창인 모양인지 두 사람이 서로 대하는 모습이 지극히 허물없어 보인다.

"음, 메이테이 말인가? 그 친구는 연못에 떠 있는 금붕어 먹이처럼 늘 불안정해. 언젠가 친구를 데리고 일면식도 없는 귀족 집 문 앞을 지나가다가, 잠깐 들러 차라도 마시고 가자면서 끌고 들어가더라나. 진짜 천하태평이야."

"그래서 어떻게 됐는데?"

"어떻게 됐는지는 물어보지도 않았네. 뭐랄까, 타고난 기인奇人이겠지. 그 대신 생각이고 뭐고 없는 금붕어 먹이 같다니까. 스즈키 말인가? 그 친구가 온다고? 허, 그 친구는 도리는 모르지만 세속적으로는 영리한 사람이지. 금시계는 찰 수 있는 부류야. 그러나 깊이가 없으니까 침착하지 못해서 글렀어. 늘 원활하게, 원활하게 하고 입버릇처럼 말하는데, 정작 자신은 원활의 의미고 뭐고 아무것도 알지 못해. 메이테이가 금붕어 먹이라면 그자는 지푸라기로 묶은 곤약이라고 할까. 그저 보기 흉하게 미끌미끌하고 부들부들 떨고만 있으니 말이야."

주인은 이 기발한 비유를 듣고선 크게 감탄한 듯이 오랜만에 껄껄거리고 웃었다.

"그럼 자네는 뭔가?"

"나? 글쎄 나 같은 사람은—뭐, 참마 같다고 할까. 기다랗게 진흙 속에 파묻혀 있으니까."

"자넨 언제 봐도 태연하고 느긋한 것 같아서 부럽다네."

"보통 사람들과 마찬가지지, 뭐. 특별히 부러워할 만한 것도 없네. 다만 고맙게도 남을 부러워하는 생각이 안 드니까, 그것만이 다행이지."

"경제 사정은 요즈음 넉넉한가?"

"뭐, 마찬가지라네. 그럭저럭 먹고는 사니까 괜찮아. 그 이상 걱정하진 않아."

"난 불쾌하고 부아가 나서 죽겠어. 어디를 보나 불평거리뿐일세."

"불평도 괜찮아. 불평이 생겼을 때 생긴 대로 즉시 터트리고 나면 당분간은 기분이 좋아지겠지. 인간은 각양각색인데 그렇게 남들이 자기처럼 되길 바랄 수야 있겠나. 젓가락은 남과 똑같이 쥐지 않으면 밥을 먹기 어렵지만, 빵은 자기 마음대로 잘라 먹는 게 제일 편한 것 같아. 잘하는 양복점에서 옷을 맞추면 처음부터 몸에 딱 맞는 것을 만들어주지만, 서투른 양복점에서 맞추면 당분간은 참을 수밖에 없거든. 그러나 세상은 묘한지라, 입고 있는 동안에 양복 쪽에서 이쪽 체격에 맞추어주니 말일세. 마찬가지로 좋은 부모 밑에서 이 세상에 적합하게 잘 태어난다면 그것이 행복이겠지. 그러나 잘못 태어나면 세상에 맞지 않아도 그냥 참고 지내든가, 아니면 세상이 맞추어줄 때까지 참는 수밖에 달리 도리가 없는 거겠지."

"그러나 나 같은 인간은 아무리 지나도 맞을 것 같지 않으니, 불안

하네."

"잘 맞지 않는 양복을 무리하게 입으면 터져버리게 마련이지. 싸움을 하거나 자살을 하거나 하는 소동이 일어나는 건 그 때문일세. 하지만 자네 같은 사람은 그저 재미가 없을 뿐이지. 자살은 물론 하지 않을 것이고, 싸움 또한 한 적도 없을 테니, 뭐, 그런대로 무난한 편이지."

"그런데 매일 싸움만 하고 있다네. 상대가 나타나지 않더라도 화를 내고 있으면 그게 싸움하는 게 아닌가?"

"그러면 나 홀로 싸움이 되겠군. 재밌겠네. 얼마든지 싸우지그래."

"그게 싫어졌어."

"그럼 그만둬."

"자넨 어떨지 모르지만, 마음이란 게 그렇게 자기 뜻대로 되는 게 아니거든."

"아니, 도대체 뭐가 그렇게 불만인가?"

주인은 이에 이르자 라쿠운칸 사건을 비롯하여 이마도 너구리 옹기에 핀스케, 기샤고까지 그 밖의 온갖 불평불만을 주저리저리 철학자 앞에 털어놓았다. 철학자 선생은 잠자코 듣고 있다가, 이윽고 입을 열어 주인을 타이르기 시작했다.

"핀스케나 기샤고가 뭐라 하든 상대하지 않으면 되잖아? 어차피 쓸데없는 일이니까. 중학생 같은 애들이 무슨 상대가 되겠나? 뭐, 방해가 된다고? 한데 담판을 한들, 싸움을 한들 그 방해는 안 받을 수 없지 않은가? 난 그런 점에 있어선 서양 사람보다 옛날 일본 사람이 훨씬 훌륭하다고 생각하네. 무엇에나 적극적이어야 한다는 서양 사람의 방식이 요즈음 꽤 유행하고 있지만, 거기엔 커다란 결점이 있네. 첫째, 적극적이라는 게 한이 없는 이야기야. 아무리 계속해서 적극적으로 밀고 나간들 만족이라든가, 완전이라든가 하는 경지까지는 다다르지 못하거든. 저기 건너편에 노송나무가 있지? 그게 눈에 거슬린다고 해서 잘라버린다고 쳐. 그러면 그 건너편의 하숙집이 또 방해가 되겠지. 그래서 하숙집을 철거시킨다면, 역시 또 그다음 집이 비위에 거슬리게 되겠지. 어디까지 가도 한이 없어. 서양 사람의 방식은 모두 다 이렇다네. 나폴레옹도 알렉산더도 승리하고 만족한 자는 하나도 없어. 남이 비위에 거슬려 싸움을 한다고 해보세. 상대가 가만있지 않고 법정에 호소한다. 법정에서 이긴다. 그것으로 끝이 날 거라고 생각하면 큰 착각이지. 마음의 안정은 죽을 때까지 안달하며 애써도 얻어지는 게 아니거든. 왕정정치가 안 좋으니까 대의정치로 바꾼다. 대의정치가 좋지 않으니까 또 뭔가로 바꾸고 싶다. 강이 길을 막으니 다리를 만들고, 산이 가로지르니 터널을 판다. 교통이 복잡하니 철도를 깐다. 그런 식으로 영구한 만족을 얻을 수 있는 게 아니거든. 그렇다고 인간인 주제에 어디까지 적극적으로 자기 뜻을 관철해갈 수 있을까? 서양 문명은 적극적이고 진취적일지는 모르지만 결국은 불만족스럽게 일생을 보내는 사람이 만든 문명일세. 한데 일본 문명은 자기 이외의 상태를 변화시켜 만족을 구하는 게 아니거든. 서양 문명과 크게 다른 점은, 근본적으로 주위의 사정은 바꿀 수 없는 것이라는 일대 가정하에서 발달해왔다는 것일세. 부모 자식의 관계가 좋지 않다고 해서 유럽 사람들처럼 이 관계를 개선해서 안정을 취하려는 게 아니라, 부모 자식의 관계는 종전대로 둘 뿐 도저히 바꿀 수 없는 것으로 여겨 그 관계 밑에서 안심을 얻는 수단을 강구한다는 말일세. 부부, 군신의 관계도 그렇고, 무사와 상공인의 구별도 그렇고, 자연을 관찰하는 태도도 그렇다네. 산이 있어서 이웃 지방에 갈 수 없다면 산을 깎아낼 생각을 하는 대신에 이웃 지방에 가지 않아도 곤란하지 않다는 생각을 하지. 산을 넘지 않아도 만족하는 마음가짐을 양성하는 거지. 그러니까 자네도 생각해보게나. 선가禪家든 유가儒家든 반드시 근본적으로 이 문제를 포착하고 있지. 아무리 자신이 대단하다 하더라도 세상은 도저히 제 뜻대로 되는 게 아니거든. 지는 해를 되돌릴 수도, 가모 강을 거꾸로 흐르게 할 수도 없다네. 단지 할 수 있는 건 자기 마음뿐이니까. 마음만 자유롭게 할 수 있는 수행을 한다면, 라쿠운칸 학생들이 아무리 소란을 피운들 태연할 게 아닌가. 자네를 이마도 너구리 옹기라 불러도 무슨 상관이냐며 지낼 수 있지 않겠어. 핀스케 같은 이가 어리석은 소릴 할 땐 '이 바보 새끼야' 해버리면 아무 문제가 없을 게 아닌가. 옛날에 어떤 중은 괴한이 칼을 들고 덤벼들 때 '전광영리電光影裏에 절춘풍切春風이로다!'[29]라는 멋들어진 말로 응수했다는 얘기가 있다네. 마음의 수양이 쌓여 소극의 극치에 달하면 이런 영묘한 작용을 하게 되는 게 아닌가? 나 같은 사람이야 그런 어려운 건 잘 모르지만, 어떻든 서양 사람식의 적극주의만이 좋다고 생각하는 것은 좀 잘못된 것 같아. 실제로 자네가 아무리 적극주의로 나간들 학생들이 자네를 놀리러 오는 걸 어쩔 수도 없지 않은가? 자네 권력으로 그 학교를 폐쇄하든가, 또는 저쪽이 경찰에 고소할 만큼 나쁜 짓을 한다면 몰라도, 그렇지 않은 이상은 아무리 적극적으로 나간들 이기지 못해. 만약 적극적으로 나간다면 돈이 문제가 되고, 중과부적이 문제가 되지. 다시 말하자면 자네가 부자에게 머리를 수그려야 한다는 말일세. 다수를 믿고 날뛰는 아이들에게 항복하지 않으면 안 된다는 말일세. 자네처럼 가난뱅이인 데다 독불장군이 적극적으로 싸움을 하려고 한 게 애당초 자네의 모든 불평의 원인인 거야. 어때, 알겠는가?"

주인은 알겠다고도, 모르겠다고도 하지 않고 잠자코 듣고만 있다. 진객이 돌아간 뒤에 서재에 들어가 책도 읽지 않고 뭔가 골똘히 생각에 잠겨 있다.

스즈키 씨는 주인에게 돈과 다수에 복종하라고 가르쳤다. 아마키 선생은 최면술로 신경을 진정시키라고 조언했다. 마지막 진객은 소극적

29) 칼로 내 목을 쳐도 그것은 봄바람을 베는 것과 같은 것으로 나는 꿈쩍도 하지 않겠다는 의미. 다쿠안 선사의 『부동지신묘록不動智神妙錄』에 있는 무가쿠소겐 선승의 말.

인 수양으로 안정을 얻으라고 설법했다. 주인이 어느 것을 택할지는 주인 마음에 달렸다.

단지 이대로 세상을 살아갈 수 없다는 것만은 분명해졌다.

9

주인은 얼굴이 곰보다. 유신 전에는 곰보도 많이 유행했다고 하는데, 일영동맹日英同盟 시대인 오늘날에 와서 보면, 이런 얼굴은 다소 시대에 뒤떨어진 감이 있다. 곰보는 인구의 증식과 반비례하여 가까운 장래에는 완전히 자취를 감추게 되리라는 것은 의학상의 통계에서 정밀하게 산출된 결론이며, 나 같은 고양이가 봐도 추호도 의심할 여지가 없는 명론이다.

현재 지구 상에 곰보 얼굴을 갖고 살아가는 인간이 몇 명 정도 되는지 모르지만, 내가 교제하는 범위 내에서 계산해보면 고양이 중에는 한 마리도 없다. 인간 중에는 단 한 사람 있는데, 그게 바로 주인이다. 심히 딱한 일이다.

나는 주인의 얼굴을 대할 때마다 생각한다. 어떻게, 무슨 인과로 이런 묘한 얼굴을 하고 염치도 없이 20세기의 공기를 호흡하고 있는 것일까? 옛날 같으면 조금은 통했을지도 모르지만, 모든 곰보 자국이 팔뚝 위에 맞은 천연두 주사로 퇴거 명령을 받은 오늘날, 여전히 콧등이나 볼 위에 진을 치고 완강하게 버티고 있는 것은 자랑할 일이 못 될 뿐 아니라, 오히려 곰보의 체면에 관계되는 문제다. 될 수 있으면 당장 제거해버리는 게 좋을 것 같다.

곰보 자신도 불안할 것이다. 그렇지 않으면 곰보의 세력이 부진한 이때에, 맹세코 지는 해를 중천으로 끌어 올리고야 말겠다는 기세로 저렇게 시건방지게 얼굴 전체를 점령하고 있는지도 모를 일이다. 그렇다면 이 곰보는 결코 경멸의 뜻으로 볼 게 아니다. 도도한 세속에 항거하는 만고불멸의 구멍의 집합체이며, 크게 우리의 존경을 받을 만한 요철이라 해도 좋다. 다만 던적스러운 게 흠이다.

주인이 어렸을 때 우시고메의 야마부시초에 아사다 소하쿠라는 유명한 한의사가 있었는데, 이 노인이 환자를 보러 갈 때는 꼭 가마를 타고 으스대며 다녔다고 한다. 그런데 소하쿠 노인이 죽고 양자의 대에 이르자, 가마가 졸지에 인력거로 바뀌었다. 그러므로 양자가 죽고 또 그 양자가 뒤를 이으면 갈근해기탕葛根解肌湯이 안티피린으로 바뀔지도 모른다. 가마를 타고 도쿄 시내를 누비는 것은 소하쿠 노인 당시에도 별로 보기 좋은 꼴은 아니었다. 이런 짓을 하면서도 태연했던 것은 고루한 옛 사람과 기차에 실린 돼지와 소하쿠 노인뿐이었다.

주인의 곰보도 그 시원찮은 점에 있어서는 소하쿠 노인의 가마와 매일반으로, 곁에서 보면 딱할 정도지만 한의사 못지않게 고루한 주인은 여전히 고성낙일孤城落日 같은 곰보를 천하에 폭로하면서 매일 등교하여 영어를 가르치고 있다.

이 같은 전세기前世紀의 기념품을 만면에 새기고 교단에 서는 그는, 학생들에게 수업 이외에도 대단한 훈계를 하고 있음에 틀림없다. 그는 "원숭이에겐 손이 있다"라고 반복해서 해석하기보다 '곰보가 얼굴에 미치는 영향'이라는 큰 문제를 막힘없이 해석하고, 무언중에 그 답안을 학생들에게 보여주고 있는 것이다. 만일 주인 같은 인간이 교사로서 존재하지 않게 되는 그날에는 학생들은 이 문제를 연구하기 위해 도서관이나 박물관으로 달려가서, 우리가 미라를 가지고 이집트인을 떠올리는 것과 같은 정도의 노력을 기울여야 한다. 이런 점에서 보면 주인의 곰보도 알게 모르게 묘한 공덕을 베풀고 있는 셈이다.

하긴 주인은 이 공덕을 베풀기 위해서 얼굴 전면에 마마를 심은 것은 아니다. 이래 봬도 실은 우두를 맞은 것이다. 불행히도 팔에다 맞은 게 어느새 얼굴로 전염돼 있었다. 그때는 어렸을 때라 지금처럼 멋이고 뭐고 몰랐으므로 가려워, 가려워 하면서 온 얼굴을 마구 긁어댔다고 한다. 그리하여 마치 화산이 폭발하여 용암이 얼굴 위를 흐른 것같이 부모가 낳아준 얼굴을 엉망으로 만들어버렸다.

주인은 이따금씩 부인한테 자기가 마마를 앓기 전에는 옥동자 같은 사내아이였다고 말한다. 아사쿠사의 관음보살님같이 서양인이 뒤돌아볼 만큼 예뻤다는 식으로 자랑한 적도 있다. 정말 그랬는지도 모른다. 단지 증인이 한 사람도 없다는 게 유감이다.

아무리 공덕이 되고 훈계가 되어도 던적스러운 건 역시 던적스러운 것이니, 철이 들면서부터 주인은 곰보에 대해 크게 걱정하기 시작해서, 온갖 수단을 다하여 이 추한 꼴을 없애버리려고 무척 애를 썼다. 그러나 소하쿠 노인의 가마와 달라, 싫다고 해서 그렇게 갑자기 내팽개칠 수 있는 것이 아니다. 지금까지 역력하게 남아 있다.

이 역력한 자국이 적잖이 마음에 걸리는 모양인지, 주인은 길거리를 다닐 때마다 곰보를 몇 사람이나 만나는지 계산하면서 걸어 다닌다고 한다. 오늘 곰보를 몇 명이나 만났으며, 그 사람이 남자였는지 여자였는지, 그 장소는 오가와마치의 상가였는지 우에노 공원이었는지 죄다 그의 일기장에 기록되어 있다.

그는 곰보에 관한 지식에 있어서는 결코 누구한테도 뒤떨어지지 않는다고 확신하고 있다. 얼마 전에 서양 여행에서 돌아온 친구가 찾아왔을 때는 "여보게, 서양 사람들 중에도 곰보가 있나?" 하고 물었을 정도다. 그 친구가 "글쎄" 하고 고개를 갸우뚱거리면서 한참 생각한 뒤에 "좀처럼 없던데"라고 했더니, 주인은 "좀처럼은 없어도, 조금은 있는가?" 하고 다짐하듯 되물었다. 친구가 귀찮은 듯이 "있어도 거지나 날

품팔이일세. 교육받은 사람 중엔 없는 것 같아"라고 대답했더니, 주인은 "그래? 일본과는 좀 다르군" 했다.

철학자의 의견에 따라 라쿠운칸과의 싸움은 안 하기로 마음먹은 주인은 그 후 서재에 틀어박혀서 뭔가 골똘히 생각하고 있다. 그의 충고를 받아들여 정좌靜坐하는 자세로 영활한 정신을 소극적으로 수양할 생각인지는 모르지만, 원래가 소심한 인간이 그렇게 침울하게 틀어박혀만 있다고 해서 변변한 결과가 나올 리 없다. 그보다는 영어 원서라도 전당포에 맡겨서 게이샤한테 랏파부시[1]나 배우는 게 훨씬 낫겠다는 생각까지 든다. 그러나 그렇게 괴팍한 사람이 고양이의 충고 따위는 들을 리가 없으니, 그냥 내버려 두는 게 좋겠다 싶어 5, 6일은 옆에도 가지 않고 지냈다.

그로부터 오늘이 꼭 이레째다. 선종禪宗 같은 데서는 일칠일一七日[2]을 작정하고 큰 깨달음을 얻겠노라고 비상한 각오로 결가부좌하는 자들도 있다고 하니, 우리 집 주인도 어떻게 됐겠지, 죽었거나 살았거나 어떻게든 결정이 났겠지, 하고 어슬렁어슬렁 툇마루에서 서재 입구까지 가서 실내 동정을 살펴보기로 했다.

서재는 남향으로 난 6조 다다미방으로, 양지바른 곳에 커다란 책상이 놓여 있다. 그냥 커다란 책상이라고만 하면 잘 모를 것이다. 길이가 1.8미터, 폭이 1.2미터, 높이도 여기에 알맞은 커다란 책상이다. 물론 기성품은 아니다. 근처의 목공소에 주문해서 침대 겸 책상으로 맞춘 세상에는 드문 물건이다.

무엇 때문에 이렇게 커다란 책상을 맞추었으며, 또 무엇 때문에 그 위에서 자보려는 생각을 하게 된 건지, 본인에게 물어보지 않았으니 도통 알 수가 없다. 그냥 일시적인 생각에서 이런 괴물을 들여놓았는지도

1) 1905~1906년 당시에 나팔 소리 흉내음을 반주로 유행하던 노래.

2) 7일간.

모르고, 어쩌면 일종의 정신병자에게서 우리가 자주 발견하는 것처럼, 아무런 관계도 없는 두 개의 관념을 연상하여 책상과 침대를 제멋대로 결부시켰는지도 모른다. 어쨌든 기발한 생각이다. 단지 기발할 뿐이지 아무 소용이 없다는 게 흠이다.

언젠가 나는 주인이 이 책상 위에서 낮잠을 자다가 몸을 젖히는 바람에 툇마루로 굴러떨어지는 것을 본 적이 있다. 그 이후로 이 책상은 결코 침대로 전용되지는 않는 것 같다.

책상 앞에는 얄팍한 모슬린 방석이 있는데, 담뱃불로 태운 구멍이 세 군데 정도 나 있다. 속에 비치는 솜은 거무스름하다. 이 방석 위에 등을 보이고 딱딱하게 앉아 있는 게 주인이다. 쥐색으로 더러워진 헤코오비[3]를 옭아맨 좌우가 발바닥까지 축 늘어져 있다. 이 허리띠에 매달려 재롱을 떨다가 느닷없이 머리를 얻어맞은 건 얼마 전의 일이다. 함부로 접근할 허리띠가 아니다.

아직도 생각하고 있는 건가? 바둑이 서투른 사람의 생각은 시간 낭비일 뿐 아무 쓸모가 없다던데, 하고 뒤에서 들여다보고 있자니 책상 위에서 아주 빤짝빤짝 빛나는 게 있다. 나는 무심코 연달아 두세 번 눈을 깜박거렸다가 이상하다 싶어 눈이 부신 걸 참고 지그시 그 반짝이는 걸 응시했다. 그 빛은 책상 위에서 움직이고 있는 거울에서 반사되고 있었다.

그런데 주인은 무엇 때문에 서재에서 거울 같은 걸 흔들고 있는 걸까? 거울이라 하면 목욕탕에 있는 게 당연하다. 사실 나는 오늘 아침 목욕탕에서 이 거울을 보았다. '이 거울'이라고 특별히 말하는 것은 주인 집에는 이 거울 외엔 달리 거울이 없기 때문이다. 주인은 매일 아침 세수를 한 뒤에 머리를 가를 때 이 거울을 사용한다. 주인 같은 남자가 머리를 가르느냐고 묻는 사람도 있을지 모르지만, 실제로 그는 다른 일

3) 어린이 또는 남자가 매는 한 폭으로 된 허리띠.

에는 게으름을 잘 부리는 반면 머리에만은 신경을 많이 쓴다.

내가 이 집에 오고 나서 지금까지 주인은 아무리 무더운 날이라도 머리를 5푼 깎기로 깎은 적이 없다. 반드시 6센티미터 정도의 길이로 깎아 그것을 신중하게 왼쪽으로 가를 뿐만 아니라, 오른쪽 끝을 조금 치켜 깎고서 거드름을 피운다. 이것도 정신병의 징후일지도 모른다. 이렇게 멋을 부려 머리를 가르는 건 이 책상과는 전혀 어울리지 않는다고 생각되나, 결코 타인에게 해를 끼칠 정도의 일도 아니므로 아무도 뭐라 하지는 않는다. 본인도 득의양양하다.

머리 가르는 모양이 하이칼라인 건 차치하고라도, 왜 그렇게 머리를 길게 하는가 했더니 실은 이런 사정이 있었다. 그의 곰보는 단지 그의 얼굴만 침식한 게 아니라, 이미 옛날에 정수리까지 파고들어 갔다고 한다. 그러므로 만일 보통 사람같이 5푼 깎기나 3푼 깎기로 깎으면, 짧은 머리털 뿌리 밑으로 몇십 개나 되는 곰보가 드러나게 된다.

아무리 문지르고 비벼대도 오톨도톨한 것이 제거되지 않는다. 풀 마른 들판에 개똥벌레를 풀어놓은 것 같아 운치가 있을지 모르지만, 안주인의 마음에 들지 않음은 말할 나위도 없다. 머리만 길게 해두면 탄로 나지 않을 것을, 자진해서 자기의 흠을 들춰낼 필요는 없다는 것이다. 되도록이면 얼굴까지 털을 길러 이쪽의 곰보도 감추고 싶은 심정이니, 거저 생겨나는 털을 돈을 들여서까지 깎아 "저는 두개골 위까지 마마에 걸렸습니다" 하고 떠벌릴 필요는 없을 것이다. 이것이 주인이 머리를 길게 기르는 이유이고, 머리를 길게 기르는 것이 그의 머리를 가르는 원인이며, 그 원인이 거울을 보는 이유이고, 그 거울이 목욕탕에 있는 까닭이고, 그리하여 그 거울이 하나밖에 없다는 사실이다.

목욕탕에 있어야 할 거울이, 그것도 하나밖에 없는 거울이 서재에 와 있는 이상은 거울이 몽유병에 걸린 게 아니라면 주인이 목욕탕에서 가져왔음에 틀림없다. 가져왔다고 한다면 무엇 때문에 가져온 걸까? 어쩌면 그 소극적 수양에 필요한 도구일지도 모른다. 옛날에 어느 학자가 내로라하는 고승을 찾아갔더니, 그 고승은 웃통을 벗어젖히고 기와를 갈고 있었다. 뭘 만드시냐고 물었더니, 지금 거울을 만들려고 열심히 갈고 있는 중이라고 대답했다. 그러자 학자는 놀라면서 "아무리 유명한 고승이라도 기와를 갈아서 거울을 만들 수는 없겠지요" 했더니 고승은 껄껄 웃으면서 "그런가? 그럼 그만둬야겠네. 아무리 책을 읽어도 진리를 깨우치지 못하는 것도 그런 게 아니겠나?" 하고 닦아세웠다고 하니, 주인도 그런 말을 어디서 주워듣고 목욕탕에서 거울이라도 가져와 의기양양한 얼굴로 쳐들고 있는지도 모른다. '이거 참 야단났구나' 하고 살그머니 엿본다.

그런 줄도 모르고 주인은 아주 진지한 태도로 하나밖에 없는 거울을 뚫어지게 바라보고 있다. 원래 거울이란 것은 요사스런 물건이다. 심야에 촛불을 들고 넓은 방 안에서 혼자 거울을 들여다보는 데에는 굉장한 용기가 필요하다고 한다. 나 같은 고양이도 처음 이 집 따님이 거울을 얼굴 앞에다 들이댔을 적에는 어찌나 놀랐는지 집 주위를 세 바퀴나 뛰어다녔을 정도다.

아무리 백주대낮이라 하더라도 주인처럼 이렇게 열심히 뚫어지게 들여다보고 있으면 스스로 자기 얼굴이 무서워질 것이다. 그냥 보기만 해도 별로 기분 좋은 얼굴이 아니다. 얼마 안 있어 주인은 "과연 추한 얼굴이구나" 하고 혼자 중얼거린다. 자기의 추함을 자백한다는 것은 굉장히 훌륭한 일이다. 상황으로 보면 분명 미친 사람의 짓거리지만, 그 말은 진리다. 여기서 한 걸음 더 나아가면, 자기가 추악하게 생긴 것이 무서워진다.

인간은 자기 자신이 무서운 악당이라는 사실을 골수에 사무치게 느껴본 사람이 아니면 참으로 산전수전 다 겪은 사람이라고 할 수 없다. 산전수전 겪은 사람이 아니면 도저히 해탈을 할 수가 없다. 주인도 여기까지 온 이상에 "오— 무서워"라는 말이 나올 법도 한데, 좀처럼 말하지 않는다. "과연 추한 얼굴이구나"라고 말한 뒤에 무엇을 생각했는지, 뿌우 하고 뺨을 불룩하게 했다. 그러고서 불룩해진 뺨을 손바닥으로 두세 번 때려본다. 무슨 주문을 외우는지 모르겠다.

이때 나는 왠지 이 얼굴과 꼭 닮은 게 있는 것 같다는 느낌이 들었다. 곰곰이 생각해보니, 그건 하녀의 얼굴이다. 말이 나온 김에 하녀의 얼굴을 잠깐 소개하겠는데, 진짜 정말로 불룩한 얼굴이다. 요전에 어떤 사람이 아나모리이나리 신사에서 복어 등잔을 선물로 갖다 주었는데, 정말 그 복어 등잔처럼 불룩하다. 너무나도 불룩한 나머지 눈은 양쪽 다 없는 것 같다.

그렇긴 해도 복어가 불룩한 것은 전체적으로 아주 둥글둥글하게 부푼 거지만, 하녀의 경우는 원래 골격이 다각성이라서 그 골격대로 부풀어 오른 것이므로 마치 수종水腫에 걸린 육각시계 같다. 하녀가 들으면 필시 화낼 테니까 하녀 얘기는 이 정도로 하고 다시 주인에게로 돌아가겠는데, 이처럼 있는 힘을 다해 공기를 넣어 뺨을 불룩하게 만든 그는 앞서 말한 대로 손바닥으로 뺨을 때리면서 "이 정도로 피부가 부풀면 곰보도 눈에 띄지 않겠지" 하고 또 혼잣말을 지껄인다.

이번엔 얼굴을 옆으로 돌려 한쪽에 광선이 비치는 것을 거울에 비쳐본다.

"이렇게 해서 보니까 굉장히 눈에 띄네. 역시 정면으로 해를 보는 편이 평평하게 보이는군. 괴상한 물건이야."

꽤 감탄하는 모습이다. 그런 뒤에 오른손을 힘껏 길게 뻗어 되도록 거울을 멀리 갖다 놓고 가만히 들여다본다.

"이 정도로 떨어져 있으면 그렇지도 않아. 역시 너무 가까우면 안 되겠어. 얼굴뿐만 아니라 뭐든지 그런 거야" 하고 그럴싸한 말을 한다. 다음엔 거울을 갑자기 눕혔다. 그리고 콧방울을 중심으로 눈이며 이마며 눈썹을 한꺼번에 이 중심을 향해 잔뜩 찡그린다. 보기만 해도 역겨운 얼굴이 만들어졌다 싶더니, "아니야, 이건 틀렸어" 하고 본인도 알아차린 듯이 재빨리 그만둬 버렸다.

"어째서 이렇게 독살스런 얼굴일까?" 하고 좀 이상하다는 듯이 거울을 눈에서 10센티미터쯤 되는 곳으로 가져간다. 오른손 집게손가락으로 콧방울을 문지르더니, 문지른 그 손가락 끝을 책상 위에 놓인 압지 위에 힘껏 눌러댄다. 짜낸 콧기름이 둥그렇게 종이 위로 나타난다. 별 짓을 다 하는군. 그러고 나서 주인은 콧기름을 뭉개버린 손가락 끝을 돌려 훌러덩 오른쪽 눈의 아래 꺼풀을 뒤집더니 혀를 내밀고 메롱 하며 흔히 말하는 남을 놀리는 시늉을 해 보인다.

곰보를 연구하고 있는 건지, 거울과 눈싸움 놀이를 하고 있는 건지 그 점이 좀 분명치 않다. 변덕스런 주인인지라 보고 있노라면 여러 가지로 나타나는 것 같다. 그뿐만이 아니다. 만일 선의로서 엉터리 선문답 식으로 해석해준다면, 주인은 자기 본성을 깨닫는 자각의 방편으로서 이렇게 거울을 상대로 여러 가지 동작을 연출하는 건지도 모른다.

대개 인간의 연구란 자신을 연구하는 것이다. 천지가 됐든, 산천이 됐든, 일월이 됐든, 성신이 됐든 모두 자기의 딴 이름에 지나지 않는 것이다. 자신을 제쳐두고 달리 연구할 만한 사항은 그 누구한테서도 찾아볼 수 없다. 만일 인간이 자신 밖으로 뛰쳐나갈 수가 있다면, 뛰쳐나가는 순간에 자기는 사라져버린다. 더군다나 자신의 연구는 자기 이외에는 아무도 해주는 자가 없다. 아무리 해주고 싶어도, 해주었으면 해도 할 수 없는 일이다.

그러므로 예로부터 호걸은 모두 자력으로 호걸이 되었다. 남의 덕택으로 자기를 알 수 있는 것이라면, 자기의 대리에게 소고기를 먹이고서 그게 질긴지 연한지를 판단할 수 있을 것이다. 아침에 법을 듣고, 저녁에 도를 듣고, 서재에서 손에 책을 드는 것은 모두 스스로 자신을 깨닫기 위한 방편에 지나지 않는다.

남의 설법 속에, 타인이 강론하는 도道 속에, 또는 다섯 수레가 넘게 잔뜩 쌓인 벌레 먹은 책 속에 자기가 존재할 까닭이 없다. 있다면 자신의 유령이다. 하기는 어떤 경우에는 영혼이 없는 것보다는 유령이 나을지도 모른다. 그림자를 쫓다 보면 본체에 봉착하지 못한다고도 할 수 없다. 대개의 그림자는 대체로 본체를 떠나지 않는 법이다. 이런 의미에서 주인이 거울을 만지작거리고 있다면 상당히 얘기가 통하는 사내다. 에픽테토스 같은 걸 통째로 삼키고 학자인 척하는 것보다야 훨씬 낫다고 생각한다.

거울은 자만심의 제조기가 되기도 하고, 동시에 자만심의 소독기가 되기도 한다. 겉만 화려한 허영심으로 대할 때에는 거울처럼 어리석은 자를 선동하는 도구는 없다. 예로부터 오만함으로 인해 자신을 해치고 남을 상하게 한 사적事績의 3분의 2는 확실히 거울의 소행이다.

프랑스혁명 당시 호기심 많은 의사 선생이 개량 단두대를 발명해 엉뚱한 죄를 지은 것처럼, 맨 처음 거울을 만든 사람도 필시 뒷맛이 개운치 않았을 것이다. 그러나 자신에게 정나미가 떨어지려 할 때, 자아가 위축됐을 때는 거울을 보는 것만큼 유익한 일이 없다. 얼굴이 예쁜지 추한지가 명백히 드러난다. '이런 얼굴을 들고 나도 사람이올시다 하고 거만하게 오늘날까지 잘도 살아왔구나' 하는 부끄러운 생각이 들 것이 틀림없다. 거기까지 생각이 미쳤을 때가 인간의 생애 중 가장 고마운 시간이다. 자신의 어리석음을 자각하는 것만큼 고귀하게 보이는 건 없다.

이런 자각성 바보 앞에서는 모든 잘난 체하는 자들은 모조리 머리를 수그리고 송구해하지 않으면 안 된다. 본인은 의기양양하게 스스로를 경멸하고 조소할지 모르나, 이쪽에서는 그런 의기양양함에 탄복해 머리를 수그리게 된다.

주인은 거울을 보고 자신의 어리석음을 깨달을 정도의 현자는 못 될 것이다. 그러나 자기 얼굴에 새겨진 곰보 자국쯤은 공평하게 읽을 수 있는 사람이다. 얼굴이 추하게 생겼음을 자인하는 것은 마음이 천박하다는 것을 깨닫는 계제도 될 수 있을 것이다. 그렇다면 믿음직스런 사내다. 이것도 철학자한테서 훈계를 받은 결과일지 모른다.

이렇게 생각하면서 계속 동태를 엿보고 있자니, 그것도 모르는 주인은 실컷 남을 놀리는 시늉을 한 뒤에 "굉장히 충혈된 것 같군. 역시 만성 결막염이야" 하면서 검지손가락 측면으로 충혈된 눈꺼풀을 꾹꾹 비벼대기 시작했다. 아마 가려운 모양인데, 그렇지 않아도 저렇게 빨개져 있는 것을 이렇게 마구 비벼대도 괜찮을까 모르겠다. 머지않아 소금에 절인 도미 눈알처럼 썩어 짓물러버릴 것이다.

이윽고 눈을 뜨고 거울로 향하는 걸 보니, 아니나 다를까, 흐리멍덩하니 북쪽 나라의 겨울 하늘같이 흐릿하다. 하긴 평소에도 그다지 맑은 눈은 아니다. 과장된 형용사를 사용하자면 흐리멍덩하니 혼돈되어 검은자위와 흰자위가 분간이 안 될 정도로 흐릿하다. 그의 정신이 몽롱하여 계속 요령부득한 것처럼, 그의 눈도 애매하기 짝이 없어 영원히 눈구멍 속에 떠 있다. 이는 태독胎毒 때문이라고도 하고, 또는 마마의 여파라고도 해석되어 어렸을 때에는 버드나무 벌레나 송장개구리의 신세를 꽤 진 적도 있다고 하는데, 애쓴 어머니의 정성은 보람도 없이 오늘날까지 태어날 당시 그대로 흐리멍덩하다.

나 혼자 가만히 생각해보건대, 이 상태는 결코 태독이나 마마 때문이 아니다. 그의 눈알이 이렇게 아주 몽롱하니 혼탁한 비경悲境을 방황하는 것은, 두말할 것 없이 그의 두뇌가 불투명한 물질로 구성되어 있기 때문이다. 그 작용이 암담하고 몽롱한 극치에 달해 있으므로 자연히 이것이 형체상으로 나타났고, 이를 모르는 어머니에게 쓸데없는 걱정을 끼친 것이리라. 연기가 나면 불이 있음을 알 수 있듯이, 눈이 흐린 것은 어리석음을 증명해준다. 그러고 보면 그의 눈은 그의 마음의 상징으로, 그의 마음은 덴포전天保錢[4]같이 구멍이 뚫려 있으므로 그의 눈도 또한 덴포전과 마찬가지로 크다고 해서 크게 통용되는 것은 아닌 것

4) 에도 막부가 덴포 연간에 만든 타원형의 동전으로, 메이지 이후에는 제값을 못 받음.

같다.

이번에는 수염을 비꼬기 시작했다. 원래부터 단정치 못한 수염으로, 모두 다 제멋대로 자라나고 있다. 아무리 개인주의가 유행하는 세상이라지만, 이렇게 제각기 멋대로여서는 주인이 얼마나 난감할지 염려가 된다. 주인도 이에 생각하는 바가 있어 요즈음은 열심히 훈련을 시켜 될 수 있는 한 계통적으로 안배되도록 무척 애를 쓰고 있다. 그 열성과 노력은 헛되지 않아 최근에 와서는 가까스로 조금 보조를 맞추기 시작했다. 그리하여 지금까지는 수염이 자라고 있었지만, 요즈음은 수염을 기르고 있다고 자랑할 정도가 됐다.

열성은 성공의 정도에 따라서 고무되는 법이므로, 자기 수염이 전도 유망하다고 간파한 주인은 아침이나 저녁이나 짬만 나면 반드시 수염을 향해 편달하듯이 돌본다. 그의 야망은 독일의 황제 폐하[5]처럼 향상심이 왕성한 수염을 기르는 데 있다. 그러므로 털구멍이 옆을 향했든 아래를 향했든 전혀 개의치 않고, 한데 움켜쥐고선 위쪽으로 잡아끌어 올린다. 수염도 필시 고생스러울 거다. 소유주인 주인조차도 가끔 따가울 때가 있다. 하지만 그게 훈련이다. 싫든 좋든 거꾸로 틀어 올린다. 문외한이 보면 이해할 수 없는 도락 같지만, 당사자만은 지당한 일로 여기고 있다. 교육자가 공연히 학생의 본성을 고친 뒤 나의 공적을 보라고 자랑하는 것과 같으니, 추호도 비난할 이유는 없다.

주인이 혼신의 열성을 다해 수염을 훈련하고 있는데, 부엌에서 다각형 얼굴의 하녀가 "편지 왔습니다" 하고 여느 때와 같이 불그스레한 손을 서재 안으로 쑥 들이밀었다. 오른손에 수염을 붙잡고 왼손에 거울을 든 주인은 그대로 방문 쪽을 돌아본다. 여덟팔자의 꼬리가 거꾸로 물구나무서기를 한 것 같은 수염을 보자마자, 다각형 하녀는 황급히 부엌으로 되돌아가 솥뚜껑 위에 몸을 기대고 하하하하 웃음을 터트린다.

---

5) 카이저수염으로 유명한 빌헬름 2세를 가리킴.

주인은 태연스럽다. 천천히 거울을 내려놓고 편지를 집어 들었다. 첫 번째 편지는 활판인쇄물로, 뭔가 엄숙한 문자들로 꽉 차 있다. 읽어 보니,

삼가 아뢰옵건대 더욱더 다복하심을 경축드리옵나이다. 회고해보면 러일전쟁은 연전연승連戰連勝의 기세를 타고 평화 달성을 고했으며, 우리의 충용의열忠勇義烈한 장병들은 바야흐로 과반수가 만세의 환호성 속에 개가를 올렸으니, 이보다 더한 국민의 기쁨이 어디 있겠습니까?

먼저 선전포고가 널리 유포되자 의용으로써 봉공奉公한 장병들이 오랫동안 만리타향에서 한서寒暑의 고난을 잘도 참아내고 오로지 전투에 종사하여 목숨을 국가에 바친 지성至誠을 오래도록 명심하여 잊어서는 안 될 것입니다. 그리하여 군대의 개선은 금월今月로써 거의 종료를 고하려 합니다.

따라서 본회는 오는 25일을 기해, 본 구내 1천여 명의 출정 장교와 하사관에 대하여 본 구민 일반을 대표하여 일대 개선 축하회를 개최할 겸 군인 유족을 위무하기 위해서, 열성으로 이를 맞이하여 다소나마 감사의 뜻을 표하고자 하옵니다. 그래서 제위諸位의 협찬을 얻어 이 성전盛典을 거행하는 행운을 얻는다면, 본회의 면목은 이보다 더할 나위가 없겠습니다. 아무쪼록 이에 찬성하시어 쾌히 의연義捐해주시기를 삼가 바라 마지않습니다.

이만 삼가 올림

이라고 씌어 있으며, 발신인은 어느 귀족으로 되어 있다.

주인은 한번 쭉 묵독한 뒤에 곧바로 봉투 속에 말아 넣고서 모른 척한다. 아무래도 의연금을 낼 것 같지는 않다. 저번에도 동북 지방에 흉작이 들었을 때 의연금을 2엔인가 3엔인가 내고, 만나는 사람마다 의연금을 뜯겼다, 뜯겼다 하며 나발을 분 적이 있다.

의연이라고 하는 이상은 자진해서 바치는 것이지, 당연히 뜯기는 것

이 아니다. 도둑맞은 것도 아닐 테고, 뜯겼다는 말은 온당치 못하다. 그럼에도 불구하고 도난이라도 당한 것처럼 생각하는 주인이 아무리 군대를 환영한다고 한들, 아무리 귀족이 권유한다고 한들, 강제적으로 내라고 하면 또 몰라도, 인쇄물로 된 편지 정도로 돈을 낼 것 같지는 않다.

주인으로 말할 것 같으면, 군대를 환영하기 전에 우선 자기를 환영하고 싶은 것이다. 자기를 환영하고 난 뒤라면 대개는 환영할 것 같은데, 자기가 아침저녁으로 지장이 있는 동안은 환영은 귀족들에게 맡겨둘 심산인 것 같다.

주인은 두 번째 편지를 집어 들더니, "아니, 이것도 인쇄물이네"라고 말했다.

시하時下 선선한 계절에 귀댁께서 더욱더 융성하심을 경하드리옵나이다.

여쭈옵건대 본교는 아시는 바와 같이 재재작년 이후 두세 명의 야심가 때문에 방해를 받아 한때 그 극에 달했습니다만, 이는 모두 불초不肖 신사쿠의 부족함에 기인한 것으로 생각하여 깊이 경계하는 바 있었습니다. 와신상담臥薪嘗膽으로 그 고생을 견뎌낸 결과, 이제야 가까스로 독력으로써 저의 이상에 적합한 교사 신축비를 마련할 방도를 강구하게 되었습니다.

그것은 다름이 아니오라, 별책 『재봉비술강요裁縫秘術綱要』라는 서책을 출판하게 된 일이옵니다. 본서는 불초 신사쿠가 다년간 고심 연구한 공예상의 원리 원칙에 입각하여 진심으로 살을 찢고 피를 쥐어짜는 심정으로 저술한 것이옵니다. 이에 본서를 널리 일반 가정에 돌리어 제본 실비에다 사소한 이윤을 붙여 판매하오니 구입하시기를 바라는 바이옵니다. 이로써 한편으론 그 방면의 발달에 일조가 되게 하는 동시에 또 한편으로는 근소한 이윤을 축적하여 교사 건축비에 충당할 작정이오니, 참으로 황송스럽게 생각하오나 본교 건축비에 기부하시는 것으로 생각하시고 여기 보내드리는 『재봉비술요강』 한 부를 구입하시어 하녀분한테라도 나눠주셔서 찬동의 뜻을 표해주시기를 엎드려 간절히 바라옵나이다. 이만 총총 사뢰옵나이다.

대일본 여자 재봉 최고등 대학원

교장 누이다 신사쿠 구배九拜

라고 씌어 있다. 주인은 이 정중한 서신을 냉담하게 둘둘 말아 휴지통 속으로 휙 던져버렸다. 모처럼의 신사쿠의 구배도, 와신상담도 아무 소용이 없게 된 것은 유감스러운 일이다.

세 번째 편지를 보려 한다. 세 번째 편지는 매우 이색적인 광채를 발하고 있다. 봉투가 홍백의 얼룩덜룩한 가로무늬로 장식되어 있고, 엿장수 간판처럼 화려한 한복판에 '진노 구샤미 선생 호피하虎皮下[6]'라고 팔분체八分體[7]로 굵직하게 쓰여 있다. 그 속에서 무슨 괴상한 편지가 나올지는 보장할 수 없지만, 겉봉만은 제법 그럴싸하다.

만약 나로써 천지를 다스린다면 한입에 서강西江[8]의 물을 다 삼켜버릴 것이요, 만약 천지로써 나를 다스린다면 나는 한갓 길가의 먼지에 지나지 않는다. 모름지기 말할지어다. 천지와 나와 무슨 교섭이 있는가? ……처음으로 해삼을 먹기 시작한 사람은 그 담력에 있어서 공경할 만하며, 처음으로 복어를 먹은 사람은 그 용기에 있어서 존중할 만하다. 해삼을 먹은 자는 신란[9]의 재래再來라 할 것이며, 복어를 먹은 자는 니치렌[10]의 분신이라 하겠다. 구샤미 선생 같은 사람은 그저 호박고지를 초된장에 찍어 먹는 맛을 알 뿐이다. 호박고지에 초된장을 찍어 먹으면서 천하의 선비인 양하는 자는, 나 아직까지 보지를 못했다…….

---

6) 편지에서 학자나 군인 등의 수신인명 밑에 붙여 써 경의를 표하는 말.

7) 한자 서체의 하나로 예서에 가깝고 八 자와 같이 말획을 삐치는 것이 특징.

8) 중국 광둥 성의 남부를 흐르는 강.

9) 가마쿠라 초기의 중, 정토진종淨土眞宗의 개조, 1173~1262.

10) 니치렌종의 개조, 1222~1282.

친구도 그대를 팔 것이다. 부모도 그대에게 사심이 있을 것이다. 애인도 그대를 버릴 것이다. 부귀는 애초부터 믿을 만한 게 못 된다. 작위와 녹봉은 하루아침에 잃어버릴 것이다.

그대 머릿속에 비장秘藏하는 학문에는 곰팡이가 슬 것이다. 그대여, 무엇을 믿으려 하는가? 천지간에 무엇을 의지하려는가? 신神?

신은 인간이 괴로워하다 못해 날조해낸 토우土偶일 뿐이다. 인간의 고뇌의 배설물이 뭉쳐진 구린내 나는 시체일 뿐이다. 믿어선 안 될 것을 믿고선 평안하다고 한다. 어허 어허, 취한醉漢이 제멋대로 허튼소리를 희롱거리고, 비틀거리면서 무덤으로 향한다. 기름이 떨어지면 등잔불이 저절로 꺼진다. 업業이 다한 뒤에 무엇을 남길 것인가? 구샤미 선생은 아무쪼록 차나 드시게…….

사람을 사람으로 여기지 않는다면 두려워할 것이 없다. 사람을 사람으로 여기지 않는 자가 나를 나로 여기지 않는 세상을 분개하는 것은 무슨 심사인가? 부귀영달富貴榮達에 눈먼 선비는 사람을 사람으로 여기지 않는 데서 득의양양해한다. 단, 남이 나를 나로 여겨주지 않을 때만 불끈 낯빛을 붉힌다. 제멋대로 낯빛을 붉히라지. 멍청한 놈…….

나는 사람을 사람으로 여기는데 남이 나를 나로 여기지 않을 때, 불평가는 발작적으로 하늘에서 내려온다. 이 발작적 활동을 일컬어 혁명이라 한다. 혁명은 불평가의 소행이 아니라, 부귀영달의 선비가 스스로 만들어내는 것이다. 조선에 인삼이 많다는데, 선생은 어찌하여 그걸 복용하지 않으시는가?

스가모에서 덴도 고헤이 재배再拜

신사쿠 군은 구배를 했는데, 이 사내는 단지 재배만 했을 뿐이다. 기부금의 의뢰 편지가 아닌 만큼 칠배七拜쯤은 뻣뻣하게 버티고 있다. 기부금 내라는 부탁은 아니지만 그 대신 엄청 난삽한 글이다. 어느 잡지에 보내더라도 몰서沒書될 가치는 충분히 있으므로, 그렇잖아도 두뇌가 불투명한 것으로 알려진 주인인지라 분명 갈기갈기 찢어버릴 줄 알았는데, 의외로 되풀이해서 다시 읽고 또다시 읽는다. 이런 편지에 무슨 의미가 있나 해서, 어디까지나 그 의미를 규명하려는 결심인 모양이다.

무릇 천지간에는 알 수 없는 것이 많이 있으나, 의미를 붙여 사용하지 않는 것은 하나도 없다. 아무리 어려운 문장이라도 해석하려고 하면 어떻게든지 용이하게 해석이 되는 법이다.

인간을 가리켜 바보라고 하면 바보이고, 영리하다고 하면 영리하다는 걸 쉽게 알 수 있는 것이다. 그뿐만 아니다. 인간을 개라고 하든 돼지라고 하든 별로 해석하느라 고민할 정도의 명제는 아니다. 산은 낮다고 해도 상관없고, 우주는 좁다고 해도 지장 없다. 까마귀가 희고, 고마치[11]가 추녀이며, 구샤미 선생이 군자라 해도 안 통할 리는 없다.

그러므로 이런 무의미한 편지라도 이렇게 저렇게 의미만 붙이면 어떻게든 해석이 되는 것이다. 특히 주인처럼 잘 알지도 못하는 영어를 무리하게 갖다 붙여 설명해온 사람으로선 더더욱 의미를 붙이고 싶어 한다. "날씨가 나쁜데 왜 굿모닝입니까"라는 학생의 질문을 받고서 이레 동안 생각하거나, "콜럼버스라는 이름은 일본어로 뭐라 합니까"라는 질문을 받고선 사흘 밤낮을 꼬박 답변을 모색하느라 궁리할 정도의 사람에게는, 호박고지를 초된장에 찍어 먹는 자가 천하의 선비이든 조선의 인삼을 먹고 혁명을 일으키든 아무 구절에서나 제멋대로의 의미가 솟아 나오는 법이다.

주인은 얼마 있다 굿모닝 식으로 이 난해한 문구를 해석한 모양이다.

"굉장히 의미심장하군. 아무래도 상당히 철리哲理를 연구한 사람임에 틀림없어. 아주 훌륭한 견식이야" 하고 크게 칭찬을 한다. 이 한마디만 봐도 주인이 어리석다는 걸 잘 알 수 있지만, 반대로 생각해보면 다소 그럴 만한 점도 있다. 주인은 뭐든지 잘 알지 못하는 것을 숭배하

11) 오노노 고마치, 헤이안 시대의 여류 시인으로 절세미인이었다고 함.

는 버릇이 있는 것이다. 이건 반드시 주인만이 그런 것도 아닐 것이다. 모르는 것에는 무시할 수 없는 뭔가가 잠복해 있고, 예측할 수 없는 것에는 왠지 경건한 기분이 드는 법이다.

그러므로 보통 사람은 모르는 것을 아는 것처럼 떠벌리지만, 학자는 알 만한 것을 알기 어렵게 지껄인다. 대학 강의에서도 어려운 말을 지껄이는 사람은 평판이 좋고, 알기 쉽게 설명하는 사람은 인망이 없는 걸 봐도 잘 알 수 있다. 주인이 이 편지에 탄복한 것도 의미가 명료하기 때문이 아니다. 그 취지가 어디에 있는지 포착하기 어렵기 때문이다. 갑자기 해삼이 나오는가 하면, 고뇌의 배설물이 나오기 때문이다.

그래서 주인이 이 문장을 존경하는 유일한 이유는 도가道家에서 『도덕경道德經』을 숭상하고, 유가儒家에서 『역경易經』을 숭상하고, 선가禪家에서 『임제록臨濟錄』을 숭상하는 것과 마찬가지로 도무지 이해하기 어렵기 때문이다. 단지 전혀 모른대서야 마음이 놓이지 않으니까 제멋대로 주석을 달아 이해한 척한다. 모르는 것을 아는 것처럼 여기고 숭상하는 것은 옛날부터 사람들이 좋아하는 짓이다. 주인은 공손하게 팔분체의 명필을 말아서 다시 봉투에 넣어 이것을 책상 위에다 놓아두고는 팔짱을 끼고 명상에 잠겨 있다.

그런데 "이리 오너라. 이리 오너라" 하고 현관에서 커다란 소리로 안내를 청하는 자가 있다. 목소리는 메이테이 같은데, 메이테이답지 않게 자꾸만 안내를 청하고 있다. 주인은 아까부터 서재 안에서 그 소리를 듣고 있으면서도 팔짱을 낀 채 꿈쩍도 하지 않는다. 손님을 맞이하러 현관에 나가는 건 주인의 역할이 아니라는 주의인지, 이 주인은 결코 서재에서 인사하러 나온 적이 없다.

하녀는 아까 빨랫비누를 사러 나갔다. 안주인은 마침 변소에 있다. 그러니 맞이하러 나갈 자는 나밖에 없다. 나 역시 나가는 건 싫다. 그러자 손님은 신발을 벗고 마루로 올라와 장지문을 열어젖히고 성큼성큼 들어왔다. 주인도 주인이지만, 손님도 손님이다. 응접실 쪽으로 가는가 싶더니 장지문을 두세 번 열었다 닫았다 하다가 이번엔 서재 쪽으로 다가온다.

"어이, 장난해? 뭐 하고 있는 거야, 손님이 왔는데."

"어, 자네 왔나?"

"아니, 자네 왔나가 뭐야. 거기 있으면 뭐라 대답을 해야지. 꼭 빈집 같잖아?"

"음, 생각 좀 하느라고."

"생각을 하고 있더라도, 들어오라는 말쯤이야 할 수 있잖나."

"말 못 할 건 없지."

"여전히 배짱은 좋군."

"얼마 전부터 정신 수양에 몰두하는 중일세."

"유별나군. 정신 수양하다가 대답을 못 하게 되는 날에는 손님은 어쩌라고. 그렇게 차분하게 있으면 곤란하지. 실은 나 혼자 온 게 아니야. 대단한 손님을 모시고 왔어. 잠깐 나와서 만나주게나."

"누구를 데리고 왔는데?"

"누구면 어때. 잠깐 나와서 만나보게. 꼭 자네를 만나고 싶다니까."

"누군데?"

"누구든, 어서 일어나게."

주인은 팔짱을 낀 채 불쑥 일어나면서 "또 사람을 속이려는 거겠지" 하며 툇마루로 나와 아무 눈치도 못 채고 응접실로 들어갔다. 그러자 2미터짜리 도코노마를 정면으로 향한 채 한 노인이 숙연하게 정좌를 하고 기다리고 있다. 주인은 얼떨결에 품에서 양손을 꺼내고 털썩 장지문 옆에 엉덩이를 빼고 무릎을 꿇고 다가앉았다. 이래가지고선 노인과 똑같이 서쪽을 향해 있으므로, 주객 양쪽 다 인사를 할 수가 없다. 옛날 사람은 예의가 까다로운 법이다.

"자, 어서 저리 앉으십시오."

노인은 도코노마 쪽을 가리키며 주인더러 가서 앉으라고 한다. 주인은 2, 3년 전까지는 손님을 맞을 때 어디에 앉든 상관없는 줄로 알고 있었는데, 그 후 어떤 사람한테 도코노마의 강론을 듣고 나서, 그 도코노마는 상단上段의 방이 변화한 것으로 옛날 막부에서 무사들에게 파견한 사자使者들이 앉는 곳이었다는 걸 알고 난 이후로는 절대 도코노마 곁에는 접근하지 않는 사람이다. 더구나 듣도 보도 못한 연장자가 떡하니 버티고 앉아 있으니 자기가 상석에 앉는 건 고사하고, 인사조차도 제대로 할 수가 없다. 일단 머리를 숙이고 "자, 어서 저리 앉으십시오" 하고 상대방이 한 말을 그대로 되풀이한다.

"아니, 그러시면 인사하기 어려우니까 어서 저리로."

"아니요, 그러시면…… 어서 저리로" 하고 주인은 되는대로 상대방 말을 흉내 내고 있다.

"아니, 그렇게 겸손하시면 황송하오이다. 오히려 내가 송구스럽소. 부디 사양 마시고 자, 어서."

"겸손하시면…… 제가 송구스러우니까…… 손님께서 부디."

주인은 얼굴이 새빨개져서 말도 우물우물 똑바로 못 한다. 정신 수양도 별로 효과가 없는 것 같다. 메이테이 군은 장지문 뒤에 서서 웃으면서 보고 있더니, 이제 그만하면 됐다 싶은지 뒤에서 주인의 엉덩이를 떠밀면서 "좀 앞으로 나가게나. 그렇게 장지문에 착 달라붙어 있으면 내가 앉을 자리가 없잖아. 어려워 말고 앞으로 나가게" 하고 억지로 끼어 들어온다. 주인은 어쩔 수 없이 앞으로 밀려나간다.

"구샤미 군, 이분이 매번 자네에게 이야기했던 시즈오카에 사시는 백부님이셔. 백부님, 이 친구가 구샤미 군입니다."

"처음 뵙겠소이다. 늘 메이테이가 와서 신세를 진다고 해서 언젠 한번 찾아뵙고 말씀을 드려야겠다 했는데, 다행히 오늘 이 근처를 지나가다가 인사도 드릴 겸 찾아뵌 겁니다. 아무쪼록 잘 돌봐주시고 앞으로도 잘 부탁드립니다."

노인은 옛날풍의 어투로 유창하게 늘어놓는다. 주인은 교제 범위가 좁고 말수가 적은 인간인 데다 이런 구식 노인을 만난 적이 거의 없으므로, 처음부터 다소 분위기에 기가 죽어 난감해하고 있던 차에 저쪽에서 유창하게 인사말을 퍼부어대니까 조선 인삼도 엿장수 봉투도 깡그리 잊어버리고 그냥 답답한 나머지 묘한 대답을 한다.

"저도…… 저도…… 진작 찾아뵐 생각이었습니다만…… 아무쪼록 잘 부탁드립니다."

주인이 말을 끝내며 머리를 조금 다다미에서 들고 보니, 노인은 아직도 엎드려 있으므로 어이쿠 하고 황송해서 다시 머리를 찰싹 다다미에 붙였다.

노인은 호흡을 가누고 고개를 들었다.

"나도 전에는 이쪽에 집이 있어서 오랫동안 막부 밑에서 살았습니다만, 막부가 무너진 후로는 시골로 내려가서 도통 나오지를 않았소이다. 이번에 와보니 전혀 방향도 모르겠고, 메이테이라도 데리고 다니지 않으면 도저히 볼일도 못 보겠습니다. 상전벽해桑田碧海라는 말도 있지만서도 입국入國[12]하신 이후 3백 년 동안이나 이어오던 막부가 그렇게……" 하고 노인의 말이 길어지려 하자 메이테이 선생은 성가시다 싶은지 말을 가로챈다.

"백부님, 도쿠가와 막부도 고마울지 모르지만 메이지 시대도 괜찮아요. 옛날에는 적십자 같은 것도 없었잖습니까?"

"그런 건 없었지. 적십자라고 하는 건 전혀 없었어. 특히 황족의 얼굴을 배알하는 건 메이지 천황의 치세가 아니고선 불가능한 일이지. 나도 오래 산 덕분에 이렇게 오늘 총회에도 참석하고, 전하의 목소리도 듣고 했으니, 이젠 죽어도 여한이 없어."

"어떻든 오랜만에 도쿄 구경을 하는 것만으로도 득이지요. 구샤미군, 백부님이 말이야, 이번에 적십자 총회가 있어서 일부러 시즈오카에

12) 옛날, 영주가 자기 영지에 들어오는 것을 일컫던 말.

서 올라오셨어. 오늘 함께 우에노에 갔다가 지금 돌아오는 길일세. 그래서 이렇게 요전에 내가 시로키야에 주문한 프록코트를 입고 계신 거야" 하고 메이테이가 설명한다.

진짜 프록코트를 입고 있다. 입고는 있지만, 전혀 몸에 맞지 않는다. 소매는 너무 길고, 깃은 벌어지고, 등에는 쭈글쭈글 주름이 있고, 겨드랑이 밑이 바짝 당겨져 있다. 아무리 엉망으로 만들려고 해도 이렇게까지 힘들여서 모양을 망가뜨리지는 못하리라. 게다가 흰 셔츠와 흰 깃이 따로따로 놀아, 턱을 쳐들면 그 사이로 울대뼈가 튕겨져 보인다. 무엇보다도 검정 깃 장식이 깃에 붙어 있는 건지, 셔츠에 붙어 있는 건지 분명치 않다. 프록코트는 그래도 봐줄 수가 있지만, 백발의 상투는 사뭇 가관이다. 그 유명한 쇠부채는 어떤가 하고 눈여겨보니, 무릎 옆에 반듯하게 바짝 붙어 놓여 있다.

주인은 이때야 겨우 제정신으로 돌아와, 정신 수양 결과를 실컷 노인 복장에 응용해보고는 적잖이 놀랐다. 설마 메이테이가 얘기한 정도는 아닐 거라고 생각했는데, 만나보니 얘기했던 것보다 더하다. 만일 자신의 곰보 자국이 역사적 연구의 재료가 된다면, 이 노인의 상투나 쇠부채는 틀림없이 그 이상의 가치가 있을 것이다. 주인은 어떻게든 이 쇠부채의 유래를 묻고 싶었으나, 차마 노골적으로 물어볼 수도 없고, 그렇다고 얘기를 중간에 끊는 것도 실례가 되므로 "사람들이 무척 많이 왔지요?" 하고 지극히 평범한 질문을 던졌다.

"진짜 사람들이 엄청 많더군요. 그런데 그 사람들이 모두 나를 말똥말똥 쳐다보니까—어째 요즘 사람들은 호기심이 많아진 것 같더이다. 옛날엔 그렇지가 않았는데."

"예, 그래요. 옛날엔 그렇지 않았지요" 하고 주인도 노인 같은 말을 한다. 이것은 억지로 주인이 아는 척한 것은 아니다. 그냥 몽롱한 머리에서 되는대로 흘러나온 말이라고 보면 무방하다.

"게다가 말이오, 모두들 이 투구망치를 주시하는 게 아니겠소."

"그 쇠부채는 꽤 무거워 보이는군요."

"구샤미 군, 좀 들어보게. 굉장히 무거워. 백부님, 들어보라고 하세요."

노인은 무거운 듯이 들어 올려 "자, 들어보시오" 하고 주인에게 건넨다. 교토의 구로다니[13]에서 참배하는 사람들이 렌쇼보[14]의 큰 칼을 만져보는 것처럼 구샤미 선생은 잠시 들고 있다가 "과연 무겁군요" 하고는 노인에게 돌려준다.

"다들 이걸 쇠부채, 쇠부채 하는데, 이건 일명 투구망치라고 해서 쇠부채와는 전혀 다른 물건으로……."

"허어, 무엇에 쓰던 물건인가요?"

"투구를 쳐부수는 건데, 적의 눈앞이 아찔해진 틈을 타서 때려잡는 거지요. 구스노키 마사시게[15] 무사 시대부터 사용했던 것 같은데……."

"백부님, 그럼 그게 마사시게의 투구망치입니까?"

"아니, 이건 누구 것인지 몰라. 하지만 오래된 거야. 어쩌면 겐무建武[16] 시대 작품일지도 모르지."

"겐무 시대 것인지는 모릅니다만, 간게쓰 군은 아주 난감해했어요. 구샤미 군, 오늘 돌아오다가 마침 좋은 기회다 싶어 대학을 지나가는 길에 이과에 들러 물리 실험실을 구경했는데 말이야, 이 투구망치가 쇳덩어리이다 보니 자력 기계가 고장 나서 야단이 났었지."

"아니, 그럴 리가 없지. 이건 겐무 시대 철이니까, 질이 좋은 쇠라서 절대 그럴 염려가 없어."

"아무리 질이 좋은 쇠라도 그렇지 않아요. 실제로 간게쓰가 그렇게

---

13) 정토종 대본산인 곤카이코묘지金戒光明寺의 속칭.

14) 가마쿠라 초기의 무장 구마가이지로 나오자네(1141~ 1208)가 불문에 귀의한 후의 법명.

15) 가마쿠라 시대 말기부터 남북조 시대에 걸쳐 활동했던 무장, 1294~1336.

16) 1334~1338년의 연호.

말했는걸요."

"간게쓰라면 그 유리알을 갈고 있던 사람 말인가? 지금 한창 젊은 사람이 불쌍하게 그게 뭐야. 좀 더 뭔가 할 만한 일이 있을 텐데."

"딱하지만, 그래도 그게 연구라네요. 그 유리알을 다 갈고 나면 훌륭한 학자가 될 수 있대요."

"유리알을 갈아서 훌륭한 학자가 될 수 있다면 누구나 다 될 수 있겠네. 나도 될 수 있겠다. 유리 장수도 될 수 있겠다. 그런 일을 하는 사람을 중국에서는 옥인玉人이라고 불렀는데, 신분이 아주 낮은 자이지."

노인은 주인을 향해 은근히 찬성을 구한다.

"그렇지요" 하고 주인은 수긍만 한다.

"무릇 오늘날의 세상 학문은 죄다 형이하학이라, 언뜻 보기엔 좋아 보이지만 막상 쓰려 하면 도무지 쓸모가 없단 말이에요. 옛날엔 그와는 달라서 무사는 모두 목숨을 건 직업인지라, 여차할 때 낭패스럽지 않도록 마음을 수양했지요. 잘 아시겠지만, 유리알을 갈거나 철사를 꼬거나 하는 그런 쉬운 일은 절대 아니었지요."

"그렇겠지요" 하고 계속 수긍만 한다.

"백부님, 마음의 수양이라는 건 유리알을 가는 대신에 팔짱을 끼고 꼼짝 않고 들어앉아 있는 겁니까?"

"그런 소릴 하니까 곤란하다는 거지. 결코 그렇게 간단한 게 아니야. 맹자는 '구방심求放心'이라 해서 방치된 마음을 찾아서 본래의 자신에게 되돌려주라고 하셨고, 소강절[17]은 '심요방心要放'이라 해서 마음은 반드시 해방시켜줘야 한다고 설하셨어. 또 불가에서는 중봉 선사[18]라는 사람이 '구불퇴전具不退轉'이라 해서 마음을 굳건히 한 곳에 두어 흔들림이 없어야 한다는 걸 가르쳤지. 그렇게 쉽게 알 수 있는 게 아니야."

17) 중국 북송의 학자, 1011~1077.

18) 중국 원나라의 선승.

“도저히 모르겠는데요. 도대체 어떻게 하면 됩니까?”

“너는 다쿠안 선사[19]의 『부동지신묘록不動智神妙錄』[20]이라는 걸 읽어 본 적이 있니?”

“아니요, 들어본 적도 없습니다.”

“마음을 어디에 둘까? 적의 몸의 움직임에 마음을 두면 적의 몸의 움직임에 마음을 빼앗기게 된다. 적의 칼에 마음을 두면 적의 칼에 마음을 빼앗기게 된다. 적을 베려는 데에 마음을 두면 적을 베려는 데에 마음을 빼앗기게 된다. 내 칼에 마음을 두면 내 칼에 마음을 빼앗기게 된다. 적의 칼을 맞지 않으려는 데에 마음을 두면 칼을 맞지 않으려는 데에 마음을 빼앗기게 된다. 남의 태도에 마음을 두면 남의 태도에 마음을 빼앗기게 된다. 어떻든 마음을 둘 곳이 아무 데도 없다는 말이지.”

“잘도 잊지 않고 외우시네요. 백부님도 기억력이 참 좋으셔. 길기도 하군요. 구샤미 군, 알아듣겠나?”

“그렇지.”

이번에도 적당히 ‘그렇지’로 넘어가고 만다.

“아니, 보세요. 그렇지 않겠습니까? 마음을 어디에 둘까? 적의 몸의 움직임에 마음을 두면 적의 몸의 움직임에 마음을 빼앗기게 된다. 적의 칼에 마음을 두면…….”

“백부님, 구샤미 군은 그런 건 잘 알고 있어요. 요즘엔 매일 서재에서 정신 수양만 하고 있으니까요. 손님이 와도 나와보지 않을 만큼 어디에다 마음을 두고 있으니까 걱정 안 하셔도 돼요.”

“야, 그거 훌륭하시네요. 너도 좀 본받아서 같이하면 좋겠구나.”

“헤헤헤, 그럴 여가가 어디 있어요. 백부님은 한가하시니까 남들도 다 놀고 있는 줄로 아시나 봐요.”

19) 에도 초기 임제종의 선승, 1573~1645.

20) 검도에 빗대어 선의 본질을 설파한 선문답.

"실제로 놀고 있잖아."

"사실은 한중망閑中忙이거든요."

"그렇게 경솔하니까 수양을 해야 한다는 거야. 망중한忙中閑이라는 성구成句는 있지만 한중망이라는 말은 들어본 적이 없다. 그렇죠, 구샤미 군?"

"예, 아무래도 들어보지 못한 것 같은데요."

"하하하하, 두 분이 그렇다면 어쩔 수 없는 거죠. 그건 그렇고 백부님, 어떠세요? 오랜만에 도쿄 장어라도 드셔보시는 게. 지쿠요로 모셔 대접할게요. 여기서 전차로 가면 금방입니다."

"장어도 좋지만, 오늘은 스이하라네에 갈 약속이 있으니까 난 여기서 이만 실례해야겠다."

"아, 스기하라 씨 말입니까? 그 영감님도 건강하시지요?"

"스기하라가 아니라, 스이하라야. 넌 늘 그렇게 잘못 들으니까 탈이다. 남의 성함을 틀리게 말하는 건 실례야. 조심 좀 해라."

"그런데 스기하라라고 써 있지 않습니까?"

"스기하라라고 쓰고 스이하라로 읽는 거야."

"이상하군요."

"이상하긴 뭐가 이상해. 관용음이라고 해서 옛날부터 그렇게 부르는 거야. 지렁이를 우리 말로 미미즈라고 하지. 그건 메미즈[21]의 관용음이야. 두꺼비를 가이루라고 하는 것과 똑같아."

"허어, 놀랍네!"

"두꺼비를 쳐 죽이면 위를 향해 가에루[22]하지. 그것을 관용음으로 가이루라고 한다. 스키가키[23]를 스이가키, 구키타치[24]를 구쿠타치라

21) 눈이 없어 보지 못한다는 뜻.

22) 뒤집히다.

23) 대나무와 대나무 사이를 띄어서 친 울타리.

하는 것도 모두 마찬가지야. 스이하라를 스기하라로 읽는 건 촌놈들의 말투야. 조심해야지, 안 그러면 사람들에게 놀림당한다."

"그럼 그 스이하라 씨 댁에 지금 가신단 말씀입니까? 곤란한데요."

"뭐, 싫으면 넌 안 가도 돼. 나 혼자서 갈 테니까."

"혼자서 가실 수 있겠어요?"

"걸어서는 어렵고, 인력거를 불러서 여기서부터 타고 가야지."

주인은 이내 명령을 받잡고 하녀를 인력거꾼 집에 보냈다. 노인은 장황하게 인사를 하고는 상투 머리에 중산모를 쓰고 돌아갔다. 메이테이는 그대로 남았다.

"저분이 자네 백부님이신가?"

"응, 맞아. 우리 백부님이야."

"정말 그렇군."

주인은 다시 방석을 깔고 앉아 팔짱을 끼고 생각에 잠긴다.

"하하하, 호걸이시지? 나도 저런 백부님이 있으니 행운아지 뭔가. 어딜 모시고 가든 늘 그러시지. 자네 놀랐지?"

메이테이 군은 주인을 놀래준 게 아주 신이 나는 모양이다.

"뭐, 별로 놀라진 않았어."

"그런데도 안 놀랐다면, 정말 담력이 세군."

"그러나 자네 백부님은 훌륭하신 데가 있는 것 같아. 정신 수양을 주장하시는 점은 크게 존경할 만해."

"존경할 만하다고? 자네도 앞으로 예순 살쯤 되면 역시 우리 백부님처럼 시대에 뒤떨어질지도 몰라. 정신 차리게나. 차례대로 시대 낙후를 이어받는 건 현명치 못해."

"자넨 자꾸 시대에 뒤처지는 걸 걱정하는데, 때와 경우에 따라선 시대 낙후 쪽이 더 훌륭한 거야. 보게, 오늘날의 학문이라는 것은 계속 앞

24) 채소 이름.

으로 앞으로 나아가기만 하고, 어디까지 나아가도 끝이 있어야 말이지. 도저히 만족을 얻을 수가 없잖아. 그에 비하면 동양의 학문은 소극적이고 아주 운치가 있어. 마음 그 자체의 수양을 하는 거니까."

주인은 얼마 전에 철학자한테서 얻어들은 말을 자기의 의견인 것처럼 늘어놓는다.

"이거 큰일 났네. 어째 야기 도쿠센八木獨仙 같은 말을 하네그려."

야기 도쿠센이라는 이름을 듣자 주인은 깜짝 놀랐다. 실은 얼마 전에 와룡굴을 방문하여 주인에게 설을 늘어놓고 유유히 돌아간 철학자가 바로 야기 도쿠센 군이며, 지금 주인이 아주 그럴싸하게 설파하고 있는 의견은 완전히 이 야기 도쿠센 군의 의견을 그대로 받아 옮긴 것이다. 그러므로 모르는 줄로 알았던 메이테이가 그 철학자 선생의 이름을 순간적으로 들이댄 것은, 은근히 주인이 손쉽게 임시변통으로 만들어놓은 콧대를 꺾어놓은 셈이다.

"자네, 도쿠센의 설을 들은 적이 있는가?"

주인은 겁이 나서 확인해본다.

"듣고 안 듣고 할 게 뭐 있어. 그 친구의 설이라는 게 10년 전 학교 시절이나 오늘이나 조금도 변한 게 없는데."

"진리는 그렇게 쉽게 변하는 게 아니니까 변하지 않는 것이 믿음직할는지도 모르지."

"그렇게 편들어주는 사람이 있으니까 도쿠센도 그런 식으로 계속 밀고 나가는 거겠지. 첫째, 야기라는 성에서부터 잘 나타나 있어. 그 수염이 완전히 염소[25]를 닮았으니까 말이야. 그것도 기숙사 시절부터 지금과 같은 모양으로 자라고 있었다네. 도쿠센이라는 이름도 특이하고. 옛날에 나한테 묵으러 왔는데, 여느 때처럼 소극적 수양이라는 의견을 늘어놓는 거야. 아무리 지나도 똑같은 말을 되풀이하기에 내가 '자네도

25) 염소는 일본어로 '야기山羊'로 발음됨.

그만 자야지' 하니까 아 그 친구 태평하게 '아니, 난 안 졸린데'라면서 태연하게 여전히 소극론을 늘어놓는데, 정말 질려버리겠더라고. 하는 수 없이 '자네는 졸리지 않겠지만, 난 너무 졸려 죽겠으니까 제발 자주게나' 하고 사정하다시피 해서 자게 했지. 그것까진 좋았는데, 그날 밤 쥐가 나와서 도쿠센 군의 콧등을 물어뜯은 거야. 한밤중에 아주 난리도 아니었지. 그 친구 제법 깨달은 척하지만 목숨은 여전히 아까웠던지 엄청 엄살을 떨더군. 쥐 독이 온몸에 퍼지면 큰일이니 어떻게 좀 해달라고 어찌나 안달복달하는지 정말 혼이 났어. 그래서 별수 없어서 부엌에 가서 종이에다 밥풀을 붙여가지고 와서 얼렁뚱땅 넘겨버렸지."

"어떻게?"

"이건 최근에 독일의 명의가 발명한 외제 고약인데 인도 사람들이 독사에 물렸을 때 쓰면 즉효가 있다니까 이것만 붙여두면 깨끗이 나을 거라고 했지."

"자네는 그때부터 얼렁뚱땅 넘기는 데에 도가 텄었군그래."

"……그랬더니 도쿠센 군은 호인이라서 그런지, 진짜 그런 줄로만 알고 안심하고 쿨쿨 자버리는 거야. 다음 날 일어나 보니 고약 밑으로 실 보푸라기가 나와 바로 그 염소수염에 대롱거리고 있더라고. 정말 얼마나 우스웠는지 몰라."

"하지만 그 시절보다는 훨씬 유명해진 것 같던데."

"자네 요즘 만나봤나?"

"일주일쯤 전에 와서 한참 얘기하다 갔지."

"어쩐지 도쿠센류의 소극설을 떠들어댄다 싶더라니."

"실은 그때 크게 감명을 받아서 나도 좀 분발해서 수양을 해볼까 하던 참이야."

"분발하는 건 좋지만 말이야, 너무 남이 하는 말을 곧이곧대로 듣다가는 어이없는 꼴을 당하게 되지. 원래부터 자네는 남이 하는 말을 무엇이든 덮어놓고 고지식하게 받아들이니까 그게 틀렸단 말일세. 도쿠센도 말만은 제법 훌륭하지만, 막상 큰일이 나면 일반 사람들과 마찬가지야. 자네 9년 전의 대지진 알지? 그때 기숙사 2층에서 뛰어내리다가 부상 입은 사람은 도쿠센 군 하나뿐이었어."

"그 사건에는 본인 나름대로 할 말이 있지 않겠나?"

"그렇지, 본인의 말을 들어보니 굉장히 희한한 소릴 하더군. '선禪의 기봉機鋒은 험준해서 소위 전광석화電光石火 같은 기운에 이르면 무서우리만치 민첩하게 사물에 대응할 수가 있다. 다른 사람들이 지진이다 하면서 허둥대고 있을 때 자기만은 2층 창문에서 뛰어내렸다는 데에 수양의 효과가 나타나서 기쁘다' 이러면서 다리를 절면서 좋아하더라고. 억지 한번 대단한 사람이야. 대체로 선禪이니, 불佛이니 하고 떠들어대는 사람치고 수상하지 않은 놈이 없다네."

"그런가?"

구샤미 선생은 기가 좀 꺾인다.

"요전에 왔을 때 선종 스님의 잠꼬대 같은 소리를 뭐라고 떠들고 갔겠지?"

"응, 전광영리에 춘풍을 벤다든가 하는 구절을 가르쳐주고 갔지."

"그 전광 말이야, 그게 10년 전부터 써먹던 십팔번이니 우습지. 무카쿠 선사無覺禪師[26]의 전광이라면 전 기숙사에서 모르는 사람이 없을 정도였어. 게다가 그 친구는 가끔 다급해지면 착각해서 전광영리를 거꾸로 춘풍영리에 전광을 벤다고 하니까 재밌지. 이번에 시험해보게나. 저쪽에서 점잔 빼고 떠벌리고 있을 때, 이쪽에서 사사건건 물고 늘어져 보라고. 그러면 금방 헷갈려서 묘한 소릴 할 걸세."

"자네 같은 장난꾸러기를 만나면 못 당하지."

"어느 쪽이 장난꾸러기인지 알 수야 없지. 난 선승이나 깨달은 척하는 사람이 아주 싫어. 내가 사는 근처에 난조인南藏院이라는 절이 있는

26) 앞의 8장에 나온 무가쿠無學 선사를 빗댄 말.

데, 거기에 여든 살 가까운 노승이 살고 있었어. 그런데 요전에 소나기가 왔을 때 절 안에 벼락이 떨어져 노승이 사는 뜰 앞의 소나무가 갈라져 버린 거야. 그런데 스님이 태연자약하게 있었다고 하기에 자세히 알아보았더니, 완전 귀머거리라는 거야. 그러니 당연히 태연자약할 수밖에 없지. 대개는 그런 거야. 도쿠센도 저 혼자서 깨닫고 있으면 되는데 괜히 남을 꼬드겨대니까 나쁘다는 거지. 실제로 도쿠센 때문에 두 사람이나 미치광이가 됐어."

"누가?"

"누구냐고? 하나는 리노 도젠이야. 도쿠센 영향으로 아주 선학에 빠져서 가마쿠라에 갔는데, 결국은 거기서 미치광이가 돼버렸어. 엔가쿠지圓覺寺 앞에 기차 건널목이 있잖아, 그 건널목 안에 들어가 레일 위에서 좌선을 하는 거야. 그래서 저쪽에서 오는 기차를 정지시켜 보이겠다고 말일세. 하긴 기차가 멈춰줬으니까 목숨만은 건졌지만, 그 대신 이번에는 불속에 들어가도 타지 않고 물속에 들어가도 익사하지 않는 금강불괴金剛不壞 같은 몸이라면서 절에 있는 연못에 뛰어들어 허우적거렸다나."

"그래서 죽었어?"

"그때도 다행히 도장道場의 스님들이 마침 지나가다가 건져주었는데, 그 후 도쿄로 돌아와서 마침내는 복막염으로 죽어버렸어. 죽은 건 복막염 때문이지만, 복막염에 걸린 원인은 절간에서 보리밥이랑 장아찌만 먹은 탓이니까 결국은 간접적으로 도쿠센이 죽인 거나 마찬가지지."

"무조건 열중하는 것이 좋기도 하고 나쁘기도 하군."

주인은 다소 언짢은 표정을 짓는다.

"정말 그래. 도쿠센한테 당한 녀석이 동창 중에 또 하나 있어."

"위험하군. 누군데?"

"다치마치 로바이 군이야. 그 친구도 완전히 도쿠센에게 속아 넘어가 뱀장어가 승천하는 것 같은 소리만 늘어놓더니, 드디어는 그게 진짜가 되고 말았어."

"진짜라니, 뭐가?"

"드디어 뱀장어가 승천하고, 돼지가 신선이 됐다는 말이지."

"무슨 소리야, 그게?"

"야기가 도쿠센獨仙이라면, 다치마치는 돈센豚仙이란 말이야. 그만큼 걸신들린 사람이 없었는데, 그 식탐과 선승의 짓궂음이 동시에 일어났으니 견뎌낼 수가 있겠나. 처음에는 우리도 잘 몰랐는데, 지금 와서 생각해보면 괴상한 소리만 늘어놓았던 거야. 우리 집에 와서, 저 소나무로 커틀릿이 날아오르지 않느냐는 둥, 자기 고향에서는 어묵이 판자를 타고 수영을 한다는 둥 경구를 연발해댔지. 그냥 내뱉기만 하면 괜찮았을 텐데, 바깥 시궁창으로 황금돼지를 캐러 가자고 재촉하는 데는 나도 항복하고 말았네. 그러고선 2, 3일 지나자 마침내 돈센이 되어서 스가모에 수용되고 말았어. 원래 돼지 따위가 정신병자가 될 자격은 없는 거지만, 정말 도쿠센 덕분에 거기까지 도달하게 된 거지. 도쿠센의 세력도 그 정도면 대단해."

"허어, 그래서 지금도 스가모에 있나?"

"그냥 있는 정도가 아니야. 잘난체광으로 대기염을 토하고 있지. 최근엔 다치마치 로바이 같은 이름은 시시하다면서, 스스로 덴도 고헤이天道公平라 칭하며 천도의 화신으로 자처하고 있다네. 어이가 없지. 언제 한번 가보게나."

"덴도 고헤이?"

"그래, 덴도 고헤이. 미친놈 주제에 이름은 제법 잘 붙였어. 간혹 가다 고헤이孔平라고 쓰기도 하지. 아무래도 세상 사람들이 방황하고 있으니 꼭 구해주고 싶다면서, 무작정 친구나 아무한테 편지를 보내는 거야. 나도 네다섯 통 받았는데, 그중엔 굉장히 긴 편지가 있어서 추가 요금을 두 번쯤 물기도 했지."

"그러면 나한테 온 것도 로바이한테서 온 거로군."

"자네한테도 왔나? 그거 묘하네. 역시 빨간 봉투였지?"

"응, 한가운데가 빨갛고 좌우 양쪽이 흰, 어딘가 색다른 봉투였어."

"그건 말이야, 일부러 중국에 주문해서 들여온 거라네. 하늘의 도는 희다, 땅의 도는 희다, 사람은 그 중간에 있어서 붉다고 하는 돈센의 격언을 나타낸 거라나……."

"굉장히 내력이 있는 봉투로군."

"미친 사람이니 엄청 공을 들였겠지. 그리고 미치광이가 된 후에도 식탐만은 여전한 모양인지, 매번 반드시 음식에 관한 얘기가 씌어 있으니 기묘한 일이야. 자네한테도 뭐라 써 보냈던가?"

"응, 해삼에 대해서 써 있더군."

"로바이는 해삼을 좋아했으니까 그럴 만도 하지. 그리고?"

"그리고 복어와 조선 인삼에 대해서도 뭐라 써 있더군."

"복어와 조선 인삼의 배합이라, 그럴듯하군. 아마 복어를 먹고 체하면 조선 인삼을 달여 마시라는 뜻인가 보지?"

"그렇지도 않은 것 같아."

"아니라도 상관없어. 어차피 미치광이인데, 뭐. 그것뿐이야?"

"또 있어. '구샤미 선생, 차나 드시게'라는 구절이 있더군."

"아하하하, '차나 드시게'는 좀 심하군. 그렇게 해서 자네를 아주 꼭소리 못하게 한다는 뜻이겠지. 걸작이야. 덴도 고헤이 군 만세다!"

메이테이 선생은 재밌다는 듯이 크게 웃는다. 주인은 적잖은 존경심으로 반복 독송한 서간의 발신인이 그 유명한 미치광이라는 걸 알고 나니, 바로 아까까지의 혼신의 노력과 고생이 어쩐지 헛수고가 된 것 같아서 화가 나기도 하고, 또 정신병자의 문장을 그토록 고심하여 감상했나 싶으니 부끄럽기도 하고, 끝으로 미친놈 작품에 이토록 감복하는 걸 보면 자신도 다소 정신에 이상이 있는 게 아닌가 하는 의심이 들기도 해서, 분노와 부끄러움과 걱정이 뒤범벅된 상태에서 뭔가 불안스런 표정을 짓고 앉아 있다.

마침 그때 현관문이 거칠게 열리고, 무거운 구두 소리가 두어 발짝 현관 바닥에 울리는가 싶더니 "계십니까? 계십니까?" 하고 큰 소리가 난다. 주인은 엉덩이가 무거운 데 반해서 메이테이는 아주 싹싹한 사내이므로, 하녀가 손님을 맞이하러 나가는 것도 기다리지 않고 "들어오시오" 하면서 가운데 방을 두어 걸음에 건너질러 현관으로 나섰다.

남의 집에 안내도 받지 않고 성큼성큼 들어오는 것은 귀찮은 것 같더니만, 남의 집에 들어온 이상은 서생이나 된 듯이 손님 안내를 도맡아주니 굉장히 편리하다. 아무리 메이테이라도 손님임에는 틀림없다. 그 손님이 현관으로 나가는데도 주인인 구샤미 선생은 응접실에 들어앉아 움직이지 않는다. 보통 사람 같으면 당연히 뒤를 따라 나가겠지만, 그러지 않는 점이 구샤미 선생답다 하겠다. 태평하게 방석 위에 궁둥이를 붙이고 앉아 있다. 궁둥이를 붙이고 있는 것과 궁둥이가 붙어 있는 것은 그 느낌이 매우 비슷하지만, 실제로는 굉장히 다르다.

현관으로 뛰어나간 메이테이는 뭐라고 계속 지껄이더니, 이윽고 안쪽을 향해 큰 소리를 지른다.

"이봐, 주인 양반, 수고스럽지만 나와보게나. 자네가 아니면 안 되겠어."

주인은 하는 수 없이 팔짱을 낀 채 어정어정 걸어 나온다. 보니까 메이테이 군은 명함 한 장을 쥔 채 쭈그리고 앉아 인사를 나누고 있다. 아주 위엄이 없는 자세다.

그 명함에는 '경시청 형사 요시다 도라조'라고 쓰여 있다. 도라조 군과 나란히 서 있는 자는 스물대여섯 살쯤 되는 키가 크고 기골이 장대한, 도잔唐桟[27] 일색으로 차려입은 사내다. 묘하게도 이 사내는 주인과 똑같이 팔짱을 낀 채 말없이 우뚝 서 있다. 어디서 본 듯한 얼굴이다 싶어 찬찬히 관찰해보니, 본 것 같은 정도가 아니다. 요전에 한밤중에 내

27) 감색 바탕에 세로로 빨강, 엷은 노랑의 줄무늬를 넣은 면직물.

방하시어 참마를 가져갔던 바로 그 밤손님이 아닌가. 아니, 그런데 이번엔 백주대낮에 공공연히 현관으로 나타나다니.

"이봐, 이분은 형사신데 지난번의 도둑을 붙잡았으니 자네에게 출두하라고 일부러 오신 거야."

그제야 주인은 형사가 찾아온 이유를 알았는지 머리를 숙이며 도둑놈 쪽을 향해 공손히 인사한다. 도둑 쪽이 도라조 형사보다 남자답게 잘생겨서 그쪽을 형사로 지레짐작한 모양이다. 도둑도 분명히 놀랐겠으나, 차마 "제가 도둑입니다" 하고 먼저 말을 꺼낼 수도 없었던지 그냥 시치미를 뗀 채 서 있다. 여전히 팔짱을 낀 채로다. 하긴 수갑을 차고 있으니 손을 내놓고 싶어도 내놓을 수가 없으리라.

보통 사람들 같으면 이런 모습을 보고 대충 알아차릴 법한데, 이 주인은 요즘 사람 같지 않게 무조건 관리나 경찰을 고맙게 여기는 버릇이 있다. 더욱이 관청의 위광이라면 굉장히 무서운 것으로 알고 있다. 그야 이론상으로 말하면 순사 같은 사람들은 자신들의 돈으로 고용된 파수꾼이라는 것 정도는 알고 있지만, 실제로 맞닥뜨리면 되게 굽실거린다. 주인의 선친이 그 옛날 변두리 지역의 동장이었기 때문에 윗사람에게 꾸벅꾸벅 머리를 조아리며 살던 습관이 이같이 아들에게 대물림된 것인지도 모른다. 정말 딱하기 그지없다.

형사는 우스워 보였던지 싱글싱글 웃는다.

"내일 말입니다. 오전 9시까지 니혼즈쓰미 파출소로 나와주십시오. 도난품은 무엇무엇이었지요?"

"도난품은……" 하고 말하려 했으나, 공교롭게도 선생은 거의 다 잊어버렸다. 단지 기억하고 있는 거라고는 다타라 산페이의 참마뿐이다. 참마 같은 건 어찌 되든 상관없다고 생각했지만, "도난품은……" 하고 말하려다가 말문이 막히는 건 아무래도 바보같이 보여서 체면이 안 선다. 남이 도둑맞은 거라면 몰라도, 자신이 도둑맞아 놓고도 변변히 대답을 못 하는 것은 제대로 된 사람이 아니라는 증거라고 생각되어 "도난품은…… 참마 한 상자"라고 대답했다.

도둑은 이때 몹시 우스웠던지, 아래를 향해 옷깃 속에다 턱을 파묻는다. 메이테이는 하하하 웃고 나서 "참마가 굉장히 아까웠었나 보군" 했다. 형사만은 의외로 진지하다.

"참마는 나오지 않은 것 같은데, 그 외 다른 물건은 대개 찾은 것 같습니다. 아무튼 와보시면 아실 겁니다. 그래서 말인데요, 돌려드리려면 승낙서가 필요하니까 도장을 잊지 말고 지참해주십시오. 9시까지 나오셔야 합니다. 니혼즈쓰미 파출솝니다. 아사쿠사 경찰서 관내의 니혼즈쓰미 파출솝니다. 그럼, 이만."

형사는 혼자서 지껄이다 돌아갔다. 도둑놈도 따라서 문을 나선다. 손을 내놓을 수 없기 때문에 문을 닫지 못하고 열어놓은 채로 가버렸다. 어이없어 하면서도 화가 나는지, 주인은 부루퉁한 얼굴로 문을 쾅 닫아버렸다.

"아하하하, 자네는 형사를 굉장히 존경하는군. 항상 그렇게 공손하고 겸손한 태도로 있으면 좋은 사람인데, 자네는 순사에게만 친절하니까 틀렸단 말일세."

"하지만 알려주려고 일부러 와주지 않았나?"

"알려주러 왔다곤 하지만 저쪽은 직업이야. 당연하게 대해주면 그만인 거라고."

"그러나 보통 직업은 아니잖아."

"물론 보통 직업은 아니지. 탐정이라는 메스꺼운 직업이지. 보통 직업보다야 하급이지."

"자네 그런 소리 하다간 호되게 당하네."

"하하하, 그럼 형사의 욕은 그만두자고. 그러나 자네가 형사를 존경하는 것은 그렇다 쳐도 도둑놈까지 존경하는 데에는 놀라지 않을 수 없다네."

"누가 도둑놈을 존경했어?"

"자네가 그랬지."

"내가 도둑놈을 어떻게 알아?"

"어떻게 아냐니, 자네는 도둑놈한테 인사까지 하지 않았는가?"

"언제?"

"바로 아까 머리까지 조아리고 인사했잖아?"

"바보 같은 소리 하네. 그 사람은 형사야."

"형사가 그런 꼴을 한단 말인가?"

"형사니까 그런 꼴을 하는 거 아니야?"

"고집불통이군."

"자네야말로 고집불통이야."

"우선 첫째, 형사가 남의 집에 와서 그렇게 팔짱을 끼고 우뚝 서 있을 수가 있겠어?"

"형사라고 팔짱 끼지 말란 법은 없잖아."

"그렇게 맹렬하게 덤벼대면 어쩔 도리가 없지만 말이야, 자네가 고개 숙이고 인사를 하는 동안 그자는 시종 그런 자세로 서 있었다고."

"형사니까 그럴 수 있는지도 모르지."

"자신만만하군. 아무리 말해도 씨도 안 먹히니."

"안 먹히고말고. 자네는 입으로만 도둑놈, 도둑놈 하는데, 그 도둑놈이 들어오는 걸 목격한 게 아니잖아? 혼자 지레짐작으로 억지를 부리는 거지."

메이테이도 여기에 이르러서는 도저히 구제할 수 없는 사내라고 단념한 듯 전에 없이 침묵해버렸다. 주인은 오래간만에 메이테이의 코를 납작하게 만들었다고 생각하고 아주 득의양양하다. 메이테이 편에서 보면 주인의 가치는 억지를 부린 만큼 하락한 셈이지만, 주인 편에서 보면 억지를 부린 만큼 메이테이보다 훌륭해진 것이다.

세상에는 이런 엉뚱한 일이 종종 있다. 억지를 부려 이기면 좋을 것 같지만, 본인의 인물로서의 값어치는 훨씬 더 떨어지게 마련이다. 이상한 것은 고집불통인 본인은 죽도록 자신의 면목을 세웠다고 으쓱댈 뿐, 그때부터 남이 경멸하여 상대해주지 않을 거라고는 꿈에도 생각지 못한다는 것이다. 행복한 얘기다. 이런 행복을 돼지 팔자 같은 행복이라 부른다고 한다.

"어쨌든 내일 갈 생각인가?"

"그럼, 가야지. 9시까지 오라니까 8시에는 떠나야지."

"학교는 어쩌고?"

"쉬지, 뭐. 학교쯤이야."

주인은 기세 좋게 내뱉듯이 말한다.

"대단한 기세군. 쉬어도 괜찮나?"

"괜찮지, 물론. 우리 학교는 월급제니까 공제당할 염려는 없어. 걱정 없다고"라며 주인은 곧이곧대로 내뱉어버린다. 교활하기도 교활하려니와, 단순하기도 단순하다.

"자네, 가는 건 좋은데 길은 아는가?"

"알긴, 뭘. 인력거 타고 가면 간단하지" 하고 아주 기세가 등등하다.

"시즈오카의 백부님 못지않은 도쿄통通이라, 놀랐네."

"얼마든지 놀라보시지."

"하하하, 니혼즈쓰미 파출소라는 덴 말이야, 자네가 갈 데가 못 돼. 요시와라야."

"뭐라고?"

"요시와라라고."

"그 유곽이 있는 요시와라란 말이야?"

"그렇다니까. 요시와라라면 도쿄에 하나밖에 없잖아. 그래도 가보겠나?"

메이테이 군은 또다시 놀리기 시작한다. 주인은 요시와라라는 말을 듣고 "그런 곳은 좀" 하며 약간 망설이는 기색이었지만, 금세 생각을 바꾸어 "요시와라든 유곽이든 일단 가기로 한 이상은 꼭 간다"라며 쓸데없는 데에 허세를 부린다. 어리석은 사람은 대개 이런 데서 고집을 부리기 마련이다.

메이테이 군은 "뭐, 재밌을 거야. 보고 오게나"라고만 했다. 한바탕 풍파를 일으킨 형사 사건은 이것으로 일단 낙착을 보았다. 메이테이는 그러고 나서도 연방 떠벌리다가 해 질 녘이 돼서야 너무 많이 늦으면 백부님에게 혼난다면서 돌아갔다.

메이테이가 돌아가고 나서 대충 저녁을 먹고 다시 서재로 돌아온 주인은 또다시 팔짱을 끼고 아래와 같이 생각하기 시작했다.

'내가 감복해서 크게 본받으려 했던 야기 도쿠센 군도 메이테이의 말을 듣고 보니 별반 본받을 게 못 되는 인간인 것 같다. 뿐만 아니라 그가 외쳐대는 설은 왠지 비상식적이고, 메이테이가 말하는 대로 다소 정신병적 계통에 속해 있는 것 같기도 하다. 더군다나 그는 버젓한 두 명의 정신이상자 부하를 데리고 있다. 굉장히 위험하다. 함부로 접근했다간 같은 부류 속으로 끌려 들어갈 염려가 있다. 내가 그 문장만을 보고 감탄한 나머지 이야말로 큰 견식을 지닌 위인임에 틀림없다고 믿었던 덴도 고헤이, 즉 본명 다치마치 로바이는 순전한 미치광이이며, 현재 스가모 병원에 기거하고 있다. 메이테이가 하는 말이 과장된 농담이라 하더라도, 그가 온 정신병원에 이름을 날리며 스스로 천도의 주재자로 자처하고 있음은 아마 사실일 것이다. 이렇게 말하는 나 자신도 어쩌면 조금 정신이 이상한지도 모른다. 끼리끼리 모이고 끼리끼리 통한다고, 미치광이의 설에 감복하는 이상에는—적어도 그 문장이나 언사에 동정을 나타내는 이상에는—나 또한 미치광이와 인연이 가깝다고 할 것이다. 설사 똑같은 형태로 찍어낸 주화가 아니라 하더라도, 처마를 나란히 하고 미치광이와 서로 이웃하여 살고 있다면, 사이에 있는 벽 하나를 허물어뜨리고 어느새 같은 방 안에서 무릎을 맞대고 담소하게 될지도 모를 일이다. 이거 큰일 났다. 정말이지 생각해보면 요 얼마 전부터 나의 뇌의 작용은 나 스스로도 놀랄 정도로 기이하고 묘한 데다, 이상하고 신기하다. 뇌 속에서 어떤 미세한 화학적 변화가 일어나든 간에, 의지가 작용하여 행위가 되고 언어로 나타나는 과정에는 이상하게도 중용을 잃은 점이 많다. 혀끝에 용천龍泉이 없고 겨드랑이 밑에 청풍을 일으키지는 않더라도, 이뿌리에서 미치광이 냄새가 나고 힘줄에 광기가 서린 것을 어찌하랴. 이거 정말 큰일 났다. 어쩌면 벌써 제대로 환자가 되어 있는 건 아닌지 모르겠다. 아직 다행히 남을 해치거나 세상에 방해가 되는 짓은 저지르지 않았기 때문에 여전히 동네에서 쫓겨나지 않고 도쿄 시민으로 존재하고 있는 것이 아닌지? 이건 소극적이니 적극적이니 하고 따지고 있을 단계가 아니다. 우선 맥박부터 검사해야겠다. 그러나 맥에는 이상이 없는 것 같다. 머리는 뜨겁지 않은지? 이것도 별로 흥분한 것 같지는 않다. 그러나 아무래도 걱정스럽다.'

'이렇게 나 자신과 미치광이를 비교해서 유사점만을 따지고 있다가는 아무래도 미치광이의 영역에서 벗어나기 힘들 것 같다. 이것은 방법이 잘못됐다. 미치광이를 표준으로 하여 스스로를 그쪽으로 갖다 붙여 해석하니까 이런 결론이 나오는 것이다. 만일 건강한 사람을 기준으로 하여 그 옆에 나 자신을 놓고 생각해본다면 어쩌면 반대 결과가 나올지도 모른다. 그러기 위해서는 우선 가까운 데서부터 시작해야 한다. 첫째로 오늘 왔던 프록코트를 차려입은 메이테이의 백부님은 어떤가? 마음을 어디다 둘까…… 그것도 좀 이상한 것 같다. 둘째로 간게쓰는 어떤가? 아침부터 밤까지 도시락을 싸가지고 가서 유리알만 갈고 있다. 이것도 같은 부류다. 셋째로는…… 메이테이? 그 친구는 희룽거리고 다니는 걸 천직처럼 여기고 있다. 완전히 양성陽性 미치광이임에 틀림없다. 넷째로는…… 가네다 부인. 그 악독스런 근성은 완전히 상식에서 벗어나 있다. 진짜 미치광이나 다름없다. 다섯째는 가네다 차례다. 가네다를 만난 적은 없지만, 무엇보다 그런 부인을 받들어 모시는 데다 금실이 좋은 것을 보면, 비범한 인간으로 간주해도 지장 없으리라. 비범은 미치광이의 또 다른 이름이므로 이자도 일단 같은 부류로 여겨도 괜찮다. 그리고—또 있다, 있어. 라쿠운칸의 군자들이다. 나이로 따지자면 아직 풋내기들이지만, 미쳐 날뛰는 점에 있어서는 당대 제일의 훌륭한 호걸들이다. 이렇게 일일이 헤아려보니 대개가 다 같은 부류인 것 같다. 의외로 마음이 든든해진다. 어쩌면 이 사회란 모든 미치광이들이 모여 사는 곳인지도 모른다. 미치광이들이 모여서 치열하게 싸우고 경쟁하며 서로 으르렁거리고 서로 욕설을 퍼붓고 서로 빼앗으면서, 그 전체가 하나의 단체를 구성하며, 세포처럼 무너졌다가는 돋아나고, 돋아났다가는 다시 무너지면서 생활을 영위해나가는 것을 사회라고 하는 것이 아닌지? 그중에서 다소 이치를 깨달아 분별이 있는 놈은 오히려 방해가 되니까 정신병원이란 것을 만들어 여기에 가두고 나오지 못하게 하는 것이 아닌지? 그렇다면 정신병원에 갇혀 있는 게 보통 사람이고, 병원 밖에서 설쳐대고 있는 게 반대로 미치광이라는 얘기가 된다. 미치광이도 고립되어 있는 동안에는 어디까지나 미치광이 취급을 받지만, 단체를 이루어 세력을 가지면 온전한 인간이 되는지도 모른다. 큰 미치광이가 재력이나 위력을 남용하여 수많은 작은 미치광이들을 부려먹고 난폭하게 굴어서, 세상 사람들로부터 훌륭한 사람이라는 평을 듣는 예가 적지 않다. 뭐가 뭔지 모르겠다.'

이상은 주인이 그날 밤 밝은 등불 밑에서 심사숙고했을 때의 심리 상태를 있는 그대로 묘사한 것이다. 그의 두뇌가 불투명한 것은 여기에도 아주 잘 나타나 있다. 그는 카이저를 닮은 팔자수염을 기르고 있으면서도 미친 사람과 정상인의 구별도 제대로 못하는 멍청이다. 뿐만 아니라 그는 모처럼 이 문제를 제기하여 자기 사고력에 호소하면서도, 끝내는 아무런 결론에도 다다르지 못하고 그만두고 말았다. 무슨 일에서나 그는 철저하게 생각하는 두뇌의 능력이 없는 사람이다. 그의 결론이 막연하여 그의 콧구멍에서 뿜어 나오는 아사히 담배 연기처럼 포착하기 어려운 것은, 그의 논의에 있어서의 유일한 특색으로서 기억해야 할 사실이다.

나는 고양이다. 고양이 주제에 어떻게 주인의 심중을 이같이 정밀하게 기술할 수 있냐고 의심하는 자가 있을지도 모르나, 이 정도의 일은 고양이에게 있어서 아무것도 아니다. 이래 봬도 나는 독심술을 할 줄 안다. 언제 배웠느냐 따위의 그런 쓸데없는 것은 묻지 않아도 된다. 아무튼 할 줄 안다. 인간의 무릎 위에 올라앉아 잘 때, 나는 나의 부드러운 털옷을 살짝 인간의 배에다 비벼댄다. 그러면 한 줄기의 전기가 일어나 그의 뱃속의 상황이 손에 잡힐 듯이 나의 심안에 비쳐진다.

지난번만 해도 주인이 부드럽게 내 머리를 어루만지면서, 돌연 '이 고양이 가죽을 벗겨 애들의 소매 없는 웃옷을 만들면 얼마나 포근할까' 하는 터무니없는 생각을 떠올린 것을 금방 알아차리고 나도 모르게 오싹한 적도 있다. 끔찍한 일이다. 그날 밤 주인의 머릿속에 일어난 이와 같은 생각도, 그런 까닭으로 다행히도 여러분에게 보도해드릴 수 있게 되었음을 나의 커다란 영예로 여기는 바다.

다만 주인은 '뭐가 뭔지 모르겠다'까지 생각하고, 그다음에는 쿨쿨 잠이 들어버렸다. 내일이 되면 무엇을 어디까지 생각했는지 깡그리 잊어버릴 게 뻔하다. 이후로 만일 주인이 미치광이에 대해서 생각하게 된다면, 다시 한 번 반복해서 처음부터 생각해야 할 것이다. 그리 되면 과연 이런 경로를 거쳐서, 이런 식으로 "뭐가 뭔지 모르겠다"가 될는지 어떨는지는 보증할 수 없다. 그러나 몇 번이고 생각해봐도, 여러 갈래의 경로를 거쳐 나아가더라도, 결국은 "뭐가 뭔지 모르겠다"로 끝날 것만은 확실하다.

10

"여보, 벌써 7시예요" 하고 안주인이 장지문 너머로 소리를 질렀다. 주인은 잠이 깬 건지, 자고 있는 건지, 저쪽을 향해 돌아누운 채 아무 대답이 없다. 대답을 하지 않는 것은 이 주인 양반의 버릇이다. 어쩔 수 없이 꼭 입을 열어야 할 때는 "응"이라고 해버린다. 이 "응"도 쉽게 나오진 않는다. 인간도 대꾸하기 귀찮을 정도로 게을러지면 어딘지 모르게 멋이 풍기지만, 이런 사람치고 여자가 호감을 갖는 예는 없다. 현재 함께 사는 안주인에게조차 별로 존경받지 못하고 사는 모양이니, 그 나머지는 미루어 짐작해도 크게 틀리지는 않을 것이다.

"부모 형제한테도 버림받으니, 생판 모르는 남남인 유녀遊女한테서 어찌 사랑을 받으리오"라는 시구도 있듯이, 안주인조차도 탐탁지 않게 생각하는 주인을 세상 일반 숙녀들이 좋아할 리가 없다. 어쨌든 이성에게 인기 없는 주인을 이런 틈에 굳이 폭로할 필요는 없지만, 본인이 엉뚱한 착각을 하여 순전히 사주팔자 탓에 안주인한테서 애정을 못 받는다느니 하는 뚱딴지같은 핑계를 대면 미혹의 불씨가 될 것이니, 자각에 일조가 되지 않을까 하는 친절한 마음에서 잠깐 부연 설명을 해본 것뿐이다.

부탁한 시각에 시간이 됐다고 알려줘도 상대방이 그것을 묵살하는 이상은, 상대방을 향해 '응' 소리조차 내지 않는 이상은, 그 잘못은 남편에게 있지 자기에게 있지 않다고 단정한 안주인은 '늦어도 난 몰라요' 하는 자세로 빗자루와 먼지떨이를 들고 서재 쪽으로 가버렸다. 얼마 안 있어 탁탁 탁탁 하고 서재를 털어내는 소리가 나는 것은 항상 하는 식으로 청소를 시작했다는 것이다.

도대체 청소의 목적은 운동인지, 유희인지, 청소의 임무를 띠지 않은 내가 관여할 바는 아니므로 모른 척하고 있어도 무방하겠지만, 이 집 안주인의 청소법이란 것에 이르러선 정말로 무의미한 것이라 하지 않을 수 없다.

무엇이 무의미하냐 하면, 이 안주인은 단지 청소를 위한 청소를 하고 있기 때문이다. 먼지떨이로 대충 장지문을 털어내고, 빗자루로 슬슬 다다미 위를 쓸어낸다. 그것으로 청소는 다 끝난 것으로 해석하고 있다. 청소의 원인 및 결과에 이르러서는 티끌만큼도 책임을 지려 하지 않는다. 그렇기 때문에 깨끗한 데는 매일 깨끗하지만, 쓰레기가 있는 데, 먼지가 쌓인 데는 언제나 쓰레기와 먼지가 쌓여 있다. 고삭희양 告朔餼羊[1]이라는 고사도 있으니, 이렇게라도 계속하는 게 안 하는 것보다 나을는지도 모른다. 그러나 계속한다 해도 별로 주인을 위하는 게 못 된다. 위하는 것도 못 되면서 수고스럽게도 매일매일 하는 것이 안주인의 훌륭한 점이다.

안주인에게 청소는 다년간의 습관으로, '안주인'과 '청소'는 기계적인 연상을 형성하여 밀접하게 결합되어 있음에도 불구하고, 청소의 결실에 이르러선 안주인이 아직 태어나기 전과 같이, 먼지떨이와 빗자루가 발명되지 않았던 옛날과 같이 털끝만큼도 나아지지 않았다. 생각해 보면 이 양자의 관계는 형식논리학의 명제에 있어서의 명사와 같이 그

1) 고삭 때 바치는 희생양이란 뜻으로, 겉치레뿐인 의식이라도 해가 없는 한 보존하는 게 좋다는 『논어』의 구절.

내용에 관계없이 결합된 것이리라.

나는 주인과 달리 원래 일찍 일어나는 편이므로, 이때 이미 배가 고파왔다. 집안 식구들도 밥상을 받기 전에 고양이 신분으로 먼저 아침을 얻어먹을 수는 없는 일이지만, 거기서 고양이의 천박함이 드러나는 것으로, 혹시나 김이 오르는 국 냄새가 전복 껍질 속에서 맛있게 풍기지 않을까 생각하니 가만히 앉아 있을 수가 없게 되었다.

헛된 일을 헛된 줄 알면서도 기대할 때는 그 기대를 머릿속에서만 그리며 꼼짝 않고 가만히 있는 편이 상책이겠지만, 그럴 수만도 없는지라, 마음의 바람과 실제가 맞아떨어지는지 어긋나는지를 반드시 시험해보고 싶어진다. 시험해보면 실망할 게 뻔한 일조차도 최후의 실망을 스스로 사실로 받아들이기까지는 납득하지 못하는 것이다.

나는 도저히 견디다 못해 부엌으로 기어들어 갔다. 우선 부뚜막 뒤에 있는 전복 껍데기 속을 들여다보니, 생각했던 대로 어제저녁에 전부 핥아 먹은 그대로, 고요한 가운데, 들창문으로 새어드는 이상야릇한 초가을의 햇살을 받아 빛나고 있다.

하녀는 벌써 막 지은 밥을 밥통에 옮겨 담아놓고, 지금은 풍로에 올려놓은 냄비 속을 휘젓고 있다. 솥 주위에는 끓어오르다 넘쳐흐른 밥물이 말라 버석버석하게 여러 갈래로 달라붙어서, 어떤 것은 아주 얇은 창호지를 붙인 것처럼 보인다. 이제 밥도 국도 다 됐으니까 먹어주어도 좋을 것 같다. 이런 때에 사양하는 것은 말도 안 되는 얘기다. 설사 내가 바라는 대로 되지 않더라도 손해 볼 건 없을 테니 과감하게 아침밥을 재촉해보자. 아무리 식객 신분이지만 배고픈 건 다 똑같다. 그렇게 마음먹은 나는 야옹야옹 하고 어리광 부리듯, 호소하듯, 또는 원망하듯이 울어보았다.

하녀는 전혀 돌아볼 기미가 없다. 타고난 다각형 얼굴인지라 인정에 박한 것은 일찍부터 알고 있는 터이지만, 바로 그런 걸 잘 살펴서 울어대어 동정심을 불러일으키는 것이 나의 수법이다. 이번에는 갸옹갸옹

하고 울어보았다. 그 울음소리는 내 딴에는 비장하게 호소하는 소리로, 천애의 나그네가 들었으면 고향 생각에 애끓는 심정을 드러내지 않을 수 없었을 것이다. 하녀는 꿈쩍도 하지 않고 돌아보지 않는다. 이 여자는 귀머거리일지도 모른다. 귀머거리가 하녀 노릇을 할 수는 없을 테니, 어쩌면 고양이 소리에만 귀머거리일지 모른다.

세상에는 색맹이라는 게 있어서, 본인은 완전한 시력을 갖추고 있는 줄로 알지만 의사가 볼 때는 불구자라는데, 이 하녀는 성맹聲盲일 것이다. 성맹도 불구자임에는 틀림없다. 불구자인 주제에 엄청 시건방지다. 한밤중에만 해도, 아무리 이쪽에서 볼일이 있으니 어서 문 좀 열어달라고 해도 절대로 열어주는 일이 없다. 가끔 내보내 주는가 싶으면 이번에는 여간해서 들여보내 주질 않는다. 여름일지라도 밤이슬은 해롭다. 하물며 서리에 있어서랴. 처마 밑에 서서 밤을 지새우며 해 뜨기를 기다리는 것이 얼마나 고생스런 일인지 도저히 상상할 수 없을 것이다. 지난번에는 문을 닫아걸어 들어가지 못하고 있던 중에 들개들의 습격을 받아 거의 위험에 빠질 뻔한 적이 있었다. 가까스로 헛간 지붕으로 뛰어 올라가 밤새 덜덜 떨었다.

이런 일들은 모두 하녀의 몰인정에서 비롯된 불상사다. 이런 자를 상대로 울어봤자 반응이 있을 리 만무하겠지만, 배고플 때 신령님 찾고, 가난하면 도둑질하고, 연애하면 편지를 쓰게 된다는 말도 있듯이, 어지간한 일이면 다 해보고 싶다. 갸아오옹갸아오옹 하고 세 번째는 주의를 환기시키기 위해 일부러 복잡한 방법으로 울어보았다. 스스로는 베토벤의 심포니 못지않은 미묘하게 아름다운 음이라 확신하건만, 하녀에게는 아무런 영향도 미치지 못한 것 같다.

하녀는 갑자기 무릎을 꿇더니, 마루 뚜껑 널빤지 하나를 밀어젖히고는 그 속에서 12센티미터가량의 기다란 숯덩이 한 개를 끄집어냈다. 그러고 나서 그 긴 것을 풍로 모서리에다 탁탁 두드리니, 긴 것이 세 조각 정도로 부서져 주변이 숯가루로 새까매졌다. 조금은 국 속으로도 들어간 것 같다. 하녀는 그런 일에 신경 쓸 여자가 아니다. 얼른 부서진 세 조각의 숯덩이를 냄비 밑으로 해서 풍로 속으로 쑤셔 넣는다. 아무래도 나의 심포니에는 귀를 기울일 것 같지 않다.

하는 수 없어 초연히 거실 쪽으로 되돌아가려고 목욕탕 옆을 지나가는데, 여기선 지금 여자아이 셋이서 한창 얼굴을 씻고 있는 중이라 굉장히 시끌벅적하다. 얼굴을 씻는다 해도 위로 둘은 유치원생이고 셋째는 언니들의 꽁무니도 따라가지 못할 만큼 어려서, 온전히 얼굴을 씻고 제대로 단장을 할 수 있을 리가 없다. 제일 어린 게 양동이 속에서 젖은 걸레를 꺼내어 열심히 온 얼굴을 문질러대고 있다. 걸레로 얼굴을 씻는 것은 의당 기분이 나쁠 텐데, 지진이 일어날 때마다 "재밌쩌" 하는 아이니까 이 정도의 일은 전혀 놀랄 만한 게 못 된다. 어쩌면 야기 도쿠센보다 더 깨우쳤는지도 모른다.

과연 장녀는 장녀인지라, 언니로 자처하고 있어선지 양치질 컵을 떼그르륵 꽝 하고 내동댕이치고는, "아가, 그건 걸레야" 하며 걸레를 빼으려 한다. 아가도 굉장한 고집쟁이라 쉽게 언니가 하는 말을 잘 들을 것 같지 않다.

"싫—어, 바부" 하면서 아가는 걸레를 다시 잡아당겼다. 이 '바부'란 말은 어떠한 뜻이며, 어떠한 어원을 갖고 있는지, 아무도 아는 사람이 없다. 단지 이 아가가 짜증을 부릴 때 가끔씩 사용할 뿐이다. 언니의 손과 아가의 손이 좌우 양쪽에서 걸레를 잡아당기자 물을 머금은 걸레에서 뚝뚝 물방울이 떨어져 사정없이 아가의 발을 적신다. 발만이 아니다. 무릎 언저리까지 엄청 젖었다. 이래 봬도 아가는 겐로쿠[2]를 입고 있다. 겐로쿠란 게 어떤 것인지 차차 들어보니, 중형中形의 무늬가 박힌 것이면 무엇이든 겐로쿠라고 한단다. 도대체 누구한테 배웠는지 모르겠다.

"아가야, 겐로쿠가 젖으니까 그만두자, 응?" 하고 언니가 재치 있게

---

2) 에도 중기에 유행한 큼직큼직하고 화려한 무늬의 여자 옷.

말한다. 이렇게 말하는 이 언니는 바로 아까까지만 해도 겐로쿠와 스고로쿠雙六[3]를 구별하지 못하던 박식가다.

겐로쿠 얘기가 나오니 생각난 김에 지껄여보겠는데, 이 아이가 말실수를 하는 것은 부지기수라서, 때때로 남을 바보 취급하는 듯한 실수를 저지른다. 불이 나서 기노코[4]가 날아든다든가, 오차노미소[5]의 여학교에 간다든가, 에비스[6]가 부엌에 있다든가 하는 것이다. 어떤 때는 "나는 와라다나[7] 아이가 아니에요"라고 해서 찬찬히 캐물어보니 우라다나[8]와 와라다나를 혼동했던 것이었다. 주인은 이런 실수를 들을 적마다 웃고 있지만, 자신이 학교에 가서 영어를 가르칠 때에는 이보다 더 우스꽝스러운 잘못을 천연덕스레 학생들에게 들려줄 것이다.

아가는—본인은 아가라고 하지 않는다. 항상 '아가야'라고 한다—겐로쿠가 젖은 것을 보고, "겐도꼬가 차가워" 하고 울어버린다. 겐로쿠가 차가우면 큰일이므로 하녀가 부엌에서 뛰쳐나와 걸레를 빼어 들고 옷을 닦아준다. 이 소동 중에 비교적 얌전한 것은 차녀인 슨코 양이다. 슨코 양은 저쪽을 향한 채 선반 위에서 굴러떨어진 가루분 병을 열어젖히고 연방 화장을 하고 있다. 제일 먼저 병에다 찔러 넣은 손가락으로 콧등을 쓰윽 문지르니 세로로 한 줄기 흰 자국이 나서 코의 위치가 조금 분명해진다. 다음엔 분이 묻은 손가락을 돌려 뺨에다 비벼대니, 거기에 또 흰 자국이 생겨났다. 이쯤 화장이 됐을 무렵에 하녀가 들어와서 아가야의 옷을 닦고서는 내친김에 슨코의 얼굴도 닦아버렸다. 슨코는 약간 불만스런 듯이 보였다.

---

3) 주사위 놀이.
4) 버섯. 불똥을 뜻하는 히노코와 혼동.
5) 지명 오차노미즈의 미즈를 된장을 뜻하는 미소와 혼동.
6) 상가의 수호신인 칠복신의 하나를 새우를 뜻하는 에비와 혼동.
7) 볏짚 가게.
8) 뒷골목의 초라한 셋집.

나는 이 광경을 옆에서 흘겨보다가 거실을 지나 주인의 침실까지 갔다. '이제 일어났나' 하고 살그머니 살펴보니, 주인의 머리가 아무 데도 보이지 않는다. 그 대신에 10문 반짜리 발등이 높은 발이 하나, 이불자락 밖으로 삐져나와 있다. 머리가 나와 있으면 깨울 테니까 귀찮아서 이렇게 뒤집어쓰고 있는 것 같다. 거북이 새끼 같은 사내다.

그때 서재 청소를 다 마친 안주인이 또다시 빗자루와 먼지떨이를 메고 들어온다. 아까처럼 장지문 입구에서 "여태 안 일어나신 거예요?" 하고 목청을 높인 채 잠시 서서 머리가 나오지 않은 이불을 지켜보고 있다. 이번에도 대답이 없다. 안주인은 입구에서 두 발짝쯤 다가와서 빗자루를 탁 찧고는 "여태 안 일어났어요, 당신?" 하고 다그치며 재차 대답을 재촉한다.

이때 주인은 이미 눈을 뜨고 있었다. 깨어 있으니까 안주인의 습격에 대비하기 위해서 미리 이불 속에 머리까지 처넣고 있는 것이다. '머리만 내밀지 않으면 못 본 척해주겠지' 하고 시답지 않은 기대를 하고 누워 있던 참인데, 좀처럼 허락해줄 것 같지 않다. 그러나 첫 번째 소리는 문지방 위라 적어도 2미터의 간격이 있으니 우선 안심이라고 속으로 생각하고 있었는데, 탁 하고 찧는 빗자루가 아무래도 1미터쯤의 거리로 육박해 와 있는 데는 좀 놀란 모양이다. 뿐만 아니라 두 번째의 "여태 안 일어났어요, 당신?" 하는 소리가 거리로나 음량으로나 아까보다도 배 이상의 크기로 이불 속까지 들려왔으므로, 주인은 안 되겠다 싶었는지 각오를 하고 작은 소리로 "응" 하고 대답했다.

"9시까지 가셔야 되죠? 빨리 서두르지 않으면 늦는다고요."

"그렇게 말하지 않아도 이제 일어날 거야."

이불 속에서 대답하는 모습이 가관이다. 안주인은 언제나 이 수법에 속아 일어나는가 보다 하고 안심하고 있으면 다시 잠들어버리므로, 방심할 수 없다 싶었는지 "이제 어서 일어나요" 하고 다그친다.

일어난다고 했는데 자꾸 일어나라고 다그치면 기분이 언짢은 법이다. 주인 같은 제멋대로형의 인간에겐 더욱더 언짢게 느껴지기 마련이다. 그래서인지 주인은 지금껏 머리까지 뒤집어쓰고 있던 이불을 단번에 홱 걷어차 버렸다. 보니까 커다란 눈을 둘 다 뜨고 있다.

"뭐가 이리 시끄러워. 일어난다면 일어나는 줄 알아야지."

"일어난다고 하셔놓고 안 일어나시잖아요?"

"누가 언제 그런 거짓말을 했어?"

"언제나 그러시고선."

"바보 같은 소리 하네."

"어느 쪽이 바보인지 모르겠네" 하고 안주인이 뾰로통해서 빗자루를 짚고 베개 맡에 서 있는 모습은 용감해 보였다.

이때 뒷집 인력거꾼네 아이 얏창이 갑자기 큰 소리로 와악 하고 울음을 터뜨렸다. 얏창은 주인이 화를 내면 반드시 울음보를 터뜨리도록 인력거꾼네 마누라로부터 명령을 받은 것이다. 그 마누라는 주인이 화를 낼 때마다 얏창을 울려서 잔돈푼이나 벌게 되는지 모르겠지만, 얏창으로선 곤혹스런 노릇이다. 이런 어머니를 가졌으니 아침부터 밤까지 계속 울어대지 않으면 안 된다. 이런 사정을 살펴서 주인도 화내는 것을 좀 참아준다면 얏창의 수명도 약간은 연장될 텐데. 그리고 아무리 가네다한테서 부탁을 받았다고 하더라도 이런 어리석은 짓을 저지르는 걸 보면, 인력거꾼네 마누라는 덴도 고헤이 군보다도 더 심하게 돌았다고 단정해도 좋을 것이다.

화낼 때마다 울음보를 터뜨려야 하는 것뿐이라면 그래도 여유가 있다 하겠지만, 가네다가 근처의 건달들을 시켜서 주인을 못난이 이마도 옹기라고 조롱할 때마다 얏창은 울어야만 한다. 주인이 화를 낼지 안 낼지 아직 확실치 않을 때에도 반드시 화낼 것이라고 미리 지레짐작해서 울어버리는 것이다. 이렇게 되면 주인이 얏창인지, 얏창이 주인인지 분간을 할 수 없게 된다. 주인을 골리는 데에는 힘들 게 없다. 얏창을 조금 때려주면 그게 아무 고생도 없이 주인의 따귀를 갈긴 거나 마찬가지가 된다.

옛날 서양에서 범죄자를 처형하려 할 때, 본인이 국경 밖으로 도주해서 못 잡을 때는 우상을 만들어 인간 대신에 화형시켰다고 하는데, 가네다 쪽에도 서양 고사에 정통한 책사가 있었는지 그럴싸한 책략을 내렸다 하겠다. 라쿠운칸이든 얏창의 어머니이든 빌빌거리는 주인에게는 필경 골칫거리일 것이다. 그 외에도 골칫거리는 여러 가지 있다. 어쩌면 온 동네가 죄다 골칫거리일지도 모르지만, 지금 당장은 관계가 없으니까 점차 조금씩 소개하기로 한다.

얏창의 울음소리를 들은 주인은 아침 댓바람부터 엄청 화가 치밀었던 모양인지, 별안간 벌떡 이불 위로 일어나 앉았다. 이렇게 되면 정신 수양이고 야기 도쿠센이고 다 소용없다. 일어나 앉으면서 양손으로 빡빡 표피가 벗겨질 정도로 머리통을 마구 긁어댄다. 한 달 동안이나 쌓여 있던 비듬이 사정없이 목덜미며 잠옷 깃으로 쏟아져 내린다. 기막힌 장관이다.

수염은 어떤가 하고 보니, 이것 또한 놀라우리만큼 뻣뻣하게 곧추서 있다. 소유자인 주인이 화가 나 있는데 수염만 가만히 있기도 미안해선지, 한 가닥 한 가닥이 불끈해서 제 맘대로의 방향으로 맹렬한 기세로 내뻗쳐 있다. 이것 또한 대단한 구경거리다. 어제는 거울도 앞에 있으니까 점잖게 독일 황제 폐하의 흉내를 내서 정렬했지만, 하룻밤 자고 나면 훈련이고 뭐고 없다. 금방 본래의 면목으로 회귀해 저마다 제각각의 꼬락서니로 돌아가는 것이다. 마치 주인의 하룻밤의 정신 수양이 다음 날이 되면 씻은 듯이 사라져버리고 타고난 멧돼지 같은 본색이 온통 폭로돼버리는 것과 마찬가지다.

이런 난폭한 수염을 갖고 있는 사나운 사내가 용케도 지금까지 면직당하지 않고 교사로 근무하고 있다고 생각하니, 비로소 일본이 넓다는 것을 알겠다. 넓기 때문에 가네다나 가네다의 충견들이 인간으로 통용되는 것이리라. 그들이 인간으로 통용되는 동안은 주인도 면직될 이유가 없다고 확신하고 있는 것 같다. 여차하면 스가모에 엽서를 띄워 덴도 고헤이 군에게 문의해보면 금방 알 수 있는 일이다.

이때 주인은 어제 소개한 흐리멍덩한 태고의 눈을 한껏 부릅뜨고, 맞은편 벽장을 뚫어지게 봤다. 2미터 높이의 이 벽장은 가로로 나누어 위아래 둘 다 각각 두 장씩 맹장지문을 끼운 것이다. 아래쪽 벽장은 이불깃과 닿을락 말락 하는 거리에 있어서 일어나 앉은 주인이 눈을 뜨기만 하면 자연히 여기로 시선이 가게 되어 있다.

보니까 무늬 있는 종이가 군데군데 찢어져서 묘한 속이 그대로 드러나 보인다. 벽장 속에는 여러 가지가 있다. 어떤 것은 활판 인쇄물이고, 어떤 것은 육필이다. 어떤 것은 뒤집혀 있고, 어떤 것은 거꾸로 되어 있다. 주인은 이 내부를 보자마자 무엇이 쓰여 있는지 읽고 싶어졌다. 여태까지는 인력거꾼네 마누라라도 붙들어다 콧등을 소나무에다 문질러 주고 싶을 정도로 화가 났던 주인이, 갑자기 이 쓸모없는 종이를 읽어 보고 싶어진 건 이상한 것 같지만, 이러한 양성陽性 짜증쟁이에게는 자주 있는 일이다. 어린애가 울 때 모나카 과자 한 개쯤 쥐여주면 재깍 웃는 것과 마찬가지다.

주인이 옛날에 어떤 절에 하숙했을 때, 맹장지문 한 장을 사이에 두고 비구니 대여섯 명이 살고 있었다. 비구니란 원래 심술궂은 여자들 중에서도 제일가는 자들인데, 이 비구니들이 주인의 성질을 알아차렸는지 냄비를 두들기면서 "방금 울던 까마귀가 이젠 웃었네, 방금 울던 까마귀가 이젠 웃었네" 하고 박자를 맞춰 노래를 불렀다고 한다. 주인이 비구니를 아주 싫어하게 된 것도 이때부터라고 하는데, 비구니를 싫어하든 어떻든 모든 게 바로 이 성질 때문임에 틀림없다. 주인은 울거나 웃거나 기뻐하거나 슬퍼하기를 남보다 배나 하는 대신 그 어느 것도 오래 지속하지 않는다. 좋게 말하면 집착이 없어서 심기가 무작정 바뀌는 것이겠지만, 이것을 속어로 바꾸어 쉽게 말한다면 깊이가 없고 얄팍하여 콧대만 드센 떼쟁이라 할 수 있겠다.

이미 떼쟁이인 이상은 싸울 기세로 벌떡 일어나 앉은 주인이 갑자기 마음을 고쳐먹고 맹장지문의 내부를 읽으려 드는 것도 당연한 얘기라고 해야 할 것이다. 제일 먼저 눈에 띈 것은 이토 히로부미가 거꾸로 서 있는 것이다. 위를 보니 메이지 11년(1878년) 9월 28일로 돼 있다. 한국통감韓國統監[9]도 이 무렵부터 신문 공고公告의 꽁무니를 쫓아다녔던 모양이다. 이토 대장이 그 시절엔 무엇을 하고 있었나 하고 잘 안 보이는 데를 애써 읽어보니 재무대신으로 돼 있다. 과연 훌륭한 자다. 아무리 거꾸로 서 있어도 재무대신이다. 약간 왼쪽을 보니 이번에는 재무대신이 누워서 낮잠을 자고 있다. 지당한 얘기다. 거꾸로 서서는 그렇게 오래 지속될 수가 없다.

아래쪽의 커다란 목판에 '汝(그대)는'이라는 두 글자만 보이는데, 그 뒤가 보고 싶지만 아쉽게도 드러나 있지 않다. 다음 줄에는 '일찍'이라는 두 자만 나와 있다. 이것도 읽고 싶지만 그것뿐이니 별 도리가 없다. 만일 주인이 경시청의 탐정이었다면, 그게 남의 것이었더라도 상관없이 마구 뒤집어 봤을지도 모른다. 탐정이란 자들 중에는 고등교육을 받은 놈이 없기 때문에 사실을 알아내기 위해서는 무슨 짓이든 다 한다. 그자들은 물불을 가리지 않는 놈들이다. 바라건대 제발 좀 삼가주었으면 좋겠다. 삼가지 않는다면 사실을 절대로 캐어내지 못하게 하면 되리라.

들은 바에 의하면 그자들은 날조된 말로 무고한 양민을 죄인으로 모는 짓까지 한다고 한다. 양민이 돈을 내어 고용해놓은 자가 고용주를 죄인으로 몰다니, 이 또한 대단한 미치광이다. 다음에는 눈을 돌려 한 복판을 보니 거기에는 오이타 현이 매달려 있다. 이토 히로부미까지도 거꾸로 서 있는 판에, 오이타 현이 매달려 있는 것은 당연하다. 주인은 여기까지 읽고 나자, 두 주먹을 불끈 쥐고는 그것을 천장을 향해 높이 치켜들었다. 하품할 모양이다.

이 하품이 또한 고래가 멀리서 울부짖는 것처럼 엄청난 변조變調의

9) 대한제국 때 일본이 경성에 설치한 통감부의 장관. 초대 통감이 이토 히로부미임.

극치를 이루었지만, 그것이 일단락을 고하자 주인은 느릿느릿 옷을 갈아입고 얼굴을 씻으러 욕실로 갔다. 대기하고 있던 안주인은 부리나케 이부자리를 개켜 올리고, 잠옷을 접은 뒤에 여느 때처럼 청소를 시작한다. 청소가 늘 그렇듯이, 주인의 얼굴 씻는 방법도 10년이 하루같이 여느 때와 똑같다. 요전에 소개한 것처럼 여전히 카악카악 케엑케엑을 연발하고 있다.

이윽고 머리를 다 가르고서 서양 수건을 어깨에 걸치고 거실로 행차하더니, 거침없이 기다란 화로 옆에 자리를 잡았다. 기다란 화로라면 큰 느티나무의 무늬목이나 동판을 안쪽에 댄 것으로, 감은 머리를 풀어헤친 화류계 마담이 한쪽 무릎을 세우고 장죽을 흑단黑檀나무 모서리에 두들기는 모습을 상상해보는 제군도 없잖아 있겠지만, 우리 구샤미 선생의 기다란 화로에 이르러서는 결코 그런 멋진 것은 아니다. 무엇으로 만든 것인지, 초보자는 짐작도 할 수 없을 만큼 고아한 것이다.

기다란 화로는 부지런히 닦아서 반질반질 빛나는 게 제격인데, 이 물건은 느티나문지 벚나문지 오동나문지 원래 분명하지 못한 데다, 언제 걸레질을 했는지 시커먼 게 몹시 볼썽사납다. 이런 물건을 어디서 사 왔는지 더듬어봐도, 결코 산 기억이 나지 않는다. 그렇다면 누구한테서 받은 거냐고 물으니, 아무도 준 사람이 없다고 한다. 그러면 훔친 거냐고 따져 물으니, 왠지 그 점이 애매하다.

옛날에 친척 중에 한 노인이 있었는데, 그 노인이 죽었을 때 당분간 집을 봐달라는 부탁을 받은 적이 있다. 그런데 그 뒤 살림을 차리고 그 노인의 집을 떠나올 때에 거기서 자기 것처럼 사용하던 화로를 별생각 없이, 그만 갖고 나온 것이라 한다. 약간 질이 나쁜 것 같다. 생각해보면 질이 나쁜 것 같지만, 이런 일은 세상에 왕왕 있는 듯하다. 은행가는 매일 남의 돈을 다루다 보면 남의 돈이 자기 돈처럼 보인다고 한다. 공무원은 국민의 심부름꾼이다. 용무를 처리하기 위해서 어떤 권한을 위탁받은 대리인과 같은 것이다. 그런데 위임받은 권력을 등에 업고 빼기며 매일 사무를 처리하다 보면, 이것은 자기 소유의 권력으로, 국민 따위는 이에 대해서 아무런 간섭도 할 까닭이 없는 것이라고 착각하게 된다. 이런 자들이 세상에 득실대는 이상은, 기다란 화로 사건을 갖고 주인에게 도둑 근성이 있다고 단정 지을 수는 없는 일이다. 만일 주인에게 도둑 근성이 있다고 한다면, 천하의 모든 사람은 죄다 도둑 근성이 있는 것이다.

기다란 화로 곁에 진을 치고 식탁을 마주한 주인의 삼면에는 조금 아까 걸레로 얼굴을 닦은 '아가야'와 오차노'미소' 학교에 다니는 돈코와 가루분 병 속에 손가락을 찔러 넣었던 슨코가 이미 한데 모여 앉아 아침밥을 퍼먹고들 있다. 주인은 먼저 이 딸아이들의 얼굴을 차례대로 둘러보았다.

돈코의 얼굴은 남만철南蠻鐵[10]로 만든 칼의 날밑 같은 윤곽을 하고 있다. 슨코도 동생이니만큼 언니의 생김새를 좀 닮아서 류큐[11]식 칠을 한 붉은 쟁반 정도만 하다. 단지 아가야만은 혼자 이채롭게도 얼굴이 갸름하게 생겼다. 하지만 세로로 긴 거라면 세상에서 흔히 볼 수 있는 것이겠으나, 이 아이의 얼굴은 가로로 긴 것이다. 아무리 유행이 잘 바뀐다 하더라도 가로로 긴 얼굴이 유행하는 일은 없을 것이다.

주인은 자기 자식이지만 곰곰이 생각하는 일이 있다. 아무튼 아이들은 무럭무럭 큰다. 크기만 하다뿐인가, 그 자람의 빠르기란 선사禪寺의 죽순이 어린 대나무로 변하는 기세와도 같다. 주인은 또 컸구나 하고 생각할 때마다 등 뒤의 추격자에게 쫓기는 듯한 기분이 들어 조마조마하다. 아무리 답답한 주인이라도 이 세 따님이 여자라는 것 정도는 알고 있다. 계집애인 이상 어떻게든 치워버려야 한다는 것도 잘 알고 있다. 잘 알고만 있을 뿐, 치워버릴 능력이 없다는 것도 자각하고 있다.

10) 1500년 말 일본에 건너온 서양식으로 정련한 쇠.
11) 오키나와의 옛 이름.

그래서 자기 자식이면서도 조금 주체스러워 하고 있다. 주체하기 힘들 것 같으면 제조하지 않으면 될 것을, 바로 그런 점이 인간다운 것이다. 인간의 정의를 말할 것 같으면 별다른 것이 없다. 그냥 쓸데없는 것을 만들어서 스스로 괴로워하는 자라고 하면, 그것으로 충분하다.

정말이지 아이들은 훌륭하다. 이토록 아버지가 궁색한 줄은 꿈에도 모르고 즐거운 듯이 밥을 먹고 있다. 그런데 애먹이는 건 아가야다. 아가야는 올해 들어 세 살이므로, 안주인이 신경을 써서 식사할 때는 세 살에 맞는 작은 젓가락과 밥공기를 준비해주는데도 도무지 말을 듣지 않는다. 번번이 언니들의 밥공기를 빼앗고 언니들의 젓가락을 낚아채어, 다루기 어려운 놈을 무리하게 들고 놀리고 있다.

세상을 돌아보면 아무 능력도 재주도 없는 소인배일수록 엄청 설쳐대며 분수에 맞지도 않는 관직에 오르고 싶어 하는 법인데, 그 기질은 전적으로 이 아가야 시절부터 싹트고 있는 것이다. 그렇게 되는 원인은 이렇게 뿌리 깊은 것이므로, 결코 교육이나 훈도로는 치유할 수 없으니 일찌감치 체념하는 게 좋다.

아가야는 옆에서 빼앗은 커다란 밥공기와 기다란 젓가락을 차지하여 계속해서 제멋대로 맹위를 떨치며 설쳐대고 있다. 다루기 힘든 것을 함부로 사용하려 드니, 자연히 맹렬하게 설쳐댈 수밖에 없다. 아가야는 우선 젓가락 끝을 두 개 다 하나로 모아 쥔 채 힘껏 밥공기 밑바닥으로 찔러 넣었다. 밥공기 속에는 밥이 3분의 2쯤 담겨 있고, 그 위에 된장국이 금방 넘칠 것같이 차란차란 차 있다. 찔러 넣은 젓가락 힘이 밥공기에 전해지자마자 지금까지 그럭저럭 균형을 유지하고 있었던 게 갑자기 습격을 받은 연유로 30도 정도로 기울어졌다. 동시에 된장국은 사정없이 가슴 언저리에 튀어 주르륵 흘러 내려간다.

아가야는 그 정도의 일로 물러날 리가 없다. 아가야는 폭군이다. 이번에는 찔러 넣었던 젓가락을 아주 힘껏 밥공기 밑바닥으로부터 추켜올렸다. 동시에 조그만 입을 밥공기 가장자리로 가져가서, 튕겨 올라온

밥알을 들어갈 수 있는 만큼 입속에 받아 넣었다. 튕겨 나간 밥알은 누런 국물과 사이좋게 범벅이 되어 콧등과 뺨따귀와 턱에, 얍 하는 기합 소리를 내며 날아 붙었다. 날아 붙지 못하고 다다미 위로 떨어진 것은 셀 수 없을 정도다. 굉장히도 요란하기 그지없는 식사법이다.

나는 삼가 유명한 가네다 및 천하의 세력가들에게 충고한다. 그대들이 타인을 다루는 것이 아가야가 밥공기와 젓가락을 다루는 것과 같다면, 그대들의 입으로 튕겨 날아드는 밥알은 지극히 적을 수밖에 없다. 필연적인 추세로 날아 들어오는 게 아니라 엉겁결에 날아 들어오는 것이다. 아무쪼록 재고해주시길 바란다. 이렇게 하는 건 세상 물정에 밝은 민완가답지 않은 일이다.

언니 돈코는 자신의 젓가락과 밥공기를 아가야에게 약탈당하고는 어울리지 않게 작은 것을 갖고 아까부터 참고 있었지만, 애초부터 너무 작은 것이라 가득 담은 것 같아도 앙 하고 입을 벌리면 세 입 정도에 끝난다. 따라서 빈번히 밥통 쪽으로 손이 나간다. 이미 네 공기를 비우고, 이번이 다섯 공기째다.

돈코는 밥통 뚜껑을 열어젖히고 커다란 주걱을 집어 들더니 잠시 바라보고 있었다. 이것을 먹을까 말까 하고 망설이는가 싶더니, 마침내 결심을 했는지 눋지 않아 보이는 데를 골라서 한 주걱 가득 떠올렸다. 거기까지는 괜찮았으나, 그것을 뒤집어서 확 밥공기 위에 부었더니, 밥공기에 채 못 들어간 밥이 덩어리째 다다미 위로 굴러떨어진다. 돈코는 놀라는 기색도 없이 떨어진 밥을 정성스레 줍기 시작했다. 주워서 뭘 하나 했더니, 죄다 밥통 속에다 도로 집어 넣어버렸다. 좀 더러운 것 같다.

아가야가 일대 활약을 시도하여 젓가락을 튕겨 올렸을 때는, 마침 돈코가 밥을 다 퍼 담았을 때였다. 역시 언니는 언니인지라 아가야의 얼굴이 난잡한 것을 보고는 "어머나, 아가가 큰일 났네. 얼굴이 밥알투성이야" 하고 즉시 아가야의 얼굴을 닦아주기 시작했다. 우선 콧등에 붙어 있는 것을 떼어낸다. 떼어버리는 줄만 알았더니 뜻밖에 얼른 제

입속에 넣어버리는 데에는 놀랐다. 그다음엔 뺨 쪽으로 옮겨 간다. 여기에는 밥알이 꽤 무리를 지어 있어 숫자로 따져보면 양쪽 합해서 약 스무 알 정도는 되는 것 같다. 언니는 꼼꼼하게 한 알 한 알씩 떼어 먹고 떼어 먹고 하더니, 마침내는 동생의 얼굴에 있는 걸 하나도 남김없이 먹어치워 버렸다.

이때 지금까지는 얌전하게 단무지를 씹고 있던 슨코가 갑자기 막 떠 담은 된장국 속에서 고구마 건더기를 건져내어, 힘차게 입속으로 처넣었다. 여러분도 아시겠지만, 국으로 끓인 뜨거운 고구마만큼 입속에 집어넣었을 때 견디기 힘든 건 없다. 어른이라도 주의하지 않으면 덴 것 같은 기분이 든다. 하물며 슨코처럼 고구마에 당해보지 않은 자는 당연히 당황하게 마련이다. 슨코는 왁! 하고 입속의 고구마를 식탁 위에다 내뱉어버렸다. 그 두세 조각이 어찌 된 영문인지 아가야 앞까지 미끄러져 와서, 딱 적당한 거리에서 멈췄다. 아가야는 원래 고구마를 좋아한다. 그 좋아하는 고구마가 눈앞에 날아왔으니, 잽싸게 젓가락을 내팽개치고는 손으로 움켜쥐고 우적우적 먹어버렸다.

아까부터 이 꼴을 목격하고 있던 주인은 한마디 말도 없이, 오로지 자기 밥과 자기 국을 먹고, 이때는 이미 한창 이쑤시개를 사용하고 있는 중이었다. 주인은 딸들 교육에 관해서 절대적 방임주의를 취할 작정인 모양이다. 머지않아서 셋이 여학생이 되어 다 같이 약속이나 한 듯이 정부情夫를 만들어 뛰쳐나가 산다 해도, 역시 자기 밥과 자기 국을 먹으며 태연하게 보고만 있을 것이다. 무능력하기 그지없다.

그러나 요즘 세상에 유능하다고 하는 인간들을 보면, 거짓말을 해서 남을 낚고, 선수를 쳐서 남의 눈알을 빼고, 허세를 부려서 남을 위협하고, 함정을 파서 남을 빠뜨리는 일 외에는 아무것도 모르는 것 같다. 중학생 소년들까지도 그대로 보고 흉내 내어 이렇게 안 하면 세력을 못 미치는 걸로 잘못 알고, 본래 같으면 낯 붉혀야 할 일을 득의양양하게 해치우고는 미래의 신사라고 생각하고 있다. 이런 것을 유능한 사람이라고 할 수는 없다. 불량배라고 불러야 할 것이다.

나도 일본의 고양이니까 약간의 애국심은 있다. 그런 유능한 자를 보면 때려주고 싶어진다. 그런 자가 한 사람이라도 늘어나면 국가는 그만큼 쇠퇴하게 마련이다. 그런 학생이 있는 학교는 학교의 치욕이요, 그런 국민이 있는 국가는 국가의 치욕이다. 치욕임에도 불구하고 그런 인간들이 우글우글 세상에 지천으로 깔려 있는 것은 납득하기 어려운 일이다. 일본 사람들은 고양이만큼의 기개도 없나 보다. 한심스런 노릇이다. 그런 불량배에 비하면 주인 같은 사람은 훨씬 고급스런 인간이라고 해야겠다. 무기력한 점이 고급스런 것이다. 무능한 점이 고급스런 것이다. 약아빠지지 않은 점이 고급스런 것이다.

이와 같이 무능한 식사법으로 무사히 아침 식사를 마친 주인은 이윽고 양복을 입고, 인력거를 타고, 니혼즈쓰미 파출소로 출두하기에 이르렀다. 현관문을 열고서 인력거꾼에게 니혼즈쓰미라는 데를 아느냐고 물었더니, 인력거꾼은 헤헤헤 하고 웃는다. "그 유곽이 있는 요시하라 근방의 니혼즈쓰미 말일세" 하고 다짐을 한 것은 조금 우습기도 했다.

주인이 보기 드물게 인력거로 현관을 나선 뒤에, 안주인이 여느 때와 다름없이 식사를 마치고 "자, 어서 학교에 가야지. 늦어요" 하고 재촉하니, 애들은 태평하게 "에, 오늘은 쉬는 날인데요" 하며 준비를 할 기색이 없다.

"쉬는 날은 뭐가 쉬는 날이야? 빨리 준비하라니까" 하고 야단치듯이 타이르자, "그래도 어제 선생님이 쉬는 날이라고 말씀하셨는걸요" 하고 언니는 여간해서 동요하지 않는다. 안주인도 그제야 다소 이상하다 싶었는지, 찬장에서 달력을 꺼내어 넘겨본다. 빨간 글자로 확실히 휴일이라고 되어 있다. 주인은 휴일인 줄도 모르고 학교에 결근계를 냈을 것이다. 안주인 역시 모르고 그것을 우체통에 집어넣었으리라. 단지 메이테이에 이르러서는 실제로 몰랐던 것인지, 알고도 모른 척한 것인지, 그건 조금 의문이다. 이 발견에 어머나 하고 놀란 안주인은 "그러면 모두 다 얌전하게 놀아요" 하고 평소처럼 반짇고리를 내놓고 일을 하기 시작했다.

그 뒤 30분 동안은 집안이 평온해서 별로 나의 소재가 될 만한 사건도 일어나지 않았는데, 갑자기 묘한 손님이 찾아왔다. 열일고여덟 살의 여학생이다. 신발 뒤축이 꺾인 구두를 신고, 보라색 하카마를 질질 끌고, 머리카락을 주판알같이 부풀린 이 여학생은 안내도 받지 않고 부엌문으로 들어왔다.

이건 주인의 조카딸이다. 학생이라고 하는데, 이따금씩 일요일에 찾아와서 걸핏하면 숙부와 싸움을 하다가 돌아가는 유키에인가 하는 예쁜 이름의 아가씨다. 하지만 얼굴은 이름만큼 예쁘지는 않다. 잠깐 바깥에 나가 한두 마장만 걸어도 쉽게 만날 수 있는 상판이다.

"숙모님 안녕하세요."

유키에 양은 거실로 쓰윽 들어와서 반짇고리 옆으로 엉덩이를 내려놓는다.

"어머, 어떻게 이렇게 일찍……."

"오늘은 대제일大祭日[12]이잖아요. 아침나절에 잠깐 뵈려고 8시 반쯤 집을 나와서 바삐 오는 길이에요."

"그래, 무슨 일이 있는 거야?"

"아니요, 그냥 너무 안 찾아뵌 것 같아서 잠깐 들른 거예요."

"잠깐은 무슨, 천천히 놀다 가. 조금 있으면 숙부님도 돌아오실 테니까."

"숙부님은 벌써 어디 가셨어요? 희한한 일이네요."

"으응, 오늘은 좀 묘한 데에 가셨어. ……경찰서에. 이상하지?"

"어머, 무슨 일로요?"

"지난봄에 들었던 도둑이 붙잡혔다나 봐."

12) 황실에서 제사를 지내는 날.

"그래서 증인으로 출두하시는 거예요? 고생이시겠네요."

"아니, 물건을 되찾으러 가셨어. 도둑맞은 물건이 나왔으니까 찾아가라고 어제 순사가 일부러 다녀갔거든."

"역시 그랬군요. 그렇잖고선 이렇게 일찍 숙부님이 나가실 리가 없지요. 여느 때 같으면 아직도 주무시고 계셨을걸요."

"숙부처럼 잠꾸러기도 없을 테니까. ……그리고 깨우면 마구 화를 내지. 오늘 아침만 해도 7시까지는 꼭 깨워달라기에 깨우지 않았겠어. 그랬더니 이불 속으로 기어 들어가 아무 대꾸도 안 하는 거야. 내 딴엔 걱정이 돼서 다시 가서 또 깨웠더니 이불 속에서 뭐라고 하는 거야. 정말이지 어이가 없어서."

"왜 그렇게 잠이 많을까요? 필시 신경쇠약일 거예요."

"그런가?"

"정말 화도 참 잘 내시는 분이에요. 그래놓고도 학교에는 잘 나가시네요."

"뭐, 학교에선 점잖으시다데."

"그럼 더 나쁘지요. 꼭 곤약염라대왕[13] 같네요."

"왜?"

"왜라뇨. 곤약염라대왕이라니까요. 어쨌든 곤약염라대왕 같잖아요?"

"그냥 화만 잘 내는 게 아니야. 남이 오른쪽 하면 왼쪽으로, 왼쪽 하면 오른쪽으로, 뭐든지 남이 말하는 대로 한 적이 없어. 정말로 고집불통이야."

"심통쟁이겠지요. 숙부님은 그게 취미인가 봐요. 그러니까 뭘 시키려면, 반대로 말하면 이쪽 생각대로 되는 거예요. 요전번에 양산을 사

---

13) 도쿄 겐카쿠지源覺寺의 염라대왕으로, 곤약을 바친 노파가 행운을 얻었다는 전설에 따라 참배자가 곤약을 공양한 데서 유래. 여기선 내향적으로 집안에서만 큰소리치는 사람을 의미.

주실 때도 필요 없어요, 필요 없어요, 하고 일부러 말했더니, 필요 없는 게 어디 있겠냐며 즉시 사주시던걸요."

"호호호, 일리가 있네. 나도 이제부터 그렇게 해야지."

"그렇게 해보세요. 그렇잖으면 손해라니까요."

"얼마 전에 보험회사 사람이 와서 보험은 꼭 들어야 한다고 권하질 않겠어. 여러 가지 이유를 대면서 이런 게 좋고 저런 게 좋다고 한 시간이나 얘기를 했는데, 아무리 권해도 들어야 말이지. 우리 집에 저축은 없지, 이렇게 애들은 셋이나 되지, 하다못해 보험이라도 들어두면 한결 마음이 든든할 텐데, 그런 건 아예 염두에 두질 않는다니까."

"그렇겠네요. 혹시라도 무슨 일이 생기면 불안하지요."

유키에 양은 열일고여덟 살의 아가씨에겐 어울리지 않게 살림꾼 같은 말을 한다.

"그 논쟁을 가만히 듣고 있자니까 정말 재밌는 거 있지. 보험의 필요성을 인정하지 않는 건 아니다, 필요한 거니까 회사도 존재하는 것일 것이다. 그러나 죽지 않는 이상은 보험에 들 필요는 없지 않으냐고 고집을 부리는 거야."

"숙부님이요?"

"그래. 그러자 회사 사람이 '그야 죽지 않는다면 물론 보험은 필요 없지요. 그러나 인간의 목숨이란 게 끄떡없어 보이면서도 여린 것이라서, 모르는 새에 언제 위험이 닥칠는지 알 수 없거든요' 하니까 말이야, 숙부는 '걱정 마시오. 난 안 죽기로 결심했으니까' 하고 말도 안 되는 얘길 하지 뭐니, 글쎄."

"결심을 한다 해도 언젠가는 죽게 되죠. 저 같은 경우도 어떻게든 합격하려 했지만 결국은 낙제하고 말았는걸요."

"보험 사원도 그랬지. '수명은 자기 마음대로 되는 게 아닙니다. 결심한다고 오래 살 수 있다면 죽을 사람은 아무도 없겠지요'라고."

"보험 사원 쪽이 맞는 말 했네요."

"맞고말고. 글쎄 그걸 모른다니까. 아니, 자기는 결코 안 죽을 거라고, 맹세코 안 죽을 거라고 큰소리치는 거 있지."

"이상하네요."

"이상하지. 아주 이상하지. 보험금을 내느니 은행에다 저금을 하는 편이 훨씬 낫다며 말을 딱 맺지 않겠어."

"저금은 있나요?"

"있긴 뭐가 있어. 자기가 죽은 후의 일 같은 건 눈곱만큼도 염려하질 않는다니까."

"정말 걱정이네요. 왜 그럴까요. 여기에 오시는 분들 중에 숙부님 같은 사람은 한 사람도 없겠죠?"

"있을 리가 있겠어? 그 사람만 유독 그렇지."

"스즈키 씨한테 부탁해서 충고라도 해달라고 하면 좋지 않겠어요? 그렇게 온화한 분이라면 훨씬 편하실 텐데요."

"그런데 스즈키 씨는 우리 집에선 평판이 안 좋아서."

"모두 반대로군요. 그럼 그분이 좋겠네요. 왜 그 침착하신……."

"야기 씨?"

"예."

"야기 씨한테는 아주 두 손 든 것 같던데. 어제 메이테이 씨가 와서 흉을 보고 갔으니까 생각만큼 효과가 없을 거야."

"그래도 괜찮잖아요? 그렇게 의젓하고 침착한 분이라면. 요전에 학교에서 연설도 하셨는걸요."

"야기 씨가?"

"예."

"야기 씨가 유키에네 학교 선생님이신가?"

"아니요. 선생님은 아니지만 숙덕淑德부인회 때 초대돼서 연설을 해 주셨어요."

"재밌었어?"

"글쎄 뭐, 그리 재미있지는 않았어요. 하지만 그 선생님은 얼굴이 길잖아요. 그리고 텐진天神신령님같이 수염을 어설프게 양끝을 축 늘어뜨리며 기르고 있으니까 모두가 다 감탄하며 듣더라고요."

"어떤 얘기를 했는데?" 하고 안주인이 물어보고 있는데 툇마루 쪽에서 유키에 양의 말소리를 알아듣고, 세 아이들이 우당탕거리면서 거실로 뛰어 들어왔다. 여태까지 대나무 울타리 바깥의 공터에 나가서 놀고 있었던 모양이다.

"어! 유키에 언니가 왔네"라며 두 언니들은 기쁜 듯이 큰 소리를 질렀다. 안주인은 "그렇게 소란 피우지 말고 모두 조용히 앉아 있어. 유키에 언니가 지금 재밌는 얘길 하려던 참이니까" 하고 일감을 구석으로 치워놓는다.

"유키에 언니, 무슨 얘기야? 난 얘기가 제일 좋아"라고 말한 것은 돈코이고, "또 가치카치야마[14] 얘기야?" 하고 물은 것은 슨코다.

"아가야도 얘기" 하고 말을 꺼낸 막내딸은 언니들 틈으로 무릎을 들이민다. 다만 이것은 얘기를 들어보겠다는 것이 아니라, 아가야도 역시 얘기를 해보시겠다는 의미다.

"어머나, 또 우리 아가야의 얘기네" 하고 언니가 웃자, 안주인은 "아가야는 나중에 해요. 유키에 언니 얘기가 끝나고 나서" 하고 달래본다. 아가야는 도무지 들을 것 같지가 않다.

"싫—어, 바부" 하고 소리를 지른다.

"오오, 그래그래, 우리 아가야부터 해요. 뭘 할까?"

유키에 양이 양보한다.

"저기요, 쓰님 쓰님, 어디 가요."

"재밌는데, 그리고?"

---

14) 너구리한테 아내를 잃은 할아버지를 대신해 토끼가 복수해준다는 일본의 전래 동화.

"나능 논에 벼 베러 간다."

"그래, 잘 아는구나."

"니가 와면 방해덴다."

"어머머, 와면이 아니고 오면이야" 하고 돈코가 끼어든다. 아가야는 여전히 "바부" 하고 일갈하여 즉시 언니를 꼼짝 못하게 한다. 그러나 이야기 도중에 참견을 받아 그 뒤에 할 말을 잊어버렸는지, 다음 말이 안 나온다.

"아가야, 그것뿐이야?"

유키에 양이 묻는다.

"저 말이야, 나중에 방구는 꾸지 마. 뿌웅 뿌웅 하구."

"호호호, 망측해라. 누구한테서 그런 걸 배웠니?"

"식무 언니한테서."

"나쁜 식모 언니네. 그런 걸 다 가르치고" 하고 안주인은 쓴웃음을 짓더니, "자, 이번엔 유키에 언니 차례예요. 아가는 얌전하게 듣고 있는 거야"라고 하자, 그 떼쟁이도 알아들었는지 그 후로 얼마 동안은 침묵을 지켰다.

"야기 선생님의 연설은 이러했어요."

유키에 양이 드디어 입을 열었다.

"옛날 어떤 사거리 한복판에 커다란 돌부처가 있었대요. 그런데 거기는 말이나 수레가 지나다니는 매우 번화한 곳이었기 때문에 엄청 방해가 된 거예요. 어쩔 수 없이 온 마을 사람들이 모여 회의를 해서 어떻게 하면 이 돌부처를 한구석으로 치워놓을까 하고 궁리를 했대요."

"그거 정말 있었던 얘기라니?"

"글쎄요, 그거에 대해선 아무 말씀도 없으셨는데요—그래서 모두들 여러 가지로 회의를 했는데, 그 마을에서 제일 힘센 사내가 '그까짓 것 문제없어요. 내가 반드시 치워놓겠습니다' 하고는 혼자서 사거리에 가서 웃통을 벗고 땀을 뻘뻘 흘리며 잡아당겨 보았대요. 하지만 돌부처는 끄떡도 않았지요."

"굉장히 무거운 돌부처였나 보네."

"네, 그래서 그 사내가 지쳐가지고는 집에 돌아가 몸져누워 버렸기 때문에 마을 사람들은 다시 회의를 했대요. 그러자 이번에는 마을에서 제일 영리한 사내가 '나한테 맡겨주시오. 내가 한번 해볼 테니까' 하고 나섰지요. 그 사람은 찬합 속에 찹쌀떡을 잔뜩 넣어 부처님 앞으로 가서 '이리로 와봐' 하면서 찹쌀떡을 내보였대요. 부처님도 먹고 싶을 테니까 찹쌀떡으로 낚을 수 있을 거라고 생각한 거지요. 그래도 끄떡하지 않으니까. 영리한 사내는 이걸로는 안 되겠다 싶어서 이번에는 표주박에다 술을 담아 그 표주박을 한 손에 들고, 한 손에는 술잔을 들고 다시 부처님 앞으로 갔대요. 가서는 '자아, 마시고 싶지? 마시고 싶으면 이리로 와봐' 하고 세 시간가량 놀려보았지만 역시 끄떡도 않더래요."

"유키에 언니, 부처님은 배가 안 고파?"라고 돈코가 묻자, "찹쌀떡이 먹고 싶네" 하고 슨코가 말했다.

"영리한 사람은 두 번 다 실패하자, 그다음엔 가짜 지폐를 잔뜩 만들어가지고 가서 '자, 갖고 싶지? 갖고 싶으면 가지러 와봐' 하면서 지폐를 꺼냈다 집어넣었다 했지만, 이것도 전혀 효과가 없더래요. 꽤 고집 센 부처님이었던 모양이에요."

"그렇네. 숙부를 좀 닮았네."

"네, 영락없는 숙부님이에요. 끝내는 영리한 사람도 정나미가 떨어져 그만두어 버렸대요. 그리고 그다음엔 엄청 허풍 떠는 사람이 나와서 '내가 반드시 해치워 보일 테니 안심하십시오' 하고 아주 간단한 일처럼 말더래요."

"그 허풍 떠는 사람은 어떻게 했대?"

"그게 재밌더라고요. 처음에는요, 순사복을 입고 수염을 붙이고 부처님 앞으로 가서 '이봐, 이봐, 움직이지 않으면 거기 재미없어. 경찰에서 그냥 내버려 둘 것 같아?' 하고 으스댔다는 거예요. 요즘 세상에 경찰 흉내를 낸다고 해서 누가 들어요."

"그러게, 그래서 부처님은 움직였대?"

"움직이다니요? 숙부님인걸요."

"그래도 숙부는 경찰은 무척 겁내던걸."

"어머, 그래요? 그런 얼굴을 하고서요? 그렇담 숙부님도 그렇게 무서울 건 없네요. 그렇지만 부처님은 끄떡도 않고 아주 태연하게 있더라는 거예요. 그래서 허풍쟁이는 몹시 화가 나서 순사복을 벗고 붙였던 수염도 떼어서 쓰레기통에 버리고, 이번에는 갑부 같은 복장을 하고 나타났대요. 요즘 사람들이 말하는 이와사키 남작[15] 같은 얼굴을 하고 말이에요. 우습죠?"

"이와사키 같은 얼굴이라는 건 어떤 얼굴이야?"

"그냥 잘난 척해대는 얼굴이겠죠. 그리고 아무것도 하지 않고, 또 아무 말도 하지 않고 부처님 주위를 커다란 궐련을 피워대면서 어슬렁거렸다는 거예요."

"왜 그렇게 한 건데?"

"부처님을 연기로 괴롭히려는 거지요."

"꼭 만담가의 얘기 같네. 그래서 부처님이 연기 때문에 괴로워했대?"

"아니요. 상대방은 돌인걸요. 속임수도 어지간히 해야지, 글쎄 이번에는 전하殿下로 변장하고 나왔더래요. 바보죠."

"아니, 그 시대에도 전하가 있었나?"

"있었겠죠. 야기 선생님이 그렇게 말씀하셨으니까요. 정말로 전하로 변장을 했더래요. 송구스럽게도 말이에요. 무엇보다 불경스럽지 않아요? 허풍쟁이 주제에."

"전하라니 어떤 전하?"

---

15) 미쓰비시 그룹의 두 번째 총수인 이와사키 야노스케, 1851~1908.

"어떤 전하냐고요? 어떤 전하가 됐든 불경스럽긴 마찬가지지요."
"그렇지."
"하지만 전하라도 안 통했던 거죠. 허풍쟁이도 별수 없었던지 '도저히 내 재간으로는 저 부처님을 어찌할 수가 없습니다' 하고 손을 들고 말았대요."
"그거 고소하네."
"맞아요, 그 김에 징역을 살렸으면 좋았을 텐데. 그렇게 되고 보니 마을 사람들은 몹시 초조해져서 다시 회의를 열었는데, 이젠 아무도 맡을 사람이 없어서 난감했대요."
"그걸로 끝이야?"
"아직 더 있어요. 맨 나중엔 인력거꾼과 깡패들을 대거 동원해서 부처님 주위를 왁자지껄 소란을 피우며 돌게 했대요. 그냥 부처님을 못살게 굴면 된다고 생각하고, 밤낮 교대로 소란을 피웠던 거지요."
"고역이었겠네."
"그래도 소용없더래요. 부처님 고집도 어지간해야 말이죠."
"그래서 어떻게 됐어?"
돈코가 열심히 묻는다.
"그래서 말이야, 아무리 매일매일 떠들어대도 효과가 없으니까 모두들 맥이 빠지기 시작했지요. 인력거꾼이나 부랑배들은 며칠이건 일당이 나오니까 신이 나서 떠들어댔고요."
"유키에 언니, 일당이란 게 뭐야?"
슨코가 질문한다.
"일당이란 건 말이야, 돈을 말하는 거야."
"돈을 받아서 뭐하는데?"
"돈을 받아서 말이야, ……호호호, 슨꼬도 짓궂기는—그래서 숙모님, 매일 밤낮으로 헛소동을 피웠대요. 그때 동네에는 아무것도 모르고 아무도 상대해주지 않는 바보 다케라는 이가 있었는데, 그 바보가 이

소동을 보고 '당신들은 왜 그렇게 소란을 피우는 거요. 몇 년 걸려서도 부처 하날 못 옮기다니 딱하군, 딱해' 했다는 거예요."

"바보 주제에 제법이네요."

"제법 훌륭한 바보죠. 모두가 바보 다케의 말을 듣고, '속는 셈 치고 다케한테 한번 맡겨보자. 어차피 안 되겠지만 그냥 시켜보자' 하고 다케에게 부탁하자, 다케는 주저 없이 도맡았어요. 그리고 그런 방해만 되는 소동은 싹 집어치우고 조용히 하라면서 인력거꾼과 부랑배들을 물러가게 한 뒤에, 표연히 부처님 앞으로 나아갔대요."

"유키에 언니, '표연히'는 바보 다케의 친구야?" 하고 돈코가 중요한 대목에서 엉뚱한 질문을 던져, 안주인과 유키에 언니는 까르르 하고 웃어댔다.

"아니, 친구가 아니야."

"그럼 뭔데?"

"표연히란 건 말이야—설명하기 어렵네."

"표연히란 설명하기 어렵다는 뜻이야?"

"그렇지 않아. 표연히란 건 말이야—."

"응."

"그 왜 있잖아, 다타라 산페이 아저씨 알지?"

"응, 참마 주셨어."

"그 다타라 아저씨 같은 사람을 말하는 거야."

"다타라 아저씨가 표연히야?"

"응, 뭐 그런 거지—그래서 바보 다케가 부처님 앞으로 나가서 팔짱을 끼고 '부처님, 마을 사람들이 당신더러 움직여달라고 하니 움직여 주시오' 했더니 부처님은 당장에 '그래? 그렇다면 진작 그렇게 말할 것이지' 하면서 어슬렁어슬렁 움직이기 시작하더라는 거예요."

"이상한 부처님이네."

"그다음부터가 연설이에요."

"또 있어?"

"예, 그다음부터 야기 선생님은요, '오늘은 부인회입니다만, 제가 이런 말씀을 일부러 드린 것은 조금 생각이 있어서 그런 겁니다. 이렇게 말씀드리면 실례가 될지 모르겠습니다만, 부인들은 걸핏하면 무슨 일을 하는 데 있어서 정면에 있는 지름길을 통해 가지 않고, 오히려 멀리 돌아가는 번거로운 방법을 택하는 폐단이 있습니다. 하긴 이는 꼭 부인들에게만 국한된 일은 아닙니다. 메이지 세상에선 남자라 할지라도 문명의 폐단을 받아들여 다소 여성화되어서, 자주들 쓸데없는 수단과 노력을 허비해가며 이게 정식이라느니 신사가 취해야 할 방침이라느니 하며 오해하고 있는 자가 많은 것 같은데, 이들은 개화의 업에 속박된 기형아들입니다. 특별히 논할 것도 없습니다. 단지 부인들께서는 될 수 있는 한 지금 말씀드린 옛날이야기를 기억해두셨다가, 여차할 때 아무쪼록 바보 다케 같은 정직한 생각으로 만사를 처리해주시기 바랍니다. 여러분이 바보 다케가 되신다면 부부간이나 고부간에 일어나는 꺼림칙한 갈등의 3분의 1은 확실히 줄어들 것입니다. 인간은 속셈이 있으면 있을수록 그 속셈이 탈이 되어 불행의 씨를 뿌리는 것으로, 많은 부인이 보편적으로 남자들보다 불행한 것은 순전히 이 속셈이 너무 많기 때문입니다. 아무쪼록 바보 다케가 되어주십시오'라고 연설하셨어요."

"으응, 그래서 유키에는 바보 다케가 될 생각이야?"

"싫어요, 바보 다케라니요. 그런 건 되고 싶지도 않아요. 가네다 댁 도미코 씨 같은 사람은 무례하다면서 마구 화까지 냈다고요."

"가네다 댁 도미코 씨라니, 저 건너 골목에 사는 이 말이야?"

"예, 그 하이칼라 씨요."

"그 사람도 유키에네 학교에 다녀?"

"아니요, 부인회니까 그냥 방청하러 온 거죠. 정말 하이칼라더라고요. 몹시 놀랐어요."

"게다가 대단한 미인이라면서?"

"보통이던데요. 으스댈 정도는 아니에요. 그렇게 화장을 한다면 대개는 다 예쁘게 보이죠."

"맞아, 유키에 같은 사람은 화장하면 도미코 씨보다 두 배는 예뻐질 거야."

"어머, 싫어요. 몰라요. 하지만 그 여자는 너무 치장을 하더군요. 아무리 돈이 많다고 하지만."

"치장이 지나쳐도 돈이 있는 게 좋잖아?"

"그것도 그렇긴 하지만—그 여자야말로 좀 바보 다케가 되었으면 좋겠어요. 엄청 재더라고요. 요전번에도 뭐라 하는 시인이 신체시집을 바쳤다면서, 사람들 앞에서 자랑하지 않겠어요."

"도후 씨겠지."

"어머, 그분이 바쳤대요? 정말 괴짜네요."

"하지만 도후 씨는 아주 진지하던걸. 자기 딴에는 그런 일을 하는 게 당연하다고까지 생각하고 있다고."

"그런 사람이 있으니까 안 되는 거예요. 그리고 또 재밌는 일이 있어요. 요전에 누군가 도미코 씨한테 연애편지를 보냈대요."

"어머, 망측해라. 누군데, 그런 짓을 한 게?"

"누군지는 모른다나 봐요."

"이름은 없었대?"

"이름은 제대로 써 있었지만, 들어보지도 못한 사람이래요. 그리고 그게 길이가 2미터나 되는 편지인데, 여러 가지 묘한 얘기가 잔뜩 써 있었대요. 내가 당신을 사모하는 건 마치 종교인이 신을 흠모하는 것과 같다느니, 당신을 위해서라면 제단에 바치는 어린양이 되어 죽는다 해도 더없는 영광일 것이라느니, 심장의 모양이 삼각형이 되어 그 삼각형의 중심에 큐피드의 화살이 꽂히면 대성공이라느니……."

"그게 정말이야?"

"정말이고말고요. 실제로 제 친구들 중에서도 그 편지를 본 애가 셋이나 되는걸요."

"희한한 사람이네, 그런 걸 남한테 보여주다니. 그 여자는 간게쓰 씨한테 시집갈 거니까 그런 일이 세상에 알려지면 곤란할 텐데."

"곤란해하기는커녕 큰 자랑으로 여기던걸요. 이번에 간게쓰 씨가 오거든 알려주세요. 간게쓰 씨는 그런 거 전혀 모르고 있을 거예요."

"글쎄 말이야. 그 양반은 학교에 가서 유리알만 갈고 있으니까 아마 모를 거야."

"간게쓰 씨는 정말 그 여자와 결혼할 작정인가요? 가엾네요."

"왜? 돈 있겠다, 여차하면 힘도 되고, 좋지 않겠어?"

"숙모님은 걸핏하면 돈, 돈 하시네요. 품위가 떨어져요. 돈보다 사랑이 더 중요하지 않아요? 사랑이 없으면 부부 관계는 성립하지 못하잖아요."

"그래, 그럼 유키에는 어떤 데로 시집갈 거야?"

"그런 걸 어떻게 알아요? 아직 아무 일도 없는데."

유키에 양과 안주인이 결혼 문제에 대해 한창 논쟁을 벌이고 있는데, 아까부터 알아듣지도 못하면서 열심히 듣고 있던 돈코가 갑자기 입을 열더니 "나도 시집가고 싶어"라고 한다. 이 터무니없는 희망에는 청춘의 기운에 들떠 엄청 공감해야 할 유키에 양도 약간 아연한 기색이었지만, 안주인은 비교적 태연하게 "어디로 가고 싶은데?" 하고 웃으면서 물어본다.

"난 말이야, 정말은 말이야, 쇼콘샤로 시집가고 싶은데, 스이도 다리를 건너는 게 싫어서 어쩔지 모르겠어."

안주인과 유키에 양이 이 명답을 듣고 너무나 어처구니가 없어서 다시 물어보지도 못하고 그냥 웃음보를 터뜨렸을 때, 둘째 딸 슨코가 언니한테 이러한 얘기를 꺼냈다.

"언니도 쇼콘샤가 좋아? 나노 되세 좋아. 함께 쇼콘샤로 시집가자. 으응? 싫어? 싫으면 그만둬. 나 혼자서 인력거 타고 훌쩍 가버릴 거야."

"아가야도 갈 거야" 하고 나서니, 마침내 아가야까지 쇼콘샤로 시집가게 되었다. 이처럼 세 사람이 모두 나란히 쇼콘샤로 시집가게 되면, 주인도 필시 편해질 것이다.

바로 그때 인력거 소리가 덜거덕거리며 문 앞에 멈추는가 싶더니, 금세 힘찬 음성으로 "지금 들어오세요?" 하는 소리가 났다. 주인이 니혼즈쓰미 파출소에서 돌아온 모양이다. 인력거꾼이 내미는 큼지막한 보따리를 하녀에게 들리고, 주인은 유유히 거실로 들어온다.

"어, 왔구나" 하고 주인은 유키에 양한테 인사를 하면서, 예의 유명한 기다란 화로 옆에 손에 들었던 도쿠리[16] 같은 것을 툭 내던졌다. 도쿠리 같다는 건 물론 완전한 도쿠리는 아니고, 그렇다고 해서 꽃병 같은 것도 아니다. 그냥 일종의 이상한 도자기이므로 어쩔 수 없이 잠시 이렇게 불러두는 것이다.

"묘하게 생긴 도쿠리네요. 그런 걸 경찰서에서 가져오셨어요?"

유키에 양이 쓰러진 도쿠리를 세우면서 숙부에게 묻는다. 숙부는 유키에 양의 얼굴을 바라보면서 "어때? 멋있지?" 하고 자랑한다.

"멋있다고요? 이게? 별로 그렇지도 않은데요. 기름 단지 같은 걸 왜 가져오셨어요?"

"기름 단지라니? 그렇게 고상치 못한 소리를 하면 곤란하지."

"그럼 뭐예요?"

"꽃병이야."

"꽃병치고는 주둥이가 너무 작고 배가 너무 불룩 나왔어요."

"그게 바로 재미있는 점이야. 너도 멋이란 걸 모르는구나. 꼭 숙모와 똑같다. 딱해."

주인은 혼자 기름 단지를 들고 가서 장지문 쪽을 향한 채 그것을 들여다보고 있다.

16) 아가리가 잘쏙한 술병.

"그래요, 어차피 멋을 모르는걸요. 기름 단지를 경찰서에서 가져오는 일 같은 건 할 줄 몰라요. 그렇죠, 숙모님?"

지금 숙모는 그게 문제가 아니다. 보따리를 푸는 데 혈안이 돼가지고 도난품을 살펴보고 있다.

"어머나, 세상에. 도둑도 진보했네. 죄다 풀어 헤쳐서 빤 다음에 다림질까지 해놨네. 좀 보세요, 여보."

"누가 경찰에서 기름 단지를 가져오겠어? 기다리는 게 지루하니까 그 근처를 산책하다가 찾아낸 거지. 너 같은 애는 모르겠지만 이래 봬도 진품이야."

"대단한 진품이네요. 도대체 숙부님은 어딜 산책하신 거예요?"

"어디긴, 니혼즈쓰미 근처지. 요시와라에도 들어가 봤다. 꽤 번화한 곳이더구나. 그 철문을 본 적이 있냐? 없겠지."

"누가 보겠어요, 그런 걸. 요시와라 같은 매춘부가 있는 곳에 갈 일이 없잖아요. 숙부님은 교사 신분으로 잘도 그런 델 가시는군요. 정말 놀랍네요. 그렇죠? 숙모님, 숙모님."

"응, 그래. 어째 물건이 부족한 것 같네. 이걸로 모두 돌아온 건가요?"

"돌아오지 않은 것은 참마뿐이야. 9시에 나오라고 해놓고서 11시까지 기다리게 하는 법이 어디 있어. 이러니까 일본 경찰은 틀려먹었다는 거야."

"일본 경찰이 틀려먹었다지만, 요시와라를 산책한 건 더 틀려먹은 거예요. 그런 일이 알려지면 면직된다고요. 그렇죠, 숙모님?"

"응, 그렇겠지. 여보, 제 오비[17] 한쪽이 없어요. 어쩐지 부족하다 싶더라니."

"오비 한쪽 정돈 포기하라고. 난 세 시간이나 기다리느라고 소중한

17) 기모노를 입을 때 허리에 매는 띠.

시간을 반나절이나 허비해버렸는데."

주인은 옷을 갈아입고 태연하게 화롯가에 기대어 기름 단지를 들여다보고 있다. 안주인도 하는 수 없이 체념하고, 돌아온 물건들을 그대로 벽장 속에 집어넣고 자리로 되돌아온다.

"숙모님, 이 기름 단지가 진품이래요. 지저분하지 않아요?"

"그걸 요시와라에서 사가지고 오셨어요? 아이고."

"뭐가 아이고야. 알지도 못하는 주제에."

"그래도 그런 단지라면 요시와라에 안 가더라도 어디에나 있잖아요?"

"그런데 없단 말이야. 아무 데나 있는 물건이 아니라고."

"숙부님도 어지간히 돌부처시네요."

"또 어린애 주제에 건방진 소리를 하는구나. 어째 요즘 여학생들은 입이 거칠어서 못쓰겠어. 좀 『여자대학』[18] 같은 교훈서라도 읽어보려무나."

"숙부님은 보험이 싫으시죠? 여학생과 보험 중에 어느 쪽이 더 싫으세요?"

"보험은 싫지 않아. 그건 필요한 거야. 장래를 생각하는 자라면 누구나 들지. 여학생은 무용지물이야."

"무용지물이라도 좋아요. 보험에 들지도 않으시면서."

"다음 달부터 들 생각이야."

"정말요?"

"정말이고말고."

"그만두세요, 보험 같은 건. 그보단 그 돈으로 뭘 사는 편이 좋겠어요. 그렇죠, 숙모님?"

숙모는 싱글싱글 웃고 있다. 주인은 정색을 하고서 말한다.

---

18) 에도 시대에 널리 읽힌 여성 교육을 위한 교훈서.

"너 같은 애는 백 살이고 이백 살이고 살 생각을 하니까 그런 태평한 소릴 하겠지만, 좀 더 이성적으로 생각해봐라. 당연히 보험의 필요성을 느끼게 될 거다. 다음 달부터 꼭 들 거야."

"그래요, 그렇담 하는 수 없죠. 하긴 요전번처럼 양산을 사주실 돈이 있으시면 보험에 드는 편이 더 나을지도 모르겠네요. 남이 필요 없어요, 필요 없어요, 하는데도 무리해서 사주시니 말이에요."

"그렇게도 필요 없었냐?"

"예, 양산은 갖고 싶지도 않았어요."

"그러면 돌려주면 되겠네. 마침 돈코가 갖고 싶어 하니까 그걸 그 애한테 줘라. 오늘 가져왔냐?"

"어머, 그건 너무하세요. 정말 너무 심하시네요. 모처럼 사주셔놓고서 도로 돌려달라니요."

"필요 없다니까 돌려달라고 하는 거지. 조금도 너무할 게 없어."

"필요 없긴 하지만, 너무하세요."

"알 수 없는 소릴 하는구나. 필요 없다고 하니까 돌려달라고 하는 건데 뭐가 너무하다는 거냐?"

"그래도."

"그래도 뭐가?"

"그래도 너무하세요."

"바보 같구나. 똑같은 소리만 되풀이하고."

"숙부님도 똑같은 소리만 되풀이하고 계시잖아요."

"네가 되풀이하니까 어쩔 수 없이 그러는 거지. 조금 전에도 필요 없다고 했잖아?"

"그러긴 했죠. 필요 없긴 하지만 도로 돌려주는 건 싫단 말이에요."

"난감하구나. 벽창호에다 고집불통이니 어쩔 수 없지. 너희 학교에선 논리학을 안 가르치냐?"

"좋아요, 어차피 무식하니까 무슨 말씀이든지 하시라고요. 이미 준

걸 돌려달라니. 남이라도 그런 몰인정한 소린 안 할 거예요. 바보 다케시늉이라도 좀 내보시라고요."

"무슨 시늉을 내보라고?"

"좀 정직하고 담백해보시라는 거예요."

"넌 바보 같은 데다 고집까지 엄청 세구나. 그러니까 낙제를 하지."

"낙제해도 숙부님한테 학비 내달라고 하지 않아요."

유키에 양은 말이 여기에 이르자 감정이 복받친 듯 닭똥 같은 눈물을 뚝뚝 보랏빛 하카마 위에 흘렸다. 주인은 멍하니, 그 눈물이 어떠한 심리 작용에서 나오는지를 연구라도 하듯 하카마 위에 고개를 숙인 유키에 양의 얼굴을 물끄러미 쳐다보았다. 그러고 있는데 하녀가 부엌에서 빨간 손을 문지방 너머로 나란히 내밀며 "손님 오셨습니다"라고 말한다.

"누가 왔는데?" 하고 주인이 묻자, "학교 학생이랍니다" 하고 하녀는 유키에 양의 우는 얼굴을 곁눈으로 훔쳐보면서 대답한다. 주인은 응접실로 건너간다. 나도 취재 겸 인간 연구를 위해서 주인의 뒤를 따라 슬그머니 툇마루로 돌아갔다. 인간을 연구하기 위해서는 뭔가 파란만장한 때를 택하지 않으면 도무지 결과가 나오지 않는다. 평소에는 대개 인간들이 다 그렇고 그런 수준이므로 보는 것이나 듣는 것이나 맥이 풀릴 정도로 평범하다. 그러나 무슨 일이 일어났다 하면, 이 평범함이 갑자기 영묘하고 신비로운 작용으로 인하여 불뚝불뚝 솟아올라 기발한 것, 이상한 것, 묘한 것, 색다른 것, 한마디로 말하면 우리 고양이들 입장에서 보아 매우 유익한 공부가 될 만한 사건이 여기저기 도처에서 마구마구 터진다.

유키에 양이 보여준 여자의 눈물 같은 게 바로 그런 현상의 하나다. 안주인과 이야기를 나누는 동안에는 유키에 양이 그렇게 불가사의하고 예측할 수 없는 마음을 지니고 있을 줄은 생각지 못했다. 그런데 주인이 돌아와서 기름 단지를 내팽개치자마자 별안간 죽은 용에게 증기 펌프질을 해댄 듯이 발끈해서, 그 심오하고 엿보아서는 알 수 없는 교묘하고 미묘하고 기묘하고 영묘하고 뛰어난 자질을 아낌없이 발휘하고 마는 것이었다.

그 훌륭한 자질은 세상 여성들에게 공통된 자질이다. 단지 애석하게도 손쉽게 드러나지 않을 뿐이다. 아니, 드러나기야 하루 종일 쉴 새 없이 드러나지만, 이처럼 현저하고 공공연하게 속속 드러나지는 않는다. 다행히 주인같이 내 털을 걸핏하면 거꾸로 쓰다듬고 싶어 하는 삐딱한 성격의 기특한 사람이 있으니, 이런 교겐狂言[19]도 삼가 볼 수가 있는 것이리라.

주인의 뒤만 따라다니면, 어디로 가든 무대의 배우는 저절로 움직일 것이 분명하다. 재밌는 남자를 주인님으로 모신 덕택에 짧은 고양이의 일생 동안에 꽤 많은 경험을 할 수가 있다. 고마운 일이다. 이번 손님은 어떤 작자일까?

보아하니 나이는 열일고여덟 살, 유키에 양 또래의 서생이다. 커다란 머리를 머릿속이 들여다보일 정도로 짧게 깎고, 떡하니 주먹코를 얼굴 한복판에 박은 채 손님방 구석에 쭈그리고 앉아 있다. 달리 이렇다 할 특징은 없지만, 머리통만은 엄청 크다. 까까중머리로 깎았는데도 저렇게 크게 보이는데, 주인처럼 길게 기른다면 필시 남의 시선을 끌 것이다. 이런 머리들이 대개 학문은 그리 신통치 못하다는 게 예전부터 주인의 지론이다. 실제 그런지는 모르지만, 언뜻 보면 나폴레옹 같아서 자못 볼 만하다.

의상은 보통 서생 같고, 사쓰마산産인지, 구루메산인지, 아니면 이요산인지 모르겠으나, 어떻든 잔무늬의 무명 겹옷을 소매를 짧게 해서 입고, 그 속에는 셔츠도 속옷도 안 입은 것 같다. 속옷도 생략한 채 겹옷을 입고 맨발을 드러낸 모습은 멋져 보인다고도 하겠지만, 이 사내의 꼴은 아주 던적스런 느낌을 준다. 특히 다다미 위에 도둑의 발자국 같

---

19) 가면극인 노能의 막간에 상연하는 전통적인 희극.

은 엄지발가락 자국을 세 개나 뚜렷이 찍어놓은 것은 완전히 맨발의 책임임에 틀림없다. 그는 네 번째 발자국 위에 떡하니 무릎을 꿇고, 사뭇 거북한 자세로 송구스럽게 앉아 있다.

원래 점잖은 사람이 단정하게 앉아 있는 것은 별로 이상스러울 게 없지만, 반들반들한 까까중머리에 팔다리 다 내놓은 난봉꾼이 송구스럽게 앉아 있는 모습이란 어쩐지 어울리지 않는다. 길에서 선생을 만나도 인사를 하지 않는 걸 자랑으로 여기는 녀석들이, 비록 30분이라도 남들처럼 앉아 있는 것은 괴로운 일임에 틀림없다. 그런 걸 타고난 공겸恭謙의 군자, 성덕盛德의 장자 같은 자세를 취하고 있으니, 본인은 고역스럽겠지만 옆에서 보면 너무나 우습다. 교실이나 운동장에서는 그렇게 시끄러운 녀석이 어떻게 이처럼 자신을 통제할 수 있을까 생각하니, 불쌍하기도 하지만 우스꽝스럽기도 하다.

이렇게 한 사람씩 상대하게 되면, 아무리 바보스런 주인이라도 학생에 대해서는 다소 위엄이 있어 보인다. 주인도 필시 득의양양할 것이다. 티끌 모아 태산이라고 미미한 학생 하나라도 다수가 뭉치면 무시할 수 없는 단체가 되어, 배척 운동이나 스트라이크를 일으킬지도 모른다. 이는 마치 겁쟁이가 술을 마시면 대담해지는 것과 같은 현상일 것이다. 다수의 힘을 믿고 소란을 피우는 것은 사람들의 분위기에 취한 나머지 제정신을 놓아버리는 것이라고 여겨도 지장은 없으리라. 그렇지 않으면 이렇게 송구해서라기보다는 오히려 맥이 풀려서 스스로 맹장지문에 바싹 몸을 기대고 있는 잔무늬 사쓰마가, 아무리 노후됐다지만 적어도 선생이란 이름이 붙은 주인을 경멸할 수가 없다. 또 바보 취급할 리도 없다.

주인은 방석을 내밀면서 "자, 깔고 앉아라"라고 말했지만, 까까중 서생은 굳은 자세로 "예" 하고는 움직이지 않는다. "날 깔고 앉으시오"라든가 뭐라 하는 말도 없이 코앞에 놓여 있는 낡아빠진 사라사 방석 뒤에, 살아 있는 큰 머리가 떡하니 앉아 있는 꼴이란 참 묘하기 그지없다.

방석은 깔고 앉기 위한 것이지, 놓고 보라고 안주인이 종합상가에서 사 온 것이 아니다. 방석 입장에서 앉아주지 않으면 방석은 바로 그 명예를 훼손당한 것이며, 이것을 권한 주인도 또한 어느만큼은 체면이 서지 않게 된다. 주인의 체면을 구겨가면서까지 방석과 눈싸움을 벌이고 있는 까까중머리 군은 결코 방석 그 자체가 싫은 것은 아니다. 사실을 말하자면, 정식으로 앉아본 것은 할아버지 제사 때 외에는 태어나서 거의 없기 때문에, 아까부터 벌써 다리가 저리기 시작해서 조금씩 발끝이 고통을 호소하고 있는 상태다. 그런데도 깔고 앉지 않는다. 방석이 할 일이 없어 빈둥빈둥 대기하고 있는데도 깔지 앉는다. 주인이 "자, 깔지" 하는데도 깔지 않는다. 귀찮은 까까중 놈이다. 이 정도로 사양할 양이면 여러 명이 모였을 때 좀 더 사양하면 좋을 텐데, 학교에서도 좀 더 사양하면 좋을 텐데, 하숙집에서도 좀 더 사양하면 좋을 텐데, 그러지 않아도 될 곳에서 겸손을 떨고 그래야 할 때는 겸손치 못하다. 아니, 대단히 행패를 부린다. 성질이 못돼먹은 까까중이다.

그러고 있는데, 뒤쪽 맹장지문을 살그머니 열고 유키에 양이 차 한 잔을 공손하게 까까중 앞에 내민다. 평소 같으면 "야 이거, 새비지 티가 나왔네" 하고 조롱할 판인데, 주인 한 사람한테도 쩔쩔매고 있는 판에, 묘령의 여성이 학교에서 갓 배운 오가사와라小笠原[20]식 예법에 따라 묘하게 격식을 차린 손놀림으로 찻잔을 내미니, 까까중은 몹시 당황해하는 기색이다.

유키에 양은 맹장지문을 닫으면서 뒤에서 생글생글 웃는다. 그러고 보면 여자는 동년배라 해도 꽤 성숙한 존재다. 까까중에 비하면 훨씬 대담한 것 같다. 더구나 아까까지 분해서 뚝뚝 눈물을 흘린 뒤끝이라, 이 생글생글 웃는 모습이 한층 더 돋보인다.

유키에 양이 물러간 뒤에는 양쪽 다 아무 말 없이 잠시 동안은 참고

---

20) 중세에 생긴 딱딱한 예절 규범.

있었는데, 이러고 있으니 꼭 수도 생활을 하는 것 같다고 느낀 주인이 겨우 입을 열었다.

"너 이름이 뭐라 했지?"

"후루이……."

"후루이? 후루이 뭐라고 했지? 이름이?"

"후루이 부에몬古井武右衛門."

"후루이 부에몬—정말 긴 이름이구나. 요새 이름이 아니고 옛날 이름이야. 4학년이었지?"

"아닙니다."

"3학년인가?"

"아니요, 2학년입니다."

"갑甲반인가?"

"을乙반입니다"

"을반이라면 내가 맡고 있는 반이네. 그렇지?" 하고 주인은 감탄한다. 실은 이 큰대가리는 입학 당시부터 주인의 눈에 띄었으므로 결코 잊었을 리가 없다. 잊어버리기는커녕 가끔은 꿈에도 보일 정도로 감명을 받았던 머리다. 하지만 태평스런 주인은 이 큰대가리와 이 옛날풍의 이름을 연결하고 그것을 다시 2학년 을반에 연결하지 못한 것이다. 그러니까 꿈에 보일 만큼 탄복한 큰대가리가 자기가 담당한 반의 학생이라는 말을 듣고, 자신도 모르게 '아, 그렇군!' 하고 마음속으로 무릎을 탁 쳤던 것이다. 그러나 이 옛날풍의 이름을 가진 큰대가리가, 그것도 자기가 담당하는 학생이 무엇 때문에 찾아왔는지 도통 짐작이 안 간다.

원래 덕망 없는 주인인지라 학교 학생이라고는 설날이든 연말이든 거의 찾아온 적이 없다. 찾아온 것은 후루이 부에몬 군이 처음이라 할 만큼 진객인 셈이지만, 그 방문의 의도를 알 수 없으니 주인도 매우 난처한 모양이다. 이런 재미없는 사람 집에 그냥 놀러 왔을 리도 없을 테고, 또 사직을 권고하러 왔다면 좀 더 의기양양하게 굴 것이다. 그렇다고 해서 부에몬 군 같은 애가 개인적인 문제로 상담할 게 있을 리 없으니, 어느 쪽으로든 아무리 생각해봐도 주인으로서는 이해할 수가 없다.

부에몬 군의 태도를 보아 어쩌면 본인조차도 자신이 왜 여기까지 와 있는지 분명치 않은지도 모른다. 하는 수 없이 주인이 먼저 나서서 단도직입적으로 묻기 시작했다.

"너 놀러 왔냐?"

"아닙니다."

"그럼 볼일 때문에 왔냐?"

"예."

"학교 일이냐?"

"예, 좀 드릴 말씀이 있어서요……."

"음, 무슨 일인데? 어서 말해봐라"라고 하는데, 부에몬 군은 머리를 수그린 채 아무 말도 하지 않는다. 원래 부에몬 군은 2학년생치고는 말을 유창하게 잘하는 편으로, 머리 크기에 비해 지능은 발달하지 못했지만 지껄이는 데 있어서는 을반 안에서도 쟁쟁한 편이다. 실제로 요전에 콜럼버스를 일본어로 번역해달라고 해서 주인을 몹시 난감하게 한 것이 바로 이 부에몬 군이다. 그 쟁쟁한 인물이 아까부터 말더듬이 공주님처럼 우물쭈물하는 걸 보면 필시 무슨 사연이 있는 게 분명하다. 단순히 점잖은 시늉을 내는 것은 아니라고 생각된다. 주인도 좀 이상하다는 생각이 들었다.

"얘기할 게 있으면 빨리 얘기하지 그러냐?"

"말씀드리기가 좀 곤란한 일이라서……."

"말하기가 곤란하다고?"

주인은 부에몬 군의 얼굴을 봤지만, 그는 여전히 고개를 숙이고 있는지라 무슨 일 때문인지 전혀 짐작할 수가 없다. 어쩔 수 없이 주인은 어조를 약간 바꾸어 부드럽게 덧붙였다.

"괜찮아. 뭐든지 얘기해도 좋아. 아무도 듣지 않아. 나도 다른 사람에게 말하지 않을 테니까."

"말씀드려도 괜찮을까요?"

부에몬 군은 아직도 망설이고 있다.

"괜찮고말고."

주인은 알지도 못하면서 제멋대로 판단을 내린다.

부에몬 군은 "그럼 말씀드리겠습니다" 하고 말을 시작하더니, 까까중머리를 불쑥 쳐들어 주인 쪽을 약간 눈부신 듯이 쳐다보았다. 그 눈은 삼각형이다. 주인은 볼을 불룩하게 하고 아사히 담배 연기를 뿜어내면서 살짝 고개를 옆으로 돌렸다.

"실은 저…… 곤란한 문제가 생겨서……."

"뭔데?"

"뭐냐 하면요, 그게 굉장히 곤란하게 돼서 온 겁니다."

"그러니까 뭐가 곤란하냐고?"

"그런 짓을 할 생각은 없었습니다만, 하마다가 하도 빌려달라고 하기에."

"하마다라면 하마다 헤이스케 말이냐?"

"예."

"하마다한테 하숙비라도 빌려줬다는 거냐?"

"아니, 뭐 그런 걸 빌려준 건 아닙니다."

"그럼 뭘 빌려줬는데?"

"이름을 빌려줬습니다."

"하마다가 네 이름을 빌려서 뭘 했는데?"

"연애편지를 보냈답니다."

"뭘 보냈다고?"

"그래서 이름은 안 되고, 우편함에 넣는 역할은 하겠다고 했는데……."

"무슨 소릴 하는지 도통 알 수가 없구나. 도대체 누가 뭘 했다는 거냐?"

"연애편지를 보낸 겁니다."

"연애편지를 보냈다고? 누구한테?"

"그러니까 말씀드리기 곤란하다는 겁니다."

"그럼 네가 어떤 여자한테 연애편지를 보냈다 그 말이냐?"

"아니요, 제가 아닙니다."

"하마다가 보냈다는 거냐?"

"하마다도 아닙니다."

"그럼 누가 보냈다는 거냐?"

"누군지 모르겠습니다."

"도저히 못 알아듣겠구나. 그럼 아무도 안 보냈다는 거냐?"

"이름만은 제 이름입니다."

"이름만은 네 이름이라니, 무슨 말인지 도무지 모르겠다. 좀 더 조리 있게 얘기해봐라. 대체 그 연애편지를 받은 당사자는 누구냐?"

"가네다라고 저쪽 골목에 사는 여자입니다."

"그 실업가네 집 말이냐?"

"예."

"이름만 빌려줬다는 건 무슨 말이냐?"

"그 집 딸이 하이칼라고 건방지니까 연애편지를 보낸 겁니다. 하마다가 이름이 없으면 안 된다고 하기에 그러면 네 이름을 쓰면 되지 않느냐고 했더니, 자기 이름은 평범해서 안 된다며 후루이 부에몬 쪽이 좋다고 해서—그래서 결국 제 이름을 빌려주고 말았습니다."

"그래, 너는 그 집 딸을 아냐? 교제해본 일이 있어?"

"교제가 다 뭡니까, 얼굴도 본 적이 없는걸요."

"말이 안 되는구나. 얼굴도 모르는 사람한테 연애편지를 보내다니, 어쩔 생각으로 그런 짓을 한 거냐?"

"그저 모두들 그 계집애가 건방지고 잘난 체한다고 해서 놀려준 겁니다."

"더욱더 말이 안 돼. 그러니까 네 이름을 버젓이 써서 보냈다 이거지?"

"예, 문장은 하마다가 썼습니다. 제가 이름을 빌려주고 엔도가 밤에 그 집까지 가서 우편함에 넣고 온 겁니다."

"그럼 셋이서 공동으로 했다는 말이구나."

"예, 하지만 나중에 생각해보니까 만일 들통 나서 퇴학이라도 당하게 되면 큰일이다 싶더라고요. 너무 걱정이 돼서 2, 3일은 잠도 자지 못해 정신이 멍해졌습니다."

"거 정말 터무니없는 짓을 했구나. 그래서 분메이文明중학교 2학년 후루이 부에몬이라고 썼다는 말이냐?"

"아니요, 학교 이름 같은 건 쓰지 않았습니다."

"학교 이름을 안 쓴 건 그래도 다행이구나. 이 일에다 학교 이름까지 나와봐라, 그야말로 분메이중학교의 명예에 관한 문제가 되지."

"어떻게 될까요? 퇴학을 당할까요?"

"글쎄다."

"선생님, 제 아버지는 아주 엄하신 분이고 게다가 어머니가 계모라서 만일 퇴학이라도 당하면, 전 정말 큰일 납니다. 진짜 퇴학을 당하게 될까요?"

"그러니까 심한 장난을 해서는 안 되는 거야."

"그럴 마음은 아니었는데 그만 그렇게 되고 만 겁니다. 퇴학당하지 않게 어떻게 안 될까요?"

부에몬 군은 금방이라도 울음을 터뜨릴 것 같은 목소리로 자꾸 애원한다. 맹장지문 뒤에서는 아까부터 안주인과 유키에 양이 킥킥거리며 웃고 있다. 주인은 어디까지나 근엄한 태도로 "글쎄"만을 되풀이하고 있다. 굉장히 재미있다.

내가 재미있다고 하면 뭐가 그렇게 재미있냐고 물을 사람이 있을지도 모른다. 묻는 게 당연하다. 인간이든 동물이든 자신을 아는 것은 생애의 중대한 일이다. 자기를 알기만 하면 인간도 인간으로서 고양이보다 더 존경을 받아도 괜찮다. 그때는 나도 이런 장난 같은 말을 쓰는 게 미안하니까 당장 그만둘 작정이다. 그러나 자기가 자기 코의 높이를 모르듯이, 자기가 어떤 존재인지 짐작하기는 상당히 어려운 모양이다. 그래서 평소에 경멸하던 고양이한테까지 이런 질문을 던지는 것 같다. 인간은 건방진 것 같으면서도 역시 어딘가 빠지는 데가 있다. 만물의 영장이니 뭐니 하며 아무 데나 만물의 영장을 들먹이면서 이 정도의 사실도 이해하지 못한다. 더욱이 아무렇지도 않은 양 태연한 데에는 한바탕 웃어버리고 싶어진다. 그 인간은 만물의 영장을 등에 짊어지고서 내 코는 어디에 있는지 가르쳐달라, 가르쳐달라 난리를 친다. 그렇다고 만물의 영장 자리를 사직하느냐 하면, 천만의 말씀! 죽어도 내줄 것 같지가 않다. 이 정도로 공공연히 모순을 보이면서도 태평하게 있을 수 있다면 귀염성이 있다 하겠다. 귀염성이 있는 대신 바보로서 만족해야 한다.

내가 이런 때에 부에몬 군과 주인과 안주인 및 유키에 양을 보며 재밌어하는 것은, 단지 외부의 사건이 맞부딪치고 그 맞부딪침이 파동을 묘한 데로 전해오기 때문에 그런 것은 아니다. 사실은 그 맞부딪침의 반향이 인간의 마음속에 각각 다른 음색을 일으키기 때문이다.

먼저 주인은 이 사건에 대해서 오히려 냉담하다. 부에몬 군의 아버지가 얼마나 까다롭든, 어머니가 부에몬 군을 얼마나 의붓자식 취급하든 별로 놀라지 않는다. 놀랄 이유가 없다. 부에몬 군이 퇴학을 당하는 것은 자기가 면직당하는 것과는 전혀 문제가 다르다. 천 명 가까운 학생이 모두 퇴학당한다면 교사도 먹고사는 일이 궁하게 될지도 모르나, 후루이 부에몬 군 한 사람의 운명이 어떻게 바뀌든 주인의 생계에는 하등 관계가 없다. 관계가 얕은 곳에는 동정심도 저절로 얕아지는 법이다. 듣도 보도 못한 남을 위해서 눈살을 찌푸리거나, 코를 풀거나, 탄식을 하는 것은 결코 자연스런 경향이 아니다. 인간이 그렇게 정 많고 사려 깊은 동물이라고는 도저히 생각되지 않는다. 그냥 세상에 태어난 세금으로서 때때로 교제 때문에 눈물을 흘려 보이거나 가여운 얼굴을 지어 보이거나 할 뿐이다.

말하자면 속임수가 든 표정으로, 사실 이건 아주 힘이 드는 예술이다. 이런 속임수에 능한 사람을 예술적 양심이 강한 사람이라고 하여, 세상에서는 이런 사람을 소중히 여긴다. 그러므로 사람들한테서 소중하게 여겨지는 인간만큼 수상하지 않은 자는 없다. 시험해보면 금방 알 수 있다. 이 점에 있어서 주인은 오히려 어설픈 부류에 속한다고 할 수 있을 것이다. 어설프니까 소중히 여겨지지 않는 거다. 소중히 여겨지지 않으니까 냉담한 속마음을 의외로 숨기지 않고 드러낸다. 그가 부에몬 군에게 "글쎄"를 반복하고 있는 것만 봐도 그러한 사정을 잘 알 수 있다.

여러분은 냉담하다고 해서 주인같이 착한 사람을 결코 싫어해서는 안 된다. 냉담은 인간의 본래의 성질로서 그 성질을 감추려고 애쓰지 않는 자는 정직한 사람이다. 만약 여러분이 이러한 때에 냉담 이상의 것을 바란다면, 그것이야말로 인간을 과대평가했다고 할 수밖에 없다. 정직마저 동이 난 세상에 그 이상을 기대하는 것은, 바킨[21]의 소설[22]에서 시노나 고분고[23]가 빠져나와, 건너편 이웃으로 이사 오는 때가 아니면 기대할 수 없는 무리한 주문이다.

주인 얘기는 대충 이 정도로 해두고, 다음에는 응접실에서 웃고 있는 여자들에 관해 얘기하겠는데, 이들은 주인의 냉담에서 한 걸음 나아가 우스꽝스런 영역으로 뛰어들어 즐거워들 하고 있다. 이 여자들한테는 부에몬 군이 두통을 앓고 있는 연애편지 사건이 부처의 설법처럼 고맙게 느껴진다. 이유는 없다. 그저 고마울 뿐이다. 굳이 들춰내자면 부

21) 다키자와 바킨, 에도 후기의 소설가, 1767~1848.

22) 권선징악을 주제로 호족 사토미가家의 흥망과 8견사犬士의 활약상을 그린 장편 전기소설『난소사토미핫켄덴南總里見八犬傳』.

23) 위 소설의 등장인물.

에몬 군이 난처해하는 게 고마운 것이다.

많은 여자에게 물어보라. "당신은 남이 난처해할 때 재미있어서 웃습니까?"라고. 그러면 질문받은 사람은 질문자를 바보라고 할 것이다. 바보라고 하지 않으면, 일부러 이런 질문을 던져서 숙녀의 품위를 모욕했다고 할 것이다. 모욕했다고 생각하는 것도 사실일지 모르지만, 남이 곤란해하는 것을 보고 웃는 것도 사실이다. 이건 "이제부터 나는 내 품위를 모욕하는 짓을 할 텐데 그걸 보고 뭐라고 하시면 싫어요" 하고 예고하는 거나 다름없다.

"나는 도둑질을 한다. 그러나 절대로 부도덕하다고 해서는 안 된다. 만일 나더러 부도덕하다느니 한다면 내 얼굴에 먹칠을 하는 것이다. 나를 모욕하는 것이다" 라고 주장하는 것과 같은 얘기다. 여자는 굉장히 영리하다. 생각에 논리가 서 있다. 적어도 인간으로 태어난 이상에는 밟히거나 차이거나 호통을 맞거나 특히 남이 돌아보지도 않을 때, 태연하게 있을 수 있는 각오가 필요하다. 뿐만 아니라, 어떤 사람이 침을 뱉거나 똥을 끼얹고 커다란 소리로 비웃더라도 흔쾌하게 받아들여야 한다. 그렇지 않으면 이렇게 영리한 여자라고 이름 붙은 자들과 교제를 할 수가 없다.

부에몬 군도 얼떨결에 엉뚱한 실수를 해서 매우 송구스러워하고 있는 것 같은데, 이처럼 송구스러워하는 사람을 보며 뒤에서 웃는 것은 실례라고 생각할지도 모르나, 그렇게 생각하는 것은 나이 어린 사람이 갖는 치기稚氣라며, 그런 때에 화내는 것을 저쪽에선 속이 좁다고 한다니, 그런 말을 듣는 게 싫으면 얌전하게 있는 게 낫다.

끝으로 부에몬 군의 심정을 잠깐 소개하겠다. 군은 걱정의 화신이다. 그의 위대한 두뇌는 나폴레옹의 그것이 공명심으로 가득 차 있는 것처럼, 실로 걱정으로 가득 차 터질 것만 같다. 때때로 그 경단 같은 주먹코가 실룩실룩 움직이는 것은 걱정이 안면신경에 전해져서 반사작용같이 무의식적으로 활동하는 것이다. 그는 커다란 알사탕을 삼킨 양,

배 속에 이러지도 저러지도 못할 덩어리를 껴안고, 요 2, 3일 동안 처치 곤란한 상태에 빠져 있다. 너무나 답답하기만 할 뿐, 달리 마땅한 묘책도 나올 것 같지 않아서 담임이라 이름 붙은 선생님한테 가면 어떻게든 도와주시려니 생각하고 싫은 사람 집에 커다란 머리를 수그리고 찾아온 것이다. 그는 평소에 학교에서 주인을 놀리거나, 동급생을 선동하여 주인을 곤란하게 했던 일은 까맣게 잊고 있다. 아무리 놀려주고 곤란하게 했어도 담임이란 이름이 붙은 이상은 걱정해줄 게 틀림없다고 믿고 있는 듯하다. 정말 단순한 놈이다. 담임은 주인이 좋아서 맡은 직책이 아니다. 교장의 명령에 의해서 어쩔 수 없이 떠맡은, 일테면 메이테이의 백부님의 중산모와 같은 것이다.

그냥 이름뿐이다. 그냥 이름만으로는 어찌할 수도 없다. 이름이 도움이 되는 때가 있다면 유키에 양은 이름만으로도 맞선을 볼 수 있을 것이다. 부에몬 군은 비록 자신은 제멋대로 굴지라도 남은 자기에게 반드시 친절해야 한다는, 인간을 과대평가한 가설에서 출발하고 있다. 비웃음을 당할 거라고는 생각도 못 했을 것이다.

부에몬 군은 담임선생 집에 와서 필시 인간에 대해서 한 가지 진리를 깨달았을 것이다. 그는 이 진리로 인하여 앞으로 더욱더 참된 인간이 될 것이다. 남의 걱정에는 냉담해질 것이고, 남이 곤란해할 때에는 큰 소리로 웃을 것이다. 이렇게 하여 천하는 미래의 부에몬 군으로 가득 차게 될 것이다. 가네다나 가네다 부인으로 가득 차게 될 것이다. 나는 간절하게 부에몬 군을 위해서 그가 한시라도 빨리 자각하여 참된 인간이 되기를 희망한다. 그리 되지 않으면 아무리 걱정하고, 아무리 후회하고, 아무리 착해지려는 마음이 간절해도 도저히 가네다 같은 성공은 이루지 못할 것이다. 아니, 사회는 머지않아 부에몬 군을 인간의 거주지 밖으로 추방할 것이다. 분메이중학교 퇴학이 문제가 아니다.

이같이 생각하며 재미있어 하고 있는데, 바깥 격자문이 드르륵 열리더니 현관 장지문 뒤에서 얼굴이 반쯤 쑥 나타났다.

"선생님."

주인은 부에몬 군에게 "글쎄"를 반복하고 있던 터에 "선생님" 하고 현관에서 부르는 소리가 나자, 누군가 하고 그쪽을 본다. 장지문으로 반쯤 들이민 얼굴은 틀림없는 간게쓰 군이다.

"어, 들어오게나" 하고는 그대로 앉아 있다.

"손님이 와 계신가요?"

간게쓰 군은 여전히 얼굴만 반쯤 내민 채로 묻는다.

"아니, 괜찮아. 들어오게."

"실은 잠깐 선생님 모시고 어디 좀 갈까 해서 왔는데요."

"어딜? 또 아카사카인가? 그 방면은 이제 손들었어. 요전에 어찌나 많이 걸었는지 다리가 막대기가 됐어."

"오늘은 다른 뎁니다. 오랜만에 나가지 않으시겠어요?"

"어딜 가자고? 우선 들어오기나 하게."

"우에노에 가서 호랑이 우는 소릴 들을까 해서요."

"시시하군. 어쨌든 잠깐 들어오게."

간게쓰 군은 도저히 멀리서는 담판을 짓기 어렵다고 생각했는지, 구두를 벗고 어슬렁어슬렁 올라왔다. 여느 때처럼 엉덩이에 헝겊을 댄 회색 바지를 입고 있는데, 이것은 너무 오래 입어서도, 또 엉덩이가 무거워 해져서도 아니다. 본인의 변명에 의하면, 최근에 자전거를 타기 시작해서 그 부분에 비교적 많은 마찰을 주었기 때문이라 한다. 간게쓰 군은 미래의 부인으로 언급되고 있는 여성에게 연애편지를 보낸 연적인 줄은 꿈에도 모르고, "아, 실례!" 하고 부에몬 군에게 가볍게 눈인사를 하고 툇마루 가까운 곳에 앉았다.

"호랑이 우는 소리를 들어서 뭐하게?"

"아니, 지금 듣는 게 아니예요. 지금부터 여기저기 산책하다가 밤 11시쯤 돼서 우에노에 가는 겁니다."

"밤에?"

"밤이 되면 공원 안의 노목老木들이 울창해서 으스스할 겁니다."

"그렇겠지, 낮보다는 조금 한적할 거야."

"그래서 아무래도 나무가 우거지고 낮에도 사람들이 잘 안 다니는 곳을 걸어 다니면, 어느새 먼지 구덩이 같은 도시에 사는 기분은 없어지고, 깊은 산속을 거니는 것 같은 기분이 들 겁니다."

"그런 기분이 들어서 뭘 하자는 건데?"

"그런 기분으로 한참 서 있으면, 별안간 동물원 안에서 호랑이 우는 소리가 들립니다."

"그렇게 딱 맞춰서 우나?"

"틀림없이 웁니다. 그 울음소리는 이과대학에까지도 들릴 정도니까요. 심야에 괴괴하니 사방에는 인기척도 없고, 혼귀는 피부에 와 닿는 것 같고, 도깨비가 코를 찌를 때……."

"도깨비가 코를 찌른다는 건 무슨 뜻이야?"

"왜 그렇게 말하잖아요? 무서울 때에."

"그런가? 별로 들은 적이 없는 것 같은데. 그래서?"

"그래서 호랑이가 우에노의 늙은 삼나무 잎을 죄다 떨어뜨릴 것 같은 기세로 사납게 울어대니까 무시무시하겠죠."

"그야 무시무시하겠지."

"어떻습니까? 모험하러 나가지 않으시겠습니까? 필시 유쾌해지실 겁니다. 아무래도 호랑이의 울음소리는 밤중에 듣지 않으면 들었다고 할 수 없습니다."

"글쎄" 하고 주인은 부에몬 군의 애원에 대해서 냉담한 것처럼 간게쓰 군의 탐험에 대해서도 냉담하다.

이때까지 묵묵히 호랑이 얘기를 부러운 듯이 듣고 있던 부에몬 군은 주인의 "글쎄"라는 말에 다시금 자신의 처지가 생각났는지, "선생님, 저 너무 걱정되는데 어떻게 하면 좋을까요?" 하고 다시 묻는다. 간게쓰 군은 무슨 일인가 하고 의아스런 표정으로 이 커다란 머리통을 쳐다본다. 난 좀 생각할 게 있어서 잠깐 실례하고 거실로 돌아왔다.

거실에서는 안주인이 킥킥 웃으며, 교토 도자기의 값싼 찻잔에 값싼 엽차를 찰랑찰랑하게 따라 안티몬 찻잔 접시에 받쳐서 유키에 양에게 내민다.

"유키에, 귀찮겠지만 이것 좀 갖다드려."

"싫어요."

"왜?"

안주인은 약간 놀란 듯이 웃음을 뚝 그쳤다.

"왜냐니요."

유키에 양은 즉시 매우 새침한 얼굴을 해가지고, 옆에 있던 〈요미우리신문〉 위에 엎드리듯 시선을 떨구었다. 안주인은 다시 한 번 협상을 시작한다.

"어머, 이상하네. 간게쓰 씬데. 상관없잖아."

"하지만 전 싫단 말이에요."

유키에 양은 〈요미우리신문〉 위에서 눈을 떼지 않는다. 이런 때는 한 글자도 읽는 게 아니지만, 읽고 있지 않다고 들춰내면 또 울음을 터뜨릴 것이다.

"하나도 부끄러울 게 없잖아?"

이번에는 안주인이 웃으면서 일부러 찻잔을 〈요미우리신문〉 위로 밀어놓는다.

"어머, 놀리지 마세요" 하고 유키에 양은 신문을 찻잔 밑으로 빼내려다 찻잔 접시에 걸려 엽차는 사정없이 다다미 위로 쏟아졌다.

"거봐"라고 안주인이 말하자, 유키에 양은 "어머나, 큰일 났네!" 하고 부엌으로 뛰어나갔다. 걸레라도 가져올 모양인가 보다. 나한테는 이 희극이 좀 재미있었다.

간게쓰 군은 그런 것도 모르고 응접실에서 묘한 얘기를 하고 있다.

"선생님, 장지문을 새로 바르셨네요. 누가 발랐습니까?"

"여자들이 발랐어. 잘 발랐지?"

"네, 아주 잘 발랐네요. 그 가끔 오시는 아가씨가 바르신 겁니까?"

"응, 그 애도 도와줬지. 이만큼 장지를 바를 정도면 시집갈 자격은 있다면서 아주 으스대고 있다네."

"흠, 그렇겠군요" 하면서 간게쓰 군은 장지문을 뚫어지게 바라보고 있다.

"이쪽은 판판한데, 오른쪽 가장자리는 종이가 울었네요."

"그쪽부터 시작했으니까 제일 경험이 부족할 때 발라서 그런 게지."

"그래서 그런지 솜씨가 좀 떨어지네요. 저 표면은 초월超越적 곡선이라서 보통 재주로는 도저히 나타낼 수 없습니다" 하고 간게쓰가 이학자답게 어려운 말을 하니, 주인은 "글쎄" 하고 대충 얼버무린다.

이런 상태로는 아무리 탄원을 한들 도저히 가망이 없다고 판단한 부에몬 군은 갑자기 그 위대한 머리통을 다다미 위에다 처박고 아무 말 없이 결별의 뜻을 나타냈다.

"그만 가려고?"

주인이 말했다. 부에몬 군은 맥없이 사쓰마 게타[24]를 끌고 대문을 나섰다. 불쌍하게도 그냥 내버려 두면 「바위의 시가詩歌」[25]라도 써놓고 게곤 폭포로 뛰어내릴지도 모른다.

원인을 따져보면 가네다네 따님의 하이칼라와 시건방짐에서 일어난 일이다. 만일 부에몬 군이 죽는다면, 귀신이 되어 그 따님을 괴롭히다 죽여버릴 것이다. 그런 여자가 세상에서 한두 명 사라진다 한들 남자들은 조금도 곤란할 게 없다. 간게쓰 군은 좀 더 숙녀다운 여성을 얻는 게 좋겠다.

---

24) 바닥이 넓은 삼나무 왜나막신.

25) 1903년 소세키의 제자였던 고교생이 게곤 폭포에서 투신자살할 때 바위 위의 나무에 새긴 유서.

"선생님, 저 아이는 학생입니까?"

"응."

"머리가 굉장히 크군요. 공부는 잘합니까?"

"머리통이 큰 것에 비해서는 못하는데, 가끔 이상한 질문을 하지. 요전엔 콜럼버스를 번역해달라고 해서 아주 혼났네."

"정말 머리가 너무 크니까 그런 쓸데없는 질문을 하는군요. 그래서 선생님은 뭐라고 대답하셨습니까?"

"응? 뭐, 대충 번역을 해줬지."

"그래도 번역을 하긴 하셨다는 겁니까? 야, 그거 대단하시네요."

"애들은 무엇이든 번역을 해주지 않으면 신용하지 않으니까."

"선생님도 정치가가 다 되셨네요. 그런데 아까 태도로 봐서는 어째 기운도 없는 것 같고 선생님을 곤란하게 할 것같이 보이진 않던데요."

"오늘은 좀 풀이 죽었지. 바보 같은 녀석이야."

"무슨 일인데요? 어째 얼핏 보기만 했는데도 굉장히 불쌍해 보이던데요. 도대체 왜 그런 겁니까?"

"왜긴. 바보 같은 짓을 해서 그러지. 가네다의 딸한테 연애편지를 보냈다는 거야."

"예? 그 머리통이요? 요즘 학생들은 아주 대담하군요. 이거 참 놀랍네요."

"자네도 걱정되겠지만……."

"뭘요, 전혀 아무렇지 않습니다. 오히려 재미있습니다. 아무리 연애편지가 날아들어도 상관없습니다."

"자네가 그렇게 태연하다면 괜찮겠지만……."

"괜찮고말고요. 전 전혀 상관없습니다. 하지만 그 머리통이 연애편지를 썼다고 하니 좀 놀라운데요."

"그게 글쎄, 장난으로 한 거라네. 그 아가씨가 하이칼라고 시건방지니까 놀려줘야겠다고 해서 세 놈이 공동으로……."

"셋이서 편지 한 통을 가네다 씨 댁 딸한테 보냈다는 겁니까? 더욱더 기이한 얘기군요. 1인분 서양 요리를 셋이서 먹은 것과 같지 않습니까?"

"그런데 각자 분담을 했다는 거야. 한 놈은 문장을 쓰고, 한 놈은 우편함에 넣고, 한 놈은 이름을 빌려주고 말일세. 그리고 아까 왔던 녀석이 이름을 빌려준 놈인데, 이놈이 제일 바보지. 게다가 가네다네 딸은 본 적도 없다니, 어떻게 그런 엉뚱한 짓을 할 수가 있을까?"

"이거 근래 보기 드문 대사건이군요. 걸작인데요. 그 머리통이 여자한테 편지를 보냈다는 게 정말 재밌지 않습니까?"

"엉뚱한 일이 벌어지지 않겠나?"

"무슨 일이 벌어지든 무슨 상관이겠습니까? 상대가 가네다인걸요."

"하지만 자네가 결혼할지도 모르는 사람이잖아."

"그러니까 괜찮다는 겁니다. 뭐, 가네다 같은 거 상관없어요."

"자네는 상관없다 하더라도……."

"가네다도 마찬가지일 거예요. 괜찮습니다."

"그건 그렇다 치고, 본인이 나중에야 갑자기 양심의 가책을 받아 겁이 나니까 아주 쩔쩔매면서 나한테 상의하러 온 거야."

"아하, 그래서 그렇게 풀이 죽어 있던 겁니까? 소심한 아이인가 보군요. 선생님은 뭐라고 말씀해주셨나요?"

"본인은 퇴학당하는 게 아닌지, 그걸 제일 걱정하고 있더라고."

"왜 퇴학을 당하는데요?"

"그런 못되고 부도덕한 짓을 했으니까."

"뭐, 부도덕하다고 할 정도는 아니죠. 괜찮습니다. 가네다 측에선 오히려 자랑으로 여기고 필시 떠벌리고 다닐 겁니다."

"설마."

"어떻든 불쌍하네요. 그런 짓을 하는 건 잘못이라 하더라도 저렇게 걱정하게 놔두다간 젊은이 하나 죽이겠습니다. 그 녀석 머리통은 크지만 인상은 그렇게 나쁘지 않던데요. 코를 실룩거리는 게 귀엽더라고요."

"자네도 메이테이같이 꽤 태평스런 말을 하는군."

"뭐, 이게 시대사조인걸요. 선생님은 너무 구식이니까 무엇이든 어렵게 해석을 하시는 겁니다."

"그렇지만 어리석은 짓이 아닌가? 알지도 못하는 여자한테 장난으로 연애편지를 보내다니, 전혀 상식이 없잖아?"

"장난이란 게 대개는 상식을 벗어나게 마련이지요. 한번 봐주세요. 공덕이 될 겁니다. 꼴을 보니 잘못하다간 게곤 폭포에 가겠던데요."

"글쎄."

"그렇게 하세요. 더 나이 많고 분별 있는 어른들도 그것보다 더하잖아요. 훨씬 못된 짓을 해놓고도 시치미를 떼고 있잖습니까? 그런 아이를 퇴학시킨다면, 그보다 먼저 그런 어른들을 모조리 추방시켜야 불공평하지 않죠."

"그것도 그렇군."

"그런데 어떻습니까, 우에노에 호랑이 울음소리를 들으러 가는 건?"

"호랑이 말인가?"

"예, 들으러 가세요. 실은 2, 3일 내에 잠깐 시골에 다녀올 일이 생겨서 당분간 아무 데도 모시고 가지 못하거든요. 그래서 오늘은 꼭 함께 산책하러 갈 작정으로 온 겁니다."

"그래, 시골 다녀오려고? 무슨 일이 있나?"

"예, 볼일이 좀 생겨서요. 어쨌든 나가지 않으시겠어요?"

"그래, 그럼 나가볼까?"

"자, 가시지요. 오늘은 제가 저녁을 크게 한턱 낼 테니까요. 그러고 나서 운동 삼아 좀 돌아다니다 우에노에 가면 시간이 딱 맞을 겁니다."

간게쓰 군이 자꾸 재촉을 하니, 주인도 그럴 기분이 들어서 함께 나갔다. 뒤에서는 안주인과 유키에 양이 거침없는 소리로 깔깔, 낄낄거리며 웃어대고 있었다.

11

도코노마 앞에 바둑판을 가운데다 놓고 메이테이 군과 도쿠센 군이 마주 앉아 있다.

"그냥은 안 할래. 지는 쪽이 뭐든 한턱내기로 하세. 알겠지?"

메이테이 군이 다짐을 하자, 도쿠센 군은 여느 때와 같이 염소수염을 잡아당기면서 이렇게 말했다.

"그렇게 하면 모처럼의 깨끗한 오락이 아주 세속적이 되고 마네. 내기를 하면 승부에 마음을 빼앗겨서 재미가 없어. 승패를 초월해서 흰 구름이 저절로 산속 동굴을 나와 퍼져나가는 것 같은 자연스런 기분으로 둬야만 그 속에서 비로소 바둑 한판의 진미를 알 수 있거든."

"또 시작하시는군. 자네 같은 선골仙骨은 상대하기가 정말 힘들어. 마치 『열선전列仙傳』[1]에 나오는 인물 같아."

"줄 없는 거문고[2]를 타고서."

1) 한나라 유향이 썼다는 중국 고대 선인 71명에 대한 전기.
2) 중국 송대의 시인 도연명이 술을 마시면 줄 없는 거문고를 타며 마음을 연주했다는 고사가 있음.

"줄 없는 전신電信을 걸겠다는 말인가."

"어쨌든 두자고."

"자네가 백白을 둘 건가?"

"어느 쪽이든 상관없어."

"과연 선인답게 의젓하군. 자네가 백이면 자연히 난 흑黑일 수밖에. 자, 어서 오시게나. 어디서부터든."

"흑부터 두는 게 원칙이지."

"그렇군. 그럼 양해를 얻고 내가 먼저 두겠네. 정석대로 이쪽부터 갈까?"

"정석에 그런 건 없어."

"없어도 상관없어. 새로 발명한 정석일세."

나는 내가 아는 세상이 좁아서 바둑판이라는 것을 근래에 와서 처음 봤는데, 생각하면 할수록 묘하게 생겼다. 넓지도 않은 네모난 판 위에다 촘촘하게 가로세로 줄을 그어놓고, 현기증이 날 정도로 다닥다닥 흑백의 돌을 나열한다. 그러고선 이겼네, 졌네, 죽었네, 살았네, 비지땀을 흘리면서 야단법석을 떤다.

고작해야 사방 30센티미터 정도의 면적이다. 고양이 앞발로 휘저어도 엉망진창이 된다. 끌어모아 늘어놓으면 초막이 되고, 도로 쓸어 담으면 원래의 허허들판이 된다. 부질없는 장난이다. 차라리 팔짱 끼고 바둑판을 지켜보고 있는 게 훨씬 마음이 편하다. 그것도 맨 처음 3, 40점은 돌의 나열 형태가 별반 눈에 거슬리지 않지만, 이기느냐 지느냐 하는 결판을 내는 고비에서 들여다보면, 이야말로 참 가관이 아닐 수 없다. 흑과 백이 판에서 넘쳐흘러 떨어질 지경으로 서로 밀어붙이며 쌍방이 씩씩거리고 있다. 비좁다고 해서 옆에 있는 놈에게 비켜달라 할 수도 없고, 방해된다고 먼저 와 있는 선생한테 퇴거를 명령할 권리도 없다. 그저 천명으로 생각하고 체념하여 꼼짝 않고 가만히 움츠리고 있을 수밖에 별 도리가 없다.

바둑을 발명한 것은 인간이고 인간의 취향이 그 국면에 나타나는 것이라고 한다면, 답답한 바둑돌의 운명은 옹졸한 인간의 성질을 대표한다고 할 수 있겠다. 인간의 성질을 바둑돌의 운명으로 추측할 수 있다고 한다면, 인간이란 광활한 세계를 스스로 축소시켜 자기가 두 발을 딛고 서 있는 자리의 바깥으로는 무슨 일이 있어도 내딛을 수 없도록 잔재주를 부려서 자기 영역에 새끼줄을 치는 것을 좋아한다고 단언하지 않을 수 없다. 한마디로 인간이란 고통을 자초하는 존재라고 평해도 좋을 것이다.

늘 태평한 메이테이 군과 선미禪味가 있는 도쿠센 군은 무슨 생각에선지 오늘따라 벽장에서 낡은 바둑판을 끄집어내어 이 답답한 장난을 시작했다. 모처럼 두 사람이 만났으니, 처음에는 각자 자기 맘대로 행동을 취하여 흰 돌과 검은 돌이 바둑판 위를 자유자재로 뛰어다녔으나, 판의 너비에는 한계가 있어서 가로세로의 눈금이 한 수 한 수 둘 때마다 메워져 가므로, 제아무리 마음이 태평하고 제아무리 선미가 있다 해도 점점 갑갑해지는 것은 당연한 일이다.

"메이테이 군, 자네 바둑은 난폭해. 그런 곳에 들어오는 법이 어디 있나?"

"선승禪僧의 바둑에는 이런 법이 없을지 모르지만, 혼인보本因坊[3] 유파에는 있으니 어쩔 수가 없지."

"하지만 죽기만 하잖아."

"신臣은 죽음도 불사하거늘, 하물며 돼지 어깻죽지 살쯤 어찌 마다하리오![4] 자, 이렇게 한번 가볼까?"

3) 일본 바둑의 명인 가문. 지금은 바둑의 우승자에게 주는 칭호의 하나.

4) 『사기史記』「항우본기」의 고사 '홍문의 회鴻門之會'에서 항우가 유방의 신하 번쾌에게 술을 권했을 때 번쾌가 한 대답을 끌어다 우스갯소리로 변형한 말(*술잔→돼지 어깻죽지 살).

"그렇게 나오신다 이거지. 좋아. '남쪽에서 훈풍이 불어오니, 전각殿閣이 시원하구나!'[5]란 말도 있지. 이렇게 이어 두면 문제없겠군."

"허, 이어 두다니 정말 훌륭한데. 설마 이어 둘 줄은 생각 못 했어. 연달아서 치지 마라, 하치만종八幡鐘을.[6] 이렇게 이어 두면 어쩔 건가?"

"이러고저러고 할 것도 없어. 단칼에 간담이 서늘해지리라![7] 에잇, 귀찮군. 과감히 끊어버려야겠어."

"어 어, 큰일 났네, 큰일 났어. 거기 끊기면 죽는데. 이봐, 농담 아니야. 잠깐 기다려."

"그러니까 아까부터 말했잖아. 이렇게 된 곳에는 들어올 수 없는 법이라고."

"들어가서 죄송하나이다. 이 흰 돌을 좀 물러주게나."

"그것도 물러달라고?"

"그 김에 그 옆의 것도 물러주게나."

"뻔뻔하군, 자네."

"Do you see the boy라고?[8] 아니, 자네하고 나 사이 아닌가? 그런 매정한 소리 하지 말고 물러주게. 죽느냐 사느냐 하는 판이란 말일세. 잠깐, 잠깐 하면서[9] 무대로 뛰어오르려는 참이라고."

"그런 거 난 몰라."

"몰라도 좋으니까 좀 물러달라고."

"지금까지 여섯 번이나 물러줬잖아?"

---

5) 당나라 문종의 시에 유공권이 화답한 시구.

6) 에도의 속요「하치만가네」에서 인유. '이어 두다'라는 뜻의 바둑 용어 '쓰구'에서 '종치다'라는 뜻의 '쓰쿠'를 연상한 익살.

7) 몽골 침공 시 무가쿠 선사가 호조 도키무네에게 한 말.

8) 도쿠센의 말 '뻔뻔하군, 자네'(일본어로 '즈즈시제, 오이')를 발음이 비슷한 영어로 흉내 낸 것.

9) 가부키의 18종목 중에 〈잠깐暫〉이라는 레퍼토리가 있음.

"기억력도 좋은 친구야. 앞으론 전보다 배로 물러드리겠사오이다. 그러니까 제발 좀 물러주게. 자네도 고집이 꽤 세군. 좌선이라도 하면 사람이 좀 트일 텐데."

"하지만 이거라도 잡지 않으면 내가 질 것 같은데……."

"자네는 애초부터 져도 상관없는 부류가 아닌가?"

"나는 져도 상관없지만, 자네가 이기게 하고 싶진 않아."

"엉뚱한 깨달음이로군. 여전히 춘풍영리에 번갯불을 베고 있는가?"

"춘풍영리가 아니라, 전광영리일세. 자네 말은 거꾸로야."

"하하하, 이젠 대충 거꾸로 해도 될 줄 알았는데, 여전히 정확한 데가 있군. 그렇담 별수 없지. 단념해버릴까?"

"죽고 사는 게 큰 문제긴 하나, 무상함은 어이 이리 눈 깜짝할 사이인고. 단념하라고."

"아멘" 하고 메이테이 선생은 전혀 관계없는 데에다 탁 한 점을 놓았다.

도코노마 앞에서 메이테이 군과 도쿠센 군이 열심히 승부를 겨루고 있을 때 거실 입구 쪽에서는 간게쓰 군과 도후 군이 나란히 앉아 있고, 그 옆에 주인이 누런 얼굴을 하고 앉아 있다. 간게쓰 군 앞에 통째로 말린 가다랑어포 세 개가 맨살로 다다미 위에 점잖게 놓여 있는 건 진기한 풍경이다.

이 가다랑어포는 간게쓰 군의 품속에서 나왔는데, 꺼냈을 때는 따뜻하고 손바닥에 느껴질 정도로 맨살이면서도 온기가 있었다. 주인과 도후 군이 묘한 눈초리로 가다랑어포를 쳐다보고 있으니까 이윽고 간게쓰 군이 입을 연다.

"실은 한 나흘 전에 고향에 갔다 왔는데요, 여러 가지 볼일이 있어서 여기저기 뛰어다니느라 바로 오질 못했습니다."

"그렇게 서둘러 올 필요는 없어."

주인은 여느 때처럼 무뚝뚝하게 말한다.

"서두를 거야 없습니다마는, 이 토산품을 빨리 갖다 드리지 않으면 마음이 안 놓여서요."

"가다랑어포 아닌가?"

"예, 제 고향 특산품입니다."

"특산품이라니, 도쿄에도 이런 건 있을 것 같은데" 하면서 주인은 제일 큰 놈을 한 개 집어 들어 코끝에다 대고 냄새를 맡아본다.

"냄새로는 가다랑어포가 좋은 건지 나쁜 건지 알 수 없습니다."

"조금 크다고 해서 특산품인가?"

"일단 잡숴보세요."

"어차피 먹긴 먹겠지만, 이놈은 어째 한쪽이 떨어져 나간 것 같지 않나?"

"그래서 빨리 가져오지 않으면 걱정이다 싶었던 겁니다."

"왜?"

"왜라뇨, 그건 쥐가 갉아 먹은 자국이에요."

"그럼 위험하잖아. 잘못 먹었다간 페스트에 걸리겠군."

"뭐, 괜찮아요. 그 정도 갉아 먹었대서 해는 없습니다."

"도대체 어디서 갉아 먹은 거야?"

"배 안에서요."

"배 안에서? 어쩌다가?"

"넣을 데가 없어서 바이올린하고 같이 자루 속에 넣어 배를 탔다가 그날 밤에 당한 겁니다. 가다랑어포만 그랬으면 괜찮은데, 소중한 바이올린도 가다랑어포로 착각했는지 조금 갉아 먹었더라고요."

"경망스런 쥐로군. 쥐도 배 안에 살고 있으면 그렇게 분간을 못 하게 되나?" 하고 주인은 아무도 알아듣지 못할 말을 하면서 여전히 가다랑어포를 쳐다보고 있다.

"쥐야 뭐, 어디에 사나 으레 경망스럽겠죠. 그래서 하숙집에 가져와서도 또 당할지 몰라서 밤에는 이불 속에 넣고 잤습니다."

"좀 불결한 것 같군."

"그러니까 잡수실 때는 살짝 씻으세요."

"살짝 정도론 깨끗해질 것 같지 않은데."

"그러면 잿물에라도 담가서 빡빡 닦으면 되겠지요."

"바이올린도 껴안고 잤나?"

"바이올린은 너무 커서 껴안고 잘 수는 없었습니다만……" 하고 말하는데, 저쪽에서 메이테이 선생이 커다란 소리로 이쪽 담화에도 참견을 한다.

"뭐라고? 바이올린을 껴안고 잤다고? 거참 풍류가 있군. '가는 봄날에, 무거운 비파를 껴안은 마음이여'라는 하이쿠도 있지만 그건 아득히 먼 옛날의 이야기고, 메이지의 수제는 바이올린을 껴안고 자지 않고선 옛사람을 능가하지 못하지. '이불 속에서 기나긴 밤 지새우는 바이올린'은 어떤가? 도후 군, 신체시로 이런 기분을 표현할 수 있겠나?"

도후 군은 진지하게 대답한다.

"신체시는 하이쿠와 달라서 그렇게 빨리는 안 됩니다. 그러나 일단 짓기만 하면 좀 더 생령生靈을 울리는 묘한 소리가 납니다."

"그런가? 생령이란 건 겨릅대[10]를 태워 맞이하는 건 줄로 알았는데, 역시 신체시의 힘으로도 강림하시나 보지?"

메이테이는 바둑을 두다 말고 아직도 놀려대고 있다.

"그런 쓸데없는 소리를 지껄이다가 또 지겠네" 하고 주인이 메이테이에게 주의를 주자, 메이테이는 태연하게 대꾸한다.

"이기고 싶어도 지고 싶어도 상대가 가마솥 안에 들어간 낙지처럼 꼼짝달싹 못하고 있으니, 나도 심심해서 어쩔 수 없이 바이올린 얘기에 끼어보는 걸세."

이에 상대방 도쿠센 군은 약간 격앙된 어조로 말을 내뱉는다.

---

10) 일본의 명절인 우란분盂蘭盆 때 조상의 혼을 맞이하는 불을 피우는 데 씀.

"이번엔 자네 차례야. 이쪽에서 기다리고 있잖아."

"어? 벌써 두었어?"

"뒀고말고. 벌써 뒀지."

"어디에?"

"이 백을 비스듬하게 뻗어 두었네."

"아, 그렇군. '이 백을 비스듬하게 뻗어 둬서 지고 말았네'인가? 그렇다면 이쪽은, 이쪽은, '이쪽은 하다가 저물어 버리겠네'로다. 아무래도 좋은 수가 없군. 자네 한 번 더 두게 해줄 테니까 아무 데나 한 점 더 두게나."

"그런 바둑이 어디 있어?"

"그런 바둑이 어디 있냐고 하신다면 내가 두겠소이다. 그럼 이 모퉁이로 살짝 돌아서 둘까?—간게쓰 군, 자네 바이올린은 너무 싸구려라서 쥐가 업신여기고 갉아 먹은 거야. 비용이 들더라도 좀 더 좋은 걸 사게나. 내가 이탈리아에서 한 3백 년쯤 된 고물을 주문해줄까?"

"부디 부탁드립니다. 이왕이면 지불도 부탁드리고 싶네요."

"그렇게 낡은 게 무슨 소용이 있나?"

아무것도 모르는 주인은 이 한마디로 메이테이 군을 호되게 나무란다.

"자네는 인간 고물과 바이올린 고물을 동일시하는 모양이군. 인간 고물이라도 가네다 아무개 같은 자는 아직까지도 유행할 정도이니, 하물며 바이올린은 오래된 것일수록 더 좋은 거야—자, 도쿠센 군, 빨리 좀 부탁하네. 게이마사[11]의 대사에서처럼 가을 해는 빨리 저무는 법이니 말일세."

"자네같이 성급한 사람과 바둑을 두는 건 고통이야. 생각할 겨를이 있어야 말이지. 어쩔 수 없으니 우선 여기에다 한 점 두어 집을 내야지."

---

11) 가부키 〈고이뇨보소메와케타즈나戀女房染分手綱〉의 주연 중 한 사람.

"어이쿠, 결국 살려줘 버렸네. 분하군. 설마 거기에단 안 두겠지 싶어 잠깐 잡담을 늘어놓으며 이래저래 고심하고 있었는데, 역시 틀린 건가?"

"당연하지. 자넨 제대로 두지를 않고 자꾸만 속이려 드니까."

"그게 바로 혼인보식, 가네다식, 현대 신사식이라는 걸세—여보게, 구샤미 선생, 역시 도쿠센 군은 가마쿠라에 가서 장아찌를 먹고 수양을 쌓은 만큼 세상살이에 쉬이 동하지 않는군. 정말 감탄스러운걸. 바둑은 서툴지만 배짱은 두둑하군."

"그러니까 자네같이 배짱이 없는 사람은 좀 본받게나" 하고 주인이 등을 돌린 채 대답하자, 메이테이 군은 커다란 빨간 혀를 낼름 내밀었다. 도쿠센 군은 전혀 상관없다는 듯이 "자, 자네 차례야" 하고 또 상대를 재촉한다.

"자넨 언제부터 바이올린을 시작했나? 나도 좀 배울까 하는데, 굉장히 어렵다면서?"

도후 군이 간게쓰 군에게 묻는다.

"음, 보통 수준 정도까진 누구나 할 수 있지."

"같은 예술이니까 시가에 취미가 있는 사람은 역시 음악 쪽도 빨리 배울 거라고 내심 믿기는 하는데, 어떨까?"

"그렇겠지. 자네라면 필시 빨리 숙달될 거야."

"자네는 언제부터 시작했나?"

"고등학교 시절부터지. 선생님, 제가 바이올린을 배우게 된 경위를 말씀드린 적이 있나요?"

"아니, 아직 못 들었네."

"고등학교 시절에 가르쳐주는 선생이라도 있어서 시작했나?"

"뭐, 선생이 어디 있어. 독학한 거지."

"정말 천재군."

"독학했다고 다 천재라고 할 수는 없지."

간게쓰 군은 시큰둥하다. 천재라는 말을 듣고 시큰둥한 사람은 간게쓰 군뿐일 것이다.

"그야 아무래도 좋지만, 그래 어떤 식으로 독학했는지 좀 들려주게나. 참고로 하고 싶으니까."

"얘기 못 해줄 건 없지. 선생님, 얘기할까요?"

"어, 그래. 얘기하게나."

"지금은 젊은이들이 바이올린 케이스를 들고 다니는 모습을 자주 볼 수 있지만, 그 시절엔 고등학생으로서 서양 음악을 한 사람은 거의 없었습니다. 특히 제가 다니던 학교는 시골 중에서도 아주 시골이라 삼베 짚신조차 없는 소박한 곳이었으니, 학교 학생 중에 바이올린을 켜는 사람은 물론 하나도 없었습니다……."

"뭔가 재미있는 얘기가 저쪽에서 벌어진 것 같군. 도쿠센 군, 적당히 끝내세."

"아직 정리 안 된 데가 두세 군데 있어."

"있어도 괜찮아. 어지간한 데는 자네에게 진상할게."

"그런다고 거저 받을 수야 없지."

"선학자禪學者답지 않게 뭐가 그렇게 까다로운가? 그럼 단숨에 해치워 버리세—간게쓰 군, 왠지 굉장히 재미있을 것 같네. 그 고등학교지? 학생들이 맨발로 등교한다는……."

"그렇지는 않습니다."

"하지만 죄다 맨발로 군대식 체조를 하고, 뒤로 돌아를 하기 때문에 발바닥이 엄청 두꺼워졌다는 얘기가 있던데."

"설마요. 누가 그런 얘기를 하던가요?"

"누구면 어때. 그리고 도시락으로는 이만한 커다란 주먹밥 한 개를 여름 밀감처럼 허리에 차고 와서 먹는다고들 하던데. 먹는다기보다는 오히려 물어뜯는 거지. 그러면 그 속에서 매실장아찌가 한 개 나온다는 거야. 매실장아찌가 나오는 걸 낙으로 소금기 없는 그 주변을 맹렬하게 물어뜯으면서 먹어댄다는데, 정말 원기 왕성하단 말이야. 도쿠센 군, 자네 마음에 딱 들 것 같은 얘긴데."

"질박 강건하고 믿음직스런 기풍이군."

"믿음직스런 게 또 있어. 거기에는 재떨이라는 게 없다는 거야. 내 친구가 거기서 근무하고 있을 때 도게쓰호吐月峯[12]라는 인장이 찍힌 재떨이를 사러 나갔는데, 그런 건 고사하고 재떨이라고 이름 붙일 만한 것은 하나도 없더라는 거지. 이상하다 싶어 물어봤더니, 재떨이 같은 건 뒤뜰 대숲에 가서 잘라 오면 누구나 만들 수 있으니까 팔 필요가 없다고 딱 잘라 말하더라는 거야. 이것도 질박 강건한 기풍을 나타내는 미담 아닌가, 도쿠센 군?"

"음, 그런 건 아무래도 좋은데, 여기 공배空排를 한 점 메워야지."

"좋아. 공배, 공배, 공배라. 이젠 다 끝났군—난 그 얘길 듣고 참말 놀랐어. 그런 곳에서 자네가 바이올린을 독학했다는 건 정말 존경할 만해. '천생이 총명하나 고독하여라'라는 말이 『초사楚辭』[13]에 있지만, 간게쓰 군이야말로 메이지의 굴원[14]이야."

"굴원은 싫습니다."

"그럼 금세기의 베르테르[15]로 하지—뭐라고? 돌을 들어내고 계가計家를 하라고? 아주 깐깐한 성격이군. 계가하지 않아도 내가 진 게 분명하잖은가."

"그래도 결말이 안 났으니까……."

"그럼 자네가 해주게나. 난 계가할 상황이 아니야. 일대의 재사才士 베르테르 군이 바이올린을 배우기 시작한 일화를 들어야지. 안 그러면 조상한테 죄송스러우니, 실례하겠네."

---

12) 시즈오카에 있는 산 이름으로, 여기에서는 이곳의 대나무로 만든 재떨이를 지칭.
13) 초나라의 시문집으로, 굴원과 그 제자들의 작품이 수록되어 있음.
14) 중국 전국 시대의 시인, 정치가. ?B.C.343~?B.C.277.
15) 괴테의 소설 『젊은 베르테르의 슬픔』의 주인공.

메이테이 군은 자리를 떠나 간게쓰 군 쪽으로 끼어든다. 도쿠센 군은 차근차근 흰 돌을 들어내서는 백집을 메우고, 검정 돌을 들어내서는 흑집을 메우면서 열심히 입속으로 계산을 하고 있다. 간게쓰 군은 계속 얘기를 이어간다.

"그 지방의 특성이 원래 그런 데다 제 고향 사람들 기질이 또 굉장히 완고해서 조금이라도 유약한 자가 있으면 타지방 학생들한테 소문이 나쁘게 난다면서 무작정 제재를 엄하게 했기 때문에, 아주 까다로웠습니다."

"자네 고향 학생들은 말이야, 정말 말이 안 통해. 도대체 그 감색 무지 하카마는 뭣 때문에 입는 거야? 첫째, 그것부터가 이상해. 그리고 바닷바람이 불어서 그런지 어째 피부색이 검어. 남자는 그래도 괜찮지만 여자가 그래선 곤란하지 않겠어?"

메이테이 군 한 사람이 끼어들자 주제가 되는 얘기는 어디론가 날아가 버렸다.

"여자도 사실 검습니다."

"그래도 데려가는 남자가 있나 보지?"

"고향 전체가 죄다 검으니까 어쩔 수 없습니다."

"운명이구먼. 그렇지, 구샤미 군?"

"차라리 검은 편이 좋아. 괜히 좀 희거나 하면 거울을 볼 때마다 자만심이 생겨서 못써. 여자라는 건 아주 다스리기 힘든 물건이니까."

주인은 탄식하듯 한숨을 내쉬었다.

"하지만 온 지방이 몽땅 검으면 검은 피부에서 자만심이 생기지 않을까요?"

도후 군이 지당한 질문을 내놓았다.

"어떻든 여자는 전혀 불필요한 존재야" 하고 주인이 말하자, "그런 소리 하다가 나중에 제수씨한테 혼나면 어쩌려고 그래" 하고 메이테이 선생이 웃으면서 주의를 준다.

"괜찮아."

"안 계셔?"

"애들 데리고 아까 나갔어."

"어쩐지 조용하더라니. 어디 갔는데?"

"어딘지 몰라. 제멋대로 나다니니까."

"그리고 제멋대로 돌아오나?"

"그렇지, 뭐. 자네는 독신이라 좋겠군" 하고 주인이 말하자 도후 군은 조금 불만스런 얼굴을 한다. 간게쓰 군은 싱글벙글 웃는다. 메이테이 군이 말한다.

"마누라를 얻으면 모두들 그런 기분이 드나 보지. 도쿠센 군, 자네도 그런가?"

"어? 잠깐만. 4·6에 24, 25, 26, 27이라. 얼마 안 되는 줄 알았더니, 마흔여섯 집이나 되네. 더 많이 이긴 줄 알았는데, 세어보니 겨우 열여덟 집 차이로군—뭐라고 했어?"

"자네도 마누라한테 시달리느냐고."

"하하하, 별로 뭐 시달릴 게 있나. 내 마누라는 원래 날 사랑하거든."

"그렇담 좀 실례했네. 그래야 도쿠센 군이지."

"도쿠센 선생님뿐만이 아닙니다. 그런 예는 얼마든지 있습니다."

간게쓰 군이 세상 마누라들을 대신해 잠깐 변호의 노고를 맡았다.

"나도 간게쓰 자네의 말에 동의하네. 내 생각으로는 인간이 절대 경지에 들어가려면 단 두 가지 길이 있을 뿐인데, 그 두 가지 길이란 바로 예술과 사랑이야. 부부간의 사랑은 그 하나를 대표하는 것이니까 인간은 반드시 결혼을 해서 이 행복을 완수하지 않으면 하늘의 뜻에 어긋난다고 생각하네—한데 어떠십니까, 선생님은?"

도후 군은 여전히 진지하게 메이테이 군 쪽을 향해 돌아앉는다.

"명론이야. 하지만 나 같은 사람은 도저히 절대 경지에는 들어갈 수 있을 것 같지 않네."

"마누라를 얻으면 더욱 들어가기 힘들지" 하고 주인은 못마땅한 얼굴로 말한다.

"어떻든 우리 결혼하지 않은 청년들은 예술적 영감을 받아 향상일로를 개척하지 않으면 인생의 의미를 깨닫지 못합니다. 그렇기 때문에 우선 그 시작으로 바이올린이라도 배워볼까 해서 아까부터 간게쓰 군한테 경험담을 듣고 있는 겁니다."

"그렇지, 그렇지. 베르테르 군의 바이올린 얘기를 들을 예정이었지. 자, 얘기해보게나. 이젠 방해하지 않을 테니까" 하고 메이테이 군이 겨우 입을 다물고 물러서자, 이번엔 도쿠센 군이 나선다.

"향상일로는 바이올린 같은 것으로 개척되는 게 아닐세. 그런 유희삼매로 우주의 진리를 깨달았다간 큰일이지. 그 방면의 소식을 깨달으려면 역시 낭떠러지에서 몸을 날려 죽었다가 다시 살아날 정도의 기백이 없으면 안 되네."

이렇듯 점잔을 빼며 도후 군에게 훈계 섞인 설교를 한 것은 좋았지만, 도후 군은 선종禪宗의 선 자도 모르는 사람이므로 도무지 무슨 감명을 받은 것 같지는 않다.

"글쎄요, 그럴지도 모르죠. 하지만 역시 예술은 인간이 몹시 갈망하는 극치를 표현하는 거라고 생각되니, 아무래도 이것을 버릴 수는 없습니다."

"버릴 수가 없다면 원하는 대로 내 바이올린 얘기를 들려주겠네. 그래서 여태까지 얘기한 그런 형편이라, 나도 바이올린을 배우기 시작하기까지는 무척 고심을 했지. 첫째, 바이올린을 구입하기가 힘들었습니다, 선생님."

"그렇겠지. 삼베 짚신도 없는 시골에 바이올린이 있을 리가 없지."

"아뇨, 있긴 있었습니다. 돈도 미리 준비해서 모아두었기 때문에 문제는 없었습니다만, 막상 살 수가 없었던 겁니다."

"왜?"

"좁은 마을이라서 샀다가는 당장 발각됩니다. 발각되면 건방지다고 해서 즉시 제재를 받게 되죠."

"천재는 옛날부터 박해를 받게 마련이니까" 하고 도후 군이 자못 동정심을 나타낸다.

"또 천재인가? 제발 천재라는 소리만은 말아주게. 그래서 말입니다, 매일 산책을 하다 바이올린이 있는 악기점 앞을 지날 때마다 '저걸 살 수 있으면 좋으련만. 저걸 손에 넣은 기분은 어떨까? 아아, 갖고 싶다, 갖고 싶다' 하고 생각지 않은 날이 하루도 없었습니다."

"그렇겠지" 하고 평한 것은 메이테이고, "묘하게 빠졌군" 하고 이해하지 못한 것은 주인이며, "역시 자네는 천재야" 하고 탄복한 사람은 도후 군이다. 단지 도쿠센 군만은 초연하게 수염을 쓰다듬고 있다.

"그런 시골에 어떻게 바이올린이 있는지 의아해하실지도 모릅니다만, 이건 생각해보면 당연한 일입니다. 왜냐하면 이 지방에도 여학교가 있었거든요. 여학교 학생은 학과로서 매일 바이올린을 연습해야 하니까 바이올린도 당연이 있어야 하죠. 물론 좋은 것은 없습니다. 그냥 바이올린이라는 이름이 겨우 붙을 정도의 물건이지요. 그러니까 악기점에서도 별로 중요하게 생각지 않아서 두세 개를 가게 앞에다 매달아 둔 겁니다. 그런데 말이에요, 가끔 산책을 하다가 그 앞을 지나갈 때 바람이 불거나 점원이 건드리거나 해서 소리가 날 때가 있습니다. 그 소리를 들으면 갑자기 심장이 파열할 것 같아서 안절부절못할 지경인 겁니다."

"위험하군. 물 간질, 사람 간질, 간질병에도 여러 가지 종류가 있지만 자네는 베르테르니까 바이올린 간질이라고 해야겠네" 하고 메이테이 군이 놀리자, "아니, 그 정도로 감각이 예민하지 않고선 진짜 예술가가 되지 못합니다. 아무래도 천재 기질이야" 하고 도후 군은 더욱 감탄한다.

"예, 실제로 간질병일지도 모르겠습니다. 그러나 그 음색만은 신비하더라고요. 그 후 오늘날까지 참 많이도 켰습니다만, 그렇게 아름다운 소리가 나온 적은 없습니다. 글쎄 뭐라 하면 좋을까요. 도저히 말로 표현할 수가 없습니다."

"옥구슬같이 낭랑한 소리로 울리는 거 아냐?" 하고 도쿠센 군이 어려운 말을 꺼냈으나, 아무도 상대해주지 않은 것은 딱한 노릇이다.

"저는 매일매일 악기점 앞을 산책하는 동안에 마침내 그 신비로운 소리를 세 번 들었습니다. 그리고 세 번째에는 무슨 일이 있어도 사야겠다고 결심했지요. 설사 고향 사람들한테 책망을 당하더라도, 타지방 사람들한테서 경멸을 받을지라도, 폭력으로 제재를 당해 숨이 끊어진다 하더라도, 자칫 잘못돼서 퇴학 처분을 받더라도 이 바이올린만은 꼭 사야겠다고 생각했습니다."

"그게 바로 천재라는 거야. 천재가 아니고선 그렇게 몰입할 수가 없는 법이지. 부럽네. 나도 어떻게든지 그처럼 맹렬한 감정을 느껴보고 싶어 몇 해 전부터 시도해봤지만, 아무래도 잘 되지 않더군. 음악회 같은 데 가서 되도록 열심히 듣긴 하지만 어째 그렇게까지 감흥이 일어나지 않더라고" 하고 도후 군은 자꾸만 부러워한다.

"일어나지 않는 게 차라리 나아. 지금이니까 태평하게 얘기하는 거지, 그 당시의 고통은 도저히 상상할 수도 없는 것이었네―그러다가 선생님, 마침내는 용기를 내서 샀습니다."

"음, 어떻게 해서?"

"마침 11월의 덴초세쓰天長節[16] 전날 밤이었어요. 집안 식구들은 죄다 온천으로 여행을 가서 집에는 한 사람도 없었습니다. 저는 아프다고 하고 그날은 학교도 안 가고 누워 있었지요. '오늘 밤이야말로 나가면 전부터 바라던 바이올린을 꼭 손에 넣으리라' 하고 이불 속에서 그것만 골똘히 생각하고 있었습니다."

16) 천황 탄생일의 구칭.

"꾀병을 부려 학교까지 쉬었다는 건가?"

"예, 그랬습니다."

"야, 이거 정말 좀 천재인데."

메이테이 군도 약간은 탄복한 듯하다.

"이불 속에서 머리를 내밀고 있노라니 해가 왜 그리 더디 저무는지 견딜 수가 없더라고요. 하는 수 없이 이불을 머리까지 뒤집어쓰고 눈을 감고 기다려보았습니다만, 역시 잘 안되더군요. 머리를 내밀자 따가운 가을 햇살이 2미터 장지문에 온통 쨍쨍하게 비쳐오는 데는 골머리가 지끈지끈하니 엄청나게 짜증이 났답니다. 위편엔 가늘고 기다란 그림자가 엉켜서 이따금 가을 실바람에 흔들리는 게 보였습니다."

"뭔데? 그 가늘고 기다란 그림자란 게."

"땡감의 껍질을 벗겨서 처마에 매달아둔 겁니다."

"으음, 그래서?"

"할 수 없이 잠자리에서 일어나 장지문을 열고 툇마루로 나가서 땡감으로 만든 곶감을 하나 빼 먹었습니다."

"맛있었어?"

주인은 어린애 같은 질문을 한다.

"맛있기만 한가요. 그곳 감은 도쿄 같은 데선 도저히 맛볼 수 없는 그런 맛이에요."

"감은 그렇다 치고, 그리고 어떻게 됐어?"

이번엔 도후 군이 묻는다.

"그러고선 다시 이불 속에 들어가 눈을 감고, 빨리 해가 저물었으면 하고 슬며시 신불神佛께 빌어봤지. 그리고 서너 시간은 지났겠다 싶어 이젠 됐겠지 하고 머리를 내밀었더니, 아이고 두야, 따가운 가을 햇살이 여전히 2미터 장지문에 온통 쨍쨍하게 비치고 있는 거야. 위편엔 가늘고 기다란 그림자가 엉켜서 달랑달랑 흔들리고 있고."

"그건 들었어."

"몇 번이나 그랬어요. 그리고 자리에서 일어나 장지문을 열고 곶감 하나를 빼 먹고, 또 자리에 들어가 빨리 해가 저물었으면 하고 슬며시 신불께 기도를 드렸지."

"여태 제자리잖아?"

"아유, 선생님도. 그렇게 재촉하지 말고 들어보세요. 그러고선 서너 시간 더 이불 속에서 참고 있다가 이번에야말로 됐겠지 하고 불쑥 머리를 내밀어보니, 따가운 가을 햇살은 여전히 2미터 장지문 전체를 비추고, 위편엔 가늘고 기다란 그림자가 엉켜서 달랑달랑 흔들리고 있는 거야."

"계속해서 똑같은 말이잖아?"

"그리고 이부자리에서 나와 장지문을 열고, 툇마루로 나와 곶감을 하나 빼 먹고……."

"또 감을 먹었나? 도대체 언제까지 감만 먹고 있을 건가. 끝이 없군 그래."

"저도 답답합니다."

"자네보다 듣는 쪽이 더 답답하네."

"선생님은 너무나도 성급하셔서 얘기하기가 힘들어요."

"듣는 쪽도 조금은 힘들어" 하고 도후 군도 은근히 불평을 내뱉는다.

"그렇게 여러분이 곤란해들 하시니 하는 수 없군요. 대충 하고 끝내지요. 요컨대 저는 곶감을 먹고는 눕고 누웠다가는 먹고 해서 마침내는 처마 끝에 매단 놈들을 몽땅 먹어치웠답니다."

"몽땅 먹어치웠으면 해도 저물었겠네."

"그런데 그게 그렇지가 않더라고요. 제가 맨 마지막 곶감을 먹고 이젠 됐겠지, 하고 머리를 내밀어보니까 여전히 따가운 가을 햇살이 2미터 장지문에 온통 비치고……."

"난 이젠 안 들을래. 가도 가도 끝이 안 나잖아."

"말하는 저도 질려버리겠습니다."

"그렇지만 그 정도로 끈기가 있으면 웬만한 일은 성취할 수 있을 거야. 그건 그렇고 잠자코 있으면 내일 아침까지 그놈의 가을 햇살이 쨍쨍하게 비치겠군. 도대체 언제쯤 바이올린을 살 생각인가?"

어지간한 메이테이 군마저도 참을 수 없는 모양이다. 단지 도쿠센 군만은 태연하게 내일 아침까지든 내일모레 아침까지든 아무리 가을 햇살이 쨍쨍 비쳐도 움직일 기색이 조금도 없다. 간게쓰 군도 태연자약하게 말한다.

"언제 살 생각이냐고 하시는데, 밤이 되기만 하면 즉각 사러 갈 작정이었습니다. 단지 유감스럽게도 언제 머리를 내밀어도 가을 햇살이 쨍쨍 비치고 있으니까—그때의 저의 괴로움이란 지금 여러분이 지겨워하시는 정도에 비할 바가 못 됩니다. 저는 마지막 감을 먹고 나서도 아직도 해가 저물지 않은 것을 보고 그만 눈물을 줄줄 흘리고 말았답니다. 도후 군, 난 정말로 한심스러워서 울었어."

"그랬겠지. 예술가는 본래 감정이 풍부하니까 울었다는 데엔 내 동정하네. 한데 얘기를 좀 더 빨리 진행시켜줄 수 없겠나?"

도후 군은 호인이라서 끝까지 진지하고 우스꽝스런 대답을 하고 있다.

"진행시키고 싶은 마음이야 굴뚝같지만, 아무래도 해가 저물어주지 않으니까 곤란한 거지."

"그렇게 해가 저물지 않으면 듣는 쪽도 곤란하니까 그만두지."

주인이 마침내 참을 수 없다는 듯이 내뱉었다.

"그만두면 더욱 곤란해집니다. 이제부터가 점입가경漸入佳境이니까요."

"그러면 들을 테니까 빨리 해가 저문 걸로 해두지그래."

"그럼 좀 무리한 주문이지만 선생님 말씀이시니까 억지로라도 여기서 해가 저문 걸로 하겠습니다."

"그거 잘됐군."

도쿠센 군이 시치미를 딱 떼고 말하니 일동은 의외로 와하고 웃음을 터뜨렸다.

"드디어 밤이 되어서 일단 안심이다 싶어 안도의 한숨을 내쉬고 구라카케의 하숙집을 나왔습니다. 전 선천적으로 시끄러운 곳을 싫어하기 때문에 일부러 편리한 시내를 피해서 인적이 드문 한촌의 농가에 잠시 달팽이 집 같은 초막을 짓고 살았더랬지요……."

"'인적이 드문'이라니 좀 과장스럽군" 하고 주인이 항의를 하자,

"'달팽이 집 같은 초막'도 과장이야. '도코노마도 없는 4조 반'쯤으로 해두는 편이 사실적이고 재미있지" 하고 메이테이 군도 불평을 털어놨다. 도후 군만은 "사실은 어찌 됐건 언어가 시적이라 느낌이 좋은데" 하고 칭찬했다. 도쿠센 군은 진지한 얼굴로 "그런 곳에 살면 학교 다니는 게 무척 힘들었을 텐데, 몇 리 정도 되죠?" 하고 물었다.

"학교까진 겨우 네댓 마장입니다. 원래 학교 자체가 한촌에 있으니까요……."

"그러면 학생들은 그 근처에 많이들 하숙하고 있었겠군요."

도쿠센 군은 좀체 수긍을 하지 않는다.

"예, 대개의 농가에 한두 사람은 꼭 있었습니다."

"그런데 인적이 드물었다는 겁니까?"

도쿠센 군이 정면공격을 퍼붓는다.

"예, 학교가 없었다면 완전히 인적이 드문 곳이지요. ……그날 밤 옷차림을 말하자면, 손으로 짠 무명 솜옷 위에다 금단추를 단 제복 외투를 입고, 외투에 달린 모자를 푹 눌러써 되도록 남의 눈에 띄지 않도록 주의를 했습니다. 때마침 감나무 잎이 떨어질 때라 하숙집에서 난고 가도까지 나가자면 길이 온통 나뭇잎으로 가득 덮여 있었습니다. 한 발짝 내디딜 때마다 바삭바삭 소리가 나는 것이 신경 쓰였습니다. 누가 뒤를 쫓아오는 것만 같았지요. 뒤돌아보니 도레이지東嶺寺의 숲이 울창하니 칙칙해서 어둠 속에 거뭇하게 보였습니다. 이 도레이지란 곳은 마쓰다

이라 집안의 위패를 모신 절로, 고신 산의 기슭에 있는데, 제 하숙집과는 한 마장 정도밖에 떨어지지 않은 굉장히 으슥한 사찰입니다. 숲 위로는 온통 별과 달이 빛나는 밤이고, 예의 은하수가 나가세 강을 비스듬히 가로지른 그 끝은—끝은, 글쎄 말이에요, 일단 하와이 쪽으로 흐르고 있었습니다……."

"하와이라니 엉뚱하군" 하고 메이테이 군이 말한다.

"난고 가도를 마침내 두 마장 나와서 다카노다이마치에서 시내로 들어가, 고조마치를 지나 센고쿠마치로 구부러져 구이시로초를 옆으로 끼고, 도리초를 1가, 2가, 3가 차례로 지나서, 그다음에 오와리초, 나고야초, 샤치호코초, 가마보코초……."

"그렇게 여러 거리를 지나지 않아도 돼. 요컨대 바이올린을 산 거야, 안 산 거야?"

주인이 지겨운 듯이 묻는다.

"악기가 있는 가게는 가네젠, 즉 가네코 젠베에네 집이니 아직 멀었습니다."

"멀어도 좋으니까 빨리 사기나 하라고."

"예, 알겠습니다. 그래서 가네젠에 가보니 가게에는 램프가 쨍쨍하게 켜져 있고……."

"또 쨍쨍하게인가? 자네의 쨍쨍하게는 한두 번으로 끝나지 않으니까 진도가 안 나가는 거야."

이번에는 메이테이가 예방선을 쳤다.

"아뇨, 이번의 쨍쨍하게는 한 번으로 지나가는 쨍쨍하게니까 별로 걱정하실 필요는 없으십니다. 등불 빛에 비친 바이올린을 보니 어렴풋이 가을의 불빛을 반사하여 둥그스름하게 움푹 파인 몸통의 곡선 부위에 차가운 빛을 띠고 있었습니다. 팽팽한 금선琴線의 일부분만이 반짝반짝 하얗게 눈에 들어왔습니다……."

"굉장히 서술을 잘하는군."

도후 군이 칭찬한다.

"저거다, 저 바이올린이다 싶으니 갑자기 심장이 두근거리며 다리가 후들후들 떨리는 거예요……."

"흐흥."

도쿠센 군이 코웃음을 쳤다.

"저도 모르게 뛰어 들어가 호주머니에서 지갑을 꺼내고 지갑에서 5엔짜리 지폐를 두 장 꺼내서……."

"마침내 샀나?"

주인이 묻는다.

"사려고 했습니다만, '잠깐만, 여기가 중요한 고비다. 함부로 일을 저질렀다간 실패한다. 그냥 그만두자' 하고 아슬아슬한 순간에 단념했습니다."

"뭐야, 아직도 안 산 거야? 바이올린 하나 갖고 어지간히도 사람을 질질 끌고 다니네."

"질질 끌고 다니는 게 아니에요. 도저히 그냥 살 수가 없었으니 어쩔 수 없습니다."

"왜?"

"왜라뇨, 아직 초저녁이라서 사람들이 많이 지나다니고 있었으니까요."

"상관없잖아? 사람들이 2백 명이 다니든 3백 명이 다니든 말이야. 자넨 정말 이상한 사람이야"라며 주인은 냅다 골을 낸다.

"보통 사람들이라면 천 명이든 2천 명이든 상관없지만, 학교 학생들이 소매를 걷어붙이고 기다란 막대기를 들고 배회하고 있으니 쉽사리 손을 내밀 수가 있어야 말이죠. 개중에는 침전당沈澱黨이니 뭐니 하면서 성적은 바닥을 기면서도 까부는 놈들이 있었으니까요. 그런 놈들일수록 유도를 잘하거든요. 함부로 바이올린 따위에 손을 내밀 수가 없었습니다. 무슨 봉변을 당할지 몰라서요. 저도 분명 바이올린을 갖고 싶었지만 그래도 목숨은 아까운 거잖습니까. 바이올린을 켜다가 죽는 것보단 켜지 않고 사는 편이 낫지요."

"그럼 끝내 안 사고 말았다는 거네."

주인이 다짐을 한다.

"아뇨, 샀습니다."

"감질나게 하는 사람이로군. 사려면 빨리 사라고. 싫으면 싫은 대로 빨리 결말을 내든가."

"에헤헤, 세상일이란 게 그렇게 이쪽이 생각하는 대로 결말이 나는 게 아니라고요" 하면서 간게쓰 군은 냉랭하게 아사히 담배에 불을 붙여 피운다.

주인은 귀찮은 듯 벌떡 일어나서 서재로 들어가는가 싶더니, 무슨 낡아빠진 양서洋書 한 권을 들고 나와 털썩 배를 깔고 엎드려서 읽기 시작한다. 도쿠센 군은 어느새 도코노마 앞으로 물러나서 혼자서 바둑을 놓으며 씨름하고 있다. 모처럼의 일화도 너무 오래 걸리니까 듣는 사람이 한 사람 두 사람 줄어들어서, 남은 사람은 예술에 충실한 도후 군과 오래 걸리는 일에 물러나 본 적이 없는 메이테이 선생뿐이다. 기다란 연기를 후우 하고 세상에 사정없이 뿜어낸 간게쓰 군은 이윽고 전과 같은 속도로 얘기를 계속 이어나간다.

"도후 군, 난 그때 이렇게 생각했다네. 도저히 이거 초저녁엔 안 되겠다. 그렇다고 한밤중에 오면 가네젠은 문을 닫을 테니 더 안 되겠다. 어쨌든 학생들이 산책을 마친 후 다 돌아가고, 그리고 가네젠이 아직 문을 닫지 않았을 때를 맞춰서 오지 않으면 모처럼의 계획이 수포로 돌아간다. 하지만 그 시간을 가늠하는 것이 어렵다."

"그야 어렵겠지."

"그래서 난 그 시간을 대충 10시쯤으로 예상했지. 그래 이제부터 10시까지 어디에서 시간을 보내야 하는데, 집에 갔다가 다시 나오자니 귀찮고, 친구 집에 찾아가서 얘기하는 것도 왠지 꺼림칙해서 싫고, 할 수 없이 그 시간이 될 때까지 시내를 산책하기로 했다네. 그런데 평소 같으면 빈둥빈둥 걷는 사이에 두세 시간쯤은 어느덧 지나가 버리는데, 그날 밤따라 왜 그리 시간이 더디 가는지—하루가 천추 같다는 말이 이런 걸 두고 하는 말이구나, 하고 절실히 느꼈습니다" 하고 간게쓰 군은 자못 감개무량한 듯이 일부러 메이테이 선생 쪽을 바라본다.

"옛날 사람도 '기다리는 신세에 괴로운 고다쓰'라고 말했을 정도니까. 또 기다림을 받는 사람보다 기다리는 사람이 더 괴롭다고 했으니, 처마에 매달린 바이올린도 괴로웠겠지만 목표 없는 탐정처럼 어정버정 갈팡질팡하는 자네는 더더욱 괴로웠을 거야. 그야말로 상갓집 개 같구먼. 정말이지, 집 없는 개같이 불쌍한 건 없거든."

"개라니 너무 심하시네요. 이래 봬도 개에 비교당한 적은 아직 없습니다."

그러자 도후 군이 나서서 위로한다.

"난 왠지 자네 얘기를 듣고 있으면 옛날 예술가의 전기를 읽는 것 같아서 동정심을 금치 못하겠어. 개에다 비교한 건 선생님의 농담이니까 괘념치 말고 계속 얘기하게나."

물론 위로받지 않아도 간게쓰 군은 얘기를 계속할 생각이었다.

"그 뒤에 오카치마치에서 히야쓰키마치를 지나서 료가에초에서 다카조마치로 나가, 현청 앞에서 늙은 버드나무의 수를 세어보고, 병원 옆에서 창문에 비치는 등불 개수를 계산하고, 곤야 다리 위에서 궐련초를 두 개비 피우고, 그러고 나서 시계를 봤지……."

"10시가 됐나?"

"안타깝게도 안 됐다네. 곤야 다리를 가로질러서 강가를 따라 동쪽으로 올라갔다가, 안마사 세 사람을 만났어—그리고 개가 자꾸만 짖어대더라고요, 선생님……."

"기나긴 가을밤에 강가에서 멀리 개 짖는 소리를 듣는 건 좀 신파극 같군. 자넨 도망자 같은 격이고."

"제가 무슨 나쁜 짓이라도 했나요?"

"이제부터 하려는 참이잖아."

"가엾게도 바이올린을 사는 게 나쁜 짓이라면, 음악학교 학생은 죄다 죄인이겠네요."

"남이 인정하지 않는 일을 하면 제아무리 좋은 일을 한다 해도 죄인이라고. 그러니까 세상에 죄인만큼 미심쩍은 건 없지. 예수도 그런 세상에 태어난다면 죄인이지. 호남 간게쓰 군도 그런 데서 바이올린을 사면 죄인이야."

"그러시다면 죄인으로 해두죠. 죄인인 건 좋지만, 좀처럼 10시가 되지 않는 데는 아주 견디기 힘들 지경이었습니다."

"다시 한 번 거리 이름을 헤아려보지그래. 그래도 부족하면 또 가을 햇살을 쨍쨍하게 비치도록 하고. 그래도 멀었으면 다시 땡감 곶감을 세 다스 먹든가. 언제까지라도 들을 테니까 10시가 될 때까지 해보게나."

간게쓰 선생은 싱글벙글 웃는다.

"그렇게 앞질러서 말씀하시니 할 말이 없어지네요. 그럼 건너뛰어서 당장 10시가 된 것으로 해버리죠. 작정한 대로 10시가 돼서 가네젠 앞에 가보니, 밤공기가 차가울 때라 그토록 번화한 료가에초도 거의 사람들의 왕래가 끊기고, 저편에서 울려오는 나막신 소리에조차 쓸쓸한 기분이 들었습니다. 가네젠은 이미 큰 덧문을 닫고 겨우 미닫이 쪽문만 남겨둔 터였지요. 저는 어쩐지 개에게 쫓기는 듯한 심정으로 미닫이문을 열고 들어갔는데, 약간 기분이 으스스했습니다……."

그때 주인은 낡아빠진 책에서 잠시 눈을 떼어 "어이, 이제 바이올린을 샀나?" 하고 물었다.

"이제 사려는 참입니다" 하고 도후 군이 대답하자, "아직도 안 샀어? 정말로 길기도 하군" 하고 혼잣말처럼 중얼거리더니 다시 책을 읽기 시작한다. 도쿠센 군은 아무 말 없이 백과 흑으로 바둑판을 거의 다 메워버렸다.

"큰맘 먹고 뛰어 들어가 두건을 뒤집어쓴 채 바이올린을 달라고 하자, 화롯가에 한데 모여 얘길 나누던 네댓 명의 어린 점원들이 놀라서, 약속이나 한 듯이 제 얼굴을 바라봤습니다. 저는 무심결에 오른손을 들어 두건을 푹 앞쪽으로 당겼습니다. '이봐, 바이올린 달라고' 하고 두 번째로 말하자, 맨 앞에서 제 얼굴을 빼꼼히 쳐다보고 있던 점원 아이가 '네' 하고 미덥지 않은 대답을 하더니 일어나서 그 가게 앞에 매달아놓은 것 서너 개를 한꺼번에 내려 가지고 왔습니다. 얼마냐고 물으니 5엔 20전이라 하데요……."

"어이, 그렇게 싼 바이올린이 세상에 어디 있어? 장난감 아냐?"

"모두 값이 같으냐고 물으니 '네, 어느 것이나 다 같습니다. 모두 튼튼하게 공들여 만들었습니다' 하기에 지갑에서 5엔짜리 지폐와 은화 20전을 꺼내 주고, 준비해 간 큰 보자기에다 바이올린을 쌌습니다. 그러는 동안 가게 사람들은 얘길 멈추고 말끄러미 제 얼굴을 쳐다보고 있더라고요. 얼굴은 두건으로 가리고 있었으니까 알아볼 리가 없겠지만, 어찌나 가슴이 두근두근한지 한시라도 빨리 거리로 뛰쳐나가고 싶어 혼났습니다. 가까스로 보자기 꾸러미를 외투 밑에 넣고 가게를 나오는데, 점원들이 소리 맞춰 '고맙습니다' 하고 커다란 소리로 외쳐대는 데는 움찔했습니다. 길거리로 나와서 잠시 둘러보니, 다행히 아무도 없는 것 같았습니다만, 한 마장쯤 되는 저쪽에서 두세 사람이 온 동네가 떠나갈 듯이 시를 읊조리며 오는 게 아니겠어요. 이거 큰일 났다 싶어 가네젠의 모퉁이를 서쪽으로 꺾어서 도랑 옆을 야쿠오지 길로 지나, 한노키무라에서 고신 산의 기슭으로 빠져나와서, 가까스로 하숙집으로 돌아왔습니다. 하숙집에 왔을 때는 벌써 2시 10분 전이었습니다."

"밤새도록 걸어다닌 셈이군."

도후 군이 동정 투로 말했다.

"겨우 끝났군. 어휴, 참으로 기나긴 도추스고로쿠道中雙六[17]였어."

메이테이 군은 후유! 하고 한숨을 내쉬었다.

"이제부터가 본론이에요. 여태까진 그냥 서막이었습니다."

"아직도 남았나? 이거 보통 일이 아니네. 웬만한 사람은 자네의 끈기에 당해내지 못하겠군."

"끈기야 어쨌든 여기서 그만두면 부처를 만들고서 혼을 안 넣은 것과 마찬가지이니, 좀 더 얘기하겠습니다."

"얘기하는 거야 물론 자유지. 나도 듣긴 들을 테니까."

"어떻습니까? 구샤미 선생님도 좀 들어보시죠. 이제 바이올린은 샀으니까요. 네? 선생님."

"이번에는 바이올린을 팔 참인가? 파는 건 안 들어도 돼."

"아직 팔 참은 아닙니다."

"그렇다면 더욱 안 들어도 되네."

"이거 참 난감하군, 도후 군. 열심히 들어줄 사람은 자네뿐이네. 김이 좀 빠지지만 뭐, 별수 없지. 대충 얘기하겠네."

"길게 해도 좋으니까 맘 놓고 천천히 얘기하게나. 아주 재미있군."

"간신히 바이올린은 구했는데, 우선 첫째로 곤란한 것은 놔둘 곳이 문제인 거야. 내 하숙방에는 사람들이 많이 놀러 오니까 아무 데나 매달거나 세워두면 금방 발각돼버릴 거고, 땅을 파서 묻어버리자니 다시 꺼내는 것이 성가실 테고."

"그렇겠지. 천장 속에라도 숨겼나?" 하고 도후 군은 느긋한 말을 한다.

"천장이 어디 있어? 시골 농간데."

"그럼 난처했겠네. 그래 어디다 뒀나?"

"어디다 뒀을 것 같나?"

"모르겠는데. 두껍닫이 안인가?"

"아니."

---

17) 도카이도 53개소의 역참 따위의 그림을 말판으로 쓰는 주사위 놀이.

"이불에 싸서 선반에 뒀나?"

"아니."

도후 군과 간게쓰 군이 바이올린의 은닉처에 대해서 이처럼 문답을 하고 있는 동안에 주인과 메이테이 군도 뭔가 열심히 얘기를 나누고 있다.

"이거 뭐라고 읽는가?"

주인이 묻는다.

"어느 것?"

"이 두 줄 말이야."

"뭔데? Quid aliud est mulier nisi amiticiæ inimica[18] ……이거 라틴어 아닌가?"

"라틴어인 줄은 알겠는데, 뭐라고 읽느냐고?"

"한데 자넨 평소에 라틴어를 읽을 수 있다고 하지 않았나?"

메이테이 군도 위태롭다고 생각했는지 슬쩍 피한다.

"물론 읽을 순 있지. 읽을 수야 있지만, 이게 뭐냐고?"

"읽을 수는 있는데 이게 뭐냐고라니, 그게 말이 돼?"

"아무래도 좋으니까 영어로 좀 번역해봐."

"해봐라니 말이 심하군. 마치 졸병처럼."

"졸병이라도 좋으니까 뭐냐고?"

"에이, 라틴어 같은 건 나중으로 미루고 잠시 간게쓰 군의 얘기나 들으시게나. 지금 중요한 대목이야. 드디어 발각되느냐, 마느냐 하는 위기일발의 아타카노세키[19]에 맞닥뜨린 참이라고—간게쓰 군, 그래서 어

18) 영국의 풍자 작가 토머스 내시(1567~1601)의 『어리석음의 분석』에 나오는 말로, '여자야말로 우정의 적이 아니고 뭐란 말인가'의 뜻.

19) 이시카와 현 고마쓰 시에 있는 관문으로, 요리토모에게 쫓긴 미나모토노 요시쓰네 일행이 수도승으로 변장하여 동북으로 내려가다 이 관문에서 검문을 받게 되었으나 벤케이의 기지로 겨우 도망침.

떻게 됐나?"

메이테이 군은 갑자기 신이 나서 다시 바이올린 패에 끼어든다. 주인은 한심스럽게도 혼자 남게 되었다. 간게쓰 군은 이에 힘을 얻어 은닉처를 설명한다.

"결국은 낡은 고리짝 속에다 감췄습니다. 이 고리짝은 고향에서 올라올 때 할머니께서 선물로 주신 건데, 잘은 모르겠지만 할머니께서 시집오실 때 가지고 오신 거였답니다."

"그렇담 고물이군. 바이올린하고는 좀 안 어울리는 것 같아. 그렇지, 도후 군?"

"예에, 좀 안 어울리네요."

"천장도 안 어울리기는 마찬가지 아냐?"

간게쓰 군은 도후 선생을 공박했다.

"안 어울리긴 하지만 하이쿠는 되잖아. 안심하게나. '가을은 쓸쓸한데, 고리짝에 감춘 바이올린.' 어떤가? 두 사람."

"선생님 오늘은 하이쿠가 꽤 잘되시네요."

"오늘뿐이 아니지. 언제든지 뱃속에 준비돼 있다고. 나의 하이쿠에 대한 조예로 말할 것 같으면 고故 시키[20] 선생도 혀를 내두르며 놀랄 정도였으니까."

"선생님, 시키 선생님과는 친분이 있으셨나요?"

정직한 도후 군이 솔직한 질문을 던진다.

"뭐, 친분은 없어도 늘 무선전신으로 서로가 흉금을 털어놓고 지냈었지."

메이테이 군이 뚱딴지같은 말을 하자, 도후 선생은 어처구니가 없어 입을 다물어버렸다.

간게쓰 군은 웃으면서 다시 진행한다.

---

20) 마사오카 시키, 하이쿠와 와카의 대가, 1867~1902.

“그래서 놔둘 곳은 해결된 셈이지만, 이번에는 꺼내는 게 문제였어. 그저 꺼내기만 하는 거라면 남의 눈을 피해 꺼내서 쳐다보는 것쯤이야 못 할 것도 없지만, 쳐다보기만 해선 아무 쓸모가 없잖아. 켜지 않으면 소용이 없거든. 하지만 켜면 소리가 나지, 소리가 나면 금방 발각되지, 마침 무궁화 울타리를 사이에 두고 남쪽 이웃에는 침전파의 두목이 하숙을 하고 있었으니 정말 위험천만이었지.”

“곤란했겠네.”

도후 군이 동정하듯이 장단을 맞춘다.

“정말이지, 곤란했겠어. 말보다 증거라고, 소리가 나니까 말이야. 고고 궁녀[21]도 순전히 이것 때문에 실패하지 않았는가. 이게 도둑질을 한다든지, 위조지폐를 만든다든지 하는 거라면 또 몰라도, 음악은 남몰래 할 수 있는 게 아니니까 말이네.”

“소리만 안 나면 어떻게든 해보겠는데요…….”

“잠깐만. 소리만 안 나면이라고 하는데, 소리가 나지 않아도 완전히 숨길 수 없는 게 있다고. 옛날 우리가 고이시카와 절에서 자취하던 시절에 스즈키 도주로라는 친구가 있었는데, 이 도주로가 미림[22]을 엄청 좋아해서 맥주병에다 미림을 사가지고 와선 혼자서 즐겨 마셨었지. 어느 날 도주로가 산책하러 나간 사이에, 그러지 말았어야 했는데, 구샤미 군이 조금 훔쳐 먹었던 게…….”

“내가 스즈키의 미림를 마셨다니? 마신 건 자네 아닌가!”

주인은 갑작스레 소리를 질렀다.

“어, 책을 읽고 있어서 안심하고 있었더니 역시 듣고 있었군. 방심할 수 없는 사람이야. 귀도 밝고 눈도 밝다는 말이 자넬 두고 하는 말이었

---

21) 다카쿠라 천황이 사랑한 여자로, 실세였던 다이라노 기요모리에게 미움을 받아 숨어 살던 중 거문고를 타다 발각되어 끌려감.

22) 달콤한 조미료 술.

군. 맞아, 그러고 보니 나도 마셨어. 나도 마신 건 틀림없는데 발각된 건 자네야—두 사람 잘 들어보게나. 구샤미 선생은 원래 술을 못 마셔. 그런 걸 남의 미림이라고 해서 마구 마셔댔으니 큰일 나지 않았겠냐고. 얼굴이 온통 벌겋게 부어올라서는, 정말이지 두 번 다시는 볼 수 없는 몰골이었어……."

"입 닥치지 못해! 라틴어도 못 읽는 주제에."

"하하하, 그런데 도주로가 돌아와서 맥주병을 흔들어보니, 반 이상이 비어 있는 거지. 아무래도 누군가 마신 것이 분명하다고 생각하고 둘러보니까, 아 저 친구가 한쪽 구석에 빨건 진흙을 개어서 만든 인형같이 딱딱하게 굳어서 쭈그리고 앉아 있는 거야……."

세 사람은 그만 크게 웃음을 터뜨렸다. 주인도 책을 읽으면서 킥킥 웃었다. 도쿠센 군 혼자만이 너무 신나게 장단을 맞추다 좀 피로했는지, 바둑판 위에 엎드려서 어느새 쿨쿨 자고 있다.

"또 소리가 나지 않는 걸로 발각된 적이 있어. 내가 옛날에 우바코 온천에 가서 한 늙수그레한 영감이랑 같은 방에 묵게 되었는데, 아마도 도쿄에서 포목상을 하는 노인이지 않았나 싶어. 뭐, 한방에서 같이 묵는데 포목상이든 헌옷 장수든 관계없지만, 단지 곤란한 일이 하나 생겨버린 거야. 그게 말이야, 내가 우바코에 도착하고서 사흘째에 담배가 다 떨어져 버렸어. 자네들도 알다시피 우바코란 데는 산속의 외딴집이라 그저 온천에 들어가서 밥을 먹는 것 외엔 이러지도 저러지도 못하는 불편한 곳이지. 거기다 담배까지 떨어졌으니 난감할 수밖에. 물건은 없고 보면 더욱 아쉬운 법이라, 담배가 없다고 생각하자 평소엔 그렇지도 않던 게 별안간 피우고 싶어지는 게 아니겠어? 얄밉게도 그 영감쟁이는 보자기에 하나 가득 담배를 준비해가지고 온 거야. 그걸 조금씩 꺼내어 남 앞에서 책상다리를 하고 앉아 '피우고 싶지?' 하듯이 뻐끔뻐끔 피워대지 않겠어? 그냥 피우기만 하면 용서해줄 수도 있겠는데, 나중에는 연기를 가지고 동그라미를 만들기도 하고, 세로로 내뿜기도 하고,

가로로 내뿜기도 하고, 혹은 거꾸로 내뿜거나, 또는 사자가 동굴 속을 들락날락하듯이 콧구멍으로 연기를 내뿜기도 하고. 요컨대 자랑해 피우는 거였지……."

"무슨 말입니까, 자랑해 피운다는 것은?"

"의상이라면 자랑해 보인다고 하겠지만, 담배니까 자랑해 피운다는 거지."

"그렇게 괴로워하는 것보단 좀 달라고 하는 게 낫지 않나요?"

"하지만 달라고 안 했어. 나도 사내인데."

"아니, 달라고 하면 안 되는 겁니까?"

"안 될 거야 없지만 달라고 하진 않아."

"그래서 어떻게 했습니까?"

"달라고 하지 않고 슬쩍했지."

"아이고, 저런!"

"그자가 수건을 들고 욕탕에 가기에, 피우려면 바로 이때다 싶어 정신없이 줄담배를 피우는데, 아, 기분 좋다! 할 틈도 없이 장지문이 드르륵 열려서 앗! 하고 돌아다보니 담배 주인인 거야."

"욕탕에 안 들어갔던 겁니까?"

"들어가려다가 돈주머니를 잊고 온 게 생각나서 복도에서 되돌아왔던 거지. 누가 돈주머니를 훔쳐 갈 것도 아닌데, 첫째 그것부터가 틀려먹은 거라고."

"뭐라고 할 수도 없겠네요, 담배 훔친 솜씨로 봐서는."

"하하하, 영감쟁이도 꽤 안식이 있더라고. 돈주머니는 어찌 됐건 영감님이 장지문을 열었을 때 이틀간 꾹 참았다 마구 피워댄 담배 연기가 숨 막힐 정도로 자욱하니 방 안에 가득 차 있지 않았겠어. 악사천리惡事千里[23]란 꼭 맞는 말이야. 당장 들통이 나고 말았지."

---

23) 못된 짓은 금세 탄로 난다는 뜻.

"영감님이 뭐라 했나요?"

"역시 나잇값을 하더군. 아무 말도 안 하고 궐련초를 5, 60개비 반지半紙에 싸서는 '실례합니다만, 이런 싸구려 담배라도 괜찮으시다면 피우십시오' 하고 다시 욕탕으로 가버리는 거야."

"그런 걸 에도 취미라고 하는 건가요?"

"에도 취미인지 포목상 취미인지 모르겠지만, 그 후부터 난 그 영감과 아주 흉금을 털어놓고 2주일 동안 재미있게 머물다가 돌아왔지."

"담배는 2주일 내내 영감님 걸 피우신 겁니까?"

"뭐, 그런 셈이지."

"이제 바이올린 얘기는 다 끝났나?"

주인은 드디어 책을 덮고 일어나면서 끝내는 항복을 청했다.

"아직입니다. 이제부터가 재미있는 대목입니다. 마침 흥미 있는 데니 들어보세요. 이참에 바둑판 위에서 낮잠 자고 계시는 선생님—뭐라고 하셨더라, 아, 도쿠센 선생님—도쿠센 선생님도 들으시면 좋을 텐데, 어떠세요? 저렇게 주무시면 몸에 해로워요. 이제 깨우셔도 될 것 같은데."

"어이, 도쿠센 군. 일어나. 일어나라고. 재밌는 얘기가 있어. 일어나 봐. 그렇게 자면 몸에 해롭다네. 부인이 걱정한다고."

"어" 하면서 얼굴을 치켜든 도쿠센 군의 염소수염을 따라서 침이 질질 한 줄기 길게 흘러내려, 달팽이가 기어간 자리처럼 또렷이 빛나고 있다.

"아아, 잘 잤다. 산봉우리의 흰 구름은 나의 권태와 비슷하도다. 아아, 맛있게 잘 잤다."

"잔 건 모두가 다 알고 있는 바니까 좀 일어나 보지그래."

"이젠 일어나도 되겠군. 뭐, 재밌는 얘기라도 있나?"

"이제부터 드디어 바이올린을—어떻게 할 참이었더라, 구샤미 군?"

"어떻게 하려나? 도통 짐작이 안 가네."

"이제부터 드디어 켜려는 참입니다."

"이제부터 드디어 켜려는 참이래. 이쪽으로 와서 들어보게나."

"아직도 바이올린인가? 곤란하군."

"자네는 줄 없는 소금素琴을 켜는 축이니까 곤란하지 않은 편이지만, 간게쓰 군 것은 끼익끼익 삐익삐익 하는 소리가 벽 하나를 사이에 두고 이웃집에 들리니 아주 곤란한 판국이지."

"그런가? 간게쓰 군, 이웃에 들리지 않도록 바이올린을 켜는 법을 모릅니까?"

"모르는데요. 그런 방법이 있으면 듣고 싶네요."

"듣지 않아도 노지露地의 백우[24]를 보면 금방 알 수 있을 텐데."

도쿠센 군은 무슨 말인지 이해할 수 없는 소리를 한다. 간게쓰 군은 도쿠센 군이 잠이 덜 깨서 그런 희한한 소리를 지껄이는 거라 생각했는지, 일부러 상대도 하지 않고 계속 얘기를 진행한다.

"궁리 끝에 한 가지 방법을 생각해냈습니다. 이튿날은 천황 생일날이라서 아침부터 집에서 고리짝 뚜껑을 열었다, 덮었다 하면서 하루 종일 초조하게 지냈습니다만, 드디어 날이 저물어 고리짝 밑바닥에서 귀뚜라미가 울기 시작했을 때, 큰맘 먹고 바이올린과 활을 꺼냈습니다."

"드디어 나왔군" 하고 도후 군이 말하자, "함부로 켰다간 위험하지 않나" 하고 메이테이 군이 걱정한다.

"먼저 활을 쥐고, 활 끝부터 활 손잡이 밑까지 살펴보니……."

"어설픈 칼 장수도 아닐 테고."

메이테이 군이 놀려댄다.

"실제로 이게 제 혼이라고 생각하니, 무사가 번뜩이는 명검을 긴긴 밤 등불 아래서 뽑아드는 것 같은 기분이 드는 거예요. 전 활을 쥔 채로

---

24) '노지'는 일체의 번뇌를 벗어난 경지, '백우'는 한 점의 흠이 없는 소, 즉 청정무구한 상태를 뜻하는 선어禪語.

후들후들 몸을 떨었습니다."

"정말 천재다!" 하고 도후 군이 말하자, "정말 간질병이지" 하고 메이테이 군이 덧붙였다. 주인은 말한다.

"빨리 켜지 뭐해."

도쿠센 군은 곤란하겠다는 듯한 표정을 짓는다.

"고맙게도 활은 아무 탈이 없었습니다. 이번에는 바이올린을 램프 불 곁에 갖다 대고 앞뒤 다 살펴보았죠. 이 사이가 약 5분간, 고리짝 밑바닥에서는 시종 귀뚜라미가 울어대고 있었다고 생각해주십시오……."

"뭐든 생각해줄 테니까 안심하고 빨리 켜기나 하게."

"아직 켜진 않았습니다. 다행히 바이올린은 아무 흠이 없고 해서, 그러면 됐다 싶어 벌떡 일어나는데……."

"어딜 가려고?"

"아, 좀 가만히 듣기만 하세요. 그렇게 말끝마다 방해를 하시면 얘기를 못 하잖아요……."

"어이, 여러분, 다들 가만히 있으래요. 쉬— 쉬—."

"떠드는 건 자네뿐이야."

"응, 그런가? 이거 실례. 조용, 조용."

"바이올린을 옆구리에 끼고, 짚신을 신은 채로 두세 걸음 사립문 밖을 나가다가, 잠깐……."

"그것 봐. 어째 어디쯤에서 멈출 것 같더라니."

"이젠 돌아가 봤자 곶감은 없다고."

"그렇게 선생님들이 참견을 하시면 심히 유감스럽지만, 도후 군 한 사람만 상대할 수밖에 없습니다—괜찮겠지, 도후 군? 두세 걸음 나가다가 다시 되돌아와, 고향을 떠날 때 3엔 20전에 산 빨간 담요를 머리 위에 뒤집어쓰고 훅 하고 램프를 끄니까 사방이 아주 캄캄해서 이번엔 짚신이 어디 있는지를 모르겠는 거야."

"도대체 어딜 가는 건데?"

"글쎄 들어봐. 가까스로 짚신을 찾아 신고 밖으로 나가니까 별이 총총한 달밤에 떨어지는 감나무 낙엽, 빨간 담요 밑에는 바이올린이렷다. 계속 오른쪽으로 꼬부라져 완만하게 비탈진 산길을 올라 고신 산에 다다르니, 도레이지의 종소리가 딩 하고 담요를 거치고 귀를 거쳐서 머릿속으로 울려 퍼지는 거야. 그때가 몇 시였을 것 같나, 자네?"

"모르겠는데."

"9시야. 기나긴 가을밤에 혼자서 산길 9백 미터를 오다이라라는 곳까지 올라가는데, 평상시 같으면 겁이 많아서 무서워 죽을 판이지만, 오직 한 가지 일에 몰입하니까 이상하게도 무섭다거나 안 무섭다거나 하는 생각이 전혀 일어나지 않더라고. 오로지 바이올린을 켜고 싶다는 생각만으로 꽉 차 있으니 정말 묘한 일이지. 이 오다이라라는 곳은 고신 산의 남쪽에 있는데, 날씨 좋은 날에 올라가 보면 소나무 사이로 시가지가 한눈에 내려다보이는 조망이 아주 좋은 평지로—그렇지, 넓이는 아마 백 평쯤 될까. 한가운데에 다다미 여덟 장 정도 깔 수 있는 바위가 하나 있고, 북쪽은 우노누마라는 못이 잇달아 있고, 그 못가에는 세 아름이나 되는 녹나무가 늘어서 있네. 산속이니까 사람이 사는 곳은 장뇌樟腦를 채취하는 오두막이 한 채 있을 뿐, 연못 주변은 낮에도 별로 기분 좋은 장소는 아니야. 다행히 공병대가 연습한다고 길을 터놔서 올라가는 데 힘은 안 들었지. 드디어 바위 위로 올라가서 담요를 깔고 어떻든 그 위에 주저앉았네. 그렇게 추운 밤에 올라간 것은 처음이라서 한참 바위 위에 앉아 있으니까 주위의 쓸쓸한 분위기가 차츰차츰 오장육부 속으로 스며드는 거야. 이럴 때에 사람의 마음을 교란시키는 것은 그저 무섭다는 공포심뿐이니까, 이 공포심만 제거하면 남는 건 순전히 교교皎皎하니 고요하고 쓸쓸한 기운뿐이지. 20분가량 멍하니 앉아 있는 동안에 어쩐지 수정으로 만든 궁전 속에 혼자서 외톨이로 살고 있는 듯한 기분이 들더군. 게다가 그 홀로 살고 있는 내 몸이—아니, 몸뿐만이 아니라 마음도 혼도 죄다 우무나 뭐로 만든 것같이 이상하리만치 투명해져서 내가 수정 궁전 속에 있는 건지, 내 배 속에 수정 궁전이 있는 건지 분간할 수 없게 됐어……."

"야단났군" 하고 메이테이 군이 진지하게 놀려대자, 이어서 도쿠센 군이 "재미있는 경지네" 하고 약간 감탄한 듯이 말했다.

"만일 이 상태가 오래 계속됐다면, 전 이튿날 아침까지 애써 가져온 바이올린도 켜지 않고 언제까지 멍하니 바위 위에 앉아 있었을지도 모릅니다……."

"여우가 사는 곳인가?" 하고 도후 군이 물었다.

"이렇게 자타自他의 구별도 없어지고, 살아 있는 건지 죽어 있는 건지 분간도 못 하는 상태에 있을 때, 갑자기 뒤쪽 낡은 늪 속에서 꺄―악 하는 소리가 나는 거야……."

"드디어 나왔군."

"그 소리가 멀리 반향을 일으켜 온 산의 가을 나무 꼭대기로 서릿바람을 따라 건너간 순간, 번뜩 제정신이 들더군……."

"겨우 안심했네"라며 메이테이 군이 가슴을 쓸어내리는 시늉을 한다.

"대사일번大死一番하니, 건곤신乾坤新[25]이로다!" 하고 도쿠센 군이 눈짓을 했으나, 간게쓰 군에게는 도통 통하질 않는다.

"그러고 나서 제정신이 들어 주위를 둘러보니, 고신 산 일대는 고요하니 빗방울 하나 떨어지는 소리도 안 나는 거야. '이상하네, 지금 난 저 소리는 뭘까?' 하고 생각했지. '사람 소리치고는 너무 날카롭고, 새소리치고는 너무 크고, 원숭이 소리로는―설마 이 근처에 원숭이는 없을 테고. 뭐지? 뭘까?' 하는 의문이 머릿속에서 일어나자, 이것을 알아내기 위해 여태까지 잠잠히 있던 모든 것이 술렁대면서, 마치 영국 왕족 코노트 전하를 환영할 당시 온 도쿄 시민들이 소란을 피웠을 때와 같은 상태로 머릿속을 휘젓는 거야. 그러는 동안에 온몸의 털구멍이 갑자기

25) 한번 죽은 셈 치고 힘껏 노력하니 천지가 새롭다는 뜻.

열리더니, 털 많은 정강이에 소주를 뿌린 것같이 용기, 담력, 분별, 침착 같은 것들이 훨훨 증발해가고, 심장이 갈비뼈 밑에서 스테테코춤[26]을 추기 시작하더라고. 또 두 다리는 연줄처럼 덜덜 떨리기 시작하니, 이거 어디 견딜 수가 있어야지. 그래서 얼른 담요를 머리 위로 뒤집어 쓰고 바이올린을 옆구리에 끼고, 비틀거리며 바위 위에서 뛰어내려 쏜살같이 산길 9백 미터를 산기슭 쪽으로 달려 내려와서, 하숙집으로 돌아와 이불 속에 기어 들어가 자고 말았지. 지금 생각해도 그렇게 기분 나빴던 적은 없었다네, 도후 군."

"그러고선?"

"그걸로 끝이야."

"바이올린은 안 켜고?"

"켜고 싶어도 켤 수가 있어야지. 무서워 죽겠는걸. 자네 역시 켜지 못했을 걸세."

"어쩐지 자네 이야기는 부족한 느낌이 드는군."

"그런 느낌이 들어도 사실인데, 뭐. 어떠세요, 선생님?"

간게쓰 군은 좌중을 둘러보면서 아주 으쓱해한다.

"하하하, 이거 걸작일세. 거기까지 끌고 가는 데에는 꽤 참담한 고심이 있었겠군. 나는 남자 샌드라 벨로니[27]가 동방 군자의 나라에 나타나는가 해서 여태껏 진지하게 듣고 있었지."

메이테이 군은 이렇게 말하면서 누군가 샌드라 벨로니에 대해 물어보지 않을까 했지만 아무도 질문을 하지 않자 혼자서 설명을 한다.

"샌드라 벨로니가 달빛 아래 숲 속에서 하프를 타면서 이탈리아 민요를 부르는 장면은, 자네가 바이올린을 껴안고 고신 산에 오르는 대목과 같은 곡조인 듯하면서도 다른 것 같네. 애석하게도 저쪽은 달 속의

26) 메이지 초기에 유행한 코를 쥐었다 뗐다 하며 추는 우스꽝스런 춤.

27) 영국의 소설가 조지 메러디스(1828~1909)의 소설 속 여주인공, 음악의 천재.

상아[28]를 놀라게 하고, 자네는 오래된 늪 속에 사는 괴상한 너구리에게 놀랐으니, 아슬아슬한 차이가 숭고함과 우스꽝스러움의 큰 차이를 불러왔어. 매우 유감스러웠겠군."

"그렇게 유감스러울 것도 없습니다."

간게쓰 군은 의외로 태연하다.

"도대체 산 위에서 바이올린을 켜겠다니, 그런 하이칼라스러운 멋을 부리니까 도깨비한테 위협을 당하는 거지."

이번에는 주인이 혹평을 가한다.

"호한好漢이 도깨비굴에서 생계를 영위하다니,[29] 딱한 일이로다."

도쿠센 군은 탄식을 한다. 도쿠센 군이 하는 말을 간게쓰 군이 알아들은 적은 한 번도 없다. 간게쓰 군뿐만이 아니다. 어쩌면 아무도 이해하지 못하는 것 같다.

"그건 그렇고 간게쓰 군, 요즘도 계속 학교에 가서 유리알만 갈고 있나?" 하고 메이테이 선생은 잠시 있다가 화제를 바꾸었다.

"아니요, 그동안 내내 고향에 내려가 있었던 터라 잠시 중지된 상태입니다. 유리알 가는 일도 이젠 싫증이 나서 실은 그만둘까 생각 중입니다."

"한데 유리알을 갈지 않으면 박사가 못 되잖아?"라며 주인은 약간 눈살을 찌푸렸지만, 본인은 의외로 태연하게 말한다.

"박사 말입니까? 헤헤헤, 박사는 이제 안 돼도 괜찮습니다."

"하지만 그러면 결혼이 연기되니까 양쪽 다 곤란하잖아?"

"결혼이라니 누구 결혼 말입니까?"

"자네 결혼이지."

"제가 누구랑 결혼한다는 겁니까?"

---

28) 중국 전설에서 남편이 서왕모에게 얻은 불사약을 훔쳐 달로 도망쳤다는 선녀.

29) 『벽암록碧巖錄』에 나오는 말로 미망迷妄에 빠져 있으면서도 자각하지 못한다는 뜻.

"가네다네 딸이지."

"예에."

"예에라니, 그렇게 약속이 돼 있는 게 아닌가?"

"약속 같은 거 한 적 없습니다. 저쪽에서 제멋대로 그런 말을 퍼뜨린 거예요."

"이거 좀 엉뚱한데. 이봐, 메이테이, 자네도 그 사건에 대해서 알고 있지?"

"그 사건이라니, 코 사건 말인가? 그 사건이라면 자네와 나만이 아는 게 아닐세. 공공연한 비밀로서 온 천하에 널리 알려져 있지. 실제 〈만초〉[30] 같은 데선 '신랑 신부'라는 표제로 두 사람의 사진을 지상에 게재하는 영광을 언제쯤 갖게 되겠느냐고 귀찮으리만치 나한테 물어 올 정도라네. 도후 군은 이미 「원앙가鴛鴦歌」라는 일대 장편시를 지어서 3개월 전부터 기다리고 있는데, 간게쓰 군 자네가 박사 학위를 따지 않고 있기 때문에 애써 만든 걸작도 빛을 보지 못하는 게 아닌가 해서 몹시 걱정이라는 거야. 그렇지, 도후 군?"

"아직 그렇게 걱정할 정도로 돼 있는 건 아닙니다만, 어떻든 모두에게 공감을 줄 수 있는 작품을 공개할 작정입니다."

"그것 보라고. 자네가 박사가 되느냐 못 되느냐에 따라 사방팔방에 엉뚱한 영향이 미치게 되는 거야. 좀 더 열심히 유리알을 갈아주게나."

"헤헤헤, 여러모로 심려를 끼쳐드려서 죄송합니다만, 이젠 박사가 안 돼도 괜찮습니다."

"왜?"

"왜라뇨, 저한텐 이미 엄연한 아내가 있으니까요."

"아니, 이게 어찌 된 일이야. 어느새 비밀 결혼을 한 거야? 눈 깜박하다간 큰일 날 세상이로군. 구샤미 선생, 방금 들으신 대로 간게쓰 군

30) 1892년에 창간된 일간 시사 신문 〈요로즈초호〉의 통칭.

은 이미 처자가 있다고 하네."

"아이는 아직 없어요. 결혼한 지 한 달도 못 돼서 애가 있으면 큰일 나게요."

"도대체 언제 어디서 결혼을 한 거야?"

주인은 예심판사 같은 질문을 던진다.

"언제는요, 고향에 갔더니 집에서 떡하니 기다리고 있지 않겠어요? 오늘 선생님께 가져온 이 가다랑어포는 결혼 축하 선물로 친척한테서 받은 거랍니다."

"달랑 세 개 갖고 축하 선물이라니 무척 인색하군."

"아뇨, 많이 있는데 그중에서 세 개만 갖고 온 거예요."

"그럼 자네 고향 색시겠군. 역시 살결이 검겠네."

"예, 새까맣습니다. 저한테는 딱 어울립니다."

"그렇다면 가네다 쪽은 어떻게 할 생각인가?"

"어떻게 하고 말고 할 것도 없습니다."

"그건 좀 의리에 어긋나는데. 그렇지, 메이테이?"

"어긋날 것도 없지. 다른 데 시집가도 마찬가지일 텐데, 뭐. 어차피 부부란 건 어둠 속에서 머리를 맞부딪치는 거나 같으니까. 요컨대 맞부딪치지 않아도 될 것을 일부러 맞부딪치니까 괜한 짓이라는 거지. 이미 괜한 짓이라면 누가 누구와 맞부딪친들 상관없지. 단지 딱하게 된 건 「원앙가」를 만든 도후 군이지."

"뭘요, 「원앙가」는 사정에 따라 이쪽으로 돌려도 괜찮습니다. 가네다 씨 댁 결혼식에는 다시 따로 만들면 되니까요"

"과연 시인답게 자유자재로군."

"가네다 쪽엔 사전에 양해를 구했나?"

주인은 아직도 가네다가 신경 쓰이는가 보다.

"아니요, 양해를 구할 이유가 없지요. 제 쪽에서 달라거나 얻고 싶다고 한 적도, 상대방한테 청혼한 적도 없으니까 가만있으면 그만입니다.

그럼요, 그만이고말고요. 지금쯤이면 탐정이 열 명이고 스무 명이고 덤벼들어 정보를 수집했을 테니 자초지종이 다 알려져 있겠지요."

탐정이라는 말이 나오자 주인은 갑자기 씁쓰레한 표정을 짓고 "흠, 그러면 그냥 내버려 둬"라고 말은 했지만, 그래도 성에 차지 않았는지 다시 탐정에 대해서 사뭇 중대한 의논처럼 다음과 같이 말했다.

"불시에 남의 호주머니 속을 털어 가는 게 소매치기고, 불시에 남의 마음속을 살피는 게 탐정이야. 슬그머니 덧문을 열고 들어와서 남의 물건을 훔치는 게 도둑이고, 무심코 말을 하게 해서 남의 마음을 알아내는 게 탐정이야. 다다미 방바닥에 칼을 꽂고 억지로 남의 돈을 강탈하는 게 강도이고, 마구 으름장을 놓아서 남의 의사를 강요하는 게 탐정이야. 그러니까 탐정이란 놈은 소매치기, 도둑놈, 강도와 같은 패거리이지. 도저히 인간으로서 상종 못 할 것들이야. 그런 놈들이 하는 말을 그대로 들으면 버릇이 돼버리지. 절대 굴복하지 말라고."

"뭐, 끄떡없습니다. 탐정이 천 명이고, 2천 명이고, 대오를 지어 습격해 온들 무섭지 않습니다. 이래 봬도 유리알 갈기 명인 이학사 미즈시마 간게쓰 아닙니까!"

"이야, 우러러보이는걸. 과연 신혼 학사답게 원기 왕성하군. 하지만 구샤미 선생, 탐정이 소매치기, 도둑, 강도와 같은 부류라면 그 탐정을 부리는 가네다 같은 자는 어떤 부류인가?"

"구마사카 조한 같은 대도大盜겠지."

"구마사카라니, 말 잘했네. '하나로 보이던 조한이 둘이 되어 사라져버렸구나'[31]라고 하듯이, 그런 고리대금으로 부자가 된 저 골목길 조한 같은 자는 탐욕쟁이에 욕심쟁이이니까 몇 살을 먹어도 죽을 것 같지 않아. 그런 놈에게 걸리면 재수 옴 붙은 거지. 평생 고생이지. 간게쓰 군, 조심하게나."

---

31) 요곡謠曲 〈에보시오리烏帽子折〉의 결구.

"뭐, 괜찮아요. 아, 무시무시한 도둑이여, 내 솜씨는 전에도 알았으련만 그래도 쳐들어온다면 혼쭐을 내주리라."

간게쓰 군은 태연자약하게 호쇼류寶生流[32]식으로 기염을 토한다.

"탐정 얘기가 나왔으니 말인데, 20세기의 인간은 대개 탐정같이 되는 경향이 있지요. 어찌 된 까닭일까요?"

도쿠센 군은 도쿠센 군답게 시국 문제에는 관계가 없는 초연한 질문을 던졌다.

"물가가 비싼 탓이겠지요."

간게쓰 군이 대답한다.

"예술적인 취미를 이해하지 못하기 때문이겠지요."

도후 군이 대답한다.

"인간에게 문명의 뿔이 나서 별사탕처럼 까칫까칫하기 때문이지."

메이테이 군이 대답한다.

이번에는 주인이 대답할 차례다. 주인은 근엄한 어투로 다음과 같은 논의를 시작했다.

"그것은 내가 좀 생각해본 문제인데, 내 해석에 의하면 오늘날 세상 사람들의 탐정적 경향은 순전히 개인의 자각심이 너무 강하다는 데에 원인이 있네. 내가 자각심이라고 일컫는 것은 도쿠센 군이 말하는 견성성불見性成佛[33]이라든가, 자신은 천지와 동일체라든가 하는 오도悟道와는 전혀 다른 종류일세……."

"야, 이거 꽤 어려워진 것 같군. 구샤미 군, 자네까지 그런 거창한 논의를 입에 올리는 이상, 이렇게 말하는 메이테이도 송구스럽지만 뒤를 이어서 현대 문명에 대한 불평을 당당히 풀어놓겠네."

"맘대로 하게나, 할 말도 없는 주제에."

---

32) 노가쿠의 한 유파.

33) 자기 본성을 깨달아 부처가 됨.

"아니야, 있어. 많이 있다고. 자네는 예전엔 형사를 신같이 떠받들고 또 오늘은 탐정을 소매치기, 도둑놈에다 비교하니 모순의 화신이라 볼 수 있지만, 나 같은 사람은 부모에게서 태어나기 전부터 지금에 이르기까지 한 번도 내 주장을 바꾼 적이 없는 사람이야."

"형사는 형사고, 탐정은 탐정이지. 또 예전은 예전이고, 오늘은 오늘이지. 자기주장이 바뀌지 않는 건 발전이 없다는 증거라고. 아주 어리석은 자는 변할 줄 모른다고 하더니 자넬 두고 하는 말이로구먼……."

"이거 참 가차 없군. 탐정도 그렇게 정면으로 대들면 귀여운 데가 있지."

"내가 탐정이라고?"

"탐정이 아니니까 정직해서 좋다고 하는 거야. 싸움은 그만, 그만. 자, 그 거창한 논의의 후반부를 더 들어보세."

"요새 세상 사람들의 자각심이라고 하는 것은, 자기와 타인 사이의 이해관계에 커다란 장벽이 있음을 너무나 잘 알고 있음을 말하는 것일세. 그리고 이 자각심이라는 것은 문명이 진보함에 따라 하루하루 예민해져 가니까 나중에는 일거수일투족도 자연스럽지 못하게 되는 거야. 헨리[34]란 사람이 스티븐슨에 대해 이렇게 평했지. 그는 거울이 걸린 방에 들어가 거울 앞을 지나갈 때마다 자기 모습을 비춰보지 않고는 마음이 안 놓일 정도로 잠시도 자기를 잊을 수 없는 사람이라고. 이것은 오늘날의 추세를 잘 나타낸 말이라고 하겠네. 자나 깨나 '나', 이 '나'가 어디든 따라다니니까 인간의 언행이 인공적으로 사소한 것에 얽매이기만 하고, 스스로 궁색해지기만 하고, 세상 살기가 괴로워지기만 하니, 마치 맞선 보는 젊은 남녀 같은 기분으로 아침부터 밤까지 긴장을 하고 지내야만 한다네. 느긋하다든가 침착하다든가 하는 글자는 획만 있지 의미가 없는 말이 되고 마는 거지. 이 점에 있어서 현대인들은 탐정적

---

34) 윌리엄 어니스트 헨리, 영국의 시인, 평론가, 1849~1903.

이고 도둑적이라 할 수 있다네. 탐정은 남의 눈을 속여 자신만이 이득을 보려는 직업이니까 한층 더 자각심이 강해지지 않으면 안 되지. 도둑도 잡히지 않을까, 들키지 않을까 하는 걱정이 머리에서 떠나지 않으니 자각심이 강해지지 않을 수 없어. 마찬가지로 현대인들은 어떻게 하면 내게 이득이 되느냐, 손해가 되느냐 하는 것을 늘 생각하고 있으니까 자연히 탐정이나 도둑놈처럼 자각심이 강해지지 않을 수 없다 그 말일세. 하루 종일 두리번두리번, 살금살금 눈치나 보고 잔재주나 피우면서 무덤에 들어갈 때까지 잠시도 편할 수 없는 게 현대인들의 마음이야. 문명의 저주가 아니고 뭐겠나? 어리석기 그지없는 노릇이지."

"참으로 재밌는 해석일세."

도쿠센 군이 말을 시작했다. 이런 문제가 나오면 도쿠센 군도 좀처럼 물러서지 않는다.

"구샤미 군의 설명은 내 생각과 꼭 일치하네. 옛날 사람은 자신을 잊으라고 가르쳤는데, 지금 사람은 자신을 잊지 말라고 가르치니 전혀 달라. 하루 종일 '나'라는 의식으로 충만해 있거든. 그러니까 하루 종일 평안할 때가 없지. 언제나 초열지옥焦熱地獄이야. 세상에 아무리 약이 많다 해도, 자기 망각보다 더 좋은 약은 없네. 삼경월하입무아三更月下入無我[35]란 이런 경지를 읊은 것일세. 현대인들은 친절을 베풀어도 자연스럽지가 못해. 영국에서 '나이스'라고 말하며 자만하는 행위도 너무나 자각심이 넘쳐흐르는 것 같아. 영국의 국왕이 인도에 놀러 가서 인도의 왕족과 식탁을 함께했을 때, 그 왕족이 국왕의 앞이라는 것도 잊고 그만 자기 나라 식대로 감자를 손으로 집어 접시에 담았다가 나중에 얼굴이 새빨개져 부끄러워하자, 국왕은 모른 척하며 자기 역시 두 손가락으로 감자를 접시에 담았다는 얘기가 있어……."

"그게 영국 취향입니까?"

---

35) 한밤중 달빛 아래에 무아의 경지에 든다는 뜻.

이것은 간게쓰 군의 질문이었다.

"난 이런 얘기를 들었어" 하고 주인이 뒤를 잇는다.

"역시 영국의 어떤 병영에서 연대의 사관들 여럿이서 하사관 한 사람을 만찬에 초대한 적이 있었어. 식사가 끝나고 손 씻는 물을 유리그릇에 담아 가져왔는데, 이 하사관은 연회에 익숙하지 않았는지 유리그릇에 입을 대고 그 안의 물을 꿀꺽꿀꺽 마셔버린 거야. 그러자 연대장이 돌연 하사관의 건강을 축복한다면서 역시 핑거볼의 물을 단숨에 마셔버렸대. 그래서 자리에 같이 있던 사관들도 너나없이 물그릇을 들어 하사관의 건강을 축복했다더군."

"이런 얘기도 있어."

잠자코 있길 싫어하는 메이테이 군이 말한다.

"칼라일이 처음 여왕을 알현했을 때 일인데, 아, 이 선생이 궁정의 예식에 익숙지 못한 괴짜인지라 갑자기 '안녕하십니까?' 하면서 그냥 의자에 털썩 주저앉았어. 그러니까 여왕 뒤에 서 있던 여러 시종이랑 궁녀들이 모두 킥킥거리며 웃은 거야—아니, 웃은 게 아니라 웃으려고 했다는 거야. 그러자 여왕이 뒤를 향해 잠시 뭔가 눈짓을 보냈지. 그랬더니 그 많은 시종, 궁녀들이 어느새 모두들 의자에 앉아서 칼라일은 체면을 잃지 않았다고 하니, 상당히 세심한 친절도 다 있어."

"칼라일 같은 사람이라면 다들 서 있어도 태연했을지도 몰라요."

간게쓰 군이 촌평을 했다.

"친절한 편이라는 자각심은 뭐 그런대로 좋은 거지" 하고 도쿠센 군이 대화를 이어간다.

"자각심이 있는 만큼 친절을 베푸는 데도 힘이 들게 마련이지. 안타까운 일이야. 문명이 발달함에 따라 살벌한 기운이 사라지고 개인과 개인의 교제가 부드러워진다고들 하는데, 그건 틀려먹은 말이라고. 이렇게 자각심이 강해졌는데 어떻게 온화해질 수가 있겠냐 말이야. 하기야 얼핏 봐선 지극히 조용하고 무사한 것 같지만, 상호 간엔 굉장히 괴로운 거지. 마치 씨름꾼이 씨름판 한복판에서 서로 엉겨 붙어 움직이지 못하는 것과 같아. 곁에서 보면 평온하기 그지없지만 당사자들의 배는 요동치고 있잖아."

"싸움도 옛날 싸움은 폭력으로 압박하는 것이라서 도리어 죄는 없었지만, 요즈음엔 굉장히 교묘해져서 더욱더 자각심이 강해지는 거야."

순번이 메이테이 선생에게로 돌아온다.

"베이컨[36]의 말에 '자연의 힘에 따라야 비로소 자연에게 이긴다'라고 했는데, 요즘의 싸움은 바로 베이컨의 격언대로 되었으니 이상하단 말이야. 마치 유도 같은 거지. 적의 힘을 이용해서 적을 쓰러뜨릴 것을 생각하는……."

"또는 수력전기와 같은 거네요. 물의 힘에 거스르지 않고 오히려 이것을 전력으로 변화시켜서 훌륭하게 이익이 되게 하는……."

간게쓰 군이 말을 하는 도중에 도쿠센 군이 금방 그 뒤를 이었다.

"그러니까 가난할 때에는 가난에 묶이고, 부자로 살 때는 부富에 묶이고, 걱정할 때는 걱정에 묶이고, 기쁠 때는 기쁨에 묶이는 거라고. 재주꾼은 재주 때문에 망하고, 현명한 자는 지혜로 패하고, 구샤미 군 같은 울화증 환자에게는 짜증을 이용하기만 하면 금방 뛰쳐나가서 적의 속임수에 넘어가는 거지……."

"맞아! 맞아!"

메이테이 군이 손뼉을 친다. 구샤미 선생이 싱글싱글 웃으면서 "이래 봬도 그렇게 간단하게는 안 넘어간다고"라고 대답하자, 모두 일제히 웃어젖혔다.

"그런데 가네다 같은 인간은 무엇으로 망할까?"

"마누라는 코로 망하고, 남편은 업보로 망하고, 종들은 탐정으로 망한다고 할까?"

---

36) 프랜시스 베이컨, 영국의 철학자, 정치가, 1561~1626.

"딸은?"

"딸은—딸은 본 적이 없으니까 뭐라고 말할 수는 없지만—아마도 입다 망하거나, 처먹다 망하거나, 마시다 망하는 부류겠지. 설마 연애하다 망하지는 않을 거야. 〈소토바 고마치卒塔婆小町〉[37] 처럼 객사를 할지도 모르지."

"그건 좀 심하네요."

신체시를 바친 만큼 도후 군이 이의를 제기했다.

"그러니까 응무소주이생기심應無所住而生其心[38] 이란 말을 명심해야 한단 말일세. 그러한 경지에 이르지 못하면 인간은 괴로워서 못 견디지."

도쿠센 군은 자꾸만 혼자서 깨달은 것같이 말한다.

"그렇게 우쭐거리지 말라고. 자네 같은 위인은 어쩌면 번개에 맞아 죽을지도 모르니까."

"어떻든 이런 기세로 문명이 계속 진보해간다면, 난 사는 게 싫어" 하고 주인이 말했다.

"말리지 않을 테니까 죽지그래."

메이테이가 일언지하로 내뱉는다.

"죽는 건 더욱 싫어."

주인은 알 수 없는 억지를 부린다.

"숙고하고 태어나는 사람은 없습니다만, 죽을 때는 누구나 번민하는 모양이네요" 하고 간게쓰 군이 썰렁한 격언을 말한다.

"돈을 빌릴 때는 별생각 없이 빌리지만, 갚을 때는 모두 다 걱정하는 것과 마찬가지지."

---

37) 가면극인 노가쿠의 곡명으로, 다카노 산의 중을 만나 설법을 들은 늙은 여자가 자신의 말로를 한탄하다 무사의 혼령이 들려 깨달음을 얻는다는 내용의 탈극.

38) 평소 사악한 마음을 버려야 비로소 깨달음의 경지에 이를 수가 있다는 뜻.

이런 때 바로 대꾸할 수 있는 건 메이테이 군이다.

"빌린 돈을 갚을 생각을 하지 않는 자는 행복한 것같이, 죽음을 번민하지 않는 자는 행복한 거야."

도쿠센 군은 초연하니 세속을 벗어난 듯하다.

"자네 말대로라면, 요컨대 뻔뻔스러운 게 깨달은 것이로군."

"그렇지. 선어禪語에 '철우면鐵牛面에 철우심鐵牛心, 우철면牛鐵面에 우철심牛鐵心[39]'이라는 말이 있네."

"그리고 자네는 그 표본이라는 말인가?"

"그렇지는 않아. 하지만 죽음을 걱정하게 된 것은 신경쇠약이라는 병이 발견된 이후의 일이지."

"그렇군. 자네 같은 사람은 어느 모로 보나 신경쇠약 이전의 사람이야."

메이테이와 도쿠센이 묘한 문답을 끝없이 하고 있는 사이, 주인은 간게쓰와 도후 두 사람을 상대로 자꾸 문명에 대한 불평을 터뜨리고 있다.

"어떻게 하면 빌린 돈을 갚지 않고도 버틸 수 있느냐가 문제야."

"그런 문제는 있을 수 없습니다. 빌린 돈은 반드시 갚아야 하니까요."

"그건 그런데, 의논해보는 거니까 잠자코 들어봐. 어떻게 하면 빌린 돈을 갚지 않고도 버틸 수 있느냐가 문제인 것처럼, 어떻게 하면 죽지 않고 배기느냐가 문제일세. 아니, 문제였지. 연금술이 바로 그거야. 그런데 모든 연금술은 실패했어. 그러니 인간은 아무래도 죽지 않으면 안 된다는 게 분명해졌지."

"그건 연금술 이전부터 분명했어요."

"글쎄 그런데 의논하는 거니까 가만히 들어보라고. 알겠나? 아무래

39) 철로 만든 소처럼 흔들리지 않는 마음.

도 죽지 않으면 안 된다는 게 분명해졌을 때 제2의 문제가 생겨난 거야."

"그게 뭔데요?"

"어차피 죽을 거라면, 어떻게 죽으면 좋을까. 이게 제2의 문제란 말이야. 자살클럽[40]이라는 것이 이 제2의 문제와 더불어 생겨나게 되는 거지."

"그렇겠군요."

"죽는다는 건 괴로운 일이야. 그러나 죽지 못하는 건 더욱 괴로운 일이지. 신경쇠약의 국민한테는 살아 있다는 게 죽음보다도 더 심한 고통이네. 그래서 죽음을 걱정하는 거야. 죽는 게 싫어서 걱정하는 것이 아니라, 어떻게 죽는 것이 제일 좋을까 하고 번민하는 거지. 다만 대개의 사람들은 지혜가 부족하기 때문에 자연스럽게 내버려 두면 그동안 세상이 괴롭혀서 죽여주네. 그러나 한 고집 하는 사람은 세상이 조금씩 괴롭혀서 죽게 되는 것에 만족하질 않아. 반드시 죽는 방법에 대해 여러 가지로 궁리한 끝에 참신한 묘안을 생각해낼 게 틀림없어. 그러므로 향후에는 자살자가 증가할 거고, 그 자살자들은 모두 독창적인 방법으로 이 세상을 떠나는 게 세계적인 추세가 될 걸세."

"꽤 시끄러워지겠군요."

"그렇게 되지. 확실히 그렇게 될 거야. 아서 존스[41]가 쓴 희곡 중에 끊임없이 자살을 주장하는 철학자가 나오는데……."

"그 사람이 자살을 합니까?"

"그런데 안타깝게도 그는 자살하지 않아. 하지만 지금부터 천 년쯤 지나면 모두가 분명히 실행하겠지. 만 년 후에는 죽음이라고 하면 자살 외에는 존재하지 않는 것으로 생각하게 될 거야."

---

40) 스티븐슨의 단편소설에 「자살클럽」이란 작품이 있음.

41) 영국의 극작가, 1851~1929.

"큰일 나겠군요."

"당연히 그렇게 되겠지. 그렇게 되면 자살에 관해서도 연구가 많이 쌓여 그것은 훌륭한 과학이 되고, 라쿠운칸 같은 중학교에서도 윤리 대신에 자살학을 정규 과목으로 가르치게 되겠지."

"묘하군요. 그런 과목이 있다면 방청하러 가고 싶습니다. 메이테이 선생님, 들으셨습니까? 구샤미 선생님의 명론을?"

"들었네. 그때쯤 가선 라쿠운칸의 윤리 선생은 이렇게 말하겠지. '여러분, 공덕公德이니 뭐니 하는 야만적인 풍속을 열심히 지켜서는 안 됩니다. 세계 속의 청년으로서 여러분이 첫째로 명심해야 할 의무는 자살입니다. 그리고 자기가 좋아하는 것은 남에게 베풀어도 좋은 것이니, 자살에서 한 걸음 나아가 타살로 진전시켜도 좋습니다. 특히 학교 앞에 사는 가난한 학자 진노 구샤미 씨 같은 사람은 그렇잖아도 살아 있는 게 무척 고통스러워 보이니, 한시라도 빨리 죽여드리는 게 여러분의 의무입니다. 다만 옛날과 달라서 오늘날은 개화된 시대이므로 창이나 칼 또는 총 같은 무기를 사용하는 비겁한 짓을 해서는 안 됩니다. 오로지 빗대고 빈정대는 고상한 기술로써 놀려 죽이는 것이 본인을 위한 공덕도 되고, 또한 여러분의 명예도 되는 것입니다……'."

"정말 재미있는 강의군요."

"아직 더 재밌는 게 있어. 현대는 경찰이 국민들의 생명과 재산을 보호하는 것을 제일의 목적으로 하고 있지. 그런데 그 시대가 되면 순사가 개 때려잡는 몽둥이를 가지고 천하의 시민을 박살 내며 다니게 될 거야……."

"왜 그렇죠?"

"왜냐니. 지금 인간들에겐 생명이 소중하니까 경찰에서 보호해주지만, 그 시대의 국민은 살아 있는 게 고통이니까 순사가 자비를 베풀어 때려죽이는 거지. 하긴 조금 약삭빠른 자들은 대개 자살해버리니까, 순사에게 맞아 죽는 놈은 아주 못난 자거나 자살할 능력이 없는 백치나 불구자뿐일 거야. 그래서 맞아 죽고 싶은 인간은 대문에 벽보를 써 붙여두는 거지. 그냥 '맞아 죽고 싶은 남자 또는 여자 있음' 이라고. 그렇게 써 붙여두면 순사가 시간 될 때에 순찰을 와서 즉시 원대로 처리해주는 거야. 시체 말인가? 시체는 역시 순사가 수레를 끌고 주우러 다니는 거지. 또 재밌는 일이 생기게 될 거라고……."

"정말 선생님 농담에는 끝이 없군요" 하고 도후 군은 크게 감탄한다. 그러자 도쿠센 군은 여느 때처럼 염소수염을 매만지면서 느릿느릿 말하기 시작했다.

"농담이라면 농담이겠지만, 예언이라면 예언이라 할 수도 있지. 진리에 철저하지 못한 자는 자칫 눈앞의 현상세계에 속박되어 포말 같은 몽환을 영원한 사실로 인정하고 싶어 하는 법이니까, 조금이라도 기발한 말을 하면 이내 그걸 농담으로 여겨버리는 거요."

"연작燕雀이 어찌 대붕大鵬의 뜻을 알겠느냐, 그 말이죠?"

간게쓰 군이 황송해하자, 도쿠센 군은 그렇다는 표정으로 얘기를 계속한다.

"옛날 스페인에 코르도바라는 곳이 있었는데……."

"지금도 있지 않나?"

"있을지도 모르지. 옛날과 지금의 문제는 어찌 됐든 간에, 그곳 풍습으로 해 질 무렵 종소리가 성당에서 울려 퍼지면 집집마다 여자들이 죄다 뛰쳐나와 강에 들어가 수영을 한다고……."

"겨울에도 합니까?"

"그런 건 잘 모르지만, 어쨌든 귀천노약貴賤老若의 구별 없이 강으로 뛰어드는 겁니다. 단지 남자는 한 사람도 섞이지 않아요. 그냥 멀리서 보고만 있지. 멀리서 보고 있으면 저녁노을이 창연蒼然한 물결 위에 하얀 살결이 희끄무레하게 움직이는데……."

"시적이군요. 신체시가 되겠어요. 무슨 마을이라고요?"

도후 군은 나체란 말이 나오기만 하면 몸을 앞으로 더 밀고 다가온다.

"코르도바요. 그래서 그 지방의 젊은이는 여자와 함께 헤엄칠 수도 없고, 그렇다고 해서 멀리서 뚜렷하게 그 모습을 지켜보는 것도 허락되지 않는 것을 서운하게 생각해서 조금 장난을 쳤지요……."

"허, 어떤 식으로?"

장난이란 말을 듣자 메이테이 군은 몹시 기뻐한다.

"성당 종지기한테 뇌물을 써서 일몰日沒을 신호로 치던 종을 한 시간 앞당겨 치도록 했다네. 그러자 여자들이란 어리석은지라, '야! 종이 울렸다!' 하며 제각기 강가에 모여들어 속옷과 팬티 차림으로 풍덩풍덩 물속으로 뛰어 들어갔으렷다. 뛰어들긴 했는데, 여느 때와 달리 해가 저물지 않는 거야."

"따가운 가을 햇살이 쨍쨍 내리 쬐지 않았나?"

"다리 위를 보니까 남자들이 잔뜩 모여 서가지고 지켜보고 있는 거야. 부끄럽지만 어쩔 수도 없고 말이야. 크게 창피를 당했다는 거지."

"그래서?"

"그래서 말이야, 인간은 단지 눈앞의 습관에 미혹되어 근본원리를 잊어버리기 십상이니까 조심하지 않으면 안 된다는 얘기지."

"정말 고마운 설교로군. 눈앞의 습관에 미혹된 얘길 나도 하나 할까? 요전에 어떤 잡지를 읽었더니 이런 사기꾼의 소설이 실려 있었어. 내가 여기에다 서화 골동품점을 연다고 해보세. 그리고 가게 앞에다 대가의 족자나 명인의 도구류를 진열해두는 거야. 물론 가짜는 아니지. 거짓 없는 진짜. 속임수나 모조품이 없는 상등품만을 진열해두는 거지. 상등품이니까 모두 다 고가일 수밖에. 거기에 호사가가 나타나서 이 모토노부[42]의 족자는 얼마냐고 묻는 거야. 6백 엔이면 6백 엔이라고 내가 대답하자, 그 손님이 '갖고 싶긴 한데 마침 수중에 가진 돈이 없으니 유감이지만 다음에 사야겠소' 하는 거야."

---

42) 가노 모토노부, 가노파의 화풍을 대성시킨 화가, 1476~1559.

"그렇게 말하기로 정해져 있는 건가?"

주인은 여전히 썰렁한 말을 한다.

"아니, 소설인데, 뭐. 그렇게 말한다고 해두게. 그래서 내가 대금은 괜찮으니까 마음에 드시면 가져가시라고 하자, 손님은 그럴 수는 없다며 망설이는 거야. '그러시면 월부로 해드리겠습니다. 월부도 조금씩 오랫동안 갚으시면 됩니다. 어차피 이제부터 단골이 되실 테니까요— 아니, 전혀 사양하실 것 없습니다. 어떻습니까, 매달 10엔 정도면? 뭣하시다면 달마다 5엔이라도 괜찮습니다' 하고 내가 아주 싹싹하게 말하는 거야. 그러고 나서 나와 손님 사이에 두세 마디 문답이 오가고, 결국 내가 가노호겐 모토노부 족자를 6백 엔, 월 10엔 불입으로 팔아넘기는 거지."

"타임스의 백과사전[43] 같군요."

"타임스는 분명하지만, 내 건 아주 불분명하다고. 이제부터 드디어 교묘한 사기 작업에 들어가는 걸세. 잘 듣게나. 월 10엔씩 6백 엔이면 몇 년에 다 완불될 것 같은가? 간게쓰 군."

"물론 5년이겠죠."

"물론 5년이지. 그런데 5년이란 세월이 길다고 생각하나, 짧다고 생각하나? 도쿠센 군."

"일념만년 만념일년一念萬年 萬念一年이라. 짧기도 하고 짧지 않기도 하지."

"뭐야, 그게 도카道歌[44]인가? 상식이 없는 도카군. 그래서 5년 동안 매달 10엔씩 지불하는 거니까, 결국 고객 쪽에선 60회 불입하면 되는 거야. 그러나 그 습관이란 게 무서운 거라서 60회나 똑같은 일을 매달 반복하다 보면, 61회에도 역시 10엔을 지불해야 할 것 같은 기분이 들

43) 런던타임스가 월부 판매한 『브리태니커』.

44) 불교의 가르침이나 교훈을 알기 쉽게 읊은 단가.

거든. 62회에도 10엔을 지불해야 할 것 같은 기분이 들고, 62회, 63회, 횟수를 거듭할수록 아무래도 기일이 되면 10엔을 지불하지 않고는 뭔가 마음이 놓이질 않게 된다는 거지. 인간은 똑똑한 것 같지만, 습관에 매여서 근본을 잊어버리는 커다란 약점이 있다고. 그 약점을 이용해서 내가 몇 번이고 10엔씩 매달 이득을 보게 되는 거지."

"하하하, 설마 그렇게까지 잊어버리기야 하겠어요?" 하고 간게쓰 군이 웃자, 주인은 좀 진지하게 "아니, 그런 일은 정말로 있어. 난 대학 때 빌린 빚을 다달이 계산하지 않고 갚다가, 나중에는 저쪽에서 사절해 온 적이 있었다고" 하며 자신의 창피를 인간 전체의 창피인 양 떠벌린다.

"거봐, 그런 사람이 현재 여기에 있으니까 분명한 얘기라고. 그러니까 내가 아까 얘기한 문명의 미래기未來記를 듣고서 농담이라고 웃는 사람은, 60회로 내는 월부를 평생토록 불입하고서도 정당하다고 생각할 무리들이야. 특히 간게쓰 군이나 도후 군같이 경험이 부족한 청년 제군들은 우리가 하는 말을 잘 들어두었다가 속지 않도록 해야 할 걸세."

"잘 알아들었습니다. 월부는 반드시 60회로 끝내겠습니다."

"아니, 농담 같지만 실제로 참고가 되는 얘기예요, 간게쓰 군."

도쿠센 군은 간게쓰 군을 향해서 말한다.

"이를테면 말이오, 지금 구샤미 군이나 메이테이 군이 당신이 무단으로 결혼한 것이 온당치 않으니 가네단가 하는 사람에게 사죄하라고 충고한다면, 어찌하겠소? 사죄할 생각이오?"

"사죄하는 것만은 넘어가 주시기 바랍니다. 저쪽이 사과한다면 몰라도 제 쪽에선 그럴 용의가 없거든요."

"경찰이 사과하라고 명령한다면 어쩌겠소?"

"더욱 안 하겠습니다."

"대신이나 귀족들이 명하면?"

"더더욱 안 합니다."

"그것 보시오. 옛날과 지금은 인간이 그만큼 바뀌었다고. 옛날엔 관청의 위광이면 무엇이든 다 되는 시대였소. 그다음에는 관청의 위광으로도 안 되는 게 있는 시대가 된 거지. 지금 세상은 제아무리 전하든 각하든 어느 정도 이상은 개인의 인격을 억압할 수 없는 세상이오. 심하게 말하면 상대 쪽에 권력이 있으면 있을수록 억압을 당하는 쪽에선 불쾌감을 갖고 반항하는 세상이라고 할까. 그러니까 지금 세상은 옛날과 달라서 관청의 위광이라서 할 수 없다는 새로운 현상이 나타나는 시대인 거요. 옛날 사람이 보면 도저히 생각할 수 없는 일들이 당연한 것처럼 통하는 세상이 된 거지. 인정 세태의 변천이란 게 실로 불가사의한 것이라, 메이테이 군의 미래기도 농담이라고 하면 농담에 지나지 않지만 저간의 변화들을 설명한 거라고 하면 상당히 묘미가 있다 할 수 있지 않겠소?"

"이렇게 나를 알아주는 사람이 나오면 꼭 미래기의 후속편 얘기를 하고 싶어진단 말이야. 도쿠센 군의 설처럼 지금 세상에 관청의 위광을 등에 업거나 죽창 2, 3백 개를 믿고 무리하게 강행하는 건 가마를 타고 무작정 기차와 경쟁하려고 덤벼대는, 시대에 뒤떨어진 완고한 인간이나 하는 짓이지. 저 벽창호나 다름없는 고리대금업자 조한 선생 같은 이 말이야. 잠자코 솜씨를 보고 있으면 좋으련만—나의 미래기는 그런 임시방편적인 작은 문제가 아닐세. 인간 전체의 운명에 관한 사회적 현상일세. 오늘날 문명의 경향을 낱낱이 달관하여 먼 장래의 추세를 점쳐 보건대, 결혼이라는 게 불가능해진다는 거야. 놀라지 말게나. 결혼은 불가능해. 그 까닭은 이러하다네. 앞서 말한 대로 지금 세상은 개성이 중심이 되고 있지. 한 가족을 가장이 대표하고, 한 고을을 지방관인 대관이 대표하고, 한 나라를 영주가 대표하던 시절에는 대표자 이외의 인간에게는 인격이 전혀 없었네. 있어도 인정받지 못했지. 그것이 확 바뀌자 모든 생존자가 죄다 개성을 주장하기 시작하여 누구를 봐도 너는 너, 나는 나라고 주장하는 태도를 취하게 됐어. 두 사람이 길에서 만나면 '네놈이 인간이라면, 나도 인간이다' 하고 마음속으로 싸움을 걸면서 지나가는 거야. 그만큼 개인이 강해진 거지. 개인이 평등하게 강해졌으니까 결국 개인이 평등하게 약해진 셈이 되는 거야. 타인이 자기를 해치기 어려워진 점에 있어서는 확실히 내 자신이 강해진 셈이지만, 좀처럼 남의 신상에 손을 댈 수 없게 된 점에 있어서는 분명히 옛날보다 약해진 셈이지. 강해지는 건 좋아하지만 약해지는 건 아무도 좋아하지 않거든. 남한테서 털끝만큼도 침범당하지 않으려고 강한 점을 어디까지나 고수함과 동시에, 남에 대해선 털끝만치라도 남을 침범하려고 약한 점을 억지로라도 확대하려고 들겠지. 그러면 사람과 사람 사이에 공간이 없어져서 세상 살아가기가 갑갑해지네. 될 수 있으면 자신을 긴장시켜 터질 듯이 팽창하여 스스로 답답하게 살아가고 있는 거야. 이렇게 되니까 여러 가지 방법으로 개인과 개인 사이에 여유를 구할 수밖에. 이같이 인간이 자업자득에 괴로워하고 괴로워한 나머지 생각해낸 첫째 방안이 부모와 자식이 별거하는 제도일세. 일본에서도 산골에 가보게나. 일가 일문이 죄다 한지붕 아래서 뒹굴고 있지. 주장할 만한 개성도 없고 있어도 주장하지 않으니까 그런대로 무탈하지만, 문명의 국민은 가령 부모 자식 간이라도 서로 간에 자기주장을 하지 않으면 손해가 되니까 자연히 양자의 안전을 유지하기 위해서 별거를 하게 되는 걸세. 유럽은 문명이 발달해 있으니까 일본보다 일찍부터 이 제도가 실행되고 있지. 간혹 부모 자식이 동거하는 경우에도 자식이 부모한테서 이자를 붙여 돈을 꾼다든지, 남처럼 하숙비를 내기도 한다네. 부모가 자식의 개성을 인정하고 이를 존경하기에 그런 미풍이 성립하는 거야. 이런 미풍은 조만간에 일본에도 꼭 수입해야 해. 친척은 벌써 이전에 떨어져 나갔고 부모 자식은 오늘날 떨어져 살며 가까스로 버텨내고 있는 것 같긴 한데, 개성의 발전에 따라 이에 대한 존경심은 무제한으로 뻗어나가므로 더욱 떨어져 살지 않으면 편안할 수가 없는 걸세. 그러나 부모 자식, 형제간에 떨어져 사는 오늘날, 더 떨어져 살 게 없으니까 마지막 방

안으로 부부가 떨어져 살게 되는 거지. 요즘 사람들은 함께 살고 있으니까 부부인 줄로 아는데, 그게 바로 큰 착각이야. 함께 살기 위해서는 같이 사는 데 충분히 개성이 맞아야 할 거야. 옛날 같으면 문제가 없지. 이체동심異體同心이니 해서 겉으로 보기엔 부부 두 사람이지만 마음은 한마음이니까 말이야. 그러니까 해로동혈偕老同穴이라 해서 죽은 뒤에도 한무덤 속에 들어가는 거지. 야만적이야. 지금은 그렇게 간단치가 않지. 남편은 어디까지나 남편이고, 아내는 어디까지나 아내니까 말이야. 오늘날의 아내는 여학교에서 통치마를 입고 확고한 개성을 단련한 뒤 트레머리을 하고 시집들을 오니, 도저히 남편들의 뜻대로 될 리가 없지. 또 남편의 뜻대로 되는 아내라면 아내가 아니라 인형이라는 거지. 현처일수록 크게 개성이 발달하고, 개성이 발달하면 할수록 남편과 안 맞게 되고, 맞지 않으면 자연적으로 남편과 충돌을 일으키게 돼. 그러니까 현처라고 일컫는 이상은 아침부터 밤까지 남편과 충돌을 한다네. 개성의 발달이라는 점에선 참으로 좋은 일이지만, 아내가 현처일수록 쌍방이 다 고통의 정도가 증대될 수밖에 없지. 물과 기름처럼 부부 사이에는 뚜렷한 경계선이 있는데 그나마 경계선이 안정적으로 수평을 유지하면 모를까, 물과 기름이 서로 작용하니까 집안은 대지진이 일어난 것처럼 부글부글하겠지. 여기에 이르러서 인간들은 부부의 동거는 서로에게 손해라는 것을 차츰 알게 된다네……."

"그래서 부부가 헤어진다는 말씀입니까? 걱정이네요."

간게쓰 군이 말했다.

"헤어지지. 반드시 헤어지고말고. 세상의 모든 부부는 다 헤어지게 돼. 여태까지는 함께 사는 게 부부였지만, 앞으로의 세상에선 한집에 사는 게 부부 자격이 없는 걸로 간주될 거야."

"그러면 저 같은 사람은 자격이 없는 부류로 편입되겠네요."

간게쓰 군은 이런 기회를 타서 묘하게 장가든 걸 자랑한다.

"메이지 시대에 태어나서 다행이야. 나 같은 사람은 미래를 내다보는 만큼 두뇌가 시류보다 한두 발짝씩 앞서 가고 있으니까 벌써부터 독신으로 있는 거야. 남들은 실연 때문이라는 둥 떠들어대지만, 근시안들의 식견은 실로 불쌍하리만큼 천박해. 그건 어찌 됐든 미래기의 후속편을 좀 더 얘기하겠네. 그때 한 철학자가 하늘에서 내려와 전대미문의 진리를 주창하는데, 그 설은 다음과 같은 것일세. '인간은 개성의 동물이다. 개성을 없애면 인간을 없애는 것과 같은 결과에 빠진다. 적어도 인간의 의의를 완수하기 위해서는 어떤 값을 치르더라도 이 개성을 유지함과 동시에 발달시키지 않으면 안 된다. 낡은 인습에 속박되어 싫으면서도 결혼을 집행하는 것은 인간의 천성에 어긋나는 야만적인 풍습이며, 개성이 발달하지 않은 몽매한 시대라면 몰라도 문명이 발달한 오늘날에도 여전히 그런 폐습에 빠져서 조금도 부끄러운 줄 모르고 태연한 것은 굉장히 잘못된 견해다. 개화가 최고조에 다다른 요즘 시대에 있어서 두 개의 개성이 보통 이상으로 친밀하게 연결되어야 할 이유가 전혀 없다. 이렇게 알기 쉬운 근거가 있음에도 불구하고 교육받지 못한 청춘 남녀가 일시적인 열정에 이끌려 마구 혼례를 올리는 것은 도덕 윤리에 심히 어긋나는 소행이다. 우리는 인도人道를 위해, 문명을 위해, 그들 청춘 남녀의 개성을 보호하기 위해 전력을 다해 그런 야만적인 풍습에 저항하지 않으면 안 된다……'."

"선생님, 저는 그 의견에는 전적으로 반대합니다."

도후 군은 이때 단호한 태도로 철썩하고 손바닥으로 무릎을 쳤다.

"저는 이 세상에서 그 무엇이 귀하다 해도 사랑과 아름다움만큼 귀한 것은 없다고 생각합니다. 우리를 위로하고, 우리를 완전하게 하고, 우리를 행복하게 하는 것은 온전히 이 두 가지입니다. 우리의 정서를 우아하게 하고, 품성을 고결하게 하고, 동정심을 세련되게 하는 것은 온전히 이 두 가지입니다. 그러므로 우리는 어느 세상, 어느 곳에 태어나든 이 두 가지를 잊을 수가 없는 것입니다. 이 두 가지가 현실 세계에 나타나면 사랑은 부부라는 관계가 되고, 아름다움은 시가와 음악의 형식으로 나누어집니다. 그러니까 적어도 인류가 지구 표면에 존재하는 한은 부부와 예술은 결코 소멸되는 일은 없으리라고 생각합니다."

"그런 일이 없으면 좋겠지만, 지금 철학자가 말한 대로 분명히 소멸돼버릴 테니까 어쩔 수 없다고 체념하는 거지, 뭐. 예술이 어떻다고? 예술 역시 부부와 똑같은 운명에 귀착하게 되네. 개성의 발전이란 곧 개성의 자유라는 의미겠지. 개성의 자유라는 것은 나는 나, 너는 너라는 의미이겠고. 그렇다면 예술 같은 게 존재할 까닭이 없잖아. 예술이 번창하는 것은 예술가와 그 예술을 누리는 사람 사이에 개성의 일치가 있기 때문일 거야. 한데 자네가 아무리 신체시인이라고 버티고 나간들 자네 시를 읽고 재미있다고 하는 사람이 한 사람도 없으면, 자네의 신체시도 안됐지만, 자네밖에는 독자가 없다는 말이 되겠지. 아무리 「원앙가」를 여러 편 지어낸들 소용이 없게 되는 거야. 다행히 오늘날 메이지 시대에 태어났으니까 아직 거기까지 안 가서 온 천하가 모두 애독을 하는 거겠지만……."

"아니, 그런 정도는 아닙니다."

"지금도 그런 정도가 못 되면 인문이 발달한 미래, 즉 그 대철학자가 나와서 반反결혼론을 주장하는 시대에는 아무도 읽는 사람이 없을 거야. 아니, 자네 작품이라서 안 읽는 게 아냐. 사람마다 각각 특별한 개성을 갖고 있으니까 남이 지은 시문詩文 따위엔 도무지 흥미가 없는 거지. 실제로 지금도 영국 같은 데서는 그런 경향이 확실히 나타나고 있네. 현재 영국 소설가들 중에서 가장 개성이 뚜렷한 작품을 발표하는 메러디스나, 제임스[45]를 보라고. 독자가 얼마나 적은가? 적은 게 당연하지. 그런 작품은 그와 같은 개성이 있는 사람이 아니면 읽어도 재미가 없으니 어쩔 수 없지. 이런 경향이 점점 더 발달해서 결혼이라는 게 부도덕한 것으로 여겨질 즈음에는 예술도 완전히 멸망하고 말 거야. 그

45) 헨리 제임스, 미국 태생의 영국 소설가, 1843~1916.

렇지 않겠나. 자네가 쓴 것은 내가 이해를 못 하고, 내가 쓴 것은 자네가 이해를 못 하게 되는 날에는, 자네와 나 사이에 예술이고 나발이고 할 게 뭐 있겠어?"

"그야 그렇겠습니다만, 전 아무래도 직각直覺적으로 그렇게 생각되지는 않습니다."

"자네가 직각적으로 그렇게 생각되지 않는다면, 나는 곡각曲覺적으로 그렇게 생각할 뿐일세."

"곡각적인지는 모르지만" 하고 이번에는 도쿠센 군이 입을 연다.

"어떻든 인간에게 개성의 자유를 허용하면 허용할수록 서로의 사이가 갑갑해질 것은 틀림없어. 니체가 '초인超人' 같은 걸 내세우고 나온 것도 너무 갑갑한 나머지 어쩔 수 없이 그런 철학으로 변형이 된 거야. 언뜻 보면 그게 그 사람의 이상인 것처럼 보이지만, 그건 이상이 아니라 불평이야. 개성이 발달한 19세기에 기가 죽어서 옆 사람의 시선이 염려돼 마음 놓고 잠도 편하게 잘 수가 없으니, 그 친구 약간 자포자기 심정으로 그런 난폭한 글을 써 갈겨댄 거지. 그걸 읽으면 기분이 장쾌해지기보다 오히려 가여운 생각이 드네. 그 소리는 용맹 정진의 소리가 아니라, 아무래도 원한 통분의 소리일세. 그것도 그렇겠지. 옛날엔 훌륭한 사람이 하나 있으면 온 세상 사람이 모두 그 깃발 아래로 모여들었으니 유쾌한 일이었지. 이런 유쾌한 일이 실제로 나타났다면 굳이 니체처럼 붓과 종이의 힘으로 이것을 책에다 표현할 필요도 없었을 거야. 그러니까 호머[46] 나 체비 체이스Chevy Chase[47] 같은 경우는 똑같이 초인적 성격을 묘사하더라도 느낌이 전혀 다르단 말이야. 명랑하고 유쾌하게 쓰여 있어. 유쾌한 사실이 있고, 그 유쾌한 사실을 종이에 옮겨 쓴 것이니까 당연히 씁쓰레

46) 호메로스, 고대 그리스의 시인.

47) 잉글랜드와 스코틀랜드의 국경에 있는 체비엇 언덕에서의 호족 간의 싸움을 무대로 한 영국 최고의 발라드.

한 맛이 있을 리가 없지. 그런데 니체 시대에는 그렇게 되지 않았어. 영웅 같은 사람이 하나도 나오질 않았지. 나와봤자 아무도 영웅으로 내세워 주지도 않았고. 옛날엔 공자가 단 한 사람이었으니까 공자도 활개를 폈지만, 지금은 공자가 한두 명이 아니야. 어쩌면 천하가 죄다 공자일지도 모르지. 그러니까 '내가 공자다' 하고 뻐겨도 먹혀들지가 않아. 먹혀들지 않으니까 불평하는 거야. 불평하니까 초인이니 뭐니 하는 것을 책 속에서나마 써 갈겨대는 거고. 우리는 자유를 원해 자유를 얻었네. 자유를 얻은 결과 부자유를 느껴 곤란을 겪고 있어. 그러니까 서양 문명이란 건 언뜻 좋아 보여도 결국은 잘못된 것일세. 이에 반해 동양에서는 옛날부터 마음의 수양을 해왔어. 그게 올바른 거야. 보게나. 개성이 발달한 결과 모두가 신경쇠약에 걸려서 수습하기 곤란하게 됐을 때, 그때 가서야 '왕자가 다스리는 백성은 평안하도다'라는 시구의 가치를 비로소 발견하게 될 테니까. 또 무위無爲로써 감화를 준다는 말을 업신여기지 못한다는 것을 깨닫게 될 테니까. 그러나 깨달아도 그땐 이미 소용이 없겠지. 알코올 중독에 걸리고 난 뒤에 '아아, 술을 먹지 말았어야 했는데' 하고 생각하는 거나 마찬가지니까."

"선생님들 말씀은 매우 염세적이신 것 같은데요. 전 이상하게 말씀을 들어도 아무 감명이 안 생깁니다. 왜 그럴까요?" 하고 간게쓰 군이 말한다.

"그야 이제 막 장가를 들었으니 그렇지."

메이테이 군이 즉각 해석을 내렸다. 그러자 주인이 갑자기 이런 말을 꺼냈다.

"아내를 얻고서 '여자는 좋은 거구나' 생각하다간 큰 코 다친다고. 참고 삼아서 내가 재미있는 걸 읽어주겠네. 잘 들어보게."

주인은 조금 아까 서재에서 가져온 낡아빠진 책을 들고는 말한다.

"이 책은 옛날 책이지만, 이 시대부터 여자가 나쁘다는 걸 역력히 밝히고 있지."

그러자 간게쓰 군이 "좀 놀라운데요. 어느 시대 책입니까?" 하고 묻는다.

"토머스 내시라고, 16세기의 저서야."

"더욱 놀랍군요. 그 시대에 이미 제 처의 험담을 한 자가 있다는 겁니까?"

"여러 가지로 여자의 험담이 있는데, 그중에는 반드시 자네의 처도 들어갈 테니까 들어보라고."

"예, 듣겠습니다. 정말 고마운 일이네요."

"먼저 예부터 지금까지 현철賢哲들의 여성관을 소개하노라고 써 있어. 알았나? 잘 듣고 있어?"

"다들 듣고 있다네. 독신인 나까지 듣고 있다고."

"'아리스토텔레스 가라사대, 여자는 어차피 변변찮은 것이니 색시를 얻으려면 큰 색시보다 작은 색시를 얻어라. 크고 변변찮은 것보다 작고 변변찮은 쪽이 재앙이 적을 것이다……'."

"간게쓰 군의 아내는 큰가, 작은가?"

"크고 변변찮은 축이지요."

"하하하, 이거 재밌는 책이군. 다음을 읽어보게."

"'어떤 사람이 묻기를, 어떠한 게 최대의 기적입니까? 현자가 대답하길, 정조가 굳은 부인이나니……'."

"현자라니 누굴 말하는 겁니까?"

"이름은 안 써 있어."

"어차피 실연당한 현자임에 틀림없어."

"다음에는 디오게네스가 나와 있군. '어떤 사람이 묻기를 아내를 얻으려면 어느 때가 좋겠습니까? 디오게네스가 답하길, 청년은 아직 이르고 노년은 이미 늦었노라'라고 써 있어."

"그 선생, 술독 속에서 생각했군."

"'피타고라스 가라사대, 천하에 세 가지 무서운 것이 있으니, 불, 물,

여자로다'."

"그리스 철학자들이란 의외로 멍청한 말을 잘하는군. 나보고 얘기하라면 천하에 무서울 건 없느니라. 불에 들어가도 타지 않고, 물에 들어가도 빠지지 않고……."

여기까지 말해놓고 도쿠센 군은 잠시 말문이 막힌다.

"'여자를 만나도 녹아나지 않고' 겠지" 하고 메이테이 선생이 지원병으로 나선다. 주인은 재빨리 그 뒤를 읽는다.

"'소크라테스는 부녀자를 다루는 것은 인간의 최대 난제難題라고 했다. 데모스테네스[48] 가라사대, 사람이 만약 적을 괴롭히고자 한다면 내 여자를 적에게 바치는 것보다 상책은 없다. 가정 풍파로 밤낮없이 그를 고달프게 해서 일어나지 못하게 할 수 있기 때문이다. 세네카[49]는 부녀자와 무학無學을 세계의 2대 재앙으로 여겼고, 마르쿠스 아우렐리우스[50]는 여자는 다루기 힘든 점에 있어서 선박과 흡사하다고 했으며, 플라우투스[51]는 여자가 비단옷으로 치장하는 버릇을 가리켜 그 타고난 추함을 감추려는 천박한 술책에 기인하는 거라고 했다. 발레리우스[52]는 일찍이 그의 어떤 친구한테 보낸 글 속에서 말하기를, 천하에 어떤 일이든 여자가 몰래 해내지 못하는 일은 없다. 바라건대 하늘이시여, 불쌍히 여기사 그들의 술책에 빠지지 않게 해주소서라고 했다. 그가 또 말하기를, 여자란 무엇인가? 우정의 적이 아닌가? 피할 도리가 없는 괴로움이 아닌가? 필연적인 해악이 아닌가? 자연의 유혹이 아닌가? 꿀과도 같은 독이 아닌가? 만일 여자를 버리는 것이 부덕不德이라면, 그들을 버리지 않음은 한층 더한 잘못이라고 하지 않을 수 없다……'."

48) 고대 그리스의 정치가, 웅변가, B.C.384~?B.C.322.

49) 고대 로마 제국 시대의 극작가, 철학자, ?B.C.4~A.D.65.

50) 고대 로마 황제이며 철학자, 121~180.

51) 고대 로마의 희극 작가, ?B.C.254~B.C.184.

52) 로마 제국의 역사가.

“이젠 됐습니다, 선생님. 그 정도로 우처愚妻의 험담을 들으면 알아듣겠습니다.”

“아직 네다섯 페이지 더 있으니까 마저 들어두면 어때?”

“이젠 대충 그만두게나. 자네 부인이 돌아오실 시간이야.”

메이테이 선생이 놀려대고 있는데, 거실 쪽에서 “기요, 기요” 하고 안주인이 하녀를 부르는 소리가 들린다.

“이거 큰일 났군. 제수씨가 계셨었어.”

“으흐흐흐” 주인은 웃으면서 “괜찮아” 하고 말한다.

“제수씨, 제수씨, 언제 돌아오셨어요?”

거실에서도 잠잠하니 대답이 없다.

“제수씨, 방금 한 얘기를 들으셨나요, 네?”

여전히 대답이 없다.

“방금 한 얘기는요, 주인 양반의 얘기가 아니에요. 16세기 내시 군의 설이니까 안심하세요.”

“글쎄요.”

안주인은 먼 데서 짤막한 대꾸를 했다. 간게쓰 군은 킥킥 웃었다.

“이거 참 실례했습니다. 아하하하.”

메이테이 군이 거침없이 웃어대고 있는데 그때 현관문이 사납게 열리더니, ‘여보세요’라든가 ‘실례합니다’라든가 하는 인사말도 없이, 소란스러운 발소리와 함께 응접실 장지문이 요란하게 열리면서 다타라 산페이 군의 얼굴이 쑥 나타났다. 산페이 군은 오늘따라 새하얀 셔츠에 새로 맞춘 프록코트를 입고 있다. 그것만도 좀 엉뚱해 보이는데, 오른손에 무거운 듯이 들고 있던 새끼줄로 묶은 맥주 네 병을 가다랑어포 옆에 내려놓는다. 그러고선 아무 인사말도 없이 털퍼덕 주저앉은 꼴이란 눈부실 만큼 무사같이 씩씩한 모습이다.

“선생님, 위는 요즘 어떻습니꺼? 이래 집에만 계시이까네 안 좋은 겁니더.”

"아직 나쁘다 어떻다 말하지 않았네."

"말씀이야 안 했지만, 안색이 좀 안 좋습니더. 선생님 안색이 누런데예. 요즈음은 낚시가 좋습니더. 지는 지난 일요일에 시나가와에서 배를 한 척 전세 내서 바다에 나갔습니더."

"뭐 좀 잡히던가?"

"아무것도 못 잡았습니더."

"못 잡아도 재미가 나나?"

"호연지기를 기르는 겁니더, 선생님. 어떻습니꺼, 선생님들? 낚시하러 가신 적이 있으십니꺼? 재미있습니더, 낚시는. 조그만 배를 타고 넓은 바다를 돌아다니는 거니까예."

산페이 군은 아무에게나 마구 지껄인다.

"나는 자그만 바다 위를 큰 배를 타고 돌아다니고 싶다네" 하고 메이테이 군이 상대를 한다.

"어차피 낚시를 할 거면 고래나 인어라도 잡아야지, 그렇잖으면 쓸데없는 짓이지요."

간게쓰 군이 대답한다.

"그런 게 잡힙니꺼? 문학가는 상식이 없네예……."

"난 문학가가 아닙니다."

"그랍니꺼? 뭡니꺼, 당신은? 저 같은 비즈니스맨이 되면 상식이 가장 중요하니까예. 선생님, 저는 요즈음 굉장히 상식이 풍부해졌습니더. 아무래도 그런 데 있으면 주위가 다 그러니까 저절로 그렇게 되고 말드라고예."

"어떻게 그렇게 되고 마는데?"

"담배도 말입니더, 아사히나 시키시마를 피워선 체면이 안 선다 아입니꺼."

산페이 군은 물부리에 금박을 입힌 이집트 궐련을 꺼내어 뻐끔뻐끔 피우기 시작한다.

"그렇게 사치 부릴 돈이 있나?"

"지금이야 돈이 없어도 장차 어떻게 되겠지예. 이 담배를 피우고 있으면 굉장히 신용이 달라집니더."

"간게쓰 군이 유리알을 가는 것보다는 편한 신용이라서 좋겠군. 별로 수고가 안 들겠어. 간편한 신용이네그려."

메이테이가 간게쓰에게 말하자, 간게쓰가 미처 대답하기도 전에 산페이 군이 먼저 말을 꺼낸다.

"당신이 간게쓰 씨입니꺼? 결국 박사는 안 된 겁니꺼? 당신이 박사가 안 돼가지고 제가 갖기로 했습니더."

"박사 학위를 말입니까?"

"아니요, 가네다 댁 따님 말입니더. 실은 미안한 생각이 들었습니더. 하지만 저쪽에서 꼭 장가들어 달라고 자꾸 그러니까, 결국은 장가가기로 결정했습니더, 선생님. 그런데 간게쓰 씨한테 도리가 아닌 것 같아 마음에 걸립니더."

"염려하실 것 없습니다" 하고 간게쓰 군이 말하자, 주인은 "장가들고 싶으면 장가들면 되지, 뭐" 하고 애매한 대답을 한다.

"이거 반가운 소식이군. 그러니까 어떤 색시든 걱정할 필요가 없어. 누군가가 나타나 데려가게 돼 있다고. 아까 내가 말한 대로 이런 훌륭한 신랑감이 떡하니 나타나지 않았는가? 도후 군, 신체시 쓸 거리가 생겼네. 당장 시작하게나."

메이테이 군이 여느 때처럼 신나게 지껄이자, 산페이 군도 덩달아 신나한다.

"당신이 도후 군입니꺼? 결혼할 때 뭐 하나 지어주지 않으실랍니꺼? 당장 활자로 찍어 사방에 돌릴랍니더. 《다이요太陽》[53]에도 실어달라고 할 끼고예."

53) 1895년 발행된 월간 종합잡지, 1928년에 폐간.

“예, 뭐 하나 지어보지요. 언제쯤 필요하십니까?”

“언제라도 좋습니더. 지금까지 만든 것 중에서도 괜찮습니더. 그 대신에 피로연 때 초대해서 한 턱 내겠습니더. 샴페인을 대접할 끼라예. 저기, 샴페인 드셔본 적 있습니꺼? 샴페인 억시루 맛난 기라예—선생님, 피로연 때 악대를 부를라고 하는데예, 도후 군의 작품을 악보로 만들어 연주하면 어떨까 싶네예.”

“마음대로 하게나.”

“선생님, 작곡 하나 해주시지 않으실랍니꺼?”

“바보 같은 소리 말게.”

“누구 이중에서 음악 하는 분 안 계시는교?”

“낙제 후보자 간게쓰 군은 바이올린의 명수라고. 잘 부탁해보게나. 그러나 샴페인 정도론 먹힐 사람이 아니야.”

“샴페인도 말이지예, 한 병에 4, 5엔짜리는 좋지 않습니더. 제가 대접하는 건 그런 싸구려가 아니라예. 당신이 작곡 하나 해주시지 않으실랍니꺼?”

“예, 하고말고요. 한 병에 20전짜리 샴페인이라도 작곡하겠습니다. 뭣하시면 그냥도 작곡해드리겠습니다.”

“공짜로는 부탁하지 않습니더. 답례는 꼭 하겠습니더. 샴페인이 싫으시면, 이런 답례는 어떠실까예?”

산페이 군은 윗도리 안주머니에서 일고여덟 장의 사진을 꺼내어 다다미 위에다 확 뿌려놓는다. 상반신이 보인다. 전신이 보인다. 서 있는 게 보인다. 앉아 있는 게 보인다. 하카마를 입은 게 보인다. 후리소데[54]가 보인다. 올림머리가 보인다. 죄다 묘령의 여자들뿐이다.

“선생님, 후보자가 이만큼 있는데예, 간게쓰 군과 도후 군에게 이중에서 하나 답례로 주선해줘도 괜찮습니더. 이 아가씨는 어떻습니꺼?”

54) 겨드랑이 밑을 꿰매지 않은 긴 소매의 일본 옷.

한 장을 간게쓰 군에게 들이민다.

"좋네요. 꼭 주선해주시기 바랍니다."

"이 아가씨도 마음에 드시는교?" 하고 또 한 장을 내민다.

"그쪽도 좋군요. 꼭 주선해주세요."

"어느 쪽 말인데예?"

"어느 쪽이든 괜찮습니다."

"정이 참 많으시네예. 선생님, 이건 박사의 조카딸입니더."

"그런가?"

"이쪽은 성격이 억수루 좋다 아입니꺼. 나이도 어려예. 열일곱 살입니더—이 아가씨는 지참금이 천 엔 있습니더—이쪽은 지사 딸이고예."

산페이 군은 저 혼자서 떠들어댄다.

"전부 가질 순 없나요?"

"전부 말입니꺼? 그건 너무 지나친 욕심이시네예. 일부다처주의입니꺼?"

"다처주의는 아니고요, 육식론자肉食論者입니다."

"뭐든 좋으니까 그런 건 어서 집어넣으라고."

주인이 야단치듯 말하자 산페이 군은 "그러면 어느 쪽도 안 가지시겠다는 겁니꺼?" 하고 다짐하듯 말하면서 사진을 한 장 한 장 주머니에 집어넣는다.

"뭔가, 그 맥주는?"

"선물입니더. 미리 축하하려고 오다가 길모퉁이 술집에서 사 왔습니더. 한잔씩들 드시소."

주인은 손뼉을 쳐서 하녀를 불러 병뚜껑을 따게 했다. 주인, 메이테이, 도쿠센, 간게쓰, 도후 다섯 남자는 정중하게 컵을 들어 좋은 규수를 얻게 된 산페이 군을 축하했다. 산페이 군은 아주 유쾌한 기색으로 말한다.

"여기에 계신 여러분을 모두 피로연에 초대하겠습니더. 다들 와주시겠습니꺼? 와주시겠지예?"

"난 싫어" 하고 주인이 즉각 대답한다.

"와 싫으십니꺼? 제 일생일대에 단 한 번 있는 큰 경사인데, 안 와주신다 이 말씀입니꺼? 좀 몰인정하시네예."

"몰인정한 게 아니라, 난 안 가네."

"옷이 없으십니꺼? 하오리랑 하카마쯤은 어떻게든 해보겠습니더. 좀 사람들 모이는 데도 나와보시는 게 좋지 않은교, 선생님. 유명한 사람에게 소개해드리겠습니더."

"그건 더욱 질색일세."

"위장병이 나아질 낍니더."

"안 나아도 괜찮아."

"마, 그렇게 고집을 부리신다면 어쩔 수 없네예. 메이테이 선생님은 어떠십니꺼? 와주시겠지예?"

"나 말인가? 가고말고. 될 수 있으면 중매쟁이의 영광을 안고 싶을 정도일세. 샴페인 터뜨리고 삼삼구도三三九度[55] 하는 화촉의 봄밤— 뭐? 중매쟁이는 스즈키 도주로라고? 그렇겠지, 그럴 줄 알았어. 유감이지만 할 수 없지. 중매쟁이가 둘이나 돼도 곤란하니 난 그냥 보통 하객으로서 필히 참석하겠네."

"선생님은 어떻습니꺼?"

"나 말인가? 일간풍월한생계一竿風月閑生計[56]하고, 인조백빈홍료간人釣白蘋紅蓼間[57]이로다."

"뭡니꺼? 그건 당시선唐詩選입니꺼?"

"뭔지는 모르지."

---

55) 신랑 신부가 세 개의 잔으로 술을 세 번씩, 모두 아홉 번 마시는 일.

56) 한 자루의 낚싯대를 벗 삼아 풍류의 생활을 보낸다는 뜻.

57) 흰 부평초와 붉은 여뀌꽃이 피는 물가에서 낚싯줄을 드리운다는 뜻.

"모른다고예? 곤란하네예. 간게쓰 군은 나와주시겠지예? 지금까지의 관계도 있으니까."

"꼭 가도록 하겠습니다. 내가 지은 곡을 악대가 연주하는 걸 듣지 못하면 유감이니까요."

"암예. 도후 군, 거긴 어떻습니꺼?"

"물론 가지요. 나가서 두 분 앞에서 신체시를 낭독하고 싶습니다."

"이거 참말 억시루 기분 좋네. 선생님, 전 이 세상에 태어나서 이렇게 유쾌한 적은 없었습니더. 그러니 맥주 한 잔 더 마셔야겠습니더."

산페이 군은 자신이 사가지고 온 맥주를 혼자서 꿀꺽꿀꺽 들이켜더니 얼굴이 새빨개졌다.

짧은 가을 해는 어느덧 저물고, 담배꽁초들이 마구 어질러져 있는 화로 속을 들여다보니 불은 이미 꺼져 있다. 그렇게 태평스런 이들도 조금은 흥이 식은 모양인지 "너무 늦었네. 그만 돌아갈까?" 하고 도쿠센 군이 일어나니, 이어서 "나도 가야지" 하며 다들 일어나 현관으로 나간다. 응접실은 만담극장이 끝난 뒤처럼 쓸쓸해졌다.

주인은 저녁 식사를 마치고 서재로 들어갔다. 안주인은 으스스 추운지 옷깃을 여미고, 많이 빨아 색이 바랜 허드레 옷을 깁기 시작한다. 아이들은 베개를 나란히 하고 잠들어 있다. 하녀는 목욕하러 갔다.

태평하게 보이는 사람들도 마음속을 두드려보면 어딘가 슬픈 소리가 난다. 도를 닦은 것 같아도 도쿠센 군의 발은 역시 땅을 딛고 다닌다. 마음은 태평할지 모르나 메이테이 군의 세상도 그림 같은 세상은 아니다. 간게쓰 군은 유리알 갈기를 그만두고 마침내 고향에서 부인을 얻어 데리고 왔다. 이런 게 순리이고 평범한 일이다. 그러나 이런 평범한 상태가 지속되면 필경 지루해질 것이다. 도후 군도 앞으로 10년쯤 지나면 무작정 신체시를 지어 이 사람 저 사람 아무에게나 바치는 게 어리석은 짓임을 깨닫게 되겠지. 산페이 군으로 말하자면 바다에 사는 사람인지, 산에 사는 사람인지 좀 감정하기 어렵다. 평생 샴페인 파티를 벌이며 득의양양하게 보낼 수 있다면 다행이다. 스즈키 도주로 씨는 어디까지나 원활하게 굴러갈 것이다. 굴러가다 보면 흙탕물이 묻는다. 흙탕물이 묻어도 굴러가지 못하는 인간보다는 권세를 누린다.

고양이로 태어나 인간 세상에 산 지도 벌써 2년이 넘었다. 스스로는 나 정도의 견식가는 또 없으리라 생각했는데, 요전에 카텔 무르[58]라는 전혀 듣도 보도 못한 동족이 돌연 대기염을 토해서 조금 놀랐다. 잘 들어보니, 실은 백 년 전에 죽었는데 문득 호기심이 나서 일부러 유령이 되어 나를 놀래주려고 먼 저승에서 출장을 나온 거라 한다.

이 고양이는 어머니와 만날 때 인사 표시로 생선 한 마리를 입에 물고 갔다가, 끝내 참지 못해 도중에 자신이 먹어버렸다고 할 정도의 불효자인 만큼 재기도 인간 못지않은 정도라, 어떤 때는 시를 지어서 주인을 놀라게 한 일도 있었다고 한다. 이런 호걸이 이미 한 세기도 전에 출현했다니, 나 같은 변변찮은 놈은 서둘러 작별을 고하고 무하유향無何有鄕[59]에 돌아가 누워버려도 좋을 것이다.

주인은 조만간 위장병으로 죽을 거다. 가네다 영감쟁이는 그 사나운 욕심 때문에 이미 죽었다. 가을 나뭇잎은 거의 다 떨어졌다. 죽는 게 만물의 정해진 업보라 살아 있어도 별로 쓸모가 없으니, 빨리 죽는 게 현명한 일인지도 모르겠다. 여러 선생님의 설에 따르면 인간의 운명은 자살로 귀착된다고 한다. 여차하다간 고양이도 그런 궁색한 세상에 태어나게 될지도 모른다. 끔찍한 일이다. 왠지 기분이 꿀꿀해진다. 산페이 군이 가지고 온 맥주라도 마시고 기분이라도 좀 내봐야겠다.

부엌으로 돌아간다. 가을바람에 덜그럭거리며 살짝 열린 문틈으로 바람이 스며들었는지 램프가 어느새 꺼져 있지만, 달밤이라서 그런지

58) 독일의 소설가 빌헬름 호프만(1776~1822)의 자전적 소설 『수고양이 무르의 인생관』의 주인공 고양이.

59) 『장자』의 「소요유逍遙遊」에 나오는 무위無爲의 이상 세계.

창문으로 그림자가 비친다. 쟁반 위에 컵이 세 개 나란히 있고, 그중 두 개에 갈색 물이 반쯤 들어 있다. 유리그릇 속에 든 것은 뜨거운 물이라도 차가워 보인다. 하물며 싸늘한 가을밤 달빛에 비쳐서 조용히 화로 단지 옆에 나란히 놓여 있는 이 액체는, 입술을 대기도 전에 벌써 한기가 들어서 마시고 싶지도 않다.

그러나 모든 일은 경험해봐야 아는 거다. 산페이 군 같은 이는 저걸 마시고 나더니 얼굴이 새빨개지면서 숨을 헐떡거렸다. 고양이라 해서 마시고 명랑해지지 말라는 법은 없을 것이다. 어차피 언제 죽을지 모르는 목숨이다. 뭐든지 목숨이 붙어 있는 동안에 경험해둬야 한다. 죽고 나서 '아아, 안타깝다' 하고 무덤 속에서 억울해한들 무슨 소용이 있겠는가.

'옳지, 눈 딱 감고 마셔봐야지' 하고 기세 좋게 혀를 쑥 내밀고 할짝할짝 핥아보고선 놀랐다. 어째 혀끝을 바늘로 찌르는 것같이 짜릿짜릿한 게 이상하다. 인간은 무슨 맛으로 이런 썩은 물을 들이켜는지 모르겠으나, 고양이로선 도저히 먹을 수가 없다. 아무래도 고양이와 맥주는 궁합이 맞지 않는다.

이거 큰일이다 싶어 일단은 내밀었던 혓바닥을 도로 넣어봤지만, 생각을 다시 해본다. 인간들은 입버릇처럼 좋은 약은 입에 쓰다면서 감기에 걸리거나 하면 얼굴을 찡그리고 이상한 것을 먹는다. 약을 먹으니까 낫는 건지, 나으니까 약을 먹는 건지 여태까지 의문이었는데, 마침 좋은 기회다. 이 문제를 맥주로 시험해보자. 마시고 배 속까지 쓴 기분이 들면 그걸로 그만이고, 만일 산페이처럼 정신이 나갈 정도로 유쾌해진다면 새로운 재미를 발견하는 횡재이니, 이웃에 사는 고양이들에게 가르쳐주면 될 것이다.

'자, 어떻게 될지 운명을 하늘에 맡기고 마셔보자!' 결심을 하고 다시금 혓바닥을 들이밀었다. 눈을 뜨고 있으면 마시기 어려워, 눈을 꼭 감고 다시 할짝할짝 핥기 시작했다. 내가 천신만고 끝에 겨우 맥주 한 잔을 다 비웠을 때, 묘한 현상이 일어났다. 처음에는 혀가 짜릿짜릿하고 입안이 외부로부터 압박을 받은 것같이 빽적지근하더니, 마실수록 점점 평온해져서 첫 잔을 다 들이켰을 무렵에는 별로 힘들지 않았다. 이젠 문제없다 싶어, 두 잔째는 거뜬히 해치웠다. 내친김에 쟁반 위에 흘린 것도 닦아내듯이 배 속에 다 넣어버렸다.

그러고 나서 한참 동안은 무슨 일이 일어나나 하고, 나 스스로 나의 동정을 살피기 위해 가만히 서 있었다. 차츰 몸이 더워진다. 눈이 가물가물하다. 귀가 화끈거린다. 노래가 부르고 싶어진다. 고양이춤이 추고 싶어진다. 주인이고 메이테이고 도쿠센이고 다 엿 먹어라, 하는 기분이 든다. 가네다 영감쟁이를 할퀴고 싶다. 코부인의 코를 물어뜯고 싶다. 여러 가지 기분이 든다. 마지막에는 비실비실 일어나고 싶어진다. 일어나니까 비틀비틀 걷고 싶어진다. 이거 기분이 묘하니 밖으로 나가고 싶어진다. 밖에 나가니 "달님, 안녕하슈!" 하고 인사하고 싶어진다. 정말 유쾌하다!

거나하다는 말은 이런 기분을 두고 하는 말일 거라 생각하면서, 정처 없이 여기저기 헤매는 듯한 기분으로 비틀비틀 다리가 가는 대로 가다 보니, 왠지 자꾸만 졸립다. 자고 있는 건지, 걷고 있는 건지 분간이 안 간다. 눈을 뜨려고 해도 눈꺼풀이 엄청나게 무겁다. 이렇게 된 바에야 바다든 산이든 뭐가 두려우랴 하고 앞발을 흐느적거리며 내디딘 순간, 첨벙하는 소리와 동시에 앗! 하고 빠져버렸다. 어떻게 빠진 것인지 생각할 겨를이 없다. 그냥 당했구나! 싶더니, 그다음은 엉망진창이 돼버렸다.

정신을 차리고 보니, 나는 물 위에 떠 있었다. 괴로워서 발톱으로 마구 할퀴었으나 발톱에 걸리는 것은 물뿐, 허우적거리다가는 금방 물속으로 쑥 잠겨버린다. 어쩔 수 없어 뒷발로 냅다 걷어차고는 앞발을 쭉 내뻗어 할퀴었더니, 드르륵 소리가 나며 비로소 뭔가가 앞발에 닿는다. 간신히 머리만 쳐들어 여기가 어딘가 내다보니, 나는 커다란 물독에 빠져 있는 게 아닌가.

이 물독에는 여름까지 물옥잠이라고 부르는 물풀이 무성해 있었는데, 그 뒤 까마귀 손님이 와서 물옥잠을 깡그리 먹어치운 뒤에 목욕을 했다. 목욕을 하면 물이 줄어든다. 줄어들면 오지 않는다. 요즈음엔 물이 많이 줄어서 까마귀가 안 보이는구나 하고 조금 아까 생각했는데, 나 자신이 까마귀 대신에 이런 곳에서 목욕을 할 줄은 꿈에도 몰랐다.

수면에서 물독의 아가리까지는 15센티미터가량이나 된다. 발을 뻗어도 닿지 않는다. 뛰어올라도 나갈 수 없다. 가만히 있으면 가라앉을 뿐이다. 마구 허우적거리면 드득드득 하고 발톱이 물독에 닿을 뿐이며, 닿았을 때는 조금 떠오르는 듯하지만 미끄러지면서 다시 금방 쑥 잠겨버린다. 물속에 잠기면 답답하니까 이내 허우적거린다. 그러는 동안에 온몸의 힘이 쭉 빠진다. 마음은 조바심을 내지만, 발은 점점 말을 안 듣는다. 마침내는 물에 잠기기 위해서 허우적거리는 건지, 허우적거리기 위해서 물에 잠기는 건지 스스로도 분간할 수 없게 되었다.

그때 괴로워하면서도 이렇게 생각했다. 이런 고통을 느끼는 것은 요컨대 물독 위로 기어오르려는 욕심 때문이다. 오르고 싶은 마음은 굴뚝같아도 도저히 오를 수 없다는 건 자명한 사실이다. 내 발은 10센티미터도 안 된다. 설사 수면에 몸이 떠올라서 거기서부터 한껏 앞발을 뻗쳐보았자 15센티미터도 더 되는 물독 아가리에 발톱이 걸릴 리가 없다. 물독 아가리에 발톱이 걸리지 않는 한, 아무리 아등바등 허우적거리며 조바심을 낸들, 백 년 동안 몸이 가루가 되도록 발버둥 친들 밖으로 빠져나가기란 불가능하다. 나갈 수 없다는 걸 뻔히 알면서도 애써 나가려 하는 것은 무리한 고집이다. 무리한 고집을 강행하려 하니까 고통스러운 것이다. 부질없는 짓이다. 자진해서 괴로워하고 스스로 나서서 고문을 당하는 것은 어리석은 짓이다.

'이젠 그만두자. 될 대로 되라지. 더 이상 허우적거리지 않으리라' 하고 앞발도 뒷발도 머리도 꼬리도 순리에 맡기고 저항하지 않기로 마음먹었다.

차츰 평온해지는 것 같다. 지금 괴로운 상태에 있는 건지, 편안한 상태에 있는 건지 분간이 안 간다. 물속에 빠져 있는 건지, 방바닥에 누워 있는 건지 분명치가 않다. 어디서, 어떻게 하고 있든지 간에, 그냥 평온하다. 아니, 평온하다는 것조차도 느끼지 못한다. 해와 달을 베어 떨어뜨리고, 온 천지를 모조리 분쇄하여 불가사의한 평화 속으로 들어간다.

나는 죽는다. 죽어서 이 평화를 얻는다. 평화는 죽지 않고선 얻을 수 없나니.

나무아미타불, 나무아미타불. 복되도다, 복되도다!

역자의 말

새삼 소개할 필요가 없을 만큼 일본을 대표하는 국민 작가로서 일본인들의 존경을 한 몸에 받고 있는 나쓰메 소세키(夏目漱石, 1867~1916). 20년 가까이 일본 1천 엔짜리 지폐에 그의 초상이 들어갔을 정도로 지금까지도 가장 높이 평가받는 일본 근대문학의 개척자다. 물론 문인으로서 화폐의 모델이 된 사람으로 2004년부터 5천 엔짜리 지폐에 실린 히구치 이치요(樋口一葉, 1872~1896)라는 동시대의 여류 소설가도 있으나 소세키만큼의 지명도가 있는 것 같진 않다.

이런 나쓰메 소세키의 작품이 한국에 처음으로 소개된 것은 『나는 고양이다』와 『봇쨩(도련님)』으로, 1962년 김성한金聲翰의 번역이 시초라 하겠다. 그 후 여러 번역가에 의해 소세키의 많은 작품(『풀베개』, 『마음』 등)이 소개되어왔다.

내가 소세키의 작품을 처음 접한 것은 대학교 시절이다. 일본어 원서로 몇몇 일본 소설가의 작품을 읽곤 했으나 그중 소세키의 『도련님』(1906)이 가장 인상 깊었다. 서투른 독해 실력이었으나 대충의 스토리를 이해하고 느끼는 데 그리 장애는 되지 않았다. 중·고교 시절의 추억이 아련하지 않을 때여서인지, 학생들은 모르는 그러나 뭔가 느껴지는 선생님들의 희끄무레한 세계가 새록새록 그려지며, 모순된 인간 군상과 사회 세태에 대해 알 수 없는 울분과 울화가 치미는 걸 가슴 깊이 느낀 적이 있다. 또한 일본 근대에 쓰인 작품인데도 전혀 옛날에 쓰인 고리타분한 작품이라는 느낌이 들지 않았다.

오랜만에 접하게 된 소세키의 작품 『나는 고양이로소이다』(이하 『나고양이』로 축약)는 소세키를 소설가로 탄생시킨 데뷔작이자 출세작이다. 다른 작품보다 두 배나 되는 분량의 장편소설로, 처음에는 분량에 대한 부담감이 적지 않았으나, 그 부담감은 차츰 통쾌한 희열과 자기 성찰의 시간으로 바뀌었으며, 그 어느 심리학 책을 통하는 것보다 실제적이며 생생하게 인간의 심리를 공부하는 것 같았다.

『나고양이』는 고양이의 시각에서 인간 사회의 모습을 비평하는 파격적인 형식으로 쓰인 풍자적 성격이 강한 연작 형태의 소설이다. 어려서 못된 서생에게 버림받은 뒤 어느 괴팍하고 고리타분한 영어 교사 집에 기거하게 된 고양이를 화자話者로 삼아 인간들의 위선과 허위의식을 냉소적으로 비판하는 작품이다. 어떤 고양이들(〈캣츠〉의 고양이들)은 이름이 세 개나 되는데, 주인공은 "나는 고양이라 한다. 아직 이름은 없다"의 서두에서처럼 이름이 없다. 이름이 없다는 건 존재를 인정치 않음이요, 이는 주인공의 가장 큰 설움과 불만이었다. 무식한 검둥이한테서까지 "이름도 없는 쪼다 새끼야"라는 욕을 듣지만, 주인공은 절름발이가 된 초췌해진 검둥이를 보고 "욕심을 부리자면 한이 없으니까 평생을 이 학교 선생 집에서 이름 없는 고양이로 마칠 작정이다"라며 작명의 욕심을 접는다. 이런 '나'가 주인과 주인을 둘러싼 유약하고 위선에 찬 태평일민적인 지식인들과 그 외 인간 군상들의 개성, 행태, 메이지 시대의 모습 등을 각종 동·서양의 고전을 인용해가며 날카롭고 신랄하게 묘사, 고발한다. 한심스런 인간 족속에 대한 불평불만과 한탄, 거침없는 독설은 5백 페이지가 넘도록 이어지다가 마침내는 주인공의 어이없는 취중 익사로 작품은 마감된다. 이같이 『나고양이』에는 동·서양 문명에 대한 비평, 근대 일본 지식인의 자아 문제, 애정관·여성관 등의 인간관 등이 총망라되어 있다.

행간에 담긴 철리와 거침없는 독설에 허를 찔린 것 같으면서도 읽어 내려가는 중간중간 쿡쿡 웃음을 터뜨리게 하는 유머러스한 표현들은 독자들을 매료시키는 마력이 있다. 백 년도 넘은 소설임에도 시대나 국경의 차이를 느끼기는커녕 생생하게 가슴에 와 닿는 것은 지금 현대사회에서도 흔히 겪는 보편적인 문제들, 곧 금전, 결혼, 학력 등의 문제들을 둘러싸고 도덕적·윤리적·교훈적인 정답을 제시하기보다는 객관적인 고양이의 시각으로 사물을 바라보고, 인간의 심연을 들여다보는 구성을 취했기 때문일 것이다. 또한 인간의 내면과 심리를 다루는 근원적인 문제만큼 동서고금을 초월한 보편적이고 세계적인 주제는 없기 때문이리라고 생각된다.

한편 『나고양이』를 읽어가면서 정말 고양이란 동물이 이렇게 생각할 수 있을까? 왜 고양이를 주인공으로 했을까? 하는 의문이 들었다. 동물을 차용하여 인간의 모습과 오류 등을 폭로, 비판하는 수법은 많은 작가에 의해 계승되어왔다. 특히 『나고양이』처럼 고양이를 의인화한 작품이 의외로 많다. 에린 헌터의 『고양이 전사들』, T. S. 엘리엇의 시집 『지혜로운 고양이가 되기 위한 지침서』를 바탕으로 한 뮤지컬 〈캣츠〉 등등. 또 『나고양이』의 마지막 11장에서 주인공이 "요전에 카텔 무르라는 전혀 듣도 보도 못한 동족이 돌연 대기염을 토해서 조금 놀랐다……이런 호걸이 이미 한 세기도 전에 출현했다니, 나 같은 변변찮은 놈은 서둘러 작별을 고하고"라고 말한 것처럼 소세키도 호프만의 『수고양이 무르의 인생관』(1819~1821)에서의 동물우화 전통을 의식했음을 알 수 있다.

흔히들 한국에선 고양이를 영물이라 한다. 고대 이집트에선 신성한 짐승으로 숭배의 대상이었다. 순종적인 개의 캐릭터보단 독립적인 고양이의 캐릭터가 인간을 재단하기에 더 적합했으리라. 그리고 고양이는 개에 비해 후각은 떨어지나, 시각 · 청각은 개보다 아주 월등하다고 한다. 또한 다른 동물들과 마찬가지로 고양이는 본능적으로 상대방의 심리 상태를 민감하게 감지할 수 있는 6감을 가지고 있다고 한다. 그 어느 감각도 인간보다 훨씬 우수하다. 이러니 빈번하게 집을 드나들며 주인 구샤미 선생과 쓸데없는 수다와 설전을 펴는 태평일민들과 실업가 무리들의 속셈도 간파하고, 주인을 위해서 주인공이 멸시하는 탐정 노릇을 하러 가네다 집에 잠입을 하는 것도 다 가능하리라 생각된다.

결국 주인공은 "모든 일은 경험해봐야 아는 거다" 하며 인간과의 경계를 넘보고, 먹다 남은 맥주를 훔쳐 먹고 물독에 빠져 허우적거리다가 체념하고 "나는 죽는다. 죽어서 이 평화를 얻는다. 평화는 죽지 않고선 얻을 수 없나니. 나무아미타불, 나무아미타불. 복되도다, 복되도다" 하며 2년 남짓의 짧은 생을 마감한다. 이 같은 마지막 장에서의 한탄 어린 독백은 첫 장에서 떡을 훔쳐 먹다 간신히 살아나서 한 말 중 "모든 안락은 빼저린 고통을 겪고 나서야 오는 것이다"와 5장의 "교활해지는 것도 비열해지는 것도 겉과 속이 두 겹으로 된 호신복을 입는 것도 모두 세상사를 알게 된 결과이며, 이치를 안다는 것은 나이를 먹은 죄다. 노인들 중에 변변한 사람이 없는 건 이런 까닭이겠지, 나 같은 것도 어쩌면 지금쯤 다타라 군의 냄비 안에서 양파와 함께 성불하는 편이 상책일지도 모른다"라는 구절을 떠올리게 하는데, 이미 여기에서 주인공의 이런 죽음을 예고한 것 같아 진실로 고양이의 명복을 빌어주고 싶은 마음마저 든다. 특히나 두 번째 독백에서 노인들 중에 변변한 사람이 없다는 대목은 평소 역자가 나이를 먹어가며 주변 사람들에게서 빼저리게 많이 느끼는 대목인지라, 잘 죽는 것도 복이란 말이 있듯이 고양이의 죽는 모습이 부럽게 느껴지기까지 했다면 지나친 생각일까?

차 한잔 홀짝이며 고양이의 한탄과 독백을 읽어가노라면 가슴에 와 닿는 구절이 한두 개가 아니다. "대체로 학문을 좀 한다 하면 자칫 거만한 마음이 생기기 쉽거든요. 게다가 가난하면 억지를 쓰게 되니까요", "인생의 목적은 말이 아니라 실행에 있다", "세상을 돌아보면 아무 능력도 재주도 없는 소인배일수록 엄청 설쳐대며……", "관계가 얕은 곳에는 동정심도 저절로 얕아지는 법이다", "태평하게 보이는 사람들도 마음속을 두드려보면 어딘가 슬픈 소리가 난다" 등등. 이 경구들을 되새기며 우리 인간들 각자의 내면을 돌아보는 마음의 청소 시간을 가져보는 것도 나쁘지 않겠다.

번역은 반역이란 말이 있듯이, 한 단어라도 의미 전달이 결정적인 역할을 하는 구절에서 번역본은 항상 위험성과 한계를 지닐 수밖에 없는 것이나, 일관되고 자연스런 번역을 이상으로 생각하면서 작가의 정신세계에 다가가기 위한 노력으로, 횟수를 반복해 재차 고쳐 써나갔다. 그래도 한없이 부족한 게 눈에 띄는 것은 어쩔 수 없는 한계다. 이는 앞으로의 과제로 남기고, 단지 작가의 해박한 철학적·영문학적 지식과 한학漢學의 단어나 어구에 되도록 많은 주를 달아 좀 더 소설을 쉽게 읽어나갈 수 있도록 했다.

옮긴이 진영화